suhrkamp taschenbuch 5290

Ein genial inszenierter Massenausbruch aus einem Hochsicherheitsgefängnis mitten in der Wüste von Nevada: 606 der gefährlichsten Verbrecher – Mörder, Psychopathen, Wahnsinnige und andere Gewalttäter – schwärmen in alle Himmelsrichtungen aus und verbreiten Schrecken und Chaos. Die größte Menschenjagd in der US-Geschichte beginnt.

Doch für einen der Flüchtigen, John Kradle, ist dies die einzige Chance, endlich seine Unschuld zu beweisen, fünf Jahre nach dem Mord an seiner Frau und seinem Kind. Er muss den Strafverfolgungsbehörden nur immer einen Schritt voraus sein.

Allerdings hat sich auch eine Aufseherin des Todestrakts, Celine Osbourne, an seine Fersen geheftet. Sie hat sehr persönliche Gründe, ihn zu hassen – und sie weiß anscheinend ganz genau, wo er hinwill …

Candice Fox stammt aus einer eher exzentrischen Familie, die sie zu manchen ihrer literarischen Figuren inspirierte. Nach einer nicht so braven Jugend und einem kurzen Zwischenspiel bei der Royal Australian Navy widmet sie sich jetzt der Literatur, mit akademischen Weihen und sehr unakademischen Romanen. Für den ersten und zweiten Teil ihrer Hades-Trilogie, *Hades* (st 4838) und *Eden* (st 4861), wurde sie 2014 und 2015 mit dem wichtigsten australischen Krimipreis, dem Ned Kelly Award, ausgezeichnet. Auch für 606 hat sie 2022 den Ned Kelly Award in der Kategorie »Bester Krimi des Jahres« erhalten.

Andrea O'Brien, geboren 1967 in Wilhelmshaven, übersetzt zeitgenössische britische, irische, australische und amerikanische Literatur. Ihre Übersetzungen wurden bereits mehrfach ausgezeichnet, u. a. mit dem Arbeitsstipendium des Freistaats Bayern (2016) und mit dem Literaturstipendium der Stadt München (2019). O'Brien lebt und arbeitet in München.

Candice Fox
606

Thriller

Aus dem australischen Englisch von
Andrea O'Brien

Herausgegeben von
Thomas Wörtche

Suhrkamp

Die Originalausgabe erschien 2021 unter dem Titel
The Chase
bei Bantam.
Published by Random House Australia Pty Ltd

Erste Auflage 2022
suhrkamp taschenbuch 5290
© der deutschen Ausgabe
Suhrkamp Verlag AG, Berlin, 2021
© 2021 by Candice Fox
Alle Rechte vorbehalten.
Wir behalten uns auch eine Nutzung des Werks für
Text und Data Mining im Sinne von § 44b UrhG vor.
Umschlaggestaltung nach einem Entwurf von Adam Laszczuk
© Penguin Random House Australia
Umschlagabbildungen:
Figurestock / Paul Thomas Gooney (Frau);
Khalilah Mohd Not / Shutterstock (Personen);
David M. Schrader / Shutterstock (Straße)
Druck und Bindung: CPI books GmbH, Leck
Printed in Germany
ISBN 978-3-518-47290-3

www.suhrkamp.de

606

Für alle angehenden Autoren und Autorinnen.
Gebt nicht auf.

1

Für Emily Jackson war der Tod des Busfahrers ein verstörendes Schauspiel.

Sie saß ganz hinten, den Kopf an die mit Fingerabdrücken fröhlicher Kinder verschmierte Scheibe gelehnt, und hatte einen freien Blick über die gesamte Länge des Fahrzeugs, denn der Platz über der Hinterachse war leicht erhöht. Die Kinder tobten herum, amüsierten sich über den Gang hinweg mit neckischen Spielchen, bewarfen einander mit einem Ball oder schlugen dem jeweiligen Widersacher den Fanghandschuh um die Ohren. Die meisten Eltern ließen die lieben Kleinen gewähren und betrachteten aus dem Fenster die Wüste Nevadas, manche hatten AirPods in den Ohren und einen wehmütigen Ausdruck im Gesicht. Andere bemühten sich tapfer, dem Lärm und Chaos Einhalt zu gebieten, indem sie die als Waffen eingesetzten Wasserflaschen, Handys und Spielzeuge konfiszierten und die durch den Bus stromernden Knirpse zurück auf ihre Plätze bugsierten. Nach Las Vegas mit seinen protzigen Gebäuden und grellen Farben war die vierzig Minuten lange Fahrt durch öde Landschaft aus Sand und Gestrüpp für die Kleinen nur schwer auszuhalten. Als der Bus über die schmale Schotterpiste zum Gefängnis holperte, bemerkte Emily amüsiert, dass alle mitholperten, Bus und Fahrgäste wie synchron funktionierende Teile einer großen Maschine.

Sie musste ihren Sohn Tyler nicht anstupsen, um ihn darauf aufmerksam zu machen, dass das große Gefängnis namens Pronghorn gleich vor ihnen auftauchen würde, denn er nahm schon seit dem Kindergartenalter am alljährlich dort stattfindenden Softballspiel teil, hatte tatsächlich nur ein einziges verpasst, weil sein Vater sich beim Reparieren des Garagentors den Rücken verrenkt hatte und deswegen nicht wie sonst als zweiter Pitcher gegen das Team der Gefangenen aus dem Hochsicherheitstrakt antreten konnte. Deshalb hatte Tyler, für den die Fahrt nach Pronghorn schon zur Routine gehörte, sein Taschenbuch bereits zugeklappt und den Blick nach vorn gerichtet, bevor noch irgendwas zu erkennen war. Nichts in der kahlen Ödnis deutete darauf hin, dass sich hinter dieser letzten Kurve eine riesige Haftanstalt verbarg. Harter, aufgesprungener Boden, so weit das Auge reichte, nur am Horizont ragte eine ferne Bergkette auf. Doch beide blickten konzentriert aus dem Fenster, denn sie wussten, dass sie gleich vor ihnen auftauchen würden, die langen, niedrigen Betonklötze, und zwar so, als würden sie just in diesem Moment aus dem Sand wachsen.

»Auf welches Team wettest du diesmal?«, fragte Emily den Teenager. Der Fünfjährige auf dem Platz vor ihnen kreischte beim Anblick des Gefängnisses entzückt und zeigte aufgeregt mit dem Finger darauf. Tyler betrachtete den Jungen genervt, während er über die Antwort nachdachte. Als hätte er sich in dem Alter nicht haargenau so aufgeführt, wenn er seinen Daddy bei der Arbeit besuchen durfte.

»Die Gefangenen«, sagte er mit schiefem Grinsen. »Dad meinte, sie trainieren schon seit Monaten auf dem Gefängnishof.«

»Verräter«, sagte Emily lächelnd.

»Und du?«

»Wärter. Wenn du für die Verbrecher bist, muss ich mich schon für die Wachleute einsetzen, damit dein Vater sich nicht …«

Ein dumpfer Knall unterbrach sie.

Es klang wie ein explodierender Silvesterböller und ging

Emily durch Mark und Bein. Ihr Hirn lieferte schnell eine Reihe harmloser Erklärungen: ein geplatzter Reifen, ein großer Stein unter den Rädern des Busses, irgendeine Fehlfunktion des altersschwachen Motors, der auf diesem unwegsamen Gelände und in der glühenden Wüstenhitze einen Aussetzer hatte.

Aber das, was Emily dann sah, stimmte mit keiner dieser möglichen Erklärungen überein.

Der Fahrer sackte seitlich vom Sitz, nur der Gurt verhinderte, dass er auf die Stufen im Eingang stürzte. Ein zarter rosafarbener Schleier schien kurz in der Luft zu schweben, war jedoch blitzschnell wieder verschwunden. Emily klammerte sich an die Lehne des Vordersitzes, als der Bus von der Straße abkam und ins nächstbeste Gebüsch krachte.

Sie betrachtete die Szene. Die Leute auf den vorderen Plätzen sahen ungläubig auf ihre Hände oder rieben sich über die Wangen, als wären sie nass. Auf dem Fahrer, dem Armaturenbrett und dem Gang lagen unzählige winzige Glasstückchen, die Fensterscheibe war ordnungsgemäß zerborsten, die kleinen Scherben hatten sich überall verteilt. Da vorn war auch Sarah Gravelle, die von ihrem Sitz aufstand und auf den Busfahrer zuwankte. Selbst von hier hinten aus konnte Emily deutlich sehen, dass ihm der halbe Schädel fehlte. Sarah warf einen Blick auf den Mann, und der ganze Bus sah ihr dabei zu, als würden alle darauf warten, dass sie das Offensichtliche bestätigte.

Sarah wankte zurück an ihren Platz und plumpste unelegant auf den Sitz. Emilys Zunge klebte an ihrem plötzlich sehr trockenen Gaumen, ihr brach der kalte Schweiß aus.

Sarah Gravelle kreischte los.

Dann kreischte der ganze Bus.

Grace Slanter ließ den Stift fallen und stellte das auf ihrem breiten Schreibtisch schrillende Telefon auf Lautsprecher, um den Anruf anzunehmen. Nur wenige Gespräche landeten direkt bei ihr, die meisten wurden von ihrer Assistentin durchgestellt, daher erwartete sie jemanden, der ihre Durchwahl kannte, ihren Mann Joe oder Sally Wakefield, die Direktorin aller Haftanstalten Nevadas, mit der sie fast jeden Tag telefonierte. Als sie das Gespräch annahm, klickte es seltsam in der Leitung, ihre Stimme klang verzerrt und hallte, als wäre auch sie auf Lautsprecher gestellt. *Robocall*, dachte sie. Unmöglich, ihre Nummer war nicht öffentlich eingetragen, wieso sollte sie in der Datenbank einer halbkriminellen Betrügerbande auftauchen? Sie konnte diesen Fragen allerdings keine weitere Beachtung schenken, denn die Person am anderen Ende der Leitung verlangte ihre volle Aufmerksamkeit.

»Hallo, Grace Slanter hier.«

»Hör genau zu!«, sagte der Anrufer.

Grace lief es eiskalt über den Rücken, sie betrachtete das Telefon, als wäre es von einem bösen Dämon besessen, der hinter dem Plastikgehäuse glutrot pulsierte.

»Wie bitte?«

»Ungefähr einen Kilometer vor den Gefängnismauern steht ein Bus in der Wüste«, sagte die Person. Es war ein Mann, er sprach sanft, aber bestimmt. Selbstbewusst. »Schau mal aus dem Fenster hinter dir. Er steht mitten auf der Straße.«

Grace stand auf, trat aber nicht ans Fenster. Ihre Ausbildung hatte sie auf solche Anrufe vorbereitet, auch wenn es bisher immer nur bei Übungen geblieben war. Die erste Regel lautete, den Anweisungen des Anrufers nicht blind Folge zu leisten, sondern sich zuerst einen Überblick über die

Lage zu verschaffen. Also trat sie vor ihre Bürotür, am weitesten vom Fenster entfernt, und ließ ihren Blick über den Korridor streifen. Keine Menschenseele weit und breit.

»Siehst du ihn?«, fragte der Mann aus dem Telefonlautsprecher.

Grace kletterte aufs Sofa neben der Tür. Von dort aus konnte sie den Bus erkennen, wie ein weißer Kasten stand er in der weiten Landschaft hinter den mit Klingendraht bewehrten Betonmauern des Gefängnisses. Weil er mit einem Rad von der Straße abgekommen war, hatte er ziemlich Schlagseite. *Als wäre er betrunken*, dachte Grace.

»Okay«, sagte sie, »ich sehe ihn. Wie heißen Sie? Ich möchte wissen, mit wem ich es zu tun habe.«

»In dem Bus befinden sich zwölf Frauen, acht Männer und vierzehn Kinder«, fuhr der Mann unbeirrt fort. »Das sind die Familien der Wärter in deinem Gefängnis. Deine Angestellten. Deine Leute.«

»Um Gottes willen«, entfuhr es Grace. Das alljährliche Softballspiel. Insassen gegen Wärter. Die Familien reisten extra an, um das Spiel zu verfolgen. Diese Veranstaltung war als kleines Trostpflaster für das Personal gedacht, das während der Feiertage böse Verbrecher in Schach halten musste, während sich ihre Familien zu Hause um den Christbaum versammelten. Denn nach der Einteilung der Schichten für Weihnachten und Silvester war die Stimmung meist im Keller, doch die Bekanntgabe der Mannschaftsaufstellung konnte die armen Teufel, die den schwarzen Peter gezogen hatten, meist wieder etwas versöhnen. Nach dem Spiel wurden im Konferenzgebäude außerhalb der Gefängnismauern Mittagessen und Getränke für die betroffenen Familien serviert.

Grace stieg vom Sofa, sie war auf einmal so wackelig auf den Beinen, dass sie sich am Schreibtisch festhalten musste.

Alles, was sie während der Ausbildung gelernt hatte, war vergessen, ihre Gedanken rasten. Sie ließ sich auf ihren Stuhl fallen und war irgendwie froh, dass die Sitzfläche noch warm war, denn ihr war plötzlich eiskalt.

»Der Busfahrer ist tot«, sagte der Mann.

Verzweifelt suchte Grace nach dem Panikknopf unter der Tischplatte, mit dessen Hilfe sie die Kollegen im Gebäude alarmieren und einen Notruf an die nächstgelegene Polizeiwache absetzen konnte. Sie musste sich nur daran erinnern, wo sich dieser eine kleine Knopf befand, aber in ihrem Kopf herrschte komplettes Chaos. Es war so schlimm, dass sie fast vergessen hätte, Luft zu holen.

»Hörst du zu, Grace?«

»J… Ja, ich höre.« Sie bemühte sich, ruhig zu atmen. Schließlich fand sie irgendwo über ihrem Knie den Panikknopf und drückte ihn. Über der Bürotür leuchtete eine rote Lampe auf, aber es blieb still. Innerhalb von Sekunden war ihr Assistent Derek zur Stelle, noch atemlos von seinem Sprint über den Flur, gefolgt von zwei Wärtern. Grace brauchte ihnen nichts zu erklären, ihr Gesichtsausdruck sprach Bände. Die Männer machten auf dem Absatz kehrt und stoben davon.

»Was wollen Sie?«, fragte Grace den Anrufer.

»Lass sie raus.«

Die Antwort war ihr schon vorher klar gewesen. Sie atmete erneut tief durch. In ihren nunmehr zwanzig Jahren im oberen Management von Pronghorn hatte sie ein solches Szenario bestimmt schon hundert Mal im Geiste durchgespielt. Sie wusste genau, was zu tun war: die Lage wieder unter Kontrolle bekommen. Für solche Situationen gab es schließlich Notfallpläne. Sie griff sich ihren Stift und machte sich hektisch Notizen zu ihrem Anrufer, Stimme,

Eingangszeit und so weiter. Immer wieder drehte sie sich zur Seite und sah aus dem Fenster.

»Von welchen Gefangenen sprechen wir hier?«, fragte sie. »Welche soll ich rauslassen?«

»Alle«, erwiderte der Anrufer.

2

Celine Osbourne roch Rauch. Im Todestrakt von Pronghorn wurde die Abgabe von Tabak streng kontrolliert. Er wurde zwar geschmuggelt, aber diejenigen, die damit erwischt wurden, kassierten dieselbe harte Strafe wie für Koks, Heroin, Weed oder Ice. Sie blieb mitten im Gang stehen, direkt vor der Zelle des Serienmörders Lionel Forber, und reckte die Nase in die Luft. Der mittlerweile siebenundsiebzigjährige Schwerverbrecher lag zusammengerollt unter einer Decke auf seiner Koje und schlief. Wie eine Schlange unter einem Stein. Celine folgte dem Geruch, vorbei an dem Deckchen häkelnden Serienvergewaltiger, dem in seinen Nackenbeißer vertieften Kindermörder und dem gebannt auf den Fernseher starrenden Polizistenmörder. Es roch nicht nach Tabak, wie sie jetzt feststellte, sondern nach verbranntem Holz. Und als sie die Quelle entdeckte, ging ein böses Lächeln über ihr Gesicht.

»Woher hab ich nur gewusst, dass du dafür verantwortlich bist?«, höhnte sie.

John Kradle hatte sich über das kleine, an seiner Zellenwand befestigte Metallregal gebeugt, das ihm als Schreibtisch diente. Auf dem Boden, zwischen seinen Füßen, befand sich ein verbeulter Toaster, dessen Kabel sich aus der Zelle heraus über den Flur schlängelte und um die nächste Ecke verschwand. Kradle hatte ein glattes Kiefernholzbrett auf seinem Schreibtisch und benutzte einen aus dem Toaster ragenden Draht als improvisierten Lötkolben, um damit verschnörkelte Buchstaben ins Holz zu brennen.

»Woher was?«, brummte Kradle, ohne aufzuschauen.

»Woher ich wusste, dass du dafür verantwortlich bist«, wiederholte Celine. »Ich habe Rauch gerochen und sofort gewusst, dass jemand Mist baut. Und musste dabei gleich an dich denken.«

Celine betrachtete das Werkzeug in seiner Hand. Kradle hatte anscheinend aus Drahtresten, Holzstücken, Klebeband, Gummibändern und einem gefalteten Stück Karton ein Löteisen mit Griff gebastelt. Er brannte das Wort »Schuhe« ins Brett und war gerade bei der Rundung des Buchstabens »e«. Der Rest der Aufforderung, »abtreten«, hatte er sich mit einem Stift vorgezeichnet. Die Buchstaben waren perfekt geformt, das Schriftbild sehr dekorativ.

»Keine Ahnung. Aber wenn ich raten sollte, würde ich darauf tippen, dass Sie von mir besessen sind«, sagte Kradle und zog das Werkzeug schwungvoll nach oben, um das »e« mit einer feinen Linie zu vollenden. Ein zarter Rauchkringel stieg in die Luft. »Ihre Gedanken kreisen ständig um mich. Wenn Sie Rauch riechen, denken Sie: John Kradle. Sie riechen Essen und denken: John Kradle. Sie riechen das Aftershave Ihres Partners und denken: John Kradle.«

Der Toaster vor seinen Füßen ploppte hoch, und der gerade noch glutrote Draht seines Lötkolbens wurde langsam dunkel. Mit der Schuhspitze drückte er den Hebel herunter, und der Draht begann erneut zu glühen.

»Ist das die Fantasie, die dir in kalten Nächten das Herz erwärmt?«, fragte Celine. »Die meisten Typen wenden sich an Gott, Kradle, das ist realistischer.«

»Tja.«

»Wer hat das Ding für dich eingestöpselt?«

Kradle musterte sie zum ersten Mal durch die Gitterstäbe seiner Zelle mit dem gelangweilten Blick eines klugen Häftlings, der niemanden verpfeift, nicht mal Wärter, und wenn sie das bis jetzt nicht kapiert hatte, war ihr auch nicht mehr zu helfen. Celine seufzte.

»Her damit!« Sie hielt die Hand auf.

»Nee.« Kradle strich sich die grauen Strähnen aus dem Gesicht und setzte den Lötkolben erneut an, um sich dem Rest seiner Botschaft zu widmen.

»*Nee*? Haben Sie vergessen, mit wem Sie reden, Häftling Kradle? Her mit dem Brett und dem Kolben. Das ist ein Befehl!«

»Sie müssen warten, bis Sie dran sind. Heute muss ich dieses Schild fertig machen.« Er nickte in Richtung Brett.

Celine biss sich auf die Zunge, wandte sich ab und lächelte. Dieses Lächeln barg keinerlei Wärme, war vielmehr eine automatische Reaktion, die sie sich über viele Jahre im Strafvollzug antrainiert hatte. *Zeige ihnen nie, wie wütend du bist. Wenn du wütend bist, lächle. Vermittle ihnen den Eindruck, dass du die Kontrolle hast. Dass du nichts anderes erwartet hast. Dass alles genau nach Plan läuft und du deswegen hochzufrieden bist.* Aber sogar ihr falsches Lächeln war noch zu gut für einen wie John Kradle.

»Sie glauben bestimmt, Sie könnten Ihre Wut hinter Ihrem dämlichen Grinsen verbergen«, sagte Kradle hinter ihr, als könnte er ihre Gedanken lesen. Sie fuhr herum. Er beugte sich immer noch über seine Arbeit, seine großen Hände bewegten sich flink und geschickt. »Aber da irren Sie sich. Ich weiß genau, dass Sie innerlich kochen.«

»Ach, tatsächlich?«

»Ja. Weil Sie wissen, wer dieses Ding für mich eingestöpselt hat. Und Sie wissen, für wen ich hier arbeite. Das Schild ist für das Büro der Direktorin. Es ist die freundliche Geste eines gewissen Kollegen, der die Anweisung seiner Chefin aus dem Rundbrief an die Mitarbeiter ernst genommen hat. Sie will nicht, dass ihre Leute ihr ständig Sand ins Büro tragen.«

Der Toaster ploppte hoch. Kradle drückte den Hebel wieder hinunter.

»Außerdem macht es Sie rasend, dass das Schild richtig gut geworden ist. Dekorativ«, fuhr er fort, dann blies er sich sanft die vom Holz aufsteigenden Rauchkringel aus dem Gesicht. »Sie toben, weil die Direktorin das Schild garantiert aufhängt, obwohl sie genau weiß, dass es ein Häftling gemacht hat. Weil es einfach zu schön ist. Und Sie werden dieses Schild jeden Tag vor Augen haben, für die nächsten Jahre, vielleicht sogar Jahrzehnte. Immer, wenn Sie im Büro der Direktorin antreten müssen, wegen einer Beförderung, weil eine Prüfung Ihres Sektors oder ein Treffen der Captains ansteht oder warum auch immer, werden Sie dieses Schild sehen und sich daran erinnern, dass der Insasse, den sie am meisten hassen, es gemacht hat, und Sie nichts dagegen tun konnten.«

»Das ist aber eine komplexe Geschichte, die sich dein Erbsenhirn da ausgedacht hat«, bemerkte Celine. »Am besten gibst du mir das Brett und legst dich ein bisschen hin.«

»Holen Sie's sich doch!«

Celine ergriff das Toasterkabel und riss es aus der Verlängerungssteckdose. Dann stürmte sie auf den Kontrollraum zu.

Kurz vor der Zelle von Burke David Schmitz verlangsamte sie ihre Schritte jedoch. Der Neonazi und Terrorist saß wegen eines Massakers in Celines Trakt. Von allen hier Inhaftierten hatte er die meisten Opfer auf dem Gewissen, aber der Mann zeigte keinerlei Reue. In seiner Nähe schien sich die Luft zu verdichten und rapide abzukühlen. Das wirkte sich sogar auf die Nachbarzellen aus, als wäre diese Kälte direkt ins Mauerwerk gekrochen. Beide waren leer. Beim Vorbeigehen warf sie einen raschen Seitenblick auf

Schmitz und sah ihn wie so oft mit gestrafftem Rücken und leerem Blick auf seiner Koje sitzen. Der junge blonde Mann vermittelte Celine den Eindruck, er sähe mehr als das, was sich direkt vor ihm befand.

Lieutenant James Jackson saß wie erwartet auf seinem Drehstuhl im Kontrollraum, die Füße auf dem Bedienpult, und klickte sich von Kamera zu Kamera. Die von Schmitz ausgegangene Kälte wirkte nicht mehr, Celine kochte wieder vor Wut.

»Haben Sie John Kradle einen Lötkolben gegeben?«, fragte sie. Jacksons rundliches Gesicht war von den Überwachungsmonitoren erleuchtet, das Licht betonte seine Tränensäcke.

»Von mir hat er den nicht, der ist selbst gebaut.«

»Aber Sie haben ihm das Material gegeben. Den Toaster zum Beispiel«, sagte Celine. »Der stammt aus unserem Aufenthaltsraum. Den hatten wir ausrangiert, weil er kaputt war.«

»Na, im Arschloch eines Besuchers ist er sicher nicht reingeschmuggelt worden, aber mehr kann ich dazu auch nicht sagen, Captain«, erwiderte Jackson. Seine Assistentin Liz Savva verschluckte sich an ihrem Kaffee.

Celine blieb mit verschränkten Armen im Türrahmen stehen. »Vielleicht können Sie mir das erklären. Ich versuche, Ihre Logik zu verstehen. Sie lassen es zu, dass ein Mann, der seine Familie im eigenen Heim erschossen und das Haus dann angezündet hat, einen alten Toaster in die Finger bekommt, dessen Innenleben er dazu verwendet, Dinge in Brand zu stecken. Hab ich das richtig verstanden?«

Jackson lehnte sich zurück und fixierte sie. »Hören Sie, Captain. Diese Typen im Todestrakt? Ich denke nicht über ihre Verbrechen nach. Wenn ich das täte, könnte ich nicht mit ihnen arbeiten. Für mich sind das alles elende Mistkerle, die jeden Tag dreiundzwanzig Stunden lang in einem Käfig sitzen.« Er wies in Richtung Büro der Direktorin. »Seit ich ihren neuen Büroteppich mit Sand versaut habe, guckt Slanter mich schief an. Ich hab Kradle davon erzählt, und er kam auf die Idee mit dem Schild. Und ich glaube, dass er seine Sache richtig gut macht. Wie wär's, wenn Sie den Kerl einfach in Ruhe lassen? Er hilft mir.«

Celine seufzte.

»Macht sich bestimmt gut bei der nächsten Überprüfung. Kreative Beschäftigung für Häftlinge und so.«

»In dem Fall gehört Kradle in die Fingerfarbengruppe, da kann er wenigstens niemanden verletzen.«

»Was haben Sie eigentlich gegen Kradle?« Savva spähte in ihren Kaffeebecher, als könnte sie dort die Antwort finden. »Er ist der handzahmste Insasse, den wir hier haben. Man könnte glatt glauben, Sie hassen ihn mehr als den Typen in der Sechs, der alten Damen die Gesichtshaut abgezogen und sie verspeist hat.«

Celine hob die Hände, als wollte sie ein Bild malen. »Ich sag Ihnen jetzt mal, was ich hasse …«, setzte sie an, als sie ein dumpfes Schrillen unterbrach. Zuerst dachte sie, es sei ihr Handy am Hüftgürtel, aber sie kapierte schnell, dass es aus dem Lautsprecher in der Zimmerecke kam. Sie hatte noch nie ein Handy über die Anlage klingeln gehört. Es klickte, dann folgte ein Knarzen wie von einem Schreibtischstuhl.

»*Hallo, Grace Slanter hier.*«

»*Hör genau zu.*«

»*Wie bitte?*«

»Was zum Teufel ist das denn bitte?«, fragte Celine.

»Die Direktorin«, sagte Savva und stand langsam auf.

»Klingt, als könnten wir ihr Gespräch über die Anlage mithören.«

»Ach du liebe Scheiße!« Jackson lachte. »Sie hat ihr Mikro angelassen und telefoniert jetzt öffentlich.«

Ungefähr einen Kilometer vor den Gefängnismauern steht ein Bus in der Wüste. Schau mal aus dem Fenster hinter dir. Er steht mitten auf der Straße.

Siehst du ihn?«

»Jemand sollte hochgehen und ihr schleunigst verklickern, dass das ganze Gefängnis mithört«, sagte Savva. »Bevor sie anfängt …«

»Sei still!«, zischte Celine. »Hör zu!«

In der Leitung herrschte eine seltsame Stille. Sie schien durch die Anlage zu strömen und das gesamte Gefängnis zu infizieren. Celine trat aus dem Türrahmen und ließ den Blick über den Gang streifen. So still wie jetzt war es hier nicht mal nachts. Grace Slanter schnaubte ins Telefon.

Okay, ich sehe ihn. Wie heißen Sie? Ich möchte wissen, mit wem ich es zu tun habe.«

In dem Bus befinden sich zwölf Frauen, acht Männer und vierzehn Kinder«, sagte die männliche Stimme am anderen Ende der Leitung. *»Das sind die Familien der Wärter in deinem Gefängnis. Deine Angestellten. Deine Leute. Der Busfahrer ist tot.«*

»Um Gottes willen!«, flüsterte Celine.

»Hey!«, rief ein alter Mann. Celine sah zu ihm rüber, seine Zelle lag direkt neben dem Kontrollraum. Er hielt seinen Rasierspiegel durch die Gitterstäbe, damit er sie sehen konnte. Ein graues Auge spähte unter der buschigen Braue hervor und musterte sie. Roger Hannoy, der Gesichtsgourmet. »Was ist hier los?«

»Hörst du zu, Grace?«

»J… Ja, ich höre.«

Celine flitzte über den Gang zu den Fenstern am Ostflügel. Hinter der letzten Betonmauer sah sie mitten in der Wüste einen Bus stehen, quer über der einsamen Zufahrtspiste zum Gefängnis. Das Gespräch war weiterhin über die Anlage zu hören. Jackson und Savva waren ihr gefolgt und standen jetzt neben ihr. Jackson umklammerte das Gitter.

»Meine Familie ist in dem Bus.« Er atmete schwer. Celine konnte förmlich zusehen, wie ihm die Farbe aus dem Gesicht wich und er aschfahl wurde. »Tyler! Meine Güte, Tyler!«

»Von welchen Gefangenen sprechen wir hier? Welche soll ich rauslassen?«

»Alle.«

»Das ist …«, setzte Savva an, aber sie fand keine Worte und starrte stattdessen mit offenem Mund aus dem Fenster.

»Keine Panik. Wir müssen jetzt ganz ruhig bleiben«, sagte Celine. »Das ist … ähm … eine Übung.« Aus unerfindlichen Gründen fand sie es wichtig, das, was hier geschah, zu unterbrechen, diesen heranrasenden Zug irgendwie aufzuhalten, auch wenn ihr klar war, dass es ihr nicht gelingen würde. Die Unterbrechung wirkte nur kurz. Jackson sah sie an. Beide wussten, dass sie als Captain über eine solche Übung im Vorfeld informiert worden wäre. Ihr verängstigter Blick strafte ihre Behauptung Lügen.

»Unmöglich. Ich meine, das kann ich nicht machen. Ist nicht durchführbar.« Slanters Stimme hallte durchs Gebäude. »Sie können nicht einfach … Was wollen Sie …«

»Dir bleiben vier Minuten, um die Anstalt zu räumen. Wir haben alles im Blick. Wir warten auf einen bestimmten Gefangenen. Sobald er vor der Mauer auftaucht, ziehe ich meinen Schützen ab.«

»Um wen geht es?«

»*Verraten wir nicht. Du musst alle rauslassen.*«

Jacksons Funkgerät knisterte am Hüftgürtel. Er fummelte umständlich an der Halterung herum, bekam es aber vor lauter Nervosität nicht zu fassen. Celine zerrte es schließlich heraus.

»Hey, ihr da drüben in E, habt ihr das mitgekriegt?«, fragte jemand über Funk.

Es klang wie Bensley aus Block H.

»Ist das echt?«, fragte ein anderer. Rufzeichen waren auf einmal überflüssig. Niemand hielt sich mehr ans Protokoll. Celine erkannte dies als erste Anzeichen einer Massenpanik. Die Leute vergaßen ihr Training, verhielten sich wie aufgescheuchte Tiere, instinktiv, ohne Sinn und Verstand.

Aus dem Funkgerät drangen Gemurmel und unkontrollierte Piepslaute. Überall im Gefängnis meldeten sich Kollegen über Funk.

»Mein Mann ist in dem Bus!«

»Kann mir jemand sagen, was zum Teufel da draußen los ist? Ist das eine Übung? Wollen die uns verarschen?«

»Hier spricht Issei von Wachturm Acht. Ist das eine Übung? Hat jemand einen Captain in der Nähe?«

»Ist das echt, Celine?«, fragte Jackson ohne Rücksicht auf die Rangordnung. Er packte sie am Oberarm und krallte ihr die Nägel in die Haut. Celine riss sich los.

»Ich … ich weiß es nicht.« Sie bekam die Worte nicht schnell genug heraus. »Geh … Gehen Sie einfach wieder in den Kontrollraum, Jackson, lösen Sie den Alarm aus und …«

»*Was Sie verlangen ist nicht möglich*«, sagte Slanter unterdessen. »*Okay? So funktioniert das nicht. Ich brauche mehr Zeit.*«

»*Du hast keine mehr. Erfüll unsere Forderungen oder wir erschießen alle Fahrgäste.*«

»Niemanden werden Sie erschießen. Wenn Sie verhandeln wollen, können wir das tun, aber …«

Es knallte zweimal. So dumpf, dass Celine nicht sicher war, ob sie es sich eingebildet hatte, doch dann sah sie die kleinen Rauchwölkchen in der Ferne und den zur Seite gekippten Bus und wusste sofort, was passiert war. Ihr wurde schlecht. Der Schütze hatte zwei Reifen zerschossen, der Bus hatte Schlagseite wie ein havariertes Schiff.

Sie hörte Schreie. Aber vielleicht auch nicht. Möglicherweise waren die auch Teil ihrer verwirrten Sinne.

»Drei Minuten, fünfzig Sekunden. So lange bleibt dir noch, Grace. Danach gebe ich den Schießbefehl.«

»Habt ihr das gesehen?«, fragte jemand über Funk. »Er hat die Reifen zerschossen. Die verdammten Reifen!«

3

Sarah Gravelle krallte die Finger in den Sitz. Sie starrte auf die Stufen und die Sauerei da vorn beim Fahrer. Es sah aus wie in einem schlechten Horrorfilm, billige Requisiten, Blut und Hirnmasse und Pfützen und Splitter und Gott weiß was noch zwischen den Scherben. Dreiunddreißig Fahrgäste schrien durcheinander, alle stimmten ihr eigenes Panikliedchen an, die Kleinen heulten, Männer brüllten, Teenager kreischten und zerrten an ihren Kragen, plötzlich wieder ganz die Kinder, die sie noch vor Kurzem gewesen waren. Sarah stand wieder auf, aber ihre Knie waren so weich, dass sie sich am Geländer festhalten musste, das den Vordersitz vom Eingangsbereich trennte. Langsam konnte sie unter dem Geschrei Sätze ausmachen. Jung und Alt, alle hatten Fragen.

»Schießt der auf uns, Mom?«, rief ein Kind. »Mom! Schießt der?«

»Kein Grund zur Panik! Alle in Deckung gehen! Schön unten bleiben, Schätzchen!«

»Daddy! Ich will aussteigen! Ich will raus!«

»Heilige Maria, Mutter Gottes, bete für …«

Sarah hangelte sich am Geländer entlang, den Blick starr auf das Gefängnis gerichtet, und stieg langsam die Stufen hinab.

»Was machst du da? Sarah? Sarah! Nein! Da draußen wird geschossen!«

Sarah warf einen Blick zurück. Eine Mutter kotzte in den Gang. Ein Vater stammelte in sein Handy, sprach offenbar mit der Notrufzentrale. Kinder und Erwachsene hatten sich unter den Sitzen verschanzt, drängten sich in enge Nischen, panische Bündel Mensch.

»Ich. Muss. Hier. Raus«, sagte Sarah. Ihre Stimme klang emotionslos, sie stand kurz vor der Schnappatmung. »Wir. Alle. Müssen. Hier. Raus.«

Zwei Schüsse krachten. Der Bus kippte zur Seite, Menschen wurden in den Gang geschleudert. Sarah schob die Tür auf und atmete die frische Wüstenluft ein.

Auf Wachturm Sieben starrte Marni Huckabee durch das Zielfernrohr ihres Gewehrs in die Wüste. Sie verbrachte gut fünf, sechs Stunden am Tag hier oben, die Tore, Zäune und Außengänge, Käfige und den Hof im Visier. Ein- oder zweimal pro Woche hob sie das Gewehr und zielte im Niemandsland hinter den Gefängnismauern auf Kaninchen, Kojoten oder Schildkröten. Aber was sie da jetzt im Fadenkreuz hatte, war so absonderlich, dass ihr glatt die Hände zitterten. Sie umklammerte das Gewehr so fest, dass es wehtat. Da stand ein Bus, mitten auf der Straße zur Gefängniseinfahrt. Die Tür klappte auf und die Ehefrau oder Freundin eines Kollegen taumelte aus dem schiefen Gefährt wie ein Kind aus der Geisterbahn.

Craig Fandel, Marnis Kollege auf dem Wachturm, packte sie am Arm. »O Gott! Sie wollen wegrennen.«

»Tu's nicht«, flüsterte Marni. Schweiß lief ihr übers Gesicht und sammelte sich unter dem Fernrohr. Sie riss sich die Mütze vom Kopf, wischte sich damit übers Gesicht und drückte sich das Fernrohr fester ans Auge. »Gute Frau, bitte lass das sein!«

Doch die Frau sprintete drauflos, direkt aufs Gefängnistor zu. Craig ließ Marnis Arm los.

»Gib ihr Deckung! Gib ihr Deckung!«, rief er. Marni drehte das Gewehr zur Seite und zielte auf die Hügel, wo sie den Schützen vermutete – zumindest waren die Schüsse auf die

Reifen aus dieser Richtung gekommen. Zum ersten Mal in ihrer Laufbahn löste Marni die Sicherung und feuerte drauflos.

Zuerst sah Grace Slanter nur ein grelles Blitzen auf Wachturm Sieben, danach kam das Donnern, das sie direkt in der Magenkuhle spürte. Eine einsame Gestalt rannte vom Bus weg durch die Wüste, unkoordiniert, gebeugt, verzweifelte menschliche Beute. Staubwölkchen stiegen in die Luft, Schüsse krachten. Slanter sah, wie die Frau seitlich wegsackte, stürzte und durch den Sand rollte.

»Hast du sie erschossen?« Die Worte waren scharfkantig wie Scherben, sie kamen ihr kaum über die Lippen. »Du ... du hast sie ...?«

Der Anrufer schwieg.

Die Frau rappelte sich wieder auf, fuhr herum, rannte zurück zum Bus und hechtete durch die Tür ins Innere.

»Nehmt mich«, sagte Slanter. »Ich komme raus zu euch. Ohne Waffe. Niemand wird mir folgen.«

»Wir wollen dich nicht.«

»*Wen wollt ihr dann*?«, rief sie verzweifelt. »*Ihr könnt jeden haben*!«

»Zwei Minuten, vierzig Sekunden«, sagte der Mann. »Das ist kein Spiel.«

Celine Osbourne beobachtete die Szenen in der Wüste durch die vergitterten Fenster des Todestrakts. Sie war so gebannt, dass sie gar nicht merkte, wie Jackson ihr sein Funkgerät aus den Fingern zog.

»Hier spricht Jackson, Todestrakt«, sagte er. »Mein Sohn ist da draußen. Er ist dreizehn. Meine Frau ist auch in dem Bus. Kann jemand auf den Türmen den Schützen sehen? Können wir ihn ... unschädlich machen?«

»Niemand entriegelt seine Türen! Das ist ein Befehl«, sagte jemand. Celine erkannte die Stimme. Es war Mark Gravelle, der die Tore bewachte. »Die Person, die da gerade durch die Wüste gerannt ist? Das ist meine Frau. Wir müssen jetzt durchhalten, Leute. Wir können das verdammte Gefängnis nicht aufsperren. Verstanden? Kommt nicht infrage. Egal, was da draußen passiert, wir können diese Kerle nicht rauslassen. Manche von ihnen haben ...«

»Leck mich am Arsch!«, rief Jackson. Er drückte das Funkgerät so fest, dass das Kunststoffgehäuse knarzte. »Das ist meine Familie! Wir können deine beschissenen Häftlinge wieder einsammeln. Ich werde meinen Sohn nicht in den Tod schicken!«

»Schließsystem nicht deaktivieren!«, brüllte ein anderer über Funk.

»Hier sitzen die schlimmsten Killer des ganzen Landes ...«

»... lass meine Kinder nicht da draußen ...«

»... Notfallplan für Geiselnahmen! Alle Mitarbeiter müssen ...«

»Seht!«, rief Savva, den schweißnassen Finger durch das Gitter an die Scheibe gepresst. »Seht euch das an! Da unten rennen unsere Leute rum! Sie machen den Hof auf!«

Ein Blick in die Ecke des Kontrollraums sagte Celine, dass die Alarmanlage nicht mehr blinkte. Auch das Schrillen der Glocke im Gang war verstummt. Aus der Ferne war nur das unregelmäßige Krachen der Schüsse vom Wachturm zu hören. Niemand hatte Alarmstufe Rot ausgelöst. Niemand hatte daran gedacht. Denn was sich hier abspielte, war keine Alarmstufe Rot. Es war viel schlimmer.

»Celine, mach die Todeszellen auf«, sagte Jackson.

»Auf keinen Fall!«, zischte Celine. Sie hatte am ganzen

Körper Gänsehaut, ihr war plötzlich so kalt, dass sie zitterte. »Nein, Jacky, das tun wir nicht.«

»Ich mach jetzt auf«, sagte jemand über Funk.

»Wer spricht?«

»Brian von C. Ich zieh das durch. Da draußen sind Frauen und Kinder. Meine Verlobte und meine beiden Töchter. Ich mach jetzt die verdammten Türen auf.«

»Hier ist Amy v-v-von Turm Vier. Mein Mann hat mich gerade aus dem Bus angerufen. D-d-das ist echt. Bitte macht die Türen auf, alle! Ich bitte euch! Mein kleiner Sohn ist da draußen.«

»Wenn C aufmacht, tun wir's auch.«

»Wir auch.«

»D hier. Wir machen auf.«

»Nein!« Celine umklammerte die Gitterstäbe vor dem Fenster und stellte sich auf die Zehenspitzen, um auf den Notausgang direkt darunter zu blicken. Ein Häftling, den sie nicht kannte, schob die Sicherheitstür auf.

Mit den Händen.

Seinen Händen.

Der Mann ging durch die Seitentür. Nach ein paar Schritten blieb er stehen, sah sich um, ging weiter und sah sich erneut um. Er war allein, kein Wärter weit und breit, keine weiteren Häftlinge hinter ihm. Nur ein einzelner Gefangener, ohne Bewachung. Es war so absurd wie ein Zebra im Tüllröckchen. Celine schloss die Augen. Öffnete sie wieder. Doch der Anblick blieb derselbe. Sie konnte es nicht fassen.

Sie wollte sich an Jackson festhalten, aber der war verschwunden. Genau wie Liz Savva. Celine kam die Galle hoch. Sie schluckte und sauste zurück in den Kontrollraum.

»Nein, nein, nein!«, rief sie, als Jackson ihr die Tür vor

der Nase zuschlug. Sie griff nach der Klinke. »Nein, das geht nicht! Nein!«

Dann ertönte ein absurdes Geräusch. Ein lautes Klicken gefolgt von einem tiefen metallischen Rumpeln, das Celine im Todestrakt von Pronghorn noch nie gehört hatte.

Alle Zellentüren wurden gleichzeitig entriegelt.

Die Ungeheuer wagten sich nur langsam aus ihren Käfigen. Celine kannte sie alle. Wie gut, wurde ihr auf erschreckende Weise klar, als jeder ihrer Gefangenen seine ungesicherte Zellentür aufschob. Ihr Verstand spulte ihre Namen ab, die grausame Liste wie der Abspann eines Horrorschockers: Der Gesichtsgourmet. Der Würger. Der Amokläufer. Der Kindermörder. Celine musste mitansehen, wie John Kradle auf den Gang hinaustrat, zögerlich, wie ein wildes Tier vor einer Lichtung. Ihre Blicke trafen sich. In seinen Augen sah sie Schrecken und Erregung.

»Zurück in die Zelle!«, brüllte sie, aber in dem allgemeinen Lärm ging ihre Stimme glatt unter. Manche Männer riefen einander zu, unsicher, was sie als Nächstes tun sollten. Andere statteten ihrer Zelle noch einen letzten Besuch ab, um ein ihnen wichtiges Kleinod mitzunehmen. Ein oder zwei sprinteten bereits auf die Stahltür zum Hof zu.

Celine hämmerte gegen die Tür des Kontrollraums.

»Jackson, verriegele die Türen! Los! Mach alles dicht!«

Männer rannten an ihr vorbei, sie traten an die Fenster, um sich zu vergewissern, dass der Bus tatsächlich da draußen stand, und es sich nicht etwa um einen Scherz oder einen Test handelte.

Dann tat Celine etwas Unvorstellbares. Sie betrat ihr Büro, riss die unterste Schublade auf und schnappte sich die Pistole, die sie für den Notfall an der Rückwand ihres

Schreibtisches befestigt hatte. Dann kehrte sie zurück auf den Gang und hob die Waffe.

»Zurück in die Zellen!«

Die Männer blieben stehen, musterten sie kurz und brachen dann in Gelächter aus. Big Willy Henderson, der seine Frau mit Benzin übergossen und angezündet hatte. Ainsley Sippeff, der im Bowlingcenter die Waffe auf seine Kollegen gerichtet und dann zwei Jugendliche und einen Parkhauswächter erschossen hatte.

Die Männer drängten sich an ihr vorbei. Celine war diesen Häftlingen noch nie ohne schwere Fesseln auf dem Gang begegnet, denn die wurden ihnen bereits in ihren Zellen angelegt, bevor das Wachpersonal die Männer in die Käfige im Hof führte, wo sie ihnen wieder abgenommen wurden. Die in der prallen Sonne aufgestellten Käfige waren dazu gedacht, den Todeskandidaten eine Stunde am Tag einen geringfügig größeren Platz im Freien zur Verfügung zu stellen, wo sie etwas Auslauf hatten. Als Big Willy Celine beim Vorbeigehen am Arm berührte, wurde ihr eiskalt.

Die letzten Männer rannten auf den Hof. Celine sah wieder aus dem Fenster. Aus allen Gebäuden des Gefängniskomplexes strömten jetzt befreite Insassen, eilten aufs Haupttor zu, eine Massenevakuierung, ein Jeansmeer überflutete die Wüste. Ihr wurde so schlecht, dass sie sich krümmte, die Hände auf den Knien. Der Lärm der Befreiung war ohrenbetäubend gewesen, aber jetzt herrschte Totenstille auf den Gängen. Nur ihre Worte und ihr panisches Stöhnen hallten von den Wänden.

»Nein, nein, bitte!« Sie keuchte, richtete sich wieder auf, aber die Übelkeit schlug ihr wie eine Faust in die Magenkuhle. »Bitte, das darf nicht sein.«

Die Ungeheuer waren frei. Alle. Hinausgewandert in die

Weltgeschichte. Als Celine sich vom Fenster abwandte, kam ihr der erschreckende Gedanke, dass die gefährlichsten Männer des Landes mit jeder Sekunde, die hier verstrich, ihren nächsten Opfern ein Stück näher kamen.

Sie hatte versagt. Fünfzehn Jahre lang hatte Celine mit vollem Einsatz dafür gesorgt, dass die Bösen in ihren Käfigen blieben, wo sie hingehörten, weggesperrt von der Gesellschaft, voneinander und von allen, denen sie Schaden zugefügt hatten. Und jetzt war alles umsonst gewesen.

Ein Mann kam um die Ecke. Celine hob ihre Waffe. Jackson blieb kurz stehen, lief dann weiter.

»Meine Familie«, rief er über die Schulter, machte eine unverständliche Geste und war verschwunden. Savva folgte ihm. Celine hörte ihre Schritte draußen auf dem Kies.

Sie betrat den Kontrollraum, lief wie betäubt auf und ab. Das Licht war gedämpft, damit die Bilder der Überwachungskameras auf den Monitoren besser zu sehen waren. Sie berührte den Entriegelungsknopf und andere Schalter, doch das Geschehene ließ sich nicht mehr rückgängig machen. Auf den Bildschirmen vor ihr war keine Bewegung zu erkennen, doch dann fiel ihr Blick auf die Bilder vom Hof und von den Außenanlagen. Die noch verbliebenen Häftlinge wurden vom Personal in Richtung Haupttor getrieben. Dabei handelte es sich um Ältere, Gebrechliche und psychisch Kranke oder vielleicht auch um solche, die kurz vor der Entlassung standen und sich vor den Konsequenzen eines Fluchtversuchs fürchteten. Celine konnte es kaum fassen, wie schnell und leicht das alles gegangen war. Kaum hatte der erste Wärter verkündet, dass er die Zellen aufmachen würde, waren die anderen nach und nach auf den Zug aufgesprungen. Wenn die Familie eines Kollegen in Gefahr war, hielt man offenbar zusammen, egal, welchen Schaden man damit anrichtete, wenn man die übelsten Schwerverbrecher auf die Menschheit losließ.

Sie beschloss, in den Hof zu gehen, um den Anblick der sperrangelweit offen stehenden Haupttore mit eigenen Augen zu sehen. So etwas hatte sie noch nie erlebt. Die meterhohen Stahltore, dick wie Lastwagenreifen, öffneten sich sonst nur weit genug, dass die jeweiligen autorisierten Fahrzeuge durchpassten. Aber das war jetzt wohl überflüssig. Die Tore standen weit offen, das Gelände war völlig ungesichert.

Die Gestalt, die sie aus dem Augenwinkel herbeilaufen sah, war groß und schlank. Ihr Hirn, das immer noch nicht verarbeitet hatte, dass diese Tiere aus ihren Gehegen entlaufen waren und sich frei bewegen konnten, tippte sofort auf Jackson, doch weit gefehlt.

Willy Henderson packte Celine am Arm und zerrte sie zurück in den Kontrollraum.

4

John Kradle stand auf dem Personalparkplatz des Gefängnisses und genoss die wärmenden Sonnenstrahlen auf seiner Haut. Es kam ihm der Gedanke, dass er noch nie hier gestanden hatte, obwohl er sich nur ein paar Schritte von seiner Zelle entfernt hatte. In der Nacht seines Transports war der Bus durch das hintere Tor hereingefahren, ein weniger eindrucksvolles, niedrigeres Stahltor auf der Südseite des Komplexes. Damals hatte er kaum bemerkt, wie ihn die Anlage verschluckte. Wie ein riesiger Wal einen kleinen Fisch. Man hatte ihn gerade wegen Mordes an seiner Familie verurteilt. Er hatte das alles nicht wahrgenommen, war viel zu sehr damit beschäftigt gewesen, nicht laut loszubrüllen.

Aber dass er überhaupt hier stehen konnte, überstieg bereits seine kühnsten Träume. Auf dem Asphalt. Die Hände frei baumelnd. Die Sonne im Gesicht. Hundert Meter, mehr oder weniger, vor der großen Freiheit.

Männer sausten an ihm vorbei, flohen wie die Ratten vom sinkenden Schiff, sie johlten, jubelten. Zuerst war Kradle überrascht gewesen, wie viele Häftlinge in Sekundenschnelle die Fenster der Autos auf dem Personalparkplatz eingeschlagen, die Motoren kurzgeschlossen hatten und losgebraust waren, aber dann ging ihm auf, dass Autodiebstahl vermutlich zu den Kernkompetenzen jedes Knastbruders gehörte. Er beobachtete erstaunt, wie sich nahezu wortlos Allianzen bildeten, Häftlinge streckten die Daumen aus, quetschten sich auf die Rückbänke der gestohlenen Fahrzeuge, die dann hupend weiterfuhren in Richtung Straße. In der Ferne sah er die Frauen und Kinder der Wärter. Sie hatten

sich im Schutz des schief stehenden Busses zusammengekauert, während die mit Verbrechern vollgestopften Autos
an ihnen vorbeizischten, Staubwolken hinter sich aufwir-
belnd.

Alle hatten ein Ziel: die Zufahrtsstraße zum Highway und
von dort weiter nach Vegas oder Utah. Kradle konnte sich
gut vorstellen, wohin es die meisten von ihnen ziehen würde.

Er betrachtete das riesige Haupttor, die beiden Flügel
ausgebreitet wie offene Arme. Ein Häufchen Mitarbeiter
hatte sich dort zusammengerottet und verfolgte mit verschränkten Armen und schicksalsergebener Miene das
Spektakel des Massenausbruchs. Manche hingen an ihren
Handys, marschierten nervös auf und ab. Vielleicht wollten
sie ihre Angehörigen vor dem bevorstehenden Einfall der
Schwerstverbrecher warnen.

»Nimm die Kinder und fahr zu meiner Mutter«, sagte einer der Wärter. Kradle kannte ihn nicht. Im Todestrakt, wo
er die letzten fünf Jahre gesessen hatte, arbeiteten nur zehn
Leute. »Cherie, steig ins Auto und fahr sofort los. Jetzt! Und
halte nirgendwo an.«

»Geh in den Keller, und komm nur raus, wenn du meine
Stimme hörst.« Eine Schließerin lief an Kradle vorbei, am
Handy, Pistole gezückt, Finger am Abzug. Sie bemerkte ihn
gar nicht, ging einfach weiter. Sein Gesicht war nur eines
von vielen in einem Meer von Kriminellen. Sie rannte auf
einen Wagen am äußersten Rand des Parkplatzes zu, fuchtelte mit der Waffe herum, um ein paar Häftlinge von der
Fahrertür zu vertreiben, stieg ein und brauste davon.

Celine schlug mit solcher Wucht auf, dass ihr kurz die Luft
wegblieb. Die Waffe fiel ihr aus der Hand, schepperte über
den Betonboden und verschwand unter dem Schaltpult. Sie

rappelte sich auf und kroch ein paar Meter weiter, rang verzweifelt um Atem, aber Henderson packte sie am Fußgelenk, zerrte sie zurück, zog ihr sämtliche Waffen vom Gürtel und schleuderte sie durch den Raum. Ihren Schlagstock behielt er, briet ihr damit ein paarmal eins über, der Schmerz so plötzlich und heftig, dass ihr fast die Sinne schwanden. Alles blitzte. *Zack-Zack-Zack.* Vor ihren Augen waberte roter Nebel. Kurz bevor sich ihr Hirn in die Dunkelheit verabschiedete, schickte es ihr noch einen Gedanken: Strategisch vorgehen! Kühl und sachlich. Wie sie es gelernt hatte. Wie eine Maschine.

Sie kniff die Augen zusammen und spürte, dass er sich über sie kniete. Er war also noch in Reichweite. Celine schlug blind zu. Handknochen auf Nasenbein.

Volltreffer!

Sekundenlang hatte sie sich in die Defensive begeben, aber jetzt stand alles auf Angriff. *Bring dich in Sicherheit, fasse einen Plan, schlag zu!* Sie hob die Arme, verschränkte die Finger über ihrem Kopf und wartete, bis die wütenden Schläge ihres Widersachers etwas nachließen, um ihm das Knie zwischen die Beine zu rammen. Henderson krümmte sich, sein Kopf fiel ihr schwer auf die Brust, dann stieß er einen ohrenbetäubenden Schmerzensschrei aus. Celine zögerte nicht lang, sondern krallte die Finger in seinen Hals und sein Gesicht, bis er sich von ihr herunterrollte. Sie drehte sich auf den Bauch und kroch auf allen vieren Richtung Tür, aber er hatte sie schon wieder gepackt, diesmal mit frischer Kraft, als hätte ihm die Wut über ihre Gegenwehr neue Energie verliehen.

Sein Arm schlang sich um ihre Kehle, fett, schweißnass und haarig, und er drückte so fest zu, dass sie den Druck hinter ihren Augen spürte.

Dann kam ein Krachen, und der Druck war verschwunden.

Er hat mir das Genick gebrochen, dachte sie.

Der Gedanke war glasklar. Instinktiv bewegte sie die Zehen, erwartete Taubheit, Lähmung, aber sie konnte sich immer noch bewegen. Hendersons Arm war weggerutscht. Wieder kam dieses Krachen, ein-, zwei-, dreimal. Celine rollte sich auf den Rücken und sah John Kradle über dem großen Henderson stehen, er hob den Arm und ließ ihn auf den Mann am Boden niedersausen. In der Hand hielt er den Toaster, den er Henderson jetzt wie einen Hammer mit voller Wucht ins Gesicht zimmerte. Das glänzende Gerät war blutverschmiert.

Er schlug Henderson vor Celines Augen zu Brei, sie sah tatenlos zu, vom Schock gelähmt. Seltsame Gedanken zogen durch ihr Hirn, es ging um das Blut, das Kradle ins Gesicht spritzte und die Art, wie der den Toaster hielt, mit zwei Fingern in den Schlitzen, den Daumen um den Boden geklammert. Wie eine Bowlingkugel.

Und plötzlich war sie wieder hellwach, ihr Körper stand Gewehr bei Fuß. Sie kroch unter das Schaltpult, schnappte sich ihre Waffe und fuhr herum. Henderson regte sich nicht mehr, Kradle stand über ihm, Toaster in der einen, ihren Schlagstock in der anderen Hand.

»Sind Sie ...«, sagte er, bevor er aufschrie. Celine hatte drei Schüsse abgefeuert. Kradle starrte sie entsetzt an. Die Kugeln waren direkt neben seinem Kopf in die Wand eingeschlagen, hatten sein Ohr nur um Millimeter verfehlt. Er ging in Deckung, Toaster und Schlagstock fielen zu Boden.

»Himmelarsch!«, heulte er, als die Schüsse verklungen waren. »Ich rette dir hier gerade das Leben, verdammt!«

»Auf den Boden!«, knurrte Celine. »Auf die Knie, Häftling! Hände hinter den Kopf!«

»Du hast doch eine Macke!« Kradle erhob sich und trat ein paar Schritte zurück. »Wenn du mich abknallen willst, nur zu, Celine. Ich wollte nur mein Zeug holen.«

Sie schoss nicht. Kradle marschierte aus dem Kontrollraum. Celine tastete sich bis zum Überwachungsfenster vor. Sie hörte ihn zu seiner Zelle rennen. Ein paar Minuten später kam er wieder an ihr vorbei, in der Hand hielt er seine Habseligkeiten, in einen Kissenbezug gestopft. Er verschwand durch die Tür am Ende des Ganges, die zum Hof hinausführte.

Celine kroch zu Henderson, konnte sich aber nicht überwinden, sein zerstörtes Gesicht zu betrachten. Ihre Hände waren glitschig vom Blut, als sie ihm die Handschellen anlegte, von ihrem und von seinem. Sie ließ sie einschnappen, rappelte sich auf, sammelte ihre Waffen ein und wankte langsam auf die Tür zu, durch die Kradle verschwunden war.

Raymond Ackerman saß in seiner Zelle und verfolgte das Chaos da draußen. Er hatte den Anruf im Lautsprecher, die kurz darauf einsetzenden Schreie und Jubelrufe der aufgeregten Häftlinge und schließlich das Getöse des Ausbruchs da draußen vor seiner Zelle live mitverfolgt. Zwei Schließerinnen waren direkt vor seinem Sichtgitter stehengeblieben, sie klammerten sich panisch aneinander und stammelten vor sich hin. Am Ende schlossen sie sich in einer Vorratskammer ein, gerade noch rechtzeitig, bevor die Zentralverriegelung geöffnet wurde. Die ganze Zeit über rührte er in einem Topf auf seinem kleinen Campingkocher herum – pikante Ramensuppe mit Rind, die leeren Packungen lagen auf dem Metalltisch neben der Toilette. Er dachte scharf nach, konnte sich aber nicht erinnern, in Pronghorn je etwas Ähnliches erlebt zu haben, auch nicht in den vielen anderen Haftanstalten, die er während seiner Knastkarriere abgeklappert hatte. Siebenundsiebzig Jahre auf der Erde, zweiundvierzig davon hatte man ihn hinter Gittern, Stahlgeflecht, schusssicherem Glas oder was auch immer eingesperrt, aber einen Massenausbruch hatte er noch nie erlebt. Das war was ganz Besonderes. Er rührte in seiner Nudelsuppe und wartete, bis wieder Ruhe einkehrte und nur noch das Klirren des Löffels in seinem Topf zu hören war.

Niemand kam, um nachzusehen, ob »Axe« Ackerman sich dem Ausbruch angeschlossen hatte. Old Axe wurde meist vergessen. Er war still, bewegte sich langsam und verlangte nicht viel. Wenn in der Gefängniskantine ein Streit ausbrach, hielt er sich im Hintergrund. Wenn seine Zelle umgekrempelt wurde, stellte er sich gehorsam mit dem Gesicht an die Wand, die Hände schön in Sichtweite. Jetzt saß er auf seiner Pritsche, genoss die Stille, aß sein Süppchen und freute sich mal wieder darüber, dass er nach jahrelanger Übung endlich gelernt hatte, Nudeln mit dem Löffel zu essen. In Block H gab es keine Gabeln – als könnten die Jungs nichts anderes finden, um sich abzustechen. Als wären nun alle in Sicherheit, weil Gabeln verboten waren.

So ein Schwachsinn.

Nach einer Weile stand Axe auf, trat vor seine Zelle und besah sich das Chaos im Aufenthaltsbereich. Vor ihrer Flucht hatten die Männer hier alles kurz und klein geschlagen, als glaubten sie allen Ernstes, sie würden nie wieder zurückkehren. Alles war mit Toilettenpapier dekoriert, es hing sogar von den Deckenventilatoren. Überall lagen Bücher, Becher, weggeworfene Gegenstände. Eine Zelle weiter unten im Gang brannte. Innerhalb von vierundzwanzig Stunden wäre hier garantiert wieder alles beim Alten und dann würden die Schließer ihre Pappenheimer dazu verdonnern, den gesamten Trakt mit der Zahnbürste sauber zu schrubben.

Axe hatte nicht vor zu fliehen. Die Welt kannte er aus dem Fernsehen, sie konnte ihm so ziemlich gestohlen bleiben. Es war laut und absurd da draußen. Die Leute aus den Serien waren unhöflich und niederträchtig und zogen sich an wie Witzfiguren, außerdem gab es sicher eine Menge Dinge, die er nicht wusste über das Leben und Benehmen in der heutigen Gesellschaft. Wenn man was Anständiges zu essen wollte, musste man es anscheinend mit dem Handy bestellen und mit einer *Cloud* bezahlen, beides hatte er nicht. Wenn er sich auch nur ein paar Meter vom Gefängnis entfernte, käme sicher gleich eine Drohne angeflogen, um sein Gesicht zu scannen, und dann würde sie ihm befehlen, schön wieder in seine Zelle zurückzukehren. Das war ihm alles viel zu anstrengend. Er wurde schnell müde. Musste haushalten mit seiner Kraft. Aber, dachte er sich, ich mache einen Spaziergang in den Hof, nur um die offenen Tore zu sehen, und vielleicht durchsuche ich danach ein paar Zellen nach Tütensuppen.

Im Hof war alles leer. Er trat an einen Torflügel und berührte ihn vorsichtig. Noch warm von der Wüstensonne. Noch ein paar Meter weiter, scheiß drauf, dachte er und spielte mit einem Stein unter seinem Schuh, rollte ihn vor und zurück. Die meiste Action schien sich um einen Bus mit Schlagseite abzuspielen, der einen halben Kilometer entfernt in der Wüste stand. Leute fielen sich in die Arme, Kinder wimmelten umher. Axe hatte seit fast vierzig Jahren kein Kind mehr gesehen. Er schob die Hände in die Hosentaschen und verfolgte die Szene noch eine Weile.

Eigentlich lungerte er nur herum, erwartete jeden Moment, von einem Schließer bemerkt und wieder in seine Zelle bugsiert zu werden. Aber nichts geschah. Er musste an die vielen Tütensuppen denken, die da herrenlos in den leeren Zellen lagen. Dutzende Packungen wahrscheinlich. Am Ende entschied er sich, den Schließern ihren Job nicht unnötig leicht zu machen. Er würde während dieses Massenausbruchs nicht einfach friedlich in seiner Zelle verharren, sondern einen Spaziergang zu dem Josuabaum machen, den er am Fuße eines kleinen felsigen Hügels entdeckt hatte. Dieses Exemplar würde er sich mal genauer ansehen. Axe hatte ein halbes Leben lang keinen Baum mehr aus der Nähe betrachtet. Aber jetzt hatte er ein Ziel.

5

Die Wüstensonne knallte John Kradle auf den Nacken. Sie schlich ihm langsam um die Ohren, verbrannte ihm die Kopfhaut. In der Wüste von Nevada gab es keinen Winter, zumindest nicht vor Sonnenuntergang. Mit gebeugtem Kopf stapfte er durch die aufgesprungene, verdorrte Landschaft, immer einen Schritt vor dem anderen. Gelegentlich verfing sich seine Jeans im stacheligen Gestrüpp. Die weißen Gefängnisgummischuhe waren innerhalb kürzester Zeit braun und rieben ihm die Hacken auf. Sie waren für polierte Betonböden gedacht und kurze Strecken, boten keinerlei Halt, hatten nicht mal Ösen für Schnürsenkel, die man zu einer scharfen Waffe umfunktionieren konnte. Schon bald hatte sich der Schweiß von seinen Waden in den Schuhen gesammelt und brachte sie bei jedem Schritt zum Quietschen. Doch Kradle setzte seinen Weg fort, nur selten warf er einen Blick zurück. Das Gefängnis wurde immer kleiner.

Ein Helikopter flog über ihn hinweg, tief genug, dass Kradle das Wummern der Rotoren hinterm Brustkorb spürte. Unzählige Fahrzeuge sausten über die Zufahrtstraße zum Gefängnis, verschiedene Farben und Modelle. Sämtliche Einsatzkräfte, die man in kürzester Zeit mobilisieren konnte: Las Vegas Metro Police, Nevada Highway Patrol, SWAT-Einheiten, FBI, U.S. Marshals. Bestimmt mussten auch alle Mitarbeiter aus Pronghorn am Einsatz teilnehmen. Kradle hatte vor, in den Bergen zu verschwinden, bevor die Fahndung so richtig ins Rollen kam. Er schätzte, dass er noch mindestens acht Kilometer abreißen musste, bevor er irgendwo Schutz vor der Sonne fand.

Als er sich das nächste Mal umdrehte, um die Anzahl der Einsatzkräfte einzuschätzen, stellte er fest, dass ihm jemand folgte. Kradle wusste, dass der Mann nicht in seinem Trakt gesessen hatte. Er kannte keine Namen, aber alle Todeskandidaten vom Sehen. Mit seinen drei, vier Zellen weiter untergebrachten Nachbarn hatte er sich oft durch Zurufe unterhalten, und einmal, an Weihnachten, hatte er einen Kassiber über sechs Zellen geschmuggelt, um ein Tauschgeschäft einzufädeln: zwei Tuben Handcreme gegen einen Schokoriegel. Die anderen sah er nur, wenn sie an seiner Zelle vorbei in den Besuchskäfig oder auf den Hof geführt wurden.

Eine Weile hatte er gehofft, sein Verfolger würde irgendwann abbiegen, aber vielleicht hatte sich Kradle einfach den einzig vernünftigen Fluchtweg ausgesucht. Den direktesten. Der Typ kam allerdings nicht näher und fiel auch nicht zurück, daher wurde es Kradle irgendwann zu bunt. Er blieb stehen.

Der Typ blieb stehen.

»Kollege, beweg deinen Arsch hier rüber!«, rief Kradle.

Der Mann kam näher. Auf den letzten Metern hätte er der Logik nach nicht mehr größer werden sollen, aber das Gegenteil war der Fall. Irgendwie hatte sich Kradle völlig verschätzt, denn sein Verfolger war erheblich größer und breiter als erwartet.

»Du kannst mir nicht einfach nachlaufen«, sagte Kradle, obwohl sein Überlegenheitsgefühl einen kleinen Dämpfer erhalten hatte. Er wies auf eine Weggabelung. »Ich biege hier rechts ab. Du links, kapiert?«

»Ich will aber mit dir mit.« Der Typ griente. Mit seiner Lücke zwischen den Vorderzähnen sah er aus wie ein kleiner Junge. »Du siehst aus wie jemand, der weiß, wo's langgeht.«

»Willst du ...« Kradle schüttelte den Kopf. »Willst du mich verarschen? Ich kenn dich doch noch nicht mal, Kollege.«

»Ich bin Homer Carrington.«

»Hör zu, Homer. Es ist schlauer, wenn jeder von uns seinen eigenen Weg geht. Und ich gehe ...«

»Ziemlich schlau von dir.« Homer strich sich über den kurzgeschorenen Schädel. »In die Berge abzuhauen. Die anderen sind alle auf dem Weg nach Vegas. Wozu in die Berge?, denken sie. Da gibt's nur Felsen, und gefährlich ist es auch. Schlangen. Wildkatzen. Bis du sie überquert hast, haben sie die anderen längst wieder eingesammelt, und erst dann kommen sie darauf, hier zu suchen.«

»Das ist ...« Kradle hielt sich die Hand über die Stirn, um sich vor dem grellen Sonnenlicht zu schützen. »Das ist vollkommen richtig. Also hast du es genau kapiert. Und deswegen biegst du da hinten links ab und suchst dir deinen eigenen Weg.«

Homer griente noch breiter. »Du bist ein schlauer Bursche.« Diesmal zeigte er seine Zähne in voller Pracht. Große weiße viereckige Beißer mit einer deutlichen Lücke in der Mitte. Das Lächeln entwaffnete und beunruhigte Kradle gleichermaßen. Er musste an einen Plüsch-Bandwurm denken, den er einst auf einem Schulbasar gesehen hatte. Süße Kulleraugen, länglicher, bleicher Körper.

»Danke«, sagte er. Okay. Hier war also eine andere Strategie angesagt. »Du willst sicher nicht in meiner Nähe sein, ich bin nämlich einer derjenigen, die sie mit Hochdruck suchen.«

Homer trat einen Schritt zurück. »O weh! Bist du etwa ein Serienmörder?«

Kradle nickte todernst. »Sehr gefährlicher Serienmörder. John Kradle. Ich habe zwölf Frauen umgebracht. Manche waren noch blutjung. Und Männer. Neun Männer habe ich auch gekillt. Auf brutalste Weise. Also stehe ich bei denen ganz oben auf der Liste. Ich versuche nur, so schnell wie möglich hier wegzukommen.«

»Hm, dann stehe ich auf dieser Liste wohl auch ganz oben«, sagte Homer ein wenig betrübt. Sein Blick wanderte zur Anhöhe, hinter der das Gefängnis lag.

Langsam stellten sich Kradles Nackenhaare auf. »Du bist …« Die Worte kamen ihm nicht über die Lippen.

»Wahrscheinlich besser, wenn wir zusammenbleiben«, sagte Homer. Er setzte sich wieder in Bewegung, hob die massigen Arme und klopfte Kradle im Vorbeigehen mit seiner Riesenpranke auf die Schulter. »Zwei Köpfe sind besser als einer«, sagte er unheilvoll.

Während ihrer Dienstzeit als U. S. Marshal hatte Trinity Parker schon einige Katastrophen erlebt. Zum Beispiel den Beinahe-Amoklauf von Brampton. Ein Typ hatte geschlagene fünfundsechzig Waffen in einem Doughnut-Karren ins Gerichtsgebäude geschmuggelt, an allen Sicherheitskontrollen vorbei. Unzählige Waffenteile, Messer und Munitionskartons hatte der Mann in Krispy-Kreme-Schachteln über mehrere Tage hinweg durch den Haupteingang geschoben und in einer nicht mehr genutzten Besenkammer versteckt, keine zwanzig Meter vom Richterzimmer entfernt. Das Komplott war nur aufgeflogen, weil eine ältere Dame sich zu ihrem Cappuccino einen Boston Cream Doughnut gönnen wollte, diesen aber fallen ließ und beim Aufheben den Lauf einer AK-47 unter dem Karren hervorlugen sah. Oder das Fiasko mit dem entflohenen Serienvergewaltiger, der es schaffte, sechs Sheriffs abzuhängen, und zwar auf einem Jahrmarkt, im Spiegelkabinett. Szenen wie aus einem Scooby-Doo-Zeichentrickfilm.

Aber beim Anblick der Szenen im Gefängnis von Prong-horn kam ihr der Gedanke, dass sie gerade Zeugin des größ-ten Debakels in der Geschichte Nevadas wurde – vielleicht sogar des ganzen Landes.

Wie bei jeder Fahndung nach entflohenen Häftlingen hatte man auf der Motorhaube eines Streifenwagens einen groben Einsatzplan aufgestellt und ihn später, nach Eintref-fen zusätzlicher Kräfte, entsprechend der Informations- und Aktenlage angepasst und weiterentwickelt. Die Ein-satzzentrale hatte mittlerweile die gesamte Knastkantine in Beschlag genommen. Trinity überwachte alle Aktivitäten von einer etwas erhöhten Station aus, unter ihr hatten sich die Leute zu lauten, ungeordneten Grüppchen rund um die Metalltische versammelt. Viele von ihnen, Wachpersonal der Haftanstalt in hellbrauner Uniform, trösteten einander oder tauschten sich entsetzt und mit ausschweifenden Ges-ten über das aus, was ihnen während des Ausbruchs wider-fahren war. Manche von ihnen hatten blutende Nasen oder Kopfwunden, andere hatten im Kampf gegen die Insassen ganze Haarbüschel gelassen.

Unter ihnen befanden sich auch ein paar frisch eingetrof-fene Deputy Sheriffs, Highway Patrol Officers und Freiwilli-genhelfer aus den umliegenden Städten und Bezirken, die den Anekdoten vom Ausbruch ungläubig lauschten. In einer Ecke hatte sich eine besondere Truppe versammelt: Zivilis-ten in normaler Kleidung, die leise in ihre Handys weinten oder lange Nachrichten an Familie und Freunde tippten. Die Leute aus dem Bus. Trinity entdeckte sogar mehrere heulen-de Kleinkinder und diverse aufgelöste Teenager, die sich mit der Handykamera filmten und ihre Erlebnisse brühwarm mit der Welt teilten.

Durch die vergitterten Fenster sah sie vor dem Gefängnis mehrere Helikopter landen, SWAT-Teams oder Reporter. Ein paar Häftlinge und Wärter standen gleichermaßen verwirrt am Zaun und beobachteten das Spektakel. Trinity nahm an, dass es sich hierbei um Insassen handelte, deren Entlassung kurz bevorstand oder die zu alt und zu institutionalisiert waren, um sich ihren Mitgefangenen anzuschließen. Kurzerhand schnappte sie sich den ihr angebotenen Becher mit Kaffee und betrachtete den Stapel Landkarten auf dem Tisch vor ihr.

»Könnte bitte jemand dafür sorgen, dass die Kids damit aufhören?«, sagte sie mit Blick auf die live-streamenden Teenager. »Nehmt allen Leuten aus dem Bus die Handys ab. Sämtliche Informationen über den Ausbruch bleiben hier im Gefängnis. Außerdem will ich, dass ihr die Tore dichtmacht. Die Presse bleibt draußen!«

Einige Deputys nickten und flitzten davon.

»Jetzt, wo ich hier bin, können wir den Kuschelkurs beenden und zum Angriff übergehen«, sagte sie. »Die ersten Straßensperren werden achtzig Kilometer von hier errichtet, die Wachposten werden verstärkt. Hiermit erteile ich Ihnen die Erlaubnis, auf jedes Fahrzeug zu schießen, das versucht, eine Straßensperre zu durchbrechen. Die meisten dieser Hirnzwerge werden direkt nach Vegas fahren, um es noch einmal richtig krachen zu lassen, bevor man sie wieder einbuchtet. Die richtig Gefährlichen werden abtauchen und versuchen, so lange wie möglich draußen zu bleiben. Wir müssen mit Einbrüchen in Autos und Häusern rechnen, vielleicht sogar mit Geiselnahmen. Geld, Klamotten, Nahrung. Führerscheine, Ausweispapiere. Organisieren Sie den Einsatz von Drohnen mit Wärmebildkameras und senden Sie eine Warnung an alle Mobilfunkteilnehmer im Radius von achthundert Kilometern.«

Einsatzkräfte liefen hektisch herum, um ihre Befehle umzusetzen, sie wiederholten ihre Worte, Handys am Ohr. Trinity hätte liebend gern einen Keks zum Kaffee gegessen, aber im gesamten Speisesaal waren keinerlei Lebensmittel zu sehen.

»Ich brauche was zu essen, und jemand soll den Saal mit Trennwänden in einzelne Einheiten unterteilen«, sagte sie, nippte an ihrem Kaffee und verbrannte sich glatt den Mund. Sie machte eine vage Handbewegung zur langen östlichen Wand. »Hängen Sie dort Fotos von sämtlichen entflohenen Häftlingen auf. Ich will ihre Gesichter sehen. Visuelle Information ist wichtig für mich. Und sortieren Sie sie nach Gefährlichkeitsgrad. Die richtigen Schwerverbrecher landen auf meiner Seite, in meiner unmittelbaren Nähe.«

Mehr Einsatzkräfte eilten davon, andere nahmen neben ihr ihre Plätze ein. Alle suchten Trinitys Nähe. Das kannte sie schon. Sie war eine ruhige Insel im tosenden Meer, und das zog die Leute an. Und natürlich wollte jeder wissen, wie sie diese absolute Vollkatastrophe in den Griff bekommen wollte.

Und Vollkatastrophe war noch milde ausgedrückt, Super-GAU wäre vielleicht passender. Dabei ging es Trinity gar nicht so sehr um die Anzahl der entflohenen Häftlinge. Klar, es handelte sich um den größten Ausbruch, mit dem sie es je zu tun gehabt hatte, aber zumindest hatte man ihr sofort die Leitung übertragen. Wenn sie das ihr zugeteilte Personal richtig anwies und alle den Befehlen folgten, könnten sie in den nächsten Tagen viele von ihnen wieder einfangen. Viele dieser Idioten wussten nämlich gar nicht, was sie mit ihrer neu gewonnenen Freiheit anstellen sollten, außer hordenweise in den Bars, Bordellen und Casinos von Las Vegas einzufallen und Chaos zu stiften. Bei einem ähnlichen Fall, ein

Massenausbruch in Chicago, bei dem einundzwanzig Gefangene aus einem Transportfahrzeug geflohen waren, hatte man sie leider erst eine Woche später hinzugezogen, was dazu geführt hatte, dass einige der Verbrecher bis nach Venezuela gekommen waren, bevor sie sie wieder einsammeln konnte.

Nein, nicht die Anzahl der Häftlinge machte ihr Sorgen, sondern die Tatsache, dass jetzt einige der übelsten Schwerverbrecher auf freiem Fuß waren. Drei von ihnen hätten ihrer Meinung nach gar nicht in Pronghorn einsitzen sollen.

Da war Abdul Hamsi, ein Terrorist, den man nach einem vereitelten Anschlag festgesetzt hatte. Leider war er nicht in den Tiefen eines Bundesgefängnisses gelandet, sondern saß wegen Mordes in einer staatlichen Haftanstalt, weil er einen armen Parkplatzwächter mit seinem Fluchtwagen umgenietet hatte.

Der andere hieß Burke David Schmitz, auch er hätte in ein Bundesgefängnis gehört. Ihm blieb ein Aufenthalt bei den Feds in Louisiana erspart, weil auch er auf der Flucht gemordet hatte. Er hatte bei einer Personenkontrolle in Los Angeles zwei schwarze Polizisten erschossen. Man inhaftierte ihn in Pronghorn und nicht in dem Bundesstaat, wo er ein Massaker angerichtet hatte, weil die Fluchtgefahr bei einer Überführung zu groß gewesen wäre.

Und dann war da noch Homer Carrington, dem man mehrere Morde in verschiedenen Staaten nachgewiesen hatte, für die er zunächst auch tatsächlich in einem Bundesgefängnis in North Nevada gelandet war. Allerdings verübte er dort einen Anschlag auf einen Wärter, was ihm eine vorübergehende Unterbringung in Pronghorn beschert hatte.

Auf Trinitys Liste sollten eigentlich Vergewaltiger und Frauenschläger stehen. Stattdessen jagte sie Massenmörder und Terroristen.

Sie rieb sich die Schläfe, um ihre aufsteigenden Kopfschmerzen zu besänftigen.

Eine schlanke Frau in hellbrauner Uniform tauchte neben ihr auf. Aufgrund ihrer schicksalsergebenen Haltung und den nervösen Handbewegungen vermutete sie, dass es sich um die Direktorin handelte.

»Grace Slanter.« Der schlumpfige Händedruck der Frau erinnerte Trinity an einen toten Fisch. »Das hier ist meine Katastrophe.«

»Exzellente Wortwahl«, erwiderte Trinity. »Katastrophe. Gratuliere! Sie werden als die schlechteste Gefängnisdirektorin aller Zeiten in die Annalen der Geschichte der amerikanischen Haftanstalten eingehen.«

»Zu meiner Verteidigung – und zu der meines Personals«, Grace hob die Hand, »kann ich nur vorbringen, dass wir einen solchen Vorfall niemals erwartet hätten. Niemand hat uns darauf vorbereitet, es gab keine Übung dazu. Unsere Notfallpläne für Geiselnahmen sind auf Situationen ausgelegt, die innerhalb der Anstalt entstehen, wenn also ein Häftling einen Angestellten im Gefängnis als Geisel nimmt. Heute hat sich uns eine Lage geboten, die wir ...«

»Habe ich das richtig verstanden? Sie haben vierunddreißig Zivilpersonen – die Familienmitglieder Ihrer Angestellten – in ein ungepanzertes Fahrzeug verfrachtet und ohne Schutz in diese Einrichtung transportieren lassen?«

»Das Softballspiel ist schon seit elf Jahren fester Bestandteil unserer Gefängniskultur«, sagte Grace. »Es ist noch nie zu irgendwelchen Vorfällen gekommen.«

Trinity nickte »Aha. Es ist also nicht das erste Mal, dass Sie einen Haufen Kinder direkt in die Höhle des Löwen transportiert haben, sondern das elfte?«

»Also ...«

»Wenn ich korrekt informiert wurde ...«, Trinity schob die Lagepläne auf dem Tisch vor ihr zusammen, »... saßen in dem Bus die Frau eines Wachturmschützen, die Frau und der Sohn eines Wärters aus dem Todestrakt, der Mann und die zwei Töchter der Sicherheitskraft, die für die Bewachung der Tore zuständig ist, und dazu Angehörige von mindestens einem Wärter je Trakt.« Trinity studierte die Personalliste, auf der diverse Namen gelb markiert waren.

Grace schluckte. »So scheint es sich darzustellen.«

»Tja.« Trinity musterte sie mit betonter Fassungslosigkeit und schüttelte den Kopf. »Ich weiß nicht, ob ich Sie nach Hause schicken soll, damit Sie Ihre letzten Stunden in Anonymität genießen können, oder Sie gleich mit meinen Ermittlern in einen Raum einsperre, damit Sie uns den Namen Ihres Komplizen verraten.«

»Komplizen?«

Trinity trank ihren Kaffee. »Ja, offensichtlich.«

»Marshal Parker«, sagte Grace vorsichtig, »momentan erkenne ich in dieser Gemengelage nichts, das ich als offensichtlich bezeichnen würde. Ich erhole mich noch vom Schrecken der letzten Stunden.«

»Ms Slanter, jede Geisel in diesem Bus hatte eine Verbindung zu einem wichtigen Mitglied Ihres Stabs. Das war Absicht. Jemand hat das so eingefädelt. Ansonsten wäre es nicht möglich gewesen, dass in jedem Trakt Wärter panisch Tür und Tor öffnen.« Trinitys Augen wurden schmal. Sie musterte Grace eingehend. »Haben Sie das verstanden, meine Liebe?«

»Habe ich«, sagte Grace. »Ich meine nur, dass ...«

»Gehen Sie nach Hause, Ms Slanter.« Trinity lächelte verkniffen und tätschelte der älteren Frau die Schulter. Kaum hatte sie kurz weggeschaut, stand plötzlich eine kleine Person mit blutverschmiertem, geschwollenem Gesicht neben ihr. Trinity machte einen Satz und verschüttete fast ihren Kaffee. »Meine Güte!«, rief sie.

»Sind Sie Marshal Trinity Parker?«

»Höchstpersönlich.«

»Man hat mir gesagt, dass Sie diesen Einsatz leiten.« Die Frau reichte Trinity gerade bis zum Ellbogen. Sie kratzte an einem Blutfleck auf dem Kragen ihrer Uniform herum. »Ich bin Captain Celine Osbourne. Leiterin Todestrakt.«

Trinity musterte Osbourne von oben bis unten. Ihr gefiel es, dass sie die meisten Menschen überragte, denn sie behandelte ihre Leute gern von oben herab. Aber diese Osbourne-Person war lächerlich klein. Trinity musste sich regelrecht den Hals verrenken, um zu ihr hinunterzublicken, und das wollte sie auf keinen Fall öfter tun müssen.

»Sie sind also diejenige, die unsere schlimmsten Verbrecher rausgelassen hat.« Trinity kehrte Grace Slanter den Rücken zu, die sich aus unerfindlichen Gründen immer noch nicht vom Acker gemacht hatte. »Gratuliere!«

»Ma'am, Sie belehren hier die Falsche. Ich habe niemanden rausgelassen«, entgegnete Celine. »Mein Stellvertreter hat mich aus dem Kontrollraum ausgesperrt und dann die Zentralverriegelung geöffnet. Einen Gefangenen haben wir tatsächlich schon wieder in seine Zelle gesperrt. Willy Henderson. Hat seine Frau ermordet.«

Trinity legte den Kopf schief und nahm die kleine Frau mit der blonden Pixiefrisur genauer ins Visier. »Aha. Soso. Und Henderson hat Ihnen diese ...« Sie zeigte auf Osbournes geschundene Visage.

»Korrekt.«

»Verstehe.« Trinity krümmte den Zeigefinger, und ein Deputy sprang herbei. »Sie. Ja, Sie! Schreiben Sie eine offizielle Stellungnahme für diese Frau hier. Die soll sie vor den Kameras vortragen. Osbourne, Sie erzählen der Presse, dass Sie ganz allein gegen einen der gefährlichsten Verbrecher des Landes gekämpft haben, um seinen Fluchtversuch zu vereiteln.«

»Ich will keine gequirlte Scheiße vor den Kameras aufsagen.« Celine fächelte sich mit ihrem Papierstapel Luft zu. »Ich will die schlimmsten Mistkerle jagen. Die sind alle aus meinem Trakt. Ich kenne sie am besten. Ganz oben auf der Liste steht ein Mann namens Kradle. Ich kann Ihnen gleich das Wichtigste über ihn sagen …«

Trinity hob die Hand. »Sie sind momentan woanders besser aufgehoben«, sagte sie. »Wir dürfen nicht zulassen, dass die Medien uns vor sich hertreiben. Im Zentrum dieser Misere steht eine Frau – Ihre Chefin. Verstehen Sie? Es ist mir egal, ob sie tatsächlich was mit dem Ausbruch zu tun hatte«, sie warf einen bösen Blick auf Grace Slanter, »aber sie ist jetzt das Gesicht der Katastrophe. *Gefängnischefin lässt Killer auf die Öffentlichkeit los. Diese Frau hat Dutzende Opfer auf dem Gewissen*, et cetera pp. Dieses Fiasko wird jeglichen Fortschritt bei der Besetzung von Frauen in Führungspositionen bei der Polizei und im Vollzugswesen um Jahre zurückwerfen. Es sei denn, wir ändern das Framing.«

»Ihr Framing geht mir am Arsch vorbei!« Celine zeigte auf die Trennwände, die rund um den Saal aufgestellt wurden, ein paar Fotos von den Entflohenen hingen bereits. »Ich will diese Kerle festsetzen, bevor sie jemanden verletzen!«

Trinity zeigte mit dem Kaffeebecher auf sie und beschloss, dem vorlauten Kampfzwerg einen Bissen hinzuwerfen. »Ziehen Sie Ihre kleine Show vor der Kamera ab, und ich gebe Ihnen einen Job im Führungsteam.«

»Abgemacht!«, sagte Celine, wie Trinity es erwartet hatte.

Sie nahm der Frau die Unterlagen ab, mit denen sie herumgefuchtelt hatte, und verteilte sie auf den Lageplänen. Grace Slanter hatte endlich den Wink mit dem Zaunpfahl verstanden und schlich davon. Trinitys Blick wanderte zwischen den Dokumenten hin und her. Sie hatte schon eine Menge Gefangenenakten gesehen, daher konzentrierte sie sich nicht auf Namen, sondern auf Opferzahlen. Danach sortierte sie sie in verschiedene Stapel. Ein paar Akten schob sie an den Rand des Tisches. Celine schnappte sie sich rasch, bevor sie zu Boden segelten.

»Der Typ hier gehört auf Ihrer Shitlist ganz nach oben.« Celine knallte ihr die Akte hin. »John Kradle. Er …«

»Drei Opfer?« Trinity hob eine Braue. »Wollen Sie mich verarschen?«

»Ist eines Tages von der Arbeit gekommen und hat seine Frau, sein Kind und seine Schwägerin umgelegt. Der Typ ist ein eiskalter, berechnender …«

»Jetzt hören Sie mal gut zu«, sagte Trinity. »Ich weiß, dass Sie noch nicht viel Erfahrung haben. Für so eine Sache sind Sie gar nicht ausgebildet, bla bla bla. Aber ich werde mich bei meiner Fahndung auf den Terroristen konzentrieren, der dieses Katastrophendomino angezettelt hat.«

Sie machte eine ausschweifende Geste. Zweihundert Leute wuselten geschäftig wie die Ameisen durch die Kantine.

»Ich weiß zwar noch nicht genau, wer der Typ ist«, sagte Trinity, »aber er hat garantiert Connections. Klar ist, dass er drinnen einen, wenn nicht sogar zwei Helfer hatte. Dazu hat er mindestens zwei Leute engagiert, den Schützen und den Anrufer. Vermutlich auch noch einen Fahrer und einen zum Schmierestehen. Auf meiner *Shitlist*, wie Sie es so elegant ausgedrückt haben, wird also jemand wie der hier landen.« Sie nahm die Akte und hielt sie Celine vor die Nase. »Burke David Schmitz. Weißer Neonaziterrorist. Hat fünfzehn Menschen erschossen, achtzehn verletzt.« Trinity schnappte sich eine weitere Akte. »Oder der hier. Abdul Ansar Hamsi. Unterstützt den IS. Mörder von ...«

»John Kradle ist ein Familienmörder«, fiel ihr Celine ins Wort. Trinity wartete. Der Kampfzwerg sah sie gekränkt an.

»Sie benutzen dieses Wort, als würde es irgendwas bedeuten«, sagte Trinity schließlich.

»Es bedeutet, dass er diejenigen umbringt, die er am meisten liebt.« Celine nahm Schmitz' Akte und drückte sie zusammen. »Diese Kerle? Wir jagen sie, klarer Fall. Sie stellen eine große Gefahr für die Bevölkerung dar. Aber sie killen Menschen, die sie hassen. Kradle hat seinen eigenen Sohn umgebracht, völlig kaltblütig, der Kleine stand gerade unter der Dusche. Auch der Mann sollte gejagt werden.«

»Nein, sollte er nicht«, sagte Trinity.

»Sollte er wohl. Sonst stelle ich mich nicht vor die Kamera.«

»Meine Süße, du stehst vor der Kamera oder augenblicklich unter Hausarrest.«

»Das können Sie nicht machen.«

»Und ob ich das kann. Dazu setze ich dir meine Leute dauerhaft ins Haus. Du hast es selbst gesagt. Das sind deine Männer. Es war dein Trakt. Es ist verständlich, dass du Angst vor Vergeltung hast, daher ist es sicher das Beste, wenn wir dich in Schutzhaft nehmen, bis wir sie alle wieder eingesammelt haben. Das kann dauern.« Trinity machte große Augen und blies beim Anblick der Akten theatralisch die Luft aus. »Einen Monat, ein Jahr.«

Celine hatte angefangen zu zittern. Vor Freude wurde Trinity ganz warm ums Herz. Es war ihr eine Wonne, Leute auf ihren Platz zu verweisen. So befriedigend wie ein aufgeräumter Kleiderschrank oder eine gut sortierte Vorratskammer. Sie mochte Ordnung. Celine war auf die Regale geklettert, aber Trinity hatte sie dorthin zurückgestellt, wo sie hingehörte. Ganz nach unten.

Die Frau wandte sich ab und stürmte davon. Trinity schüttelte ungläubig den Kopf.

1990

Er hatte sie über eine Zeitungsannonce gefunden.

Immer wenn er in die Stadt fuhr, erlebte er was Interessantes. Solche Ausflüge waren damals selten vorgekommen und deshalb was ganz Besonderes. Diese Begegnungen mit neuen Menschen machten ihn froh, denn auf seinem Hausboot hatte er es nur mit Krokodiljägern oder ihren Frauen, den Sumpfhexen, zu tun. Diesmal musste John Kradle an Land gehen, weil das Ruder seines Hausboots gebrochen war, und traf auf einer abgelegenen Landstraße ein russisches Touristenpärchen. Er war auf dem Weg zu seiner Lieblingskaschemme, als er die Frau in der brütenden Hitze auf einem Baumstamm sitzen sah, sie fächelte sich Luft zu. Der Mann saß am Steuer eines RV und versuchte, die Wegskizze zu interpretieren, die er vermutlich von einem Tankwart bekommen und die ihn in die Irre geführt hatte, mitten in die Wildnis. Ein kleiner Scherz unter Einheimischen. Damit die Touris kapierten, dass New Iberia nicht New Orleans war. Kradle bot seine Hilfe an, setzte sich neben den Russen in den RV und lotste die beiden zurück auf die Hauptstraße, obwohl das für ihn natürlich ein Riesenumweg war. Aber sie hatten ihm zum Dank hundert Mäuse gegeben, genug für die Reparatur des Ruders und ein Bierchen danach.

Also saß er zufrieden in der Bar, einem zusammengezimmerten Verschlag aus Sperrholz und Wellblech, so nah am Fluss, dass es drinnen dauerhaft nach Fischinnereien stank, als er ihre Annonce entdeckte. Er musste zwar noch ein bisschen Geld verdienen, bevor er wieder für längere Zeit in den Sumpf verschwinden konnte, und war eigentlich für jeden Job zu haben, aber das, was da im Inserat stand, klang ziemlich schräg. Kradle war einer, der Verandas strich, Bienennester aushob oder Ölwechsel vornahm. Die meisten seiner Kundinnen waren ältere Damen, die eine Todesangst vor Leitern hatten. Aber seine Neugier war geweckt, also rief er die angegebene Nummer vom Münztelefon in der Bar aus an.

Damals, als Kradle Christines Bassgitarrenstimme zum ersten Mal hörte, war es eigentlich schon um ihn geschehen.

»Was für eine Kamera haben Sie denn?«, fragte sie.

»Tja, es ist so«, setzte er an. Marty, der Barmann, stützte die schweißnassen, behaarten Arme auf die Theke und verdrehte die Augen. Er bräuchte einen Vorschuss, um die Kamera kaufen zu können, sagte Kradle, aber danach würde er sich gleich an die Arbeit machen. Christine äußerte Skepsis, Kradle zuckte die Achseln, eine Geste, die eher für Marty gedacht war.

»Ich bin nicht darauf aus, Sie zu betrügen, Lady«, sagte er. »Deshalb lege ich jetzt mal auf. Wenn Sie jemanden finden, der eine Kamera hat, schön und gut. Wenn nicht, kommen Sie einfach in die Bar an der Second Street, dann können Sie sich persönlich ein Bild von mir machen.«

»Wie heißt die Bar?«, fragte sie, aber statt zu antworten, legte Kradle wie angekündigt auf. Die Bar hatte ohnehin keinen Namen.

Eine Stunde später kam sie zur Tür herein, in einem wallenden Fähnchen im Tigermuster. Marty schob den Kopf in den Nacken und glotzte, als wäre er nicht sicher, ob er träumte. Kradle wusste nicht, was das für ein Kleid war, aber eines stand fest: So was trugen die Leute hier im Süden nicht. Durch die weiten Armlöcher sah er ihre schweißnassen Achseln und ihren pinken Spitzen-BH. Sie fragte Marty, ob er Daiquiris servierte, woraufhin der sich halb totlachte, bevor er ihr Wodka-Cola hinstellte.

»Also haben Sie keine zehn Typen mit Kameras gefunden, die für Sie Fotos von ›dämonischen Aktivitäten‹ machen wollten?«, fragte Kradle, nachdem sie sich gesetzt hatte.

Christine hielt ihm den Finger vor die Nase. »Sie brauchen gar nicht weiterzureden«, sagte sie. Dann schob sie sich die braunen Locken hinter die Ohren. »Ich arbeite nicht mit Leuten, die meinen Beruf nicht ernst nehmen.«

»Was? Wollen Sie behaupten, die Sache mit den Dämonen ist echt? Ich dachte, das ist nur ein Vorwand.«

»Vorwand? Wofür?«

»Pornos.«

Sie schüttelte den Kopf. »Ach du liebe Güte! Nein, Schätzchen, keine Pornos.«

»Na, egal, was es ist, ich versuche ab jetzt, es ernst zu nehmen«, sagte er, konnte sich ein Grinsen aber trotzdem kaum verkneifen.

»Das Paar, dem ich beistehe, wohnt drüben in Erath«, erklärte sie, den trotzigen Blick auf ihren Drink gerichtet. »Seit Wochen werden sie von einer dunklen Macht bedroht. Ob es sich um das Werk eines Dämons handelt, kann ich nicht beurteilen, denn ich war noch nicht vor Ort. Zu diesem Zeitpunkt kann ich nur Vermutungen anstellen. Wir könnten es auch mit einem Wiedergänger zu tun haben und nicht mit einem Außerweltlichen. Ich muss alle Aktivitäten vor Ort auf Film festhalten, denn solche Bilder können Aufschluss darüber geben, wo genau sich die Macht eingenistet hat.«

»Was ist mit Ihrem letzten Kameramann passiert?«, fragte Kradle.

»Hat sich vor Angst in die Hose gemacht.« Christine sah ihn herausfordernd an.

»Na, Sie müssen schon Himmel und Hölle bewegen, um

mir Angst einzujagen«, sagte er. Sie lachte sich kaputt. »Himmel und Hölle!«, rief sie immer wieder und klatschte in die Hände. Marty seufzte tief und schenkte sich einen großen Whiskey ein.

Eigentlich wollte er sich nur ein bisschen den Nachmittag vertreiben. Den Job nahm er an, weil die vierhundert Mäuse leicht verdient waren, er musste sich zur Abwechslung mal nicht mit Öl vollschmieren oder von Bienen zerstechen lassen. Aber Christine redete gern. Er hatte schon lange niemandem mehr zugehört, und eh er sichs versah, war es Abend geworden. Stundenlang saß er mit ihr an der Bar, füllte sie mit Wodka-Cola ab und lauschte ihren Geschichten von Geistern und Dämonen und Besessenen, ließ sich erklären, was Wiederkehrer von Außerweltlichen unterschied. Am Ende war ihm ziemlich klar, warum der letzte Kameramann das Weite gesucht hatte. An irgendwelchen Gespenstern hatte es sicher nicht gelegen. Den ursprünglichen Plan, zu einer Pfandleihe zu fahren, um dort günstig eine Kamera zu erstehen, hatten sie irgendwann aufgegeben, stattdessen schlenderten sie gegen Mitternacht über den kleinen Anleger zu seinem Hausboot und verbrachten dort ihre erste Nacht miteinander.

Als er am nächsten Morgen erwachte, war sie noch da. Sie räkelte sich splitternackt in einem Plastikstuhl auf dem Achterdeck und ließ eine Handleine ins Wasser baumeln.

6

An dieses Hausboot dachte Kradle, als er und sein Begleiter in den Schatten der Bergkette traten. Hier war es kühler, endlich war er der Gluthitze entflohen und dem grässlichen Kopfkino, das sein überhitzter Verstand in Dauerschleife laufen ließ, Bilder von Feuer, Flammen, Verbrennungen, verkohlten Knochen. Die Bedrohung in seinem Rücken trieb ihn vorwärts. Der Mann namens Homer lief ein paar Meter hinter ihm, mit gebeugtem Kopf und schweren Schritten. Immer wenn Kradle gerade aus seiner unerträglichen Situation in die Sicherheit seiner Erinnerungen abgetaucht war – Regen, der auf das Wellblechdach seines Hausboots in Louisiana trommelte, kleine Krater in die Wasseroberfläche schlug, gegen die Scheiben spackerte, das winzige Fensterbrett mit seinen Blechdosen voller Nägel, Schrauben und Scharnieren –, riss ihn Homer mit einem Husten, Schniefen oder Murmeln aus seinen Tagträumen, und die grausame Realität seiner Lage durchzuckte ihn wie ein Stromschlag: Er war auf der Flucht und ein Ungeheuer hatte sich an seine Fersen geheftet.

»Wir sollten uns einen Plan zurechtlegen«, sagte Homer irgendwann. Kradle wartete, bis der Hüne neben ihm stand. Im Schatten eines Felsvorsprungs machten sie kurz Pause.

Kradle zeigte auf den Gipfel. »Auf der anderen Seite ist ein Landeplatz, der ist unser Ziel.«

»Wieso?«, fragte Homer.

Kurz überlegte Kradle, einfach zu lügen, aber er hatte schon zu lange gezögert, und Homers entsetzlich große Riesenpranken waren so bedrohlich nah, dass ihm die Worte einfach aus dem Mund purzelten.

»Weil ich mir einen Flieger kapern werde.«

»Du hast schon vorher drüber nachgedacht.« Homer grinste schief und wackelte mit dem Zeigefinger. »Das ist ein guter Plan. Wie weit ist es denn noch?«

»Nach Sonnenuntergang machen wir richtig Rast und versuchen, ein paar Stunden zu schlafen.« Kradles Kehle war so trocken, dass jedes Wort schmerzte. »Das Wichtigste war, in die Berge abzutauchen, wo sie uns nicht so schnell finden. Aber zu lange sollten wir nicht hierbleiben. Die Felsen speichern die Tageshitze, was ihnen die Suche mit Wärmebildkameras erschwert, aber wenn die abkühlen, ist es damit vorbei. Also sollten wir vor Tagesanbruch irgendwo in der Zivilisation sein.«

Jetzt bitte keine Fragen, dachte Kradle. *Halte einfach den Mund.*

»Wohin fliegen wir denn?«

»*Wir* fliegen nirgendwohin.« Kradle richtete sich auf und sah Homer eindringlich an. »*Wir* teilen uns auf.«

Homer grinste ihn an wie der nette Junge von nebenan. »Nee, lieber nicht«, sagte er mit zuckersüßer Stimme. Er zeigte auf die Felsen. »Das alles hast du gründlich durchdacht, von langer Hand geplant. Du hast seit Monaten, vielleicht schon seit Jahren in deiner Zelle gelegen und dir alles bis ins Detail überlegt. Ich will mit einem Typen fliehen, der einen Plan hat, denn ich habe keinen.«

Kradle seufzte. »Vielleicht solltest du dir selbst einen überlegen.«

»Hast du eine Karte in der Tasche? Ich wette, ja.« Er zeigte auf den Kissenbezug, den Kradle über der Schulter trug.

»Nein«, sagte er.

»Aber du hast Wasser.« Homer nickte zur Tasche. Er schob sich zusammen wie eine Duschstange, bis er schließlich auf einem kleinen Felsen saß. »Du bist ein Typ, der klug genug war, sich Wasser mitzunehmen, bevor er in die Wüste gerannt ist. Ich wette, im ganzen Gefängnis hat es keinen gegeben, der sich vor der Flucht Wasser mitgenommen hat. Einschließlich mir.«

Da war er wieder, dieser Kloß im Hals. Homer hatte nicht im Todestrakt gesessen, das wusste Kradle ganz genau. Und in E gab es ansonsten nur noch einen Hochsicherheitsbereich, auch als SHU bekannt. Typen, die dort untergebracht wurden, waren so gewalttätig, dass man sie nicht ohne schwere Hand- und Fußfesseln, Elektroschockgürtel und Spuckhaube aus der Zelle ließ. Er selbst hatte die SHU noch nie von innen gesehen. Es hieß, dass Insassen in Pronghorn nur selten dort landeten, denn für solche Spezialfälle gab es in der Nähe andere, passendere Einrichtungen. Vor einer Woche war Frankie Buchanan in die SHU gewandert, weil er einen Wärter vor seine Zelle gelockt und versucht hatte, ihm ein Stück Holz in die Brust zu rammen, das er im Besuchercenter von einem Stuhl abgerissen hatte. Kradle wusste aber auch, dass Buchanan verlegt wurde, weil man ihn in Minnesota wegen Vergewaltigung drangekriegt hatte.

»Gib mir Wasser«, sagte Homer.

Kradle reichte ihm die Flasche. Homer trank ein paar Schlucke und gab sie zurück. Beim Gedanken, aus derselben Flasche trinken zu müssen wie dieser Freak, wurde Kradle speiübel. Er brachte es nicht über sich.

»Du solltest auch trinken«, sagte Homer. »Sonst trocknest du aus.«

Kradle betrachtete die Felsen und dachte über Flucht nach. Zuerst musste er verstehen, wie dieser Typ tickte. Man tritt einem Alligator nicht gegen den Kopf und springt dann vor ihm ins Wasser.

»Ich habe dich noch gar nicht gesehen im Trakt«, sagte er und zwang sich zu trinken.

»Bin neu. Gerade erst eine Woche drin. Vielleicht deswegen.«

»Was hast du gemacht?«

Homer verzog das Gesicht. »Einen Cop umgenietet. Wenn es irgendein Normalo gewesen wäre, hätten sie mich nicht in den Todestrakt gesetzt. Aber ich war auf der Flucht und sie haben Nagelketten ausgelegt. Den Cop habe ich erwischt, als ich ausweichen wollte. War nicht meine Schuld. Ein Unfall.«

Kradle nickte, griff in den Sand und ließ ihn zwischen seinen Fingern hindurchrieseln, aber seine Gedanken wirbelten durcheinander. Die Story kannte er. Ein anderer Insasse hatte sie erzählt. Frankie Buchanan hatte vor Jahren zwei Zellen weiter gesessen, da hatten sie ihre Geschichten ausgetauscht, so wie es alle Häftlinge taten, sobald sie in Hörweite untergebracht waren.

Aber Homer würde Buchanans Geschichte sicher nicht einfach als seine eigene ausgeben. Wahrscheinlich war es nur ein Zufall. Kam oft genug vor. Verbrecher auf der Flucht, Cops legen Nagelketten aus, werden von Verbrechern überfahren. Kein Grund, voreilige Schlüsse zu ziehen. Solange Homer nicht auch noch behauptete, er hätte einen Stapel Flachbildfernseher geklaut, war alles in Butter ...

»Ich war auf der Flucht, weil ich lauter Flachbildfernseher hinten drin hatte«, sagte Homer.

Kradle senkte den Kopf.

Celine marschierte direkt in Kradles Zelle und setzte sich auf die Pritsche. Die Metallstreben unter der dünnen Matratze bohrten sich in ihre Oberschenkel. Sie fragte sich, wo

John Kradle jetzt wohl war, ob er mit ein paar anderen Dreckschweinen in einem gestohlenen Fluchtfahrzeug auf dem Weg nach Vegas war oder versuchte, in Utah oder Kalifornien unterzutauchen. Vielleicht würde sie in seinen Sachen eine Antwort finden.

Auf dem Regal über dem Arbeitstisch waren verschiedene Gegenstände säuberlich aufgereiht: Briefumschläge in einem Stehordner, ein Rasierspiegel, in dem jetzt ihr lädiertes, besorgtes Gesicht zu sehen war, allerlei Fläschchen mit Shampoo und Creme, daneben ein eindrucksvoller Stapel Fertigsuppen. Celine zog den selbst gebastelten Stehordner heraus und betrachtete ihn genauer. Er hatte drei beschriftete Fächer: *Hass. Ehe. Anwalt.* Sie zog alles aus dem größten Fach mit der Aufschrift *Ehe* und öffnete den ersten Umschlag. Die Buchstaben waren verschnörkelt, kindlich, der Inhalt zum Teil mit pinkfarbener Tinte geschrieben, manche i-Punkte waren Herzchen.

Lieber John,
ich habe in der Chicago Tribune einen Artikel über dich
gelesen und bei deinem Foto hatte ich sofort das Gefühl,
zwischen uns besteht eine Verbindung. Mein Name ist
Debbie, und ich kann deine Tat verstehen.

Celine umklammerte den Brief so fest, dass ihre Finger taub wurden. Sie überflog den Rest.

Weil, wenn wir heiraten würden, könnte ich mich um dich
kümmern. Würde dir Verpflegung schicken, Bücher, was du
willst. Und dich verstehen, dich besuchen und …

Kurzerhand zerriss Celine den Brief und warf die Schnipsel auf den Boden. Dann nahm sie sich den nächsten Brief vor. Das Foto einer beleibten Dame in limettengrünem Bikini segelte heraus und landete zwischen ihren Füßen. Sie schüttelte das Papier so heftig, dass es sich von selbst entfaltete.

Kennst du den Song »I Knew I Loved You Before I Met You« von Savage Garden? Ich habe dir den Text aufgeschrieben und mitgeschickt, John, weil genau so fühle ich mich. Bitte schreib zurück, damit wir ...

Celine knüllte den Brief zusammen, warf ihn in die Ecke und schob den Ordner mitsamt Inhalt so heftig von ihrem Schoß, dass sich alles über den Zellenboden verteilte. Ein Brief war allerdings liegengeblieben, ein kleiner Umschlag, der im Fach *Hass* gesteckt hatte. Jemand hatte mit dickem schwarzem Filzstift quer über die Seite gekrakelt.

Du kranker Wichser! In der Hölle gibt es einen besonderen Platz für Leute, die ihre Familien umbringen. Kindermörder sind die schlimmsten Schweine. Du wirst im ewigen Feuer schmoren, John Kradle. Lichterloh brennen wirst du. Schrei laut, solange du es noch kannst!

Ihr Herzschlag verlangsamte sich. Erst jetzt merkte sie, dass ihre Wangen nass waren. Irgendwelche Geräusche vom Gang hatten sie aus ihrer Trance gerissen. Sie konnte hier nicht sitzen und die Post eines Häftlings lesen. Rasch wischte sie sich die Tränen ab, putzte sich die Nase und streckte den Kopf zur Tür hinaus.

»Hey!«, rief sie. Draußen, ungefähr zwei Zellen weiter stand ein kleiner, schmächtiger Mann. Er hatte die Hände wie ein Besucher in einer Kunstausstellung hinter dem Rücken verschränkt und las die an der Wand befestigte Notiz. Als er ihre Stimme hörte, zuckte er zusammen, schob sich die Brille hoch und zupfte seine Uniform zurecht.

Er nickte ihr zu. »Ma'am.«

»Was machen Sie hier?«

»Ähm, also ...« Er wies mit dem Daumen über die Schulter, aber hinter ihm herrschte gähnende Leere. Celine und der Mann waren die Einzigen hier. Henderson lag auf der Krankenstation, die anderen Häftlinge dieses Trakts waren abgehauen. »Warden Slanter hat mich geschickt, ich soll ... ähm ... Sie wissen schon ... nachsehen, ob hier alles okay ist.«

Celine musterte den Mann genauer. Seine verwitterte Haut war mit Gefängnistattoos übersät, der Name *Kaylene* zog sich über seine Halsschlagader. An der Uniform hing kein Namensschild, sie war nur bis zu seinem schmalen Brustkorb zugeknöpft. Er war so um die dreißig, sah aber fertiger aus. Celine seufzte erschöpft und griff zum Schlagstock.

»Hände an die Wand, Häftling!«, sagte sie.

»Ach, verdammt.« Der Typ sackte deprimiert in sich zusammen.

»Sie wissen, dass auf Amtsanmaßung fünfundzwanzig Jahre stehen, nehme ich an?« Celine zog die Handschellen vom Gürtel und trat auf den Mann zu. »Woher haben Sie die Uniform?«

»Die Personalumkleide war offen. Da hab ich die Uniform gefunden, hing über einem Stuhl. Ich glaube, sie gehört eigentlich einer Frau.«

»Tja. Heute ist so viel Papierkram zu erledigen, und du hast dich dermaßen dämlich angestellt, dass ich eigentlich keine Lust habe, wegen dir einen Bericht zu schreiben.«

»Das ist sehr nett von Ihnen, Ma'am.« Er streckte ihr willig die Arme hin, sie legte ihm die Handschellen an.

»Wer zum Teufel bist du?

»Ich bin Walter Keeper. Die Leute nennen mich For-Keeps, manchmal auch Keeps, wenn sie es eilig haben.« Er zeigte ihr sein Tattoo. *4KEEPZ*.

»Wo kommst du her?«

Keeps zuckte schuldbewusst die Achseln. »Minimum. Ich soll morgen entlassen werden, deswegen bin ich hiergeblieben. Obwohl es ziemlich verlockend war, einfach abzuhauen. Seit Mittwoch zähle ich die Stunden. Es sind noch einundzwanzig, das ist kein Klacks.«

»Also hast du dir gedacht, du vertreibst dir ein bisschen die Zeit damit, dich strafbar zu machen, indem du dir eine Wärteruniform anziehst und in den Todestrakt spazierst? Fürs Ausbrechen hättest du weniger gekriegt ...« Celine schüttelte den Kopf. Ab und zu machte sie sich die Mühe, den Häftlingen zu erklären, wie dumm ihre Verbrechen waren, aber eigentlich war das reine Zeitverschwendung. »Ach, egal.«

»Ich war nur neugierig«, erklärte Keeps. Er sah sich um. »Eine einzigartige Gelegenheit, sich das mal von innen anzusehen, ohne gleich einen Mord zu begehen.«

Celine musste wider Willen grinsen. Sie spürte das getrocknete Blut an ihrer Schläfe aufspringen.

»Okay, die Show ist vorbei.« Sie zeigte auf den Gang. »Zufrieden?«

»Klar.«

»Dann mal Abmarsch.« Sie ergriff seinen Arm. Als sie ihn über den Gang führte, spähte Keeps in jede Zelle.

»Jemand hat Ihnen auf dem Weg nach draußen eins auf die Nuss gegeben, hm?«

»Es gab ein kleines Handgemenge«, sagte Celine. »Alles halb so wild.«

»Sie haben lauter Serienmörder und sone Leute hier, oder?«

»Nicht mehr.«

»Mann, das ist eeecht der Hammer«, sagte Keeps, als wollte er sich die Worte auf der Zunge zergehen lassen. Er schüttelte den Kopf. »Die ganzen schweren Jungs rennen jetzt alle da draußen rum. Bin ich froh, dass ich hier drin bin. In Sicherheit.«

»Heute steht alles kopf«, bemerkte Celine.

»Verkehrte Welt«, stimmte Keeps ihr zu.

»Ihr sucht sicher den Typen, der das alles von drinnen organisiert hat.«

Celine blieb abrupt stehen. Keeps spähte in Hendersons Zelle und beäugte sehnsüchtig den Karton mit Lebensmitteln auf seiner Pritsche.

»Weißt du was darüber?«

»Nee«, sagte Keeps. »Aber das Ding ist ein bisschen zu groß, um es nur von außen zu organisieren. Zu viele Schachfiguren. Verstehen Sie?«

»Ja.« Celine stieß ihn weiter.

»Willst du einen Schnüffler finden, schick ihm noch einen auf den Hals«, sagte Keeps.

»Na, dich schickt jedenfalls niemand. Du bist in zwanzig Stunden und fünfundfünfzig Minuten wieder auf freiem Fuß.«

»Ja, aber ich hätte nichts dagegen, mir schon mal ein kleines Polster fürs nächste Mal zu verdienen.«

»Das nächste Mal? Keeps, die meisten Häftlinge machen beim Packen nicht schon wieder Pläne für ihren nächsten Aufenthalt.«

»Ich bin aber nicht wie die meisten, sondern ›proaktiv‹, wie Sie das so gern ausdrücken.«

»Okay. Eine Hand wäscht die andere. Also, was kannst du mir zeigen?«

»Okay, Deal«, sagte Keeps enthusiastisch.

Während sie den Hof überquerten, kaute er auf der Unterlippe herum und starrte nachdenklich zu Boden.

»Also gut«, sagte er schließlich, straffte den Rücken. »Ihre Jungs im Todestrakt. Die haben dasselbe Beleuchtungssystem wie wir drüben bei Minimum?«

»Wie meinst du das?«

»In den Zellen. Also an den Wänden. Lange dünne Lampen, gelbliches Licht, so milchige Plexiglasscheiben?«

»Ja.«

»Na, die sollten Sie mal überprüfen.«

»Wir kontrollieren die Lampen bei jeder Zellendurchsuchung.« Celine verzog das Gesicht. »Solche Informationen interessieren mich nicht.«

»Vielleicht sollten Sie aber mal um die Lampen herum nachschauen.« Keeps hob die gefesselten Hände und tippte sich an die Nase. »Kapiert?«

»Da musst du schon deutlicher werden.«

»Verdammt, Weib!« Er seufzte tief. »Ich singe dir gern ein Liedchen, aber ich male dir nicht noch die Noten dazu auf, damit du sie dir an die Wand hängen kannst.«

Celine lachte.

»Diese Lampen sind neu. Früher hatten die Insassen Neonröhren an der Decke.«

»An die erinnere ich mich noch.«

»Genau. Aber das waren keine Halogenlampen und deshalb zu teuer. Außerdem gibt es Studien, die zeigen, wie schädlich Neonlicht ist. Es summt und flackert, und man

kriegt Kopfweh davon. Die Wissenschaftler haben herausgefunden, dass warmes Licht die Bereitschaft der Leute an-
regt, abends zu lesen. Und wer mehr liest, ist zufriedener,
weniger depressiv und aggressiv. Als sie die Halogendinger
angebracht haben, ist die Aggressivität um fast fünfundzwanzig Prozent gesunken und sone Sachen.«

»Woher weißt du das alles?«

»Ich lese abends Zeitung.«

»Okay, Professor.«

»Also hat jetzt jeder warmes Halogenlicht an der Zellen-
decke. Aber wenn man im Gefängnis was Neues einbaut,
geht das auf Kosten der Sicherheit. Das ist, wie wenn man
in einen fertigen Kuchen noch was in die Mitte quetschen
will. Dafür muss man ihn aufschneiden. Also besser, wenn
man es von Anfang an mit reinbackt.«

»Oho, du hörst dich selber gern reden, hm?«

»Sie haben doch gesagt, ich soll deutlicher werden.«

»Versuchs mal mit 'nem Mittelweg.«

»Okay, okay. Als die Handwerksfirma die Lampen installiert hat, sollten sie die Leitungen dafür tief in die Wand
verlegen. Da gibt es einen Standard. Aber das ist richtig viel
Arbeit. In jeder Zelle, Trakt für Trakt, Minimum, Medium,
Maximum. Hunderte Lampen. Viel einfacher ist es, eine Ril-
le in die Wand zu kratzen, Leitung rein, zuspachteln, fertig.
Also sehen Sie da mal nach. Wenn Sie was gefunden haben,
melden Sie sich.«

»Okay, ich melde mich.«

Celine sperrte Keeps wieder ein und kehrte zum Todestrakt zurück. In John Kradles Zelle kletterte sie auf die Pritsche und tastete die Decke rund um die eingelassene Halo-
genbeleuchtung ab.

Das mit den Leitungen war Celine neu, aber es klang

plausibel. Häftlinge hatten unzählige Verstecke in ihren Zellen, sie zogen Fäden aus der Bettwäsche und banden damit verbotene Gegenstände an Ballons, die sie aus leeren Verpackungen gebastelt hatten. Die Ballons schwebten hinter den Toilettenrohren und ließen sich bei Bedarf an den Fäden herunterziehen. Splitter von Rasierklingen wurden in den Säumen ihrer Kleidung, in Armbeugen oder unter den Geschlechtsteilen verborgen, winzige Drogenpäckchen zwischen Buchseiten oder in Bodenspalten oder einfach im eigenen Hintern versteckt. Celine befühlte die Wand unterhalb der Lampe, wo sie die Leitung vermutete. Sie war glatt und wies keinerlei Bruchstellen auf.

Trotzdem zog sie einen Schlüssel vom Gürtel und kratzte damit am Putz herum. Ein winziger weißer Fleck kam zum Vorschein. Celine kratzte weiter und legte mehr weißes faseriges Material frei. Sie zog es aus der Wand und zerbröselte es zwischen den Fingern. Pappmaché, wahrscheinlich aus nassem Toilettenpapier. Kradle hatte es grau eingefärbt, vermutlich mit einer Pampe aus Speiseresten und Wasser. Celine pulte einen Teil der Füllung heraus, bis sie die schmuddelig weiße Ummantelung eines Leitungskabels erkannte.

Vorsichtig schob sie ihren Fingernagel unter das Kabel und entdeckte darunter ein winziges Stück Papier. Sie zog es heraus und las, was darauf stand:

Wagon Circle 18 m NO (7 h)
Willie McCool 16 m S (6 h)
Brandon Butte 17 m ONO (8 h)

Celine glaubte zu wissen, um was es sich handelte, aber sie brauchte eine Bestätigung. Gerade, als sie von der Pritsche springen wollte, sah sie einen weiteren Schnipsel unter der Lampe hervorspitzen. Während sie ihn unter der Leitung hervorpulte, rieselten unzählige Flocken aus Pappmaché über Kradles Bett und den Boden davor.

Das kleine Geheimpäckchen war fest mit Klebeband verzurrt. Sie musste es mitnehmen in den Kontrollraum, wo sie in der Schublade der konfiszierten Gegenstände einen Rasierklingensplitter fand, mit dem sie es aufschlitzen konnte. Mit großer Vorsicht wickelte sie den daumennagelgroßen, ovalen Zeitungsschnipsel auseinander. Ein kleines Bild, darauf zwei Menschen.

Eine Frau und ein Junge.

7

Es war seit zehn Jahren der erste Sonnenuntergang, den Kradle live miterlebte: Ein tomatenroter Feuerball versank unter dem Staubstreifen am Horizont. Allerdings war er zu müde, um viel Aufhebens darum zu machen. Er sah eine Weile zu und dachte an die fast violetten Sonnenuntergänge in New Iberia. Seit zehn Jahren war er täglich nie länger als eine Stunde außerhalb seiner Zelle in Bewegung gewesen, aber heute war er geschätzte sieben Stunden am Stück durch die Wüste gewandert, danach auf den Sheep Peak gestiegen, wo er jetzt saß. Er bezog in einer nicht besonders tiefen Höhle sein Nachtquartier, Homer faltete sich ein paar Meter weiter zusammen. Diesem Mann den Rücken zuzukehren kostete Kradle einige Überwindung. Bei jedem Geräusch fürchtete er, dass der Mörder auf ihn losgehen würde. Wenn Homer sprach, vibrierte die Erde unter seinen Füßen.

»Woran denkst du?«, fragte er jetzt.

»Louisiana«, sagte Kradle. Er war zu erschöpft für lange Antworten. Besser, seine Energie für Wichtigeres aufzusparen, länger wach zu bleiben als Homer und erst einzuschlafen, wenn der große Mann weggedämmert war.

»Heiß da drüben?«

»Hm.«

»Hier auch.«

»Ja.« Kradle seufzte und blies Sand von dem Stein neben seiner Wange. »Es wird schon abkühlen.«

»Wenn es so richtig kalt wird, müssen wir enger zusammenrücken. Uns gegenseitig warm halten.«

»Wird nicht passieren.«

»Kommst du aus den Südstaaten? Dein Akzent kam mir gleich bekannt vor.«

»Hm.«

»Gehst du wieder dahin zurück?«

»Ja«, sagte Kradle. Es laut auszusprechen, verlieh den langsam in sein Bewusstsein eindringenden Traumbildern etwas mehr Realität. Das sanfte Schaukeln seines Hausboots, während es übers weite Wasser glitt, verursacht von den kleinen Wellen ferner Sumpfboote; Alligatorenjäger. Kradle bildete sich ein, die Schädelknochen der Tiere gegen die Unterseite seines Bootes klopfen zu hören, wenn sie kurz aufstiegen. Als wollten sie es küssen. Er hörte den Regen gegen die Scheiben prasseln. Den Wind in den Sumpfwäldern. Die Rufe der Froschfänger in der Dunkelheit.

»Ich geh nach Mexiko«, sagte Homer von ganz weit weg.

»Hmm?«

»Da sind die Bullen nicht so wie hier.«

Kradle versuchte zu antworten, aber ein Draht legte sich um seine Kehle. Ein Gürtel. Ein Band. Eine feste und enger werdende Blockade. Keine Luft, nicht ein, nicht aus. Er sträubte sich mit aller Kraft dagegen, seine Hände schossen nach oben, umklammerten das Band … das keines war. Homer hatte ihm beide Pranken um den Hals gelegt, die Daumen an seiner Luftröhre, die anderen Finger im Nacken verschränkt, und drückte zu. Kradle schlug wild um sich, aber Homer hatte sich auf ihn gesetzt. Er bohrte die Fersen in den Höhlenboden.

»Tut mir leid«, sagte Homer sanft. »Ich muss das machen.«

Der Kampfzwerg kam ins Zimmer geschossen wie ein Terrier auf Rattenjagd. Trinity strafte die Frau mit Nichtbeachtung. Genau wie bei ihrer ersten Begegnung war sie im Dirigiermodus, stand mit erhobenen Händen vor ihren Leuten und leitete elegant und würdevoll den Einsatz. Reporter von zehn großen Sendern drängten sich im kleinen Nebenzimmer vor der Kantine, dazu ihre Kamerateams. Normalerweise fanden hier vermutlich Gruppensitzungen mit Häftlingen statt. An den Wänden hingen lauter Poster zum Thema Alkoholismus zwischen Kitschbildern mit Motivationssprüchen, als würden die Hohlbirnen, die sich hier versammelten, über ausreichend Hirnmasse verfügen, um sich auch nur einen Tag lang zusammenzureißen. Süchtige konnten nur eine Viertelstunde vorausdenken und hatten daher keinerlei Gefühl für die Konsequenzen ihrer Handlungen. Trinity wusste dies aus eigener Erfahrung – ihre drei Schwestern waren Ice-Junkies, und ihr Bruder war schon vor Jahren einem gewissen Mr Daniels zum Opfer gefallen, Vorname Jack.

»Ich weiß, wo er ist!«, rief Celine. »Und ich weiß, wohin er unterwegs ist.«

»Wer?« Trinity verscheuchte einen Mann, der versuchte, ihr noch ein Mikro unterzujubeln, obwohl sie bereits vor einem ganzen Wald stand. »Verzieh dich, du Klappspaten! Siehst du nicht, dass hier alles vollsteht?«

»John Kradle«, sagte Celine.

»Der Typ, der seine Frau umgebracht hat? Wieso sollte mich das interessieren?«

»Hier ist eine Notiz, die ich in seiner Zelle gefunden habe.« Celine faltete den winzigen Zettel auseinander. »Das hier sind Flugplätze. Entfernung zu Fuß und Abflugzeiten. Er wird sich einen Flieger in seine Heimat Mesquite kapern. Das ist schlau von ihm. Wenn er fliegt, können ihm Straßensperren nichts anhaben. Und sehen Sie hier.« Sie legte ihr einen grauen Zeitungspapierschnipsel auf die reinwei-ßen Ausdrucke auf ihrem Podium.

»Das sind seine Frau und sein Sohn«, erklärte Celine. »Er ist noch nicht fertig mit der Sache, sondern kehrt an den Ort seines Verbrechens zurück, um …«

»Runter von meinem Fuß«, brüllte Trinity. Dann beugte sie sich zu Celine vor, die Zähne zusammengebissen. »Und du quatsch mir nicht die Ohren voll. Ich darf der Nation hier gleich die Vollkatastrophe erklären, an der du maßgeblich beteiligt warst.«

»Aber …«

Trinity fegte den Schnipsel von ihrem Papierstapel, nahm ein Blatt von oben und drückte es Celine in die Hand. »Wenn ich dich aufrufe, kommst du zu mir hoch, liest diese Zeilen vor, setzt dich wieder hin und hältst den Schnabel.«

»Hören Sie, ich will ein Team …«, setzte Celine an.

»Sehr geehrte Damen und Herren.« Trinity strahlte vom Podium. Alle Augen und Kameras im Raum richteten sich gleichzeitig auf sie. Helles Licht schmeichelte ihrem Gesicht. Sie hob das ziselierte Kinn, straffte die Schultern. »Lassen Sie uns beginnen. Mein Name ist Trinity Parker. Ich leite die Einheit Schwerverbrechen der United States Marshals im Staat Nevada. Wie Sie bereits wissen, gab es im Gefängnis von Pronghorn einen Ausbruch. Ich werde Sie heute Morgen über den gegenwärtigen Stand der Fahndung informieren.«

Trinity stand stramm, die Hände rechts und links neben ihren Papierstapel gelegt. Ruhig und sachlich gab sie ihren Bericht ab. Dabei achtete sie darauf, in jede einzelne Kamera zu blicken, erklärte ihre Maßnahmen Schritt für Schritt. Die Straßensperren, Rasterfahndung, Helikoptereinsätze, verstärkte Präsenz der Highway Patrol und Verdopplung der Polizeikräfte in Las Vegas.

»Freiwillige Unterstützer sitzen an unseren Hotlines und nehmen Ihre Hinweise entgegen. Ich freue mich zu verkünden, dass wir bereits drei Dutzend Häftlinge festgesetzt haben, viele aus der mittleren und höchsten Vollzugsstufe. Diese wurden von unseren Marshals oder Sheriffs festgenommen. Ganze Scharen Häftlinge werden gegenwärtig wieder in die Einrichtung zurückgebracht. Die Lage ist unter Kontrolle, diese Krise wird bald überwunden sein.«

Sie nickte einem namenlosen Wärter zu, der den Projektor in der Ecke bediente. Das Wappen der Marshals hinter Trinity verschwand, stattdessen wurde ein neues Bild an die Wand geworfen. Als sie sich umwandte, entdeckte sie Celine Osbourne, die gerade wieder aus dem Flur in den Raum gekommen war.

»Wir haben die am dringendsten gesuchten Entflohenen anhand ihrer Verbrechen kategorisiert.« Trinity zeigte auf die vier Visagen an der Wand. »Diese Männer, unser kriminelles Quartett, stammen alle aus dem Todestrakt. Aus diesem Grund bitte ich nun Captain Celine Osbourne aufs Podium, die in dieser Einrichtung für die Häftlinge in den Todeszellen verantwortlich ist. Captain Osbourne?«

Trinity sah Celine streng an. Die betrat gehorsam das Podium. Beim Anblick ihres geschundenen Gesichts ging ein Raunen durch den Raum.

»Ich heiße Celine Osbourne und leite den Todestrakt«, las sie von ihrem Blatt ab. »Momentan arbeite ich auf Hochtouren mit den U. S. Marshals an der Rückführung der heute Morgen aus dieser Einrichtung entflohenen Häftlinge, nachdem ich bereits im Alleingang einen besonders gewalttätigen, gefährlichen Insassen nach seiner Flucht ... ähm, das ist nicht ganz korrekt ...«

Celine sah von ihrem Blatt auf. Trinity, die sich neben die

Tür gesetzt hatte, versuchte der Frau da vorn mit Blicken klarzumachen, dass jegliche Abweichung vom Skript ihren sicheren Tod bedeutete. Sie würde es nicht dulden, dass der Kampfzwerg sie vor der ganzen Welt blamierte. Es schien zu funktionieren. Celine senkte den Blick und schien sich wieder auf ihren Text zu konzentrieren. Doch dann schob sie das Blatt beiseite.

»Machen wir's kurz«, sagte sie.

Trinity knirschte mit den Zähnen.

»Diese Person da oben«, Celine zeigte auf das Gesicht eines älteren Mannes mit hohen, scharfen Wangenknochen, »heißt Walter John Marco. Das ist dieser kranke Kindermörder aus dem Süden, aus der Nähe von Hackberry. An den können Sie oder Ihre Eltern sich bestimmt erinnern. Jedenfalls ist er mittlerweile einundachtzig Jahre alt. Wenn jemand von den Marshals *mich* gefragt hätte, wäre der Typ nicht mal unter den Top Ten gelandet. Der kriegt ja nicht mal eine Thunfischdose alleine auf, und ohne seine Herzmedikamente wird er in« – sie sah auf die Uhr – »ungefähr acht Stunden umkippen.«

Im Raum war ein Kichern zu hören, manche blickten vorsichtig zu Trinity, die verbissen lächelte.

»Diese beiden hier sind tatsächlich richtig gefährlich.« Celine zeigte auf die Wand. »Burke David Schmitz. Der Todesschütze vom Mardi Gras. Hat 2006 auf der Kreuzung St. Clair und Dumaire in New Orleans mit einer AR-15 das Feuer auf die Menge eröffnet und ist dann nach Nevada geflohen. Dann haben wir noch Abdul Ansar Hamsi. Der hat versucht, das Flamingo in Las Vegas in die Luft zu jagen. Während der Poker-Weltmeisterschaft 2015, als es knallvoll war. Hätte er die Zeituhr an der Bombe richtig verdrahtet, wären Hunderte ums Leben gekommen. Aber Terroristen sind ja nicht gerade für ihre Intelligenz bekannt.«

Die Reporter fraßen Celine aus der Hand. Sie schrieben eifrig jedes Wort mit, das aus ihrem Mund kam, und lächelten dabei. Trinity war fassungslos. Celines Auftritt hatte sie zuerst so geschockt, dass sie nichts dagegen unternommen hatte, aber jetzt war ihr klar, dass der Kampfzwerg gerade erst in Fahrt kam. Sie drängte sich durch die Menge nach vorn.

»Homer Carrington ist der Würger von North Nevada«, sagte Celine. »Dieser Mann ist extrem gefährlich. Der harmlose, nette Junge von nebenan. Ihm werden zehn Morde zur Last gelegt, aber ich wette, dieser Kerl hat viel mehr Opfer auf dem Gewissen, von denen wir noch nichts wissen.« Celine spähte zu Trinity. »Homer ist verschlagen. Er hat seine Opfer mit verschiedenen Tricks in die Falle gelockt. Hat auf dem Highway eine Autopanne vorgetäuscht, mitten in der Nacht bei Leuten an der Tür geklopft, wollte das Telefon benutzen, weil er Zeuge eines Unfalls geworden sei, oder hat das Märchen vom verletzten Kätzchen erzählt, um seine Opfer in eine abgelegene Gasse zu locken.«

Ein Kameramann baute sich vor Trinity auf und verstellte ihr den Weg. Sie bohrte ihm den Finger in die wabbelige Flanke.

»Aus dem Weg!«

»Das war's, unser kriminelles Quartett.« Celine zog einen Zettel aus ihrem BH, faltete ihn auseinander und hielt ihn vor die Menge. »Und das hier ist unser Joker.«

Finsternis. Aus den Augenwinkeln sickerte schwarze Farbe in Kradles Sichtfeld und verdeckte langsam das Rot, sein Bewusstsein wollte sich dem Schmerz ergeben. Doch er wollte seinem Mörder in die Augen blicken. Homer starrte ihn an, hoch konzentriert und abwesend zugleich, seltsam entrückt. Kradle war sicher, dass er erledigt war. Aber gerade, als er sich endgültig der Finsternis hingeben wollte, löste Homer seinen Griff.

»Trink einen Schluck«, flüsterte der große Mann. »So ist's gut.«

Kradle japste nach Luft, aber sofort schnürte es ihm erneut die Kehle zu, er schlug, trat, bäumte sich auf, alles war viel schlimmer, jetzt, beim zweiten Mal.

»Ich muss das tun.« Homer sprach mit ihm, aber auch irgendwie nicht. »Tut mir leid«, murmelte er. »Manchmal muss das einfach raus. Ich kann nichts dagegen machen.«

Kradle zwang sich zur Konzentration, obwohl sein Verstand auf Rot stand. Homer würgte ihn jetzt zum dritten Mal, und jedes Mal dauerte es länger. Kradle wusste, dass er nicht mehr länger durchhalten konnte, den nächsten Atemzug musste er nutzen, sonst war es vorbei. Irgendwann löste Homer erneut sanft den Griff. Hier war seine Chance! Er überwand den Drang, nach Luft zu schnappen und atmete stattdessen vollständig aus.

»Hör ...«, krächzte er.

Homer drückte wieder zu. Kradle kämpfte. Er spürte den Schwanz seines Mörders an seinem Oberschenkel hart werden. Hilflos krallte er ihm die Fingernägel in die Hände.

Der nächste Schluck Wasser. Kradle atmete tief ein und stieß die Luft gleich wieder hervor, zusammen mit einem Wort.

»Geld!«, japste er.

Homer legte den Kopf schief. Und drückte gleich wieder zu. Es kam Kradle vor wie tausend Jahre. Doch dann gewann offenbar doch seine Neugier, genau wie Kradle es gehofft hatte. Der Griff lockerte sich völlig.

»Welches Geld?«

»Ich habe Geld«, stieß Kradle trotz Schnappatmung hervor. »Millionen. Ich. Habe. Millionen.«

Homer kniete nur einige Meter weit entfernt, Kradle war also noch nicht in Sicherheit. Homer würde ihm zuhören, aber wenn er ihm sein Überleben nicht als Vorteil verkaufen konnte, wäre Ende Gelände. Er griff sich eine Handvoll Sand vom Höhlenboden, obwohl er wusste, dass es ihm nichts nützen würde, wenn sein Angreifer nicht mehr richtig sehen konnte, denn er würde ihm trotzdem nicht davonkommen. Zumindest nicht jetzt. Kradle hatte sechzig Sekunden, um eine überzeugende Geschichte zu erfinden, die ihm das Leben retten würde.

»Ich bin kein Serienmörder«, sagte er.

»Okay«, erwiderte Homer langsam.

»Das habe ich dir nur erzählt, damit du Angst vor mir kriegst. Ich bin nur … ich habe meine Frau und mein Kind umgebracht.«

Homer schwieg. Er starrte mit großen Augen auf seine Hände.

»Sie hat rausgekriegt, dass …« Kradle schnappte nach Luft, »… ich für die … äh … Mafia gearbeitet habe. Ich hatte Geld. Viel Geld. Das habe ich in meiner Garage in den Wänden versteckt. In meinem Haus in Mesquite. Sie hat's gefunden, da hab ich sie und das Kind umgebracht.«

»Warum hast du …«

Kradle hob die Hand. »Das ist eine lange Geschichte. »Aber das Geld ist noch dort. Und dahin bin ich unterwegs. Wenn du mich am Leben lässt, kriegst du die Hälfte. Du brauchst Geld. Denk drüber nach. Mexiko. Freiheit. Echte Freiheit. Wie willst du das hinkriegen ohne Geld. Du brauchst mich.«

Homer saß stocksteif da und dachte nach, die Pranken

mit den dicken langen Fingern um seine Knie geklammert. Kradle konnte ihren Anblick kaum ertragen. Konnte ihn nicht ansehen, solange er um sein Leben redete. Ob Homer seine Story akzeptierte, die zum größten Teil aus Martin Scorseses Mafia-Film *GoodFellas* stammte, war nicht zu erkennen, doch als Homer plötzlich in Tränen ausbrach, wusste er gar nicht mehr, was anlag.

Kradle rieb sich die Kehle und sah dem großen Mann beim Heulen zu.

»Das tut mir so leid!«, schluchzte er.

»Schon gut.«

»Nein, ist es nicht. Ich hab diesen Drang. Es überkommt mich einfach. Du hättest sterben können. Es tut mir so leid. Ich kann dir gar nicht sagen, wie sehr, Kumpel. O Mann! Ich hab's versaut. O Mann!«

»Homer, ist schon gut. Schwamm drüber, okay?«

»Das mache ich schon seit meiner Kindheit. Leuten wehtun.« Homer seufzte. »Ich wusste damals schon, dass es falsch war, aber ich konnte nichts dagegen tun. War wie ferngesteuert. Hab einfach die Kontrolle verloren. Eigentlich trifft mich keine Schuld.«

»Ich weiß«, sagte Kradle. »Dich trifft keine Schuld.«

Homer zog ihn an sich und schloss ihn in die Arme. Kradle verharrte stoisch, das Gesicht gegen die warme Brust des Hünen gepresst. In seinem Magen rumorte und gurgelte es, sein ganzer Körper wehrte sich. Denn er wusste ganz genau, dass Homer während des gesamten Prozesses die volle Kontrolle über sich gehabt hatte. Der große Würger hatte jede Sekunde seiner Tat ausgekostet, sich an Kradles Leid ergötzt und aufgegeilt. Es hatte in seinen Augen gestanden, genau wie die Entscheidung, sein Vergnügen zu vertagen, weil möglicherweise etwas Besseres in Aussicht stand: Geld.

Kradle war in seinem Leben hinter Gittern schon vielen wie Homer begegnet. Rücksichtslose Vergnügungssüchtige. Homer war ständig auf der Suche nach seinem Vorteil, und zum Glück fand er die Aussicht auf Geld verlockender als das Vergnügen, einen Fremden abzumurksen. Homer war einer der wenigen sehr gefährlichen Narzissten, die es schafften, ihre unmittelbare körperliche Befriedigung aufzuschieben, wenn ein anderer, weniger sinnlicher Vorteil in Aussicht stand. Warte jetzt, profitiere später. Kradles Strategie hatte ihm das Leben gerettet. Homer war zwar ein triebgesteuerter Killer, aber auch ein intelligenter Psychopath.

»Es tut mir wirklich leid«, jammerte Homer. »So was tut man seinem Freund nicht an.«

»Ach, mach dir keine Sorgen«, murmelte Kradle. »Kumpel«, fügte er widerwillig hinzu.

Homer wischte sich mit dem Ärmel die Nase ab und rappelte sich mühsam auf. Dann schnappte er sich den Kissenbezug mit Kradles Habseligkeiten und schlang ihn sich über die Schulter. »Wir gehen wohl besser weiter.«

»Ja.« Er ließ sich von Homer hochziehen. »Zum Flugplatz ist es nicht mehr weit.«

Als sie die Höhle verließen, erhaschte Kradle im silbrigen Mondschein einen Blick auf Homers Gesicht. Seine Wangen waren knochentrocken.

8

Lionel McCrabbin schob sich in die Ecknische des Diners, ganz hinten, neben den Toiletten, mit dem Rücken zur Wand, ganz wie die Helden in seinen Romanen: Alles im Blick, allzeit bereit. Er hörte die Händetrockner und roch Bodenreiniger, vermutlich würde er auch Pissegestank wahrnehmen, wenn er sich anstrengte. Aber er tat alles, um seine Familie zu schützen. Seine Frau und seine Tochter kauerten ihm gegenüber auf der Bank, er rief die Kellnerin herbei.

Vor nunmehr sechs Stunden hatte er auf dem Computerbildschirm in seinem kleinen Büro in der Fremont Street die Bilder vom Gefängnisausbruch gesehen. Jetzt war es fast dunkel. Jenseits der verschmierten Fensterscheiben des Diners lag der Parkplatz. Dort, zwischen verbeulten Gefährten voller MAGA-Aufkleber, stand sein glänzender, bis zum Dach mit Koffern beladener Jaguar.

»Wie lange müssen wir hierbleiben?«, fragte seine Tochter Deseree, den Blick auf die Türen des Motels auf der gegenüberliegenden Straßenseite gerichtet, wo ein paar Männer mit Basecaps herumlungerten, rauchten und nonstop in ihre Wegwerfhandys quasselten. »Das ist doch irre. Wir hätten einfach zu Hause bleiben sollen.«

»In Pronghorn sitzen dreizehn ehemalige Klienten von mir«, sagte Lionel. »Vier davon im Hochsicherheitstrakt. Ich rede hier von richtig schlimmen Kriminellen, Des. Vergewaltiger, Mörder.« Er tippte mit dem schweißfeuchten Finger auf einen Computerausdruck. »Prägt euch diese Gesichter ein. Und merkt euch die Namen. Das sind die Typen, vor denen wir uns in Acht nehmen müssen. Wenn ihr auch nur einen davon seht …«

»Wenn du nach deinem Jurastudium auf mich gehört hättest, gäbe es in deiner Kartei weder Vergewaltiger noch Mörder.« Seine Frau Hannah nahm das Blatt und schnippte gelangweilt mit dem Finger dagegen. Aber sie betrachtete die Bilder trotzdem. »Ich wollte, dass du dich auf Finanzrecht spezialisierst. Wie viele Häftlinge, die Geld veruntreut oder illegale Insidergeschäfte abgeschlossen haben, brechen normalerweise aus dem Gefängnis aus, um sich an ihren Anwälten zu rächen, hm?«

»Das hilft uns jetzt auch nicht weiter«, zischte Lionel. Die Kellnerin kam herbei, und er beugte sich umständlich über die übergroße, laminierte Speisekarte, um seine Bestellung aufzugeben. Sein Kragen bohrte sich in das weiche Fleisch unter seinem Kinn. Nach längerem Fummeln hatte er endlich den obersten Knopf geöffnet.

»Daddy, wir haben hier nichts verloren. Schau doch nur mal da rüber.« Deseree zeigte aufs Motel, ihre Augen waren schmal. »Diese Drogendealer werden uns heute Nacht in unseren Betten abstechen, bevor irgendeiner deiner ehemaligen Klienten auch nur in unsere Nähe kommt.«

Hannah zückte ihr Handy. »Ich ruf jetzt im Monte Carlo an. Stanley wird uns beschützen.«

»Stanley ist Concierge. Nicht er beschützt euch, sondern ich. Wir müssen irgendwo unterkommen, wo sie uns nicht vermuten.« Lionel ergriff ihre Hand. »Ich meine es ernst, Mädels. Okay? Ich bin sonst immer derjenige, der euch sagt, dass ihr euch keine Sorgen machen sollt. Aber jetzt sage ich: Macht euch Sorgen! Große Sorgen!« Lionel tippte auf den Ausdruck. »Seht ihr diesen Kerl hier? Ray Bakerfield? Ich hab den Fall ziemlich offensichtlich an die Wand gefahren, und das weiß er ganz genau. Dieser Schwerverbrecher ist in den Bau gewandert, damit ich dir zum Hochzeitstag eine

Uhr von Cartier kaufen konnte, Hannah. Wenn der mich findet, schiebt er mir ein heißes Schüreisen in den Arsch, genau wie ich es mit seiner Frau getan hab.«

»Daddy!«

»Meine Güte, Lionel!«

»Ich mache keine Witze.« Er wusste, dass er die Augen vor lauter Panik absurd weit aufgerissen hatte, aber er konnte es nicht ändern. »Wir haben ein Riesenproblem. Wenn wir abtauchen und uns nicht blöd anstellen, kommen wir vielleicht …«

Er wollte gerade »ungeschoren davon« sagen, aber Lionel McCrabbin war abergläubisch. Man sollte das Schicksal nicht herausfordern, also schwieg er lieber. Das nutzte ihm allerdings wenig, denn in diesem Augenblick krachte die Hintertür an die Wand neben den Toiletten, nur ein paar Meter von ihrer Nische entfernt, und eine Horde Männer in Gefängnisjeans fiel ins Diner ein. Lionel sank das Herz in die Hose. Er beobachtete fassungslos, wie der Typ in der Nische neben dem Eingang es noch schaffte, seine Familie hinauszubugsieren, bevor die entflohenen Häftlinge die Kontrolle übernahmen.

»Keine verdammte Bewegung!«

Ein Typ mit einem riesigen silbernen Revolver, an dem noch das Preisschild baumelte, rannte an Lionel und seiner Familie vorbei. Er, Hannah und Deseree legten die Hände flach auf den Tisch, als hätten sie schon Erfahrung damit, ausgeraubt zu werden. Lionel gelang es gerade noch, das Blatt mit den Visagen der Entflohenen über die Tischkante auf seine Bank zu schieben und sich blitzschnell draufzusetzen.

»Geld, Handys, Schmuck! In die Tasche damit! Los, Schlampe! Zackig!«

»O Gott!« Hannah versuchte hektisch, sich die Cartier vom Handgelenk zu reißen und sie in ihrem BH zu verstecken, bevor die Typen zu ihr kamen. »Sind das deine? Sind irgendwelche von diesen Männern deine?«

Lionel verstand sie kaum, so laut pochte ihm das Blut in den Ohren. Er betrachtete einen Kerl, der seine panischen Opfer in die Nischen drängte, während sein magerer Komplize ihnen einen Kissenbezug vor die Nase hielt. Ein kleiner Junge schrie sich die Seele aus dem Leib, sein Gesicht war tiefrot angelaufen. Ein anderer Verbrecher versuchte, die Kasse aufzustemmen, er brüllte die Kellnerin an und schlug mit der Waffe darauf ein. Alles war viel zu hektisch, viel zu laut. Lionel strich sich über die schweißnassen Haare.

»Ich ... keine Ahnung«, stammelte er. Sah genauer hin. »Nein. Nein. Keiner von denen war bei mir. Die sind zu jung. Jetzt nur nicht auffallen, Mädels. Mund halten und tun, was sie verlangen.«

»Yo, Schweinsfresse!« Der Magere mit dem Kissenbezug stand plötzlich vor ihnen.

Lionel warf seine Geldbörse und Uhr hinein, Deseree gab ihm alles, was irgendwie wertvoll war: Kette, Geldbörse, Handy, sogar ihren Klassenring, Hannah nur ihr Handy und ihre Geldbörse. Sie musterte den maskierten jungen Mann ganz genau.

»Mehr hab ich nicht«, sagte sie.

Lionel schüttelte den Kopf. Es kam ganz automatisch. Hätte sie nicht ein *einziges* Mal auf ihn hören können? Wenn sie einfach den Schnabel gehalten hätte, wäre der schmuddelige, stinkende Kerl in seiner Gefängnisjeans nicht auf sie aufmerksam geworden und hätte den Verschluss ihrer Uhr nicht zwischen ihren teuer vergrößerten, viel zu weit auseinanderstehenden Möpsen hervorspitzen sehen.

Der Mann streckte die Hand aus und wollte ihr an die Brust greifen, als Lionel dazwischenging, weil ihm keine Wahl blieb – ein Mann musste seine Familie schützen. Zwar berührte er den Typen nur sanft an seinem Arm und murmelte etwas Erbärmliches wie: »Bitte!« oder »Tun Sie's nicht!«, aber immerhin.

Blitzschnell hatten sich die anderen auf ihn gestürzt, zerrten ihn von der Bank, knallten ihn auf den Metalltresen und traten ihm in die Rippen. Der Ausdruck mit den Fotos der Gesuchten flatterte ihnen langsam und elegant vor die Füße. Jemand schnappte ihn sich.

»Yo, Bricks. Guck dir das an, Bruder!«

»Ach du Scheiße! Das ist ja Big Baby Ray, da unten auf dem Bild.«

»Bist du'n Cop, Kollege?«

Jemand trat Lionel in die Eier, daher konnte er nicht antworten.

»Er ist Anwalt!«, kreischte Deseree. »Lasst ihn in Ruhe! Er ist nur ein Anwalt.«

Die Atmosphäre änderte sich schlagartig. Sogar das Kind hörte auf zu schreien. Er schickte einen stummen Wunsch ans Universum, irgendwas möge passieren. Eine Sirene, Lärm, Aufruhr in der hintersten Ecke des Diners. Irgendwas. Aber alle Aufmerksamkeit galt jetzt ihm. Er steckte in einer lautlosen Schicksalsblase fest. Nichts konnte ihn jetzt noch retten.

»Dude? Warst du Ray Bakerfields beschissener Anwalt?«, fragte jemand.

Jemand eröffnete das Feuer. Lionel rollte sich zusammen, die Hände über dem Kopf, jeden Muskel angespannt, und wartete auf den Schmerz. Seine Zähne knirschten, die Kieferknochen knackten. Er kniff die Augen so fest zu, dass es wehtat. Aber als die Schüsse verstummt waren, war da kein Schmerz. Nur das Krachen von schweren Schritten.

Vier Räuber lagen um ihn herum auf dem klebrigen Linoleum. Einer hing über dem Tresen, seine Beine in den letzten Todeszuckungen, die Schuhe quietschten dabei auf dem Boden. Lionel sah, wie zwei Typen, ebenfalls in Gefängnisjeans, das Diner betraten. Sie hatten vom Parkplatz aus alles beobachtet und einfach durch die großen Fenster geballert. Die beiden Neuen senkten die Knarren, sammelten Waffen und Beute ein und verschwanden durch die Hintertür.

Celine hielt das Bild mit John Kradles Konterfei lange in die Kameras.

»Wir haben Grund zur Annahme, dass John Kradle da draußen weitere Gewalttaten verüben wird. Vermutlich ist er auf dem Weg nach Mesquite, seine Heimatstadt. Hinweise, die zur Festnahme dieses Verbrechers führen, nehmen wir gern entgegen. Danke für Ihre Aufmerksamkeit!«

Sie faltete den Ausdruck zusammen und verließ unter einem Fragengewitter die Bühne. Celine hatte zwar erwartet, dass Parker ihr auf den Gang folgen würde, aber auf ihren brutalen Angriff war sie nicht vorbereitet. Parker stieß sie mit voller Wucht gegen die Wand.

»Wer hat dir eigentlich ins Hirn geschissen?«, zischte sie. Sie war so wütend, dass Celine bei jedem Wort Speichel ins Gesicht flog. »Hast du sie noch alle? Du hast soeben die größte Verbrecherjagd der Welt für deine Zwecke missbraucht.«

»Tja, ich bin eben ein fleißiges Bienchen.«

»Ich glaube, du hast da was falsch verstanden.« Trinity sah sich um. Sie waren allein. Sie atmete tief ein. Dann boxte sie der anderen Frau mit voller Wucht in die Magenkuhle.

Celine ging zu Boden. Trinity beugte sich zu ihr hinunter und sah ihr direkt in die Augen. »Ich habe hier das Kommando. Ihr Wüstenmenschen seid einfach gestrickt. Kann man nicht ändern. Deshalb mache ich es jetzt schön unterkomplex für dich, okay? Hör gut zu: Ich. Habe. Das Kommando.«

»Du brauchst mich«, stieß Celine mühsam hervor. »Ohne mich kriegst du diese Typen nicht.«

»Eines solltest du in deinen unterbelichteten Hinterwäldlerschädel kriegen«, Trinity klopfte Celine unsanft gegen die Stirn. »Ich bestimme, wer auf unserer Liste ganz oben steht. Wir lenken die Journaille nicht von den bösen Terroristen ab, um ihre Zeit mit kleinen Fischen zu verschwenden, nur weil du es auf sie abgesehen hast. Wenn du so scharf bist auf John Kradle, jag ihn in deiner Freizeit.«

Celines Gesicht brannte.

»Zieh Leine. Ruh dich aus und komm erst zurück, wenn du wieder auf Linie bist.«

Das Klackern von Trinitys Absätzen verhallte.

9

Sie hatten sich in der Dämmerung am Rand der Startbahn verschanzt. Als sie aus den Bergen kamen, war es bereits stark abgekühlt, aber die Eiseskälte würde sich schon bald wieder aufheizen. Sie waren durch leere Straßen marschiert, hatten staubige Felder überquert und ein paar neugierigen Pferden, die hinter einem morschen, sonnengebleichten Gatter grasten, eine willkommene Abwechslung geboten. Kradle sah nur eine Person, die sie durch das Fenster eines Backsteinhäuschens beobachtete, die Hand am Vorhang. Weil die Story vom Massenausbruch garantiert durch alle Medien gegeistert war, gaben sie in ihrer Gefängniskluft sicher ein beunruhigendes Bild ab. Es hatte sich bisher keine Gelegenheit ergeben, ihre Kleidung zu wechseln. Homer hatte zwar auf einer Leine aufgehängte Wäsche erspäht, doch die hatte sich als Babysocken und Damenschlüpfer entpuppt.

Von ihrem Versteck aus beobachteten Kradle und Carrington das klotzige weiße Häuschen, das den Mitarbeitern des Flugplatzes Wagon Circle im Norden von Las Vegas als Hauptquartier diente. Der Parkplatz war leergefegt, nur ein paar Steppenläufer hatten sich im rostigen Drahtzaun verfangen, der das Gelände von der Wüste abgrenzte.

»Woher kriegen wir einen Piloten?«

»Brauchen wir nicht. Ich kann fliegen.« John Kradle rieb sich die Kehle. Er kam sich vor, als hätte er Sand und Glassplitter verschluckt. »Schädlingsbekämpfung aus der Luft. Damals bin ich regelmäßig geflogen, hab mit der Cessna meines Chefs ein Mädchen in Pierre Part besucht. Und für die Mafia. Für die hab ich … ähm … Geld nach Mexiko transportiert. Ab und zu.«

»Worauf warten wir dann? Warum gehen wir nicht jetzt rein, wenn keiner da ist?«

»Weil wir jemanden brauchen, der uns den Safe aufmacht. Das ist nicht so leicht wie Autos knacken. Zumindest seit dem elften September.«

Homer zeigte auf den Hangar. »Weißt du denn, wie man die modernen Dinger in die Luft kriegt? Schließlich hast du ein paar Jahre hinter Gittern gesessen.«

»In kleinen Fliegern ändert sich nicht viel, die grundsätzlichen Dinge bleiben gleich.«

Homer ging tiefer in die Hocke. »John, du bist der coolste Freund, den ich in den letzten zehn Jahren hatte.«

»So lange hast du in Pronghorn gesessen?«

»Nein, hab ich dir doch schon gesagt. Ich war erst eine Woche da.« Homer kratzte sich die Stirn, um seine Augen zu verdecken. »Hab einen Polizisten überfahren.«

»Ich glaube, das stimmt nicht, Homer.« Die Worte purzelten einfach aus Kradles Mund. Vielleicht hatte er vom Sauerstoffmangel einen Hirnschaden bekommen. Er wusste genau, dass er schlafende Hunde weckte, konnte es aber nicht lassen.

»Willst du damit sagen, dass ich lüge?«, fragte Homer.

»Du hast mir erzählt, dass du Menschen schon seit deiner Kindheit wehtust«, sagte Kradle, ohne nachzudenken. »Vorhin hast du mich fast umgebracht. Da beschleicht mich das Gefühl, du bist eigentlich ein …« Endlich gelang es ihm, die Klappe zu halten.

»Du glaubst, ich bin ein Mörder«, beendete Homer den Satz. »Ein echter Killer.«

Kradle sah ihn an. Homer biss sich auf die Unterlippe.

»Du liebe Güte, jetzt fang bloß nicht wieder an zu heulen.«

»Ich kann nichts dafür. Es macht mich fertig. Ich bin nicht wie du. Wenn ich Menschen umbringe, dann nicht aus Berechnung.« Homers Hand flog an die Brust, und er rieb sich über das schweißstarre Hemd, als hätte er Schmerzen. »Das waren alles Unfälle, diese Leute. Ich wusste nicht, was ich tat, und als ich wieder zu mir kam, war es schon zu spät. Ich glaube, das liegt daran, dass ich schon so früh damit angefangen hab.« Er zog die Nase hoch. »Das ist irgendwie zur Gewohnheit geworden, wie eine Sucht. Und dann konnte ich nicht mehr aufhören damit.«

»Wie jung warst du denn beim ersten Mal?«

»Sieben.«

Kradle rupfte ein paar Grasbüschel aus und bemühte sich um einen neutralen Gesichtsausdruck.

»Das Mädchen wohnte ein paar Häuser weiter«, sagte Homer. »Carol? Carly? Ja, ich glaub Carly. Sie hatte so ein schönes blaues Halstuch mit Punkten drauf. Damit hab ich's getan.«

»Okay, genug davon.«

»Das verstehen die Leute eben nicht. Ein extrem mitfühlender Mensch wie ich«, Homers Hand ruhte immer noch auf seiner Brust, »empfindet bei jedem Mal Schmerz, so tief, das kannst du dir nicht vorstellen. Die geballte Ladung. Nicht nur den Schmerz der Opfer, sondern auch den der Eltern und der Freunde und den von allen anderen aus ihrem Umfeld. Weil ich ihn ausgelöst habe. Ich stehe im Mittelpunkt. Vorher waren wir zu zweit, ich und das Opfer, jetzt bin ich allein und muss die Last meiner Tat auf den Schultern tragen. Und das Leid aller Betroffenen. Weißt du, was ich meine?«

»Ja, sicher.«

»Und das ist so schwer.«

»Sehr schwer.«

»Es gibt Menschen, die würden mich tapfer nennen, wegen dem, was ich aushalte«, sagte Homer. Er atmete tief ein, seine grauen Augen auf die kahle Ebene gerichtet. Ein Auto rollte auf den Parkplatz, die Reifen knirschten auf dem Schotter.

»Also blasen wir dem Typen das Licht aus, nehmen ihm den Schlüssel ab und Abflug.« Homer streckte Kradle die Faust hin, der unwillig einschlug.

»Das ist der Plan«, sagte er. »Aber am besten kümmere ich mich um den Typen. Schließlich weiß ich genau, wonach ich suche. Du hältst am Hangar Wache.«

Homer grinste und klopfte ihm auf den Rücken, bevor er in Richtung Hangar davontrottete. Kradle sah ihm hinterher, dem Killer mit den Riesenpranken, dann lief er auf den Wagen zu, der gerade auf dem Parkplatz angekommen war.

Der Mann war alt. Einer dieser Knaben, die perfekt auf den schmalen Sitz eines Ultraleichtflugzeugs passten und, ohne den Kopf einzuziehen, unter den Tragflächen hindurchschlendern konnten. Einer, dem Homer Carrington die Luftröhre wie einen Strohhalm zudrücken würde.

Kradle folgte dem Alten von seinem Wagen zum Flughafengebäude, wartete im Schatten, bis er die Tür aufgeschlossen hatte, und dachte darüber nach, dass die Leute, die mit Flugzeugen zu tun hatten, oft wie Vögel aussahen, genau wie Hundemenschen häufig ihren vierbeinigen Freunden ähnelten – oder vielleicht ähnelten die Hunde ihren Besitzern? Kradle hatte seit vier Jahren keinen Hund mehr gesehen. Solche wirren Gedanken flatterten ihm durchs Hirn, während der Mann die Tür aufstieß. Kradle trat vor, bemüht, sich völlig auf die schreckliche Tat zu konzentrieren, die er gleich begehen würde, auch wenn sich alles in ihm dagegen sträubte.

»Du liebe Zeit!« Der Alte wich zurück, als er Kradles Spiegelbild in der Glastür entdeckte. Er lachte. »Hab Sie gar nicht gesehen, als ...«

Kradle packte ihn am Kragen. »Tut mir leid!«, sagte er, bevor er mit Schrecken erkannte, dass er genauso sprach wie Homer, als sich dessen Hände um seine Kehle gelegt hatten. »Es tut mir wirklich leid, aber ich muss das tun.«

Der Mann erstarrte. Das hatte Kradle schon öfter erlebt. Das war der Schock. Damals vor seiner Verhandlung hatte er im Gefängnis von Mesquite mitbekommen, wie ein Psychopath einen seiner Mitgefangenen vor aller Augen unter der Dusche zu Tode geprügelt hatte. Der Wärter, gerade erst seit ein paar Wochen im Dienst, hatte sich in die nächste Ecke verzogen und vor lauter Schreck tatenlos zugesehen.

Kradle bugsierte den Flughafenleiter am Empfang vorbei in sein vollgestelltes Büro und zwang ihn auf den Schreibtischstuhl.

»Ich werde Ihnen nicht wehtun«, sagte Kradle, obwohl er wusste, dass er die falschen Worte gewählt hatte, denn in Filmen sagten Mörder genau das zu ihren Opfern, bevor sie sie abknallten. Aber ihm fiel nichts Besseres ein. »Ich brauche nur die Schlüssel zu einem Flugzeug.«

»Okay«, sagte der Alte. »Okay.«

Er rührte sich allerdings nicht von der Stelle, saß da und starrte zu Boden. Wahrscheinlich dachte er, Kradle würde ihn nicht umbringen, solange er ihm nicht ins Gesicht sah. Er hatte die Hände zu Fäusten geballt und fest in seinen Schoß gedrückt. Den Kopf gebeugt, die Arme eingezogen. Echter Terror. Instinktiv alle wichtigen Organe geschützt. Kradle hatte noch nicht mal eine Waffe. Brauchte er nicht. Dieser Mann hatte die Nachrichten gesehen, hatte wahrscheinlich wie gebannt vor dem Bildschirm gesessen.

»Öffne den Tresor und hol mir den Schlüssel.«

»Okay.«

»Steh auf. Los!«

»Okay.« Endlich erhob er sich, wankte steif über den Boden, als wäre er verletzt. »Bitte tun Sie mir nichts! Ich habe eine Frau. Sie heißt Betty. Ich bin Roger und ...«

»Ich tue dir nichts. Und deinen Namen will ich auch nicht wissen. Das hier ist kein ... du musst nicht um dein Leben reden.«

Kradle hätte gern viel mehr gesagt. Dass er keine Menschen verletzte. Es noch nie getan hatte. Dass er genau deswegen hier stand, auf diesem Flughafen, und einem unschuldigen Menschen einen Mordsschrecken einjagte. Weil er niemandem Schmerz zufügte. Wenn er das doch nur beweisen könnte, dann könnte er endlich nach Hause zurückkehren. Nicht zurück nach Mesquite, sondern den ganzen Weg nach Hause, zurück zu dem kleinen Boot im Sumpf, zum Regen, zu den überwucherten Wegen, der Wildnis, dem riesigen blauen Himmel. Zurück zu der Zeit vor Christine, vor Mason, vor Audrey. Bevor er vor ihren Leichen stand, in den Blutlachen auf dem Boden in seinem Haus.

Konzentriere dich!

Während der Alte zitternd und keuchend den Tresor öffnete, schaltete Kradle den kleinen grauen Fernseher auf dem Schreibtisch an. Und starrte direkt in sein eigenes Gesicht. Celine Osbourne hielt sein Konterfei in die Kameras, ihr Mund verkniffen und gehässig.

»Wir haben Grund zur Annahme, dass John Kradle da draußen weitere Gewalttaten verüben wird ...«

Kradle stöhnte entsetzt auf. »Scheiße!«

»Hinweise, die zur Festnahme dieses Verbrechers führen ...«

Der Alte stand neben ihm, ein Schlüsselbund in der

Hand, und stierte auf Kradles Gesicht im Fernsehen. Rasch nahm Kradle ihm die Schlüssel ab und stopfte sie in seine Hosentasche.

»Hast du ein Handy?«, fragte er.

10

Als Celine die Tür zur Bar aufschob, fand sie dort genau den zeitlosen Raum, den sie gebraucht hatte. Hier dämmerte kein früher Morgen. Es war nicht Tag zwei nach der schlimmsten Katastrophe ihrer Karriere. Dutzende andere Kollegen aus Pronghorn waren in diese schummrige Kaschemme geflohen, um sich von dem Schrecken der vergangenen Stunden zu erholen und sich die schlimmen Erinnerungen wegzusaufen, während der Rest sich sein Frühstück genehmigte.

Celine setzte sich neben Grace auf einen Barhocker, trank einen großen Schluck Wein und fühlte sich gleich besser. Mit zitternden Fingern nahm Grace sich eine Zigarette aus ihrer fleckigen Blechdose und schob sie sich zwischen die Lippen. Dann schnippte sie ein paarmal vergeblich am Rädchen des passenden Blechfeuerzeugs herum, bis sich eine junge Barfrau mit violetten Blumentattoos auf dem kahlrasierten Schädel erbarmte und ihr Feuer gab.

»Ich bin fünfundsechzig«, sagte Grace. »Die Parker hat es zwar nicht offen ausgesprochen, aber ich weiß, was sie denkt. Das ist alt. Mag sein. Aber ich fühle mich nicht so. Und ich kann noch genauso elegant die Füße hinter den Kopf stellen wie damals mit fünfzehn.«

Celine verschluckte sich an ihrem Wein. Grace nahm keine Notiz davon.

»In der öffentlichen Wahrnehmung gilt man mit fünfundsechzig als alt. Seniorinnen wie ich sollten sich den Enkeln widmen und ihre Pimpernellen pflegen.«

»Was?«

»Das sind Blumen.«

»Ich steh mehr auf Kakteen.«

»Jedenfalls bin ich alt, eine Frau und komme aus Haiti«, fuhr Grace fort. »Also erwarten verschiedene Randgruppen von mir, dass ich bei dieser Nummer nicht wie die größte Idiotin der Welt dastehe und sie damit blamiere. In einer Sache hatte Parker recht: Ich trage die Verantwortung und will ein paar dieser Kerle zurückbringen, um mein Gesicht zu wahren. Aber vor allem will ich Miss Wichtig dafür bloßstellen, dass sie mich unterschätzt hat.«

»Alles klar«, sagte Celine, faltete den aus Kradles Zelle konfiszierten Zettel auseinander und legte ihn auf die Theke. »Hier fangen wir an. Diesen Wisch hier habe ich heute Morgen in John Kradles Zelle gefunden. Darauf stehen die Namen von Flugplätzen. Ich glaube ... nein, ich bin sicher, Kradle hat die letzten sechs oder sieben Stunden damit verbracht, einen von ihnen zu Fuß zu erreichen.«

Grace legte einen Finger auf den Zettel. »Wagon Circle. Da können wir hinfahren. Dauert vielleicht vierzig Minuten.«

»Bringt nix«, sagte Celine. »Wir wissen nicht, ob er dorthin unterwegs ist oder nach Willie McCool oder Brandon marschiert. Vielleicht war er schon dort und ist jetzt weg, vor allem, wenn ihn jemand mitgenommen hat. Ich habe mir die Aufnahmen der Überwachungskameras angesehen. Er ist durchs hintere Tor geflohen und in nördliche Richtung verschwunden, aber das muss nichts heißen. Ist auch egal, denn ich weiß, wo er hinwill. Nach Mesquite.«

»Wieso?«

»Diese Kerle, die ihre Familien umbringen? Denen geht's nur um ihr Ego. Er will zurück in sein Territorium. Zurück dahin, wo das passiert ist, was in seinem beschissenen kleinen Leben irgendeine Bedeutung hat«, sagte Celine. »Dort gibt es eine Menge Leute, auf die er es abgesehen haben könnte. Den Anwalt, der ihn vertreten hat. Den Staatsanwalt. Seine Schwiegereltern. Nachbarn und Freunde, die vor Gericht gegen ihn ausgesagt haben. Für Kradle ist die Sache noch nicht vorbei.«

»Und was können wir tun?«

»Ich habe die Polizei von Mesquite alarmiert. Sie sind überlastet, haben mir aber trotzdem zugehört, schließlich bin ich so was wie eine Kollegin. Der Chef der Truppe dort hat mir versichert, dass er ein paar Leute auf den Flugplätzen in der Gegend abstellt, um dort landende Flieger zu kontrollieren. Wenn die ihn erwischt haben, fahren wir hin und tragen ihn vor laufenden Kameras zurück ins Gefängnis, nackt und wie ein Spanferkel am Spieß festgebunden, als wollten wir ihn auf dem Dorffest grillen.«

»Super Bild«, sagte Grace, blies Rauch über ihr Whiskeyglas und trank einen Schluck. Die beiden Frauen ließen den Blick durch die Bar wandern. An den anderen Tischen tranken sich Wärter und sonstiges Personal aus Pronghorn den Arbeitstag schön. Eine gewisse Spannung lag in der Luft. Obwohl es in diesem trüben, vernebelten Raum Leute gab, die am Morgen den Forderungen des Erpressers nachgegeben hatten – Mike Genner vom Wachturm Sechs, der da neben dem Männerklo Pool spielte, Susan Besk, die am Ende der Theke ihren Untersetzer in tausend Stücke zerriss –, richteten sich die bösen Blicke aller allein auf Grace. Ihr unkontrolliert zitterndes Bein klopfte gegen die Unterseite der Theke.

»Also sind Sie sicher, dass Kradle dahintersteckt?«

»Was?« Celine betrachtete ihre Chefin. »Nein, offensichtlich nicht. Entweder Schmitz oder Hamsi. Nur die beiden hätten die Ressourcen, um so ein Ding durchzuziehen.«

Grace zeigte auf den Zettel. »Moment mal, wieso zum Teufel quatschen wir dann hier die ganze Zeit über diesen Kradle? Wer ist das überhaupt?«

»Er hat seine Familie ermordet.«

»Grundgütiger!« Grace lehnte sich zurück. »Celine, ich spreche hier vom Rädelsführer des Massenausbruchs. Der Scheißkerl, der mich heute Morgen angerufen hat. Den will ich erwischen und den Häftling, den er damit freipressen wollte. Und zwar, bevor Parker sie erwischt.«

»Ja, schon klar. Sie wollen den Anführer. Alles wiedergutmachen. Damit Sie die Heldin des Tages sind.«

»So ist es.« Grace knallte ihr Glas auf die Theke.

»Also aus persönlichen Gründen.«

»Korrekt.«

»Na, wenn Sie wollen, dass ich Ihnen helfe, diese Typen zu jagen, dann gehört auch meiner dazu, sonst bin ich raus.« Sie tippte auf den Zettel.

»Wieso?«

»Wissen Sie genau.«

Grace wandte sich ab, aber Celine hatte diesen mitleidigen Blick gesehen, den sie über die Jahre bei so ziemlich jedem gesehen hatte, der ihre Geschichte kannte. Grace hatte garantiert ein Kopfkino dazu, die vagen Vorstellungen einer Person, die Celines schreckliche Erlebnisse nur erahnen konnte.

»Aus persönlichen Gründen«, schloss Grace.

Die tätowierte Barfrau füllte Celines Glas mit dunklem, billigem Wein auf. Fast zeitgleich stürzte sich eine kleine Fliege in das blutrote Nass. Celine fischte sie heraus und schnipste sie weg.

»Okay. Aber Kradle muss ein bisschen warten«, sagte Grace. »Wenn Sie recht haben, ist er sowieso schon in der

Luft oder hebt gerade ab. Also erst mal zu Hamsi und Schmitz.«

Celine stützte die Ellbogen auf der Theke ab und vergrub das Gesicht in den Händen. Ihr tat der Kiefer weh, weil sie den ganzen Tag die Zähne zusammengebissen hatte. Am liebsten wäre sie nach Hause gefahren, ab unter die Dusche und dann ins Bett. Stattdessen dachte sie über Abdul Hamsi nach, den stillen, peniblen Mann, der sieben Zellen vom Kontrollraum entfernt im Todestrakt gesessen hatte. Sie sah es vor sich, das kahle Regal über dem schmalen Metallschreibtisch, die juristischen Schriftsätze in einem Karton darunter. Er war der einzige Häftling in Celines Trakt, der seine Zelle nicht mit Fotos beklebt hatte. Man hatte John Kradle verboten, Bilder von seinen Opfern in der Zelle zu haben, aber zumindest hatte er die Weihnachtskarte seines Anwalts über seinem Bett aufgestellt: Conan O'Brien als Weihnachtsmann verkleidet.

»Hamsi ist nicht unser Mann«, sagte Celine schließlich.

»Woher wollen Sie das wissen?«

»Weil der Typ ein Loser ist«, brach es aus ihr hervor. Das sagte ihr das Bauchgefühl, und sie war einfach zu müde, um es vornehmer auszudrücken. »Sogar sein Anwalt hält ihn für einen Idioten.«

Grace sah sie ungläubig an. »Wir reden hier vom Todestrakt. Sind das nicht alles Loser?«

»Ich bin diejenige, die entscheidet, wer diese Typen besuchen darf. Jeder Häftling hat einen Anwalt. Sogar die Serienmörder. Selbst diejenigen, die keine Berufung mehr einlegen können. So ein Todeskandidat sitzt bis zu vierzehn Jahre hier, und während dieser Zeit verklagt er das Gefängnis garantiert Dutzende Male wegen irgendwelcher Lappalien, weil man ihm einen zerbrochenen Keks gegeben oder er sich am Gefängnispapier geschnitten hat. Ich kenne Hamsis Anwalt. Seit Jahren. Ein Typ namens May. Er gehört zu dieser besonderen Klasse von Anwälten, die sogar Kindermördern helfen, die Haftanstalt auf Schmerzensgeld zu verklagen, weil ihr Klient sich in der Gemeinschaftsdusche an einer scharfen Fliese den Zeh gestoßen hat. Der kloppt das durch, weil am Ende zehn Prozent für ihn rausspringen.«

»Okay«, sagte Grace wenig überzeugt. »May ist also eine Ratte und hält Hamsi für einen Loser. Wie hilft uns das?«

»Wenn Hamsi ein wichtiger IS-Terrorist wäre, hätte er einen Spitzenanwalt«, sagte Celine. »Bestens vergütet, damit er seine Berufungen schneller durchficht. So einer würde das Gefängnis bei jeder Gelegenheit verklagen, uns so lange die Hölle heißmachen, bis wir ihn in eine gemütliche Zelle verlegen, wo er es sich gut gehen lassen kann. Dieser Anwalt würde jeden Tag hier auftauchen, um seinem Klienten zu Diensten zu sein und dessen Nachrichten weiterzuleiten.«

»Und May macht das nicht für ihn?«

»Nein. Der geht nicht mal ans Telefon, wenn Hamsi ihn anruft.«

»Also hat der IS oder Al-Qaida oder wer auch immer ihn damit beauftragt hat, das Flamingo hochzujagen, den armen Hamsi im Stich gelassen?« Grace schnaubte. »Wie tragisch.«

Celine zuckte die Achseln. »Möglich. Oder sie haben ihn nie damit beauftragt.«

»Ich dachte, der IS hat sich dafür verantwortlich erklärt?«, fragte Grace. Sie hatte ihr Handy gezückt und suchte im Internet nach Informationen über Hamsi. Celine sah die vertrauten Bilder vom gescheiterten Anschlag. Die Menschenmengen bei der Evakuierung des Casinos, weinende Leute auf der Straße, Bombenentschärfer in dick gepolster-

103

ten grünen Overalls. »Es hieß, sie wollten die Ungläubigen bestrafen, die mit Glücksspiel und Zügellosigkeit Gottes Zorn verdient hatten. Ich erinnere mich noch gut daran. Eine Woche zuvor war ich auf einem Mädelswochenende selbst im Flamingo gewesen.«

»Manche glauben, dass terroristische Vereinigungen oft aus PR-Gründen die Verantwortung für Anschläge übernehmen, auch wenn sie gar nichts damit zu tun hatten. Sogar, wenn der Anschlag misslingt. Sie wollen, dass die Leute glauben, sie hätten es fast geschafft, Hunderte hochgehen zu lassen. Nein, wenn ich sehe, wie einsam Hamsi ist, würde ich sagen, der Kerl ist nur ein hoffnungsloser Trottel, der sich bei der Sinnsuche ein paar Videos reingezogen und *Bomben basteln für Dummies* gelesen hat. Hamsi bestellt nicht mal was vom Gefängnisladen. Er frisst die Pampe aus der Kantine. Die meisten würden nicht mal ihren Hund damit füttern.«

Grace sah von ihrem Drink auf. »Moment mal! Ich habe das Wintermenü selbst abgezeichnet.«

»Haben Sie es probiert? Oder nur die Zutatenliste auf dem Papier gelesen?«

Grace schwieg.

»Tut mir leid, Boss. Einer unserer Lieutenants hat bei einer Wette auf der Weihnachtsfeier mit besoffenem Kopf eine Scheibe Gefängnisbrot probiert und dabei auf einen Fingernagel gebissen.«

»Das ist alles meine Schuld!«, jammerte Grace.

»Ach kommen Sie! Ist doch richtig so. Wir sind schließlich nicht im Ritz.«

»Nicht nur das, sondern alles. Ich weiß nicht, wer in meinem Gefängnis sitzt. Kann Familienmörder nicht von den Terroristen unterscheiden. Weiß nicht, was diese Leute essen. Was mein Personal macht. Wofür wir ausgebildet sind und wofür nicht.«

Zwei Wärter an der Bar grinsten böse. Sie hatten ganz offensichtlich mitgehört. Celine funkelte sie an.

»Auf das, was heute passiert ist, hätte sich niemand vorbereiten können«, sagte sie laut.

Grace vergrub den Kopf zwischen den Händen. »Die letzten fünf Jahre ist es nur noch um Zahlen gegangen. Zugänge und Entlassungen. Sicherheitskontrollen, Programme zur Zahnpflege, personelle Mindestbesetzung pro Häftling, alles ist statistisch erfasst, von der verdammten Müllentsorgung bis zum Energieverbrauch. Ich muss dafür sorgen, dass die Belegung nicht unter sechshundertsechs Insassen fällt, sonst verlieren wir den Zuschuss für die Wäscherei. Im Februar habe ich die Entlassung eines Häftlings um einen Tag hinausgezögert, damit zweihundert Mitgefangene saubere Unterhosen bekamen.«

Celine wusste nicht, was sie dazu sagen sollte, also schwieg sie.

»Er hat einen Tag seines Lebens in Freiheit verloren, weil das Management mir wegen des Budgets im Nacken gesessen hat.« Grace stierte in den Spiegel hinter der Bar. »Seitdem habe ich vielleicht ein Dutzend Mal an den Mann gedacht. An seinen Namen kann ich mich nicht mehr erinnern, aber ich weiß, dass er wegen mir einen Tag seines Lebens verloren hat.«

Celines Handy vibrierte in ihrer Tasche. Unbekannte Nummer. Wahrscheinlich ein Journalist. Sie drückte den Anruf weg und steckte das Handy wieder ein.

Grace schüttelte traurig den Kopf. »Ich hoffe inständig, dass Schmitz nicht dahintersteckt«, sagte sie. »Ich habe zwar nicht alle Todeskandidaten auf dem Schirm, aber diesen Kerl kenne ich genau.«

Celine rief sich Schmitz vor Augen. Als sie sich den Mann

das letzte Mal so richtig angesehen hatte und nicht im gro-ßen Bogen an ihm vorbeigehuscht war, wie man es mit einer Spinne im Bad tat, hatte sie für einen Kollegen die Spät-schicht übernommen, damit er bei seinem kranken Kind zu Hause bleiben konnte. Es war der Abend gewesen, als sie Kowalski angemotzt hatte, weil sein Fernseher zu laut lief, dann hatte sie sich das Handtuch geschnappt, das Kradle am Gitter seiner Zellentür zum Trocknen aufgehängt hatte, und ihn damit beworfen. Zehn Zellen weiter hauste Schmitz. Er hockte am Fußende seiner Pritsche und starrte auf den Boden, den Kopf zwischen den Händen vergraben. Die kurzgeschorenen Haare des Massenmörders glitzerten im Licht der Nachtbeleuchtung, als hätte er sie gerade gewa-schen. Und auf dem Schreibtisch hatte ein Karton gestan-den.

»Er hat seine Sachen gepackt!«, rief Celine.

»Hmm?« Grace sah aus, als hätte sie schon gut einen sit-zen, ihr Blick war glasig und unfokussiert.

»Schmitz. Vorgestern Abend, als ich ihn das letzte Mal gesehen hab, stand auf seinem Schreibtisch ein Karton. Er hat seine Sachen gepackt, weil er wusste, dass er bald raus-kommt. Er war's.«

Grace Slanter legte die Hände auf den Barläufer. »Ich weiß, was ich zu tun habe«, sagte sie.

»Was?«

»Ich steige in meinen Pick-up und hole meine Flinte. Dann fahre ich so lange in der Wüste herum, bis ich einen dieser Mistkerle gefunden habe, Tag und Nacht. Den binde ich mir an den Truck und schleppe ihn zurück nach Prong-horn. Nur, wenn ich mit einem gefährlichen Häftling an der Angel durch die Gefängnistore fahre, kann ich mich in der Öffentlichkeit rehabilitieren.«

»Lassen Sie das bitte bleiben. Da draußen holen Sie sich nur einen Platten, bleiben irgendwo in der Ödnis liegen, verdursten und werden von den Bussarden gefressen.«

»Ich zieh das durch!«

»Wir sind nicht im Wilden Westen, Sie sind kein Cowboy.«

»Ich bin, der ich sein werde, Pilger«, lallte Grace.

Celines Handy vibrierte erneut. Diesmal ging sie ran.

»Hallo?«

»Ich bin's«, sagte John Kradle.

In der Leitung herrschte Schweigen. Kradle sah den alten Mann an, der an seinen Schreibtischstuhl gefesselt den Ausbruch im Fernsehen verfolgte, und wartete, bis Celine die Fassung wiedererlangt hatte. Im Hintergrund klackerten Billardkugeln, er hörte Gemurmel und leise Kneipenmusik. Dann quietschte eine Tür, und es war still.

»So redest du mit mir?« Celine brannte die Kehle, als hätte sie Säure verschluckt. Kradle stellte sich vor, dass sie vor der Bar in der Nähe des Gefängnisses stand, wahrscheinlich war es da drin knallvoll, weil sich die Wärter hier vor der Presse versteckten. »*Ich bin's?* Willst du mich verarschen? Bin ich deine beschissene Mama?«

»Celine, hör mir gut zu«, sagte Kradle.

»Nein, du hörst *mir* zu! Und für dich immer noch Ms Osbourne, Ma'am, du Drecksack! Du rufst hoffentlich an, weil du mir sagen willst, wo du bist, weil ich dir sonst ...«

»Ich bin draußen«, sagte Kradle.

»Erzähl keinen Scheiß. Das weiß ich, verdammt.«

»Gut. Also bin ich kein Häftling mehr. Ich nenne dich Celine. Ich nenne dich Schnucki. Ich nenne dich Pissflitsche. Ich nenne dich, wie's mir gefällt!« Er zeigte auf den Fernseher, wo erneut Celine zu sehen war, die Kradles Bild in die Kameras hielt. »Ich ruf dich an, um zu fragen, ob du den verdammten Verstand verloren hast. Ich sehe dich hier im beschissenen Fernsehen ein Bild von mir hochhalten.«

»Woher hast du meine Nummer, Arschloch?«

»Immer wenn du im Gefängnis unterwegs bist, leitest du alle Anrufe an den Kontrollraum auf dein Handy um. In den letzten fünf Jahren hab ich bestimmt schon hundertmal gehört, wie du den anderen deine Nummer gegeben hast. Ich hatte ja nichts Besseres zu tun, als in meinem Käfig zu sitzen und zu lauschen. Ich weiß eine Menge über dich, Celine. Ich weiß, wo du wohnst. Ich weiß, dass dein neuer Freund Jake heißt.«

»Du beschissener Drecks…«

»Hör zu!«, zischte Kradle. »Hör einfach zu. Ich weiß, dass du ein Problem mit mir hast. Aber du kannst nicht ausgerechnet jetzt das ganze Land darauf ansetzen, mich zu finden.«

»Wieso nicht, Arschloch?«

»Weil ich meine Unschuld beweisen muss.«

Sie lachte böse. Ein hässliches, abgehacktes Gackern.

»Fünf Jahre, und nie hast du in meiner Gegenwart was gesagt. Nicht ein einziges Mal.«

»Hätte das was gebracht?«

»Nein.«

»Na, wenigstens bist du ehrlich.«

»Ich dachte, du wärst ehrlich. Der Einzige im Todestrakt, der zu seinen Verbrechen steht. Mann, ich habe mir schon so viele Geschichten anhören müssen, von armen Teufeln, die man reingelegt oder verwechselt oder einfach zu Unrecht verurteilt hat. Aber von dir nie. Jetzt bist du draußen, und auf einmal willst du unschuldig sein? Ach, Schätzchen, das kannst du deiner Oma erzählen.«

»Celine, ich …«

»Wenn ich eines weiß, John Kradle, dann, wer ein Mörder ist. Sie haben etwas an sich, und du bist einer von ihnen.«

»Du solltest dich reden hören! Als wärst du Nancy Grace. Bist du aber nicht, Celine. Du bist eine bessere Zoowärterin aus Arschfick, Georgia.«

»Halt einfach dein Maul!«

»Nein, du hältst dein Maul.«

»Nein, du hältst …«

»*Jemand hat meinen Sohn umgebracht!*«, brüllte Kradle in den Hörer. Die Worte waren einfach aus ihm herausgekommen, so laut und brutal wie das, was sie bedeuteten, und einen Moment lang herrschte Stille in der Leitung. Ihm zitterte die Hand. Der Mann vor ihm hatte sich auf dem Stuhl zusammengekauert. Kradle atmete ein paarmal tief durch.

»Celine, ich habe meine Frau nicht umgebracht, genauso wenig wie meinen Sohn und meine Schwägerin. Ich bin von der Arbeit nach Hause gekommen und habe sie gefunden, tot. Und das Haus stand in Flammen.«

»Aha«, sagte Celine. Sie klang weder sarkastisch noch fies. Das ermutigte ihn.

»Jetzt habe ich die Chance herauszufinden, wer das getan hat. Und ich werde sie nutzen. Du musst mir nicht helfen, aber du musst mich in Ruhe lassen. Sechshundert Häftlinge sind auf freiem Fuß, und von mir geht die geringste Gefahr aus. Es wäre wirklich gut, wenn die Behörden erst mal mit den anderen beschäftigt sind, damit ich mein Ding machen kann.«

»Kradle«, sagte Celine. »Ich werde meine Zeit nicht damit verschwenden, dir zu erklären, was für ein Monster du bist.«

»Ich bin kein Monster. Ich bin unschuldig.«

»Sag mir, wo du bist, und ich informiere die Polizei vor Ort, damit die dich abholen.«

»Du solltest wissen, dass ich einen sehr gefährlichen Verbrecher an meiner Seite habe.« Der Alte zuckte zusammen und spähte zum Fenster hinaus. Kradle hob beschwichtigend die Hand. Dann schloss er die Augen und stellte sich Celine am anderen Ende der Leitung vor. »Ich kann diesen Mann nicht aus den Augen lassen. Er wird jemanden umbringen, sobald sich die Gelegenheit ergibt. Wenn ich so weit bin, werde ich versuchen, ihn in eine Falle zu locken, damit ihr ihn hochnehmen könnt. Das sollte dir reichen zu erkennen, dass ich auf der richtigen Seite stehe.«

»Wer? Wer ist mit dir zusammen?«

»Ein eiskalter, völlig irrer Psychopath«, sagte Kradle.

»Welcher?«

Kradle beendete das Gespräch. Der Alte zitterte leise vor sich hin.

»Er ist da draußen. Keine Angst, er kommt nicht rein. Aber falls doch, können Sie sich irgendwo verstecken?«

»In der Toilette vielleicht«, sagte der Alte. Kradle führte ihn zur Toilette neben dem Büro und schloss ihn ein. Dann eilte er hinaus, wo es immer noch nicht ganz hell war. Homer wartete vor einem riesigen Hangar, hatte das Rolltor bereits aufgeschoben. Drinnen standen mehrere Ultraleichtflugzeuge, stumme Vögel in ihren Nestern.

»Wir müssen los«, sagte Kradle, zog einen Schlüssel aus dem Bund und las die Nummer auf dem gelben Plastikschild. Sie passte zu dem Kennzeichen auf dem Heck einer in der Nähe geparkten Cessna. Als er auf die Maschine zeigte, schenkte Homer ihm ein Zahnlückengrinsen.

»Coolster Typ der Welt«, sagte er.

1999

Sie hielt den Tabak zwischen Daumen und Zeigefinger, zupfte das Blättchen fester aus der Packung, als es nötig gewesen wäre, und legte die kleine braune Faserraupe auf ihr dünnes, trockenes Bett. Drei Jungs, ihre Cousins, drängten sich um sie, um zuzusehen, wie sie die Zigarette drehte und das Blättchen ableckte. Celine schob sich den Stängel in den Mund und zündete ihn an. Gespannt rissen sie die Augen auf, waren völlig verzückt, denn das Spektakel war in vielerlei Hinsicht aufregend. Sie alle waren auf einer Farm aufgewachsen. Auf einem Heuboden ein Streichholz anzuzünden war, als würde man Jesus den gereckten Zeigefinger vor die Nase halten.

»Das hier ist nur Tabak«, sagte Celine cool, »aber man kann auch andere Sachen reintun.«

»Was denn?«, fragte Tommy.

»Keine Ahnung. Rosmarin, Gras.«

»Gras? Auch echt!«, höhnte Samson.

»Vielleicht doch?« Celine betrachtete den kleinen Mistkerl und zuckte die Achseln. »Woher willst du das wissen, du Pappschnorchel?«

Samson zeigte auf die Zigarette. »Du hast ja nicht mal die geraucht. Zeig uns erst mal, wie du inhalierst. Du paffst doch nur!«

Celine atmete den Rauch tief in die Lunge und stieß ihn langsam wieder aus. Beim nächsten Zug blies sie einen Rauchkringel. Die Jungs jubelten entzückt. Erst da hörten sie die knirschenden Schritte von draußen. Jemand, sicher ein Erwachsener, kam durchs trockene Gras auf den Heuschober zu. Hektisch versteckte Celine die Zigarette und setzte eine neutrale Miene auf. Die Tür flog auf und Grandpa Nick stand da, in seinem grauen Overall, die lange Flinte neben sich.

Celine fragte sich später immer, ob er wirklich über seinen nächsten Schritt nachgedacht hatte, während sein Blick über die drei im Heu kauernden Jungs und das ältere Mädchen vor ihnen gewandert war. Vielleicht war sein kurzes Zögern auch reine Einbildung gewesen oder sie hatte es später zu ihrer Erinnerung hinzugefügt. Möglicherweise hatte er eine Ewigkeit so dagestanden, eine Silhouette, die sich schwarz gegen den roten Abendhimmel abzeichnete. Oder er hatte sich vorher überlegt, wie er die Sache durchziehen würde. Monate vorher. Es kann auch sein, dass er sie beim Öffnen der Tür zurück ins Haus geschickt hatte.

»Deine Mutter braucht dich.«

Celine schnaubte höhnisch, als sie gelangweilt an ihm vorbeischluffte. Eigentlich sprach sie gar nicht mit Grandpa Nick. Er hatte sich von Anfang an wie ein Stinkstiefel aufgeführt, seit ihre jüngeren Brüder aus ihrem schrottreifen Transporter gestiegen und im Wald verschwunden waren, damit sie ja nicht beim Ausladen helfen mussten. Als sie ihren Rollkoffer die Treppe zur Veranda hochgezogen hatte, wurde sie von Grandpa Nick angeblafft, weil das Ding bei jedem Schritt gegen die frisch lackierten Stufen geknallt war. Wenn er schlechte Laune hatte, stapfte er über den Hof und pflaumte jeden an, dem er begegnete, er war wie eine riesige schwarze Wolke, als Kind hatte er ihr eine Heidenangst eingejagt und jetzt, als Jugendliche, fand sie ihn schrecklich deprimierend. An Weihnachten hatte er abfällige Bemerkungen über ihre Geschenke gemacht, kaum dass sie sie ausgepackt hatte, über ihre übersteigerte Faszination für »technischen Firlefanz« und ihre »eitle Gier nach Klamotten« gespottet. Blaugefärbte Haare, ständig Musik aus ihrem Walkman auf den Ohren, knappe Outfits, permanente Widerreden: Sie verkörperte alles, was er hasste. Irgendwann würde sie mit ihrer Zigarette den ganzen Hof in Brand setzen, und bis dahin verdarb sie mit ihrer Schamlosigkeit, ihrem vorlauten Mundwerk und ihrem teuren Geschmack die kleinen Jungs in der Familie mit einem völlig falschen Frauenbild, hatte er geschimpft. Und in der Familie gab es viele kleine Jungs, die es zu schützen galt: ihre beiden Brüder Paulie und Frankie und ihre Cousins Samson, Tommy und Benjamin.

Celines Onkel Charlie besaß die Reife eines Fünfzehnjährigen. Als sie das Haus betrat, saß er auf den Verandastufen in der Sonne und las Comics.

»Du musst mit dem alten Herrn reden«, sagte er, ohne aufzuschauen.

»Er ist ein Arschloch.«

»Ja, aber wir sind noch nicht mal beim Weihnachtsessen«, sagte Charlie. »Genny und deine Mutter sind gerade erst beim Zwiebelschneiden, also dauert es noch mindestens vier Stunden. Beim Essen gibt es sicher Streit, das weißt du so gut wie ich.«

Celine schnitt eine Grimasse.

»Also sollten wir vorher ein bisschen Frieden schließen. Wenn wir uns schon im Streit an den Tisch setzen, gibt's am Ende Krieg.«

»Du denkst doch nur an dich. Tu doch nicht so, als läge dir was am Familienfrieden.«

»Klar denke ich an mich. Ich habe keine Lust auf schlechte Stimmung an Weihnachten. Das ganze verdammte Jahr warte ich aufs Fest, da ist es wohl nicht zu viel verlangt, dass wir uns zusammenreißen und mir Nanna am Ende nicht die Hucke vollheult.«

Celine zeigte auf den Heuschober am Ende der langen, verdorrten Weide. »Ich bin fünfzehn und lass mich von dem nicht wie eine Fünfjährige behandeln.«

»Du bist doch immer wütend wegen dem da.« Charles blickte zu dem niedrigen Zaun, an den Celine sich jetzt lehnte. Vor drei Jahren hatte Celine ihn als Weihnachtsgeschenk für Grandpa Nick neu gestrichen. Er hatte ihn gerade fertig gebaut, er umzäunte die Einfahrt. Dann war er in die Stadt gefahren und Celine hatte beschlossen, ihn zu streichen. Als der alte Mann bei seiner Rückkehr sah, was sie tat, war er auf sie zugeschossen und hatte sie angebrüllt. Sie habe das Holz vorher nicht gebeizt, die Farbe sei falsch, wasserlöslich und nur für die Innenanwendung gedacht. Die Nasen und Beulen, die sie überall hinterließ, ruinierten das Aussehen der von ihm mit äußerster Präzision zurechtgesägten Gehrung. »Da hätte ich das Ding auch gleich aus Brettern zusammenzimmern können!« Die auf der Veranda versammelte Familie hatte Celines Erniedrigung schweigend zugesehen. Nanna Betty hatte Grandpa Nick allerdings beim Abendessen dazu gezwungen, sich vor versammelter Mannschaft bei Celine zu entschuldigen. Drei Tage lang hatte er danach geschmollt, bis Celines Eltern beschlossen hatten abzureisen.

»Der Zaun ist mir scheißegal. Das ist schon Jahre her.«

»Nimm ein bisschen Rücksicht auf Grandpa. Er ist traurig wegen deinem Vater.«

»Der wird schon nicht sterben«, sagte Celine. »Das hat er allen gesagt. Es schreitet nur langsam voran. Seine Leber wird nicht gleich kaputtgehen. Vielleicht braucht er irgendwann eine Transplantation. So in zehn Jahren. Aber das ist nicht so schlimm. Wenigstens ist es kein Krebs.«

»Wenn du ein Kind hättest, würdest du ihn verstehen.

Auch wenn es kein Krebs ist, macht es dich als Vater fertig.«
Er zeigte auf Celines Zigarette, warf aber vor dem Rauchen
einen raschen Blick zurück, um sich zu vergewissern, dass
Tante Genny ihn nicht sah.

Drei Schüsse. Jeder explodierte mit einem scharfen, wi-
derhallenden Knall, der über die Weide zum Haus drang.
Celine und ihr Onkel blickten zum Heuschober.

»Sie schießen wieder auf Äpfel.«

Charlie nahm einen tiefen Zug und nickte. »Er ballert so
lange mit der alten Flinte rum, bis sie durch ist. Nanna will,
dass er sie verkauft, aber für das alte Ding kriegt er nicht
mehr viel. Da hat er lieber noch ein bisschen Spaß damit. In
den letzten Monaten ist er eine Menge Zeug losgeworden.
Die Schrotbüchsen und die Musketen sind schon weg.«

»Wieso?«

»Keine Ahnung. Alte Leute machen das so. Werfen ihr altes Zeug weg.«

»Wehe, wenn Nanna ihre alten Ohrringe weggibt! Die
soll ich mal erben.«

Weitere Schüsse. Wieder aus dem Heuschober. Insekten
tanzten im Licht. Die Kühe auf der Weide wirkten verstört,
sie trotteten den Hügel hinauf in Richtung Waldrand, um
dem Geräusch zu entkommen.

»Siehst du? Früher hat er mich immer mitgenommen.
Auf Äpfel zu ballern macht mir Riesenspaß! Das weiß er
ganz genau. Blöder Arsch!«

Charlie zuckte die Achseln, drückte die Zigarette aus,
stand auf und ging ins Haus. Celine drehte sich eine neue,
als ihr Großvater aus dem Schober kam. Sie mied seinen
Blick, zündete sich die Gedrehte an und löschte das Streichholz an einer Zaunlatte.

»Du sollst ins Haus gehen«, blaffte Grandpa Nick. Er

stank nach Kordit, sein silbergraues Haar stand in alle Richtungen ab. Celine fuchtelte mit ihrer Kippe herum.

»Zuerst rauche ich die auf.«

Grandpa Nick klickte nachdenklich mit seinem Gebiss, den Blick auf die Hunde gerichtet, die jetzt über die Weide auf den Heuschober zuflitzten, um zu sehen, was dort los war. Er nickte, schulterte die Flinte und lächelte. Offenbar hatte er eine Entscheidung getroffen.

»Mach, was du willst«, sagte er und verschwand im Haus.

11

John Kradles Gedanken kreisten um Mord. Er fragte sich, ob Celine Osbourne tatsächlich schon vorher Mörder kannte und ob sie während der fünf Jahre, die sie als Wärterin und Gefangener miteinander verbracht hatten, dasselbe in ihm gesehen hatte, was auch der Richter und die Geschworenen zu erkennen glaubten. Und die Journalisten. Und Christines Mutter, als sie zornig und heulend vor Wut vor Gericht darüber klagte, dass er ihr beide Töchter und den Enkel genommen hatte.

Sie haben etwas an sich ...

Kradle flog in der ratternden, rumpelnden, immer wieder abrupt absackenden Cessna durch den klaren, klirrend blauen Himmel über Nevada, Homer Carrington schlief neben ihm auf dem Co-Pilotensitz. Die Cessna war ein einmotoriges Flugzeug, winzig, für den privaten Gebrauch gebaut, so klein und leicht, dass Homers erhebliches Gewicht dem Winzling fast Schlagseite verpasste. Ein Fahrrad mit Tragflächen, das schon ein größerer Vogel zum Absturz bringen konnte. Das Licht der aufgehenden Sonne tauchte Homers arglos kindliches Gesicht in ein grelles Orange. Kradle war ohne Funkkontakt von Wagon Circle gestartet und hatte diesen auch während des Flugs nicht aufgenommen, sodass er eigentlich konzentriert am starren braunen Horizont nach anderen Maschinen Ausschau halten sollte, die nichts von seinem Blindflug wussten. Doch die fest eingerastete Gurtschnalle an Homers Hüfte, die ihn sicher in seinem Sitz festhielt, übte eine unwiderstehliche Faszination auf ihn aus.

Kradle musste den Sicherheitsgurt nur lösen, sich über

Homer Carrington hinwegbeugen, die Seitentür aufreißen und den Steuerknüppel zur Seite bewegen, um ihn in den sicheren Tod zu befördern.

Problem gelöst.

Es schien alles ganz logisch. Mit einem Serienmörder an der Backe konnte Kradle sich nicht ungestört seiner Mission in Mesquite widmen. Als Begleitung war Homer mit seinem auffälligen Äußeren, unberechenbarem Temperament und seinen rohen Kräften ungefähr so wünschenswert wie ein sibirischer Tiger. Jeden Moment könnte er Kradles lächerliche Mafiageschichte als Lüge entlarven und ihn umbringen.

Aber ihn aus dem Flieger zu kippen wäre glatter Mord. Außerdem bestand das Risiko, dass Homer bei seinem Sturz jemanden verletzte oder überlebte oder – noch schlimmer – John am Ärmel packte, sich wieder ins Cockpit zog und ihn erwürgte. Kradle betrachtete die Landschaft unter ihnen. Wüste, von Sonne und Wind gezeichnet, aufgeplatzte, trockene Erde, gelegentlich Städte und der sich durch die Ödnis schlängelnde Highway.

Aber es wäre so einfach.

Drei Handgriffe.

Gurt.

Tür.

Steuerknüppel.

Er löste Homers Gurt, nur so als Test. Der Hüne erwachte, reckte und dehnte sich. »Sind wir schon da?«

»Ungefähr zehn Minuten noch. Mach dich bereit zum Sprinten.«

Sie näherten sich der Landebahn aus südlicher Richtung. Ein schmaler schwarzer Streifen in der Ferne.

»Woher willst du wissen, dass sie uns nicht schon erwarten? Hast du dem Typen in Wagon Circle gesagt, wohin wir fliegen?«

»Natürlich nicht«, sagte Kradle. »Aber sie wissen bestimmt, wo ich hinwill. Kleine Flugzeuge haben nicht viel Kraftstoff und ohne Zwischenstopp keine große Reichweite. Ich wette, die meisten entflohenen Häftlinge kehren auf direktem Weg in ihre Heimat zurück. Aber in Mesquite gibt es Dutzende Flugplätze, die können sie nicht alle überwachen. Wir müssen es einfach riskieren.«

»Du hast das bis ins Detail geplant«, sagte Homer bewundernd. »Ich habe nicht eine Sekunde über so was wie einen Fluchtplan nachgedacht.«

Kradle hatte nichts anderes getan. Das hatte ihn am Leben gehalten. Genau wie die langsamen, zähen Berufungsverfahren, und die ständig neuen Tricks, mit denen er Celine Osbourne so richtig auf die Nerven gegangen war. Überall in seiner Zelle hatte er Informationen versteckt, die ihm bei der Flucht helfen konnten, und jede Nacht ging er sie im Geiste durch, damit er immer einsatzbereit war, sollte sich je die Gelegenheit zur Flucht ergeben. Er hatte seinen Anwalt und die Anwälte und Familienangehörigen der anderen Häftlinge dazu gebracht, ihm einmal die Woche winzige Teile seines Fluchtplans ins Gefängnis zu schmuggeln. Die Entfernung zu verschiedenen Flugplätzen. Die Kontaktdaten der wichtigsten Personen, die er für seine Mission brauchte. Die Lage der Obdachlosenlager in Mesquite, wo er untertauchen konnte. Kradle hatte seinen Fluchtplan perfektioniert, weil ihm in der Todeszelle nichts anderes übrigblieb, weil man Leute wie ihn dort Tag für Tag fertigmachte, damit sie sich bei der Hinrichtung gebeugt, taub und unterwürfig in den Tod führen ließen. Niemand wollte sehen, wie sich ein erwachsener Mann schreiend, tretend und wild um sich

schlagend gegen die Fesseln wehrte. Nicht mal die Opfer-
familien.

»Was ist los?«, fragte Homer. Kradle riss sich aus seinen
Gedanken über Flucht und Hinrichtungen.

»Hm?«

»Wie bist du bei der Mafia gelandet? Haben Sie dich ge-
testet? Bist du schon als Mörder auf die Welt gekommen?«,
fragte Homer.

»Ähm«, Kradle rutschte auf seinem Sitz herum. »Die haben einen Psychotest mit mir gemacht, um festzustellen, ob
ich verhandlungsfähig bin. Haben nichts gefunden.«

»Auf Psychotests stehe ich total.« Homer grinste. »Die
sind so interessant. In meinem letzten haben sie mich gefragt: ›Wenn Sie auf einem Hochhaus oder einer Klippe stehen, verspüren Sie den Drang zu springen?‹ Was wollen die
damit rausfinden? Was ist die richtige Antwort?«

»Keine Ahnung. Und was, glaubst du, stimmt nicht mit
dir?«

»Hör zu …«, Homer beugte sich vor und drehte sich zu
Kradle, »… das klingt jetzt vielleicht verrückt.«

Kradle seufzte. »Nur zu, spuck's aus!«

»Als Kind bin ich oft mit meinem Dad zelten gegangen.
Wir sind in die Wüste gefahren, nur wir beide, um von meiner Mom und meinen Schwestern wegzukommen. Du weißt
schon, Männersachen machen und so. Jedenfalls bin ich eines Morgens in meinem Zelt aufgewacht, weil mir das Ohr
gejuckt hat.«

Kradle umklammerte den Steuerknüppel und kniff die
Lippen zusammen.

»Also guckt mein Dad nach. Und was findet er in meiner
Ohrmuschel? Eine Schwarze Witwe!«

»Heilige Scheiße!«

»Ja.« Homer lehnte sich zurück. »Ich wollte, dass er sie rausholt. Hab ihn angefleht, aber er meinte, es wäre zu gefährlich. Wenn er versucht, sie rauszuziehen, beißt sie mich vielleicht. Außerdem hatte mein Dad ein echtes Händchen mit Tieren. Vögel, Kaninchen, Füchse sind in unseren Garten gekommen und haben ihm aus der Hand gefressen. Er erzählte mir, eine Spinne im Ohr ist eine gute Sache. Er kann sie kontrollieren. Aber wenn ich je Mist baue, befiehlt er ihr, mich zu beißen, und dann sterbe ich innerhalb von zehn Minuten an ihrem Gift.«

Kradle musterte Homer genauer. Der Hüne lauerte förmlich auf seine Reaktion.

»Ohne Scheiß?«, fragte Kradle.

»Ja, ohne Scheiß, Mann.«

»Und wie alt warst du, als er dir das erzählt hat?«

»Keine Ahnung. Acht? Neun? Egal. Wichtig ist nur, dass er recht hatte. Er konnte sie kontrollieren, total, schon nach ein paar Tagen«, sagte Homer. »Jedes Mal, wenn ich auch nur darüber nachdachte, irgendwelchen Mist zu bauen, hat mein Ohr gejuckt, und mein Dad hatte mich voll im Blick. Er hat sich ans Ohr getippt, und da wusste ich, dass ich mich besser zusammenreißen sollte.«

Kradle schwieg.

»Nur, dass mein Dad fünf Jahre danach gestorben ist. Aneurysma im Hirn.«

»Und …«

»*Und jetzt kontrolliert niemand die Spinne*«, flüsterte Homer.

»Hat dich im Gefängnis denn nie jemand untersucht? Niemand hat in den ganzen Jahren in dein Ohr geschaut?«

»Doch, klar.« Homer winkte ab. »Die Ärzte haben reingeguckt, aber es heißt immer, ich hätte da eine kleine Rötung, nichts Schlimmes. Sie geben mir Salben, aber die schmiere ich da nicht drauf.«

Plötzlich ertönte ein Knistern aus dem Funkgerät. Kradle zuckte heftig zusammen.

›This is Mesquite Municipal Airport, Mike-Foxtrot-Hotel. Aircraft on bearing oh-three-five call in, please.‹

»Was ist der Plan? Einfach wegrennen?« Homer umklammerte den Türrahmen und starrte aus dem Fenster. Die Landebahn kam immer näher.

Kradle zeigte nach vorn. »Der Wald da, hinter der Landebahn. Danach kommt der Highway.«

Sie waren kurz vor der Landung, als Homer an seinem Gurt zog und feststellte, dass er nicht angeschnallt war. Kradle schluckte schwer.

Ein Hund.

Ein riesiger braunschwarzer Vierbeiner schoss aus dem Dickicht und lief bellend in Richtung Landebahn. Der Wind rauschte laut durch die Fenster und übertönte das Bellen des Hundes, der jetzt am Rand der Landebahn entlangflitzte.

Ein Mann kam aus dem Wald gerannt. Im Laufen riss er sich die Jacke vom Körper, blau mit weißem Futter, und warf sie ins Gras. Aber Kradle kannte diese Jacken genau.

Er gab Vollgas und fuhr die Landeklappen ein. Als sich die Nase des Fliegers abrupt hob, sackte ihm der Magen in die Knie, doch trotz der extremen Beschleunigungskraft hielt er den Steuerknüppel fest. Die Landebahn verschwand, nur noch blauer Himmel war zu sehen.

»Hast du das gesehen?«, fragte Homer, den Blick über die Schulter gerichtet.

Kradle nickte. »Die Jacke, ja. Auf der Rückseite stand garantiert *U. S. Marshal*.«

»Der verdammte Köter hat uns gerade den Arsch geret-tet.«

»Ja.«

Nach der Wendeschleife warf Kradle einen Blick nach un-ten. Die ganze Staffel Marshals mit ihren Hunden war jetzt aus der Deckung gekommen, ihr Hinterhalt war aufgeflo-gen. Kradle hielt nach einem geeigneten Platz Ausschau, wo er den Flieger notlanden könnte, aber die Straßen waren voller Autos, und auf dem Highway herrschte überraschend reger Berufsverkehr.

»Die jagen uns jetzt bestimmt mit Fighter Jets!«, rief Ho-mer.

»Wir sind doch nicht im Film.«

»Flieg einfach in die Wüste. Du musst notlanden, rich-tig?«

»Wir können nicht auf offenem Gelände landen, da se-hen sie uns sofort.«

Kurze Zeit später entdeckte er ein mit Stacheldraht um-zäuntes und mit Bäumen gesäumtes Areal. Kradle schob den Steuerknüppel leicht nach vorn. »Festhalten!«

Ein unsanfter Landeanflug begann. Mitten durch eine Müllkippe zog sich ein brauner Schotterstreifen, auf den Kradle jetzt zuflog. Zu beiden Seiten der improvisierten Landebahn gingen immer schmaler werdende Gassen ab, an denen sich kaputte Autos, verbeulte, rostige Elektrogeräte und Metallschrott türmten. Die Landung selbst verlief alles andere als elegant. Als das Fahrwerk zum zweiten Mal auf-dotzte und das Flugzeug kreuz und quer über die Piste hüpfte, tröstete Kradle sich damit, dass er schon länger aus der Übung war. Der Flieger wurde langsamer, ratterte im Zickzack über den Schotter und krachte schließlich in einen Schrotthaufen. Eine Tragfläche hing am seidenen Faden, alle Fenster waren zersprungen. Er kletterte aus dem Cockpit, als ein paar Müllmänner aus ihrem Laster sprangen und auf sie zurannten.

»Hey! Alles okay bei …«

Kradle hörte sie rufen, aber ihre Stimmen wurden immer leiser, je weiter er von ihnen weg in die Müllberge humpelte, den Begrenzungszaun fest im Blick. Der saure Gestank von verfaultem Obst, verwesendem Fleisch, Kompost und verbranntem Motoröl erschwerte ihm das Atmen. Homer, der vor ihm lief, sprang wie ein olympischer Hürdenläufer über eine Waschmaschine, umrundete im Slalom mehrere aufgetürmte Müllsäcke, Kartonagen, Blechdosen und Wellblechabfälle, bis er schließlich auf einem rutschigen Abschnitt aus nassem Kartondeckeln ins Straucheln geriet und der Länge nach hinschlug. Kradle hatte ihn fast eingeholt, doch dann bohrte sich etwas in seine Wade und riss ihm die Haut auf – eine Stange, die von einem schrottreifen Fahrradrahmen abstand. Homer rappelte sich auf und war schon fast am Zaun, als Kradle in der Ferne Sirenen hörte.

12

Celine schenkte sich in der Personalküche einen Kaffee ein und stellte sich damit vor den Fernseher über der großen Anschlagtafel. Darauf sah man Wärter, die Häftlinge durch die riesigen Gefängnistore zurück in die Anstalt führten, zweifellos eine wirkungsvolle PR-Inszenierung für die Kameras. Einige erkannte sie sogar. Ein Blick auf ihr Handy verriet ihr, dass die *New York Times* auf ihrer Homepage eine Statistik veröffentlicht hatte. Von den 606 geflohenen Häftlingen waren ganze 291 wieder hinter Schloss und Riegel. Die meisten wurden in Las Vegas und Utah aufgegriffen, in der Wüste oder in den Häusern in unmittelbarer Nähe zur Haftanstalt – kleine Farmen, die sich in der Landschaft verteilten. Eigentlich müsste sie sich freuen, schließlich war fast die Hälfte der Männer wieder in ihren Zellen. Aber die *Times* berichtete auch von sechs Angriffen auf Passanten, siebzehn Raubüberfällen, zwei Geiselnahmen, neun sexuellen Übergriffen und fünfzehn Autodiebstählen in nur einer Nacht. In einem Diner in Meadows Village war es zu einer blutigen Schießerei zwischen rivalisierenden Häftlingsgangs gekommen, bei der fünf der Geflohenen ums Leben kamen. Die Gäste waren mit dem Schrecken davongekommen. Kein einziger Insasse aus dem Todestrakt war bisher festgesetzt worden, außer Willie Henderson, aber der zählte nicht, denn Henderson ging sowieso nie raus.

Es war den Journalisten der *Times* gelungen, ein paar Wärter aus Pronghorn, die sie einfach als »Sicherheitsleute« bezeichneten, zu den Ereignissen direkt nach der Übertragung des Anrufs aus dem Büro der Direktorin zu befragen.

Ich weiß, wie brutal diese Typen sind. Jeden Tag sehe ich mit eigenen Augen, was sie einander antun. Mir ist klar, was sie da draußen anrichten werden, aber meine Familie war in Gefahr, da blieb mir keine Wahl. Ich habe eine Tochter. In meiner Lage hätten Sie sicher dasselbe getan.

Um mich rum haben meine Kollegen die Zellen aufgesperrt, da hätte es keinen Unterschied gemacht, sich als Einziger zu widersetzen.

Was wäre gewesen, wenn ich ausgerechnet den Häftling in seiner Zelle eingesperrt hätte, den sie freipressen wollten? Die Terroristen. Woher sollte ich wissen, ob nicht genau der Mann in meinem Block gesessen hat?

Die Befragten wollten anonym bleiben. Das konnte Celine nicht verstehen. Diejenigen, die freiwillig Häftlinge aus Pronghorn freigelassen hatten, würden ohnehin ihren Job verlieren. Einige würde man mit großem Tamtam feuern, die anderen würden übers Jahr verteilt still und heimlich eine Kündigung bekommen, sobald neue Leute ausgebildet waren, die ihre Posten übernehmen konnten.

Sie sah auf die Uhr. Normalerweise wurden Häftlinge, deren Entlassung anstand, um sechs Uhr morgens aus ihren Zellen geholt. Es sei denn, daran hatte sich wegen des Ausbruchs etwas geändert und niemand hatte ihr Bescheid gesagt. Gut möglich, dass man vorübergehend beschlossen hatte, entlassene Häftlinge irgendwo in der Stadt abzusetzen, damit die Reporter sie nicht so leicht vor dem Gefängnis abfangen und interviewen konnten.

Celine hatte während ihrer gesamten Zeit hier in Pronghorn noch nie jemanden entlassen, was kein Wunder war, denn aus der Todeszelle gab es kein Entrinnen.

Nach dem Barbesuch mit Grace Slanter war sie zunächst ziellos durch die Nacht gefahren, um ihren Erinnerungen zu entfliehen, und hatte dabei die Augen nach Häftlingen offen gehalten. Schließlich hatte sie den Wagen auf dem Gefängnisparkplatz abgestellt und dort eine Stunde geschlafen. Im Traum war sie zurück auf der Farm ihres Großvaters gewesen, und Kradles Worte waren ihr immer wieder durch den Kopf gegangen. Schließlich war sie verschwitzt und aufgewühlt aus ihrem unruhigen Traum erwacht.

Jemand hat meinen Sohn umgebracht!

Kradle hatte nichts über seine Frau oder Schwägerin gesagt, wie Celine jetzt erst registrierte. Aber dafür könnte es eine Menge Gründe geben. Männer oder Frauen, die ihre Familien auslöschten, hatten wirre Vorstellungen von ihren Taten, hielten sich für Heilsbringer, Mord als Akt der Gnade. Vielleicht hatte er die Tötung seines Sohnes anders erlebt als den Mord an den beiden Frauen, die Tat einfach verdrängt oder wollte sie einem andern in die Schuhe schieben. Celine wusste es nicht, aber sie hatte auch keine Lust, sich über die Taten der Männer in den Todeszellen tiefere Gedanken zu machen. Diese Typen handelten nicht logisch und nicht wie Erwachsene, sondern eher wie grausame Kinder, die Schnecken zertraten und dann fadenscheinige Ausreden erfanden, damit man sie nicht bestrafte.

»Du stinkst«, sagte jemand.

Celine fuhr herum und funkelte Trinity Parker böse an, die im Gegensatz zu ihr allerdings aussah wie aus dem Ei gepellt und nach Parfüm duftete. Celine trank einen Schluck Kaffee.

Trinity zog die Nase kraus. »Ich habe gesagt, dass du stinkst. Hatte ich dich nicht nach Hause geschickt und dir gesagt, du sollst dich frisch machen und erst wiederkommen, wenn du bereit bist, hier mitzuarbeiten?«

»So nennst du das? Arbeit? Weil ich brutale Gewalt eher in meiner Freizeit erlebe.«

»Wie ich höre, hat dein Scott Peterson für Arme heute Morgen versucht, mit einem geklauten Ultraleichtflugzeug in Mesquite zu landen, genau wie du es vorhergesagt hast.«

Celine zuckte die Achseln. »Also hatte ich recht. Dann stimmt meine zweite Vermutung vielleicht auch, und er hat Schmitz dabei.«

Celine hatte Trinity zuvor von Kradles Anruf berichtet. Als sie ihr von seiner Behauptung erzählt hatte, er habe einen gefährlichen Kriminellen bei sich, hatte Trinity einfach aufgelegt und auch nicht auf ihre Nachrichten reagiert.

»Du bist doch wohl nicht so naiv, Kradle zu glauben?« Trinity sah sie traurig an. »Komm schon, ist doch klar, dass er so was behauptet, das ist die einzige Chance, dich zum Mitspielen zu bewegen.«

»Wo ist Kradle jetzt?«

»Meine Leute haben bereits die Verfolgung aufgenommen.«

Celine verspürte eine fast euphorische Freude.

»Aber um über wichtigere Dinge zu sprechen: Weil dein Instinkt bei Kradle und seinen Fluchtbewegungen offenbar so gut funktioniert hat, gehe ich davon aus, dass du mir noch nützlich sein kannst. Ich will von dir sämtliche Infos über Schmitz, damit wir ihn aufspüren, bevor er seinen nächsten Amoklauf startet.«

»Wieso sollte ich jemandem helfen, der mir noch vor vierundzwanzig Stunden in die Magenkuhle geboxt hat?«

»Leichte Schläge auf den Hinterkopf steigern das Denkvermögen. Kennst du sicher, oder? So war das auch bei dir. Ich habe mich nur deinem Niveau angepasst. Leute aus deiner Schicht kann man in Krisensituationen nur mit Schmerz auf Linie bringen. Ihr seid wie Hunde. Wenn ein

Hund zu viel bellt, bittest du ihn auch nicht höflich darum, still zu sein, sondern schlägst ihm auf die Nase.«

»Meine Schicht?«

»Bauern.«

»Ah, verstehe! Hast in der Nacht ein bisschen gegoogelt, hm?«

»Klar doch.« Celine musste sich schwer zusammenreißen, der Frau keine zu knallen. Stattdessen wandte sie sich ab. Da war es wieder, das vertraute harte Lächeln, das sie in solchen Situationen schützte. Als sie sich wieder im Griff hatte, drehte sie sich zu Trinity um.

»Das war richtig interessant«, fuhr die andere ungerührt fort. »Hast ne Menge durchgemacht, das verdient schon ein bisschen Respekt. Aber krieg dich wieder ein, mein Respekt für dich ist nur unter dem Mikroskop zu erkennen.«

»Das ist auch gut so. Ist keine gute Idee, mich nur wegen meiner Vergangenheit zu verhätscheln«, sagte Celine. »Denn sobald du mir den Rücken zudrehst, beiß ich zu wie jeder andere Hofhund.«

»Dann sollten wir diese Zusammenarbeit so kurz wie möglich halten«, sagte Trinity. »Wir schnappen uns den Nazi, erwischen dabei vielleicht auch noch deinen Familienmörder, und dann ist Schicht im Schacht. Klar?«

»Wie Klobrühe.«

Trinity hielt ihr die Hand hin. Celine schlug widerwillig ein.

Walter Keeper stand am Schalter der Anmeldung, als Celine und Trinity vor die großen Sicherheitsglastüren traten. Er trug ein Unterhemd und eine schmuddelige Jeans, die ihm auf Halbmast vom Hintern hing. Er stopfte sämtliche Gegenstände, die durch das Gitter auf den Schalter gelegt wurden, in die bereits auffällig ausgebeulten Gesäßtaschen. Schlüssel, Geldbörse, Handy, Zigaretten, ein kleines schwarzes Buch, eine große schwarze Armbanduhr.

Celine hielt Trinity draußen zurück und trat in den Schatten der Kantine. Drinnen brach Jubelgeschrei los. Durch die vergitterten Fenster sahen sie, wie jemand das an einer Trennwand befestigte Konterfei eines der gesuchten Häftlinge durchkreuzte. Viele der aufgehängten Bilder waren jetzt mit rotem Filzstift durchkreuzt.

»Das erfordert jetzt Fingerspitzengefühl. Lass mich das machen«, sagte Celine.

»Dass ich nicht lache!«

»Manche Hunde haben sich so an Schläge gewöhnt, dass sie sie nicht mehr spüren«, sagte Celine. Sie trat durch die Türen und stellte sich hinter Keeps, der seine Entlassungspapiere unterschrieb.

»Ah, Todestrakt«, sagte er. »Hast du dir die Lampen angesehen?«

»Ja, und ich habe was gefunden«, sagte sie. »Deswegen will ich, dass du mitkommst und mir zeigst, wo ich sonst noch suchen soll.«

»Nee, lass mal stecken.« Keeps grinste und gab dem Mann am Schalter das Klemmbrett zurück. »Ich hab dir einen Gefallen getan, jetzt bist du mir beim nächsten Mal was schuldig. Ich hänge doch in meinen ersten Minuten als freier Bürger nicht mit Wärtern im Gefängnis rum. Nimm's nicht persönlich, aber ich steig jetzt mal in den Entlassungsbus, lass mich in die Stadt bringen und gönn mir einen fetten, saftigen Burger und ein kühles Bierchen dazu.«

»Ich bezahle dich auch.«

»Lady, außerhalb dieses Etablissements, in dem ich mich zwangsweise aufhalten musste, kannst du dir nicht mal zehn Sekunden meiner Zeit leisten.«

Er spazierte durch die Hintertür des Verwaltungsgebäudes. Celine folgte ihm. Der Kies knirschte unter ihren Schuhen. Zwei Wärter führten ein Dutzend Häftlinge aufs Freigelände.

»Amüsier dich gut da draußen, Keeps!«, rief einer. »Lass es krachen.«

Keeps winkte.

»Wartet da draußen jemand auf dich?«, fragte Celine.

»Nee. Bin vogelfrei.«

»Keine Familie? Freundin?«

»Nope.«

»Und was hast du jetzt vor?«

»Hab ich doch gerade gesagt: Burger. Bier. Bäm!«

»Du willst also deine paar Scheinchen für Burger und Bier ausgeben, und dann bist du auf dich gestellt. Keine Wohnung. Keinen Job. Keinen Plan.«

»Leute wie ich brauchen keinen Plan.« Keeps schob seine Brille hoch und grinste. »Wir schnorren uns durch. Wir versuchen unser Glück. Mach dir keine Sorgen um mich, meine Hübsche. Ich hab das schon tausend Mal gemacht.«

Celine baute sich vor ihm auf, bevor er den gesicherten Bereich verlassen und in den Bus steigen konnte. »Hör gut zu. Ich bin weder deine *Lady* noch deine *Hübsche*. Und wenn das in deinen Schädel vorgedrungen ist, hätte ich einen Vorschlag: Du schenkst mir im Todestrakt zwanzig Minuten deiner wertvollen Zeit. Dafür kriegst du die hier.«

Sie hatte einen Schlüsselbund hervorgezogen, den sie jetzt schüttelte. Keeps erkannte den Autoschlüssel.

»Was?«, fragte er stirnrunzelnd.

»Mein Wagen steht da draußen auf dem Parkplatz. Ein blauer Caprice. Ich schreibe dir meine Adresse auf. Du holst dir Burger und Bier, dann fährst du zu mir. Duschst, glotzt ein bisschen Netflix. Nimm dir, was im Kühlschrank steht. Und du kannst dort für … sagen wir mal eine Woche bleiben. Besser als irgendeine schäbige Absteige oder ein überfülltes Obdachlosenheim.«

Keeps schüttelte den Kopf und lachte. »Keine Ahnung, was du geraucht hast, Ma'am. Du kennst mich nicht. Woher willst du wissen, dass ich dir nicht die Bude leerräume? Deine Karre verkaufe? Dein Zeug verticke? Oder meine Kumpel anrufe, damit wir dich der Reihe nach mal so richtig rannehmen? Muss ich dir erst erklären, warum du wildfremden Häftlingen nicht die Schlüssel zu deinem Leben aushändigen solltest?«

»Ich habe so ein Bauchgefühl. Vielleicht bin ich Hellseherin.«

»Dein Bauchgefühl sagt dir, dass ich okay bin? Einfach so? Meine Akte hast du dir nicht vorher angesehen?«

»Nein. Aber ich habe schon öfter richtiggelegen.«

Keeps musterte sie, den vergitterten Gang, die Schlüssel. Celine vermutete, dass dieser Mann in seinem Leben nicht oft auf Menschen traf, die ihm einfach mal vertrauten. Und richtig, nach einigem Zögern nahm Keeps ihr den Bund mit spitzen Fingern aus der Hand, als würden sie ihm gleich um die Ohren fliegen.

»Okay. Der Burger läuft ja nicht weg«, sagte er.

13

Kradle war seit fast zehn Jahren nicht mehr gerannt, aber sein Körper wusste noch genau, was zu tun war. Irgendwo in seinem tiefsten Inneren war sein Fluchtinstinkt erwacht, verlieh ihm Kraft und unbändige Entschlossenheit, und auf einmal war es völlig egal, dass er seit Jahren nicht mehr als zehn Meter ohne Ketten und Fesseln zurückgelegt hatte. Er verspürte sogar Freude, einen kleinen Glücksmoment, als seine Beine vorschnellten, den Boden berührten, ihn vorantrieben und sich seine Lunge mit frischer Luft füllte: Freiheit. Aber es dauerte nicht lang, bis dieses Gefühl von Schmerzen überlagert wurde. Seine Hüfte brannte, jeder Aufprall auf dem felsigen Boden fuhr ihm mit voller Wucht in die Knochen, sein Herz wummerte, seine Finger und Zehen prickelten. Ausgehungert und halb verdurstet taumelte er vorwärts, unsicher, langsam; spitze Felsen, Baumwurzeln erschwerten ihm das Vorankommen, Bäume erschienen aus dem Nichts, krachten gegen seine Schultern. Sein Oberschenkel blutete. Das Jaulen der Sirenen schien sie stundenlang zu verfolgen, bis sie schließlich mit letzter Kraft einen baumbewachsenen Abhang erklommen hatten.

Dort blieben sie stehen und warfen einen Blick zurück. Die Schrotthaufen waren nur noch als kleine Erhebungen zu erkennen, die braune Piste, die ihnen als Landebahn gedient hatte, kaum noch zu sehen. Rot-blaue Lichter blinkten, Kradle meinte, im Wind Gebell zu hören.

»Wir brauchen ein Auto«, sagte Kradle. »Die Hunde sind hier, bevor die Männer uns eingeholt haben, und die werden uns garantiert nicht nur bewachen.«

»Keine Sorge«, sagte Homer, »ich mach das schon.«

Die rückwärtige Seite der Anhöhe war fruchtbarer, denn sie war vor der heißen Wüstensonne geschützt. Kradles Gefängnisschuhe, früher mal weiß, jetzt schmutzverkrustet, versanken in weicher Erde und faulendem Laub. Das Gebell war jetzt lauter, kam näher. Zwischen den Bäumen war eine Straße zu erkennen. Homer stand schon auf dem Seitenstreifen, bevor Kradle ihn aufhalten oder sich einen Plan überlegen konnte. Entsetzt beobachtete er, wie Homer sich einem herannahenden Fahrzeug in den Weg stellte. Der Fahrer machte einen großen Bogen und schaffte es gerade noch, ihm auszuweichen. Kurz überlegte Kradle, einfach im Wald zu verschwinden, aber dann würde er den armen Tropf, der anhielt, einfach Homer überlassen. Was auch immer mit ihm geschehen würde – es wäre seine Schuld, weil er Homer bis hierher geholfen hatte.

Mit immer noch trockener Kehle und völlig außer Atem näherte sich Kradle der Straße. Ein gelber Kia stoppte. Homers Finger klammerten sich sofort an die Scheibe des einen Spaltbreit heruntergelassenen Fahrerfensters.

»Bitte helfen Sie uns«, flehte er. »Mein Freund und ich … wir wurden überfallen.«

»Ach du liebe Zeit!«

Kradle spähte ins Innere. Eine Latina um die vierzig beugte sich über das Lenkrad, um sie besser sehen zu können. Sie trug die grellpinke Uniform eines Restaurants oder einer Bar.

»Wir waren im Wald auf der Jagd.« Homer zeigte über die Schulter und tat, als müsste er erst zu Atem kommen. »Da sind diese Typen gekommen und haben uns zusammengeschlagen. Ein Glück, dass sie uns nicht umgebracht haben. Sie wollten unsere Klamotten. Und unsere Waffen haben sie auch geklaut. Ich glaube, die waren auf der Flucht. Bestimmt Häftlinge aus Pronghorn.«

»Ach du liebe Zeit!«, wiederholte die Frau. Es war deutlich zu erkennen, dass sie am liebsten Gas gegeben hätte, offenbar hatte sie die Häftlingsnummer auf Homers völlig verdreckter Kleidung entdeckt. Ihr Blick wanderte über Kradles blutverschmiertes Jeanshemd und blieb an dem Schild mit seiner Nummer hängen.

Fahr los, Mädchen!, dachte er.

Gib einfach Gas!

Sie legte kopfschüttelnd den Gang ein. »Ich muss ... ich kann nicht ...«

Homer hob beide Hände. »Schon gut. Sie müssen uns nicht einsteigen lassen. Nehmen Sie einfach Ihr Handy und rufen Sie die Polizei. Bitte! Bitte tun Sie es sofort. Diese Männer sind noch irgendwo da im Wald, sie haben unsere Waffen und unsere Kleider. Die Polizei muss das wissen, damit sie nicht auf uns schießt. Und wenn diese Typen wiederkommen ... wir müssen es jemandem erzählen, bevor sie ... bevor sie uns ...«

»Ich hab vorhin ein paar Polizisten gesehen, vor ein paar Kilometern.« Die Frau spähte in ihren Rückspiegel. »Wir könnten vielleicht ... ähm ...«

Kradle ballte die Fäuste, bewegte die Lippen, obwohl sie ihn gar nicht ansah.

Fahr los!

Homer zeigte über seine Schulter. »Polizisten? Wo? Da lang?«, fragte er. Dann packte er Kradle am Arm. »Komm schon, Mann. Wir müssen weg, bevor sie zurückkommen. Die bringen uns um!«

Kradle folgte ihm erleichtert.

Doch dann legte die Frau den Rückwärtsgang ein.

»Steigen Sie ein«, sagte sie. »Ich bring Sie hin.«

Homer glitt auf den Rücksitz. Kradle blieb nichts anderes übrig, als sich neben ihn zu setzen.

Häftlinge gehen nicht, sie stolzieren durch die Gegend wie aufgepumpte Lackaffen. Alle. Es geschah instinktiv, war ein nervöser Schutzmechanismus. Sie errichteten eine betont lässige Fassade, um den anderen Raubtieren im Käfig zu signalisieren, wie gefährlich sie waren. Aber so besoffen von der eigenen Wichtigkeit, wie Keeps jetzt vor ihnen her paradierte, hatte Trinity noch keinen von ihnen erlebt. Der große Zampano.

Sie seufzte. »Welche Laus haben Sie uns denn hier in den Pelz gesetzt?«, fragte sie.

»Das ist unser neuer Berater, Häftling Walter Keeper«, sagte Celine.

»Ex-Häftling«, betonte Keeps. »Und leider muss ich den Damen mitteilen, dass mein Stundensatz heute gestiegen ist. Ab jetzt berechne ich einen zusätzlichen Entlassungsaufschlag von hundert Dollar die Stunde. Rückwirkend für die letzten vierundzwanzig Stunden.«

»Was?«, rief Celine. »Wieso vierundzwanzig Stunden?«

»Weil ich schon vor vierundzwanzig Stunden damit begonnen habe, Informationen über den Ausbruch zu sammeln.«

»Wollt ihr mich verarschen?«, fragte Trinity und wandte sich zum Gehen.

Celine lief hinter ihr her. »Du wirst ihn bezahlen«, sagte sie. »Wir brauchen seine Infos.«

»Über Bezahlung reden wir, wenn er uns gezeigt hat, dass er mehr zu bieten hat als lange Finger und eine Vorliebe für niedliche zwergwüchsige Blondinen mit dicken Schlüsselbunden.«

Celine wandte sich wieder Keeps zu.

»Deine Bezahlung ist damit abgegolten, dass du meine Wohnung und meinen Wagen benutzen darfst, Keeps.«

»Lady, die Tante da drüben gehört zu den U. S. Marshals. Hast du eine Ahnung, wie hoch deren Budget für so einen Einsatz ist? Für diese Party wird der Präsident mehr Scheinchen lockermachen als ein zugekokster Zuhälter. Und je mehr Kohle ich hier einstreiche, desto schneller bin ich aus deiner Wohnung raus.« Er knuffte Celine in die Schulter.

Sie waren im Todestrakt angekommen. Celine führte Keeps in die Zelle von Burke David Schmitz, die bereits komplett gefilzt worden war – alles war auf Film gebannt, in Asservatenbeutel gesteckt, beschriftet und auf allen freien Flächen aufgereiht. Die beiden Frauen standen im Gang, während Keeps sich in dem kleinen Käfig umsah. Er drehte sich im Kreis, betrachtete die Kratzspuren an der Wand unter der Beleuchtung, wo Celine bereits gesucht, aber nichts gefunden hatte. Dann durchsuchte er sämtliche Verstecke, die auch jeder Wärter bei einer systematischen Zellendurchsuchung abhaken würde. Den Saum der Bettwäsche, Pritsche, Regal, Toilette. Keeps steckt die Hand ins Klo und suchte das *U*-Rohr ab, spähte in den Abfluss des winzigen Waschbeckens.

»Und das soll jetzt eine besonders geniale Suchmethode sein?« Trinity lehnte sich ans Gitter. »Meine Agenten haben das alles schon abgegrast. Mit elektrischen Such- und Spürgeräten.«

Keeps setzte sich auf das sauber gemachte Bett und wippte ein wenig auf der Matratze herum. Dann betrachtete er die kleine Zeichnung, die jemand von der Wand gerissen hatte. Ein Adler, der auf einem knorrigen Ast saß. Celine hatte schon viele solcher Zeichnungen aus Schmitz' Zelle konfisziert. Der Mann war immer still gewesen und hatte sich hinter seinen Büchern vergraben. Natürlich durfte er keine Bilder von Hitler oder Hakenkreuze in seiner Zelle haben, aber das hielt ihn nicht davon ab, solche Dinge immer wieder zu Papier zu bringen. Sie konnte ihm das kreative Arbeiten nicht verbieten, solange er keine Gewalt damit ausübte, daher bestand ihre Strafe daraus, zu warten, bis er auch das kleinste Detail eingefügt, der Zeichnung den letzten Schliff gegeben hatte, bevor sie sie ihm wegnahm, zerknüllte und vor seinen Augen in den Müll warf.

»Ziemlich talentiert«, sagte Keeps, »für ein Naziarschloch.«

»Wir bezahlen dich nicht als Kunstkritiker«, sagte Trinity. »Es ist klar, dass Schmitz hinter dieser Sache steckt. Er hat einen der schlimmsten Amokläufe begangen *und* den größten Massenausbruch der amerikanischen Geschichte angeführt, daher gehe ich stark davon aus, dass er als Nächstes eine ziemlich üble Sache anzetteln wird. Die Uhr läuft also, Häftling.«

»Sind Sie ein bisschen gestresst, meine Hübsche?« Keeps klopfte sanft auf die Matratze neben sich. »Wollen Sie drüber reden?«

Trinity verzog den Mund, als hätte sie in eine Zitrone gebissen. Als sie sich umwandte, sah Celine, dass Trinity so wütend war, dass die Sehnen und Adern an ihrem Hals hervortraten.

»Sorgen Sie dafür, dass er verschwindet.«

Keeps hob die Hand. »Moment, warten Sie. Ich hab da was. Hier ist was.« Er wedelte mit der Zeichnung. »Hier in der Zeichnung.« Er trat an die Gitterstäbe und zeigte ihnen das Bild. »Sehen Sie das Schwarze?«

Die Frauen betrachteten das Bild genauer.

»Das ist illegale Farbe«, sagte Keeps.

»Was faselst du da?«, fragte Celine.

»Die schwarze Farbe hier.« Als er auf das Blatt tippte, sah

es aus, als würde der Adler mit den Flügeln schlagen. »Die kriegt man nicht in Pronghorn. Jedenfalls nicht über offizielle Kanäle.«

Celine sah zu Trinity, die etwas in ihr Handy tippte.

»Drüben bei uns im Block gibt's eine Menge Pseudo-künstler. Eine Menge schlechter Bilder.« Er drückte Celine die Zeichnung in die Hand. »Aber alle beklagen sich darüber, dass die Farbe im Gefängnisladen, die als Schwarz verkauft wird, eigentlich nur Dunkelbraun ist.«

»Verstehe.« Celine spürte ein Prickeln. »Also hat jemand für Schmitz Farbe ins Gefängnis geschmuggelt.«

»Und wieso sollte uns das weiterhelfen?«, fragte Trinity.

»Hat ihm sein Anwalt, seine Freundin oder wer auch immer im Hintern reingeschmuggelt. Das zeigt nur, wie schlecht in deinem Besucherzentrum kontrolliert wird, Osbourne.«

»Schmitz war Gefangener im Hochsicherheitstrakt. Null Körperkontakt. Seine Besucher sitzen hinter einer kugelsicheren Scheibe. Also war es keiner seiner Besucher.« Jetzt, wo sie es ausgesprochen hatte, begann Celines Hirn zu rattern. »Es war einer seiner Mitgefangenen oder einer vom Personal. In den letzten drei Wochen hatte Schmitz keinen Kontakt zu anderen Häftlingen.« Sie zeigte auf die Zellen rechts und links. »Alle, die hier sitzen, gehen einzeln und nacheinander auf den Hof, es gibt keine Begegnungen auf dem Gang – und diese Zellen neben seiner waren leer. Der Typ, der vorher hier links gesessen hat, ist vor einem Monat auf die Krankenstation verlegt worden. Und die Zelle rechts ist seit drei Wochen leer, weil das Waschbecken kaputt ist.«

»Also war es ein Wärter«, sagte Trinity. »Ein Wärter hat unserem Nazihäftling die Farbe mitgebracht.«

»Wenn er ihm die gebracht hat, was hat er sonst noch reingeschmuggelt? Und raus.«

Trinity musterte Keeps wie eine alte Rostlaube, mit der man noch rumfuhr, bis man sich was Besseres leisten konnte. Vorübergehend nützlich, aber eigentlich total peinlich. Sie wandte sich ab und ging davon. »Kann sein, dass er uns nützlich sein kann«, räumte sie über die Schulter hinweg ein. »Aber freu dich nicht zu früh. Sie haben gerade deinen persönlichen Freund in Mesquite verloren.«

»Was?«

»Er hat den Flieger auf einem Schrottplatz stehenlassen und ist verschwunden.« Sie wedelte mit ihrem Handy. »Und große Überraschung: Er hatte einen Komplizen dabei. Einen Riesen. Zu groß, um Schmitz zu sein.«

»Ich gehe«, sagte Celine und packte Keeps am Arm. »Und du kommst mit.«

Homer wartete nicht, bis die Frau seine wahre Identität erraten hatte. Kaum hatte sie den Fuß auf dem Gas, schlang er ihr von hinten den Arm um den Hals und drückte zu.

»Keinen Mucks«, sagte er.

Sie ließ das Steuer los und krallte die Finger in seine Haut. Er drückte nicht fest zu, damit sie nicht panisch wurde und von der Straße abkam. Er wollte ihr nur so viel Angst einjagen, dass sie verstand, was anlag. Sie hatte zwei geflohene Häftlinge in ihrem Auto und war ihnen komplett ausgeliefert. Dieser Tag konnte ihr letzter sein.

Kradle sah ihre Augen im Rückspiegel, schreckgeweitet. Er musste sich auf die Hände setzen, um Homer nicht anzugreifen.

»Schön weiterfahren«, sagte Homer sanft, seine Wange an die Kopfstütze gelehnt, den Blick nach vorn gerichtet. Er war total entspannt, ganz der Profikiller. »Hände ans Steuer. Fuß aufs Gas. Vorsichtig. Ganz langsam. So ist's brav.«

»O Gott, o Gott. Bitte, bitte nicht.«

»An der nächsten Straße abbiegen. Und das Handy gibst du meinem Freund hier. Immer schön mit der Ruhe.«

Die Frau grapschte nach dem Handy in der vollgestopften Ablage. Kradle nahm es ihr aus den zitternden Fingern.

»Such nach ›Home‹, John«, sagte Homer.

Kradle öffnete Google Maps. Das erste vorgeschlagene Ziel auf der Liste trug den Namen »Home«.

»Wie heißt du, Schätzchen?« Homer strich der Frau eine Locke aus dem Nacken und wickelte sie um seinen Finger.

»Ähm … ähm … ähm … ähm.«

»Dein Name!«

»Shondra.«

»Fahr einfach nach Hause, Shondra. Mehr musst du gar nicht tun.«

»Okay, okay. Gott. Bitte, bitte!«

»Wartet zu Hause jemand auf uns?«, fragte Homer.

»Mein … mein Freund. Wie spät ist es?«

»Wir müssen jeden umbringen, den wir dort antreffen, also denk jetzt scharf nach.«

»Er müsste weg sein. Seine Schicht fängt um sieben an. Oh … oh … mir ist so schlecht, ich muss …«

»Musst du nicht.«

»Jetzt lass mal gut sein«, mischte Kradle sich ein. Er hatte seine liebe Mühe gehabt, seine Kiefer so weit zu entspannen, dass er überhaupt ein Wort herausbrachte. Genauso schwer war es ihm gefallen, Homers Arm so zu berühren, wie es ein Freund getan hätte, ein Komplize, einer, der ihn nicht bedrohte, seinem verhohlenen Hass nicht nachgeben, sich nicht am liebsten sofort auf ihn stürzen, ihm die Augen ausstechen, ihn beißen, treten und vermöbeln wollte, bis er keinen Mucks mehr von sich gäbe.

Homer lehnte sich zurück, ließ die Hand aber auf Shondras Schulter liegen. Kontrolle.

Shondra würgte ein paarmal. Ihre Finger hinterließen Schweißflecken auf dem Steuer. Kradle beugte sich vor.

»Niemand wird dir wehtun«, sagte er. Im Augenwinkel sah er Homer böse grinsen. »Schön ruhig atmen. Wenn du dich zusammenreißt, stehst du das durch.«

Sie verließen den Highway und fuhren durch die manikürten Vororte von Mesquite. Kradle kannte dieses Viertel nicht, das auf Google Maps den Namen »Sparks« trug, aber es glich unzähligen anderen öden Vorstadtsiedlungen mit völlig austauschbaren pastellfarbenen Häuschen und weißen Jägerzäunen, in die seine Frau Christine über die Jahre hinweg gerufen worden war, um Poltergeister, böse Gespenster oder Dämonen auszutreiben. Mit Steinen eingefasste Blumenbeete schmiegten sich in den Schatten gepflegter Bäume, kleine Oasen für Sukkulenten und rosa Blümchen. Er, der pflichtbewusste Assistent und Kameramann, war ihr in diese adretten Eigenheime gefolgt, in dreißig Staaten, quer durchs Land.

Shondras Haus war himmelblau mit weißen Fensterläden. Graues Schieferdach, Briefkasten mit roter Fahne, neben der Tür ein Holzschild mit der Aufschrift *Live, Laugh, Love*. Kaum hatte sie den Motor ausgestellt, war Homer bereits aus dem Wagen gesprungen und zerrte die wimmernde Shondra vom Fahrersitz, den Arm fest um ihre Schultern gelegt.

Er gab ihr einfache Anweisungen. Der versierte Serienmörder wusste, wie er trotz der Panik seiner Opfer mit Ein-Wort-Sätzen zu ihnen durchdringen konnte. Unter Schock köcheln die Hirnwindungen nur auf Sparflamme.

»Still! Schlüssel! Tür! Rein! Los!«

Kradle folgte ihnen in das warme, gemütliche Heim. Es war unordentlich, aber nicht schmutzig. Leere Kaffeebecher in der Spüle. Ein Handtuch hing zum Trocknen über der Tür. Geöffnete Post, auf dem Esstisch verteilt.

»Klebeband?«, fragte Homer.

»Was?«, flüsterte Shondra.

»Klebeband. Paketband. Für deine Hände.«

Sie war nicht fähig zu antworten. Kradle verstand das völlig. Wie konnte man einem Mörder dabei helfen, einen umzubringen? Wie konnte man sein eigenes Grab schaufeln? Er ging in die Garage und kam mit einer Rolle Klebeband zurück, die er auf einem Regal entdeckt hatte. Homer befahl Shondra, sich auf den Boden zu legen. Sie zögerte nicht, ein zitterndes Bündel Mensch, das sich in sein Schicksal ergab. Ihre graue Kellnerinnenhose war nass.

Nachdem Homer sie gefesselt und geknebelt hatte, ließ er sie auf dem Küchenboden liegen und kam zu Kradle auf den Flur. Seine Augen leuchteten, er grinste so breit, dass Kradle seine Backenzähne sah.

»Lass uns überlegen, was wir brauchen«, sagte Homer. »Klamotten. Lebensmittel. Ein Handy. Ich muss duschen. Wir nehmen den Wagen. Fahren zu deiner alten Hütte und holen uns deine Scheinchen.«

»Ich brauche einen Computer«, sagte Kradle. »Und eines solltest du wissen: Wir können nicht einfach dahinfahren und das Geld abholen. Die Cops liegen sicher schon auf der Lauer. Ich muss wahrscheinlich einen alten Kumpel hinschicken. Vielleicht heute Abend.«

»Okay.« Homer rieb sich geräuschvoll die schmirgeltrockenen Hände. »Du packst alles zusammen. Ich gehe mit Shondra ins Schlafzimmer.«

Kradle sackte der Magen in die Kniekehle, aber er riss

sich zusammen und legte dem großen Mörder freundschaftlich die Hand auf die Schulter.

»Immer langsam mit den jungen Pferden«, sagte er. »Wie wär's, wenn du mich zuerst ranlässt?«

Ein Zucken ging über Homers Gesicht.

»Hast du was dagegen?«, fragte Kradle. »Ich weiß, den meisten macht das nichts aus, aber ich bin da ein bisschen eigen. Nimm's nicht persönlich.«

»Ich könnte zuerst und dann stell ich sie unter die Dusche«, schlug Homer vor. Er wies auf den hinteren Teil des Hauses, wo die Schlafzimmer waren. Eiskalt. »Und dann kannst du drüber.«

»Ich will zuerst«, beharrte Kradle.

»Ich auch. Und ich hab sie uns gefangen.«

»Ja, aber ohne mich hättest du das nicht hingekriegt. Wahrscheinlich würdest du immer noch durch die Wüste irren, wenn ich dich nicht da rausgebracht hätte. Das ist meine Belohnung«, sagte Kradle.

Homer fuhr sich mit der Zunge über die Lippen. Kradle rang sich ein freundliches Lächeln ab.

»Na gut. Wie du willst, Kollege. Aber lass mir noch was übrig.«

»Geh mal unter die Dusche, du stinkst wie ein Marder. Das müssen wir ihr nicht zumuten.«

»Pass bloß auf!« Homer stieß ihn in die Rippen. Brutal. Kradles Beine waren immer noch taub, als er in die Küche wankte und Shondra vom Fliesenboden hob. Die Frau wand sich und quiekte entsetzt, als er sie ins Schlafzimmer schleppte und einfach auf den Boden fallen ließ, bevor er die Tür hinter sich zuknallte.

14

Keeps sah die Wüste vor dem Fenster vorbeiziehen, das Handgelenk lässig auf dem Steuer, die Finger auf dem Armaturenbrett. Er hing wie ein Schluck Wasser im Sitz, die Augen auf Halbmast. Celine, die Finger in die Jeans gekrallt, saß stocksteif neben ihm, den Blick auf die Bergkette am Horizont gerichtet, die aus unerfindlichen Gründen nicht näher zu kommen schien.

»Kannst du nicht schneller fahren?«

»Kann ich schon, will ich aber nicht.« Keeps sah sie von der Seite an. »Mir ist nicht nach Geschwindigkeit. Ich hasse Mesquite. Da kommt meine Ex her. Hat meinen CD-Spieler mitgehen lassen. Ey, hieß es nicht, ich kann mit einem Bierchen in der Hand in deiner Wanne chillen, während du die Loser jagst? Und jetzt soll ich dich auf einmal rumkutschieren? Seh ich aus wie Morgan Freeman?«

»Ich habe seit vierundzwanzig Stunden nicht mehr geschlafen, bin also nicht mehr verkehrstüchtig. Und eine Wanne hab ich auch nicht.«

»Ich bin sicher, dass davon die Rede war.«

»Irrtum.«

»Mein Leben ist echt scheiße!« Keeps seufzte kopfschüttelnd. »Na gut. Erzähl mir noch mal, was mit diesem Typen ist. Hat seine Frau weggepustet?«

»Seine Frau war ein bisschen exzentrisch«, sagte Celine. »Christine Hammond. Sie haben sich in Louisiana kennengelernt, wo sie Geister gejagt hat. Nannte sich paranormale Ermittlerin oder so was.«

»Du willst mich doch verarschen!«

»Nee, will ich nicht. Ist bei dir der Poltergeist umgegan-

145

gen, ist sie mit ihrer Trickkiste angereist, um herauszufinden, was bei denen so rumspukt. Hat ein bisschen Hokuspokus veranstaltet und ein paar Sprüchlein aufgesagt, damit die Gespenster Leine ziehen.«

»Und davon kann man leben?« Keeps grinste. »Ich hab echt meinen Beruf verfehlt.«

»Ich glaube, eigentlich hat Kradle für den Unterhalt gesorgt. Er war Handwerker, Alleskönner. Zimmermann, Klempner, Mechaniker. Ihre Familie war reich, aber ich glaube nicht, dass sie sie unterstützt hat. Geister jagen gehörte nicht zur Familientradition.«

»Und woher weißt du das alles?«

»Ich habe mir den Fall ganz genau angesehen, als wir ihn vor fünf Jahren bei uns reinbekommen haben.«

»Machst du das mit allen Todeskandidaten?«

»Nee, nur bei den echten Dreckschweinen.«

»Und warum hat er sie umgelegt? Die Frau. Geldprobleme?«

»Ich glaube, ihm ist einfach der Faden gerissen. So sind sie, die Typen, die ihre Familien auslöschen.«

»Herrje, so nennt man das also. Auslöschen.« Keeps kicherte.

»Es ist ein bekanntes Muster. Der Druck steigt und steigt, irgendwann drehen sie durch und bringen alle um. Finanzieller Druck, vielleicht eine Krankheit in der Familie oder ein Todesfall. Ich glaube, sie waren pleite, außerdem war die Beziehung zu ihrer Familie nicht gut. Sie hatte sich schon aus der Ehe verabschiedet und ist fünfzehn Jahre lang untergetaucht.«

»Fünfzehn *Jahre*?«

»Am Tag nach der Geburt ihres gemeinsamen Kindes ist sie einfach abgehauen. Aus dem Krankenhaus. Hat sich versteckt. Will mir jemand weismachen, dass sie sich bei dem Mann sicher gefühlt hat?«

»Vielleicht wollte sie einfach keine Mutter sein«, sagte Keeps achselzuckend. »Womöglich war er es gar nicht.«

»Er war's, glaub mir.«

»Und wieso ist sie dann zurückgekommen, wenn sie Angst vor ihm gehabt hat?«

»Keine Ahnung. Aber kaum war sie drei Monate wieder da, hat er sie, ihre Schwester und sein Kind umgebracht.«

Keeps verzog skeptisch den Mund. Celine wartete, aber er sagte nichts.

»Was?«, fragte sie schließlich.

»Keine Ahnung.« Keeps zuckte eine Schulter, wie er es immer tat. Celine fing beim Anblick dieser lässigen Geste innerlich an zu kochen. Als würden sie hier übers Wetter plaudern. »Irgendwas stimmt da nicht.«

»Was soll da nicht stimmen?«

»Der Typ klingt wie ein braver Normalo«, sagte Keeps. »Bastler, Handwerker. Bringt die Kohle rein, während sie Geister jagt. Dann lässt sie ihn mit ihrem Balg sitzen und gondelt fünfzehn Jahre in der Weltgeschichte rum? Wer hat das Kind großgezogen?«

»Er.«

»Na also!«, sagte Keeps ungeduldig. »Dann hat er sie auch nicht umgelegt. Ein Typ, der seine Schlampe nach so einer Nummer wieder reinlässt, bringt sie doch nicht drei Monate später um.«

Celine tätschelte ihm die Schulter. »Wieso vertraust du mir nicht einfach, hm? Ich kenne den Fall ganz genau, jedes Detail. Man hat ihn auf dem Rasen vor dem brennenden Haus gefunden, voller Blut – dem Blut der drei Opfer. Dazu Schmauchspuren an seinen Händen, Benzin an seiner Kleidung.« Sie straffte den Rücken, fand aber nicht mehr zurück zu der Überzeugung, die ihr noch vor ein paar Minuten die vertraute Sicherheit vermittelt hatte. »Ich kenne John Kradle. Er ist kein netter Kerl.«

Kradle drehte die sich windende Shondra auf den Bauch, fixierte ihren Kopf mit beiden Händen und beugte sich dicht zu ihr herab.

»Still!«, flüsterte er ihr ins Ohr. »Lass das! Du musst mir jetzt genau zuhören.«

Sie wehrte sich nicht mehr, brach aber in unkontrolliertes Schluchzen aus.

»Ich lass dich gehen«, sagte er, riss ihr aber die Bluse auf. Das billige Material der Restaurantuniform gab sofort nach, die Knöpfe sprangen ab, die Nähte platzten. »Du tust jetzt genau, was ich dir sage. Verstanden?«

Shondra beruhigte sich etwas. Beide lauschten. Aus dem vorderen Teil des Hauses war das Rauschen von Wasser zu hören, es sirrte in den Leitungen.

»Du stehst jetzt auf«, sagte Kradle, während er ihr das Klebeband von den Hand- und Fußgelenken riss. »Und dann schlägst du mich.«

Er ließ von ihr ab. Shondra krabbelte panisch rückwärts und krachte prompt gegen das Bett. Hektisch riss sie an ihrem Knebel herum, aber das Klebeband war mehrfach um ihren Kopf gewickelt worden. Mit aufgeblähten Wangen sah sie zu, wie Kradle den Stecker des Radioweckers aus der Steckdose riss und mit dem Gerät auf sie zukam.

»Hau mir das Ding ins Gesicht.« Er drückte ihr den Wecker in die Hand. »Dann kletterst du aus dem Fenster und rennst um dein Leben.«

Er stellte sich vor sie und wartete. Shondra rappelte sich

148

umständlich auf. Ihre Hose war klatschnass. Uringestank stieg ihm in die Nase. Ihre linke Brust hing ihr aus dem BH, der Träger war gerissen, der Drahtbügel ragte aus dem Stoff hervor und bohrte sich in ihre Rippen. Er machte einen Schritt auf sie zu, aber statt ihn anzugreifen, wich sie zurück und fiel fast aufs Bett.

Er zeigte auf sein Gesicht. »Los! Schlag mich! Mach schon! Wir haben keine Zeit! Ich kann mich nicht selbst schlagen.«

Shondra mied seinen Blick, hob aber das Kabel auf. Sie zitterte am ganzen Leib, ein heftiges, unkontrollierbares Beben.

»Verdammte Scheiße!«, knurrte Kradle. »Jetzt schlag ...«

Es passierte blitzschnell. Sie holte aus wie ein Ballwerfer und knallte ihm das Ding mit voller Wucht gegen die Schläfe. Er sackte auf die Knie, der Raum drehte sich.

»Okay.« Er hielt sich das Gesicht. »Das war ...«

Aber sie saß schon auf ihm. Prügelte mit dem Gerät auf ihn ein, knallte es ihm gegen die erhobenen Arme und Ellbogen, auf den Schädel, als wäre er eine Ratte, die sie plattmachen wollte. Heftige, blinde Gewalt, einfach draufschlagen. Er stand kurz davor, das Bewusstsein zu verlieren, krallte sich am Teppich fest, während sich das Zimmer drehte, und die Frau namens Shondra durchs Schlafzimmerfenster verschwand.

Plötzlich stand Homer vor ihm. Mit nassen Haaren, aber angezogen. Er zog Kradle an den Schultern hoch und schüttelte ihn.

»Was für eine Scheiße geht hier ab! Was, Mann?«

»Oh! Vorsicht!«, wimmerte Kradle. Blitzschnell kam er zu Bewusstsein, sein Selbsterhaltungstrieb hatte die Kontrolle übernommen. »Sie hat mich erwischt! Die Schlampe hat mich erwischt!«

»Steh auf!« Homer zerrte ihn auf die Beine, stieß ihn zur Tür. »Geh packen!«

1999

»Mach, was du willst.«

An diesen Satz klammerte sich Celine, als sie den kalten, harten Holzpfosten vor dem Kriechgang unter der Veranda umarmte. Sie kniff die Augen zusammen und versuchte, sich bildlich vorzustellen, wie sich ihre Finger um die Worte krallten und sie zu sich heranzogen, damit sie ihr Halt gaben. *Mach, was du willst.* Denn sobald sie sie losließ, würden ihr wieder alle anderen Geräusche ins Hirn dringen, und sie würde ins Leere stürzen. Geräusche, die sie eine Stunde zuvor gehört hatte, als ihr Großvater sich von ihr abgewandt hatte, im Haus verschwunden und wenig später mit seiner Flinte wieder herausgekommen war. Sie angelegt hatte.

»Um Himmels willen, Nick, was machst du ...«

Klick. Wumms!

»O Gott! Ogottogottogott!«

Klick. Wumms!

»Dad! Hör auf! Daaaad!«

Klick. Wumms!

Klick. Wumms!

Celine schmiegte sich mit dem ganzen Körper an den Pfosten, schlug die Augen wieder auf und spähte in die Dunkelheit ihres Verstecks, in das sie geflohen war, als die Schüsse kamen. Durch die Ritzen fiel Sonnenlicht auf sie herab, glitzerte wie feine Goldfäden auf dem Boden. Schatten huschten hin und her. Jedes Mal, wenn sie die Augen wieder aufmachte, waren es mehr. Männer. Sie gingen in Richtung Heuschober. Unten an der Auffahrt standen sie in Trauben. Betraten das Haus.

Zwei Gesichter hatte sie gesehen, seit sie sich hier festgeklammert hatte. Das eines Polizisten, der aus dem Heuschober gekommen und sich quer über die lilafarbenen Petunien im Garten ihrer Großmutter erbrochen hatte. Und das des Sanitäters, der jetzt mit ausgestrecktem Arm vor ihr auf dem Bauch lag.

»Celine«, sagte er sanft, immer wieder. »Du bist in Sicherheit. Er ist weg. Wir haben ihn. Okay? Wir haben ihn eingesperrt, er kann dir nichts mehr tun. Celine, komm zu mir. Ich helf dir da raus.«

Celine wusste, dass sie nicht in Sicherheit war. Das konnte ihr verstörtes, waidwundes Hirn ihr gerade noch melden. Die Nachbarn standen unten an der Auffahrt, ihr Hund bellte wie verrückt, Michael starrte zu Boden, Paula weinte hemmungslos, raufte sich die Haare, erzählte immer wieder dasselbe. *»Ich habe die Schüsse gehört, aber ich dachte, das sind die Jungs, die auf Äpfel schießen. Dann ist Nick in den Laster gestiegen und weggefahren. Da war irgendwas an der Art, wie er sich bewegt hat … und dann ist der Vater aus dem Haus auf die Veranda gekrochen und dort zusammengebrochen.«*

In ihrem Versteck hörte Celine, wie ein Polizist seinen Vorgesetzten am Handy ins Bild setzte. Er lief über ihr auf und ab, warf in regelmäßigen Abständen seine Zigarettenkippen zu Boden.

»Ist einfach reinspaziert, hat die Waffe auf den Empfangstresen gelegt und dem Sergeant gesagt, was er getan hat, klipp und klar. Haben meine Kollegen jedenfalls erzählt. Nein, Sir, ich bin am Haus. O ja, schlimm. Ja. Ja, mehrere. Sieben, vielleicht acht. Und fünf Kinder. Er ist einfach los und … einen nach dem anderen. Alle. Nur eine … ein Mädchen, siebzehn. Unter der Veranda. Nee. Nein. Nein. Sie geben ihr noch ein bisschen Zeit, aber dann ziehen sie sie raus, glaube ich.«

»Celine«, sagte der Sanitäter. Sie kniff die Augen zu und

umklammerte mit aller Macht den Pfosten. Er robbte unter die Veranda, ging dann auf alle viere und kroch auf sie zu. Er würde sie rausziehen, genau wie der Polizist gesagt hatte. In ihrem Hirn schrillten alle Alarmglocken. Sie wollte nicht raus in die Realität. Hier unten war die Zeit stehengeblieben. In ihrem Kopf schien immer noch die Sonne von Georgia, spielten ihre kleinen Cousins noch immer im Heuschober, ihr Großvater lief immer noch durch die Gegend und motzte jeden an, der ihm in die Quere kam, und ihre Mutter, ihre Oma und ihre Tante wuschen den Salat. Es war immer noch Tag. Der erste Weihnachtstag.

15

Den *Zauberer von Oz* hatte Old Axe in den letzten vierzig Jahren hinter Gittern schon zigmal gesehen, abends auf dem winzigen Fernsehgerät in seiner Zelle. Seiner Erfahrung nach hatten die meisten Haftanstalten Nevadas eine beschissene Auswahl an Filmen, und in Staatsgefängnissen war das Angebot besonders mies. Jegliche Gewaltszenen wurden herausgeschnitten, sodass die einzigen Filme, die irgendwie spannend waren, also Krimis, in der zensierten Fassung locker mal zwanzig Minuten kürzer waren. Keine Möpse, keine Hinterteile, keine Kinder in Badebekleidung. Nur den *Zauberer von Oz*, *Die Trapp-Familie* und *Charlie und die Schokoladenfabrik* konnte man unzensiert zeigen. Manche Filme mit vielen Kindern drin machten die Kifis zwar nervös, aber Pädos probten keinen Aufstand. *Oz* war ein harmloser Gefängnisklassiker.

Als er durch den Wüstensand zum Josuabaum stapfte, kam er sich vor wie Dorothy im bunten Zauberland. Der Baum war größer als erwartet, wie seltsam starre Finger ragten die kurzen Blätter in den blauen Himmel. Der lange Weg hatte sich gelohnt. Er beschloss, einfach weiterzulaufen. Gelegentlich legte er eine Pause ein, um die wundersam bizarren Felsformationen zu bestaunen, Kakteen, struppige Sträucher. Auch eine gefleckte Echse, die ihn vom Wegesrand anglotzte, musste er sich genauer ansehen, die Hände in den Hosentaschen stand er vor dem Tier und erwiderte seinen starren Blick. Alien Axe auf einem fremden Planeten. Er stieß auf eine Coladose, die wie ein Diamant in der Sonne glitzerte und ihn schon von Weitem magisch anzog. Die Luft roch und schmeckte anders, die Welt erschien ihm unendlich weit.

Eine dieser fliegenden Drohnenmaschinen sirrte ihm kurz vor Einbruch der Nacht um den Kopf, aber sie landete nicht und gab ihm auch keine Befehle. Er lief immer der Nase nach, ziellos, euphorisch wie schon sehr lange nicht mehr. Als die Sonne untergegangen war, legte er sich in den warmen Sand, schlief unter dem sternenbedeckten Himmel ein und erwachte dort auch wieder. Immer wieder drangen Phantomgeräusche an seine Ohren, wahrscheinlich ging es Seeleuten nach langer Reise genauso: Die Erde gaukelte ihnen vor, sie würde schwanken und schwellen. Er hörte die Glocke in der Kantine und das Prasseln von Schritten auf der Metalltreppe vor seiner Zelle.

Nach einer Weile kam er an eine unbefestigte Straße. Dort entdeckte er ein Tier, so platt gefahren und von der Sonne gebacken, dass er nicht mehr erkennen konnte, was Kopf und was Schwanz war. Er folgte dem Wind, setzte seinen Weg nach links fort.

Als er hinter sich das Geräusch eines Fahrzeugs hörte, ging er davon aus, dass es sich um einen Gefängnistransporter oder den Wagen des Sheriffs handelte. Er blieb stehen und wartete. Das Fahrzeug hielt hinter ihm, aber viel zu weit entfernt. Das ergab keinen Sinn. Axe wandte sich um.

Ein Camper stand auf dem Seitenstreifen, zwei Frauen auf den Vordersitzen. Sie hatten die Nasen zusammengesteckt und unterhielten sich angeregt. Im hinteren Teil befanden sich noch andere Mitfahrer. Axe wartete. Nichts geschah. Der Motor des RVs brummte. Die Wüste war weit. Irgendwo in der Ferne flog etwas durch die Luft, entweder eine Drohne oder ein Helikopter. Axe wartete noch etwas länger, aber irgendwann beschloss er, einfach weiterzugehen. Der Camper holte ihn ein und fuhr neben ihm her.

Da erst erkannte er, dass die beiden auf den Vordersitzen

keine Frauen waren, sondern langhaarige junge Männer. Solche braungebrannten Typen mit sonnengebleichten Augenbrauen und Wimpern und langem, goldblondem Haar hatte er seit den 1960ern nicht mehr gesehen. Auf dem Dach des Campers waren Surfbretter befestigt, in den Radgehäusen hatte sich büschelweise Strandgras verfangen.

Das Fahrzeug hielt erneut, aber es geschah immer noch nichts. Ihm fiel auf, dass der Typ auf seiner Seite, dessen Ellbogen aus dem Fenster hing, der angeregten Diskussion seiner Mitfahrer im hinteren Teil des Campers lauschte.

»Könnte ein irrer Serienmörder sein«, sagte jemand.

»Komm schon, Manny! Wo bleibt deine Abenteuerlust?«

»Ein alter Mann. Was soll der uns schon tun?«

»Wenn wir ihn hier stehenlassen, geht der sicher ein.«

»Er ist allein, wir sind zu fünft.«

»Dude!« Das Sonnenkind auf dem Vordersitz grinste Axe an. »Dude, hey! Dieser ganze Scheiß im Radio über den Ausbruch. Stimmt das?«

Axe klopfte sich den Staub vom Jeanshemd und sah an sich hinunter.

»Scheint so«, sagte er. Als er das letzte Mal mit jemandem außerhalb des Gefängnisses gesprochen hatte, war der Mann da vor ihm noch nicht mal geboren.

»Willst du …«, der Mann zögerte und lachte, vielleicht über seine Risikobereitschaft oder über die absurde Situation, »… bei uns mitfahren?«

Axe überlegte. Zog geräuschvoll die Luft ein und blickte gen Horizont. Als er sich wieder dem Camper zuwandte, sahen ihn durch die Scheibe lauter junge Gesichter an – gespannt, neugierig, ängstlich, aufgeregt? Er wusste es nicht.

Axe zuckte die Schultern. »Könnt ich machen.«

Die jungen Leute tauschten Blicke.

»Bist du gefährlich?«, fragte ein Mädchen von hinten.

Wieder musste Axe nachdenken. Über die Wahrheit und darüber, ob sie ihm irgendwann einmal geholfen hatte.

»Nee«, sagte er.

Die Seitentür klickte. Axe zog sie auf und kletterte umständlich in den Camper. Sofort schlug ihm die kühle Luft von der Klimaanlage entgegen und der Geruch von Gras. Er stand mitten in einer chaotischen Kochnische. Schmutzige Teller. Ein Holzblock mit Messern, lauter glänzend scharfe Klingen. Einer dieser flachen Computer, die er aus dem Fernsehen kannte, lag auf einem Sessel, aufgeklappt, der Bildschirm schwarz.

Jemand kicherte. »Ich kann nicht fassen, dass wir das echt durchziehen.« Axe legte vorsichtig den Computer auf die Seite und setzte sich in den Sessel. Die jungen Leute grinsten ihn an. Der Motor startete, und der Camper ratterte über die Piste.

»Willste nen Drink, alter Mann?«, fragte ein Mädchen.

»Klar«, sagte Axe.

When in Oz, dachte er.

1999

Er glaubte nicht an Geister und so was. Aber er kam trotzdem. So machte man das wohl, wenn man jemanden liebte. Man nickte und lachte und machte positive Bemerkungen wie: »Sie hat wirklich recht, da ist was dran. Hab's mit eigenen Augen gesehen.« Man hielt die Kamera mit ruhiger Hand und ließ sie ihr Ding machen. Es war ja nicht so, dass sie dasselbe nicht auch mal für ihn tat. Aber sie hielt natürlich keine Kamera, sondern meistens eine Leiter. Sein Ding brachte sie regelmäßig auf die Palme, am Ende war sie voller Laub oder Dreck. Er verkaufte sein Hausboot und verdiente genug Geld, um sich ein Auto zu leisten. Damit tingelten sie durchs Land, und sie zog ihre Show ab. Schlau, wie sie war, hatte sie sich eine Website gebastelt, über die sie eine Menge E-Mails bekam.

In Dallas machten sie in einem alten Trawler dem Klabautermann den Garaus. In Long Beach komplimentierten sie ein Schattenwesen aus einer Strandbar. In Chicago jagten sie drei Tage lang auf einem Dachboden eine Schreckensgestalt, der vermeintliche Geist eines ermordeten Mädchens, der sich aber hinterher als schlitzohriger Dämon herausstellte, der diese Erscheinungsform angenommen hatte, um hinter der Maskerade seine Kraftreserven aufzubauen. Christine hatte dem jungen, leicht erregbaren Pärchen, dem der Dachboden gehörte, mit dieser Story einen waschechten Bären aufgebunden. Während sie vor der Kamera ihre Nummer abzog und mit rollenden Augen pseudolateinische Botschaften des Dämons in Mädchengestalt empfing, entdeckte er in den Dachsparren ein paar lockere Schraubverbindungen, die er heimlich festzog. Klar, er hatte auch schon Leute über den

Tisch gezogen und das Schnöselpärchen hatte offenbar einen Heidenspaß an Christines Performance – die Runen und Edelsteine an den Wänden, die Beschwörungsformeln, die sie auf Knien herunterbeten mussten, in ihrem Wohnzimmer, auf der teuren Auslegeware. Diese Aufnahmen geisterten durchs Internet, danach konnte sich Christine vor Aufträgen nicht mehr retten. Sie verbrachten ein Wochenende auf einer Yacht in Bermuda im Dialog mit Seegeistern, danach einen Monat in Jackson Hole, um die Chalets der Millionäre durch Räucherzeremonien zu reinigen. Er arbeitete nur noch, um ab und zu mal ins Schwitzen zu kommen und sein Handwerk nicht zu verlernen. Sie verdiente so viel, dass sie nicht mehr wussten, wohin damit.

Also taten sie das, was die meisten getan hätten: Sie kauften sich ein Haus in Mesquite, mit einer neckischen Bogenmarkise über der kleinen gefliesten Terrasse. Sie hatten das Städtchen besucht, um dem Geist einer betagten Ureinwohnerin den Weg in die Ewigen Jagdgründe zu weisen. Christine gefielen die Einwohner, ihm die vielen Handwerkergesuche am Brett im Supermarkt. In Mesquite herrschte offenbar eine große Nachfrage nach Personen mit handwerklichen Fähigkeiten. Rund um ihren Naturpool mit Sandfilteranlage pflanzten sie einen teuren Luxusrasen, der für das Wüstenklima völlig ungeeignet war. Sie waren bei den Nachbarn beliebt, denn die Leute in Mesquite ließen sich gern von Christines faszinierenden Geschichten, ihren teuren Designertaschen und dem übergroßen Ohrgehänge blenden. Sie luden sie zu Grillpartys in ihren Garten ein und boten Christine eine Bühne. Sie betrank sich mit australischem Sauvignon und erzählte allen, ihr Liebster sei ein *rougarou*, ein Werwolf aus dem Sumpf, während sie ihm den Nacken kraulte wie einem Hund. In ihren Geschichten wur-

159

de Kradle zum bärtigen Analphabeten, ein Quasimodo mit gelben Zähnen aus dem Bayou, aber sie, mit ihrer unendlichen Klugheit, hatte als Einzige erkannt, dass man ihm beibringen konnte, auf zwei Beinen zu laufen und Schuhe zu tragen. Ihm machte es nichts aus, dass sie ihre gemeinsame Geschichte auf diese Weise verfälschte und so tat, als wäre er bei ihrem Kennenlernen ein abgemagerter Straßenköter gewesen, den sie zuerst baden, entwurmen und stubenrein machen musste, bevor sie ihm Männchenmachen beibrachte und schließlich einen brauchbaren Ehemann aus ihm machte. Christine gierte nach der Aufmerksamkeit ihrer Mitmenschen, Kradle nahm es hin, schließlich war die Tatsache, dass er in einem Hausboot voller Bücher gelebt hatte, weit weniger faszinierend.

Alles lief blendend, aber dann kam jener Tag im August. Sicher, ihren oft abwesenden Blick hatte er schon vorher bemerkt und gewusst, dass sie sich langweilte und sich insgeheim danach sehnte, in San Francisco das Phänomen mysteriöser Schreie um Mitternacht aufzuklären oder sich bei einem geplagten Kunden in Tennessee um die Vibrationen in seinem Badezimmerspiegel zu kümmern. Aber das Lesen von Tarotkarten, Internetberatungen zu übernatürlichen Phänomenen, Textbausteine, die sie für fünfzig Dollar in E-Mails kopierte, und ihr kostenpflichtiger Newsletter bescherten ihr ein einträgliches Sümmchen. Doch dann kam sie eines Nachmittags zu ihm in die Garage, wo er einen Mikrowellenherd auseinanderbaute, und reichte ihm einen positiven Schwangerschaftstest. Er grinste breit. Sie brach in Tränen aus.

16

Am Ufer des Silver Lake blieben sie endlich stehen. Durch das hohe Gras war der See als glitzernder Streifen zu erkennen. Ein Blick auf das Diebesgut aus Shondras Haus zeigte, wie rasch sie das Weite gesucht hatten. Kradle leerte den Müllsack mit der eilig zusammengesuchten Beute auf einen mit Brandlöchern übersäten Picknicktisch und sortierte das Sammelsurium, während Homer Zweige abriss.

Den wichtigsten Gegenstand, ein Laptop, den Kradle aus dem Wohnzimmer mitgenommen hatte, legte er zur Seite. Danach stopfte er sich erst mal drei Scheiben von dem Weißbrot in den Mund, das Homer sich aus der Küche geschnappt hatte. Sein Herz pochte immer noch wie wild. Als Proviant hatten sie außerdem eine Flasche Cola, ein paar Scheiben Kochschinken, eine Dose Kekse, drei Schokoriegel und eine Packung Nudeln in den Müllsack gestopft. Außerdem zwei Handys, ein Küchenmesser und drei Dollar. Aus unerfindlichen Gründen waren auch eine Haarbürste, eine Socke, ein Etikettendrucker und ein Knäuel Paketschnur in den Sack gewandert. Vermutlich hatte Kradle sie selbst hineingeworfen, von dem Gedanken gehetzt, dass die halb nackte Shondra innerhalb von Minuten den nächstbesten Nachbarn um Hilfe anflehen würde.

»Wie zur Hölle ist das so aus dem Ruder gelaufen?«, fragte Homer kopfschüttelnd, lauter kleine Zweige in den fest geballten Fäusten.

»Das weißt du doch.« Kradle klappte den Laptop auf und setzte sich auf die Bank. »Als ich ihre Hände befreit habe, hat sie sich den Radiowecker geschnappt und mir das Ding über den Schädel gehauen. Dann ist sie aus dem Fenster gesprungen und abgehauen. Einfach so.«

»Wieso hast du ihr das Klebeband von den Händen genommen?«

»Das war nötig, damit sie …« Kradle blickte zum See. »Du weißt schon. Gott. Mann, wenn du mich so ausfragst, komme ich mir vor wie der letzte Idiot.«

»Bist du auch. Ein Vollidiot«, sagte Homer. Kradle sah ihn an. Die Niedertracht in seinen Augen verschlug Kradle den Atem und stellte ihm die Nackenhaare auf. In seinem Kopf schrillten alle Alarmglocken. Doch der böse Blick verschwand genauso plötzlich, wie er aufgeblitzt war, der Tiger im Gras war nur eine Sinnestäuschung. »Entschuldige bitte. Das hätte ich nicht sagen sollen, Kumpel. War nicht nett von mir«, murmelte Homer.

Kradle nickte und setzte eine reumütige Miene auf.

»Mir sind auch schon ein paar Frauen abgehauen«, sagte Homer achselzuckend. »Kann passieren.«

Sie durchwühlten die willkürlich aus dem Kleiderschrank gerissenen Klamotten. Die Blusen gehörten offensichtlich Shondra, es waren aber auch Hemden dabei, vermutlich die ihres Freundes. Kradle wählte ein blaues T-Shirt mit einem ihm unbekannten Logo, Homer ein schwarzes Baseball-Trikot mit der Aufschrift *Nevada Wolf Pack*, das er weitete, bis es ihm passte. Abgesehen von ihren verdreckten Jeans und Schuhen würden sie jetzt als zwei normale Typen durchgehen, die hinter einer Lagerhalle am See standen.

»Wozu soll der Computer gut sein?«, wollte Homer wissen.

»Ich brauch ein paar Telefonnummern für meine Jungs und muss ein bisschen Info über sie nachgucken. Mal sehen, ob mir jemand helfen kann.«

»Du hast von drinnen keinen Kontakt zu denen gehalten?«

»Nein.«

»Wieso nicht?«, fragte Homer. Kradle rieb sich den Nacken. »Ich dachte, ihr Mafiatypen habt es kuschelig im Bau. Helft euch gegenseitig, wenn einer sitzt.«

Kradle überlegte sich eine neue Strategie: Er würde die Fragen einfach ignorieren, statt Antworten zu geben auf Dinge, von denen er nichts wusste. Dichtmachen. Sich neu aufstellen. Das hatte ihm nach dem Mord an Christine, Mason und Audrey ein paar Tage lang die Detectives vom Hals gehalten. Und siehe da, auch Homer ließ ihn in Ruhe und schlenderte ans Seeufer. Endlich konnte Kradle wieder frei atmen.

Er klickte auf das WiFi-Symbol, wie er es bei seinem Anwalt gesehen hatte, und suchte nach einem offenen Netzwerk. Offenbar stand im Büro der Lagerhalle ein ungesicherter Router. Er klickte auf den Netzwerknamen und hielt den Atem an. Bingo! Er war drin.

Zuerst rief er Google auf und gab den Namen Homer Carrington ein. Hunderte Links zu Artikeln vom Ausbruch aus Pronghorn. Kradle veränderte die Suchkriterien, sodass nur ältere Links angezeigt wurden. Das funktionierte. Es kamen lauter Bilder, die er nicht sehen wollte, nackte Frauenleichen in einsamen Feldern, ihre Körper seltsam geschrumpft, die Köpfe verdreht, die steifen Finger ins Gras gekrallt. Eine junge Frau lächelte von einem Vermisstenposter, große braune Augen, einen Labradorwelpen im Arm. Tatortfotos von einem leeren Wagen auf dem Parkplatz eines Einkaufszentrums, aufgebockt, der Reifen daneben. Auf einem Teppich mit Blumenmuster lag ein altes Ehepaar Seite an Seite, der Couchtisch war umgestürzt, die Haustür stand sperrangelweit offen. Der neueste Artikel war erst eine Woche alt, er trug die Überschrift: *Nach Angriff auf Wärter: Würger von*

North Nevada nach Pronghorn überführt. Kradle klickte. Das Standbild einer Überwachungskamera zeigte Homer auf dem Gang eines anderen, älteren Gefängnisses. Der hünenhafte Serienmörder hatte die Hände um den Hals eines kleinen, plumpen Wärters gelegt. Kradle kehrte zurück zur Liste, scrollte sich durch die Überschriften.

Würger Homer Carrington plädiert auf Unzurechnungsfähigkeit
Todesurteil für Carrington
Carrington: Experte vermutet Dutzende Opfer
Carringtons Reisen nach Mexiko deuten auf weitere Opfer hin
Vermisste Zwölfjährige Opfer des Würgers Carrington?

Er wusste, dass ihm nicht viel Zeit blieb, bevor ihm der Laptop und das Handy zum Verhängnis wurden. Sobald Shondra in Sicherheit war, würde sie der Polizei ihre Angreifer beschreiben. Ihm blieben nur noch Minuten, keine Stunden. Also tippte er den Namen ein, der in den Räumen seiner Vergangenheit am lautesten nachhallte.

Patrick Frapport.

Online gab es wenig über den Detective zu lesen. Soziale Medien: Fehlanzeige. Bilder: wenige. Eine verwackelte Aufnahme des vierschrötigen Glatzkopfs bei der Verleihung irgendeiner Medaille vom Nevada State Commissioner. Ein Foto von ihm im Gerichtssaal, kurz vor der Zeugenaussage, allerdings nur im Profil, sein wabbelndes, wundrotrasiertes Doppelkinn von einem Hemdkragen erdrosselt. Kradle überflog einen Artikel aus der *Mesquite Sun* über Frapports Beförderung und klickte auf das dazugehörige Bild des Mannes mit seiner schlanken Frau, die mit ihren rosigen

Wangen und den zur Punkfrisur gestylten braunen Haaren eindeutig freundlicher aussah.

Shelley Frapport. Kradle klickte auf ihre Instagram-Seite. Instagram kannte er nur aus den Sendungen, die er im Gefängnis gesehen hatte, daher kostete es ihn wertvolle Minuten, bis er einigermaßen klarkam. Im Gegensatz zu ihrem Mann war Shelley in den sozialen Medien sehr aktiv und hinterließ einige Brotkrümel, die er verfolgen konnte. Auf einem ihrer Strahle-Selfies erkannte er die hellbraunen Lederbänke des *Eden's Diner*, auf einem anderen Schnappschuss die große gelbe Wasserrutsche eines Freibads, das ihm wohlbekannt war. Er hatte es mit seinem Sohn besucht, weil ein Schulfreund von Mason dort seinen Geburtstag gefeiert hatte. Plötzlich überkamen ihn seine Erinnerungen: Er stand mit anderen Vätern im Schatten vor dem Kiosk, Mason zog an seinem Arm, weil er Geld für Süßigkeiten wollte, zu seinen Füßen hatte sich eine Pfütze gesammelt, sein schwarzes klatschnasses Haar klebte ihm an der rundlichen Stirn. Das Freibad und das Diner ließen darauf schließen, dass Shelley in Beaver Dam lebte. Das neueste Foto von ihr zeigte sie auf einer Hollywoodschaukel auf ihrer Veranda – *#nachmittag #vorortfreude #pinotgrigio* – und in der unteren rechten Ecke, auf dem Gartenzaun, war eine kleine Messingnummer zu erkennen. Nummer sieben. Kradle betrachtete das Bild mit voller Konzentration, versuchte, den Stand der Sonne zu erkennen, die Bauart des Hauses, irgendeinen Hinweis darauf, wo genau es stand. Im Hintergrund, über Shelleys Schulter hinweg und seitlich an der Hausmauer vorbei, meinte er in der Ferne eine Struktur zu erkennen. Ein rot-grüner Wasserturm.

»Mein Gurt war offen«, sagte Homer plötzlich neben ihm.

Als Kradle aufblickte, sah er Shondras Küchenmesser in der Pranke seines serienmordenden Schattens. Die Klinge blitzte im Licht der sich im See reflektierenden Sonne.

»Was?«

»Im Flugzeug. Ich weiß genau, dass ich mich angeschnallt hatte. Die Gurtschnalle ist eingerastet, es hat geklickt, und ich habe ihn extra noch mal festgezogen. Das ist mir im Gedächtnis geblieben, weil ich nämlich Angst hatte, dass du gelogen hast und gar nicht fliegen kannst. Und du hast tatsächlich gelogen, aber nicht über das Fliegen. Du hast mir vorgemacht, du wärst mein Freund.«

Kradle wich das Blut aus dem Gesicht, als hätte jemand den Stöpsel gezogen. Ihm wurde schwindelig. Er umklammerte den Tisch und starrte stumm auf den Mann mit dem Messer.

»Es gibt kein Geld, stimmt's?«, fragte Homer.

»Nein.«

»Du gehörst auch nicht zur Mafia.«

»Nein, tue ich nicht.«

»Du hast der Frau geholfen, damit sie abhauen konnte.« Das war keine Frage. »Und wenn sich die Gelegenheit geboten hätte, hättest du mich aus dem Flieger geschubst.«

Kradle schwieg. Seine Gedanken galten nur noch seinem Körper, Atem, seinen Armen, Beinen, dem Blut in seinen Adern. Er musste sich konzentrieren, klug handeln. Doch all seine Zielstrebigkeit und akribische Planung konnten ihm nicht helfen, er war todmüde, halb verdurstet, hatte vermutlich eine Gehirnerschütterung und war halb irre vor Angst, dass ihn einer der vielen Suchtrupps aufgreifen würde, die ihn mittlerweile jagten. Der Gedanke, wieder in seiner Todeszelle zu sitzen, jeden Tag in die dunkle Ewigkeit zu starren, schnürte ihm die Kehle zu. Als Homer ausholte, kippte er seitlich von der Bank, rappelte sich auf und stolperte ein paar Schritte rückwärts. Aber der Arm seines Widersachers schien unnatürlich lang zu sein, und er war nicht flink genug, diesem baumstammdicken Mordwerkzeug auszuweichen, das sich schon um so viele Kehlen gewunden hatte, diesen Killerhänden mit den Narben von unzähligen verzweifelt kratzenden, klammernden Opferfingern. Kradle spürte, wie die Klinge in sein Fleisch glitt, als wäre er aus Butter.

»Hab ich das richtig verstanden?«, fragte Celine. »Sie waren alle auf Position, um Kradle zu schnappen, aber Sie sind aufgeflogen. Wegen einem *Hund*?«

Sie stand auf dem Parkplatz der Polizei von Mesquite, der sich wohl als Einsatzzentrale für sämtliche Aktivitäten in Sachen Gefängnisausbruch etabliert hatte. Im Schatten eines riesigen dunkelblauen Überwachungsfahrzeugs der U. S. Marshals unterhielt sich Celine mit vier Männern – zwei Sheriffs und zwei Marshals, die sich zögerlich von ihren Plänen, Laptops, Karten und Funkgeräten abgewandt hatten, um den beiden Eindringlingen ihre kostbare Aufmerksamkeit zu widmen. Keeps, ganz der gerade erst entlassene Straftäter, sah aus, als würde er am liebsten ins Dickicht kriechen, so dicht hatte er sich an den Rand des Geschehens verzogen. Er hatte seine Zigarette umklammert und hielt sich schützend die Hand vor die Augen.

»Entschuldigung, wer sind Sie noch mal genau?«, fragte ein Marshal, der größte der Männer.

»Ich bin Captain Celine Osbourne, Leiterin des Todestrakts im Gefängnis von Pronghorn.«

»Also keine Polizistin, kein Marshal und auch keine FBI-Agentin.« Celine schwieg. »Hören Sie gut zu, Captain Osbourne. Es ist schön, dass Sie sich für unsere Arbeit interessieren. Aber ich kann Ihnen nur das sagen, was ich jedem anderen Zivilisten mitteilen würde. Wir tun unser Bestes, die geflohenen Häftlinge festzusetzen, die in unsere Stadt kommen, aber …«

»Wie heißen Sie?«

»Lowakowski.« Der Mann seufzte theatralisch und blickte entnervt in die Runde. *Ist das zu fassen?*

»Lowakowski«, sagte Celine. »Diese Journalisten da hinten am Snackautomaten haben mir gerade verraten, dass Ihnen John Kradle fast in die Arme gelaufen ist, aber Sie haben es in letzter Sekunde versaut. Ich will wissen, was Ihnen über seinen gegenwärtigen Aufenthaltsort vorliegt.«

Lowakowski hob eine Hand. »Bitte treten Sie zurück. Sie befinden sich hier in einem Bereich, zu dem nur autorisierte Personen Zugang haben.«

»Der Typ, den er dabeihatte.« Celine zückte ihr Handy und scrollte durch ihre Fotos. Schließlich zeigte sie dem Mann das Bild von Burke David Schmitz. »Sah er so aus?«

»Ich kann Ihnen keine Auskunft über …«

»Oder so?« Celine zeigte ihm das Foto von Homer Carrington. Die Marshals und Sheriffs tauschten Blicke. Celine nickte, dann gesellte sie sich zu Keeps, der sich angesichts der geballten Ladung an Ordnungshütern sichtlich unwohl fühlte.

»Schlechte Nachrichten«, sagte Celine.

»Na super.«

»Kradle ist mit Homer Carrington zusammen.«

»Mit wem?«

»Dem Würger von North Nevada.«

»Okay.« Keeps zog Celines Schlüssel aus der Tasche. »Ich bin raus. Die ganze Zeit wollte ich nur einen Burger und ein

Bier, und jetzt bin ich davon meilenweit entfernt, chauffiere dich wie ein Pausenclown in der Gegend rum, auf der Jagd nach Hannibal Lecter. Auf keinen Fall lande ich in irgendeinem Kellerloch und schmiere mich mit Lotion ein. Ich habe fertig.«

»Wenn du so ein Problem mit dem Fahren hast, dann setze ich mich eben ans Steuer. Wir halten an der nächsten Bodega, da kannst du dir ein Bierchen hinter die Binde gießen, dann ist schon mal die Hälfte ...«

»Nein.«

»Keeps, ich brauche ...«

Er tippte sich an die Schläfe. »Du bist ein Fall für den Psychologen! Du solltest dich mal genauer untersuchen lassen. Ist dir schon mal aufgefallen, dass du kein Cop bist? Du kämpfst nicht gegen das Böse. Du löst keine Fälle. Du jagst keine Verbrecher. Du bist ne olle Schließerin, kapiert? Mann, ich hab in meinem Leben ja schon einige Egos auf Speed gesehen, aber du schlägst dem Fass echt den Boden aus.«

Celine schnaubte. »Egos?«

»Jepp, Egos. Du tust ja gerade so, als wäre das alles dein Werk. Als hättest du diese Männer rausgelassen und müsstest sie jetzt eigenhändig wieder einfangen. Aber ich verrate dir mal was: Es geht hier nicht um dich.«

Celine hatte es die Sprache verschlagen. Sie starrte auf ihre Stiefel, verstört und fern der Heimat.

»In den letzten fünfzehn Jahren habe ich dafür gesorgt, dass diese Verbrecher in ihren Käfigen bleiben, weggesperrt von der Welt. Damit die Menschen vor ihnen sicher sind. So bin ich, das ist mein Leben.«

»Nee, ist es nicht.«

Celine hielt ihr Handy hoch. »Ist dir mal aufgefallen, wie viele Leute mich nicht anrufen? Wenn normale Leute in ihrem Beruf eine Krise von diesem Ausmaß durchmachen würden, kämen bei ihnen ständig Anrufe rein. Freunde. Familie. Wieso fragt mich niemand, ob es mir gut geht? Was ich gerade mache? Ob ich Hilfe brauche?«

»Du hast eben keine Freunde und auch keine Familie.«

»Wieso hilft mir ein verdammter völlig fremder Häftling bei meiner Suche?« Sie zeigte auf ihn.

»Weil ein Bier für mich rausspringt.«

»Die Todeszellen sind alles, was ich habe, Keeps, und ich werde dafür sorgen, dass sie mir niemand wegnimmt.«

Keeps lachte, ein Rauchwölkchen kam aus seinem Mund und wurde von der Brise davongetragen. »So hab ich schon manchen Typen im Bau reden hören. Sie sitzen schon so lange hinter Gittern, dass sie sich gar nichts anderes mehr vorstellen können. Du bist genauso institutionalisiert wie die.«

»So einfach ist das nicht«, setzte sie an. Aber sie wusste nicht, wie sie ihm erklären sollte, dass ihr der Gedanke an die sicher weggesperrten Verbrecher, den sie jede Nacht bei der Rückkehr in ihr leeres, blitzsauberes Haus mitnahm, das schönste Gefühl der Welt bescherte, absolute Geborgenheit. Jede Minute, jede Stunde, die sie nicht auf der Straße herumliefen und Menschen Schmerzen zufügten, war auch ihr Verdienst. Männer, Frauen und Kinder konnten in Sicherheit ins Bett gehen, weil sie, Celine Osbourne, den ganzen Tag auf grüne Lämpchen achtete, Schlüssel in Schlössern umdrehte, die richtigen Zahlenkombinationen in Alarmanlagen tippte, die Bewegungen schattenhafter Gestalten auf Überwachungskameras verfolgte. In Celines Trakt gab es Männer, die nachts in die Kinderzimmer kleiner Mädchen eingestiegen waren und sie noch bettwarm aus dem Fenster getragen hatten. Ihre sterblichen Überreste wurden nie gefunden, die Erinnerung an ihre Gesichter nur von Fotos gespeist. Andere hatten verzweifelten Frauen auf nächtlicher Straße das Leben aus dem Leib gedrosselt, vom Straßenrand aus zugesehen, wie ganze Familien in ihren Autos verbrannten, Schüsse in Menschenmengen gefeuert, ohne Rücksicht auf Verluste. Und da war John Kradle, der eines schönen Tages beschlossen hatte, dass seine Familie nicht mehr weiterleben durfte.

Als Celines Handy vibrierte, zuckte sie zusammen.

Kradle blieb vor der Lagerhalle stehen und nahm die Hand von der Wunde am Arm. Er konnte nicht genau erkennen, wie schlimm es war. Der Schnitt war tief, schwarz, nass – ein entsetzlicher Anblick. Mehrere Arbeiter kamen aus dem Büro im vorderen Teil der Halle gerannt, sie hatten den Angriff offenbar durch die großen Fenster mit Blick über den See verfolgt und eilten dem verletzten Mann, der am Picknicktisch zu verbluten drohte, jetzt zu Hilfe. Wäre Kradle religiös, würde er für den tapferen Arbeiter beten, der mutig dazwischengegangen war, als Homer wie wild mit dem Messer auf ihn eingestochen hatte. Aber mit Gebeten hatte er es nicht so. Blieb nur zu hoffen, dass der Mann durchkommen würde.

»Celine?«

»O Gott!« Es raschelte, als hielte jemand die Hand vors Mikro. »Es ist Kradle!«, sagte sie zu jemandem.

»Hör zu.« Er humpelte über den Parkplatz der Lagerhalle, zwischen den dort abgestellten Autos hindurch zur Straße. »Homer Carrington hat gerade auf einen Mann eingestochen, hinter der Lagerhalle von ... Resco Industries Packaging. Die ist in der Nähe vom See. Er ist in nördliche Richtung geflohen.«

»Wer ist das Opfer?«

»Ein Arbeiter aus der Lagerhalle, der versucht hat, mich vor Carrington zu retten.«

»Ist er … tot?«

»Weiß ich nicht.«

»Rühr dich nicht von der Stelle!«

»Geht nicht. Verstehst du sicher.«

Wieder raschelte es, Celine rief jemandem die wichtigsten Eckpunkte der Geschichte zu. Kradle ging davon aus, dass sie von lauter Einsatzkräften umringt war. Sicher war sie fest entschlossen, den Schaden wiedergutzumachen. Celine nahm alles persönlich. Er hörte eine Wagentür zuschlagen. Der Motor startete.

»Celine? Celine?«

»Ja, ich höre.«

»Homer und ich haben eine Frau namens Shondra überfallen und ihr den Wagen abgenommen.« Kradle humpelte in einen schmalen Durchgang am Ende eines Einkaufszentrums. Der Anblick seines blutverschmierten Hemds verschreckte ein Pärchen mit Hund, beide suchten schleunigst das Weite. »Ich, ähm … du wirst sie leicht finden. Sie ist uns entkommen. Wir haben zwei Handys aus ihrem Haus gestohlen. Dieses hier ist das eine, Homer hat wahrscheinlich das andere. Er hat alles mitgenommen, den ganzen Sack. Kann sein, dass er … ich weiß nicht, ob das andere Handy funktioniert. Es sah schon älter aus. Aber wenn er es einschaltet, könnt ihr ihn vielleicht aufspüren.«

»Bleib, wo du bist, Kradle!«

Durch den Durchgang kam er zum zweiten Trakt des Einkaufszentrums. Dort fiel sein Blick auf einen Secondhand-Laden, vor dem ein Ständer mit Mänteln stand.

»Ich muss den Mann finden, der meinen Sohn umgebracht hat«, sagte er. Plötzlich war da ein Echo in der Leitung, als hätte Celine ihn auf Lautsprecher gestellt.

Sie seufzte. »Och nö, nicht schon wieder.«

»Celine, ich kenne deine Geschichte.«

»Wie bitte?«

»Ich weiß, was dir passiert ist.« Kradle hörte Sirenen. »Mein Anwalt hat es mir erzählt. Er hat damals mit dem Anwalt deines Großvaters drüben in Georgia gearbeitet. Ich weiß das schon seit Jahren, Celine. Bist du noch dran? Hörst du zu?«

»Du ...« Sie schnappte nach Luft. »Du hast nie was gesagt ... nie ...«

Kradle lehnte sich ans Schaufenster eines Nagelstudios und wischte sich den Schweiß von der Stirn. »Pass auf, ich verstehe dich.« Eine Frau, die einer Kundin im Laden eine Pediküre verabreichte, unterbrach ihre Arbeit und starrte ihn mit offenem Mund durchs Fenster an. »Was deiner Familie passiert ist ... Natürlich kriegst du bei jemandem wie mir die kalte Wut. Aber bitte lass deine Gefühle außen vor. In der Todeszelle war es egal, ob du mir glaubst oder nicht, aber jetzt ist es verdammt wichtig. Du kannst mir helfen, das weiß ich genau.«

»Ich würde dir nicht mal helfen, wenn du in Flammen stehen würdest, John Kradle.«

»Eine Stunde. Nur eine Stunde. Tu mir den Gefallen. Bitte. Nimm dir jemanden, der nicht vorbelastet ist, und schau dir meinen Fall an. Deinen Partner ... egal wen. Wenn du die Augen aufmachst, wirst du es erkennen.«

Es kam keine Antwort. Kradle warf das Handy in die nächstbeste Mülltonne und stolperte bis ans Ende der Gasse, schlüpfte durch ein Loch im Stacheldrahtzaun und überquerte einen verlassenen Parkplatz mit aufgeplatzter Be-

tonfläche, braunes Gras überwucherte die bröckelnden Stufen einer alten Treppe. In einem alten Toilettenhäuschen
fand er schließlich einen Unterschlupf. Dort ruhte er sich
aus.

17

Trinity Parker setzte sich Lieutenant Joe Brassen gegenüber auf den Stuhl und rührte erst mal gemächlich in ihrem Kaffee. Seit ihrer Ankunft in Pronghorn hatte sie eine Menge Dinge angeordnet. Die Aufstellung der Trennwände, auf denen jetzt die Konterfeis der entflohenen Häftlinge prangten. Eine Ruhezone mit stabilen Sitzmöbeln für Meetings mit den Leitern der verschiedenen Abteilungen, wo sie Pläne erarbeiten oder gelegentliche Anrufe aus Washington entgegennehmen konnten. Und ein Eckchen mit Fenster für sich selbst, von wo aus sie sehen konnte, welche Sender wie viele Reporter geschickt hatten. Eigentlich konnte sie auf den ganzen Firlefanz auch verzichten. Sie war da nicht zimperlich. Trinity hatte während der Verbrecherjagd in Brooklyn auch schon in Abrisshäusern Quartier bezogen, in einen Eimer geschissen und sich von Müsliriegeln ernährt, während ihr Kakerlaken die Beine hochgekrabbelt waren. Aber eines war unverzichtbar: Ohne starken, guten Kaffee war mit ihr nichts anzufangen. Daher hatte man innerhalb eines Tages eine richtige Maschine herbeigeschleppt, und im Nu war das gesamte Fiasko viel besser zu bewältigen.

Sie legte ihren Löffel weg und trank. Über den Rand ihrer Tasse hinweg betrachtete sie den Lieutenant. Trinity hatte gern mit Menschen zu tun, deren Welt gerade langsam zusammenbrach. Das fand sie erfrischend. Joe Brassen wusste sicher ganz genau, dass er alles verlieren konnte und schon bald zu denen gehören würde, die er am meisten fürchtete und verabscheute: den Häftlingen. In seiner momentanen Situation konnte man ihn wunderbar ausnutzen. Er würde jede Gelegenheit beim Schopf packen, sich aus dieser Zwickmühle zu befreien. Trinity stellte ihre Tasse ab, schmatzte genüsslich und nahm ihr Gegenüber ins Visier.

»Farbe«, sagte sie.

»Hä?« Brassen sah sie an wie ein Mondkalb. Er hatte wohl eine handfeste Drohung erwartet oder eine Flut von Beschimpfungen. Aber nicht dieses Wort. Seine Gesichtsfarbe wechselte ein paarmal, bis er sich auf ein Gefühl eingependelt hatte. Trinity hatte Zeit.

»Schwarze Farbe«, sagte sie schließlich. »Ich weiß, ja, ich konnte es selbst kaum glauben. Aber genau die wird dir jetzt zum Verhängnis. Deswegen wirst du den Rest deines Lebens hinter Gittern verbringen: eine Tube Acrylfarbe für drei Dollar, Made in China, in die USA importiert. *Midnight True Black*, um genauer zu sein. Nummer 4035.«

»Ich habe keine Ahnung, wovon Sie reden.« Brassen schob sich das schüttere schwarze Haar aus dem verschwitzten Gesicht und richtete seine Brille. »Ich will meinen Anwalt sprechen.«

»Die Jungs aus Minimum Security waren so freundlich, mir zu verraten, von wem sie schwarze Farbe beziehen. In der Abteilung mit der niedrigsten Sicherheitsstufe gibt es die meisten Spitzel. Ist in jedem Knast dasselbe. Die sind nur kurz hier, also nicht lang genug, um sich an die schlechten Bedingungen zu gewöhnen. Sie wollen es bequem haben. Und diese Jungs haben mir erzählt, dass eine Schließerin namens Maria Dresbone die Farbe reingeschmuggelt hat.«

»Was zum Teufel hat das mit mir zu tun?«

»Dresbone hat nicht sofort ausgepackt, da musste ich schon schwere Geschütze auffahren. Es gibt unter euch Wärtern offenbar so was wie Loyalität. Wer will den ersten Stein werfen? Schließlich kann es mal passieren, dass man ausrutscht und der Ellbogen aus Versehen mit voller Wucht im Gesicht eines Insassen landet. Wie gut, wenn man sich darauf verlassen kann, dass die Kollegen schweigen. Aber irgendwann hat sie deinen Namen ausgespuckt. Maria hat mir anvertraut, dass du sie und drei andere Wächter mit verbotener Ware für die Jungs in Minimum versorgst, weil nur du sie durch die Sicherheitskontrolle schmuggeln kannst. Deine Freundin sitzt am Taschenscanner an Tor B. Sie hat deinen Rucksack schon seit sechs Monaten nicht mehr durchleuchtet. So lange, wie ihr zusammen seid.«

Brassen betrachtete die Decke des kleinen Büros, das vorher irgendeinem kleinen Sesselfurzer in der Gefängnisverwaltung gehört hatte und jetzt von Trinity beschlagnahmt war. Auf dem Schreibtisch stand das Modell eines Lastwagens neben dem Foto eines jungen Mädchens. Trinity schob das Foto zurecht, bis es genau im 45-Grad-Winkel zur Schreibtischkante stand.

»Die Informanten haben Dresbone verraten, und die hat dich ans Messer geliefert«, sagte Trinity. »Du arbeitest im Todestrakt, bist also der Einzige, der Schmitz mit der Farbe versorgen konnte. Meine Agenten haben weitere Schmuggelware in Schmitz' Zelle gefunden. Sein Kissen stammt nicht aus dem Gefängnisfundus, und unter seinem Bett haben wir ein antibakterielles Nasenspray entdeckt, das nicht auf seiner Medikamentenliste stand.«

»Anwalt«, zischte Brassen, aber er klang wie ein waidwundes Reh.

»Wenn Burke David Schmitz erneut Menschen umbringt, was nur eine Frage der Zeit ist …«, begann Trinity.

»Ich will meinen Anwalt«, sagte Brassen.

Trinity beugte sich zu ihm vor. »Einen *Scheiß* kriegst du!«, schleuderte sie ihm entgegen. »Nicht hier, nicht jetzt, nicht, bis ich finde, dass du einen verdient hast. Ich entscheide hier, was du kriegst und was nicht, du hirnloser Hodenkobold. Du hast einem Neonaziterroristen zur Flucht verholfen! Entweder, du erzählst mir jetzt alles, was du weißt, oder du verbringst die nächsten drei Jahre in Guantánamo, wo sie dir mit dem Stroboskop in die Augen leuchten, bis dir die Augäpfel verschrumpeln, und dir die Titelmusik von *Sesamstraße* ins Ohr tröten, bis du dir die Zunge abbeißt.«

Trinity lehnte sich wieder zurück und genoss ihren Kaffee, während Brassen sie mit aufgerissenen Augen anstarrte und sich vermutlich die schlimmsten Horrorszenarien ausmalte. Trinity konnte sich gut vorstellen, wie Brassens Alltag aussah, in seinem Trailer voller Bud-Dosen und Cheetos, irgendwo gab es garantiert auch einen Mischlingshund, wahrscheinlich irgendeine Machorasse, ein Pitbull oder Ridgeback mit leichtem Unterbiss und schiefen Zähnen. Sie wusste nur nicht, wie lange der Mann sich noch weigern würde, die Wahrheit zu gestehen. Also legte sie die Beine auf den Tisch und wartete.

»Die Farbe und das Kissen sind mir egal«, sagte sie schließlich. »Ich will wissen, was du sonst noch für ihn reingeschmuggelt hast.«

Brassen betrachtete seine Hände an der Schreibtischkante. Seine Fingerknöchel waren wund gerieben.

»Waffenzeitschriften«, sagte er. »Schokoriegel. Briefe.«

»Bist du ein Neonazi, Brassen?«

»Nein«, sagte er. »Nicht wie ... ähm ... ich hab nur was gegen Schwarze. Die benehmen sich viel schlimmer als die weißen Häftlinge. Isso.«

Trinity wartete.

»Wenn du in deinem Trakt ne Klinge findest, kannst du drauf wetten, dass sie einem Schwarzen gehört. Die haben immer eine dabei, egal, wofür sie im Bau landen. Ich glaube, das Gewalttätige ist bei denen angeboren. Ich mein ja nur. Wird man wohl noch sagen dürfen.«

Trinity starrte ihn an.

»Was … ähm … Schmitz da gemacht hat, war nicht richtig.« Brassen räusperte sich ausgiebig. »Ich mein, die ganzen Schwarzen da in New Orleans. Die Schießerei. Nazi oder nicht, man kann diese Leute nicht einfach …«

»Was haben sie dir angeboten? Und was hast du ihnen besorgt?«

»Nix. Ich …

»Was stand in den Briefen? Ich nehme an, du hast sie gelesen?«

»Hab ich nicht. Sie haben es mir verboten.«

»Sie haben es dir verboten oder dich dafür bezahlt?«

Brassen wischte sich den Schweiß vom Nacken.

»Diese Briefe sind weg. Schmitz hat bei seiner Flucht einen Karton mit persönlichen Dingen mitgenommen. Also brauche ich mehr von dir.«

Brassen seufzte schwer. »Ich will einen Deal.«

»Is nicht. Du gibst mir, was du hast. Und kannst dich glücklich schätzen, wenn dir morgen um diese Zeit nicht schon einer von den U.S. Marines mittels Waterboarding den Rest entlockt.« Trinity lächelte gehässig. »Wenn ich so drüber nachdenke, werde ich persönlich dafür sorgen, dass der U.S. Marine in deinem Fall ein Schwarzer ist.«

Brassen lachte hilflos. »So was machen die doch nicht in echt.«

Trinity schwieg.

»Ich hab ihm erlaubt, ein Handy zu benutzen.«

Trinity beugte sich vor. »Wo ist das Ding jetzt?«

»Er hätte es mir eigentlich zurückgeben sollen. Gestern

Morgen. Ich habe es ihm nie für länger überlassen, wegen der Zellendurchsuchungen. Nur über Nacht. Wenn es nicht mehr in seiner Zelle ist, muss er es mitgenommen haben.«

»Weißt du, mit wem er telefoniert hat?«

»Nein.«

»Wo und wann hast du das Handy gekauft? Weißt du das noch?«

Brassen nickte und zog sein eigenes Gerät aus der Tasche. »Ja. Und ich hab auch die Nummer gespeichert. Falls ich mal keinen Nachtdienst habe und ihn vor einer Zellendurchsuchung warnen muss.«

Trinity nahm Brassen das Handy ab, legte die Beine wieder auf den Schreibtisch und machte es sich auf ihrem Stuhl bequem. Auf dem Bildschirm war ein großer Hund zu sehen, im Hintergrund ein Trailer. Sie musste grinsen.

Als Celine und Keeps am Seeufer eintrafen, wimmelte es dort vor Menschen und Fahrzeugen, alle liefen hektisch durcheinander. Das Ganze erinnerte Celine an das Chaos nach dem Ausbruch. Es war früher Nachmittag, die Sonne hatte ihren Zenit bereits überschritten. Nachdem Celine sich durch eine Gruppe Leute in grauen Overalls mit der Aufschrift »Resco Warehouse Crew« auf der Brusttasche hindurchgedrängelt hatte, sah sie den Toten, der mit verrenkten Gliedern auf dem zertrampelten Rasen lag. Ein vierschrötiger Mann mit Trucker-Cap hatte ihr unter Schluchzen geschildert, wie er mit ein paar Kollegen zur Rauchpause die Lagerhalle verlassen hatte und auf dem Weg zum Picknicktisch Zeuge eines Streits geworden war. Ob Nugent, der magere, kahlköpfige Tote im Gras, das Messer gesehen hatte, bevor er sich einmischte, war nicht ganz klar.

»Er ist einfach losgerannt, und der Typ hat ihm ein Messer in den Bauch gerammt«, erklärte der Mann mit der Trucker-Cap. »O Remy! Mann, er ist tot. Tot.«

Ein Polizist drängte Celine zurück. Sirenen heulten in der Ferne, Gaffer hatten sich auf dem Parkplatz versammelt, murmelnde, besorgte Gesichter, verschränkte Arme, Fremde, denen sich ein öffentliches Spektakel bot.

Auf einmal bemerkte Celine einen Blutfleck auf dem Gras. Und einen zweiten. Da war tatsächlich eine Spur.

Keeps ergriff ihren Arm. »Wir gehen, Celine.«

Celine zeigte auf die braunroten Tropfen. »Er ist da lang! Los! Los!«

»Nein, wir gehen.«

»Wir können ihm folgen.«

»Wir gehen!«, donnerte er. Kurz sah Celine wieder den Häftling in ihm. Ein Eingesperrter unter Eingesperrten, hinter Stacheldraht zusammengepfercht, unterdrückte Wut auf Sparflamme köchelnd, bis sie gebraucht wurde. Als er sie packte und aus der Menge zerrte, versuchte sie, auch ihren Zorn anzufachen, ihm mit ähnlichem Feuer zu begegnen, damit er täte, was sie von ihm verlangte, ihr auf ihrer dringenden Mission folgen würde. Aber sie war so müde.

»Du bist erschöpft. Genau wie ich. Die riegeln gerade das ganze verdammte Viertel ab, um diese Typen zu kriegen. Da müssen wir nicht auch noch mitmischen.«

»Wir haben eine Spur, die müssen wir nur ver...«

»Wie stellst du dir das vor? Du, ein Schluck Wasser in der Kurve, rennst hinter zwei Mördern her und ringst sie eigenhändig zu Boden? Ist das dein Plan? Weil ich dir garantiert nicht dabei helfe. Du bist mir ja nicht mal wichtig genug für das, was ich hier gerade anstelle. Mit zwei Psychos lege ich mich bestimmt nicht an.«

»Keeps ...«

»Hinter Gittern hast du die mächtige, fiese Autoritätsperson raushängen lassen, weil du uns in Käfigen hinter Sicherheitsglas eingesperrt hast, Celine, aber hier bist du ein Niemand.«

Celine betrachtete die dunklen Flecken am Boden. Homers Blut, vielleicht auch Kradles oder das Blut des Ermordeten. Das erste Opfer der Männer aus ihrem Trakt. Ihre Häftlinge, die unter ihrer Aufsicht entkommen waren.

»Steig ein«, sagte Keeps. »Wir fahren heim.«

Anderthalb Stunden Fahrt, vielsagendes Schweigen, nur das Schnurren der Reifen auf dem Asphalt, in der Windschutzscheibe die rote Sonne, lodernd wie ein Flammenwerfer vor rabenschwarzem Himmel. Scheinwerfer blitzten auf, wurden größer, Einsatzfahrzeuge sausten an ihnen vorbei, in die andere Richtung. Celine fiel kurz in einen leichten Schlaf. Irgendwo am Straßenrand übernahm sie dann wortlos das Steuer von Keeps. Eine Stunde vor dem Ziel fing er an, Nachrichten in sein Handy zu tippen. Sie fragte sich, ob er sich eine Mitfahrgelegenheit organisierte. Aus unerfindlichen Gründen stimmte sie das ein wenig traurig. Mit Lügen, Manipulation und Drohungen hatte sie ihn dazu gebracht, ihr einen Tag lang zu helfen, obwohl am Ende keine ernst zu nehmende Belohnung für ihn winkte und ihm ihre Mission herzlich egal war. Sie gönnte es ihm von ganzem Herzen, dass sich jemand erbarmte und ihm einen Platz auf dem Sofa anbot, damit er weit wegkam von ihr und ihrem halsstarrigen, verzweifelten Drang, John Kradle festzusetzen.

Umso überraschter war sie, als er sich kurz vor ihrem Haus im Sitz aufrichtete, um die schmalen, im Hacienda-Stil gebauten Eigenheime mit ihren Stein- und Sukkulentengär ten und abgedunkelten Fenstern genauer in Augenschein zu nehmen.

»Und? Gibt es tatsächlich einen Partner?«, fragte Keeps.

Celine lachte kurz auf. »Du hast Kradle gehört?«

»Ja, war ja nicht zu überhören. Du hattest die Lautstärke auf Maximum.«

Sie nahm ihr Handy aus der Ablage und stellte es leiser. »In Pronghorn herrscht ein Höllenlärm, man kann sein eigenes Wort nicht verstehen.«

»Also?«

Celine überlegte ein wenig. »Ja«, sagte sie schließlich. »Und er ist garantiert fuchsteufelswild.«

»O Scheiße.«

»Dabei ist er nicht mal im Normalzustand ein Schnurrkater.«

Sie parkten. Als sie die Auffahrt hinaufliefen, lösten sie dabei eine Reihe von Bewegungsmeldern aus, die das Grundstück in gelbliches Licht tauchten. Celine versuchte zu verdrängen, dass Keeps neben der Sache mit dem Partner sicher auch mitbekommen hatte, dass Kradle wusste, *was ihr passiert war*. Die Worte waren ihr durch Mark und Bein gegangen, hatten all ihre Narben wieder aufgerissen. Dabei hatte sie sie in den Jahren nach dem Massaker oft genug gehört. Wie kam sie mit dem klar, *was ihr passiert war*? Würde sie sich je von dem erholen, *was ihr passiert war*? Aus heiterem Himmel war ein Donnerschlag gekommen und hatte ihr jedes Mitglied ihrer Familie genommen. Ein gesichtsloses *Etwas* – kein Mann – war mit der Flinte durchs Haus gehuscht.

Sie tippte die Zahlenkombination in die Tastatur neben ihrer Tür. Keeps blieb auf dem Absatz stehen und blinzelte in die Kamera über der Klingel.

»Höchste Sicherheitsstufe«, murmelte er.

»So, wie ich es gewohnt bin.« Sie gingen hinein. Als sie ins Wohnzimmer kamen, ertönte ein Klappern und wenig später kam eine große Tigerkatze aus der Küche auf sie zugetrottet, den Kopf entschlossen gesenkt. Vor Celines Füßen blieb das Tier stehen und stieß einen lang gezogenen, erzürnten Klagelaut aus.

»Da hat aber jemand Hunger«, bemerkte Keeps.

»Wie gesagt, fuchsteufelswild.« Celine nahm das Fellmonster in den Arm. »Komm schon, Jake, Raubtierfütterung.«

Sie ging in die Küche. Die Vermutung, dass Kradle die ungefähr einen Monat zurückliegende Unterhaltung zwischen ihr und Jackson belauscht und die falschen Schlüsse gezogen hatte, brachte sie zum Grinsen. Ihr »neuer Mann«, ein großer, fieser, wilder Kater, mit dem sie auf einem Abendspaziergang Freundschaft geschlossen hatte. *Ich hab ihn ein paarmal in der Gegend gesehen. Gestern Nacht ist er wieder bei mir aufgetaucht. Ich glaube, das wird was Festes.* Keeps folgte ihr, strich über die große leere Marmorarbeitsplatte. Sie wusste, was er sah. Ein riesiges Haus, makellos sauber, lieblos und kalt wie ein Mausoleum. Kein einziges Foto, keine witzigen Gruppenaufnahmen von feucht-fröhlichen Mädelswochenenden, keine Weihnachtsbilder von Nichten und Neffen. Und auch kein Partner. Kein Wandkalender hielt gemeinsame Verabredungen oder Geburtstage fest, keine Notizzettel erinnerten daran, dass die Katze gefüttert werden musste oder keine Milch mehr im Haus war. Hier wohnte nur Celine. Das Haus war eine Fehlentscheidung gewesen, sie hatte es gekauft, nachdem ihr als Jugendliche der Nachlass der gesamten Familie zugefallen war. Ein großes Haus zu kaufen, weit weg, das hatte sie damals für eine gute Idee gehalten, so weit von ihren Erinnerungen entfernt wie möglich, ein Heim mit hohen Decken, einem Pool, einer Doppelgarage, irgendwo in der Nähe einer quirligen Großstadt voller Menschen wie Los Angeles oder Las Vegas. Dieses Haus würde sie mit schönen Dingen füllen, schließlich konnte sie es sich leisten, und diese Dinge würden sie glücklich machen. Hatte sie gedacht. Eines wusste sie damals noch nicht: Je größer das Haus, desto lauter hallte die Einsamkeit.

»Ich habe keine Burger«, sagte Celine, nachdem sie eine Thunfischdose in den Napf geleert hatte, um das maunzende, jaulende, mit dem Schwanz zuckende und ihre Waden zerkratzende Untier zu ihren Füßen zu besänftigen. »Aber im Kühlschrank steht Bier.«

Keeps hielt sein Handy hoch. »Ich hab was bei *Uber Eats* bestellt«, sagte er. »Kommt in zehn Minuten. Ist genug für uns beide.«

»Ich habe keinen Hunger.« Celine warf die leere Dose in den Müll. »Stell meins einfach in den Kühlschrank.«

»Aber ...«

Auf dem Weg zum Bad winkte sie ihm über die Schulter hinweg zu.

Eine Stunde später rappelte sie sich wieder auf. Sie hatte sich in die Dusche gesetzt und in den dunklen Abfluss gestarrt, während ihr das heiße Wasser über den Körper lief. Kurzerhand schlüpfte sie in Jogginghose und T-Shirt und kehrte zurück ins Wohnzimmer, wo jetzt der Ex-Knacki lag, schlafend auf ihrem Ledersofa, das Gesicht vom riesigen Fernseher an der Wand blau, grün und rot beleuchtet. Jake lag zusammengerollt auf seinem Schoß, den kantigen Katerschädel auf seinen Bauch gebettet. Celine blieb im Türrahmen stehen und betrachtete das Chaos, Burgerpapier und Frittenschachteln auf dem Couchtisch, leere Bierflaschen am Boden. Für einen kurzen, genüsslichen Moment ließ sie den Blick über Keeps' Körper wandern. Die hervorstehenden Sehnen seiner tätowierten Hände, das Auf und Ab der muskulösen, nur mit einem Unterhemd bedeckten Brust. Hier war Jake, seit zwei Wochen ihr Hausgast, der sich kein einziges Mal hatte streicheln lassen, geschweige denn sich auf ihren Schoß gekuschelt hatte. Den Schwanz hatte der Kater um Keeps' Knie gewickelt, er zuckte sanft, während die beiden schliefen.

»O Scheiße!«, rief Keeps auf einmal, fuhr aus dem Schlaf hoch und katapultierte den Kater dabei unsanft zu Boden. »Meine Güte, Frau! Wie lange stehst du schon da und glotzt mich an?«

»Die Stoppuhr läuft«, sagte Celine und ließ ihren Laptop auf Keeps' flachen Bauch fallen. »Kradle hat eine Stunde. Mehr geb ich ihm nicht.«

18

Er wollte in der Natur stehen, deswegen hatten sie hier haltgemacht. Auf dem Weg durch den üppigen, dunklen Wald hatte Burke sie gebeten, kurz anzuhalten, war ausgestiegen und weit ins Unterholz gelaufen, damit er die Straße nicht mehr sehen konnte. Das hatte er so vermisst. Dieses Grün. Nicht das popelgrün an den Wänden der Institutionen, die milchig trübe, zähe Farbe, mit der sie alles zukleisterten, was sich nicht schnell genug bewegte. Psychogrün. Nichtsgrün. Nein, dieses tiefe, lebendige Laubgrün, das im Licht der Sonne funkelte, danach hatte er sich gesehnt. Er saß im Dickicht und atmete die Waldluft ein.

Wenn er darum gebeten hätte, würden sie ihm sogar einen Drink bringen. Einen Whiskey, im Fass gereift, den hätte er jetzt gern. Das würden sie glatt machen, die für ihn zuständigen Führungsoffiziere, sofort würden sie in die Stadt fahren und ihm alles besorgen, was sein Herz begehrte. Frauen, Essen, Klamotten, Waffen ... das waren seine Tage, die ersten Tage der Freiheit, und die würde er in vollen Zügen genießen. Die Leute vom Camp hatten es ihm versprochen, damals, als sie ihn als Teenager in Massachusetts »entdeckt« hatten, ein Niemand, der auf den Columbine-Foren rumlungerte. Burke war genau der Richtige gewesen, der stille, schüchterne, einsilbige Nerd aus der hintersten Reihe, den Lehrer nur aufriefen, wenn sie ein Problem mit dem Overhead-Projektor hatten. Der seine Aufgaben in den ersten zehn Minuten des Unterrichts erledigte, um sich dann den Rest der Zeit auf Internetforen mit anderen aus der Amokläuferszene über die Theorie vom dritten Schützen auszutauschen.

Er hatte das Netz nach dem angeblich veröffentlichten, ungeschnittenen Material aus der Columbine-Schulbibliothek abgegrast, als ihm einer der 4Channers eine Nachricht geschickt hatte. Diejenigen, die immer noch Eric und Dylan anhimmelten, während so viele Jüngere sich bereits Incels wie Elliot Rodger zugewandt hatten, das waren die echten Fans. Rodger und seine Leute, die Generation der Call-of-Duty-Shooter, waren so auf Frauen fixiert, dass sie den Medien jedes Mal eine Steilvorlage boten, wenn mal wieder einer von ihnen in den Zeitungen traurige Berühmtheit erlangte: Typen mit überfürsorglicher Mutter und fetten pickeligen Freunden, die ihren Kumpel dann prompt als mösenfixiert bezeichneten. Eric und Dylan hingegen, ja, die hatten damals eine ernsthafte Mission. Also warteten die Leute vom Camp geduldig auf eingefleischte Fans wie Burke, die regelmäßig in den einschlägigen Foren rumhingen, die Tagebücher sehen wollten, Autopsieberichte, unveröffentlichte Aufnahmen, die über alle Theorien diskutierten und alle Einzelheiten wissen wollten.

Der Camper, der Burke schließlich rekrutiert hatte, musste gar nicht viel tun, um ihn in die Online-Welt der Neonaziszene einzuführen, wo man Rassenkriege plante und diskutierte. Burke hatte sich sofort verliebt. Er fand Serienmörder superspannend, war begeistert von den Aufrufen zu Chaos und Zerstörung, den Schwarz-Weiß-Bildern des wütenden, wild entschlossenen Charles Manson und seinen schönen, spindeldürren Anhängerinnen, den Scharen seiner Fans. Burke vertiefte sich sofort in die bereitgestellten Links über Timothy McVeigh und seine Arbeit in Oklahoma, las mehr und mehr, stieg immer tiefer in die Materie ein, starrte nächtelang auf seinen Laptop, bis ihm die Augen wehtaten, glotzte Videos, studierte Manifeste, schrieb sich alles auf.

Nach einem Monat verriet ihm sein Recruiter seinen Klarnamen: Ken. Er lud den fünfzehnjährigen Burke ein, am Camp teilzunehmen: fünf Tage Trainingslager für »Jugendliche mit Potenzial« im Wald in der Nähe von Pelham. Potenzial für was genau, wurde ihm nicht erklärt. Aber vom Camp gab es sogar echte Broschüren, die er seiner Mutter zeigen konnte. Dort waren allerlei Aktivitäten in der Natur aufgelistet, die sich gut anhörten und ihm vielleicht die unerklärliche Aggression austrieben, die er seit Neustem zu Hause an den Tag legte: Überleben in der Wildnis, Teamwork, Fitnesstraining. Sie fragte sich nicht, warum ihr Sohn, der sonst immer nur in seinem Zimmer rumlümmelte, Cheetos in sich reinstopfte und sechzehn Stunden am Tag vor dem Computer hockte, auf einmal im Wald Survivaltraining absolvieren wollte. Burke nahm teil und fand dort in der grünen Wildnis alles, was sein Herz begehrte. Als ihr Sohn mit kahlrasierter Glatze, perfekten Manieren und einer herzlichen Umarmung für die Mama zurückgekehrt war, hatte sie ihm keine Fragen gestellt.

In den darauffolgenden Jahren hatte er fürs Camp verschiedene Jobs erledigt. Brandanschläge, Überfälle, die Überwachung einiger Drogenlieferungen, über die sich die Organisation finanzierte. Immer im Team. Das Massaker an Mardi Gras war seine Idee gewesen. Er hatte alles mit Ken besprochen, der hatte es nach oben kommuniziert, und die Führung hatte grünes Licht gegeben. Burke hatte selbst nicht so recht geglaubt, dass er es durchziehen würde, schließlich war er erst seit fünf Jahren dabei und konnte noch nicht mal neue Leute rekrutieren. Aber mit dieser Sache würde er all das hinter sich lassen. Er wäre ein Held, einer, wie ihn die anderen Brüder noch nicht gesehen hatten.

Auch der Ausbruch war seine Idee gewesen. Zuerst hatten sich die Älteren dagegen ausgesprochen. Zu riskant. Zu viel negative Aufmerksamkeit. Würde Burke als Märtyrer in der Todeszelle der Sache nicht besser dienen? Burke war schließlich jetzt schon eine Legende. Er erhielt Briefe von hoffnungsvollen Rekruten aus aller Welt, die sich der Sache anschließen wollten. Aber als er ihnen erklärt hatte, was er vorhatte, wenn er aus dem Knast rauskam, waren sie an Bord gewesen. *Operation Ignition* hatte ihren Eifer entfacht.

Jetzt stand Burke, mittlerweile achtundzwanzig Jahre alt, also mitten im Wald, einen Zweig in der Hand, den er verbog, aber nicht zerbrach. In der Nähe murmelte ein Bach. Über die Jahre hatte er immer wieder in Erwägung gezogen, seine Mutter anzurufen und ihr auf die vielen Fragen zu antworten, die sie sich seit dem Massaker bestimmt gestellt hatte. Wann war er auf die schiefe Bahn geraten? Wie hätte sie das verhindern können? Lag es am Tod seines Vaters? Oder an ihr, die nie Zeit für ihn hatte, weil sich alles nur um seine behinderte Schwester drehte? An seinen Mitschülern, die ihn ständig triezten? Hatte er es deswegen getan? Nein. Das waren Standarderklärungen, Beruhigungspillen, die man schluckte, damit man keine Angst mehr haben musste, dass der eigene Sohn, die eigene Tochter vielleicht genau dasselbe tun, sich einfach mit Gewehr und Rucksack nach New Orleans aufmachen, sich durch die feiernde Menge bis zu einem erhöhten Standpunkt vordrängeln und losballern könnte, einen wahren Feuersturm über die Schwarzen herabregnen lassen, als wäre man Gottes flammende Hand.

In Wahrheit war Burke beim Tod seines Vaters für ein handfestes Trauma viel zu jung gewesen und seine Mutter hatte ihn nicht vernachlässigt, im Gegenteil, sie hatte ständig die Nase in seine Angelegenheiten gesteckt, deshalb war es ihm nur recht gewesen, wenn sie mit Danielle beschäftigt war. Seine Mitschüler hatten ihn behandelt wie eine verdorrte Zimmerpflanze – zu deprimierend, am besten ignorieren. Die wahre Ursache war einer Laune der Natur geschuldet, ein genetischer Zufall, der ihm eine hohe Intelligenz beschert hatte, die ihm einen klaren Blick auf die Dinge ermöglichte, an denen Amerika krankte. Damit sich daran etwas änderte, mussten mutige Persönlichkeiten ihr konstitutionell verbrieftes Recht auf das Streben nach Glück opfern und ihrem Land helfen. Burke wusste, dass er auch mit einem IT-Job »glücklich« gewesen wäre, mit einem Leben, in dem er sich zum Manager hocharbeitete und nebenbei in der Garage seines Reihenhauses Omas mit zu viel Geld bei ihren IT-Problemen half. Aber er hatte beschlossen, sich woanders zu verwirklichen, und das hatte ihm drei kurze, strahlende, ekstatische Momente beschert.

Der Moment, als er an Mardi Gras sein erstes Opfer im Fadenkreuz sah, abdrückte und die Menge unter ihm zu schreien begann.

Der Moment, als das Telefonat mit Direktorin Slanter über Lautsprecher in alle Zellen in Pronghorn übertragen wurde und damit den Ausbruch einläutete.

Der Moment, auf den er sich jetzt freute, wenn Operation Ignition den Funken lieferte, der den großen Krieg entzünden würde.

Voll motiviert, den biegsamen, aber nicht brechenden Zweig noch in der Hand, kehrte er zurück zum Transporter, wo seine Leute ihn bereits erwarteten, Männer und Frauen, die den Ausbruch ausgeführt hatten, reinrassige Jugendliche aus dem ganzen Land. Sie waren Fußsoldaten, genau wie er es einst gewesen war, willige Befehlsempfänger, die auch komplexen Anweisungen von oben gehorchten, aber genauso leicht geopfert werden konnten, falls etwas schieflief.

Wie Charles Manson wussten auch die Anführer seiner Organisation, dass sie nur überleben konnten, wenn sich ihre ausgebildeten Soldaten die Hände schmutzig machten, während sich die Denker und Planer in Sicherheit befanden und dort zur Not neue Pläne zur Machtübernahme schmieden konnten, falls ein Einsatz im Fiasko enden sollte. Der Ausbruch aus Pronghorn war ein Erfolg gewesen. Und Operation Ignition wäre es auch. Danach müsste Burke eine Zeit lang untertauchen. Ein paar Jahre, solange der Krieg tobte, würden Burkes wahres Genie und Heldentum unerkannt bleiben. Aber wenn der Weiße Mann endlich triumphiert hätte, würden alle die ganze Geschichte erfahren.

Als sie Burke näher kommen sah, sprang die junge Frau von der Stoßstange, und der muskulöse Fahrer stand stramm. Burke hatte erfahren, dass dieser Junge, er hieß angeblich Henry, das Kommunikationssystem von Pronghorn gehackt hatte, damit sein Gespräch mit Slanter über Lautsprecher in die Trakte und Zellen übertragen wurde. Dafür würde er eine Auszeichnung erhalten. Die Kleine von der Stoßstange, nicht besonders helle, aber ganz hübsch, hatte den Busfahrer eliminiert. Silvia hieß sie. Sie rauchte hastig ihre Zigarette auf, schnippte die Kippe ins Gebüsch und stand dann lächelnd vor ihm stramm.

»Wir sollten ihn rausholen«, sagte Burke und blickte ernst zur Seitentür des Transporters. Kein Wort der Anerkennung oder des Lobs über seine erfolgreiche Befreiung war ihm seit seiner Flucht aus Pronghorn über die Lippen gekommen. Er hatte seinen Fluchthelfern weder gedankt noch sich nach ihren Namen erkundigt. Wie sie hießen, wusste er nur aus ihren Unterhaltungen. Lob war Gift, davon war Burke überzeugt. »Ich habe keinen Bock auf den Pissegestank da hinten. Beeilung.«

Die Kids zerrten den Gefangenen aus dem Transporter und schleuderten ihn auf die Fahrbahn, sodass er direkt vor Burkes Füßen landete. Den Namen dieses Typen kannte Burke ganz genau. Anthony Reiter hatte ihm im Besuchszentrum im Vorbeigehen auf die Schuhe gespuckt, ungefähr einen Monat nachdem Burke seine Zelle in Pronghorn bezogen hatte. Beide waren mit Handschellen gefesselt und wurden von zwei Wärtern begleitet. *Wo ist er denn geblieben, unser großer Macker? Hier bist du nur ne dumme kleine Pussy!* Eigentlich hatten sie geplant, sich während des Ausbruchs irgendeinen schwarzen Häftling zu krallen, aber als Burke auf dem Parkplatz in den Transporter gestiegen war, war Reiter gerade an ihm vorbeigerannt und hatte versucht, ein unabgeschlossenes Fahrzeug zu finden. Jetzt stand Burke über dem Mann und grinste, während sein Opfer sich unter Schmerzen wand.

»Wer ist jetzt die Pussy?«, fragt er.

Die erste Ahnung beschlich Axe, als sein Schatten auf dem Camper schärfer wurde. Der Mond schien recht hell, aber das Scheinwerferlicht des Streifenwagens strahlte weit über die Wüste hinweg, und als der Wagen schon fast vor ihm stand, war sein Schattenbild so scharf umrissen, dass er sogar einzelne Bartstoppeln zu erkennen glaubte. Er schloss den Deckel des kleinen Campinggrills, schob sich das Messer unter den Jeansbund und wandte sich zu den Polizisten um.

Die Uniformierten stiegen aus, zogen die Waffen und zielten auf Axe, der mit Grillzange und im Iron-Maiden-T-Shirt vor ihnen stand.

»Hände hoch.«

Axe hob die Hände.

»Fallen lassen!«, brüllte der Polizist.

Axe ließ die Grillzange fallen.

Dann griffen sie an, einer stieß Axe so heftig gegen den Camper, dass er daran abprallte.

»Pass auf, Roxley!«, sagte der Kleinere. »Nicht zu doll.«

»Was treibst du hier draußen, alter Knabe?«

Axe zuckte die Achseln. »Grillen.« Wenn er in seinen Jahren als Karrierekrimineller – so lautete wohl seine offizielle Berufsbezeichnung – etwas gelernt hatte, dann, dass es besser war, Offiziellen gegenüber so wenig zu sagen wie möglich, egal, ob es sich dabei um Schließer, Bullen, Schnüffler, Richter oder Staatsanwälte handelte. Der Kerl namens Roxley schob sich an ihm und seinem Grill vorbei, riss die Tür des Campers auf und spähte hinein. Axe wusste genau, was er darin sehen würde. Nichts. Im Gefängnis hatte er gelernt, penibel auf Sauberkeit zu achten. Statt nach Weed duftete es jetzt nach Waschpulver, und es stand nichts mehr herum. Den kleinen Computer mit Deckel hatte er zugeklappt und zusammen mit den ganzen anderen technischen Geräten, Telefonen und elektronischen Armbanduhren in den Schrank geräumt.

Roxley, der große Cop, kam zurück zu Axe und baute sich vor ihm auf. Axe senkte den Blick und konzentrierte sich auf die Stiefel seines Widersachers, so wie er es schon bei zig anderen Offiziellen getan hatte. Und wartete.

»Du bist also nur ein alter Kauz, der hier allein in der Wüste sein Steak grillt?«

Axe zuckte erneut die Schultern. »Sieht so aus.«

»Und dir ist nicht in den Sinn gekommen, dich schleunigst zu verpissen, als heute Morgen nur ein paar Kilometer von hier entfernt unzählige Verbrecher aus dem Gefängnis abgehauen sind?«

Axe blickte kurz auf, machte auf begriffsstutzig. Der

Kleinere, dessen Namensschild ihn als Nawlet auswies, kickte ein paar Steine durch die Gegend.

»Lass ihn doch in Ruhe. Der tut keinem was«, sagte er zu seinem Kollegen.

»Was grillst du denn da?«, wollte Roxley wissen. »Und wo ist dein Handy? Wer weiß, dass du hier draußen bist?«

»Ich hab meinen Ausweis im Camper«, sagte Axe und zeigte auf die Tür. »Kann ich holen. Aber über ein Gefängnis weiß ich nix.«

Roxley stand so dicht vor Axe, dass sich ihre Brustkörbe fast berührten. Axe roch den Atem des jungen Polizisten, spürte ihn auf seiner Stirn. Dann war es plötzlich vorbei, als hätte der Mann das Interesse verloren, wie ein Hund, der an einem Rattenloch schnüffelte, aber von einem Geräusch abgelenkt wurde.

»Sir, hier draußen ist es zu gefährlich«, sagte Nawlet. »Wir raten Ihnen dringend, sich mit Ihrem Fahrzeug in die nächste Stadt zu begeben und dort zu übernachten.«

»Geht nicht«, sagte Axe. »Tank ist leer. Wollte morgen früh per Anhalter mit dem Kanister in die Stadt.«

»Dann steig ein, wir bringen dich hin, verdammte Scheiße«, knurrte Roxley, offenbar in Gedanken schon wieder bei der Jagd auf entflohene, in der Wüste herumirrende Häftlinge, die nur darauf warteten, von ihm in Handschellen gelegt zu werden. »Setz dich hinten hin und halt die Fresse.«

Axe schaltete den Grill aus und ließ ansonsten alles, wie es war. Roxley wirkte auch so schon genervt genug, da musste er nicht noch Öl aufs Feuer gießen, indem er seine Siebensachen zusammensuchte. Stattdessen verschloss er die Tür des Campers, stieg hinten in den Streifenwagen und rutschte hinter Nawlet. Als ihm das Messer dabei seitlich über den Oberschenkel rutschte, schob er es so zurecht, dass der Griff über seine Tasche ragte.

Sie fuhren los, die Scheinwerfer beleuchteten zuerst den Camper, dann strahlten sie in die Dunkelheit der leeren Ebene. Nawlets Hand wanderte lässig zu ihm nach hinten, in den Fingern hatte er ein kleines, silbernes Päckchen.

»Kaugummi?«, fragte er.

»Gern«, sagte Axe.

19

Sie saßen zusammen am Esstisch für acht Personen, so eine Tafel mit solider Eichenplatte, die sie auf einer Auktion ersteigert hatte und die aussah, als hätte sie schon den Wikingern bei ihren Fressorgien zuverlässige Dienste geleistet. Seitdem hatte sie allerdings immer nur allein daran gesessen. Keeps trank sein Bier aus und schmatzte genüsslich.

»Wir haben hier ein Problem«, sagte er.

»Welches?«

»Ich weiß nix über Mordermittlungen.«

»Tja, willkommen im Club.«

»Außerdem will mir nicht so ganz in den Kopf, was das bringen soll.« Er rief seine E-Mails auf und tippte mit der anderen Hand eifrig was in sein Handy.

Celine hatte zufällig gesehen, dass ihm eine Menge Frauen schrieben. »Ich mein, was soll das? Du findest raus, dass der Kerl unschuldig ist. Hörst du dann auf, ihn zu jagen?«

»Ich muss einfach die Wahrheit wissen, Keeps.«

»Und was dann? Willst du ihm etwa *helfen*?«

»Keeps, bitte.«

»Na gut.« Er riss ein Blatt vom Notizblock, den sie auf den Tisch gelegt hatte, und nahm sich einen Stift. »Wir machen das so wie ich immer mit meinem Anwalt. Wir machen zwei Listen. *Schuldig* und *Unschuldig*.«

»Das machst du mit deinem Anwalt?«

»Jepp.« Er grinste. »Wir schreiben auf, welche Beweise gegen mich vorliegen, dann entscheiden wir, wie wir plädieren.«

Er faltete das Blatt der Länge nach zusammen, glättete

es, markierte die entstandene Linie mit dem Stift und beschriftete beide Spalten.

»Du hast eine erstaunlich saubere Handschrift«, bemerkte Celine.

»Wahrscheinlich bist du überrascht, dass jemand wie ich überhaupt schreiben kann.«

»Nee, Junge, da bist du schief gewickelt. Schließlich lese ich seit fünfzehn Jahren die Briefe der Häftlinge. Ich habe das Beste und das Schlimmste gesehen, was man mit dem geschriebenen Wort so anstellen kann. Überrascht bin ich lediglich von dem kleinen Schwänzchen unter dem ›g‹. Ist das schnuckelig!«

»Bleib mal bei der Sache. Ich bin müde. Und wir haben achtundfünfzig Minuten, die Uhr läuft.«

Celine spähte auf den Timer auf ihrem Handy. Am liebsten würde sie die Zeit mit Flachwitzen verschwenden, so lange, bis die Zeit abgelaufen wäre und sie sich nicht mehr mit der Möglichkeit auseinandersetzen musste, dass sie bei John Kradle seit Jahren falschgelegen hatte. Denn in dem Fall hätte ihr Großvater ihr an jenem schicksalhaften Tag nicht nur alle Menschen genommen, die sie liebte, nein, er hätte sie mit seiner Tat auch dazu gebracht, einem anderen Menschen etwas zu nehmen. Einem Mann, der nichts mit ihrer Familie zu tun hatte. Dann hätte das Töten nach den Schüssen an jenem Tag nie aufgehört, wäre unkontrolliert weitergegangen. Weil sie so stur war, so voreingenommen, hatten sich ihr Schmerz und die Trauer bis zum heutigen Tag erhalten, die Vergangenheit hatte sich heimlich vorwärtsgeschlichen, ihre giftigen Tentakel ausgestreckt, ihr die Luft abgedrückt, sie gefesselt, sich in ihrem Leben festgesetzt. Sie nahm all ihren Mut zusammen, zog ihren Laptop heran und besuchte erneut die fast zehn Jahre zuvor eingetretenen Pfade, die sie tief hineinführen würden in die Online-Welt der Mordermittlungen im Fall Kradle.

Auf dem Bildschirm erschienen Fotos von John Kradle selbst, seinem breitschultrigen Sohn Mason und seiner kleinen, aber kurvenreichen Frau Christine. Bilder von der Schwägerin, die als Zweite ums Leben gekommen war, gab es nur wenige. Dabei wurden alle drei Opfer im adretten Eigenheim der Familie in Mesquite erschossen. Doch aus unerfindlichen Gründen hatte die Presse weniger Interesse an der Schwägerin. Viel größeren Nervenkitzel erzeugte doch die Geschichte vom Vater, der heimkam und reinen Tisch machte, einfach ausgerastet war, mit Pauken und Trompeten aus dem Leben scheiden oder mit seiner Geliebten neu anfangen wollte – eine Bombe, die womöglich auch in der eigenen Familie vor sich hin tickte. *Mesquite: Vater reißt Familie in den Tod. Familie stirbt in Flammen – der Vater sieht zu.* Und da war es, das berühmt-berüchtigte Foto von John Kradle, vom Nachbarn aufgenommen. Er steht auf dem Rasen, den teilnahmslosen Blick in den Himmel gerichtet, die Hände entspannt an beiden Seiten, während aus den Dachfenstern seines Hauses dichter Rauch quillt. Dieses Foto war durch die nationale und kurz sogar durch die internationale Presse gegeistert. Ein Vater, der nichts tat, um das Grausamste zu verhindern, was einer Familie passieren konnte: der Tod in den Flammen.

»Schuldig!«, sagte Celine und klang dabei so giftig, dass sie sich räusperte und um einen neutralen Ton bemühte. »Schreib das bei *Schuldig* rein. Das da. Er hat nichts getan, um das Feuer zu löschen oder seine Familie da rauszuholen. Hat einfach blöd auf dem Rasen rumgestanden und zugeguckt, wie das Haus und seine Familie verbrannt sind. Alle Nachbarn haben das gesehen.«

»Hier steht ...«, Keeps scrollte weiter, »... alle Spuren deuteten darauf hin, dass Kradle kurz zuvor im Haus gewesen ist. Er war voller Blut, das stammte von seinem Sohn Mason, und an seiner Kleidung hat man Rußspuren gefunden.«

»Klar. Er ist rein, hat Christine und Audrey in der Küche erschossen, wo sie ein Glas Weißwein getrunken haben. Dann ist er nach oben und hat auf Mason geschossen. Der Junge stand unter der Dusche. Hat sich gewehrt, selbst, als er schon eine Kugel im Kopf hatte. Das hat die Polizei herausgefunden, weil die Duschkabine zertrümmert war. Kradle musste ihm ein zweites Mal in den Kopf schießen, um ihn zu töten. Dann hat er die Treppenstufen mit Benzin übergossen, alles angezündet und das Haus verlassen.«

Keeps notierte sich ein paar Stichpunkte unter *Schuldig*. In der anderen Spalte herrschte gähnende Leere. Celine scrollte sich weiter zum Link einer True-Crime-Website, die sich ausgiebig mit dem Kradle-Familienmord beschäftigte. Dort fand sie ein Foto von Kradles eigenhändig verfasster und in ungelenken, schiefen Lettern unterschriebener Aussage.

»Beim Betreten des Hauses fand ich meine Frau und ihre Schwester tot auf dem Küchenboden«, las Keeps. *»Im ersten Stock sah ich Mason unter der Dusche liegen. Ich habe ihn hochgehoben, aber er war bereits tot. Der Rauch im Haus wurde immer dichter, und ich hatte Angst, dass ich es nicht mehr ins Freie schaffen würde. Ich habe noch versucht, Mason die Treppe runterzuziehen, aber ...«*

»Siehst du?« Celine zeigte auf den Bildschirm. »Seine Worte verraten ihn. ›*Meine Frau und ihre Schwester*‹ – er nennt sie nicht mal beim Namen.«

»Aber seinen Sohn schon.«

»*Ich* hatte Angst, dass *ich* es nicht schaffen könnte. Ich, ich, ich … der Mann ist ein Narzisst. Ich hab schon viel über Psychopathen gelesen, sie …«

»Wie wäre es, wenn wir es nehmen, wie es dasteht, und nicht versuchen, irgendwas reinzuinterpretieren?«, fragte Keeps. »Du suchst überall nach Beweisen für seine Schuld, und wenn man will, kann man die überall finden. Ich könnte es genauso machen, aber um seine Unschuld zu beweisen. Schau, schau …«, er zeigte auf den Bildschirm. »Er wusste, dass Mason tot war. Aber er hat trotzdem versucht, ihn die Treppe runterzuziehen. Hier ist ein Mann, der versucht, die Leiche seines Sohnes zu bergen, obwohl es nichts mehr bringt.«

»Hm.«

»Und das ganze ›ich, ich, ich‹?« Keeps schnaubte. »Mann, der Typ ist Bastler. Schraubt an Autos rum, sägt Holz und son Scheiß. An dem ist kein Dichter verloren gegangen. Man kann Sachen auf zig Arten ausdrücken. ›Ich hab das gemacht, ich hab jenes gemacht …‹ – das ist die einfachste Art, sich auszudrücken.«

»Na, dann erzähl mir mal was für unsere Spalte *Unschuldig*.«

Keeps klickte auf der Website herum. Die Stoppuhr zeigte Celine, dass ihnen noch fünfunddreißig Minuten blieben.

»Was machst du da?«

»Ich suche nach Expertenmeinungen.« Keeps durchsuchte ein eingescanntes, siebenhundertsechzig Seiten langes Dokument. »DNA. Fingerabdrücke. Blutspuren. Ballistik. Egal. Das sollten wir uns ansehen. Die nackten Tatsachen.«

»Was ist das?«

»Die Abschrift der Gerichtsverhandlung.«

»Um die durchzulesen, brauchen wir länger als eine Stunde«, sagte Celine.

»Normalerweise werden Experten ab dem dritten Verhandlungstag aufgerufen. Zwei Tage, um den Fall darzulegen, die Geschichte zu erzählen und an die Emotionen zu appellieren, bevor sie die alten Langweiler mit ihren Tabellen und Diagrammen aufmarschieren lassen.«

Celine tippte ungeduldig auf die Tischplatte und rutschte auf ihrem Stuhl herum. Keeps leerte sein Bier.

»Dafür, dass du dich nicht mit Mordermittlungen auskennst, weißt du eine Menge über Mordermittlungen«, bemerkte Celine.

»Ich weiß was über Gerichtsverhandlungen«, sagte Keeps. »Ich bin kein Mörder, falls du darauf hinauswillst.«

»Gut zu wissen. Aber das habe ich mir schon gedacht, du warst ja nicht bei mir im Todestrakt.«

»Aber meine Akte hast du dir trotzdem angesehen, stimmt's?«

»Nö.«

»Gegoogelt?«

»Nö.«

Keeps glotzte sie an. »Was? Ernsthaft, Mädel?«

»Hab ich dir doch schon mal gesagt.«

Er schüttelte den Kopf. »Meine Fresse. Ganz schön naiv.«

»Ich hab es dir doch erklärt, ich richte mich nach meinem Bauchgefühl.« Sie nickte zum Bildschirm. »Was ich dir hiermit beweise. Bei Kradle hatte ich sofort ein schlechtes Gefühl. Ich wusste, dass er böse ist. Und dich halte ich für gut. Dafür muss ich nicht in deiner Akte nachsehen.«

Sie schwiegen eine Weile, Keeps scrollte und versuchte sich zu konzentrieren, aber es wollte ihm einfach nicht gelingen.

»Ich bin ein Betrüger.«

»Das muss ich gar nicht wissen.«

»Doch, musst du schon. Das beweist nämlich, dass dein Bauchgefühl dich manchmal auf die falsche Fährte lockt. Die Fähigkeiten, die ich dir hier zur Verfügung stelle, sind genau dieselben, die ich einsetze, wenn ich Leute ausnehme. Mir fallen Kleinigkeiten auf. Ich kann gut reden. Die Leute unterschätzen mich wegen meiner Tattoos und der Schlabberhose. Manchmal flechte ich mir Cornrows. Das ist meine Tarnung. Meine Eintrittskarte. Manche Betrüger tragen Anzüge, ich trage das hier. Kaylene?« Er zeigte auf das Tattoo auf seinem Hals. »Kaylene gibt es nicht. Alles Show. Wenn ich in diesem Aufzug aufkreuze, den Leuten aber beweise, dass ich was auf dem Kasten habe, denken sie: *Ah, der Typ ist ein ungeschliffener Diamant. Der braucht nur jemanden, der ihm vertraut und ihm Verantwortung überträgt, dann wird er funkeln.*«

»Das stimmt nicht«, sagte Celine. »Das ist alles nicht wahr.«

»Ich sitze in *deinem* Wohnzimmer.« Keeps sah sie treuherzig an. Celine dachte an ihr großes Haus, die vielen leeren, dunklen Zimmer. Irgendwo tickte eine Uhr. In der Wasserleitung sirrte es. Keeps' Finger ruhten auf der Tastatur ihres Laptops, mit dem sie ihr Online-Banking machte, wo all ihre Passwörter gespeichert waren, sämtliche vertraulichen Daten. Aus dem Nichts sprang Jake auf Keeps' Schoß. Er kraulte den Kater hinter den Ohren.

»Vielleicht hast du recht«, sagte sie.

»Jepp.«

»Welche Masche ziehst du denn so ab, wenn du Leute betrügst?«

»Das ist unwichtig.«

»Komm schon, du hast damit angefangen. Jetzt bin ich neugierig.«

Er seufzte, den Blick auf den Bildschirm gerichtet. »Ich erfinde jedes Mal was Neues. Klassische Telefonbetrügereien nach Art des Enkeltricks zum Beispiel. In den sozialen Medien lässt sich leicht herausfinden, welche Kinder gerade im Zeltlager sind. Ein Anruf bei den Eltern – *Ihr Sohn hatte einen Unfall, aber seine Versicherung reicht nicht für den Transport im Krankenwagen* oder so was. Dann erzähle ich ihnen, dass sie das Geld direkt an Western Union senden können, und hole es ab. Alte Damen, Veteranen: Du setzt ihnen einen GPS-Tracker unters Auto, eine Wanze ins Haus, findest alles Mögliche raus, gibst dich als Mitarbeiter der Elektrizitätswerke aus oder als Bankangestellter. Es gibt viele Möglichkeiten, Leuten ihr Geld abzunehmen. Und irgendwann wird es zur Routine, ist kinderleicht ... Okay, sieh dir das mal an.«

Er drehte den Laptop zu Celine, die so in Gedanken versunken war, dass sie sich richtig zusammenreißen musste.

»Dieser Typ hier, der Experte ...«, Keeps spähte durch seine Brille, um den Namen zu entziffern, »... Dr. Martin Stinway. Hier macht er eine Aussage über Kradles Hemd. Er ist angeblich Spezialist für Mikromuster oder so was.«

Sie lasen schweigend den Bericht, wenn Celine fertig war, tippte sie auf den Bildschirm, und Keeps scrollte weiter.

»Stinway hat ausgesagt, die Schmauchspuren an Kradles Hemd würden belegen, dass er mit der Tatwaffe auf alle drei Opfer geschossen hat«, sagte Celine.

»Genau. Aber das ist Bullshit.«

»Wieso?«

»Schmauchspurenanalyse ist eine Pseudowissenschaft. Das FBI verwendet sie nicht mehr. Das weiß ich, weil mein

Anwalt genau deswegen mal einen Riesenfall gewonnen hat. Sie hatten den Typen zu fünfundzwanzig Jahren bis lebenslänglich verknackt, und zwar nur mithilfe einer Schmauchspurenanalyse.«

»Aber Kradle hatte diese Spuren an seinem Hemd«, sagte Celine. »Daran ist nicht zu rütteln. Sieh her, hier sind Fotos.«

Keeps zuckte die Achseln. »Möglich. Schmauchspuren am Hemd. Aber wie sind die dahingekommen? Stinway behauptet, weil Kradle mit der Tatwaffe geschossen hat. Aber der Mann ist im Haus gewesen. Hat er sogar zugegeben. Wenn in einem Haus herumgeballert wurde, entstehen überall Schmauchspuren. Auf dem Boden, an der Decke, in der Luft. An den Opfern. Und später auch an den Polizisten, wenn sie ins Haus kommen, um nachzusehen, was passiert ist. Sie haben Schmauchspuren von ihren eigenen Waffen an den Händen. Die Polizeidienststellen sind voll davon. Jeder, der so ein Gebäude betritt, wird mit Schmauchspuren wieder rauskommen. Weißt du, was mit dem Mann passiert ist, den mein Anwalt vor der lebenslänglichen Haftstrafe bewahrt hat? Die Polizei hat ihn auf den Rücksitz eines Streifenwagens bugsiert. Da hinten war es voll von Schmauchpartikeln. Sie haben ein paar Tests gemacht und genau das nachgewiesen.«

»Aber guck doch mal genau hin«, sagte Celine, »dieser Dr. Martin Stinway macht das schon seit dreißig Jahren. Sieh dir seine Auszeichnungen und Abschlüsse an. Der wird doch wohl den Unterschied erkennen.«

»Ach, tatsächlich? Na, vielleicht solltest du ihn einfach fragen.«

»Es ist drei Uhr morgens.«

»Na und?«

Celine öffnete den Wikipedia-Eintrag zu Dr. Martin Stinway und scrollte nach unten zu den Zeitungsartikeln.

»O nein!«, sagte sie.

»Was?« Keeps beugte sich vor. Celine klickte auf einen Artikel. Die Schlagzeile füllte fast den gesamten Bildschirm.

Bekannter Experte diskreditiert. Urteil aufgehoben.

Die Stoppuhr in Celines Handy begann zu piepsen.

20

Kradle konnte laufen. Das allein war doch schon eine reife Leistung. Es war dunkel auf den Straßen von Mesquite, vor seinen Augen verschwamm das trübe Licht der Laternen, dazu der eiskalte Wüstenwind, stechend wie tausend Kakteen. Immerhin konnte er die klaffende Wunde in seinem Arm in einer schmuddeligen Ecke des Parkhauses unter dem speigrünen Licht des Notausgangsschilds notdürftig verarzten. Er hatte Geld in der Tasche, ein Ziel vor Augen. Sein Körper gehorchte ihm. Noch war nicht alles verloren.

Das Lager unter dem Highway erstreckte sich weit zu beiden Seiten, über die gesamte Länge der Brücke. Es war erstaunlich laut, Rap wummerte aus einer länglichen Behausung, offenbar das windschiefe Hauptquartier der Barackenstadt, aus blauen Plastikplanen und Sperrholzbalken gebaut. Es war weitläufiger als erwartet. Aus einer Dokumentarsendung über Fentanyl wusste Kradle, dass kleinere Städte und Gemeinden wie Mesquite echte Probleme damit hatten. Zu wenig Polizei, riesige Wüstenareale, in denen man wunderbar Drogen kochen, mischen und eintüten konnte, wenn man nur ein Wohnmobil besaß.

Offiziell war Kradle noch nie obdachlos gewesen, aber er wusste aus Erzählungen seiner Mithäftlinge, dass viele der Lagerbewohner Vorstrafen hatten, auf der Flucht waren oder kriminellen Aktivitäten nachgingen. Aus eigener Erfahrung wusste er allerdings auch, dass Kriminelle nicht freundlich reagierten, wenn ein Fremder sich ungefragt in ihre Nähe wagte. Daher beschloss er, sich an ein Opfer am Rand der Herde heranzupirschen. Er näherte sich einem Mann, der rauchend an der Bordsteinkante stand, die scharfen Gesichtszüge von der roten Glut seiner Selbstgedrehten erleuchtet.

»Hey, Mann, könnte ich …«

»Verpiss dich!«

»Ja, okay.« Kradle hob beide Hände und trat einen Schritt zurück. »Nichts für ungut.«

Er versuchte es noch ein paarmal, stieß aber nur auf weitere Aggression. Bei seinem vierten Versuch trat er auf einen alten Mann zu, der auf einer umgestülpten Kiste saß und aufs Handy starrte.

Er verzichtete auf die Begrüßung.

»Ich hab Geld«, sagte er stattdessen. Dieser Satz hatte ihm vor ein paar Tagen das Leben gerettet, und er funktionierte auch diesmal. Der Alte hob den Kopf. Eine Gesichtshälfte war von Brandnarben entstellt, die im harten blauen Licht furchtbar tief aussahen.

»Was willste?«

»Einen Ort zum Pennen. Einen, der aufpasst. Klamotten. Essen, wenn du hast.«

»Biste einer von den Arschgranaten aus Pronghorn?«

»Jepp.«

»Dann haste hoffentlich mehr Kohle als die Belohnung.«

»Du meldest mich nicht«, sagte Kradle, denn er wusste genau, dass jemand, der die Polizei einlud, bei den Obdachlosen herumzuschnüffeln, nie wieder einen Fuß in irgendein Lager setzen würde. Außerdem war der Alte wahrscheinlich selbst auf der Flucht. Mühsam kletterte der Mann von seiner Kiste und baute sich vor ihm auf. Er war locker einen Kopf größer als Kradle, der sich wegen seiner Verletzung etwas krümmte. Er zog ein Bündel Hundert-Dollar-Scheine aus der Tasche und drückte sie seinem neuen Kumpel in die Hand.

»Ach, so sieht's aus!« Der Alte lachte rau. »Kann ich sonst noch was für dich tun, Meister?«

»Handy vielleicht?«

»Was ist los mit dir?«

»Bin einfach müde.«

»Brauchste was gegen Schmerzen?«

»Das wär super«, krächzte Kradle. Der Alte nickte und verschwand, Kradle kroch in das kleine Stoffzelt neben ihm. Im Inneren war es schwarz wie die Nacht, es stank nach Schweiß und Schimmel. Er legte sich auf den Bauch, schob ein paar Gegenstände beiseite, die ihm im Weg lagen, konnte ertasten, um was es sich handelte: einen Metallbecher, ein Päckchen Taschentücher, einen Tennisball und eine Glasflasche.

Eh er sichs versah, war er eingeschlafen. Erst als sich die Zeltwand neben seiner Hand bewegte, schreckte er hoch. Jemand kroch zu ihm herein. Im trüben orangefarbenen Licht konnte er eine riesenhafte, haarige Gestalt ausmachen. Das Wesen stank so stark nach Hund, dass es ihm den Atem verschlug.

»O Gott!« Kradle stemmte sich gegen das Vieh. »Hey! Raus hier! Verschwinde!«

Draußen schallendes Gelächter. Der große Hund ließ sich mit einem tiefen Seufzer neben ihm nieder, wühlte noch ein bisschen auf der Decke herum und blieb schließlich mit dem Rücken zu ihm liegen.

»Was soll der Scheiß, Mann!«

»Du hast gesagt, ich soll dir die Bullen vom Leib halten. Von Hunden war nicht die Rede.«

Kradle seufzte. »Komm schon! Raus hier!« Mehr Gelächter. Das große Tier ließ sich nicht schubsen, nicht schieben und auch nicht am Fell aus dem Zelt zerren. In der Dunkelheit fühlte es sich an wie ein zotteliger Bär, eine seltsame Ansammlung von Knochen, Knubbelbeine, Hüfte, Rippen, alles von einem dichten Fellkleid überzogen. Der narbige Alte warf Kradle ein Tütchen mit einer armseligen Pille ins Zelt, die er im schwachen Licht nicht genauer identifizieren konnte. In seiner Naivität hatte er tatsächlich erwartet, der Alte würde ihm eine Packung Aspirin oder so was besorgen. Diese Pille konnte alles Mögliche sein, von Ecstasy bis Fentanyl. Kradle warf sie in eine Ecke und legte sich neben den Hund.

Irgendwann streckte er den Arm aus und berührte das warme Fell, vergrub die Finger darin und spürte die Rippen des Tiers, das regelmäßige Pochen seines Herzens. Sein Brustkorb hob und senkte sich mit seinem sanften Atem.

Kradles letzter liebevoller Körperkontakt lag Jahre zurück. Für ihn war Berührung etwas Besonderes. Natürlich wurde er im Gefängnis regelmäßig untersucht. Und beim Knastzahnarzt war er auch ein paarmal gewesen. Wenn er aus der Zelle geholt wurde, um seinen Anwalt zu treffen oder zu duschen, nahm ihn der Wärter, gelegentlich auch Celine Osbourne, am Ellbogen, als hegte er tatsächlich Fluchtgedanken, obwohl er an Händen und Beinen gefesselt war und ihn von der Freiheit meterdicke Mauern und Stacheldraht trennten. Vor ein paar Jahren waren ein paar Insassen an Hepatitis erkrankt, und man hatte ihn ausnahmsweise mit fünf anderen ungefesselt in eine Zelle gesteckt, um den Rest des Trakts zu desinfizieren. Kurz vorm Losbrechen der unvermeidbaren Prügelei hatte Kradle einem Mann die Hand geschüttelt, einem anderen einen Stoß versetzt und diverse Deeskalationsmethoden versucht, aber das war's dann auch gewesen.

Als er jetzt vorsichtig den Hund streichelte, ertastete er

hier und da verfangenes Gestrüpp, das er entwirrte und wegschnipste. Langsam rutschte er näher, legte schließlich den Arm um den Hund, vergrub das Gesicht in seinem Fell und schnupperte daran. Als er ihn fester an sich drückte, gab der Hund ein sanftes Knurren von sich, ob aus Verärgerung oder Wohlbefinden, konnte Kradle nicht erkennen.

Er musste über sich selbst lachen, in einem Obdachlosenlager in Löffelchenstellung neben einer zottigen Töle. Es dauerte nicht lange, bis er wieder eingeschlafen war.

21

Sie war dort gewesen, am Abend des Anschlags, oder besser: des verhinderten Anschlags. Becky Caryett wusste, dass in Wahrheit niemand verletzt wurde, als Abdul Ansar Hamsi vor sechs Jahren das Las Vegas Flamingo Casino betreten und eine Tasche mit Sprengstoff in einer Ecke des Black-Jack-Bereichs deponiert hatte. Niemand war zerfetzt worden, niemand bei lebendigem Leib verbrannt. Aber in Beckys Kopf war es tatsächlich passiert, und obwohl es jetzt schon fünf Jahre zurücklag, konnte sie es nicht vergessen. Manchmal passierte es, wenn sie Karten einzog, sie auf dem grünen Filz austeilte, ihr auswendig gelerntes Sprüchlein aufsagte und ständig wechselnden Spielern ein aufgesetztes Lächeln schenkte. Sie stand da, in ihrer lächerlichen flamingopinken Weste, und plötzlich spazierte Abdul Ansar Hamsi herein, genau wie an jenem Abend, die staubige, graue Basecap tief ins Gesicht gezogen, ein zierlicher Mann in schwarzem T-Shirt und Jeans, sein sorgfältig ausgewählter Aufzug so normal und unauffällig wie ein Tarnanzug. Er steuerte direkt auf die Black-Jack-Tische zu, blieb dort eine Weile stehen, freundlich, unaufdringlich, eine Tasche in der Hand, ganz der frisch eingetroffene Tourist, der überlegte, ob er auf dem Weg zum Hotelzimmer schon mal ein paar Spielchen einlegen sollte. Vielleicht wäre ihm das Glück ja hold.

Genau wie Becky es an jenem Abend getan hatte, sah sie Hamsi auch in ihrer Fantasie an, er erwiderte ihr aufgesetztes Lächeln, schlenderte an ihren Tisch, wo sie gerade für ein übergewichtiges älteres weißes Ehepaar aus Idaho Karten austeilte. Beide trugen identische T-Shirts mit der Aufschrift *I ♥ Vegas*. Er ging an ihnen vorbei und setzte sich auf einen Platz am äußersten Tischrand. Die Tasche stellte er am Boden ab. Neben sie. Vielleicht einen halben Meter entfernt. Sie konnte sie fast berühren. In diesem Augenblick an jenem schicksalhaften Abend beschloss die Ehefrau aus Idaho, ihre Hand zu teilen, Becky wurde abgelenkt und kurz darauf war Hamsi verschwunden. Sie bemerkte nicht mal, dass er seine Tasche stehen gelassen hatte. Das fiel ihr erst auf, als ihr Chef ein paar Minuten später herbeikam und fragte, warum an ihrem Tisch eine Tasche stehe.

In Beckys Fantasie ging die Bombe in diesem Moment hoch. Eine Mordsexplosion, die sie mit voller Wucht erwischte, gefolgt von einem entsetzlichen grellweißen Licht, das wie Rauch durchs Casino wallte, ihren Chef wegpustete, das Paar aus Idaho, die Black-Jack-Tische, Pokertische, Roulettetische, die gesamte dritte Etage. Stützbalken zerbröselten, als wären sie aus Styropor, die vierte und Teile der fünften Etage stürzten ein, das ganze Gebäude fiel wie ein Kartenhaus in sich zusammen, Beton, Kabel, Putz, verbogenes Metall, Leichen regneten herab. In ihrer Vorstellung hatte die Bombe Hunderte getötet, die Überlebenden stolperten, humpelten, krochen mit abgerissenen Gliedmaßen durch Trümmer und Rauch, um sich in Sicherheit zu bringen.

Das war nie passiert. Aber es geschah trotzdem, heute, als Becky an ihren Tisch trat und die Karten vorbereitete. Der Tisch war kalt – leer, wenig einladend, noch fehlten die Spieler, die lachten und jubelten, wenn sie kleine Siege davontrugen, obwohl alle wussten, dass das Casino am Ende immer gewann. Sie wollte ihr Kopfkino unterbrechen, bemühte sich, ein vorbeischlenderndes Pärchen anzulocken, auch diese beiden trugen identische T-Shirts, kamen gerade vom Flughafen, hatten ihre Reisetaschen noch in der Hand.

Lust auf ein Spielchen, Sir? Madam, wollen Sie Ihr Glück versuchen? Während in ihrem Hirn eine Abfolge von stummen Detonationen, Explosionen und Schreien ablief, verteilte Becky die Karten geschickt auf dem Tisch, fächerte sie auf, sammelte sie wieder ein und mischte sie mit einem eindrucksvollen Riffle Shuffle in der Luft. Manchmal waren es genau solche Showeinlagen, die die Aufmerksamkeit der von Spielautomaten gelangweilten Gäste erregten und sie an ihren Tisch zogen, getrieben von dem Wunsch, statt mit einer Maschine mit einem Mitmenschen in Kontakt zu treten, der mehr konnte als Blinken, Piepsen und blecherne Melodien ausstoßen. Während sie also mit den Karten zauberte, fragte sie sich zum zigsten Mal, warum Hamsi ausgerechnet sie ausgewählt hatte. Weil sie eine Frau war? Eine Schwarze? Angestellte des Casinos? Hatte er das Kreuz an ihrem Hals gesehen?

Als sich plötzlich ein gehetzt wirkender Mann vor ihr auf den Stuhl fallen ließ, rutschte ihr beim Anblick seiner tief ins Gesicht gezogenen Basecap glatt das Herz in die Hose.

»Hey, Beck«, sagte Elliot.

»Meine Güte, hast du mich erschreckt!«, rief sie, immer noch geschockt. Sie ließ die Karten fallen, trat einen Schritt zurück und fächelte sich erst mal Luft zu. Hektisch sah sie sich um. Alle waren beschäftigt, lauter warme Tische, fröhliche Spieler. »Elli, was zum Teufel machst du hier?«

»Ich brauch Hilfe.«

Becky vergrub den Kopf in den Händen. »Das ist jetzt nicht wahr, oder? Ich wusste, dass das passieren würde. Hab ich mir gleich gedacht, gestern, als es in den Nachrichten kam, aber, Becky, hab ich mir gesagt, Elli wird nicht abhauen. Der Mann hat noch achtzehn Monate abzusitzen. Der wird schön in seiner Zelle bleiben. Auf keinen Fall wird er im verdammten Flamingo Casino vor dreihundert Zeugen aufkreuzen und ausgerechnet seine Ex-Frau um Geld anhauen. So dumm ist er nicht. Und die andere Stimme hat gesagt: Doch, Becky, genauso dumm ist er.«

»Technisch betrachtet sind wir noch verheiratet«, bemerkte Elliot.

Becky schnappte sich die Karten und teilte sie vor Elliot aus. »Du bewegst deinen Hintern ganz zackig hier raus«, knurrte sie mit zusammengebissenen Zähnen. »Die haben wahrscheinlich schon Cops auf mich angesetzt und warten nur drauf, dass du hier auftauchst.«

»Nee, bestimmt nicht.« Elliot streckte die behaarte Hand aus und grapschte sich seine Karten. »Die sind alle mit den schweren Jungs beschäftigt. Es sind lauter Vergewaltiger und richtig schwere Jungs auf freiem Fuß.«

»Darauf würde ich mich nicht verlassen. Gestern lief eine Spezialsendung auf NBC. Die Cops haben jetzt ein besonderes Auge auf Freunde und Verwandte, hieß es. Weil die genau wissen, dass die meisten von euch sowieso so dumm sind, einfach nach Hause zu rennen.« Sie grinste. »Und du bist einer von den ganz Dummen.«

»Hör mir nur kurz zu. Du kannst deinem Chef erzählen, dass ich dich gezwungen hab.« Elliot sah sich rasch um, aber der Pit Boss am Ende der Tischreihe war in ein anderes Spiel vertieft. »Sag ihm, ich hätte dich mit dem Messer bedroht, ist mir scheißegal. Du musst nur deine Personalkarte benutzen, um die Tür da hinten für mich aufzumachen. Was danach passiert, geht auf meine Kappe.«

Beide drehten sich gleichzeitig um und blickten zur Tür zu den Hinterzimmern. Daneben stand ein Sicherheitsmann in pinkfarbenem Blazer. Zwischen ihnen und der bewachten Tür tobte eine Junggesellenparty, hysterisch ki-

chernde Männer mit Meerschweinchenfrisur und Plastik-
cocktailgläsern in Form von Cowboystiefeln in der Hand.

Becky schnaubte. »Und was dann? Du marschierst da
rein und raubst den Tresorraum aus? Der liegt sechs Etagen
unter uns, Elliot. Zwischen dir und dem Zaster stehen ungefähr hundert Sicherheitsleute, manche mit Maschinen-
pistolen. So habe ich es zumindest gehört. Der ganze Wahn-
sinn geht erst auf Ebene -2 los. Da war ich noch nie, und ich
habe keine Ahnung, wie es da …«

»Ich liebe dich immer noch, Becky.«

»Ach du grüne Neune!« Sie massierte sich die Schläfen.

»Komm schon, spiel einfach mit.« Er ergriff Beckys Hand.
»Wir sagen, du warst meine Geisel.«

Becky seufzte. »Es muss an diesem Tisch liegen.« Sie
strich über die lederne Armstütze, als wäre sie ein armer, alter Kumpel. »Er bringt kein Glück. Ich bin ja nicht abergläubisch, aber so langsam … Genau hier habe ich gestanden, als
er reingekommen ist. Hamsi. Der Bombenleger. Hat seine
Tasche genau hier abgestellt.« Sie zeigte auf den bunten
Teppich. »Ich hab mir geschworen, an meinem alten Tisch
weiterzumachen, nichts würde ich wegen diesem Kerl ändern. Ich mag diesen verdammten Tisch. Von hier aus kann
ich Baseball gucken. Aber dann tanzt du an und erzählst mir
diese Scheiße.«

»Becky …«

Sie schüttelte den Kopf. »Wir sind nicht bei *Ocean's
Eleven*. Du bist nicht George Clooney. Sie haben dich verknackt, weil du einen Laster mit Rasierschaumdosen geklaut hast, Elliot. Willst du ein Upgrade? Vom Rasier-
schaumräuber zum Casinoräuber und international gesuchten Verbrecher?«

Elliot stand auf. »Das war jetzt ein bisschen laut.«

Becky schlug mit der Faust auf den Tisch. »Ist dir eigentlich klar, wie dringend ich diesen Job brauche?« Eine kleine ältere Dame mit einem Tablett voller Chips in den schrumpeligen Händen blieb neugierig vor Beckys Tisch stehen. »Meinst du, ich steh mir hier jeden Abend zum Spaß die Beine in den Bauch? Weil ich's supi finde, Omis und Opis, die sich nicht mal den Fraß da unten im Bistro leisten können, die letzten Spargroschen abzunehmen und sie den Arschlöchern da oben in den Gierschlund zu stopfen? Glaubst du, dass ich es genieße, Typen dabei zuzusehen, wie sie die Rücklagen für die Ausbildung ihrer Töchter verpulvern und dann vom Dach springen, damit sie es ihren Frauen nicht beichten müssen? Ich brauche diesen Job, Elliot! Weißt du warum? Weil *deine Tochter* eine *feste Zahnspange* braucht. Ja, genau, so was gibt's. Eine lose Spange reicht ja nicht, dein Kind braucht jetzt eine feste, weil du und deine Familie ihr furchtbar schiefe Zähne vererbt haben, und natürlich ist die feste Spange viel teurer als ...«

Becky verstummte. Elliot starrte sie an. Die Männerhorde mit den Meerschweinchenfrisuren starrte sie an. Die Alte mit dem Tablett starrte sie an, genau wie ihr Pit Boss, der Pit Boss der Roulettestation und diverse Zocker auf ihren Hockern vor den Spielautomaten, die Finger über der Stopptaste. Aber das war Becky gerade scheißegal, denn ihre Aufmerksamkeit galt dem Mann, der etwas zögerlich am Rand des Nachbartisches stand.

Diesmal trug Hamsi keine Basecap, sondern ein gestärktes weißes Hemd über der grauen Hose. Und Gefängnisturnschuhe. Das Preisschild am Hemd verriet Becky, dass er das smarte Outfit vermutlich von einer Schaufensterpuppe gerissen hatte, ohne Schuhe, und dann abgehauen war. Er war auch ohne Tasche gekommen. Und lächelte nicht. Abgesehen davon war er jedoch ein haargenaues Abbild des Mannes aus ihren Alpträumen. Als Hamsi sich langsam ihrem Tisch näherte, hörte und sah Becky nichts anderes mehr. Wie ferngesteuert kam sie hinter ihrem Tisch hervor und ging auf ihn zu.

Der gescheiterte Terrorist und sein vermeintliches Opfer standen einander gegenüber. Hamsi sprach zuerst.

»Du bist noch hier«, sagte er und lachte kurz auf. »Kaum zu glauben. Ich kann es nicht fassen. Eigentlich bin ich nur gekommen, um mich zu entsch...«

Becky Caryett hatte noch nie jemanden geschlagen. Niemanden, nicht mal einen Boxsack, ein Kissen oder eine Wand. Gewalt war ihr zuwider. Auch im Fernsehen. Aber sie erwischte Hamsi mit einem perfekten Uppercut aufs Kinn, so genau und direkt und heftig war ihr Schlag, mit voller Wucht ausgeführt, dass der Mann schon das Bewusstsein verloren hatte, bevor sein Kopf nach hinten flog, ihm die Beine wegsackten und er zu Boden ging. Sie schlug so fest zu, dass sie das Gefühl hatte, unter ihren Fingerknöcheln seine im Schädel umherschwappende Hirnmasse zu spüren.

Becky trat einen Schritt zurück und betrachtete die schlaff hingegossene Gestalt am Boden, die nur Sekunden zuvor lebendig gewesen war, gesprochen und sich bewegt hatte. Sie schüttelte die Hand aus und funkelte Elliot ein letztes Mal böse an, bevor ihr Ex in der langsam anwachsenden Menschenmenge verschwand.

»Will sonst noch wer sein Glück versuchen?«, fragte sie.

22

Es war noch dunkel, als Kradle mit frischer Kleidung am stinkenden Leib aus dem Zelt kroch. Der Hund quetschte sich an ihm vorbei und schüttelte sich genüsslich. Im Scheinwerferlicht eines auf der Brücke vorbeifahrenden Budweiser-Lasters konnte er das Tier zum ersten Mal in seiner ganzen Pracht bewundern. Groß, schwarz, spitze Schnauze, gelbe Augen.

»Hier, das Geld für die Übernachtung«, sagte er zum narbigen Mann, der sich nicht von seiner Kiste gerührt hatte. »Und diesen Hund kaufe ich dir auch ab.«

»Klar«, sagte der Mann, die Hand noch ausgestreckt.

»Fünfzig genug?«

»Jepp.«

Kradle zählte die Scheine ab und wollte sie seinem Gegenüber gerade in die Hand drücken, doch dann hielt er kurz inne.

»Der gehört dir, oder?«

»Nee«, sagte der Mann, als wäre es völlig offensichtlich.

»Wem dann?«

»Keinen verdammten Schimmer, Mann.«

»Warum gebe ich dir dann Geld?«

»Weil du dumm genug bist, für einen streunenden Hund Kohle abzudrücken, den sich jeder Hirnzwerg von der Straße mitnehmen könnte.«

Der Alte lachte so heftig, dass seine Kiste wackelte. »Sieh dich mal um, du Klappspaten.« Kradle gehorchte. Überall waren Hunde, wie Fellvorleger dösten sie vor den Zelten, wühlten im Müll oder trotteten geschäftig im Lager herum, als hätten sie wichtige Aufgaben zu erledigen.

»Ich versuche nur, mich korrekt zu verhalten.«

»Echt? Dann verpiss dich einfach, und nimm deine dämliche Töle mit.«

Eine Stunde lang trotteten sie nebeneinander her, Kradle schwieg, die Kapuze seiner neuen Jacke tief ins Gesicht gezogen. Der Hund blieb gelegentlich stehen, hob das Bein, warf einen Blick zurück, spitzte die Ohren oder hielt die Schnauze in den Wind. Einmal sah Kradle einen Streifenwagen auf Patrouille durch die stillen Straßen fahren. Er huschte in eine Einfahrt und kauerte im halbmondförmigen Schatten eines Campers. Der Hund saß neben ihm und wartete. Kradle konnte sich nicht erklären, warum das Tier so anhänglich war. Vielleicht sah er seinem früheren Herrchen ähnlich. Christine hätte das Benehmen des Hundes als Zeichen gedeutet, als Omen. Sie wusste eine Menge über Mythologie und Tiere, die in Märchen auftauchten, um verirrte Wanderer aus finsteren Wäldern oder dunklen Höhlen herauszuführen. Kradle hatte keine Ahnung von solchen Sachen. Er war einfach froh, jemanden an seiner Seite zu haben. Seit Homer und er getrennte Wege gingen, war es ziemlich still und einsam gewesen.

Als er die Solitaire Street Nummer sieben, Beaver Dam, gefunden hatte, verschanzte er sich ein paar Meter weiter im Gebüsch und beobachtete das Haus so lange, bis er sicher war, dass niemand es bewachte, keine Männer in parkenden Fahrzeugen saßen, betont unauffällig an Baumstämmen lehnten oder in die Fenster der benachbarten Häuser starrten. Er reckte die Nase in die Luft, roch es nach Rauch, Leder, Waffenöl, Fastfood, Deo? Alles Gerüche, die er mit Polizisten verband. Aber die Luft war rein. Irgendwann sprang die seitliche Tür zum Garten auf und jemand kam heraus. Kradle ging zum Angriff über.

Er packte den Hund mit beiden Händen am Nackenfell und bewegte sich umständlich auf einen Jungen mit Rucksack zu, der gerade hinter sich absperrte.

»Hey, Junge!«

»Boah, Scheiße! Haben Sie mich erschreckt!«

»Tut mir leid.« Kradle tat, als hätte er Mühe, den Hund festzuhalten, der sich allerdings erstaunlich gefügig zeigte und sich ohne Gegenwehr von seinem neuen Herrchen herumschubsen ließ. »Ich habe gerade diesen Hund hier eingefangen. Er ist aus einer Ausfahrt direkt auf die Straße gerannt. Aus Nummer zwanzig. Könntest du mir helfen, ihn zurückzubringen?«

»Ähm, öhm ... ja.« Der Junge sah sich verwirrt um, genau wie Kradle es gehofft hatte.

»Hast du vielleicht ein Seil oder so was?«

»Klar«, sagte der Junge und sperrte wieder auf. Kradle ließ den Hund los, folgte ihm ins Haus und schloss die Tür hinter sich.

Es entging ihm nicht, dass seine Methode der von Homer Carrington ähnelte, der genau auf diese Weise seine Opfer überrumpelt hatte. Als er die Tür verriegelte und den Jungen in die kleine Küche drängte, erlebte sein Opfer vermutlich das gleiche nackte Entsetzen wie die Frauen und Männer unter dem Blick des Würgers von North Nevada. Der Junge sah ihn entgeistert an, der fassungslose Blick eines Gutgläubigen, der einem bösen Mitmenschen vertraut hatte. Kradle verspürte Mitleid mit ihm, weil ihm offenbar niemand erklärt hatte, dass die Geschichten vom Fremden mit Süßigkeiten völliger Blödsinn waren. Die wahre Gefahr ging von harmlos aussehenden Typen aus, die an dein Haus kommen, dir irgendeinen Mist von entlaufenen Hunden, Unfällen oder Reifenpannen auftischen und darauf bestehen, dass sie dringend reinkommen müssen.

»Bleib ganz ruhig«, sagte Kradle. »Ich will nur mit deinem Dad sprechen.«

Das Kind war so groß wie Mason damals, aber nicht so breitschultrig und muskulös, sondern eher sehnig, so schlank, dass seine Adern zu sehen waren, vermutlich nur halb so schwer wie der Sohn, den Kradle verloren hatte. Mason war in einem Alter gestorben, in dem sich die Heranwachsenden seltsame Muster in den geschorenen Hinterkopf oder die Augenbrauen rasierten, um auszusehen wie Rapper oder irgendwelche Kampfsportler. Dieser Junge hier hatte lange Haare, lange Wimpern und einen lippenstiftroten Mund. Doch abgesehen von den äußerlichen Unterschieden hätten sie Brüder sein können, so identisch war ihr neugieriger Gesichtsausdruck, der wache Blick, das Wissen darum, dass die besten Jahre noch kommen würden, der Wunsch, jedes Detail mit allen Sinnen aufzunehmen. Voller Elan, strotzend vor Lebenskraft. Allein bei seinem Anblick wurde Kradle müde.

»Tom? Was ist los? Hast du dein Schulbrot vergessen?«

Shelley Frapport, in pinkfarbenem Flauschbademantel, eine Katze wie einen Football unterm Arm, stand in der Tür zu ihrer blitzsauberen Küche. Die Katze warf einen Blick auf Kradles Hund, wand sich aus dem Griff der Frau und ergriff die Flucht. Als Shelley Kradle erkannte, stieß sie einen tiefen Seufzer aus.

»Ich hatte gehofft, dass Sie kommen«, sagte sie.

2000

Ein Fluch. Dämonen. Ein schlechtes Omen. Masons Geburt war verlaufen wie die Schwangerschaft: eine lange, leicht hysterische Geschichte mit übernatürlichen Elementen. Als Christine erfuhr, dass ein Kind in ihr heranwuchs, war ihr eines sofort klar: Dieses Baby war kein Unfall. Sie wusste genau, wann es entstanden war: nach einem feuchtfröhlichen sonntäglichen Grillnachmittag, bei einem schmutzigen Quickie auf dem Sofa. Danach hatte sie es sich auf einer Decke auf dem Wohnzimmerboden bequem gemacht und sich die *Frances Faulkner Show* angesehen, während Kradle neben ihr geschnarcht und ab und zu den Kopf gehoben hatte.

Dass sie an diesem Tag die Pille vergessen hatte, war für sie keine Erklärung für die Schwangerschaft. Sie war überzeugt, dass sich böse Kräfte gegen sie verschworen hatten, so mächtig und grausam, dass sie nicht mal über Abtreibung nachzudenken wagte, denn allein der Gedanke könnte schon ihren Zorn erregen. Während der gesamten Schwangerschaft verlagerte sie sich darauf, Runen zu lesen, ihren wachsenden Bauch mit Ölen und Kräutern und Asche und stinkenden Lotionen einzureiben, um den bösen Fluch abzuwehren. Kradle erklärte sich ihre schrägen Anwandlungen als hormonell bedingte Auswüchse der Schwangerschaft und vergrub sich in die Arbeit, damit sie nach der Geburt genug Geld hätten für all die flauschigen Teddybären und Spielzeuge und niedlichen Strampelanzüge, die er bei den Babys in der Nachbarschaft gesehen hatte.

Dann, Anfang März, fuhr Christine mitten in der Nacht aus dem Schlaf hoch und erbrach den Lammbraten vom

Abendessen. Er verfrachtete sie kurzerhand ins Auto und rief auf dem Weg zum Krankenhaus ihre Schwester Audrey an.

In einem dunklen, heißen Zimmer klebte Kradle schwitzend auf einem Plastikstuhl in der Ecke, während seine Frau ihren gemeinsamen Sohn austrieb.

Audrey erschien besuchszeitenkonform um elf Uhr des folgenden Morgens im feinen Gerichtskostüm und quasselte ununterbrochen in ihr Klapphandy. Das tat sie selbst dann noch, als Kradle sich zu ihr vorbeugte, vorsichtig die Decke beiseiteschob, um ihr das Neugeborene mit dem hübschesten Gesichtchen zu präsentieren, das er je gesehen hatte. Audrey zog die Nase kraus und verdrehte die Augen.

»Die dürfen Sie dem Staatsanwalt gern vorlegen, Georgia, aber ich sage Ihnen jetzt schon, dass Sie ohne Ferlich nichts ausrichten können.«

Audrey bedeutete Kradle mit dem Daumen, ihr ans Ende des Gangs zu folgen, was er gehorsam tat. Auch beim Kaffeeeinschenken quatschte sie weiter in ihr Handy. Er war ganz verzaubert von seinem kleinen Sohn, dachte über Schöpfung, Gott, Schicksal und das Universum nach, während Audrey darüber diskutierte, wie man Ferlich, wer auch immer das sein mochte, dazu brachte, das zu tun, was sie von ihm verlangten. Mitten im Satz klappte sie auf einmal das Handy zu. Offenbar hatte sie aufgegeben.

»Idioten«, fauchte sie, beugte sich vor und warf einen flüchtigen Blick auf ihren Neffen.

»Und? Ist der nicht entzückend?«, fragte Kradle.

»Er ist ziemlich fett.«

»Klar, ein echter Wonneproppen.« Kradle lachte und wischte sich die Freudentränen aus den müden Augen.

»Wie heißt er?«

»Mason.«

»Du liebe Zeit.« Audrey strich sich den Rock glatt. »Wie männlich. Als würden die Leute das nicht schon an seiner Neandertalerstirn erkennen.«

»Christine wollte einen Namen, in dem etwas Steinernes mitschwingt, weil der Mühlstein in der Wicca-Religion ...«

Audrey hob die Hand. »John, bitte erspare mir diesen Quatsch. Sie ist nicht hier, also müssen wir uns nicht weiter über diesen Blödsinn unterhalten. Wenn die Leute dich fragen, sagst du einfach, du bist Handwerker und wolltest einen soliden Namen.«

Sie setzte sich, beide tranken ihren Kaffee aus Styroporbechern, Kradle mit großer Vorsicht, das heiße Getränk nicht in der Nähe seines Kindes abzustellen. Hin und wieder kamen Hebammen in ihren leberwurstrosa Kitteln ins Zimmer, um Windeln oder Fläschchen aus den Regalen zu holen. Das große Baby mit der gewölbten Stirn schlief fest in Kradles Arm. Audrey beugte sich zwar ein paarmal vor, um es besser sehen zu können, machte aber keinerlei Anstalten, es in den Arm zu nehmen.

»Von jetzt an wird es nur noch schlimmer«, sagte sie.

»Was?«

»Die Gier nach Aufmerksamkeit. Christine. Ihr mythologischer Hokuspokus. Das Drama. Die Geister und Dämonen und der ganze Scheiß. Schon als kleines Mädchen hat sie irgendwelchen Mist erfunden, um sich wichtig zu machen. Wahrscheinlich wusste sie damals schon, dass ihr Intellekt nicht ausreichen würde, um die Juristenkarriere einzuschlagen, wie alle anderen in unserer Familie. Aber weißt du was? Wenn man ein Kind bekommt, ist man nichts Besonderes mehr. Dann steht das Baby im Mittelpunkt.«

Sie betrachteten den Kleinen.

»Plötzlich bist du kein Medium mehr, stellst keine Verbindung zum Jenseits her. Auch keine weiße Hexe. Sondern Mutter. Das Gegenteil von einzigartig. Eine Mutter hat jeder.«

»Sie wird sich schon dran gewöhnen. Mir hat es immer gefallen, das mit der Aufmerksamkeit. Hat mich zur Konzentration gezwungen.«

Die anderen Gedanken, die sich ihm aufdrängten, ließ er unausgesprochen. Dass Christine sich als Erwachsene so sehr nach Aufmerksamkeit sehnte, weil sie als Kind keine bekommen hatte. Hätten ihre Eltern nur einmal von ihren Schriftsätzen aufgeblickt und sie bewundert, wenn sie durchs Wohnzimmer tanzte, ihren fantasievollen Geschichten eine Weile gelauscht, statt sie auf Wohltätigkeitsveranstaltungen und Vernissagen in der Spielecke abzugeben, wäre sie vielleicht anders geworden. Er hatte ihre Anekdoten noch im Ohr: Audrey, die ihrem Vater angeblich bei jedem Wort an den Lippen gehangen und schon als kleines Mädchen an Gesprächen über Steuerreformen teilgenommen hatte, während Christine heidnische Symbole zeichnete.

Audreys Handy klingelte wieder. Kradle strich seinem Sohn eine blonde Locke aus dem Gesicht und überlegte, wie er Christine auch weiterhin das Gefühl geben könnte, etwas Besonderes zu sein. Dann bemerkte er, dass die Hebamme ihn am Ärmel zupfte.

»Mr Kradle?«

»Ja?«

»Ihre Frau hat sich soeben entlassen.«

23

In seiner Zeit als Besitzer der einzigen Bar an der Cortez Gold Mine Road hatte Bernie O'Leary schon eine Menge gesehen. Eigentlich gab es keinen guten Grund, sich in Lander Country aufzuhalten. Die meisten seiner Gäste arbeiteten in den Goldminen, Männer, die am Ende ihrer Schicht an seiner Bar ein Bierchen zischten, bevor sie sich auf den Weg zum Trailerpark am Battle Mountain machten oder zu ihrem irgendwo in der Pampa geparkten Wohnwagen. Diese Typen waren komplette Gewohnheitstiere. Nur zwei von seinen fünf Stammgästen hatten Bernie überhaupt ihren Namen verraten, und das, obwohl sie seit vier Jahren jeden Abend herkamen. Sie saßen immer auf denselben abgeranzten Lederhockern an der Bar, auf denen sich mittlerweile die Form ihres jeweiligen Hinterns eingeprägt hatte. Es wäre völlig abwegig, sie jetzt dazu bewegen zu wollen, sich mal woanders hinzusetzen. Bernie nahm an, dass die Männer bei der Arbeit in den dunklen Minen bei lautem Getöse nicht miteinander plaudern konnten, und es dann nach acht Stunden unter Tage im Aufzug nach oben auch nicht mehr wollten. Vielleicht hatten sich die Männer irgendwann ans Schweigen gewöhnt und fanden es völlig natürlich. Die fünf kamen rein, setzten sich auf ihre Stammplätze und tranken ihr Bier, ohne auch nur eine Sekunde den Blick von der Theke abzuwenden oder ein Wort miteinander zu wechseln, geschweige denn ein Witzchen zu reißen oder eine Bemerkung abzulassen. Einmal hatte einer seinem Nachbarn zugenickt, als sie im Fernsehen Trumps Sieg über Hillary bekannt gaben. Aber das war alles. Sie verließen die Bar zu unterschiedlichen Zeiten.

Abgesehen von den fünf Minenarbeitern hatte Bernie mal ein paar Geologen bedient. Interessiert hatte er ihren Gesprächen über Goldquarzgänge und Fossilien im Crescent Valley gelauscht. Ein paar Filmleute auf der Suche nach einem geeigneten Drehort für einen Spaghettiwestern waren auch mal bei ihm aufgetaucht. Alle paar Monate verirrten sich ein oder zwei Verschwörungstheoretiker in Bernies Bar, auf dem Rückweg von ihrem vermeintlichen Ausflug ins Sperrgebiet Area 51, Gummi-Aliens und T-Shirts im Gepäck.

Doch der alte Polizist, der jetzt seine Bar betrat, gab Bernie Rätsel auf. Denn der Mann benahm sich überhaupt nicht wie ein Cop, trug aber eine Uniform, und auf seinem Namensschild stand Nawlet. Der Mann wischte sich den Staub von den Händen und setzte sich dann auf den Hocker von Minenarbeiter Nummer drei. Durchs Seitenfenster sah Bernie einen Streifenwagen mit dicker Beule in der Motorhaube.

»Wollen Sie ein Bier?«, fragte er.

»Klar«, sagte der Alte.

Seine eigenwilligen Stammgäste hatten Bernie das Plaudern zwar ausgetrieben, aber bei diesem Alten war es ihm irgendwie unangenehm, einfach zu schweigen. Er stellte ihm ein Bud auf die Theke und versuchte, sich mit irgendwelchen Tätigkeiten abzulenken. Die Haut über den Fingerknöcheln des Alten war von den vielen Verletzungen komplett weiß. Als Bernie hinter der Theke hervorkam und ein Fenster öffnete, um die unangenehme Atmosphäre irgendwie aufzulockern, sah er, dass der Kerl einen Fuß am Boden hatte, jederzeit fluchtbereit.

Bernie glitt zurück hinter die Theke, weil er auf einmal das dringende Bedürfnis verspürte, sich vor dem alten Cop hinter einer soliden Barriere zu verschanzen. Er fummelte mit einem Putztuch und Glas herum, polierte es aber nicht, sondern behielt den Alten im Blick. Der kramte in seinen Taschen herum und stieß irgendwann auf eine Geldbörse, die er auf der Theke öffnete. Bernie sah, wie der Mann darin herumsuchte, aber offenbar kein Bargeld fand. Stattdessen zog er eine Kreditkarte heraus und betrachtete sie von allen Seiten, tippte damit auf die Theke und dachte nach. Aus unerfindlichen Gründen musste Bernie seine eigene Geldbörse ansehen, aus Emu-Leder, ein Geschenk von seiner Ex.

»Vom Ausbruch gehört?«, fragte Bernie schließlich, um das Schrillen in seinen Ohren zu übertönen.

»Ja«, sagte der Mann. Bernie fiel auf, dass er erst hatte schlucken müssen, sein Bier also schrägerweise im Mund behielt wie ein Weinkenner einen edlen Tropfen.

»War'n Sie dabei?«

»Wieso sollte ich dabei gewesen sein?«

Bernie schlüpfte wieder hinter die Theke, weil er das dringende Bedürfnis verspürte, sich vor dem Alten zu verschanzen.

»Dachte, sie würden alle Cops in der Gegend dazuholen«, sagte Bernie. »So'n großes Ding.«

Der alte Mann trank einen weiteren Schluck, behielt das Bier wiederum im Mund, während Bernie innerlich die Sekunden zählte.

»Dienstwagen im Eimer«, sagte der Alte nach einer Weile, zeigte auf die Tür, wandte den Blick aber nicht von Bernie ab. »Hab ein Reh erwischt. Wollte fragen, ob Sie Autos reparieren können. Vielleicht wissen Sie, warum der Motor nicht mehr rund läuft.«

Bernie zögerte. »Hab keine Ahnung von Autos«, log er schließlich.

»Tja, dann sitz ich wohl fest.«

»Sie könnten meinen Wagen nehmen.« Bernie legte seine Autoschlüssel auf die Theke.

»Dann sitzen Sie hier fest.«

»Ich lass ihn von einem Freund abholen.«

»Klingt umständlich.«

Bernie nickte. »Stimmt, aber die Polizei ist unser Freund und Helfer.«

Der Cop mit dem Namensschild Nawlet an der Uniform nahm den Schlüssel in die vernarbte Hand.

Als er von seinem Barhocker aufstand, wich Bernie unwillkürlich einen Schritt zurück und klammerte sich an der Theke fest. Er hatte das Gefühl, als löste sich ein eiskalter Griff von seinem Herzen.

An der Tür blieb der Alte stehen und drehte sich um.

»Ein letztes Bier im Stehen?«, fragte er.

»Klar.« Bernie kam sich vor, als hätte man ihn gerade vom elektrischen Stuhl losgeschnallt, nur um ihn zu bitten, sich doch kurz wieder hinzusetzen. Er ging in die Hocke und griff in den Kühlschrank. Die eiskalte Luft wirbelte ihm tröstend um die schweißfeuchten Wangen.

Als er sich wieder aufrichtete, stand der Alte neben ihm am Schnapsregal, nur eine Armlänge entfernt.

2000

Celine war zwar noch nie in einem Gefängnis gewesen, hatte es sich aber erheblich schlimmer vorgestellt. Das Gebäude mit den hohen glatten Betonmauern thronte auf einer Anhöhe in der brütenden Hitze, die riesigen Eisentore und der Stacheldraht warfen lange, geometrische Schatten in den Sand. Sie stand auf dem Parkplatz und spielte mit den Schlüsseln des Autos, das immer noch nach dem Parfüm ihrer Mutter roch, nach den Grillhähnchen, die ihr Vater manchmal heimlich auf dem Weg von der Arbeit gegessen hatte. Alle waren schon seit einem Jahr tot, aber ihr Geruch und sogar ihre Geräusche erfüllten noch immer Celines Alltag. Sie hörte, wie ihre Mutter ihren Namen rief, und wenn sie müde oder abgelenkt war, antwortete sie ihr sogar. Es kam vor, dass sie spürte, wie einer ihrer kleinen Neffen sie am Ärmel zupfte, aber wenn sie nach unten blickte, war sie allein. Celine wünschte sich, sie könnte ihre verlorene Familie deutlicher spüren, jetzt, wo sie vor dem Baldwin State Prison stand, in dem ihr Großvater seine Haftstrafe verbüßte. Aber als sie sich mental darauf vorbereitete, dem alten Mann entgegenzutreten, war da nur ein flüchtiger Geruch und das vertraute unheilschwangere Gefühl, das sie ihm gegenüber schon vor dem Massaker empfunden hatte.

Eine hübsche Frau mit glänzenden Pumps empfing sie an der Anmeldung. Jeder, mit dem Celine seit dem Mord zu tun gehabt hatte, war jung, hübsch und guter Dinge gewesen, Menschen mit genug Idealismus und hoffnungsvoller Naivität, um die Arbeit mit traumatisierten, gefährdeten Jugendlichen auszuhalten. Das Team, das mit ihr die Aussage vor Gericht durchgegangen war, bestand aus lauter grinsenden, lachenden, durchtrainierten Supertypen, die aussahen, als wären sie gerade von irgendeinem Strand in Florida hereinspaziert, und der Anwalt, der ihr mitgeteilt hatte, dass ihr Großvater sich schuldig erklärt hatte, um ein geringeres Strafmaß zu erhalten, war sicher nicht älter als fünfundzwanzig. Celine folgte der hübschen Blondine, deren Namen sie vor lauter Aufregung schon wieder vergessen hatte, aus dem Verwaltungsgebäude. Durch einen vergitterten Gang steuerten sie auf die riesigen Tore des Gefängniskomplexes zu.

Auf dem Weg durch die gesicherten Korridore erfüllte Celine auf einmal eine seltsame Ruhe, eine Taubheit, die ihrer Umgebung und Situation völlig zuwiderlief. Sie erklärte es sich als eine Art Traumareaktion, ähnlich der Gefühlsstarre, die sie noch Tage nach ihrer Rettung erlebt hatte. Sie schob sich an vergitterten Höfen vorbei, Insassen in orangefarbenen Overalls stießen bei ihrem Anblick Pfiffe aus und riefen ihr zu. Sie sah zwei Wärter, die gerade ihre Kollegen auf den Wachtürmen ablösten, vor der Betontreppe blieben sie stehen, um ihre Gewehre zu laden und zu überprüfen. Fünf schwere Eisentüren musste sie passieren, dann einen schmalen Korridor entlanggehen, vorbei an einer Reihe leerer Kabinen, neben denen verbeulte Telefonhörer hingen. Schließlich kamen sie in einen Raum, in dessen Mitte ein Metalltisch und zwei Stühle standen, alles war im Boden verankert. Im Türrahmen scheute Celine zurück wie ein erschrecktes Pferd vor dem Transporter.

»Ich setze mich nicht mit ihm hier rein«, sagte sie.

»Nein, nein!« Die Frau lachte. »Nein, du sitzt hinter Glas. Ich dachte nur, du könntest ein paar Minuten gebrauchen, um dich zu sammeln.«

»Nicht nötig. Zeigen Sie mir ihn einfach.«

Die Frau berührte sie am Arm. »Celine«, sagte sie sanft.

»Du musst nicht immer tapfer sein. Ich bin für dich da. Wir haben alle Zeit der Welt. Du kannst hier einfach ein paar Minuten sitzen und ...«

»Wenn ich es jetzt nicht durchziehe, verliere ich den Mut, okay?«, stieß Celine hervor. Sie war dieser ständigen Ansprachen von hübschen Opferbetreuern so überdrüssig, die ihr ständig versicherten, sie wären »für sie da«, und sie für ihre »Tapferkeit« lobten. Niemand war hier bei ihr, sie war völlig allein. Die vergangenen dreihundertzweiundfünfzig Tage seit dem Massaker an ihrer Familie hatte sie nur wegen ihrer Taubheit und der Macht der Gewohnheit überlebt und nicht, weil sie tapfer war. Sie folgte gefühllos den Anweisungen, aß, schlief und hangelte sich stumm von Minute zu Minute, von Tag zu Tag.

Man brachte sie in eine der Glaskabinen mit Telefonhörer, dann verschwand sie, die Frau, die für sie da sein wollte. Celine musste nicht lange warten.

Filme und Romane hatten Celine auf den Gestank nach Desinfektionsmittel und billiger Farbe, die institutionelle Kälte und generelle Schmuddeligkeit der Insassen vorbereitet, aber der Anblick ihres Großvaters erwischte sie eiskalt. Er setzte sich auf den Metallstuhl auf der anderen Seite der Scheibe. Seit ihrer letzten Begegnung hatte sich der alte Mann nicht sonderlich verändert, höchstens ein paar Kilo zugenommen. Sie hatte erwartet, in seinem Gesicht die gleiche Trauer und Verzweiflung zu entdecken wie in ihrem, eingefallene Wangen, einen von Vernachlässigung, mangelnder Pflege und schlaflosen, reuevollen Nächten gezeichneten Körper. Aber er war genauso gebräunt wie damals auf der Farm, sein Haar war dicht und silbergrau und sein Blick munter, aufmerksam, aber ansonsten emotionslos, wenn auch etwas gelangweilt, wie jemand, der im Wartezimmer sitzt.

»Und?«, fragte er nach einer Weile.

Celine öffnete den Mund, aber es kamen keine Worte heraus. Sie senkte den Blick und starrte mit brennendem Gesicht auf den Schalter. Die Sekunden verstrichen, aus fernen Gängen riefen Männer einander etwas zu, Türen knallten, ein Alarm piepste kurz, verstummte dann. Ihr stieß es sauer auf, sie musste an fauliges Fleisch denken, und als sie schluckte, war es, als säße ihr ein Stein in der Kehle.

»Warum ich?«

Ihr Großvater lachte. Ein einzelner Laut, wie ein Bellen. Er schüttelte den Kopf.

»War ja klar. Nicht ›warum?‹, sondern ›warum ich?‹.«

Celine zitterte, ihre Finger glitten durch ihren eigenen Schweiß, als sie den Schalter umklammerte.

»Wegen dem verdammten Zaun. Darum.«

Celine schnappte nach Luft.

»Drei Jahre lang musste ich diesen beschissenen Zaun ertragen. Jeden verdammten Tag. Ist dir das eigentlich klar?« Er stützte sich auf die Ellbogen, den Hörer in den gefesselten Händen. Als sie wieder aufsah, blickte sie direkt in seine blauen Augen, mit denen er sie aufzuspießen schien. »Jeden Tag habe ich den Scheißdreck gesehen, den du da angerichtet hast. Und nicht nur das. Nicht mal die klitzekleinste Kritik hast du vertragen, ohne gleich komplett auszuticken. Und was für ein hysterisches Theater du aufgeführt hast. Wow! Ja. So bist du. Kritik hältst du nicht aus, denn du bist ja perfekt. So beschissen perfekt, Celine, und, Gott bewahre, wenn jemand es wagt, etwas anderes zu behaupten. Liebe Güte, Mädchen. Wenn du so perfekt bist, wie kann es sein, dass du den Zaun so komplett versaut hast? Hm?«

Celine fand ihre Sprache wieder.

»Der … Zaun?«

»Der Lack war nicht mal sauber.« Ihr Großvater schnaubte, schüttelte den Kopf. »Du hast den Pinsel bis nach unten in den Dreck gezogen und den dann schön im Lack verteilt. Hat ausgesehen wie das verdammte Eis mit Schokostücken, das Nanna für Weihnachten besorgen musste, damit du deinen Willen kriegst.«

Er gab sich nun völlig seinen wuterfüllten Erinnerungen hin. Celine sah die hervorgetretene Ader an seiner Schläfe, direkt neben dem Hörer.

»Und dann«, fuhr er fort, »bin ich in die Scheune, hab die Jungs rausgejagt und dich ins Haus geschickt. Aber du hast einfach dagestanden, auf der Veranda, mit einer verdammten Kippe im Maul und hast mich frech angeguckt. Also hab ich gedacht, weißt du was, Missy, hab ich gedacht, wie du willst.« Er lehnte sich zurück und verschränkte die Arme. »Wie du willst.«

In Celine zerbrach etwas. Da war ein körperlicher Schmerz, als wären ihre Trauer und ihr Zorn scharfe Scherben, die sie von innen aufschlitzten.

»Der verdammte Zaun?«, schleuderte sie ihm entgegen. Die Worte flogen ihr aus dem Mund, rissen ihr die Lippen auf, brannten ihr in den Augen.

»Du hast mir das angetan und mich damit überleben lassen ... wegen dem verdammten Zaun?«

Ihr Großvater zuckte die Achseln. »Du und ich, Babygirl, wir sitzen jetzt in einem Boot. Erzähl mir bloß nicht, dass du es nicht so gewollt hast.«

Celine konnte kaum hören, was er sagte. Sie schlug mit den Handflächen gegen die Scheibe, mit den Unterarmen, den Ellbogen, versuchte, an ihn ranzukommen, das Glas zu durchbrechen. Plötzlich packte sie jemand von hinten und versuchte sie wegzuziehen, Stimmen warnten sie, brüllten

Befehle, und obwohl sie wild um sich schlug und schrie, kam sie nicht weiter, das Glas gab einfach nicht nach, schützte den Alten vor ihrer Wut. Er saß da, auf seinem Stuhl, und beobachtete sie amüsiert. Irgendwann ließ sich Celine von einer fülligen Wärterin wegtragen, zurück in das Zimmer mit dem festgeschraubten Metalltisch. Da saß sie, heulte und raufte sich die Haare, zerkratzte sich das Gesicht, versuchte die Worte aus ihrem Hirn zu tilgen, obwohl sie wusste, dass sie sie nie mehr vergessen würde.

Immer wieder kamen Leute an die Tür, aber die Wärterin verscheuchte sie mit einer Handbewegung. Sie saß neben Celine, fasste sie aber nicht an, spielte nur mit einer Locke ihres dunklen Afros und starrte an die Decke. Irgendwann kam Celine wieder etwas zur Ruhe. Zum ersten Mal seit einer gefühlten Ewigkeit fühlte Celine sich in Gesellschaft eines anderen Menschen wohl. Die Frau schwieg, sie lächelte nicht und erzählte ihr nichts über Tapferkeit, Wunden, die irgendwann heilen, oder Gerechtigkeit. Statt laut darüber zu reden, dass sie da war, war sie es einfach. Ein winziger Trost.

Als ihr Schluchzen zu einem Schluckauf wurde, konzentrierte sich Celine auf die Uniform der Wärterin, um die schmerzlichen Erinnerungen zu unterdrücken, die in ihr aufstiegen. Sie betrachtete das Namensschild mit der Aufschrift WEBBER, die glänzenden Schnallen, die Gegenstände an ihrem Gürtel. Jede Einzelheit wollte sie im Gedächtnis behalten, damit dort kein Platz mehr wäre für die Stimme des alten Mannes.

»Willst du nach Hause?«, fragte Webber irgendwann.

»Ja.«

»Ich bring dich zum Hinterausgang raus.« Webber machte eine Kopfbewegung in Richtung Tür. Celine stand auf und folgte der breitschultrigen Frau auf wackeligen Beinen. Ihre Knochen schmerzten, sie fror und fühlte sich schrecklich klein in diesem riesigen Gefängnis. Ein verwinkelter, schattiger Weg führte über Schotter an leeren, eingezäunten Höfen vorbei, sie gingen durch gesicherte Türen und Tore, bis die Wärterin schließlich vor einem Gebäude stehenblieb und offenbar über etwas nachdachte.

Irgendwann sagte sie: »Komm mit mir.« Celine folgte ihr. Sie betraten einen Trakt voller Zellen. Ein heftiger Gestank schlug ihr entgegen, es roch nach ... Männern. Hinter verriegelten Türen erspähte sie winzige Zellen, vollgestopft mit persönlichen Gegenständen, Postern, Büchern, Medizin, Klamotten. Und mittendrin, in diesen beengten Kammern, saßen Männer, schweigend, lesend, einer lag auf seiner Pritsche, offenbar schlief er, ein anderer glotzte in einen kleinen Fernseher. Die Zellen waren wie unordentliche Schränke, in die man winzige Pritschen und Toiletten gequetscht hatte.

»Siehst du das?«, fragte Webber.

»Ja.«

»Das ist der Todestrakt«, sagte sie. »Klein, aber oho. Wir haben nur sieben Männer hier. Dein Großvater ist noch nicht eingetroffen, die Papiere müssen noch bearbeitet werden, aber er wird kommen, vielleicht schon nächste Woche.«

Celine betrachtete die Zellen genauer. In der direkt neben ihr hing ein Handtuch mit braunen Flecken in der Ecke über der Pritsche. Ein Mann saß gebeugt über einem winzigen Schreibtisch, starrte ins Leere, rang die Hände und wiegte sich sanft. In einer anderen Zelle sah sie eine Kinderzeichnung an der Wand. Ein Mann lag darunter auf seiner Pritsche, die Arme hinter dem Kopf verschränkt, und starrte an die Decke. Die Stille ließ sie frieren.

Webber trat den Rückweg an, Celine folgte. Irgendwann standen sie an einer Wand, in größtmöglichem Abstand zu den Zellen, damit die Männer sie nicht hören konnten. Celine betrachtete die hoch über ihnen angeordneten Fenster, den weißen, von Stacheldraht zerschnittenen Himmel.

»Ich erzähl dir jetzt, was ich mache«, sagte Webber. Sie zeigte auf eine Zelle am Ende des Gangs. »Ich sperre deinen Großvater für den Rest seines Lebens in diese Zelle.«

Celine sah die grau gestreifte Matratze. Die niedrige Decke. Dellen und Kratzer in den Wänden, ein paar Namen, krakelige Bilder.

»Ich sorge dafür, dass er nicht rauskommt.« Webber sah sie fest an. »Nie wieder. Das hier? Das ist die kleine Schachtel, in die wir ihn stopfen werden. Und in dieser Schachtel wird er Stunde um Stunde herumkriechen, Tag für Tag, Jahr für Jahr, bis sie ihn vielleicht irgendwann abholen und umbringen.«

»Sie werden ihn bewachen?«

Webber nickte. »Ich und ein paar andere Leute. Wir sperren sie hier ein, bis ihre Zeit abgelaufen ist. Dabei achten wir darauf, dass sie so leben, wie sie es verdient haben. Keine Umarmungen, keine Küsse. Kein besonderes Essen. Sie haben einen Plan, von dem sie sich was aussuchen können, aber keines der Gerichte ist besonders lecker. Dein Großvater hat sein letztes Glas Wein getrunken. Seinen letzten Sonnenaufgang gesehen, seinen letzten Sonnenuntergang und seinen letzten Baum. Keine Ahnung, ob er das Meer je gesehen hat, wenn nicht, wird er es jetzt auch nicht mehr tun. Für ihn ist es vorbei.«

Celine nickte.

»Aber das ist alles egal«, sagte Webber. »Wichtig ist nur, dass er dir nicht mehr wehtun kann. Er kommt in die

Schachtel, und da wird er bleiben. Dieser Mann wird nie wieder jemandem wehtun.«

Celine warf sich der Frau an die Brust und schloss sie in die Arme. Webber geriet ein wenig ins Straucheln, sagte »Hoppla!« und lachte, aber Celine ließ sie nicht los. Ein paar Häftlinge beobachteten sie. Die Worte der Wärterin erfüllten Celine mit einem überwältigenden Gefühl, eine Mischung aus Glück und bitterböser Schadenfreude. Sie konnte nichts sagen, sich nur an der Frau festklammern und ihren Großvater aus tiefstem Herzen verfluchen. Dann richtete sie ihre Konzentration auf die leere Zelle, denn sie wollte sich an jede Einzelheit erinnern, den Gestank, die Form, dieses Loch von einem Käfig, in das man ihren Großvater werfen und bei lebendigem Leib begraben würde.

An diesem Tag marschierte sie durch die Tore, schloss ihr Auto auf, stieg ein und warf nie wieder einen Blick zurück auf das Gefängnis, das auf dem Hügel im Sonnenlicht funkelte.

24

Als Celine erwachte, war Keeps weg. Sie war auf der Tischplatte eingeschlafen, jetzt tat ihr die linke Gesichtshälfte weh, und als sie sich streckte, sang ihr Kreuzbein eine Kantate. Es dauerte eine Weile, bis sie sich wieder an die Ereignisse des vergangenen Abends erinnerte. Der Laptop und das Blatt waren noch auf dem Tisch. Mit Erleichterung stellte sie fest, dass unter *Unschuldig* nur ein einziger Eintrag stand: Dr. Martin Stinway. Jetzt fiel es ihr wieder ein. Keeps hatte tatsächlich darauf bestanden, den Mann mitten in der Nacht anzurufen und nach Kradles Fall zu befragen, deswegen hatte er im Internet nach seiner Telefonnummer gesucht. Irgendwann war sie dann wohl weggedämmert.

Es klingelte. Nicht zum ersten Mal, wie Celine vermutete. Wahrscheinlich war sie deswegen aufgewacht. Sie tappte in den Flur und schloss die Tür auf, die ihr so heftig aus der Hand gerissen wurde, dass Celine fast hinschlug. Trinity Parker marschierte ins Haus, als wäre sie die Besitzerin.

»Gut«, sagte sie statt einer Begrüßung. »Ich brauche einen Kaffee, und zwar sofort. Und sag jetzt bloß nicht, dass du nur Instant hast. Ich richte alles ein. Soll ich auch gleich beim Tierheim anrufen, damit die das Vieh abholen?«

»Wa…? Tierheim?«

»In deinem Pool schwimmt ein Häftling«, bemerkte Trinity.

Celine rannte ins Wohnzimmer und blickte durch die Glastür. Keeps hatte sich auf den Ellbogen am Beckenrand abgestützt und betrachtete die Wüstenpflanzen in Celines gepflegtem Garten. Sie konnte seine Füße sanft im Wasser paddeln sehen.

»Ach, Keeps. Der hilft mir mit ein paar …«, sagte sie.

Trinity hob die Hand. »Keine Zeit für dein Gelaber. Wenn du's gern mit Verbrechern treibst, ist das deine Sache. Ich habe kein Recht, über dich zu urteilen. Nicht jede hat so hohe Ansprüche wie ich.«

Celine seufzte.

»Versteh mich nicht falsch, ich kann mir vorstellen, worin der Reiz liegt. Die Tattoos. Die Muskeln. Die Gefahr. Das tiefsitzende Bedürfnis, gegen die Eltern zu rebellieren, die sich für ihr Töchterchen Missionarsstellung mit einem Börsenmakler gewünscht hatten, so lange, bis er zu alt ist und ihn nicht mehr hochkriegt. Was hat er an? Ich gehe davon aus, dass er seine Badehose nicht mitgebracht hat. Sollten wir uns hier hinsetzen, damit wir bei der Arbeit eine schöne Aussicht haben? Wenn das dein Blut in Wallung bringt und du endlich mit vollem Einsatz ans Werk gehst, bin ich voll dafür.«

»Ach, halt doch einfach die Klappe!«

»Mal ganz im Ernst, an deiner Stelle wäre ich ein bisschen vorsichtiger mit dem Knaben. Er hat ein interessantes Vorstrafen…«

»Ich weiß, ich weiß.«

»Gut. Wann kommt der Kaffee, Osbourne?«

Sie machte sich an die Arbeit. Trinity setzte sich an die Frühstückstheke und klappte ihren Laptop auf. Als Celine neben sie trat, sah sie, dass Trinity ein Video aufgerufen hatte und nur darauf wartete, es ihr zu zeigen. Es handelte sich um Aufzeichnungen der Überwachungskamera eines großen Kaufhauses. Eine schattenhafte Gestalt humpelte ins Bild. Der Mann bewegte sich durch die Gänge, so schnell es ihm seine offensichtlich schweren Verletzungen erlaubten, und grapschte sich Waren von den Regalen.

»Dreimal darfst du raten«, sagte Trinity.

»John Kradle«, sagte Celine.

»Schlaues Kindchen. Dein anderer krimineller Schwarm.« Trinity tippte auf den Bildschirm. Die Kamera verfolgte Kradle quer durch den Laden. »Die meisten Häftlinge würden in eine Apotheke einbrechen, wenn sie sich auf der Flucht verletzt hätten. Manche vielleicht beim Tierarzt. Es gibt sogar Spezialisten, die tatsächlich zum Arzt rennen. Aber unser Prachtkerl hier? Der bricht bei *Joanne's* ein.«

»*Joanne's*?«

»Bastelbedarf. Er hat sich Nadeln, Draht, eine Schere, Mullverband und Wattepads mitgenommen. Aus der Mal- und Zeichenabteilung hat er Alkohol geklaut. Dann ist er im Büro eingebrochen und hat die Einnahmen mitgehen lassen. Vierhundert Dollar. Niemand hat auf die Alarmanlage reagiert, weil, hey, das ist ein Bastelladen, da bricht doch keiner ein! Außerdem haben alle Sheriffs Ärzte und Tierärzte auf dem Schirm.«

»Ich dachte, du hättest kein Interesse daran, John Kradle zu jagen?« Sie beobachtete Kradle, der durch den Gang mit den Werkzeugen wankte und sich einen Hammer von der Wand schnappte, vermutlich, um damit den Tresor zu knacken. »Besonders, seit er und Homer Carrington sich getrennt haben.«

»Das ist es ja gerade. Sie haben sich nicht getrennt.«

Trinity öffnete ein Video, das John Kradle mit vollen Plastiktüten beim Verlassen des Kaufhauses durch die hinteren Brandschutztüren zeigte. Kurz danach war er vom Bildschirm verschwunden. Aber Sekunden später löste sich eine auffallend große Gestalt aus den Schatten. Der Mann bewegte sich von der Mauer weg, an der er offenbar gewartet hatte und lief direkt unter der Kamera vorbei hinter Kradle her.

»O Scheiße!«, sagte Celine. Ein seltsamer Impuls stieg in ihr auf, der Wunsch, John Kradle zu warnen und gleichzeitig auch nicht – seinen Tod tatenlos mitanzusehen und gleichzeitig eingreifen zu wollen. Trinity erkannte ihren inneren Konflikt offenbar.

»Jaja, das kenne ich«, sagte sie. »Ich hab mal in der Küche gesessen und mitangesehen, wie der Lori der Nachbarn aus seinem Käfig geflogen ist. Er hat auf dem Rasen gesessen und Samen gefressen. Aus der Hecke hat sich eine Katze an ihn rangepirscht. Da habe ich mich wahrscheinlich ähnlich gefühlt wie du jetzt gerade.

Dieses köstliche Gefühl von göttlicher Macht über Leben und Tod. Die Fähigkeit, das Schicksal zu bestimmen. Diese morbide Neugier, die dich am Eingreifen hindert, weil du mit eigenen Augen sehen willst, wie die Ereignisse in aller Grausamkeit ihren Lauf nehmen.«

»Du hast echt eine verdammt hohe Meinung von dir«, sagte Celine.

»Soll ich dir sagen, was ich gemacht habe?«

»Nein.« Celine trank ihren Kaffee. »Sag mir lieber, warum du hier bist und warum du mir gezeigt hast, wo Kradle steckt.«

»Weil ich eine Gegenleistung erwarte. Das ist der einzige Grund, warum ich überhaupt irgendwas tue.

»Ja, kommt hin.«

»Du und dein Gangsta-Lover da draußen, ihr knöpft euch Joe Brassen vor. Von meiner Drohung, ihm die Eier abzuschneiden, war er leider nur nicht ausreichend beeindruckt. Jetzt beiße ich bei ihm auf Granit. Er hat gesungen, aber er will nicht tanzen. Ihr beide könntet mir behilflich sein.«

»Joe Brassen? Der ist doch nicht etwa ...« Celine sperrte den Mund auf.

»Genau, ist er.«

Celine rieb sich die Augen. »Ach, Scheiße«, sagte sie. »Ja, jetzt, wo du es sagst. Er organisiert das Softballspiel zwischen Wärtern und Insassen. Nicht das Team, er ist nicht der Coach, aber er kümmert sich um alles andere.«

»Den Coach haben wir schon in die Zange genommen, war unser erster Verdächtiger. Der ist sauber.«

»Brassen wirbt in den Aufenthaltsräumen für das Spiel. Er organisiert das Catering. Hat im gesamten Gefängnis Leute vom Personal ins Team geholt – und ihre Familien eingeladen.«

»Ist er als White Supremacist bekannt?«

»Was? Nein! Glaubst du allen Ernstes, ich würde so einen bei mir im Team arbeiten lassen?«

Trinity zuckte die Achseln. »Ich glaube, du hast sicher gern fähige, zuverlässige und engagierte Typen in deinem Trakt, die gut mit den gefährlichsten Häftlingen in diesem Gefängnis klarkommen. Du schaust auf ihre Arbeitsleistung und ignorierst ihre Geisteshaltung, weil dir nur die Arbeit wichtig ist, das Privatleben ist egal. Genau wie bei dir selbst.«

»Ich habe durchaus ein Privatleben!«

»Ach, tatsächlich?« Trinity sah sich um. Celine weigerte sich, ihrem Blick zu folgen.

»Lass uns einfach loslegen«, sagte sie schließlich.

»Vorher«, Trinity wandte sich wieder dem Laptop zu, »möchte ich dir noch was zeigen.«

Sie startete ein weiteres Video, diesmal war es allerdings Teil einer Nachrichtenmeldung. Menschen im Casino, die an Kartentischen vorbeibummelten. Eine vollschlanke Frau in Rüschenbluse und Weste mischte Karten für einen Typen mit Basecap. So weit, so unauffällig. Touristen wichen einer Horde Männer auf Sauftour aus.

Dann verließ die Frau in der Rüschenbluse auf einmal ihren Tisch. Sie lief quer durch den Saal auf einen Mann in weißem Hemd zu, die Hände bereits zu Fäusten geballt.

»Wow!«, entfuhr es Celine. »Und tschakka!«

»Hat einen ziemlichen Schlag am Leib, die Gute«, bemerkte Trinity grinsend.

»Ist das ...?«

»Abdul Ansar Hamsi, genau.«

»Jesses. Sie hat ihn k.o. geschlagen!« Celine musste ebenfalls grinsen.

»Die will ich«, sagte Trinity. »Sie kriegt einen Job bei der Terrorabwehr. Aber zuerst gebe ich ihr ein paar Martinis aus und höre mir ihre Lebensgeschichte an. Dann schicke ich sie auf Terroristenjagd.«

»Da kannst du schon mal eine Nummer ziehen. In den nächsten anderthalb Jahren werden sie die Frau von Talkshow zu Talkshow reichen.«

»Spaß beiseite.« Trinity klappte ihren Laptop zu. »Wir müssen los.«

Die Glastür im Esszimmer wurde aufgeschoben, Celine hörte nasse Schritte auf dem Parkett.

»Yo! Riech ich da Kaffee?«, rief Keeps. »Wo ist meiner?«

Keeps setzte sich auf den Beifahrersitz, Celine hinters Steuer. Sie warteten, bis Trinity Parker in ihrem silberfarbenen Mercedes um die Ecke gebogen war. Celine verspürte eine seltsame Spannung zwischen ihr und Keeps, als hätten sie eine Grenze überschritten – nicht, weil sie ihn für ihre Verbrecherjagd rekrutiert hatte, sondern weil sie in seiner Gegenwart eingeschlafen war. Sie stellte sich vor, wie sie langsam neben ihm weggedämmert war, und er sich überlegte, ob er sie wecken oder vielleicht auf die Couch verfrachten sollte. Er, der Betrüger und Hochstapler, der sich in ihr Leben gequatscht hatte, ganz allein mit ihr und allem, was sie besaß. Wie angreifbar sie sich gemacht hatte!

Keeps nahm den Deckel von dem Thermosbecher mit Celines Kaffee und trank einen Schluck.

»Jetzt ist der richtige Zeitpunkt, die Biege zu machen, falls du das vorhattest.«

»Ich häng noch einen Tag dran. Brauch die Kohle.«

»Glaubst du im Ernst, dass Trinity dir für diesen Einsatz hundert Eier pro Stunde zahlt?«

»Jetzt sind's nur noch neunzig, hab ich doch gesagt. Hundert hat es am Entlassungstag gekostet, Freiheitszuschlag. Und ja, ich glaube das. Sie wird mir das Geld geben, und ich werde es annehmen.«

Celine fühlte sich auf einmal verunsichert. Dieser Mann war ein Fremder. Als sie den Motor anließ und losfuhr, schaltete Keeps das Radio ein.

»...glaubliche Geschichte einer Begegnung mit den beiden meistgesuchten Verbrechern, die vor Kurzem aus dem Gefängnis von Pronghorn ausgebrochen sind. Die Frau ...«

»Mach das lauter!«, sagte Celine.

»... Shondra Aguirre behauptet, Homer Carrington, der Würger von North Nevada, und der Familienmörder John Kradle hätten sie entführt, als sie an der Route 15 nach Mesquite anhielt ...«

»Das ist doch dein Knilch«, sagte Keeps.

»... echtes Entsetzen und Überlebenskampf mit einer unerwarteten Wendung: ›John Kradle hat mich befreit. Der Große, Homer Carrington, wollte mir wehtun. Der Würger. Er wollte mich vergewaltigen. Das weiß ich ganz genau. Aber Kradle, der, also er hat es so hingedreht, dass ich fliehen konnte. Hat ein Theater abgezogen, er so: ›Ah, Bro, ich will sie zuerst‹, und

*dann hat er mich durchs Fenster steigen und weglaufen las-
sen.‹«

»Willst du das unter *Unschuldig* verbuchen?«, fragte Keeps.
»Oder sollen wir eine neue Spalte für Charakterzeugen aufmachen?«

»Ich habe keine Ahnung, wo ich das notieren soll.« Celine
hielt das Lenkrad umklammert und konzentrierte sich fest
auf den Verkehr. »Es ist … ich meine, wir können das nicht
beurteilen. Es ist nicht relevant. Und es gibt nicht genug Informationen. Ich habe mich noch nicht entschieden, okay?«

Keeps zückte sein Handy und wählte eine Nummer.

»Was machst du da?«

»Dir bei der Entscheidung helfen.«

Celine fuhr. Sie hatten die Vorortsiedlung verlassen und
fädelten sich auf dem Highway Richtung Pronghorn ein. Je
schneller sie fuhr, desto mehr Galle stieg in ihr auf. Als jemand am anderen Ende der Leitung ans Telefon ging, drehte sie das Radio leiser.

»Ah, ja, hallo. Ich würde gern Dr. Martin Stinway sprechen«, sagte Keeps. Seine Stimme klang völlig anders. Er
sprach knapp und kurz angebunden, sogar sein Kinn hatte
er vorgeschoben, als er sich im Sitz zurücklehnte, den Blick
auf die Fahrbahn gerichtet. »Am Apparat? Na, wunderbar!
Hier spricht Damien Koenig-Hadley. Ich arbeite als Journalist bei der *New York Times*.«

Celine machte große Augen und schlug ihm gegen die
Brust. Keeps reagierte nicht.

»Ja, das weiß ich. Ja, ja. Ich wollte Sie auch nur um eine
kurze Stellungnahme bitten, damit wir Sie zitieren können.
Oder wir schreiben, dass Sie sich nicht dazu äußern wollten.
Wie Sie wollen. Ich arbeite an einer Story über John Kradle,
einen der aus Pronghorn entflohenen Häftlinge, und die

neu anberaumte Untersuchung in seinem Fall. Sie haben es sicher schon in den Nachrichten verfolgt, richtig?«

Keeps nahm das Handy vom Ohr und schaltete auf Lautsprecher. Celine hörte die hohe, scharfe Stimme von Dr. Stinway am anderen Ende der Leitung.

»Welche Untersuchung? Wovon reden Sie da?«

»Huch, da bin ich aber überrascht. Ich hätte gedacht, dass man Sie im Vorfeld darüber informieren würde. Vielleicht hat das FBI Sie noch nicht erreichen können?« Keeps bedeutete Celine, dass sie nach vorn schauen solle.

»Mein Junge, ich habe keine Ahnung, was du mir hier erzählen willst.«

»Ich erkläre es Ihnen gern. Mein Artikel über Kradle, seinen Fall und die erneute Untersuchung ist schon lange in der Pipeline gewesen, aber jetzt, da er durch den Ausbruch wieder in die Schlagzeilen geraten ist, hat mein Redakteur mir grünes Licht für die Aufmacherstory gegeben. Ich weiß aus sicherer Quelle, dass die Agenten vom FBI schon vor einigen Monaten eine Untersuchung gestartet haben, weil man vermutet, dass man Kradle den Mord an seiner Familie angehängt hat und vielleicht sogar die Polizei damit etwas zu tun hatte. Korrupte Cops, die Beweise fingiert haben, damit der Ehemann in den Knast wandert.«

Celine zog abrupt auf den Pannenstreifen und bremste. Keeps hielt gerade noch rechtzeitig die Hand vor den Lautsprecher, damit Stinway sie nicht fluchen hörte. »So ist das nicht …«

»Pssst!«, flüsterte er.

»Sind Sie noch dran?«, fragte Stinway.

»Ja, ja, tut mir leid, ich teile mir heute mit einer Kollegin das Büro, die ist auch am Telefon.« Keeps funkelte Celine böse an. »Sie ist laut und rücksichtslos, aber Sie wissen ja, die Zeitungen kürzen überall. Was wollten Sie sagen?«

»Ich wollte sagen, dass ich nichts über ... fingierte Beweise weiß.« Stinway seufzte tief. »Das ist mir neu.«

»Also erinnern Sie sich an den Fall und Ihre Aussage?«

»Ja. Sehr gut sogar. Und ich wiederhole gern, was ich schon John Kradles Anwalt gegenüber geäußert habe: Ich stehe zu jeder meiner Aussagen, die ich je zu einem Fall gemacht habe, denn ich bin Wissenschaftler. Die Wahrheit ist unser höchstes Gut.«

»Sie haben ausgesagt, dass die Mikrofaseruntersuchung von John Kradles Kleidung zweifelsfrei belege, dass er und niemand anderes die Morde begangen hat.«

»Korrekt.«

»Die Schmauchspuren beweisen also, dass er die Waffe abgefeuert hat.«

Schweigen. Celine umklammerte das Lenkrad.

»Okay, die Sache mit den Schmauchspuren können Sie ignorieren. Das ist mittlerweile widerlegt worden.«

»Aber damals waren Sie felsenfest überzeugt, dass diese Spuren hieb- und stichfeste Beweise sind, richtig?«

»Das war ...« Stinway seufzte erneut, so tief, dass es in der Leitung knisterte.

»Die Wahrheit, unser höchstes Gut?«

»Ja«, sagte Stinway. »Schmauchspurenanalyse stand damals ... ähm ... noch im Peer Review. Es war kompliziert. Aber wenn man es richtig gemacht hat ... egal. Die Wahrheit setzt sich nicht nur aus dem zusammen, was ich unterm Mikroskop habe, sondern aus der Gesamtsituation. Die Beweise, die mir vorlagen, waren Teil einer Geschichte. Verstehen Sie? Das gehört alles dazu.«

»Was ist mit der Blutspurenanalyse? Sie haben ausgesagt, das Spritzmuster beweise, dass Kradle in einen Kampf mit seinem Sohn verwickelt war, und zwar als der noch lebte.

Dass solche Muster nicht hinterher entstanden sein konnten, als Kradle die Leichen gefunden hat.«

»Jetzt hören Sie mal zu. Ich bin ein Mann der Wissenschaft.«

»Das sagten Sie bereits.«

»Außerdem bin ich nicht besonders ... groß.«

Keeps runzelte die Stirn. »Groß?«

»Haben Sie den Detective mal gesehen, der diesen Fall bearbeitet hat? Er ist groß, laut und ein ziemlicher Rüpel. -Strotzt vor Selbstbewusstsein. Dicke Hose. Sie verstehen? Also stellen Sie sich vor, Sie sind in Ihrem Labor, und dann kommt er reinmarschiert, mit lauter Unterlagen unterm Arm, einem Aktenordner, so ein Riesending, prall gefüllt mit Zetteln und Notizen und Fotos und Zeugenaussagen. Er macht Ihnen klar, dass Ihr Puzzleteil gefälligst zu dem Rest seiner Sammlung zu passen hat. Diese riesige Sammlung. Sie ... Sie ... Sie versichern ihm, dass Sie sich das ansehen. Und eh Sie sichs versehen, haben Sie den Mann am Telefon. Er brüllt Sie an. *Ob Sie sich das schon angesehen haben, will ich wissen?*«

Celine kurbelte das Fenster herunter. Die Luft in der Wüste war noch kühl, aber sie fühlte sich trotzdem nicht besser.

»Sie wollen mir also erzählen, dass Frapport Sie eingeschüchtert hat?«

»Nein.« Stinway schwieg eine Weile. »Also, im Endeffekt ... gibt es Spuren und Indizien, die man so oder so auslegen kann.«

»Ach, tatsächlich?«

»Manchmal muss man eben eine Entscheidung treffen. Sind die Ergebnisse nicht eindeutig? Positiv? Manchmal sind sie für sich genommen nicht aussagekräftig, wir reden hier von ein paar Blutstropfen auf einem Hemd. Also müssen wir die Spuren interpretieren. Und in diese Interpretation fließt alles ein, was man über den Fall weiß.«

»Was wussten Sie denn noch über den Fall?«

»Dass der Vater ein Geständnis abgelegt hat, zum Beispiel.«

Keeps schlug Celine auf den Arm, damit sie aufpasste. Sie reagierte nicht.

»Der Detective hat Ihnen erzählt, John Kradle hätte gestanden?«

»Ja. Detective Frapport hat mir gesagt, ich müsse nicht vor Gericht auftreten, weil der Mann bereits gestanden habe.«

Keeps zupfte Celine am Ärmel. Sie schlug seine Hand weg und starrte stoisch nach vorn.

»Was haben Sie sonst noch gewusst?«

»Na, dass Frapport bereits einen riesigen Aktenordner voller Beweise und Zeugenaussagen zusammengestellt hatte, die den Täter überführten. Versetzen Sie sich mal in meine Lage. Und dann setzt er Sie noch unter Druck, damit Sie ja nichts Falsches sagen.«

»Er hat Sie unter Druck gesetzt?«

»Nein. Also. Nicht explizit ...« Stinway seufzte wieder. Celine konnte fast sehen, wie sich der Mann an die Stirn fasste. »Ich kann es mir nicht leisten, schon wieder mit einem Skandal in der Presse zu landen und das FBI vor der Tür zu haben. Der Anwalt, der hat sich leicht abwimmeln lassen, aber das FBI ... ich kann nicht mit denen reden, nicht jetzt, wo ich mich hier sowieso schon auf dünnem Eis befinde.«

»Bei Ihrem Arbeitgeber?«

Stinway lachte traurig. »Nein, bei meiner Frau.«

Keeps und Celine sahen auf das Handy, jetzt in Keeps' Schoß, das Gespräch aber immer noch aktiv.

»Es erschien mir vollkommen logisch, dass er es war. Es ist doch immer der Ehemann. Es ist mein Job, die Indizien zu betrachten und *eine sinnvolle Interpretation* dafür zu liefern.«

»Mir reicht's!«, sagte Celine. Nachdem Keeps das Gespräch beendet hatte, saßen die beiden eine Weile schweigend nebeneinander. Der Motor tickte. »Woher wusstest du, dass deine Tour funktioniert?«

»Die Leute reden immer mit Journalisten«, sagte Keeps. »Manchmal brauchen sie ein bisschen, aber irgendwann sind sie so weit. Sie meinen, die Geschichte wird sowieso gedruckt, da können sie wenigstens noch ihre Sicht der Dinge anbringen.«

Celine nickte.

Ein Streifenwagen sauste an ihnen vorbei, auf dem Weg nach Pronghorn. Keeps wollte noch mehr sagen, aber Celine hob die Hand. Sie ließ den Motor an und zog wieder auf die Fahrspur.

25

Shelley Frapports entspannte Reaktion konnte nur bedeuteten, dass sie Kradle mit jemandem verwechselt hatte. Er zog sich die Kapuze vom Kopf, damit sie ihn erkannte. Sicher würde sie gleich losschreien und wegrennen. Aber sie blieb einfach stehen, schien völlig ungerührt. Nur der Junge namens Tom reagierte mit dem angemessenen Entsetzen, er wich zurück, knallte gegen die Arbeitsplatte und klammerte sich daran fest.

»Ohoo, was ... ha ...?«, stammelte er. »Wieso ... was geht hier ...«

Shelley packte ihren Sohn am Arm. »Tom«, sagte sie. Er klammerte sich an sie, vergrub die Finger in ihren Bademantel.

»Mom, Mom! Das ist der ...«

»John Kradle, ich weiß Bescheid.«

»Sie *wissen Bescheid*?«, fragte Kradle.

»Tom, es ist alles okay.« Shelley strich ihrem Sohn über den Kopf. Sie strahlte eine unheimliche Ruhe aus, als wäre es völlig normal, dass einer der meistgesuchten Schwerverbrecher des Landes in ihrer Küche stand. »Setz dich einfach hin. Da drüben.«

Sie zeigte auf einen Stuhl in der Ecke. Der Sohn rührte sich nicht vom Fleck. Sein Blick war starr auf Kradle gerichtet, ein Kaninchen vor der Schlange. Also setzte sich Kradle stattdessen in die Ecke. Er kam sich vor wie im Traum, als wäre das alles eine Halluzination. Also besser hinsetzen, dachte er, sonst passierten vielleicht noch abstrusere Sachen, womöglich schwebte er gleich an die Decke oder so was. Tatsächlich wurde die Szene noch bizarrer: Statt zu schreien, holte Shelley Brot und Milch aus dem Schrank. Der schwarze Hund war eine Runde im Wohnzimmer herumgetrottet, aber mangels Katze oder anderen interessanten Dingen wieder zu Kradle zurückgekehrt. Jetzt hatte er den gierigen Blick aufs Brot gerichtet.

»Sie sind bestimmt völlig ausgehungert.« Shelley zog ein Messer aus der Schublade. »Ich mach Ihnen erst mal was zu essen, dann reden wir.«

»Ich …« Kradle blickte den Jungen an, als könnte der ihm helfen. »Das ist … Sie haben …?«

»Sie erwartet?« Shelley nickte. »Obwohl … erwartet nicht direkt. Eigentlich war es ja ziemlich unwahrscheinlich, dass Sie den ganzen Weg zu uns kommen. Aber den Detectives, die unser Haus bewachen wollten, habe ich gesagt, dass wir zu meiner Schwester nach Minnesota fahren. Damit die Luft rein ist, falls Sie hier aufkreuzen. Ich habe ihnen versprochen, erst zurückzukommen, wenn sie mir grünes Licht geben und Sie wieder im Bau sind.«

»Mom?« Tom zitterte am ganzen Leib und klammerte sich immer noch an die Arbeitsplatte, als hätte auch er Angst, an die Decke zu schweben. »Was zum Teufel geht hier ab?«

»Würdest du dich bitte setzen?« Shelley zeigte auf den Stuhl neben Kradle. Der Junge blieb stehen.

»Ist Ihr Mann da?«

»Er ist tot.«

Kradle verspürte einen dumpfen Schmerz, wie ein Schlag in die Magengrube. Er krallte die Finger in sein Hemd und starrte zu Boden und sah zu, wie sein Kartenhaus einstürzte.

»Patrick hatte vor drei Jahren einen Herzinfarkt. Ich habe ihn in der Garage gefunden«, fuhr Shelley fort. Sie stellte Kradle ein Sandwich mit Erdnussbutter und Gelee und ein Glas Milch vor die Nase. »Ich glaube, er hat versucht, einen Reifen anzuheben. Glücklicherweise war Tom an dem Wochenende nicht zu Hause. Wahrscheinlich das Beste, was Paddy je für seine Familie getan hat.«

»Ich ruf die Polizei«, verkündete Tom und zog sein Handy aus der Hosentasche.

Shelley riss ihm blitzschnell das Gerät aus der Hand und bugsierte ihn auf den Stuhl. Sogar sitzend war der Junge noch einen Kopf größer als Kradle. Das Kind und der entflohene Häftling saßen einander gegenüber, beide hatten die Ellbogen auf dem Tisch aufgestützt und den Rücken gestrafft wie zwei Pokerspieler.

Shelley setzte sich ebenfalls an den Tisch. Das Handy legte sie mit dem Display nach oben neben ihren Sohn. Der Hund fing an, sich hingebungsvoll zu kratzen, sein mageres Hinterbein klopfte dabei rhythmisch auf den Boden. Dann stieß er ein trockenes Husten aus, legte sich hin und das Zimmer versank in eisiges Schweigen.

»Niemand macht hier irgendwelche Anrufe«, sagte Shelley schließlich. »Bis ich fertig bin.«

Kradle betrachtete sein Sandwich. Er fragte sich, ob er es bei sich behalten würde. Sein Körper schrie nach Nahrung, aber sein Magen hatte eine andere Meinung zu diesem Thema.

Shelley ergriff die Hand ihres Sohnes. »Ich wollte mich von deinem Vater scheiden lassen«, erklärte sie.

»Was? Wann?« Tom schüttelte heftig den Kopf. »Wovon redest du da?«, kreischte er, fast hysterisch. »Scheidung? Und wieso erzählst du mir das jetzt? *Hier sitzt ein verdammter Mörder in unserer Küche!*«

»Jetzt raste nicht gleich aus, Tom«, sagte Shelley.

»*Ich raste aus, wann ich will!*«, keifte der Junge.

Shelley sah Kradle verschwörerisch an. »Das sagt er immer. Hör gut zu, Tom, dann wirst du es verstehen.«

Der Junge und Kradle funkelten einander an. Kradle verspürte den starken Impuls, sich für seinen Gestank zu entschuldigen. Und für den stinkenden Hund. Seine ungewaschenen Flossen auf dem weiß gescheuerten Holztisch. Die dreckigen Fingernägel.

»Ich habe Paddy schon 2015 mitgeteilt, dass ich die Scheidung will«, sagte Shelley. »Genau genommen sogar schon ein Jahr vorher. Paddy war mit einer Schießerei zwischen verschiedenen Gangmitgliedern beschäftigt, das hat ihn total genervt, und er war nie zu Hause. Sie kennen diese Gangster, die sind die ganze Nacht unterwegs, wie die Kakerlaken. Paddy hat angefangen, wie sie zu leben, hing ständig am Telefon, hat versucht, die Typen auseinanderzuhalten. Alle hatten Vorstrafen und eine schmutzige Vergangenheit. Er ist immer nur stundenweise hier aufgetaucht, hat sich sein Essen reingestopft und mich zugetextet, bis ich Kopfschmerzen hatte, weil ich *Fisho* nicht von *Nettles* unterscheiden und mir nicht merken konnte, wer jetzt wieder wem die Braut ausgespannt, den Umschlagplatz, die Drogen oder was auch immer geklaut hatte. Wenn er sich bei mir ausgekotzt hatte, ist er wieder verschwunden, hat sich nicht mal verabschiedet. Ein Jahr lang bin ich jede Nacht ins kalte Bett gestiegen. Irgendwann habe ich beschlossen, dass ich das alles nicht mehr wollte.«

Der Junge brach in Tränen aus, rieb sich aber schnell mit den übergroßen, schmalen Händen im Gesicht herum, als könnte er seine Gefühle wegschieben. Kradle heftete den Blick stur auf sein Sandwich.

»Soll ich euch beide ein paar Minuten allein lassen?«, fragte er.

»Nein«, sagte Shelley. Als sie ihm den Arm tätschelte, kam er sich vor, als jagte sie ihm einen Stromstoß durch den Körper. »Hören Sie einfach zu. Ich will, dass Sie das wissen. Vielleicht ... ist es sogar meine Schuld, dass man Sie weggesperrt hat.«

Shelley Frapport atmete tief ein und aus.

»Eines Abends ist Paddy wie immer zum Essen aufgetaucht, ist einfach zur Tür reingepoltert und hat sich an den Tisch gesetzt, damit ich ihn bediene, so wie immer. Da hab ich gesagt: ›Ich will die Scheidung.‹ Und hab ihn wissen lassen, dass ich schon einen Anwalt hatte.« Shelley rang die Hände auf dem Tisch, berührte dabei fast Kradles Finger. »Am selben Tag hat man Ihre Familie ermordet, John.«

Kradle hörte sich den Rest an, obwohl er schon alles wusste. Vor seinem geistigen Auge konnte er genau sehen, wie es passiert war. Das Geheul und Geschrei, die verzweifelten Versprechen, der kleine Junge, der hinter der Tür seines Zimmers kauert und versucht zu verstehen, warum es sich so schlimm anfühlt zu Hause, obwohl die Eltern immer wieder versichern, dass alles in Ordnung ist. Patrick Frapport, übergewichtig, erschöpft, wie betäubt und praktisch jede Nacht wach, kämpft sich Tag für Tag durch den Nebel, um die frustrierenden Ermittlungen unter den Gangmitgliedern irgendwie zu stemmen, jetzt liegt auch noch ein Dreifachmord auf seinem Tisch. Und seine Frau will die Scheidung. Kradle saß vermutlich gerade auf demselben Stuhl, auf dem Patrick damals versucht hatte sich ein Leben nach der Vollkatastrophe vorzustellen: sein armseliges Hab und Gut in Wäschekörben, weil Umzugskisten zu endgültig wären, Dauerstreit mit Shelley, Gezeter wegen jeder Kleinigkeit, wer die Stromrechnung zahlt, wem das Besteck gehört, wer den Wagen bekam. Er hatte es vermutlich genau vor Augen, das heruntergekommene Motelzimmer, in das er ziehen würde. Unmöglich. Die Schießerei, der Familienmord, seine Scheidung, sein Magengeschwür und sein Alkoholproblem, sein verdrängtes Trauma, die über Jahre angestaute Wut über die Arbeit waren wie ein Schwarzes Loch, das ihn zu verschlucken drohte. Also gab Paddy nach. Er tat es, um seine Ehe zu retten, weil er verstanden hatte, dass er nicht seine gesamte Energie in seine Arbeit stecken konnte. Er brauchte seine Frau, denn seine Kollegen würden ihm keinen Geburtstagsfick schenken, ihm nicht übers Haar streichen, wenn er mitten in der Nacht nach dem Pinkeln ins Bett zurückkehrte, und ihm auch nicht weismachen, dass er trotz seiner Plauze noch attraktiv war.

Den Mordfall Kradle löste er auf die Schnelle. Schließlich stand der Täter von vornherein fest. Der Ehemann war's. Wie immer. Und was nicht passte, wurde eben passend gemacht.

»Eine Zeit lang lief's ganz gut. Doch kurz vor seinem Tod hab ich es noch mal gesagt. Hab ihm klargemacht, dass ich die Scheidung will. Paddy hat's versucht. Wirklich. Er war jeden Abend zu Hause, hat mir zugehört, aber ich ... das Gefühl war einfach weg.«

»Und dann hat er Ihnen gestanden, dass er in meinem Fall Beweise manipuliert hat?«, fragte Kradle.

»Nicht direkt. ›Ich hab richtig schlimme Sachen für dich gemacht. Für uns‹, das hat er gesagt. Aber ich wusste Bescheid. Schließlich war ich zwanzig Jahre mit dem Mann verheiratet. Immer wenn jemand den Fall erwähnt hat oder was im Fernsehen darüber gelaufen ist, hat er auf einmal dichtgemacht.«

Kradle traute sich fast nicht, die nächste Frage zu stellen. Stattdessen saß er mit geschlossenen Augen da, die Worte schon im Mund, aber noch nicht ausgesprochen, denn solange er die Antwort nicht kannte, gab es die Hoffnung, dass sie so ausfiel, wie er es wollte. Schließlich nahm er allen Mut zusammen.

»Haben Sie die Akten nach seinem Tod behalten?«, fragte er zitternd.

»Die Polizei ist gekommen und hat alles mitgenommen.«

Er schlug die Hände vor dem Gesicht zusammen. Am liebsten hätte er laut losgeschrien.

»Aber ich habe etwas, das Ihnen vielleicht hilft«, fügte Shelley hinzu. Beim Aufstehen schrappte ihr Stuhl über den Boden. Kradle rieb sich die Augen, fuhr sich unsanft durch die Bartstoppeln und versuchte, alle Gefühle wegzuschieben, wie er es bei dem Jungen gesehen hatte. Er hörte, dass sich der schwarze Hund ebenfalls aufrichtete. Als er aufsah, saß das Tier bereits an der Tür, die Ohren aufgestellt, als hätte es da draußen irgendwas rascheln gehört.

»Einem geflohenen Häftling zu helfen ist ein Verbrechen«, bemerkte Tom.

Kradle schwieg.

»Die werden meine Mom nicht festnehmen, das lasse ich nicht zu«, fuhr der Junge fort. »Nicht wegen dir. Wegen niemandem.«

»So weit wird es nicht kommen. Bevor die Polizei überhaupt mitkriegt, dass ich hier war, bin ich schon verschwunden.«

Der Junge sah ihn skeptisch an.

»Mein Sohn war ungefähr so alt wie du«, sagte Kradle. »Jemand ist in unser Haus gekommen, als ich nicht da war, und hat ihn erschossen. Meine Frau und ihre Schwester auch.«

»Warum haben sie dich dann dafür verknackt?«

»Weil ich da war. Vielleicht Sekunden nach der Tat bin ich ins Haus und habe versucht, sie zu retten, aber es war schon zu spät.«

»Wenn du's nicht gewesen wärst, hätten sie dich nicht eingesperrt«, sagte der Junge. »Schließlich haben die lauter Technik und so Sachen. Beweise und Gerichtsverhandlungen.«

»Ich bewundere deinen festen Glauben an das Justizsystem. Ich wünschte, er wäre gerechtfertigt«, sagte Kradle.

»Die ganzen Sachen, die meine Mom über meinen Dad sagt, das kann nicht stimmen. Ich war auch dabei. Mein Dad ist ein guter Mann gewesen, der hätte keinen Unschuldigen ins Gefängnis gesteckt.«

Kradle würde ihm gern erklären, dass es nicht so einfach war. Dass auch gute Menschen müde wurden, Fehler machten, alle Augen zudrückten, der Wahrheit nicht ins Gesicht sehen wollten. Gute Menschen konnten sich sogar manchmal einreden, dass schlimme Dinge nicht so schlimm waren. Die Reaktion des Jungen war das beste Beispiel. Er versuchte sich einzureden, sein Vater hätte einem anderen Menschen nie das Leben verpfuscht, nur um seine Ehe zu retten. Wie gern hätte er ihm gesagt, dass es am leichtesten ist, über Tote zu lügen. Aber er wollte ihm nicht die liebenswerte, jugendliche Naivität zerstören, die ihm in dieser Form schon seit Jahren nicht mehr begegnet war.

»Ich meine, was wäre, wenn da draußen tatsächlich noch der wahre Täter rumläuft? Was willst du dann machen? Willst du den kriegen?«

»Ja«, sagte Kradle nur.

»Und dann übergibst du ihn der Polizei?«

Kradle schwieg.

»Wieso lässt du das nicht jemanden für dich machen? Einen Anwalt oder so was? Oder einen Freund?«

»Mein Anwalt arbeitet seit fünf Jahren an meinem Fall. Aber manchmal muss man Dinge tun, die außerhalb des Gesetzes liegen, um der Wahrheit auf den Grund zu kommen.«

»Wirst du ihn der Polizei übergeben, wenn du ihn findest?«, wiederholte Tom. Wieder schwieg Kradle. Der Junge schnaubte verächtlich. »Siehst du? Du bist böse.«

Shelley Frapport kam zurück in die Küche, legte einen Papierstapel auf den Tisch und strich ihn glatt. »Die habe ich gestern aus dem Keller geholt«, sagte sie. »Falls Sie hier auftauchen.«

»Ich fasse es nicht!«, rief Tom kopfschüttelnd. Er zog eine niederträchtige Grimasse. »Du hast die Polizisten, die uns bewachen sollten, weggeschickt. Dann hast du diese Unterlagen bereitgelegt. Woher wusstest du, dass er herkommen würde, um Beweise zu finden? Er hätte uns umbringen können! Um sich an Dad zu rächen!«

»Ich hab eine riesige Waffe unter dem Sofa«, sagte Shelley.

»Was?«

»Und im Waschraum ist noch eine.« Sie nickte zur Tür neben dem Kühlschrank.

»Willst du mich verarschen?«, brüllte der Junge.

»Dein Dad hat mir beigebracht, wie man sie benutzt.«

Kradle zeigte auf den Stapel. »Was ist das?«

»Anruflisten«, sagte Shelley. »In den Monaten, als er Ihren Fall übernommen hatte, haben Paddy und ich uns wie blöd über die Rechnungen gestritten. Ich war nicht sicher, ob ich bei ihm bleiben wollte. Also habe ich sie ausgedruckt und behalten. Hier.«

Kradle betrachtete die Ausdrucke, die markierten Einträge, die Notizen am Rand.

»Das da.« Shelley zeigte auf die Information über der Liste. »Das war Paddys Diensttelefon. Ich habe ihn die ganze Zeit genervt, weil ich wollte, dass die Polizei für seine dienstlichen Telefonate aufkommt, aber die meinten, er würde auf der Nummer auch private Gespräche führen, deswegen zahlen sie nicht. Ich habe die Unterlagen behalten, für meinen Anwalt. Hier sehen Sie alle ein- und ausgehenden Anrufe aus diesen Monaten. Und jetzt schauen Sie sich an, was ab dem Tag los war.«

Das Datum war Kradle so vertraut, dass sein Herz einen kurzen Satz machte.

»Achter Juli. Da wurde Ihre Familie ermordet. Von hier an …«, sie zeigte auf die Liste, »… haben vermutlich alle Anrufe mit Ihrem Fall zu tun.«

Sie beugten sich über die Nummern.

»Vielleicht sind hier irgendwelche Hinweise versteckt.« Als Kradle nicht reagierte, gestikulierte Shelley aufgeregt in Richtung Stapel. »Das muss doch helfen!«, rief sie.

Kradle nahm den Stapel vom Tisch und faltete ihn zusammen. Er hatte das Gefühl, eine Weltreise zurückgelegt zu haben. So große Erwartungen hatte er gehabt. Wollte sich den Mann schnappen, der ihn eingebuchtet hatte, und die Wahrheit aus ihm herauspressen. Wollte Aufzeichnungen sehen, Fotos, Zeugenberichte. Geständnisse, Versprechen, Enthüllungen hören. Aber alles, was er bekommen hatte, waren Geschichten über einen toten Mann und ein paar Anruflisten, die jetzt ohne Gewicht und Hoffnung in seinen Händen ruhten.

Nein, das stimmte nicht. Er hatte auch ein Sandwich und ein Glas Milch bekommen.

Kradle nickte Shelley aufmunternd zu, aß eine Hälfte seines Sandwichs und verfütterte die andere an den Hund. Er war so ausgehungert, dass er vor lauter Schlingen kaum etwas schmeckte. Irgendwo in einem verborgenen Winkel seines Verstands registrierte er den lang vergessenen Geschmack von Erdnussbutter. Ein halbes Jahrzehnt. Er stand auf, schob sich die Listen in die Gesäßtasche.

Da erst bemerkte er, dass das Handy des Jungen nicht mehr auf dem Tisch lag. Kradle sah ihn an. Sein Blick war so leer wie die Stelle auf dem Tisch, wo das Gerät gelegen hatte.

»Tut mir leid.« Der Junge zuckte die Achseln und legte es zurück auf den Tisch.

In diesem Moment trat jemand die Tür ein.

26

»Fünfzigtausend Dollar«, wiederholte Brassen ständig. Er saß in sich zusammengesunken vor dem aus Bausteinen und Sperrholz zusammengeschusterten Couchtisch. »Mit so einer Summe kann man sein Leben verändern!«

Celine seufzte. »Und wie es sich verändern wird! Wir werden ihm eine verdammte Radikalkur verpassen.«

Sie saß in einem Plüschsessel gegenüber, den Kopf zwischen den Händen vergraben. Celine hatte Brassen aus exakt den Gründen für die Arbeit im Todestrakt engagiert, die Trinity vermutet hatte. Weil der Mann pünktlich war, effizient und zuverlässig. Joe achtete auf Kleinigkeiten, und die waren wichtig, wenn man es mit Typen zu tun hatte, die nichts zu verlieren hatten. Wenn einem da irgendein Detail entging, sei es ein Schnürsenkel oder eine einzige gehamsterte Tablette, konnte das jemanden das Leben kosten – Häftling wie Wärter.

Sie hatte Brassens Vergangenheit ignoriert – sein Rausschmiss aus der Polizei von Las Vegas, die Abmahnungen von seinem Chef wegen rassistischer Bemerkungen drüben in Medium –, weil für sie nur wichtig gewesen war, dass er die Häftlinge und seine Kollegen nicht in Lebensgefahr brachte.

Jetzt war er weg vom Fenster. Er selbst würde bald in einer Zelle sitzen, die einzige Frage war, wo man ihn einsperren würde. Schon bald käme er in den Genuss des psychisch belastenden, monotonen Alltags in der getrennten Unterbringung, ein Tummelplatz für korrupte Cops, Sexualstraftäter und Kindermörder, die man nicht nur von der Bevölkerung fernhalten musste, sondern auch vom Rest der Gefängnispopulation. Unter »normalen« Häftlingen würde er, der Ex-Schließer, innerhalb eines Monats einer Messerattacke zum Opfer fallen oder einfach auf dem Hof totgetreten werden.

Celine saß am beschissenen Couchtisch eines Todgeweihten, der gerade seine letzten Atemzüge in Freiheit tat.

Trinity stand an der Fliegengittertür. Sie weigerte sich, in Brassens Trailer irgendwas anzufassen. Celine sah nur ihre Silhouette. Sie streichelte Brassens riesigen, hässlichen Köter.

»Ist es dir nicht in den Sinn gekommen, dass fünfzigtausend eine Menge Heu ist, nur um einem Häftling ein Handy zu besorgen?«, fragte sie jetzt.

Brassen zuckte die Achseln. »Einem geschenkten Gaul schaut man nicht ins Maul. Ich dachte, er hat eine Braut, und seine Nazikumpel haben dafür bezahlt, dass er mit ihr quatschen kann. Hab nicht weiter gefragt.«

»Du hast nicht weiter gefragt, weil du ein Nazi bist«, bemerkte Trinity, ohne von ihrem Handy aufzusehen, in das sie mit dem Daumen Nachrichten tippte. »Schmitz hat dir gefallen. Alles, wofür er stand, fandest du toll. Und sein Geld auch.«

»Nein«, jammerte Brassen. »Ich bin kein Nazi. Celine, sag es ihr. Ich bin's doch!« Er tippte sich auf die Brust. »Ich bin's, Joe! Du kennst mich. Ich bringe doch keine Menschen um!«

Trinity grinste verächtlich. »Solange du sie für Menschen hältst.«

Celine drehte sich zu ihr um. »Würdest du mich das machen lassen?«, zischte sie. »Wozu hast du mich sonst hergeschleppt?«

Trinity zuckte die Achseln, wischte sich die Jeans ab und schlenderte zur Kochnische, um sich die verdreckten Pfannen und Imbisskartons auf der Arbeitsplatte genauer anzusehen, als wären sie Überreste einer seltsamen, vergessenen Zivilisation.

»Erinnerst du dich an den Campingausflug zum Big Bear?«, fragte Brassen. Er hatte die Augen aufgerissen und sah sie an wie ein angeschossenes Reh. Er lachte kurz auf. *Teambuilding*, weißt du noch?«

»Ja, genau, Jackson und du, ihr habt gesoffen und im Fluss geangelt. Erinnerst du dich noch an Jackson? Der Bursche, dessen Frau und Kinder fast von einem Heckenschützen getötet wurden? Wegen dir.«

Brassen seufzte tief.

»Du musst mich nicht daran erinnern, dass du und ich in der Vergangenheit innig verbunden waren, Brassen«, sagte Celine. »Ich mag dich, hab dich immer gemocht. Irgendwie habe ich nicht gemerkt, dass du im tiefsten Herzen ein rassistisches Arschloch bist. Tjä, scheint mir öfter zu passieren ...«

Celine beendete den Satz nicht. Dass sie bei den Menschen in ihrem Leben, die sie mochte, nicht genauer hinsah und Unschönes ignorierte, weil sie sie nicht verlieren wollte. Der Reinfall mit Brassen deprimierte sie so sehr, dass sie gar nicht über die vielen Freunde nachdenken wollte, die sich als Betrüger, Spieler, Idioten und miese Mistkerle herausgestellt hatten. Jetzt hatte sie sich also auch noch mit einem Rassisten oder Neonazi angefreundet und ihm einen Job verschafft, wodurch sie viele Menschen in Gefahr gebracht hatte.

»Erzähl mir, was passiert ist. Von Anfang an.«

»Hör zu«, sagte Brassen. »Die haben mich nicht ausgesucht, weil ich ... keine Ahnung, beim Ku-Klux-Klan bin oder so was. Ich nehme nicht an Treffen teil. Ich bin nicht auf deren Foren im Internet. Ich gehörte nicht *dazu*. Schmitz wollte einfach ein paar Sachen von mir, die ich auch für die anderen Häftlinge besorge. Besondere Schokoriegel. Er hat mich abgepasst und gemeint, er wüsste, dass ich für Donaghue Cashew Crush besorge, und ich so, ja, willste auch? Zehn Mäuse pro Riegel. Dann wollte er Farben für seine Zeichnungen, und irgendwann sollte ich einen Brief reinschmuggeln.«

»An wen ging der?«

»An mich.« Brassen rieb sich die Stirn. »An meine Adresse. Schien mir kein großes Ding.«

Celine konnte es sich vorstellen. Sie hatte sie schon tausendmal gehört, die Geschichten der Häftlinge, die den Wärter für einen kleinen Gefallen bezahlten und sie dann zu immer größeren Sachen überredeten. Mit einer zusätzlichen Serviette fürs Essenstablett fängt es an, ein paar Monate später sperren sie dem Häftling den Lagerraum auf, damit er dort einmal die Woche mit einem Mitgefangenen vögeln kann. Celine hatte sich jahrelang bei ihren Mitarbeitern unbeliebt gemacht, weil sie es ihnen nicht mal erlaubte, den Gefangenen ein Extrapäckchen Zucker zum Kaffee zu geben.

»Hast du mit irgendwem von Schmitz' Kontakten persönlich gesprochen?«, fragte Celine.

»Nein. Er hat seine Bestellung bei mir aufgegeben, ich habe sie besorgt. Das Handy habe ich bei Walmart gekauft.«

»Und wie ist das mit dem Softballteam vonstattengegangen?«

Brassen schluckte schwer, seine Augen glänzten. »Schmitz hat mir gesagt, er will, dass bestimmte Leute an dem Tag fürs Spiel aufgestellt werden. Ich dachte mir schon, dass er was geplant hat, vielleicht einen Aufstand oder so was, weil die wichtigsten Leute nach dem Spiel mit ihren Familien beschäftigt wären und so.«

»Also hattest du überhaupt kein Problem damit, dass einer deiner Häftlinge einen Aufstand anzettelt?«, brüllte Celine fassungslos.

»Hey, fünfzigtausend Dollar!«

»Meine Fresse, Joe!«

»Wir haben doch einen ausgefeilten Einsatzplan für Aufstände in Pronghorn.« Brassen rieb sich hektisch die Augen. »Das hätten wir doch im Keim erstickt. Wie immer.«

»Jemand hätte verletzt werden können.«

»Ich brauch das Geld, Celine!« Brassen machte eine ausschweifende Geste. »Schau dir diese verdammte Bruchbude doch an.«

Celine sah sich um.

»Letztes Jahr ist mein Vater gestorben. Hat mir siebzigtausend hinterlassen.« Brassens Oberlippe zitterte. »Hab ich in drei Wochen verspielt.«

»Nee, oder?«

»Ich hab Probleme.«

»Was du nicht sagst!«

»Woher sollte ich wissen, was die vorhaben?«, fragte Brassen. »Das hätte doch niemand vorhersehen können.«

»Hast du eine Ahnung, was die jetzt planen?«

»Nein.«

»Nichts? Ich mein, die ganzen Telefonate, die du eingefädelt hast, die Briefe. Nie was gesehen oder gehört, was uns jetzt weiterhelfen könnte?«

Brassen schüttelte hilflos den Kopf. »Ich ...«, wieder schluckte er schwer, »... hab nur ein paar Zeichnungen ... vielleicht ...«

»Was für Zeichnungen?«

»Ich weiß es nicht!« Er zuckte die Achseln. »Skizzen. Hab ich in einem Brief gesehen.«

»Wann?«

»Vielleicht vor zwei Wochen. Da stand ich vor Schmitz' Zelle. Hab ihm einen Brief gegeben, den hat er aufgemacht. Da hab ich so was wie eine Skizze gesehen. Als er mitgekriegt hat, dass ich ihn beobachte, hat er ihn schnell weggesteckt.«

»Was war auf der Skizze?«

»Kästchen. Blöcke. Linien.«

»Meine Güte, Joe, schalt mal dein Hirn ein!«

»Was willst du von mir hören? Ich hab kurz ein paar geometrische Formen gesehen, mehr nicht. Könnte alles Mögliche bedeuten.« Brassen seufzte. »Vielleicht der Grundriss von Pronghorn oder eine Karte oder … keine Ahnung. Wenn ich's dir doch sage, Celine, ich weiß es nicht, ich schwör! Hypnotisier mich doch, vielleicht liegt die Antwort irgendwo in meinem Unterbewusstsein verborgen.«

»Hypnose ist Bullshit«, rief Trinity aus der Kochnische.

»Joe. Du musst tun, was Trinity von dir verlangt. Nimm Kontakt auf zu denen, erzähl ihnen, dass du ihre Hilfe brauchst.«

»Wenn ich mich bei diesen Typen melde, lachen die mich aus. Es ist doch vollkommen offensichtlich, dass die Marshals mich dazu gezwungen haben, damit sie sie festnageln können. Wahrscheinlich reagieren sie nicht mal.«

»Du musst es versuchen, dir bleibt keine Wahl.«

Brassen breitete die Hände aus. »Was soll ich denen denn sagen? Dass ich aufgeflogen bin und jetzt einer von ihnen werden will? *Ich brauch sone spitze Kapuze in XXL, Leute! Keiner hat mich mehr lieb!*«

Celine fing Trinitys Blick auf und machte eine Kopfbewegung in Richtung Vorgarten. Als sie nach draußen kamen, sahen sie den großen hässlichen Hund auf dem Rücken in der Sonne liegen. Keeps kraulte ihm den festen grauen Bauch.

»Er hat recht, diese Leute kann man nicht einfach anrufen«, sagte Celine vor dem Trailer.

»Nein, klar«, stimmte Trinity zu. »Wir haben die Nummer im Handy gewählt, das er Schmitz besorgt hat, und die war tot, wie erwartet. Keine Aktivität seit dem Ausbruch. Aber es gibt andere Möglichkeiten, sie ein bisschen zu kitzeln. Das FBI hat ein paar Websites auf dem Radar, auf denen das Camp neue Leute rekrutiert.«

»Das *Camp*?«, fragte Keeps.

»Schmitz' kleine Idiotentruppe«, sagte Trinity. »Sie durchforsten das Internet nach wütenden, jungen weißen notgeilen Männern. Suchen auf Seiten, die mit Amokläufen zu tun haben, Rache-Pornoseiten, Serienmörder. So Zeug eben. Den potenziellen Interessenten schicken sie unter Pseudonym Nachrichten und füllen ihre Köpfe mit Blödsinn über den Rassenkrieg, der aus ihnen einst die weißen Könige einer neuen Welt machen wird.«

»Verstehe ich«, sagte Keeps.

»Ach, ernsthaft?«, fragte Trinity.

»Ich mein, ich verstehe die Strategie.« Keeps stand auf. Der Hund knurrte traurig, die Bauchmassage war beendet. »Wenn man jemanden an die Angel bekommen will, gibt man ihnen das Gefühl, was Besonderes zu sein, wahrgenommen zu werden. So als würde man sie und ihren Kummer verstehen, die ganzen schlimmen Sachen, die sie aushalten müssen. Dann bietet man ihnen einen Ort, wo sie nicht mehr leiden müssen. Weil sie die Auserwählten sind. Sie verdienen was Besseres. Sie sind anders. Diese Gruppen sammeln Leute ein, die die Orientierung verloren haben, und geben ihnen ein gemeinsames Ziel. Genau wie Sekten.«

Celine betrachtete Keeps aufmerksam. Sein Blick war leer, er war ganz in Gedanken versunken.

»Du musst Brassen geben, was er will. Vermittle ihm das Gefühl, dass er was Besonderes ist. Klar, du kannst ihm auch weiterhin mit Folter und Gefängnis drohen, aber wenn du ihm vorgaukelst, dass er ein Held sein könnte, wird er sich richtig für dich ins Zeug legen. Und diesen Naziärschen musst du auch was geben, was sie wollen, weil sonst ignorieren sie ihn, genau wie er gesagt hat.«

»Und was wollen die?«, fragte Trinity. »Die haben doch alles erreicht.«

»Sie wollen Sicherheit, dass ihr Plan glattgeht«, sagte Celine. »Was auch immer sie vorhaben. Aber da liegt das Problem. Wir wissen nicht mal, ob es einen Plan gibt. Der gesamte Ausbruch wurde angezettelt, um Schmitz rauszuholen, aber das heißt nicht unbedingt, dass der Mann einen neuen Anschlag plant.«

»Wetten, dass er genau das vorhat?«, fragte Trinity. »Es ist fast Weihnachten, die beste Zeit, um Leute abzuknallen. So viele Ansammlungen.«

Celine hatte einen Kloß im Hals. Trinity sah kurz von ihrem Handy auf. »Huch!«, sagte sie. »So sorry!«

»Was?«, fragte Keeps.

»Nichts«, sagte Celine.

Keeps und Celine warteten darauf, dass Trinity die nächste Ansage machte. Sie lehnte sich an den kleinen Vorgartenzaun, den Blick auf ihr Handy gerichtet, lässig, Langeweile im spitzen Gesicht, so wie immer, als wäre die Verhinderung eines Terroranschlags eben Teil ihres Jobs.

»Wenn wir eines über Terroristen wie Schmitz wissen,

dann das: Als wir in der Presse bekannt gegeben haben, dass wir Schmitz als Drahtzieher des Ausbruchs betrachten, war in der Naziwelt sofort der Teufel los. Das Camp und andere solche Vereine werden sich vor neuen Rekruten kaum retten können. Wenn sie denen aber nicht bald das nächste große Ding liefern, werden diese Leute sich langweilen. Schmitz kann sich nicht für immer in irgendeiner Scheune in Texas verstecken. Das wäre feige. Die Mitglieder wollen eine neue Machtdemonstration sehen.«

»Also drohen wir Schmitz damit, genau die auffliegen zu lassen?«, fragte Celine.

»Richtig!«, sagte Keeps. »Kleines Täuschungsmanöver, und schon geht die Sache klar.«

Im lauten Gebrüll und Gepolter konnte Kradle zwar nichts verstehen, aber er wusste, mit wem er es zu tun hatte. Zigmal hatte er sie schon gehört, wenn sie in Gruppen zur Spontandurchsuchung in die Zellen gestürmt waren oder gewalttätige Häftlinge ruhiggestellt hatten, weil sie wild um sich traten oder versuchten, alles kurz und klein zu schlagen. *Auf den Boden! Hinlegen! Los, runter! Keine Bewegung!* Er gehorchte, ohne nachzudenken, legte sich auf den Bauch, verschränkte die Hände im Nacken. So schnell ging er zu Boden, dass er mit der Wange auf die Naht zwischen Küchenlinoleum und Esszimmerteppich knallte. Als Kradle die Fasern an seiner Schläfe spürte, fragte er sich, wann er das letzte Mal einen Teppich berührt hatte. Er konzentrierte sich auf die winzigen Wollschlaufen neben seiner Nase, damit er nicht die Kontrolle verlor. Wie gern hätte er seinem Verstand erlaubt, ins Nichts abzudriften. Er wusste, dass alles vorbei war.

Ende, aus die Maus.

Handschellen schnappten zu.

»Scheiße«, zischte jemand über ihm. »Verdammte Scheiße! Reed, komm her! Schau mal! Das ist John Kradle!«

Jemand zerrte ihm die Hand auf den Rücken.

»O Mann, wir brauchen Verstärkung!«

»Nee, auf keinen Fall. Wir bringen ihn höchstpersönlich aufs Revier. Dann sind wir die verdammten Kings ...«

Als sich die zweite Schlaufe um sein Handgelenk legte, ertönte plötzlich ein lauter Knall, so laut, dass der Boden bebte.

Noch ein Knall. Kradle verdrehte den Kopf. Blut und Schmutz flogen ihm ins Gesicht. Der Geruch sagte ihm, dass hier jemand mit Schrotmunition schoss. Kordit. Der zweite Cop namens Reed krachte gegen den Tisch, unter dem Tom und seine Mutter wie verschreckte Mäuse kauerten. Reed hatte ein großes Loch in der Brust.

Kradle wollte aufstehen, aber der zweite Cop, der ihn gefesselt hatte, war nach dem zweiten Schuss über ihm zusammengebrochen und lag jetzt auf ihm. Ohne Kopf und mausetot.

Homer Carrington stand im Türrahmen, eine abgesägte Schrotflinte in der Hand, und spähte durch die Rauchschwaden, um den angerichteten Schaden zu begutachten. An der Wand neben Kradles Kopf klebten Blut und Hirnmasse.

»Hör auf zu schreien!«, sagte Homer. Erst da fiel Kradle auf, dass Shelley Frapport schon so lange gekreischt hatte, dass ihr die Stimme versagte und sie nur noch ein hohes Knurren von sich gab. Langsam kehrte sein Hörvermögen zurück, aber in seinen Ohren schrillte es immer noch. Der schwarze Hund bewachte die beiden unter dem Tisch und bellte Homer an, während Tom lautstark um sein Leben flehte. Homer hob die Flinte, um den Hund, den Jungen und seine Mutter ein für alle Mal zum Schweigen zu bringen.

Da drehte Kradle durch.

Er sprang auf und schlug just in dem Moment die Flinte nach oben, als Homer abgedrückt hatte. Die Decke explodierte, es regnete Staub und Putz. Kradle versuchte verzweifelt, Homer die Waffe abzunehmen. Er hatte schon einmal mit dem Hünen gekämpft und wusste genau, wie der Mann reagierte – der riesige Arm, der sich außerhalb seines Sichtfelds wie eine Schlange auf ihn zubewegen würde, um ihn in einer tödlichen Umarmung zu erdrosseln. Kradle ließ die Flinte los, beugte sich vor und knallte Homer seine Schulter in die Rippen, sodass der mit voller Wucht rückwärts gegen die Arbeitsplatte krachte. Kradle setzte ihm weiter zu, eine Hand ausgestreckt, um die Flinte zu packen, mit der anderen suchte er auf der Arbeitsplatte nach einer möglichen Waffe. Er drückte sich mit aller Kraft gegen Homers Brust, damit der seinen Arm nicht freibekam, ihn nicht würgen oder mit seiner Riesenpranke erschlagen konnte. Gerade, als Kradle den glatten Griff eines Küchenmessers im Messerblock zu fassen bekam, ließ Homer die Flinte fallen. Mit der jetzt freien Hand schob der Riese sich von der Platte weg. Kradles Kopf schnellte mit voller Wucht in den Nacken, und er krachte zu Boden. Allerdings schaffte er es gerade noch, das Messer so aufzustellen, dass es sich tief in Homers Körper grub, als der sich auf seinen Widersacher stürzen wollte.

Homers Arme wickelten sich um Kradles Kehle. Er fühlte sich an die Höhle erinnert, den kranken, völlig entrückten Blick des Serienmörders, das Gefühl seines Körpers über ihm und das unerträgliche Entsetzen, das sein Gewicht und sein Geruch bei ihm ausgelöst hatte – Bilder von den vielen jungen Mädchen, die sich verzweifelt gegen ihn gewehrt haben mussten, hilflos an seiner Haut gekratzt hatten, nur Millimeter von seiner grinsenden Visage entfernt. Aber dieses Mal war es anders. Ein Messergriff ragte aus Homers Brust und sein Griff löste sich bereits. Kradle wollte seinem Instinkt nachgeben, sich gegen ihn wehren, unter ihm aufbäumen, jede Sekunde des Todeskampfes im Gesicht des Mörders mit eigenen Augen sehen.

»Ich dachte, du wärst mein Freund«, knurrte Homer bockig, während er versuchte, den Druck wieder zu erhöhen. Wie eine Schraubzwinge bohrten sich seine Daumen in Kradles Kehlkopf.

Kradle fuhr hoch, warf Homer zur Seite, zog das Messer heraus und rammte es ihm erneut in die Brust.

»Nie war ich dein Freund, du Idiot!«, fauchte er. So wütend klang er, dass er seine eigene Stimme nicht erkannte. Er konnte nicht glauben, dass er diese Worte zu einem Mann sagte, während er ihn umbrachte. So weit war es gekommen. Er kämpfte ums nackte Überleben, aber dieser Psychopath kapierte immer noch nicht, dass er hier nicht das Opfer war, er nicht ermordet wurde, weil sein falscher Freund jetzt gegen ihn war, sondern weil er nur Sekunden zuvor zwei Polizisten erschossen hatte und in seinem Wahn garantiert gleich die nächsten Opfer fordern würde. Es ging nicht gegen ihn persönlich, sondern ums Allgemeinwohl. Kradle stieß ein bitteres, erschöpftes, zorniges Lachen aus, bevor er Homer das Messer ein drittes Mal ins Herz stach.

Homer packte ihn an den Handgelenken, blutverschmiert und warm, und Kradle bereitete sich auf weiteres Gejammer über betrogene Freundschaft vor, aber aus Homers Mund quoll nur dunkles Blut. Kradle hörte Sirenen.

Tom und Shelley Frapport klammerten sich aneinander, die Köpfe gebeugt, schluchzend, am ganzen Körper zitternd.

Kradles Blick war auf sie gerichtet, als er das Klicken der zweiten Handschelle hörte. Homer hatte sie sich mit letzter Kraft ums Handgelenk gelegt und einrasten lassen, bevor er mit einem Grinsen auf den Lippen starb, an seinen Verräter gefesselt.

27

Brenzlige Situationen hatte Reiter in seinem Leben schon ein paarmal erlebt, aber noch keine wie diese. Normalerweise war er wegen irgendwelcher Frauengeschichten in die Bredouille geraten, teilweise selbst verschuldet, das gab er offen zu. Er mochte Frauen, die ihm Paroli boten. Frauen, die gegenhielten und ihn auf Trab brachten. Gern trat er in einer Bar neben eine Frau und sagte ihr, dass ihre Schuhe zu ihrem Kleid beschissen aussahen, nur um zu sehen, wie sie reagierte. Diejenige, die ihm daraufhin ihren Drink ins Gesicht schüttete, war meistens auch die Frau, mit der er dann im Bett landete. Er war immer auf der Suche nach einem Wildpferd, das sich aufbäumte, ihm ein paar Tritte verpasste. Daran konnte er sich abarbeiten, Tag für Tag, bis sie irgendwann von selbst angetrottet kamen, um sich das Zaumzeug anlegen zu lassen, als hätten sie im Leben nichts anderes gewollt, als sich einem Besitzer unterzuordnen. Andere Männer überschütteten ihre Angebeteten mit Geschenken. Riefen sie ständig an. Luden sie ein, hielten ihnen die Tür auf. Reiter gefiel die Entrüstung im Gesicht einer Frau, wenn er ihr die Tür vor der Nase zufallen ließ oder ihr das eigens für ihn gekochte Abendessen vor die Füße warf. Er spielte gern Spielchen. Goss Öl ins Feuer.

Wenn sich die Frauen aber nach einiger Zeit an seine Kinkerlitzchen gewöhnt hatten, verrauchte die Wut, und die Reaktionen fielen nicht mehr so heftig aus. Dann wurde es Reiter meist langweilig, und er sah sich nach einer neuen Eroberung um. Es ließ ihn kalt, wenn alles glattlief. Aber bei aller Lust an Wildpferden hätte ihm klar sein müssen, dass er eines Tages einen Tritt in die Fresse kassieren würde.

Was er hier erlebte, war allerdings eine völlig andere Nummer.

Reiter saß an der Wand, die Hände mit Ketten an einem Ring im Boden gefesselt, und fragte sich, ob das, was mit ihm geschah, so was wie ausgleichende Gerechtigkeit sein sollte. Denn er machte sich nichts vor, wusste ganz genau, dass er nicht nur in Burke David Schmitz' Fänge geraten war, weil er den blöden Nazi damals angespuckt hatte. Der unverhohlen amüsierte Blick aus den großen blauen Augen des weißen Jungen war ihm damals nicht entgangen. *Warte nur ab*, schien Schmitz ihm stumm zu übermitteln, als Reiters Rotze auf seinen weißen Gefängnisturnschuhen landete. Denselben Blick hatte er ein zweites Mal gesehen, als Reiter mit einer Horde Häftlinge durch die offenen Tore aus Pronghorn geflohen war. Schmitz hatte ihn durch das Seitenfenster eines Transporters amüsiert gemustert. *Du hast gewartet. Deine Zeit ist gekommen*, schien ihm dieser Blick mitzuteilen. Aber Reiter glaubte an Vorsehung, und das hier war nicht Teil seines Schicksals. Er war in der Todeszelle gelandet, weil er versucht hatte, die falsche Frau zu zähmen, es eines Nachts nach zu viel billigem Tequila zu weit getrieben, ihr aus Versehen auf dem Betonboden hinter der Bar den Schädel zertrümmert hatte. Aber es war sicher nicht vorgesehen, dass er hier sterben sollte, nur weil er einem Naziarschloch auf die Schuhe gespuckt hatte. Das war so, als würde man aufs Maul kriegen, weil man die Wahrheit gesagt hatte.

Genau mit dieser Einstellung begegnete er Schmitz also, als seine willigen Helfer ihn aus dem Transporter zerrten und ins Haus brachten. Er wollte sich genauer umsehen, aber einer der jungen Männer schlug ihm gegen den Hinterkopf, daher senkte er den Blick zu Boden, betrachtete

Schotter, Holz und schließlich den fadenscheinigen, staubigen Teppich. Als er schließlich doch wagte, den Kopf zu heben, sah er Schmitz frisch geduscht vor sich stehen. Er rubbelte sich gerade das kurze blonde Haar trocken. Reiter zuckte zusammen, als man ihm das Klebeband von den Lippen riss, zögerte aber nicht, die Worte auszuspucken, die ihm die ganze Zeit durch den Kopf gegangen waren.

»Das ist nicht fair!«

Schmitz lachte, woraufhin seine Fanboys umgehend mitgackerten.

»Und schlau ist es auch nicht«, fügte Reiter hinzu.

»Ach, nee?«, fragte Schmitz.

»Nee. Weil, ich weiß nämlich, was hier geplant wird.«

»Soso.« Schmitz nahm die ihm gereichte Bierflasche und schraubte den Verschluss mit seinen Wurstfingern auf. Dann nahm er einen herzhaften Schluck. »Ahhh!«, machte er, ein Laut, der Reiter schon immer angewidert hatte. »Dann klär mich mal auf.«

»Du wirst wieder auf unschuldige Menschen schießen. Wie in New Orleans. Einfach in die Menge feuern. Nur dieses Mal wirst du den Spieß umdrehen, einen Haufen Weiße umlegen und die Tat einem Schwarzen anhängen, in der Hoffnung, dass dann endlich dein bekloppter, dreckiger Rassenkrieg ausbricht.«

Schmitz lachte entzückt und blickte in die Runde. Seine Claqueure saßen auf alten, zerschlissenen Möbeln oder lehnten einfach an den Wänden.

»Hat jemand mit diesem Bürschlein geplaudert?«, fragte er.

»Vor ein paar Jahren hatte ich einen in der Zelle, der beim Ku-Klux-Klan war. Ich kenne eure Strategien. Ihr glaubt, wenn ihr eines Tages genug Leute erschossen oder hochgejagt oder vergast habt, geht ein Bürgerkrieg los, Mann gegen Mann, und am Ende könnt ihr eure … *neue Weltordnung* einführen, oder wie auch immer ihr das nennt.«

»Das ist ja unglaublich.« Ein mageres Mädchen, das im Türrahmen der ehemaligen Küche lehnte, lachte höhnisch. »Der macht hier einen auf Lehrer.«

»Genau. Also, hör gut zu, Bitch!«, sagte Reiter verächtlich. »Vielleicht lernst du ja was. Ihr denkt, ihr habt die Sache im Sack. Wenn ihr nur immer wieder am Kabel zieht, springt der Rasenmäher irgendwann an. Bring einen von der anderen Seite um, dann werden die sich rächen, so lautet euer Plan. Ein Amoklauf führt zu Aufständen. Aufstände führen zu härteren Gegenmaßnahmen. Härtere Gegenmaßnahmen führen dazu, dass einer in Polizeigewahrsam stirbt. Das führt zu neuen Aufständen. Die Meute nimmt sich, was sie kriegen kann. Leute werden verprügelt, vergewaltigt, ermordet. Alles auf Film, alles im Internet zu sehen. In anderen Ländern brodelt es ebenfalls. Wenn genug Funken fliegen, brennt's irgendwann lichterloh.«

Die Gruppe nickte.

»Am Ende, wenn die Polizei und das Militär keine Kontrolle mehr haben, rufen alle nach dem starken Mann. Und da ist er auch schon: Burke David Schmitz. Präsident der Neuen Welt.«

Burke lächelte.

»Aber das ist das Problem, ihr Arschgeigen«, sagte Reiter. »Die Sache in New Orleans hat nicht gezündet. Und das hier wird auch nicht funzen.«

Schmitz nahm einen weiteren Schluck und seufzte wiederum hörbar.

»Weil ihr euch den Falschen ausgesucht habt. Ich bin kein Amokläufer, der Leute abknallt. Ich bin nur ein kleiner

Gauner aus Mesquite, der aus Versehen seine Freundin umgebracht hat und deswegen in der Todeszelle gelandet ist. Hab nicht mal die Highschool fertig gemacht. Bevor ich im Knast gelandet bin, hab ich Tischdecken an Restaurants ausgeliefert. Niemand wird euch abnehmen, dass ich so ein großes Ding gedreht habe.«

»Du unterschätzt dich maßlos. Man braucht keinen Schulabschluss, um zu kapieren, dass die Welt sich ändern muss und wir die Macht und verdammte Pflicht haben, das zu tun, sofort. Einige der größten Männer der Geschichte waren ganz normale Leute wie ich und du.«

Schmitz holte tief Luft für die folgende Geschichtsstunde, doch dann verließ ihn offenbar der Enthusiasmus. Er ließ die Schultern fallen wie jemand, dem klar ist, dass sich der Einsatz nicht lohnt.

»Ich verstehe, warum es dir so wichtig ist, dass dein Ableben was Besonderes sein soll«, sagte er stattdessen. »Ging mir genauso. Ich hätte mich auf der Dumaire Street zum Märtyrer gemacht, wenn ich gewusst hätte, dass mein Einsatz an jenem Tag die gewünschte Wirkung erzielt.«

Reiter sah sich um. Die Fascho-Spacken lauschten gebannt den Worten ihres Anführers. Ihm wurde übel.

»Ich habe nicht versagt«, sagte Schmitz, »sondern ...«

Der Hornochse hinter Reiter zog hörbar die Luft ein, »Nein, nein, hast du gar nicht, ganz im Gegenteil«, säuselte er. Reiter sah sich um. Ein rothaariger Saftsack mit Bierwampe, unter dessen Hemd die beiden Siegrunen hervorspitzten. Aber sein Führer war offenbar wenig geschmeichelt, wirkte sogar ein bisschen verärgert, dass man es gewagt hatte, ihn zu unterbrechen.

»Mir ist es gelungen, andere zu inspirieren«, fuhr er fort. »Und viele neue Soldaten zu rekrutieren. Aber das hier wird viel größer sein. Ich versichere dir, dass meine Taten diesmal tiefe Spuren hinterlassen. *Deine* Taten.«

Der Rote mit den Siegrunen und die kleine Frau neben ihm klatschten sich ab.

»Deine Rolle in diesem Stück wird die geplante Wirkung haben. Die Sache soll so realistisch wie möglich aussehen. Deine Leiche am Tatort wird Schussverletzungen aufweisen, die du dir eindeutig selbst zugefügt hast. Das wird die meisten überzeugen. Dazu wird am Abend des Massakers ein von dir geschriebenes Manifest bei der *New York Times* eingehen. Damit wird dein Schicksal besiegelt.«

Reiter schnaubte. »Du willst mich wohl verarschen! Wie willst du mich denn dazu bringen, das Ding zu schreiben? Gib mir einen Bleistift, und ich ramme ihn dir ins Auge, du verdammter Kackstrumpf.«

»Das wage ich zu bezweifeln.« Schmitz nickte einem seiner Leute zu, einem schlanken Typen voller Tattoos mit rabenschwarzem Haar und Kinnbart. Der zog eine Zange aus der rechten Hosentasche und einen Stift aus der linken. Reiter umklammerte die Kette zwischen seinen Handgelenken und blickte auf der Suche nach einer freundlichen Miene in die Runde, aber er sah nur gelangweilte Gesichter. Katzen, die sich neue Spielchen für die gefangene Maus ausdachten.

»Was darf's sein?«, höhnte Schmitz. »Zange oder Stift?«

Ein paar Sekunden zerrte Kradle nur panisch an der Kette, die ihn mit dem toten Mann verband. Dann versuchte er verzweifelt, zuerst seine, dann Homers Hand aus der Fessel zu ziehen. Er rappelte sich auf, zog und zerrte mit aller Kraft, aber die massige Leiche war schwer wie ein Anker. Draußen wurden die Sirenen lauter. Menschen riefen.

Auf einen Schlag kehrten seine Sinne zurück und halfen

seinem Verstand auf die Sprünge. Das war seine zweite Chance. Zwei Polizisten waren bei dem Versuch gestorben, ihn festzunehmen, er war immer noch frei. Wenn man ihn jetzt verhaftete, würde die Geschichte weiterlaufen, die man für ihn geschrieben hatte: ein stiller Tod hinter einer Einwegscheibe, vielleicht unter dem Blick von Audreys und Christines Eltern, die ihn im abgedunkelten Besucherraum weinend und angeregt flüsternd zur Hölle wünschten. John Kradle wollte dort sterben, wo er am glücklichsten gewesen war – bei Sonnenuntergang in den Sümpfen Louisianas. Also sprang er auf den toten Polizisten, der ihm die Handschellen angelegt hatte und durchsuchte seine Hemd- und Hosentaschen nach dem Schlüssel. Mit zitternden Fingern zerrte er an den Taschen an seinem Gürtel.

Als er ein Geräusch hörte und herumfuhr, sah er, dass Shelley Frapport dasselbe bei dem anderen Polizisten tat. Der schwarze Hund tänzelte wie angestochen um sie herum, versuchte gleichzeitig, dem Jungen unter dem Tisch beizustehen und den toten Reed anzugreifen. Er verbiss sich in Shelleys Ärmel und zog daran, völlig verwirrt von der Situation und nicht ganz sicher, zu welchem Team er gehörte. Irgendwann hatte er wohl erkannt, dass sein einziger Freund offenbar nach etwas suchte und beschloss, ihm dabei zu helfen. Er beschnüffelte und bearbeitete die Taschen des Polizisten mit den Pfoten, steigerte sich dabei so in seine Aufgabe, dass er Kradle mit aller Macht zur Seite drängte.

»Er hat keinen Schlüssel!«, schrie Kradle irgendwann.

Shelley schüttelte den Kopf. »Der hier auch nicht.«

Er musste eine Entscheidung treffen. Das Messer steckte noch in Homers Brust. Er zog es geräuschlos heraus und verteilte dabei Blut auf dem Boden. Kradle wischte es an seiner Jeans ab.

Shelley betrachtete das Messer, dann nickte sie. »Ich versuche, sie aufzuhalten. Verschwinden Sie durch die Hintertür. Nehmen Sie das Auto. Die Schlüssel hängen am Haken neben der Tür. Es steht um die Ecke.«

»Ihr Sohn!«, rief Kradle. Shelley schloss ihren mit schreckgeweiteten Augen und zitternd unter dem Tisch kauernden Sohn in die Arme und zerrte ihn aus der Küche. Die Sirenen waren mittlerweile auf ohrenbetäubende Lautstärke angeschwollen. Kradle hob Homers leblosen Arm hoch und setzte das Messer an.

Bei seinem letzten Besuch im *Whisky a Go Go* am Sunset Boulevard war Old Axe achtundzwanzig Jahre alt gewesen, hatte einen Nasenring getragen und sich eine Krawatte aus der Kommode seines Vaters um den Kopf gewickelt, um sich das lange Haar aus dem Gesicht zu halten. *The Whisk*, wie es von Stammgästen genannt wurde, war keine Bar, die er häufig frequentierte, er stand mehr auf *Pandora's Box*, aber er war der Horde zum Rockclub gefolgt, als es hieß, dort würden sich Leute zu einer Demo zusammenrotten. Dem jungen Axe gefielen Demos und Protestmärsche. Zu dieser Zeit in seinem Leben hatte es viele davon gegeben, und er war damals sicher gewesen, dass sich an einem heißen Nachmittag wie diesem so ein richtiger Knaller zusammenbraute. Die Protestler standen dicht gedrängt zusammen, Brust an Rücken, Hüfte an Hintern, sie brüllten und spuckten und stürmten auf die Polizei zu. Schweiß. Er kam sich vor, als wäre er Teil eines großen, lebenden Organismus, eine heißblütige Schlange, die sich eng zusammenwickelte, bevor sie zuschlug. Er war ein Typ, der sich selten zugehörig fühlte. Wenn er sich recht erinnerte, ging die Menge an jenem Abend gegen die Ausgangssperre auf die

Straße, die man rund um *The Whisk* verhängt hatte. Genau wusste er nur noch, dass er sich von einem Typen ein Ei aus seinem Karton genommen, es blind geworfen und damit einen Cop direkt ins Gesicht getroffen hatte. Ein Typ mit Zöpfen, der sich das Wort »SCHLAMPE!« auf die nackte Brust gepinselt hatte, brach beim Anblick des Volltreffers in lautes Gelächter aus. Daran erinnerte er sich jetzt, als er die Schulter gegen die Tür des Clubs stemmte, die man über die Jahre so oft schwarz lackiert hatte, dass sie sich nur unter großer Kraftanstrengung öffnen ließ.

Drinnen war es kühl. Von der ursprünglichen Bar war allerdings nicht mehr viel übriggeblieben. Nur die Raumaufteilung war noch dieselbe, das alte Gerüst, auf dem sich Bands und deren Tänzerinnen über der wogenden Masse präsentiert hatten, die verstaubten, notdürftig am rostigen Gestänge darüber befestigten Scheinwerfer. Der Boden war immer noch klebrig, doch vor der Bar lagen jetzt statt der mageren Überreste selbst gebauter Joints und Erdnussschalen nur weggeworfene E-Zigaretten. Die Namen der angekündigten Bands sagten ihm genauso wenig wie diejenigen, deren signierte Poster in Rahmen über der Bar hingen.

Er legte seine Polizeimütze auf die Theke und kletterte auf einen Barhocker. Mittag. *The Whisk* war leer. Die Barfrau, locker ein halbes Jahrzehnt nach der Eröffnung dieses Etablissements geboren, warf einen Blick auf Axes Hemd.

»Nawlet«, sagte sie.

»Jepp«, log Axe.

»Alkohol im Dienst, Officer Nawlet?«, spöttelte sie.

»Ich will nur eine Coke.«

Die junge Frau schenkte ihm ein Glas ein, gab eine Zitronenscheibe hinein und stellte das Getränk auf einen raffinierten Bierdeckel. Axe öffnete seine prall gefüllte Geldbörse aus Emu-Leder, zog einen Geldschein heraus und zahlte. Er trank, ohne den Blick von ihr abzuwenden. Sie polierte Gläser auf einem hohen Regal, als ein älteres Ehepaar hereinkam und sein Gepäck auf dem Boden abstellte.

Er war groß, grauhaarig, rundlich, sie seine kürzere Kopie in Khakihose und Sportschuhen. Beide trugen Kurzhaarfrisuren unterm Sonnenhut. Quadratisch, praktisch, gut. Sie erklommen zwei Barhocker in der Nähe. Axe bewunderte die Brille des Mannes mit ihrem goldfarbenen Gestell, die an einer Kette von seinem Hals hing. In Pronghorn gab es nur Lesebrillen aus Sicherheitsplastik. Ein einziges Mal hatte Axe es geschafft, dass sein alle Jubeljahre neu ausgegebenes Exemplar zweieinhalb Wochen intakt blieb, bevor jemand darauf herumkaute, sich draufsetzte oder es zerbrach.

Als er erkannte, dass die beiden deutsch miteinander sprachen, überlief ihn ein angenehmes Prickeln. Als junger Mann hatte er während seiner ersten Haftstrafe einen Deutschkurs belegt, und jetzt tat sich in den Tiefen seines Hirns eine alte, quietschende Tür auf. Die Laute wurden zu Wörtern und ergaben einen Sinn.

»Jetzt gehen wir das noch mal in Ruhe durch. Hast du den Hotelschlüssel abgegeben oder ich?«

»Ich habe ihn abgegeben.«

»Und wo ist mein Inhalator?«

»Hier, in deiner Tasche.«

»Ich habe meinen Pass …«

Axe spähte zu ihnen hinüber, als der Mann ein blutrotes Büchlein mit goldfarbenem Aufdruck auf die Theke legte und darin herumblätterte, als wollte er sicherstellen, dass es sich nicht um eine Fälschung handelte. Dann schob er den Pass zurück in eine Art Bauchtasche für Bargeld und Papiere, die er unter seinem T-Shirt trug. Die Frau fingerte an

ihrer Hose herum und durchsuchte einen ähnlichen Geld-
gürtel für nervöse Touristen.

»Er ist ...«, murmelte sie.

»Wo?«, fragte ihr Gatte. »Hast du ihn im Hotelzimmer
gelassen?«

»Nein, ich weiß genau, dass ich ihn mitgenommen habe.
War das Erste, was ich eingepackt habe.«

»Na, und wo ist er dann?«

»Ich ... ähm ...« Die Frau lief rot an.

»Jutta! Jetzt sag bloß nicht, du hast ihn verloren! In einer halben Stunde müssen wir los!«

Die beiden machten sich über ihre Taschen her, zogen
Reißverschlüsse und Klettverschlüsse auf. Als sich Axe wieder zur Theke drehen wollte, schwang die Tür ein weiteres
Mal auf und ein muskulöser Kerl wuchtete einen Karton
Wein in die Bar. Im Kegel des durch den Türspalt einfallen-
den Lichts bemerkte Axe einen dunklen Fleck am Boden. Er
drehte sich um.

»*Ent*...«, setzte er an. Das deutsche Ehepaar durchwühlte
weiter seine Taschen. Axe überlegte kurz.

»*Entschuldigung?*«, sagte er schließlich.

Die beiden blickten auf. Mit einer Kopfbewegung wies er
zur Tür, dorthin, wo der Reisepass am Boden lag.

Der Mann marschierte los und hob ihn auf.

»Gott sei Dank! Meine Güte, Gott sei Dank!« Er drückte
seiner Frau den Pass in die Hand. »Danke, Officer!«

Axe zuckte die Achseln und wandte sich wieder zur Bar.

»Nein, wirklich!« Der Mann trat neben ihn. »Sie haben
uns vor einer Katastrophe gerettet.«

»*Es ist in Ordnung*«, sagte Axe.

Der große Mann strahlte so breit, dass Axe seine schiefen Zähne sah. Fast wie seine.

»*Can we ... pay you a drink*?«, fragte der Mann.

Axe überlegte kurz.

»Klar«, sagte er dann.

28

Celine saß mit den Füßen im Wasser am Pool und betrachtete das zerstreute, am Beckenrand aufflackernde Licht der Nachmittagssonne, als etwas Weiches an ihrem Arm entlangstreifte. Kater Jake strawanzte an ihr vorbei, nur das fast zufällige Zucken seines Schwanzes zeugte davon, dass er ihre Gegenwart überhaupt zur Kenntnis nahm. Wie ein Schwimmer, der sich für das Training aufwärmte, setzte er sich auf seinen Stammplatz am Beckenrand. Sie hatte mal gehört, dass manche Katzen Männer bevorzugen, aber das hatte den Stachel der Eifersucht nicht weniger schmerzhaft gemacht, als das Tier nach ihrer Rückkehr auf Keeps zugesaust war und den gebeugten Kopf heftig schnurrend immer wieder gegen sein Schienbein gestupst hatte.

Keeps schob die Terrassentür auf und schlenderte barfuß heraus, den Blick auf das Display des neuen Smartphones gerichtet, das ihm Trinity widerwillig ausgehändigt hatte. Celine hatte ebenfalls ein Arbeitshandy bekommen, das Gegenstück zu Brassens Gerät. Der betrügerische Wärter war dazu verdonnert worden, während seiner Isolationshaft in Pronghorn alle Foren auf Websites von *Camp* nach Reaktionen auf seinen fingierten Hilferuf zu durchsuchen. Sie, Keeps, Trinity und Brassen waren alle über denselben Zugang mit den Foren verbunden und würden wichtige Nachrichten zeitgleich sehen.

Celine hatte nicht gewartet, bis man Brassen wieder aus seinem Trailer holte und ins Gefängnis brachte. Sie fand es gehässig von Trinity, dem Mann die Rückkehr in sein Heim zu erlauben und ihn dann wieder abzuführen. Es war, als wollte sie ihm seinen Verlust so richtig reinreiben, ein Besuch in der Grabkammer seiner Vergangenheit. Celine beneidete ihren ehemaligen Freund und Kollegen nicht um die Erfahrung, die er in der ersten Nacht in seiner Zelle machen würde. Er würde auf der Pritsche liegen und die Alltagsgeräusche des Gefängnisses hören, die ihm auf grausame Weise vertraut und doch ganz neu waren, und die ganze Nacht über würde Trinity ihn mit Fragen aus dem unruhigen Schlaf reißen. Celine war sicher, dass die Frau ihm keine Ruhe gönnen würde.

»Wir haben schon stundenlang gewartet. Gibt's endlich was Neues?«, fragte sie.

»Nee, keinen Mucks.« Keeps setzte sich neben sie und ließ die Füße ins Wasser gleiten. Celine tippte auf das Display ihres Geräts, wo der Forumsbeitrag noch immer offen war. *Situation hat sich geändert, wir müssen reden. Dringend!*

Keeps legte sein Arbeitshandy weg, zückte sein Privatgerät und tippte auf die Nachrichten-App.

»Hast du gesehen, was dein Knilch heute so abgezogen hat?«

»Was? Nein, ich war abgelenkt«, sagte Celine.

»Dann sieh dir das mal an.«

Er öffnete den Artikel. Das Aufmacherbild zeigte ein kleines blaues Haus in einer engen Straße voller Streifenwagen und eine Horde Gaffer hinter dem Polizeiabsperrband. Über dem Bild waren die Fahndungsfotos von John Kradle und Homer Carrington angeordnet.

Drei Tote nach Schusswechsel mit zwei geflüchteten Häftlingen.

Celine schnappte sich das Handy. Während sie las, spürte sie Keeps' Blick.

»*Wie die Polizei bestätigt, hat John Kradle seinen Komplizen Homer Carrington umgebracht, nachdem der Serienmörder*

in einem Haus in Beaver Dam zwei bisher noch nicht na-
mentlich genannte Polizisten aus Mesquite getötet hatte«,
las Celine laut vor. »Die Aufzeichnungen der Bodycam eines
der getöteten Polizisten zeigen offenbar, dass Kradle sich auf
Carrington stürzte, als dieser seine Waffe auf die beiden Be-
wohner des Hauses richtete. Eine Frau und ein Junge ...«

»Scheint mir ein anständiger Kerl zu sein«, sagte Keeps.
»Zumindest im Moment, wo er auf der Flucht ist. Erst lässt
er die entführte Frau gehen, jetzt kämpft er mit einem be-
waffneten Serienmörder, um Frauen und Kinder zu retten.«

Celine hob die Hand. »Ich will nicht wissen, wie er sich
jetzt benimmt, es geht darum, wie er drauf war, als seine Familie ermordet wurde.«

»Wann erklärst du mir eigentlich, warum dir das so wichtig ist?«

»Weil ich und dieser Typ seit fünf Jahren ... so ein Ding
am Laufen haben. Das geht eigentlich schon so, seit man
ihn in Pronghorn eingeliefert hat. Kradle schwirrt mir ständig im Kopf rum. Verstehst du?«

»Nee. Versteh ich nicht.«

»Weil ... ich war nicht besonders nett zu ihm, als er zu
uns gekommen ist. Also eigentlich schon von Anfang an. Ich
hab ihm keinen guten Empfang bereitet.«

»Inwiefern?«

Celine tippte auf dem Lenkrad herum.

»Ich wusste, dass er zu uns kommt, hab seinen Fall im
Fernsehen verfolgt und war total angewidert davon, so wie
wahrscheinlich alle anderen auch. Und als ich gehört hab,
dass er bei mir landen würde, hab ich mich fast gefreut. Hab
ihn in die mieseste Zelle gesteckt, ihm die dreckigste Matratze zugeteilt, sein Essen zurückgehalten, bis es eiskalt
war, und seine Genehmigung für den Einkauf im Gefängnis-

laden auch, damit er sich in den ersten drei Wochen nichts kaufen konnte. Das alles noch bevor er seine erste Nacht bei uns verbracht hatte.«

Sie ließ diesen Vormittag Revue passieren, sah ihn vor sich, wie Kradle in den Block geführt wurde, erinnerte sich daran, wie sehr sie sein jämmerlicher Anblick trotz allem entsetzt hatte, das zugeschwollene Auge, die immer noch blutende Nase, sein humpelnder Gang. Sie machte sich allerdings nicht die Mühe zu fragen, was passiert war, denn sie wusste genau, was mit Kindermördern in U-Haft geschah. Entweder wurden sie von den Polizisten vor Ort vermöbelt oder die Wärter verpassten ihnen auf dem Weg zum Staatsgefängnis eine Abreibung. Sie hatte das schon zigmal gesehen. Celine dachte daran, wie sie vor seiner Zelle stand, während Kradle wie betäubt auf seiner Pritsche saß und ins Leere starrte.

»Ich hab ihn gefragt, ob er auf die Krankenstation wollte, aber er hat abgelehnt. Immer wieder. Irgendwann hab ich gesagt: ›Wenn sich herausstellt, dass du innere Blutungen hattest und mir hier eingehst, haben wir ein Problem. Also, musst du auf die Krankenstation oder nicht?‹ Er hat immer wieder verneint. Vielleicht hätte ich … merken sollen, dass das ein schlechter Zeitpunkt für ihn war. Schließlich hatte man ihn gerade dort abgeliefert, wo er den Rest seines Lebens vor sich hin dämmern würde. Er war ja gerade erst in die Todeszelle gesteckt worden. Drei kahle Wände, ein Gitter.«

Keeps nickte wissend.

»Und was ist dann passiert?«

»Ich hab ihn so lange provoziert, bis er rot gesehen hat. Ist aufgesprungen und mit voller Wucht gegens Gitter gehechtet, um mich zu packen. Genau das hatte ich gewollt.

Hab ihn ein paar Tage ins Loch gesteckt. Von da an herrschte Krieg zwischen uns. Als er aus dem Loch kam, stand der blanke Hass in seinen Augen. *Ich krieg dich.* Und ich hab ihn genauso angesehen.«

»Und hat er dich gekriegt?«

»O ja. Nicht sofort. Nichts Großes. Hat nur eine Weile die Augen aufgesperrt und irgendwann auch was gefunden. Er hat herausgekriegt, dass ich es hasse, wenn jemand schnalzt.«

»Schnalzt?«

»Ja, so mit der Zunge«, erklärte Celine und imitierte das verhasste Geräusch.

»Wieso?«

»Weil es mich aufregt.«

»Okay.«

»Also schickt er allen im Block eine Nachricht, sie sollen schnalzen, wenn ich in der Nähe bin. Besticht sie sogar mit Sachen aus dem Gefängnisladen.«

»Haha! Schlaues Kerlchen!«, rief Keeps.

»Überall, wo ich hinkam, ging's los: *SCHNALZ!*«, sagte Celine. »Ich leg mein Zeug in den Kontrollraum: *SCHNALZ!*, geh auf die Toilette: *SCHNALZ!*, drehe meine Runden, und alle Häftlinge so: *SCHNALZ! SCHNALZ! SCHNALZ!*«

»Gefällt mir, das Spielchen!«

»Dann hat er alle dazu animiert, falschrum aus ihren Bechern zu trinken.« Celine schüttelte den Kopf. »Also mit dem Henkel verdreht.«

»Henkel zum Mund?«, fragte Keeps.

»Jepp.«

»Wie geil!«, rief er entzückt.

»Der Henkel ist nicht zur Zierde da! Der hat eine Funktion!«

»Die Nummer muss ich mir merken.«

»Einmal bin ich an seiner Zelle vorbei, und er so: ›Dreißig Tage‹, und ich so: ›Dreißig Tage bis was?‹. Er hat nur die Schultern gezuckt. Beim nächsten Mal sagt er: ›Neunundzwanzig Tage‹.«

»Ein Countdown. Interessant«, sagte Keeps.

»Ja, interessant. Also frag ich ihn direkt, warum er die Tage runterzählt. So richtig ernsthaft. Aber er rückt nicht raus mit der Sprache. Bei siebenundzwanzig ist mir der Geduldsfaden gerissen. Ich sag: ›Es reicht jetzt!‹, hole ihn aus der Zelle, setz ihn ins Verhörzimmer und halte eine offizielle Befragung ab. Schreib einen Bericht für die Direktorin. Gebe dem Personal Bescheid. Bei einundzwanzig steigen die Häftlinge ein. Jetzt zählen sie auch die Stunden und Minuten runter, also: noch neunzehn Tage, sieben Stunden, einundvierzig Minuten, so in der Art.«

Keeps kicherte in sich hinein.

Celine seufzte. »Also nehme ich mir den Knaben ein zweites Mal zur Brust. Er kriegt eine schriftliche Verwarnung. Ich weise ihn auf die Vorschriften hin, Gewalt gegen das Gefängnispersonal et cetera pp. Strafen für versuchten Ausbruch, Anstiftung zu Aufständen. Ich versuche, ihn wegen Bedrohung des Personals dranzukriegen, damit er in der Spezialabteilung landet, aber die Direktorin meint, das ist nur ein Countdown, keine Bedrohung, schließlich wissen wir nicht, warum er die Tage zählt. Ich schlage mir die Nächte um die Ohren, sehe in Kalendern nach, recherchiere astrologische Konstellationen, studiere seine Akte, wann hat sein Sohn Geburtstag, wann seine Frau? Wann sind sie gestorben? Und er zählt weiter runter. Noch drei Tage … ich raufe mir die Haare.«

Keeps hielt sich vor Lachen den Bauch.

»Als der letzte Tag kam, hatte ich die Gefängnisleitung so weichgekocht, dass sie Warnstufe Rot ausgegeben haben. Das Suchkommando stand in Schutzanzügen vor Kradles Zelle bereit. Ich auch, sogar mit Helm. Völlig fertig. Ich schaue auf die Uhr und stelle fest, dass mein ganzer Arm zittert.«

Keeps liefen die Tränen übers Gesicht. Celine funkelte ihn an.

»Und nichts ist passiert«, prustete er.

»Nichts ist passiert«, bestätigte Celine.

»So ein Witzbold!«

»Das war ungefähr so witzig wie ein Schlag in die Fresse«, sagte Celine.

»Hast du dir als Rache auch eine Psychostrategie überlegt?«, fragte er, als er sich wieder beruhigt hatte.

»Klar. Und wie. Ich hab alles versucht, was mir eingefallen ist. Hab ihm Sand in den Kaffee geschüttet. Ihn zu einem Hirn-CT auf die Krankenabteilung geschickt, auf die Einweisung habe ich: ›Ist offenbar schwachsinnig‹ vermerkt. Ich weiß, dass er Spinnen hasst, also hab ich ihm ein paarmal eine Tarantel in die Zelle gesetzt oder ihm das zumindest suggeriert.«

»Eine *Tarantel*? Woher hattest du eine verdammte Tarantel?«

»Hey, wir sind in Nevada! Die kriegst du in jeder Zoohandlung.« Celine bewegte die Füße im Wasser. »Kosten nicht viel.«

Keeps bewegte ebenfalls die Füße. »Ich hab dich allerdings nicht gefragt, warum es dir so wichtig ist, dass Kradle schuldig ist. Meine Frage lautete: Wann erzählst du mir, warum es dir so wichtig ist?«

Celine erstarrte.

»Wie bist du …?«, fragte sie.

»Ich habe meine Quellen.«

Celine wandte den Blick ab und schüttelte den Kopf. Es dauerte lange, bis sie die Worte fand.

»Man nimmt einen neuen Namen an, zieht quer durchs Land. Schweigt wie ein Grab. Und trotzdem kennt Hinz und Kunz dein Geheimnis.«

»Wissen die Kollegen aus Pronghorn was darüber?«

Sie zuckte die Achseln. Ihre Schultern waren völlig verkrampft. »Vielleicht. Zumindest die Häftlinge sind offenbar alle im Bild. Slanter weiß Bescheid, ihr Vorgänger Wilke auch. Er hat mich eingestellt, daher wusste er alles über mich. Aber meine Personalakte sollte eigentlich geheim sein.«

Zum ersten Mal seit Jahren stiegen ihr Tränen in die Augen, und sie musste sich ein bitteres Lächeln abringen, um sie zurückzudrängen. Eine Weile saßen sie nebeneinander und sahen aufs Wasser.

»Ist echt scheiße, Mann«, sagte Keeps schließlich. »So was Beschissenes hab ich schon lange nicht mehr gehört.«

»Was du nicht sagst.«

»Lebt er noch? Dein Großvater?«

»Nein. Ein einziges Mal hab ich ihn im Gefängnis besucht. Danach nie wieder. Er hat seinen Anwalt angewiesen, mich zu seiner Hinrichtung einzuladen, aber ich hab einfach Nein gesagt. *Ich komme nicht*, hab ich ihm geschrieben. Und das war's. Drei Tage später hat er sich umgebracht.«

»Mist!«

Wieder herrschte Schweigen. Celine wusste, dass weitere Fragen kommen würden. Sie hatte sämtliche Muskeln angespannt, als müsste sie sich vor Schlägen schützen.

»Warst du an dem Tag nicht da? Oder …?«

»Ich war da«, sagte Celine. »Alle waren da. Er hat mich leben lassen.«

»Warum? Warst du sein Liebling?«

Celine sah weg, unterdrückte ein Schluchzen. »Nein. Ich war nicht der *Liebling*, Keeps«, stieß sie hervor.

»Tut mir leid. Es steht mir nicht ...«

»Das bin ich nicht«, sagte Celine. »Ich bin nicht die Person, der das passiert ist.«

»Aber ein Teil der Person, die du nicht sein willst, verstellt dir den Blick auf die Wahrheit.«

»Ach ja. Klar.«

Keeps berührte ihre Hand, ganz sanft, nur mit dem kleinen Finger. Aber Celine wurde so heiß, dass sie ihre Gefühle sofort mit Eiswasser löschen musste.

Sie erinnerte sich an seine Worte vor Brassens Trailer.

Wenn man jemanden an die Angel bekommen will, gibt man ihnen das Gefühl, was Besonderes zu sein.

Wahrgenommen zu werden.

Als würde man sie und ihren Kummer verstehen.

Beide Handys piepsten gleichzeitig, beide sahen aufs Display. *Neue Nachrichten.* Celine klickte auf die App. Oben auf der Liste stand Brassens Hilferuf.

Brass_on: Situation hat sich geändert, wir müssen reden. Dringend!

Darunter stand ein neuer Satz.

Addam123: Situation hat sich geändert?

»Addam123«, las Keeps laut.

Celine zuckte die Achseln. »Trinity sucht bestimmt schon nach bekannten *Camp*-Mitgliedern mit dem Nachnamen Addams. Ist aber vielleicht ein Pseudonym.«

Sie warteten, den Blick aufs Display gerichtet.

Brass_on: Will mehr Geld.

»Das ist zu schnell und zu direkt«, stieß Keeps hervor. »So haben wir das nicht besprochen. Damit gibt er ihnen nicht das Gefühl, dass er ihren Plan kennt, sondern bedroht sie nur. Das ist nicht unser Drehbuch!«

»Trinity ist offensichtlich nicht bei ihm«, sagte Celine.

»Oder vielleicht doch. Für die Frau ist Fingerspitzengefühl ein Fremdwort.«

»Er tippt.«

Beide starrten aufs Handy. Kater Jake schlenderte an Keeps' Seite und versuchte, sich auf seinen Schoß zu drängeln. Celine seufzte.

Addam123: Verpiss dich, Alter! Wir sind durch.

Brass_on: Brauch mehr, muss abhauen. Kohle reicht nicht. Die Marshals verhören alle Wärter in Pronghorn. Sie wissen, dass es ein Inside-Job war. Es ist nur eine Frage der Zeit, bis sie mich am Arsch haben.

Addam123: Dann hau ab.

Brass_on: Zum Abhauen brauch ich Geld. Fünfzigtausend reichen nicht. Ich muss ganz neu anfangen.

Addam123: Dein Problem. Du hast deine Schuldigkeit getan, wir brauchen dich nicht mehr.

Brass_on: Aber es ist EUER Problem! Ich weiß mehr über den Plan, als du denkst. Wenn die mich erwischen, pack ich aus.

Addam123: Was weißt du?

Celine bemerkte erst jetzt, dass sie ihr Handy so fest umklammerte, dass ihr die Finger wehtaten. Der große Moment war gekommen! Hier begann das Täuschungsmanöver. Nun wurde alles eingefädelt. Brassen musste das Unmögliche schaffen: ohne Sichtkontakt wie ein siegessicherer Pokerspieler rüberkommen. Ohne angedeutetes Grinsen, ohne gestrafften Rücken, ohne lässiges Kartensortieren. Er musste genau den richtigen Zeitpunkt für seine Antwort wählen, nicht zu früh, nicht zu spät. Erst als Celine die Worte auf dem Display sah, atmete sie wieder aus.

Brass_on: Hab Kopien von den Skizzen.

»Okay, er hat seinen Einsatz gemacht«, sagte Keeps mit angespannter Stimme.

»Das ist alles. Mehr haben wir nicht.«

Sie warteten auf die drei Punkte, die anzeigen würden, dass *Addam123* tippte. Sie erschienen nicht. Stattdessen erschienen sie kurze Zeit später bei *Brass_on*.

Brass_on: Ihr habt null Risiko. Ich schlage eine Geldübergabe in einem Schließfach oder unter einem Baum oder irgendwo sonst vor, mir egal. Deponiert die Kohle und verschwindet, dann sagt mir, wo sie ist. Noch mal derselbe Betrag. Peanuts für mein Schweigen.

Sie warteten.

Addam123: Wir arbeiten nicht mit Bargeld. Das weißt du auch.

»O Scheiße! Wir sind aufgeflogen!«, rief Celine.

»Abwarten.«

Brass_on: Bitcoin ist zu riskant für mich, kann man nachverfolgen. Ich will Bares.

Schweigen. Celine biss sich auf die Lippe.

Addam123: Wir melden uns.

»Meinst du, die haben den Köder geschluckt?«, fragte sie.

»Besser wär's. Mehr haben wir nicht zu bieten«, sagte Keeps.

Jake hatte es sich auf seinem Schoß eingerichtet, eine schnurrende Fellkugel, die Vorderpfoten unter seinem Flauschwanst vergraben. Sein bernsteinfarbenes Fell leuchtete in der Sonne. Als Celine dem Tier in die Augen sah, funkelte es sie böse an.

»Ihr seid ein schönes Paar«, sagte sie nur. Keeps streichelte dem Kater über den Rücken, ließ die Finger durch sein dichtes Fell bis zum Schwanz gleiten.

»So sieht Vertrauen aus. Wenn ich die Beine öffne, klatsch! Der Junge landet im Pool.« Er lächelte. »Alles dreht sich um Vertrauen. Und wie schnell man es gewinnt.«

Celines Privathandy klingelte. Sie ging ran.

»Ich bin's wieder«, sagte Kradle.

29

Als der schwarze Hund rausgesprungen war, schloss John Kradle die Fahrertür von Shelley Frapports Wagen. Aus den vielen Krimis, die er gelesen hatte, wusste er, dass es keine gute Idee war, einen Fluchtwagen zu verbrennen. Damit würde er nur Aufmerksamkeit erregen, Gaffer und schließlich die Polizei auf den Plan rufen, die den Wagen dann recht schnell identifizieren konnte. Am klügsten wäre es, ihn in einer schlechten Gegend abzustellen, wo er hoffentlich auseinandergenommen wurde, bevor die Polizei ihn entdeckte.

Er zog sich die Kapuze über den Kopf, nahm das Handy, das er vom Küchentisch der Frapports mitgehen lassen hatte, und tippte Celines Nummer ein. Er wusste ganz genau, dass es nur eine Frage der Zeit war, bis man in dem Chaos im Haus der Frapports feststellen würde, dass das Handy des Jungen fehlte. Seit seiner Flucht aus Pronghorn hatte er schon eine Menge überlebenswichtiger Werkzeuge zurücklassen müssen. Dieses hier wäre das nächste. Das Messer, mit dem er Homer Carrington getötet hatte, steckte in seiner Hosentasche, und in der Tasche des Kapuzenpullis hatte er die von Shelley Frapport ausgedruckte Verbindungsliste, die er hütete wie einen Schatz. Die Handschellen hingen ihm noch blutverschmiert vom Handgelenk. Er warf einen Blick auf den Hund, der treuselig neben ihm durch die Straßen von Riverside trottete, und fragte sich, ob ihm auch das Tier, sein einziger Trost und Kuschelgefährte, irgendwann genommen würde.

Celine schnaufte auf eine Weise in den Hörer, die er nicht deuten konnte.

»Du schon wieder«, sagte sie.

»Also, ich habe gerade einem Serienmörder mit einem Küchenmesser den Daumen abgesäbelt. Wie war dein Tag so?«

»Was? Wieso? Bäh! Das ist widerlich. Mein Tag war ermüdend. Ich war die ganze Nacht wach, weil ich versucht habe, die Wahrheit über dich herauszufinden.«

»Willst du endlich wissen, wie sehr du dich doch in mir geirrt hast?«

»Oho! Nein, ich habe mich nicht geirrt. Sonnenklar ist ja wohl, dass du ein absolutes Arschloch bist. Das weiß doch jeder!«

Kradle musste trotz allem grinsen. In der Leitung herrschte Schweigen. Sein Lächeln erlosch.

»Aber dein Verbrechen«, sagte Celine schließlich. »Vielleicht … ist da was … womöglich habe ich …«

»Den Hauch eines Zweifels?«

»So ähnlich. Ich habe mit Dr. Martin Stinway gesprochen.«

»Wie das?« Kradle bog um eine Ecke und senkte den Kopf, als ihm eine Horde Teenager entgegenkam. Als er jedoch vorsichtig unter dem Kapuzenrand hervorlugte, sah er, dass die jungen Leute ohnehin alle auf ihre Handys starrten. »Wie hast du es geschafft, mit ihm zu reden? An dem beißt sich mein Anwalt seit Jahren die Zähne aus.«

»Wir haben so getan, als wären wir von der *Times*.«

»Was?«

»Mit Journalisten reden alle. Hab ich mir sagen lassen.«

»Das ist gut. Vielleicht kann ich das auch mal gebrauchen. Wer ist ›wir‹?«

»Du hast gemeint, ich soll mir jemanden suchen, der neutral ist. Und dir eine Stunde geben. Hab ich gemacht.«

»Der gute alte Jake.«

»Jake ist ein Kater, Kradle.«

Er überlegte eine Weile. »Oho! Haha!«

»Ja.«

»Also, was habt ihr rausgefunden?«

»Es gibt da ein Geständnis.«

Kradle blieb so abrupt stehen, dass seine Turnschuhe wie Bremsen quietschten. »Ich habe nie …« Er brachte die Worte kaum über die Lippen, so wütend war er. Mit der Hand auf den Zaun gestützt, knurrte er: »Nie im Leben habe ich …«

»Gestanden«, ergänzte Celine. »Ich weiß.«

Kradle bebte vor Zorn. Der Hund betrachtete ihn besorgt, bereit, sich erneut für ihn in die Schlacht zu stürzen.

»Hat Frapport das behauptet?«

»Ja, Stinway gegenüber.«

Kradle war sprachlos.

»Wenn du gestanden hättest, wäre das während der Verhandlung zur Sprache gekommen. Und in den Medien. Schließlich haben sie sämtliche Vernehmungen aufgezeichnet. Und ausgerechnet das Geständnis nicht? Wieso gibt es kein von dir unterschriebenes Dokument dazu?«

Kradle zitterte, immer noch ohne Worte.

»Nichts, nada, nirgendwo erwähnt«, fuhr Celine ungerührt fort. »Nur Stinway hat das behauptet, bei unserem Telefonat.«

»Frapport hat Stinway vorgelogen, ich hätte gestanden, damit der die forensischen Spuren entsprechend auslegt«, stieß Kradle schließlich hervor.

»Möglich.«

»Ich habe gerade mit Frapports Frau gesprochen. Sie ist überzeugt, dass er meinen Fall auf der linken Arschbacke aufgeklärt hat. So sicher war sie, dass sie mich in ihr Haus gelassen und mich neben ihren Sohn an den Küchentisch gesetzt hat. Sie geht davon aus, dass ihr Mann mit gezinkten Karten gespielt und mir die Morde angehängt hat, damit er mehr Zeit zu Hause verbringen konnte, um seine Ehe zu retten.«

»Na, ich weiß nicht«, Celine klang so, als hätte sie das Handy weggelegt.

»Aber du bleibst an der Sache dran?«

»Ja. Das mit Stinway stinkt. In deinem Fall ist irgendwas faul, und ich will wissen, was da gelaufen ist. Aber unschuldig? Davon bin ich noch nicht überzeugt.«

»Weil du persönlich betroffen bist.« Kradle grinste böse.

»Persönlich betroffen?«

»Ja.«

»Kann sein.«

»Du bist von mir besessen.«

»Ach du liebe Zeit!« Sie stöhnte genervt. »Ich weiß ja, dass du nicht der Hellste bist, deswegen sage ich es jetzt noch mal ganz langsam: *Du musst dich stellen, bevor dich jemand erschießt.* Wir können Stinway und Frapports Frau zu einer Aussage bewegen. Dann gibt es vielleicht wenigstens eine neue Verhandlung.«

»Klar. Klingt supi! Ich setz mich einfach noch mal zehn Jahre in die Zelle und warte, bis die Verhandlungen durch sind.«

»O Mann, Kradle!«

»Celine, du verschwendest deine Zeit.«

»Ich weiß«, sagte sie schließlich.

»Ich schicke dir ein paar Fotos von Unterlagen, Anruflisten. Darauf ist jede Nummer verzeichnet, die Frapport in den Monaten nach dem Mord an meiner Familie angerufen hat. Du fängst unten an, ich oben.«

Kradle sah auf seinem Display, dass er schon viel zu lange mit Celine gesprochen hatte. Die Uhr lief. Tick-tick-tick.

»Ich werde dieses Handy gleich entsorgen.«

»Wie soll ich dich dann ...«

»Ich melde mich«, sagte er und beendete das Gespräch.

Kradle trat auf die Straße und sah sich um. An der Bushaltestelle standen ein paar Leute, eine alte Frau, zwei Teenager, ein magerer Typ mit tief ins Gesicht gezogener Basecap. Alle starrten auf ihre Smartphones, die Köpfe wie zum Gebet gebeugt. Kradle ging in die Hocke und verteilte die Listen aus seiner Hosentasche auf dem Gehweg. Er fotografierte sie mit der Handykamera, verschwendete kostbare Minuten damit, die Bilder mit einer Nachrichten-App zu versenden. Obwohl er noch ewig auf dem Gerät herumtippte, rief Celine ihn nicht zurück. Das bedeutete aber nicht, dass sie ihm nicht mehr helfen würde und ihre Behauptung, sie wolle die Wahrheit herausfinden, nicht stimmte.

Deswegen hatte er sie ausgewählt. Weil jemand wie sie bei einem Verbrechen wie diesem unbedingt die Wahrheit wissen musste.

Das Handy machte ein seltsames Geräusch, es klang, als würden die Bilder wegfliegen. Kradle öffnete mit blutigen Fingern das Gehäuse, nahm die SIM-Karte heraus und warf sie über den Maschendrahtzaun. Das Handy selbst ließ er in einen Gully fallen. Ein schneller Blick zur Haltestelle verriet ihm, dass niemand ihn beobachtet hatte.

Nach dem Gespräch mit Kradle wurde Celines Display dunkel. Keeps stand am Zaun und sah zu, wie die Sonne Nevadas rot hinter der Wüste versank. Celine stellte sich vor, wie jetzt sämtliche Häftlinge, egal, wohin sie geflohen sein mochten, dank ihrer vielen Anstaltsjahre mit streng geregelten Essenszeiten gleichzeitig ein dringendes Hungergefühl verspürten. Sogar sie als Wärterin reagierte auf bestimmte Schlüsselreize – den Klang eines Gongs, lautes Hupen, das laute Klicken eines Schalters – mit Müdigkeit, Hunger, plötzlicher An- oder Entspannung, als hätte man ihr irgendwelche Mittel gespritzt. Auch sie war ein Opfer der Gefängnisroutine. Als Keeps sich abwandte und auf sie zuschlenderte, spürte sie ein seltsames Kribbeln im Bauch. Sie dachte daran, wie er ihre Finger berührt hatte.

»Er schickt Bilder. Anruflisten«, sagte sie. »Klang irgendwie komisch. Müde.«

Keeps zuckte die Achseln. »Na klar, er hat ja auch gerade einen umgebracht. Wenn du ihm glaubst, hat er so was noch nie gemacht.«

»Ich weiß nicht mehr, was ich noch glauben soll.« Keeps stand schon wieder so dicht neben ihr, dass sich ihre Hände fast berührten. Celine empfand eine große Sehnsucht, ihre Haut brannte vor Verlangen. »Es ist alles durcheinander.«

Er berührte ihre Wange, hob ihr Kinn und küsste sie. Noch während sie sich der Empfindung hingab, brüllte ihr Verstand ihr zu, dass er ihre Schwäche ausnutzte, dass er genau diesen Moment abgewartet hatte, um zuzuschlagen. Aber das war ihr egal. Sie zog ihn näher, es fühlte sich so gut an, ihr Kopf in seinen Händen, geborgen, liebkost, begehrt. Bevor die letzten roten Glutschimmer am Horizont verschwanden, waren sie bereits auf dem Weg ins Haus, ihre Hand in seiner.

Das Handyklingeln riss sie aus dem Schlaf. Sie fuhr hoch, tastete hinter sich, spürte seinen harten Arm. Er lag neben ihr, den Körper abgewandt. Irgendwas an dieser Situation – ihr dringender Wunsch, ihn zu berühren, die Hand auf sein

Herz zu legen oder sich an ihn zu schmiegen und ihn zu küssen, während er ihr nur die kalte Schulter zeigte – riss sie aus ihrer Gefühlsduselei und versetzte sie in Alarmbereitschaft.

Die Nummer des Anrufers war ihr nicht bekannt, aber aus unerfindlichen Gründen wünschte sie, es wäre John Kradle. Dieser Wunsch war so intensiv, dass es sie wie ein Schlag erwischte, als eine fremde Stimme ertönte. Das ergab keinen Sinn. Nichts ergab einen Sinn. Sie ging in die Küche und klammerte sich an die Bank, um sich irgendwie zu erden.

»Ms Osbourne?«

»Ja.«

»Ich bin Diana Fry von der Betrugsabteilung der Bank of America. Wir haben auf Ihrem Konto ungewöhnliche Buchungen festgestellt. Könnten wir vielleicht kurz ein paar Dinge durchgehen, damit sicher ist, dass hier kein Betrug vorliegt?«

Celines Mund war auf einmal staubtrocken. Während sie die Fragen zur Bestätigung ihrer Identität beantwortete, fiel ihr Blick aufs Bett, wo Keeps noch immer schlief.

»Um welche Art von Kontobewegungen handelt es sich denn?«, fragte sie.

»Es geht um eine sogenannte Testüberweisung«, erklärte die Frau. »Ein geringer Betrag wurde von Ihrem Konto auf ein Konto in Kuala Lumpur überwiesen. Wir sprechen hier von sieben Dollar und fünfundzwanzig Cent. Haben Sie in letzter Zeit etwas in der Höhe bezahlt?«

»Nein.« Celine biss die Zähne zusammen. »Hab ich nicht«, stieß sie hervor.

»Die Betrüger versuchen es oft erst mit kleinen Summen, um zu testen, wie gut die Sicherheit ist. Wenn die Überweisung durchgeht, ohne dass Sie sie zurückbuchen, geht beim nächsten Mal mehr Geld runter«, erklärte die Frau. »Wir sperren jetzt mal alles, bis Sie zu uns in die Filiale kommen und Ihre Identität eindeutig bestätigt ist, Ma'am. Sind Sie einverstanden?«

»Kein Problem. Ich kümmere mich drum«, sagte Celine.

Statt bei der Kundenumfrage mitzumachen, beendete sie das Gespräch und legte das Handy auf die Frühstückstheke. Keeps rief aus dem Schlafzimmer nach ihr. Sie rieb sich übers Gesicht und setzte ihr Pokerface auf.

2000

Er hielt sich für einen schrecklichen Vater.

Es begann schon am ersten Tag, als er sich das schreiende, strampelnde Baby an die Brust drückte und von der Entbindungsstation zur Klinikverwaltung lief, von dort zur Sicherheitsabteilung und dann wieder zurück auf die Entbindungsstation, wo die Polizei schon mit Fragen zu seiner verschwundenen Gattin auf ihn wartete. Christine war weg. Warum? Am ersten Lebenstag seines Sohnes saß Kradle auf dem leeren Krankenhausbett seiner Frau, wiegte den pummeligen, frisch gewickelten rosa Säugling und versuchte herauszufinden, warum er ständig den Nuckel seines Fläschchens ausspuckte, während die Uniformierten ihn mit bösen Blicken hinrichteten. Er war nur halb bei der Sache, machte sich Sorgen um die roten Flecken und Pickelchen im Gesicht des Neugeborenen, das schnelle Auf und Ab seiner kleinen Brust und die hektischen Bewegungen der Augen unter seinen geschlossenen Lidern. Warum Christine verschwunden war, wusste er nicht. Er versuchte, die Männer davon zu überzeugen, dass er keine Ahnung hatte, warum sie, noch von der Geburt geschwächt, aus ihrem Bett geklettert war, sich angezogen hatte und ohne ein Wort und ohne ihre Tasche in den sonnigen Tag hinausspaziert war. Kradle redete sich ein, es sei alles Teil ihres Theaters, eine Show, die sie abzog, weil sie sich nach Aufmerksamkeit sehnte. Nach ein paar Stunden oder Tagen kehrte sie sicher zurück und würde ihm helfen herauszufinden, was zum Teufel man tun musste, damit das Baby aufhörte zu schreien, was man so einem kleinen Wurm anzog und wie man sicherstellte, dass der winzige Mason nicht aus Versehen im Schlaf erstickte.

Aber die Stunden vergingen. Die Tage. Christine kehrte nicht zurück.

Selbst nach Monaten nicht.

Am Anfang überschlugen sich alle, um ihm zu helfen. Freunde tauchten zu allen Tages- und Nachtzeiten bei ihm auf, schweigend und seltsam misstrauisch, vorgeblich, um ihm zu zeigen, wie man Windeln wechselte, den Kleinen zum Bäuerchenmachen animierte und feststellte, ob er schwitzte, fror oder Hunger hatte. Die Polizei kam, es gab Vernehmungen und Neuigkeiten von der Suche nach Christine. Sie hatten Christines Taxifahrer gefunden, der aussagte, sie Downtown abgesetzt zu haben, mehr wusste er allerdings auch nicht. In Kradles Haus herrschte Chaos.

Als Christines Eltern ihr Enkelkind besuchten, stellten sie ihm im Dunkeln über Masons Bettchen gebeugt mit täuschend argloser Stimme bedeutungsschwangere Fragen. Litt Christine während der Schwangerschaft unter Depressionen? War er öfter laut geworden? War ihm »auch mal der Geduldsfaden gerissen«? Gab es in seinem oder ihrem Leben andere Partner? Kradle riss sich zusammen, denn wo er herkam, waren Männer harte Kerle und brachen nicht zusammen, nur weil ihre Frauen sie verlassen hatten oder ihr Baby die Windel so vollschiss, dass alles über den Autositz lief. Nur wenn das Haus leer war und sein Sohn schlief, ging Kradle über die Terrasse in die dunkelste Ecke des Gartens, setzte sich ins Gras und machte dort, unter dem Sternenhimmel, seinem verzweifelten, verwirrten Herzen Luft.

Die Hilfsangebote wurden weniger. Seine Freunde begannen, an ihm zu zweifeln. Wieso sollte Christine ihn einfach so verlassen? Weglaufen war eine Sache, aber komplett verschwinden eine andere. Wenn er Christines Eltern anrief, gingen sie nicht mehr ans Telefon, und auch die Polizei warf ihm nur gelegentlich ein paar Informationsbrocken hin. Man war einem vagen Hinweis nachgegangen, dem zufolge Christine in einer Künstlerkolonie in Detroit gesehen worden sei, doch die Spur war im Sand verlaufen. Es hatte ähnliche, aber letztlich wenig hilfreiche Hinweise gegeben, sogar in Nova Scotia wollte man Christine gesichtet haben.

Zwei Jahre lang hechtete er bei jedem Klingeln ans Telefon, ging bei jedem Klopfen in Habtachtstellung. Manchmal, wenn er im bläulichen Licht des heranbrechenden Tages in der Küche stand und den Reisbrei anrührte oder in der Waschküche Obstflecken aus winzigen Hemdchen schrubbte, meinte er, ihr Shampoo zu riechen oder sie im Augenwinkel im Türrahmen stehen zu sehen.

Als Mason zwei Jahre alt war, beschloss Kradle, den Garten seines Hauses in East Mesquite zu beackern. Während er Bewässerungskanäle grub, wackelte sein kleiner Sohn über den Rasen, krallte sich eine Handvoll Erde und warf sie mit voller Wucht gegen die Hausmauer. Bei dem Anblick brach Kradle in schallendes Gelächter aus. Der Kleine, vom Lachen seines Vaters angesteckt, kicherte ebenfalls. Kradle zog seine kleine Blumenkelle aus der Gesäßtasche und gab sie seinem Sohn, der sich auf den gepolsterten Hintern fallen ließ und prompt zu graben begann.

In diesem Moment begriff Kradle, dass es nicht nur darum ging, seinen Sohn am Leben zu halten. Er konnte ihm etwas beibringen.

Das tat er auch. Der Kleine lernte, Erde in einen Eimer zu werfen, zuerst mit den Händen, dann mit einer Schaufel. Im Alter von drei Jahren konnte Kradle seinen Sohn in eine Ecke setzen und ihn dort graben lassen, während er in den Gartenanlagen von Mesquite Bodendecker pflanzte. Mason lernte mulchen, gießen, jäten, beschneiden. Als er in den

Kindergarten kam, konnte er bereits mit dem Hammer umgehen und mit dem Pinsel eine brauchbare Grundierung auftragen. Als er sieben war, ließ ihn Kradle bedenkenlos mit der Laubsäge arbeiten, mit acht durfte er die Nagelpistole benutzen. Mit zehn nahm sein Sohn Maße für sämtliche Auftragsarbeiten, die Kradle dank seiner Zeitungsannonce erhielt, er baute Holzterrassen und Gartenlauben, Picknicktische, Adirondack-Stühle. Mason und Kradle lagen gemeinsam auf kalten Betonböden unter aufgebockten alten Autos, wechselten Ölfilter und Dichtungen oder krochen, niesend und mit dicken Handschuhen geschützt, auf der Suche nach Opossumfamilien auf staubigen, feuchtwarmen Dachböden herum.

Mason war schon bei seiner Geburt sehr groß gewesen. Kantiger Schädel, stark gewölbte Stirn, Arme wie Baumstämme, fleischige Oberschenkel und Wangen, die wabbelten, wenn er hinten im Anhänger mitfuhr. Und er blieb groß, überragte seine Mitschüler, platzte aus allen Hemden und trug bereits als Teenager Kradles Stiefel. Als Kind erinnerten seine Gesichtszüge ein wenig an einen Neandertaler, aber mit zunehmendem Alter wuchsen sich seine vormals überdimensionierten Proportionen nicht nur aus, sondern wurden sogar so attraktiv, dass sich Frauen nach ihm umdrehten. Eines Tages, Kradle und Mason arbeiteten auf einem fremden Grundstück, bog er um die Hausecke und sah, wie die Dame des Hauses und ihre Freundin mit einem Eistee auf der Terrasse saßen und seinen Sohn bewunderten, der sich über den Pool beugte, um den Filter zu reinigen.

»Dein Kumpel«, fragte die jüngere von beiden, »ist der schon vergeben?«

»Er ist vierzehn!«, sagte Kradle.

Die Frau verschluckte sich fast an ihrem Tee.

Eines Morgens, es war Dezember, die Sonne noch nicht aufgegangen, ging Kradle ins Zimmer seines Sohnes, um ihn wie immer zu wecken. Er zog an seinem Zeh, der stets unter der Decke hervorlugte und über der Bettkante hing, egal, wie kalt es war. Der Junge stieß einen schweren Seufzer aus und vergrub den Kopf unter dem Kissen, was schon immer Teil des Vater-Sohn-Rituals gewesen war, seit Mason nicht mehr im Gitterbettchen schlief.

»Was steht an?«, murmelte Mason, als Kradle schon wieder auf dem Weg in die Küche war.

»Rasen ansäen.«

»Viel zu kalt!«

»Ja, hab ich ihm auch gesagt.«

Als sein Sohn endlich zum Dienst antrat, drückte Kradle ihm einen Becher Tee in die Hand und setzte sich dann mit seinem Kaffee an den Tisch, um ihn im Licht der Dunstabzugshaube zu genießen. Der junge Mason hantierte wie ein Holzfäller mit der Axt, hob furchtlos Ratten- oder Schlangennester aus und trug locker sechs Rollen Büffelgras unterm Arm, aber seinen Tag begann er gern mit English Breakfast Tea und Comics am Küchentisch, eine Gewohnheit, die Kradle weder kritisierte noch hinterfragte. Die beiden saßen eine Weile wortlos beieinander, bis Kradle beschloss, schon mal den Laster zu beladen. Als er die Tür aufmachte, stand da Christine, die Hand zum Klopfen erhoben.

Es dauerte eine Weile, bis Kradle sie erkannte. Vorne hatte sie weiße Strähnen im Haar, ihre Haut war dunkelbraun gebrannt, und sie war ganz in Schwarz gekleidet – flattrige Wallegewänder, alle übereinandergetragen, wie so viele Menschen, die wie Christine an Mystik und Märchen glaubten, aber alle in Schwarz, was früher überhaupt nicht ihre Farbe gewesen war. Während er wie vom Donner gerührt im

Türrahmen stand, sagte ihm sein Verstand, dass hier was Ernstes im Busch war, allerdings verriet er ihm nicht, was. Sie atmete nur tief ein und wartete auf seine Reaktion. Auf einmal startete sein noch nicht ausreichend koffeingesättigtes Hirn durch und ließ sämtliche Bilder auf einmal vor seinem geistigen Auge ablaufen: das Baby, das Blut bei der Geburt, die vielen Stunden in Verhörzimmern der Polizei, das Weinen und Schreien, die vielen schlaflosen Nächte, die sinnlosen Telefonate. Da endlich wusste er, dass Christine wieder da war, hier vor ihm auf der Veranda, und vor lauter Schreck stand er da wie ein Ölgötze und brachte kein Wort heraus, obwohl er sich diese Situation doch so oft ausgemalt hatte.

Sie sprach zuerst.

»John«, sagte sie. »Hi!«

Kradle fuhr sich mit der Zunge über die Lippen und wollte antworten, doch da erzitterte der Boden unter Masons schweren Schritten, und Kradle konnte sich gerade noch umdrehen und seinen Sohn zurückhalten.

»Moment, Junge, einen Augenblick«, sagte er.

»Ich muss nur mein …«

»Nichts musst du.« Kradle schob ihn zurück ins Haus. »Geh hier weg. In den Garten. Warte da auf mich. Tu, was ich sage!«

Tu, was ich sage. Wie oft hatte sein Sohn das schon von ihm gehört? Mason wusste genau, was das bedeutete. *Leg das weg, gib mir das Werkzeug, tritt einen Schritt zurück* oder einfach *geh da weg*, und zwar sofort, sonst verletzt sich einer. Kradle, der seine Verletzung schon vor Jahren davongetragen hatte, setzte nun alles daran, seinen Sohn zu schützen. Deshalb benutzte er die magische Formel, und Mason folgte, trat rasch, aber verunsichert den Rückzug an. Dann

betrachtete Kradle sie näher, diese Frau, die er seit einein-
halb Jahrzehnten gesucht hatte, von der er nicht mal mehr
gewusst hatte, ob sie noch lebte. Es war mittlerweile hell geworden, der Tag war angebrochen.

»War er das?«, fragte sie.

»Ja«, sagte Kradle.

Mehr kam nicht von ihr. Ihr Schweigen erstickte die vielen sanften Worte, die er sich überlegt und im Geiste zigmal
aufgesagt hatte. Stattdessen stieß er ein wütendes Zischen
hervor.

»Wo zum Teufel hast du die ganze Zeit gesteckt, verdammte Scheiße?«

Sie gab sich geschockt. Das machte es nicht besser. Er
trat ans Geländer und musste sich zusammenreißen, um
nicht loszuschreien, dass sie ihm gefälligst eine Erklärung
schuldete, schließlich war sie nicht mal eben eine Stunde
zum Einkaufen gefahren, ohne ihm einen Zettel an den
Kühlschrank zu pinnen, sondern hatte die gesamte Kindheit eines jungen Menschen verpasst, der so stark und tapfer und attraktiv und klug und witzig war, dass Kradle es
kaum glauben konnte. Nicht nur hatte sie seine Kindheit
verpasst, nein, sie hatte sich ihr absichtlich verweigert. Die
Chance einfach weggeworfen. Wie gern hätte er ihr entge-
gengeschleudert, dass er sich ihretwegen wie ein Versager
vorkam, andere ihn für einen Schläger hielten, er sich die
ganzen Jahre über wie ein Irrer benommen hatte und jetzt
so rasend war, dass ihm die Augen aus den Höhlen zu treten
drohten.

»Ich bin nach Tibet gereist«, sagte sie schließlich.

»Ja, klar. Was sonst.« Fast hätte er laut losgelacht. Stattdessen ließ er die Fingerknöchel knacken und starrte auf
den Rasen. Er zählte seine Atemzüge. »Natürlich.«

Er ließ sie reden. Sie erzählte was darüber, dass sie ihren Kern hatte finden wollen, ihren Geist, mit Himmel und Erde in Beziehung treten, den Schnee der Berge trinken, die Weisheit der Alten erfahren, aber zum ersten Mal schenkte Kradle ihr keine Aufmerksamkeit. Er versuchte zu hören, ob sein Sohn vielleicht doch zurückgeschlichen war ins Haus, um zu lauschen, aber alles war still. Irgendwann rückte er seine Mütze zurecht, legte eine Hand auf den Türknauf, was Christine offenbar als Einladung interpretierte, denn sie trat einen Schritt vor. Wieder hätte er fast losgelacht. Sie ging allen Ernstes davon aus, dass sie einfach so in sein Leben zurückspazieren könnte. Als er nicht zur Seite trat, wich sie wieder zurück.

»Ich will ihn sehen«, sagte sie.

»Na, dann streng dich mal an«, sagte Kradle. »Und hier sowieso nicht. Wir treffen uns morgen im Diner. Acht. Jetzt muss ich los. Wir haben zu tun.«

Er ging in den leeren Flur und schloss die Tür.

30

Das strahlende Blau zog Kradle magisch an. Er hatte den Elektroladen schon aus der Ferne gesehen, wie ein funkelnder Saphir leuchtete er zwischen den anderen grellweiß angemalten Geschäften. Zu seiner Rechten war eine Tierbedarfshandlung, links ein Massagesalon und daneben ein höhlenartiger Basar, in dem offenbar billige Socken und riesige Sonnenbrillen mit Glitzersteinen verkauft wurden. Eine Weile verharrte er auf dem Gehweg, blickte durch die großen Fenster auf die Regale mit unbekannten, in Plastik eingeschweißten oder in weißen Kartons verpackten Geräten. Alle hatten irgendwelche englischen Namen, die etwas mit Gärten zu tun hatten: *Buds, Pods, Seeds, Stems.* Als er mit seinem Hund in den Laden trat, sirrte eine Glocke, genau wie in Pronghorn, wenn die Tür zur Dusche entriegelt werden musste. Das warf ihn kurz aus der Bahn, und er musste sich erst wieder berappeln, bevor er wusste, wo er war. Egal, denn der junge Mann hinter dem Verkaufstresen ignorierte ihn völlig, schob sich lediglich seine strähnigen schwarzen Haare aus dem Gesicht, um besser aufs Display seines Handys starren zu können.

»Ich hab eine Frage«, sagte Kradle, nachdem er sich die Kapuze tiefer ins Gesicht gezogen hatte.

»Schießen Sie los«, sagte der Junge und grapschte, ohne aufzusehen, nach einer limettengrünen Getränkedose.

»Kann man mit einem Handy telefonieren, ohne dass das Gerät dabei geortet werden kann?«

Er hatte erwartet, dass der junge Mann ihn spätestens jetzt ansehen würde. Vielleicht sogar mit fragendem Stirnrunzeln. Auf dem Fernsehgerät an der Wand in der Ecke liefen Bilder vom Ausbruch, immer wieder flackerten die Gesichter der Gesuchten über den Bildschirm. ÄUSSERST GEFÄHRLICH stand darunter – zuerst Schmitz, danach sein eigenes Fahndungsfoto. Er konnte sich noch genau erinnern, wann die Aufnahme entstanden war. Wie seltsam, dieser Reflex zu lächeln, wenn jemand den Auslöser drückt, auch wenn es das Letzte ist, was man in diesem Moment tun will. Carringtons Bild erschien nicht. Kradle ging davon aus, dass sein Tod mittlerweile allgemein bekannt war.

Der junge Mann wies auf einen Ständer mit schwarzen Geräten im hinteren Bereich des Ladens.

»Kaufste dir einfach ein Wegwerfhandy. Ziehst dir einen Onion Router drauf, damit keiner deine IP sieht und noch ne App fürs Telefonieren. Switch oder Neevo oder so was. Irgendwas, was deine Anrufe über mehrere Server schickt.«

»Das kommt mir alles spanisch vor«, sagte Kradle.

»Nee, ich komm aus Korea.« Endlich sah der Junge auf. Sein Piercing in der Schläfe reflektierte das neonblaue Licht im Laden. Es sah aus wie ein Laserstrahl. Kradle entdeckte allerdings keinerlei Regung in seinem Gesicht, offenbar erkannte er ihn nicht. Er zog ein paar Geldscheine aus der Tasche und legte sie auf den Tresen.

»Kannst du mir das Ding klarmachen? So, dass ich die richtigen Programme benutze.«

Der Junge grinste. »*Programme*, pfft.« Er nahm das Geld und legte es in die Kasse. Während er sich um das Handy kümmerte, schlenderte Kradle im Laden herum, ein Auge auf den Verkäufer, das andere auf den Bildschirm gerichtet. Dort war jetzt Shelley Frapports Hauseingang zu sehen, eine Menschenmenge auf dem Gehweg davor, darunter auch Tom Frapport, der zusah, wie man jemanden auf einer Bahre aus dem Haus trug. Eine große Gestalt in einem schwarzen Leichensack. Homer oder vielleicht der Polizist, der Kradle festgehalten hatte. Seinen Namen kannte er nicht. Unter den Bildern stand, welche Belohnung für Informationen zur Ergreifung der entflohenen Häftlinge ausgesetzt war. Welche Art von Informationen zur Belohnung führten, stand da allerdings nicht.

Nach zehn Minuten stieß der Junge einen Pfiff aus, und Kradle kehrte zurück an den Tresen.

»Okay.« Der Verkäufer stützte sich gelangweilt auf die gläserne Ablagefläche und zeigte aufs Display. »Du schaltest das Teil an, gibst die Telefonnummer ein, tippst auf den grünen Knopf und los geht's.«

»Danke«, sagte Kradle. Er wollte das Handy nehmen, aber der Junge ließ es nicht los. Kradle sah ihn an, folgte seinem Blick hinunter zur Handschelle, die immer noch von seinem Handgelenk baumelte.

Erst danach entdeckte er den Lauf der Pistole hinter dem Glastresen. Er konnte nur tatenlos zusehen, wie der Verkäufer die Waffe hervorzog und sie ihm mit großer Selbstsicherheit ins Gesicht hielt. Kradle betrachtete die Waffe, den Jungen, ihre Hände, die das Gerät immer noch umklammerten. Dann musterte er den Hund an seiner Seite, der die ganze Transaktion mit der müden Skepsis eines Tiers beobachtet hatte, das vor nicht allzu langer Zeit um sein Leben gerannt war und keine Lust hatte, das so bald zu wiederholen.

Wieder zeigten sie Kradles Foto auf dem Bildschirm.

ÄUSSERST GEFÄHRLICH.

»Bist du einer von den Großen oder einer von den Kleinen?«, fragte der Junge.

»Hä?«

»Für die Großen gibt's eine Million.« Als der Verkäufer

grinste, bewegte sich das Piercing an der Schläfe nach oben. »Und zehntausend für alle anderen. Bitte sag mir, dass du einer von den Großen bist.«

»Nee, weder noch«, sagte Kradle. »Ich bin nur ein Typ mit einem kaputten Handy, der mit seiner Freundin ein paar abgefahrene Sexspielchen ausprobieren wollte und leider den Schlüssel zu den Handschellen in den Gully fallen lassen hat. Jetzt muss ich einen Schlüsseldienst anrufen, damit ich nicht so zur Arbeit muss.«

»Gute Story. Gefällt mir. Haste dir gerade ausgedacht, oder?«

»Ja.«

»Kluges Köpfchen.«

»Reine Verzweiflung.«

»Wenn das stimmt, wieso soll man deine Anrufe dann nicht zurückverfolgen können?«

»Keine Ahnung. Das überlege ich mir, wenn du die Wumme aus meinem Gesicht nimmst. Lass uns drüber reden.«

»Wie kommst du darauf, dass ich mit dir reden will?« Der Junge wartete nicht auf eine Antwort. »Lass das Handy los und heb Hände über den Kopf.«

»Du hast den Knopf noch nicht gedrückt«, sagte Kradle.

»Was?«

»Den Alarmknopf unter dem Tresen. Mit dem du die Polizei rufen kannst. Hast du noch nicht gedrückt. Also nehme ich an, dass du reden willst.«

»Den hab ich nur noch nicht gedrückt, weil ich eine Hand am Revolver habe und die andere am Handy. Wenn du loslässt, tu ich's.«

»Ach, komm! Du willst mir weismachen, dass du die Polizei noch nicht alarmiert hast, weil du ein beschissenes Billighandy festhalten musst? Ich vermute eher, dass du ein paar Sachen im Laden hast, die die Cops besser nicht sehen sollten.«

»Okay. Eins zu null für dich.« Der Junge ließ das Handy los, Kradle steckte es ein. »Hier ist mein Vorschlag«, sagte er. »Du legst dich schön langsam auf den Boden, ich mache die Handschellen ganz zu, dann gehen wir gemeinsam zu unserer anderen Filiale ein paar Straßen weiter.«

»Wer sperrt den Laden hier ab, während du mit mir rübergehst?« Um den Mund des Jungen zuckte es, was Kradle als Hoffnungsschimmer deutete. »Polizei!«, brüllte er aus Leibeskräften.

»Psst!«, zischte der Junge. »Halt die verdammte …«

»Polizei! Alles in Deckung! Das ist ein Überfall! Kommen Sie mit erhobenen Händen raus!«

Der Hund beschloss, beim Spielchen mitzumachen und fing an, laut zu bellen, was in dem kleinen Laden einen ohrenbetäubenden Lärm verursachte.

»Daeshim?«, ertönte eine Stimme von oben, die allem Anschein nach einer älteren Dame gehörte. Der Junge antwortete auf Koreanisch. Vermutlich sagte er der Frau, sie solle bleiben, wo sie war, dass keine Polizei im Laden war, alles gut. Kurz darauf knarzten über ihnen die Dielen, gefolgt von einem lauten Krachen, als hätte jemand ein schweres Buch fallen lassen.

»Polizei! Lassen Sie die Waffe fallen! Waffe fallen lassen«, brüllte Kradle.

»Halt die Fresse!«, keifte Daeshim zurück.

»Nur zu«, sagte Kradle, »erschieß mich, los. Jag mir eine Kugel durch den Kopf, damit deine Omma noch live mitkriegt, wie meine Hirnmasse an die Wand spritzt, wenn sie hier runterkommt.«

Bitte tu's nicht, dachte Kradle. *Nicht schießen!*

»Daeshim? Was ist da unten los?«

»Geh wieder hoch!«, rief Daeshim, dem mittlerweile sichtbar die Hände zitterten, denn der Revolver schwankte zwischen Kradles Nase und seinem rechten Ohr hin und her. Kradle wartete, den Blick gebannt auf den Lauf gerichtet, während die Schritte auf der Treppe irgendwo hinter dem Tresen lauter knarzten.

Bevor er durch die Eingangstür hastete, erhaschte Kradle noch einen schnellen Blick auf die alte Frau, die vorsichtig in den Laden spähte.

Kenny Mystical überschätzte sich maßlos. Das hatte ihm seine Mama schon als kleiner Junge gesagt. Und der Krankenschwester in der Notaufnahme ebenfalls, wenn sie ihn mal wieder mit einem gebrochenen Arm, einem verstauchten Knöchel oder einer Schädelfraktur ins Ortskrankenhaus karren musste. *Der Junge überschätzt sich einfach maßlos!* Der kleine Kenny, so erzählte sie gern, sei davon überzeugt gewesen, dass er einfach auf die Garage im Hof oder den Baum im Garten klettern und von dort mit seinen selbst gebastelten Flügeln aus PVC-Rohr und Pappkarton losfliegen konnte. Leider sei er stattdessen mit großem Tamtam auf einen Stapel Gartenmöbel aus Eisen gefallen. In der Highschool überschätzte er die Blicke, die Gretchen Cubby ihm im Biologiesaal zuwarf, und forderte ihren Freund Herb Mirouse umgehend zu einem Kampf heraus. Der viel größere Junge stieß ihn daraufhin so heftig gegen die Glasvitrine mit Froschskeletten, dass er mit dem Kopf zuerst durch die Scheibe krachte. Sechsundzwanzig Jahre lang hatte ihn seine Selbstüberschätzung auf den Straßen von Los Angeles warmgehalten und ihn vom großen Durchbruch in Hollywood träumen lassen, bis ihm eine Casting-Agentur mitteilte, dass er in seinem Alter und mit seinem Bierbauch nicht mehr für die bisher von ihm gespielten Rollen als Häscher, Sicherheitsmann, Butler, wütender Hinterwäldler oder ägyptischer Sklave infrage kam.

Er brauchte eine Menge Selbstbewusstsein, um sich von diesem herben Schlag zu erholen, wieder aufzustehen, seinen Wagen vollzupacken und den langen, demütigenden Weg zurückzufahren nach Texas, um in seiner Heimatstadt Rockwall einen Neustart zu versuchen. Er kam nur bis Las Vegas, denn da hatte er plötzlich eine Idee.

Als Kenny jetzt die Kasse absperrte und die Tageseinnahmen in seiner Aktentasche verstaute, betrachtete sein neues Mädchen die gerahmten Bilder aus seiner Zeit in Hollywood. Drei Hochzeiten heute, eigentlich normal kurz vor Jahresende, aber Kenny war trotzdem völlig erschlagen. Er zog sich die glänzende pechschwarze Elvis-Perücke vom Kopf, die er den ganzen Tag getragen hatte, und ploppte sie auf den Styropor-Perückenstand hinter dem Tresen. Das Mädchen hatte mittlerweile das Foto entdeckt, das ihn als Mittzwanziger mit nacktem, eingeöltem Oberkörper in seiner Rolle als toter, von einem Löwen erlegter Gladiator zeigte.

»Ist das ein echter Löwe?«, fragte sie. Er kam zu ihr rüber. Kenny hatte alle drei Monate ein neues Mädchen im Laden, und jedes einzelne hatte ihm diese Frage gestellt. Bald würde auch dieses hier das Weite suchen, denn keines hielt seine Auftritte vor Touristen lange aus, bis zu acht Paare am Tag, denen er, ohne mit der Wimper zu zucken, immer wieder dasselbe Liedchen vorträllerte, *Love Me Tender*, während die Mädchen an der Kamera peinlich berührt herumkicherten. Die juckenden Perücken, die notgeilen Betrunkenen, die alles zersetzende Monotonie würde sie schon bald vertreiben. Die Kapelle, die sie am Anfang ihres Aushilfsjobs vielleicht noch kitschig, aber irgendwie süß gefunden haben mochte, würde ihr innerhalb kurzer Zeit wie die Hölle vorkommen, mit knarzenden Dielen, fadenscheinigem Teppich, verstaubten Plastikblumen und abblätternder bonbonrosa Farbe an den Wänden. Doch momentan stand sie noch in seinem Bann, und Kenny war überzeugt, sie mithilfe seiner Filmerinnerungen vor Ende der Woche flachgelegt zu haben.

»Ja, der ist echt«, sagte er. »War eigentlich ganz handzahm, die große Katze. Hab schon ein paarmal mit Raubtieren gearbeitet. Manche waren unberechenbar.«

»Wow!«

»Hast du das schon gesehen? Das bin ich in *Cleopatra*.«

»Boah! Der mit Elizabeth Taylor?«

»Nee. Für wie alt hältst du mich denn? Nein, das war ein unabhängiges Remake.«

»Ah.«

»Und sieh mal, hier. Das bin ich beim Vorsprechen für *Mission Impossible*.«

»Krass!« Sie klatschte in die Hände, was die platinblonden Locken ihrer Marilyn-Perücke wippen ließ. »Welchen Part hast du gekriegt? Hast du Tom Cruise getroffen?«

»Ähm, lass uns abschließen.« Kenny schnippte gegen eine ihrer Perlonlocken und wandte sich ab. »Und denk diesmal dran, die Perücke abzusetzen, bevor du nach Hause gehst.« Sie zog sie sich kichernd vom Kopf und setzte sie auf den zweiten Perückenständer hinter dem Tresen. Mit einem Seufzer strich sie über die benachbarte schwarze Morticia-Addams-Perücke.

»Geht es dir gut?«, fragte sie.

Kenny lachte.

»Klar.« Er bedeutete ihr mit einer abwehrenden Handbewegung, dass sie ruhig gehen könne. »*Fuggedaboutit!*«, sagte er in einer schlechten Johnny-Depp-Parodie.

In Wahrheit erinnerten ihn die Worte des Mädchens wieder an einen besorgniserregenden Umstand. Kenny hatte die Sache mit Ira Kingsley und seinem Ausbruch tatsächlich verdrängt, aber wenn er ehrlich war, sperrte er seinen Laden seit Tagen nur deshalb bereits vor Sonnenuntergang zu und ging zusammen mit dem Mädchen nach Hause, hatte den Notruf auf dem Handy bereits vorgewählt. Die Ereignisse des Tages – das glückliche deutsche Ehepaar, das eng umschlungen zu *Can't Help Falling In Love* tanzte, die beiden sternhagelvollen Frauen, die ihre Heiratsurkunde unterzeichneten, während er *Always On My Mind* zum Besten gab – hatten ihn von der Misere abgelenkt. Der Liebe schenkte er immer seine volle Aufmerksamkeit, selbst wenn sie fünfhundert Dollar das Stück kostete, kitschig und aus Plastik war, unter grellem Neonlicht aufgenommen und auf Karton aufgezogen, nur um zu Hause irgendwo in einer Kiste zu landen. Heute aber würde er allein durch die Dunkelheit zu seinem Wagen gehen, obwohl er wusste, dass Ira Kingsley, der Mann, der versucht hatte, ihn umzubringen, da draußen auf ihn lauern könnte.

Kenny atmete tief ein und schob die Tür auf.

Er hatte noch nicht mal einen Fuß auf den noch immer warmen Betonboden gesetzt, da trat Ira schon aus dem Schatten. Er hatte eine Frau in gelbem Trainingsanzug in seiner Gewalt, die er vor sich her in den Laden stieß. Das alles hatte eine solch frappierende Ähnlichkeit mit einer Szene aus Kennys Alpträumen, dass er wie angewurzelt stehenblieb und tatenlos zusah, wie Ira sein Opfer auf den Boden schleuderte und die Tür abschloss. Er hatte ein Messer in der Hand, lang und silbrig glänzend, sauberer als das, mit

325

dem er vor zehn Jahren auf Kenny eingestochen hatte. Jetzt, wo sich die schlimmsten nächtlichen Schreckensfantasien vor seinen Augen abspielten, fragte Kenny sich, warum er sich diesem Mann wider besseres Wissen allein und wehrlos ausgeliefert hatte.

Die Antwort war einfach. Maßlose Selbstüberschätzung.

»Du!«, war alles, was Kenny hervorbrachte.

»Ja, ich.« Ira grinste, entblößte die perlengroßen Zähne unter seinem Schnurrbart, an den Kenny sich noch genau erinnerte. »Du weißt noch genau, wer ich bin, nicht wahr?«

Die Frau am Boden schluchzte. Erst als sie sich auf die Seite rollte, die mit Draht gefesselten Hände aufstützte und versuchte, sich aufzurichten, sah Kenny, dass sie schwanger war.

»O Gott!«, sagte er.

»Du wirkst nicht mal überrascht«, bemerkte Ira.

»Bin ich auch nicht.«

»Dann weißt du ja, warum ich hier bin«, sagte Ira triumphierend, hob die mageren Arme und ließ das Messer aufblitzen. »Heute ziehen wir die Sache durch. Und diesmal richtig.«

»Bitte, helfen Sie mir!«, jammerte die Frau. »Schützen Sie mein Baby!«

»Wer ist das?«, fragte Kenny.

»Erkennst du sie nicht?« Er kniete sich auf den fadenscheinigen Teppich und zog die Frau an den Haaren hoch. »Das ist Marissa. Du erinnerst dich sicher an sie. Hat irgendein Arschloch geheiratet, das Klohäuschen und Kindergärten entwirft oder so was, und sich von ihm ein Balg machen lassen. Aber jetzt ist sie wieder hier, wo alles begonnen hat. Und du wirst uns trauen, Kenny, wie du es schon beim ersten Mal hättest machen sollen. Setz deine verdammte Perücke auf, wir haben keine Zeit zu verlieren.«

Kenny wusste noch ganz genau, wer Marissa war. An jenem verhängnisvollen Tag war Ira mit ihr in seinen Laden spaziert, damals trug er schon einen lächerlichen Schnurrbart im Gesicht. Kenny war zu Scherzen aufgelegt, blendend gelaunt. Er sollte die beiden in der Kapelle trauen. Ja, er hatte Ira wegen seines Schnäuzers aufgezogen, und nachdem der Mann ihn böse angefunkelt hatte, war für ihn klar gewesen, welche Nummer er für dieses Paar aufführen würde. Es war als Witz gedacht. Eine humorvolle Persiflage, die sich durch die gesamte Zeremonie ziehen sollte und hoffentlich ein amüsiertes Kichern hervorrufen würde. Aber schon nach drei Gags, das Paar hatte sich noch nicht mal entschieden, ob Kenny den hawaiianischen Elvis oder Elvis im Glitzeranzug geben sollte, zückte Ira ein Messer und rammte es ihm in den Bauch. Da hatte Kenny kapiert, dass ein Mann wie Ira keinen Spaß verstand.

Jetzt zerrte Kenny die Perücke vom Ständer und trat neben Marissa, die Ira mittlerweile auf einen Klappstuhl bugsiert hatte.

»Alles wird gut, alles wird gut«, murmelte er wie ein Mantra.

»Du hättest nur ein paar beschissene Lieder singen sollen«, knurrte Ira. »Geh weg von ihr. Weg da! Stell dich da drüben auf die Bühne, da hin, hinters Mikrofon. Ja, schau dich an. *Kenny Mystical. Showmaster.* Dass ich nicht lache! Ein paar Songs, ein bisschen ›Ja, ich will‹, eine Urkunde. Mehr war nicht zu tun. Aber du musstest ja unbedingt das Maul aufreißen. Den Witzbold spielen. Hast alles ruiniert, du fettes Schwein, und ich musste zehn beschissene Jahre warten, um es wiedergutzumachen.«

»Sag mir einfach, was ich tun soll.«

»Das weißt du doch wohl selbst!«, fauchte Ira. »Ziehst die

Nummer doch jeden Tag ab! Sing zwei Songs, sag dein Sprüchlein auf, sing noch einen Song. Gezahlt hab ich schon vor zehn Jahren, jetzt will ich, was mir zusteht. Du traust mich und Marissa, hier und jetzt, und ich krieg das XXL-Paket mit zwanzig Fotos und einer Bonus-DVD. Danach stech ich dich ab, du dumme Sau.«

»Okay, gut, gut. Geht in Ordnung. Du musst dir nur noch die … ähm … Songs aussuchen«, sagte Kenny. »Das gehört zum Service. An der Wand ist die Liste.«

Ira stand vor der laminierten Liste, Marissas Arm fest im Griff, während sie zusammengesunken auf ihrem Stuhl kauerte. Sein Blick blieb an den allgemeinen Lieblingshits hängen. *Love Me Tender* war die ungeschlagene Nummer eins. Kenny, schon auf der Bühne, las die Titel weiter unten, um sich von dem Schrecken abzulenken, der ihm den Magen umdrehte. Bei Nummer siebzehn zuckten seine Lippen.

Er konnte sich nicht zurückhalten.

»Darf ich was vorschlagen?«, murmelte er.

Ira funkelte ihn an.

Kenny zuckte die Achseln. »*Jailhouse Rock?*«

Ira hechtete auf die Bühne.

31

Celine legte die Beine aufs Armaturenbrett ihres Autos und lehnte sich bequem im Beifahrersitz zurück, ihren Thermosbecher mit dem Morgenkaffee auf den Bauch gestützt. Die Garage war zwar noch dunkel, aber sie erkannte die Umrisse der Kartons an der Wand, die schon seit ihrem Einzug hier aufgestapelt waren, wer sie beschildert und beschriftet hatte, wusste sie bis heute nicht. Eine der Sozialarbeiterinnen vermutlich. Zehn Kartons enthielten das Hab und Gut ihrer Familie aus dem Haus ihres Großvaters, alles, was nach dem Massaker übriggeblieben war. Den Rest hatte man vernichtet – Nicks gesamten Besitz und alles, was während der Bluttat beschädigt worden war. Für Celine reichte schon ein winziger Blutstropfen oder der kleinste, möglicherweise vom Schrot aus der Waffe hervorgerufene Schaden, um den Gegenstand umgehend dem Feuer zu übergeben. In den Jahrzehnten seit der Tat hatte sie keine einzige Entscheidung bereut und nie mehr in die Kartons geschaut.

Jetzt, während sie mit dem Handy am Ohr dastand und wartete, dass jemand abhob, war sie ziemlich sicher, dass sie es auch in Zukunft nicht tun würde.

»Hallo?«

»Hallo«, sagte Celine. »Mein Name ist Anita Fulton. Ich arbeite in der Redaktion der *Los Angeles Times*.«

»*L.A. Times*? Holla!«, sagte die Stimme.

»Wir recherchieren den Kradle-Mord für eine Story, denn jetzt, wo John Kradle aus der Haft entflohen ist, gibt es unter unseren Lesern wieder größeres Interesse an dem Fall«, sagte Celine. »Hätten Sie vielleicht Zeit für ein kurzes Gespräch?«

»Ich verstehe nicht recht, warum Sie mit uns sprechen wollen«, erwiderte der Mann. Im Hintergrund raschelte es. »Wir wissen nichts darüber.«

»Möglich.« Celine biss sich auf die Unterlippe. »Könnten Sie mir nur bestätigen, dass ich Ihren Namen richtig notiert habe, Sir? Sie schreiben sich mit ›e‹, korrekt?«

»Nein. Ich heiße Aaron Scott. Ohne ›e‹.«

Celine räusperte sich. »Aha. Sehen Sie, gut, dass ich gefragt habe.« Sie schrieb den Namen neben die Telefonnummer auf ihren Zettel. Es war bereits ihr fünfter Anruf an diesem Morgen. Sie arbeitete die Liste ab, die Kradle ihr geschickt hatte. »Erinnern Sie sich an die Morde, Mr Scott?«

»Wie könnte ich sie je vergessen? Ich habe doch selbst den Notruf gewählt, weil ich in meinem Garten Rauch gerochen hab.«

»Genau. Sie wohnen nebenan, richtig?«

»Gegenüber. John Kradle hat die Sonnenterrasse rund um meinen Pool gebaut. Ist immer noch da. Solide Arbeit. Kann Ihnen Fotos schicken für den Artikel, wenn Sie wollen.«

Celine hörte den Mann flüstern. »*Jemand von der L.A. Times!*«

»Ich würde eigentlich nur gern wissen, was Sie damals bei der Polizei ausgesagt haben. Ich habe hier zwar ein entsprechendes Schriftstück, würde es aber gern noch mal von Ihnen persönlich hören.« Sie raschelte mit den Ausdrucken herum.

»Ich habe nie eine offizielle Aussage gemacht«, sagte Aaron Scott.

»Ah, ja, natürlich. Ich meinte den Polizeibericht. Der Detective hat … äh … in Stichpunkten notiert, was Sie gesagt haben.«

»Na, also viel kann das nicht gewesen sein. Der Detective ist ja nie persönlich bei uns vorbeigekommen. Hat nur angerufen. War vielleicht zwei Minuten lang, das Gespräch.«

Celine schaute auf die Liste. »Drei Minuten, dreißig Sekunden.«

»Was?«

»Im Bericht stehen ein paar ...«, Celine kniff die Augen zu, um sich besser konzentrieren zu können, »... interessante Dinge. Würden Sie vielleicht wiederholen, was Sie dem Detective damals gesagt haben? Nur damit ich abgleichen kann, dass mir sämtliche Informationen vorliegen.«

»Na, ich hab dem Typen lediglich gesagt, dass John Kradle unschuldig ist«, sagte Scott. »Das war meine damalige Meinung, und zu der stehe ich noch heute.«

»Ach ja?«

»Ja. Wir waren gelegentlich zum Grillen drüben. Ein echt netter Kerl. Hat mir meinen Wagen repariert, als der nicht mehr ansprang – meine Frau und ich hatten eine Reise nach Florida gebucht und mussten zum Flughafen. Er hat uns hingefahren, und als wir nach zwei Wochen zurückkamen, war der Wagen wieder einsatzbereit. Hat uns nicht mal was in Rechnung gestellt. Riss im Kühler, das weiß ich noch. Oh, Moment, Mist. Meine Frau will mit Ihnen sprechen. Sie will ...«

»Hallo!«, ertönte eine neue Stimme. »Hier ist Lydia Scott, ich bin die Frau von Aaron Scott. Ehemalige Nachbarin von John Kradle und der verblichenen Familie Kradle.«

Celine seufzte. »Okay.«

»Wir glauben, dass John Kradle unschuldig ist.«

»Ich weiß, Mrs Scott. Ihr Mann hat es mir bereits erzählt.«

»Ich möchte es aber offiziell machen, also für die Öffentlichkeit festhalten, dass wir John Kradle bei uns aufnehmen würden, und zwar auch mitten in der Nacht und auch jetzt, wo er auf der Flucht ist. Es ist mir auch egal, wer das jetzt mitbekommt. Wir würden ihn vor der Polizei verstecken.«

»Das ist schrecklich nett von Ihnen, Mrs Scott, aber ich brauche Einzelheiten. Für den Artikel.«

»Was für Einzelheiten?«

»Beweise für Mr Kradles Unschuld. Etwas, das hieb- und stichfest ist und nicht nur darauf basiert, dass der Mann sie einst zum Flughafen kutschiert hat und gut Steaks grillen kann.«

»Na, mehr wissen wir aber auch nicht, junge Dame«, plusterte sich Lydia Scott auf.

»Die Mordwaffe wurde am Tatort gefunden. Sie war zu verbrannt, um sie eindeutig zu identifizieren. Haben Sie in John Kradles Haus je eine Waffe gesehen?«

»Mit Sicherheit nicht.«

»Und was ist mit dem Tag der Tat? Laut Polizeibericht ist er nur Minuten vor dem ersten Schuss von der Arbeit zurückgekehrt. Wenn das stimmt, hat er den Täter und seinen eigenen Tod nur um Sekunden verpasst. Haben Sie ihn an jenem Nachmittag in der Gegend herumfahren sehen?«

»Nein.«

»Haben Sie je mitbekommen, dass er sich mit Christine oder seinem Sohn gestritten hat?«

»Der Mann war lammfromm. Und sehr tolerant. Wir kannten die Familie gut, auch vor Christines kleiner Nummer. Sie war das, was man gemeinhin als exzentrisch bezeichnen würde. Aber dabei nicht echt. So eine Person, die tut, als wäre sie exzentrisch. Wenn wir zusammen gegrillt haben, hat sie sich betrunken und dann angefangen von Geistern und Auras und solchem Mist zu quatschen. Handlesen, sone Sachen. Es war peinlich.«

»Kradle hat der ganze Hokuspokus nicht genervt?«

»Er hat gelacht. War ein anständiger Kerl, zuverlässig, bodenständig. Fels in der Brandung«, sagte Lydia Scott. »Manche Leute sind Märchenprinzessinnen, andere sind Felsen. Und wenn zwei sich zusammentun, die genau gleich sind, dann wird's schnell langweilig.«

»Verstehe. Wie ging es weiter, nachdem Christine ihn verlassen hat?«

»Der arme Kerl hat es mit Würde ertragen. Hat den Jungen richtig gut erzogen. Manchmal hab ich die beiden zusammen im Baumarkt gesehen. Zu meiner Schande muss ich gestehen, dass ich mich ein paarmal versteckt hab, damit ich ihnen nicht begegne. Die ganze Geschichte war so seltsam. Ich wusste nicht, was ich zu ihm sagen sollte. Ich meine, was sagt man einem Mann, dem die Frau weggerannt ist?«

»Keine Ahnung.«

»Was auch immer an dem Tag im Haus passiert sein mag, es hat garantiert was mit ihr zu tun«, schloss Lydia Scott. »So viel kann ich Ihnen sagen, Christine hat den Ärger magisch angezogen. Sie hat ständig vom Bösen gequatscht, und was da passiert ist, war böse. Ich bin überzeugt, dass sie das Böse ins Haus gebracht hat. Das ist meine Meinung dazu.«

»Aha«, sagte Celine. »Tut mir leid, Mrs Scott, ich muss jetzt leider auflegen.«

»Werden Sie mich zitieren? Das mit den Märchenprinzessinnen und den Felsen? Ich finde das ziemlich klug, was ich da gesagt habe. Ist mir gerade so eingefallen.«

Celine legte auf und strich die Scotts von der Liste. Da sprang die Fahrertür auf. Keeps, nur in Boxershorts, setzte sich neben sie und legte die Hände aufs Steuer.

»Der King ist tot«, sagte er.

»Was soll das heißen?«

»Dass Elvis Presley gestern Abend in Vegas erstochen wurde. Er hat diese Welt verlassen.«

»Da werden sie aber alle weinen.«

»Hast du schon mal von einem Häftling namens Ira Kingsley gehört?«

»Klar hab ich …« Celine riss die Augen auf, als ihr dämmerte, worauf Keeps hinauswollte. »Der war damals bei mir in Medium. Ach, nee … hat er etwa …?«

Keeps nickte. »Jepp. Er hat immer geschworen, dass er, wenn er jemals rauskommt, zurückkehrt und dafür sorgt, dass der Typ die ganze Prozedur noch mal durchzieht. Die Elvis-Hochzeit. Und für die Sache mit dem Schnurrbart büßt.«

»Der war aber auch echt bescheuert, der Schnurrbart«, sagte Celine. »Ich stimme Elvis zu. Das war eine Gesichtshecke, kein Bart.«

»Tja, Ira hat's auch erwischt.«

»Wie? Hat Elvis ihn auf dem Gewissen?«

»Nein. Die Frau, die Ira entführt hat, konnte sich von ihren Fesseln befreien und fliehen. Sie hat die Polizei alarmiert, und die hat Ira erschossen.«

Celine seufzte. Sie hatte noch nicht genug Kaffee intus, um mit der ganzen Dramatik klarzukommen: Tote, Schießereien, das Böse, unschuldig Inhaftierte, Elvis-Imitatoren. Als Keeps ihr das Knie tätschelte, schloss sie die Augen und versuchte, noch einmal die gleiche Wärme und Erregung heraufzubeschwören, die sie nur vor ein paar Stunden empfunden hatte. Stattdessen wurde ihr immer mulmiger.

»Wieso sitzt du eigentlich hier im Auto?«

»Wollte dich nicht wecken. Telefoniere gerade Kradles

Liste ab.« Sie zeigte ihm die Ausdrucke. »Ich habe schon mit zwei Nachbarn gesprochen, dem Besitzer des Waffengeschäfts und einem Pärchen, bei dem Christine einen Monat vor dem Mord einen Gartenschuppen von bösen Geistern befreit hat.«

»Und was haben die gesagt?«

»Die Nachbarn und das Pärchen meinten, Christine sei ein schräger Vogel gewesen und Kradle ihr leidgeprüfter, aber lammfrommer Ehemann.« Selbst Celine hörte die Erschöpfung in ihrer Stimme. »Der Waffenmensch sagt, er habe Kradle nie eine Waffe verkauft und Detective Frapport habe nie nach einem anderen Käufer gefragt. Hat ihm nur ein Bild von Kradle vor die Nase gehalten und gemeint: ›Haben Sie diesem Mann eine Waffe verkauft?‹«

»Also hatte Frapport schon da voll den Tunnelblick.«

»Ja.«

»Dann hör ich mich mal bei den anderen Waffenhandlungen in der Gegend um«, sagte Keeps und nahm ihr Handy vom Armaturenbrett. Celine erstarrte.

»Huch! Eine PIN?«, sagte Keeps.

»Ach ja.« Sie nahm ihm das Gerät aus der Hand und tippte so lässig wie möglich die Zahlen ein, dann gab sie es ihm zurück.

»Gestern Abend war da aber noch keine PIN drauf«, bemerkte er. Celine reagierte nicht. »Das weiß ich, weil ich versucht hab, uns Essen zu bestellen.«

»Da kam so eine Sicherheitsnachricht, ich sollte lieber eine PIN einrichten«, log Celine. »Da dachte ich, warum nicht.«

»Dein Handy hat dir aus heiterem Himmel so eine Nachricht geschickt?«

»Ja.«

»Hast du dasselbe auch bei deinem Laptop gemacht?«

»Nein.«

»Wenn ich also jetzt gleich an deinen Laptop gehe, muss ich kein Passwort eingeben?« Keeps zeigte auf die Tür. Celine spürte, wie ihr heiß wurde. Sie schwiegen eine Weile.

»Was zum Teufel ist passiert?«, fragte Keeps schließlich.

»Jemand hat mich abgezockt.«

»Was?«

»Gestern Abend kam ein Anruf von der Bank. Sie wollte mir mitteilen, dass ein Betrüger testweise Geld von meinem Konto nach Kuala Lumpur überwiesen hat.«

»Und da hast du …« Mehr brachte Keeps nicht heraus. Stattdessen kniff er die Lippen zusammen. Irgendwann tippte er sich auf die Brust. »Moment mal, nee, oder? Du denkst allen Ernstes, ich hätte …«

»Nein, nein.«

»Boah, das ist echt der Hammer!« Er lachte und ließ sich zurück in den Sitz fallen. »Ich fasse es nicht.«

Celine starrte vor sich hin und biss sich auf die Lippe. Das alte, schützende Lächeln stieg in ihr auf, aber sie weigerte sich, es zuzulassen. Sie war wütend, vollkommen zu Recht. Sollte der Zorn ihr Gesicht ruhig verzerren.

»Findest du das wirklich so unglaublich?«, sagte sie plötzlich. »Du bist seit wie viel Tagen in meinem Leben? Zwei? Und plötzlich geht von meinem Konto Geld ab. So was ist mir noch nie passiert. Wieso ausgerechnet jetzt? Mit solchen Sachen verdienst du deinen Lebensunterhalt, Keeps. Du bist Berufsbetrüger!«

Kater Jake schlich neben dem Auto her, von hinten nach vorn. Celine entdeckte seine Schwanzspitze im Seitenspiegel. Er sprang geräuschlos auf die Motorhaube, wo er sitzen blieb und aufmerksam durch die Windschutzscheibe ins Innere glotzte. Es wirkte fast, alle hätte das Tier die Spannung gespürt und wollte wissen, was hier los war.

»Weißt du«, sagte Keeps, »ich glaube, das hat alles mit dieser Kradle-Sache zu tun.«

»Ach, jetzt hör aber auf!«

»Dir schwant langsam, dass er vielleicht ganz in Ordnung sein könnte. Und wenn das so ist, bedeutet das, du kannst Gut und Böse nicht voneinander unterscheiden. Konntest es vielleicht noch nie.«

Celine unterbrach ihn nicht, denn sie wusste, dass er recht hatte. Sie war zunehmend überzeugt, dass John Kradle ein guter Mann war und ihre emotionale Blindheit ihr nicht nur den Blick auf das Böse in ihrem Großvater versperrt hatte, sondern auch auf das Gute in Kradle. War sie immer noch blind? Hatte Keeps sie letzte Nacht nicht im Arm gehalten, gestreichelt und ihr ins Ohr geseufzt? Wollte er sie trotzdem verletzen, dieser Mann, der sie dazu gebracht hatte, gegen ihre Regel zu verstoßen und sich mit einem Gefangenen einzulassen?

Keeps öffnete die Fahrertür und stieg aus. Er kraulte Jake kurz hinterm Ohr und verschwand dann im Haus. Celine blieb so lange sitzen, bis sie die Haustür hinter ihm zuknallen hörte.

32

Als Celine auf den Parkplatz fuhr, kam Trinity Parker gerade aus dem kleinen Verwaltungsbüro von Pronghorn, das vor den Toren des Gefängniskomplexes lag. Sie hatte sich eine Schutzweste umgeschnallt, dazu trug sie schwarze Jeans, schwarze Kampfhandschuhe und eine schwarze Kappe über den schwarzen Haaren. Zum ersten Mal sah Celine, dass Trinity Parker die Verbrecherjagd nicht nur als Einsatzleiterin von oben herab koordinierte, sondern auch mit vollem Einsatz und Risiko daran teilnahm. Sie wollte gerade aussteigen, als Trinity ihr bedeutete, sie solle sitzen bleiben, und an ihr Seitenfenster trat. Erst da fiel Celine die Gruppe Männer in der gleichen Kampfausrüstung auf, die sich in einer anderen Ecke des Parkplatzes neben zwei schwarzen Transportern versammelt hatten.

»Ich fahre bei dir mit«, sagte Trinity, als sie bei ihr einstieg. »Mit den Männern in die Schlacht zu ziehen ist nicht mein Ding. Dann glauben sie nur, ich wäre eine von ihnen. Und es ist immer einer dabei, der vor Nervosität rumfurzt.«

»Wir ziehen in die Schlacht?«

»Brassen hat Anweisungen zur Geldübergabe erhalten. Hast du gedacht, ich hätte dich angerufen, damit wir uns zusammen die Nägel machen lassen?«

»Deine Nachricht lautete: *Treffen in Pronghorn. Jetzt.* Weißt du, gute Kommunikation ist ein wichtiger Teil der erfolgreichen Personalführung.«

»Dann kommuniziere ich dir jetzt mal was: Wir haben heute Morgen eine Nachricht erhalten, um fünf in der Früh. Für Brassen steht eine Reisetasche mit Geld zur Abholung bereit. Im Rancho Salvaje Wildlife Park in Sparks.«

Celine verließ den Parkplatz und fuhr in die Wüste. »Ein Wildpark?«

»Ja, durchaus nachvollziehbar. Wir haben uns die Gegend schon mal angesehen. Perfekt für Scharfschützen. Der Park befindet sich in einer Talsenke, rundherum sind lauter hohe Felsen, die Konstellation ist dieselbe wie in Pronghorn. Und jetzt, am Vormittag, wird es dort vor Besuchern nur so wimmeln. Kinder, Familien, Ranger.«

»Na, dann machen wir den Laden eben dicht«, sagte Celine.

»Auf keinen Fall.«

»Du kannst doch keinen Einsatz durchziehen, wenn du damit lauter Unschuldige gefährdest.«

»Willst du mir jetzt erzählen, wie ich meinen Job zu machen habe? Bitte, nur zu. Ich wusste nicht, dass du in der Vergangenheit schon mehrfach erfolgreich gegen Terrorzellen vorgegangen bist.«

Celine seufzte.

»Im Park muss alles ganz normal weiterlaufen. Wenn wir den dichtmachen, zetteln die Familien im Internet einen Shitstorm an, und dann kapiert bei Schmitz und seinen Leuten auch der letzte Idiot, dass wir mit Brassen unter einer Decke stecken. Stattdessen schleusen wir unsere Leute als Zivilisten in den Bereich ein, wo die Tasche steht. Die echten Zivilisten leiten wir um, damit sie aus der Gefahrenzone raus sind. Wir sorgen dafür, dass sich im Umkreis von mindestens fünfhundert Metern rund um den Übergabeort weder Parkranger noch Besucher aufhalten. Das ist die beste Strategie.«

»Klingt schrecklich. Und weiter?«

»Brassens Kontakt soll glauben, er kommt allein und hat Angst. Best Case wäre, wenn die Zielperson irgendwo in der

Nähe der Tasche auf der Lauer liegt, um Brassen aus nächster Nähe auszuschalten. Erschießen oder erstechen oder so.« Trinity lehnte sich auf ihrem Sitz zurück und legte ein Bein mit dem großen Stiefel aufs Armaturenbrett. »So was müssten wir erkennen. Jeder, der in der Gefahrenzone rumlungert und nicht zum Team gehört, ist höchstwahrscheinlich einer von denen, also schnappen wir ihn uns einfach. Ein anderes, weniger bequemes Szenario ist, dass die vom *Camp* einen Scharfschützen einsetzen, der versucht, Brassen aus der Ferne umzulegen, wie sie es mit dem Busfahrer gemacht haben. Wenn das passiert, muss unser Außenteam den Schützen dingfest machen. Das ist natürlich schwieriger, das Areal ist ziemlich weitläufig.«

»Was, wenn Schmitz' Mann das Geld bereits deponiert hat und seine Leute davon ausgehen, dass Brassen es abholt und dann die Klappe hält?«

»Das ist das Worst-Case-Szenario.«

Beide Frauen schwiegen eine Weile, um sie herum nur endlose Ödnis.

»Du hast ja deinen Stecher gar nicht dabei«, sagte Trinity irgendwann. »Kleines Liebesdrama?«

»Er ist nicht mein Stecher.«

»Der Knutschfleck an deinem Hals erzählt aber was anderes.«

Celine drehte den Rückspiegel zu sich hin und schob ihren Kragen zur Seite. »Welcher Knutschfleck? Da ist keiner.«

»Stimmt«, bemerkte Trinity. »Aber nachgesehen hast du trotzdem.«

Celine spürte, wie langsam Wut in ihr hochkochte, so heiß, dass es fast wehtat.

»Wie gesagt«, fuhr Trinity ungerührt fort, während sie auf ihrem Handy herumtippte, »kann ich verstehen, wieso du auf ihn stehst. Kriminelle können einen leicht täuschen. Vor allem, wenn sie sich gut anpassen und gar nicht auffallen, so als Fuchs unter lauter Hunden. Ich kann nur sagen, Schuster, bleib bei deinen Leisten. Dein Job ist es, dafür zu sorgen, dass sie dableiben, wo sie hingehören. In einer Zelle oder unter der Erde. Du bist weder Richterin noch Geschworene und schon gar keine Polizistin.«

Wie ferngesteuert stellte Celine den Wagen auf dem überfüllten Parkplatz des Wildparks ab, unter einem riesigen Schild, das Besuchern den Weg zu den Kassen wies. Trinity zog sich eine Jacke über die Schutzweste, vergrub die Hände in den Taschen und nickte zum Seiteneingang in den Park. Celine sah die großen schwarzen Transporter und den Rest des Teams erst, als sie mit Trinity und einem sehr nervösen Mann in dunkelblauem Anzug durch die hinteren Betonhallen des Parks lief. Sie kamen an Schaufenstern vorbei, die den Besuchern einen Blick in üppige grüne Vegetation boten, aber es ging so schnell, dass Celine keine Tiere sah. Stattdessen fiel ihr auf, wie sehr Zoos und Gefängnisse einander ähnelten, beide hatten Sicherheitstüren, die sich nur mit Karte öffnen ließen, mit Bewegungsmeldern ausgestattete Sicherheitskameras und Stahltore. Hier stank es nur ein wenig fauler und animalischer als in Pronghorn.

Trinity und der Parkdirektor liefen vor ihr, als Celine sich plötzlich umdrehte und hinter sich das Einsatzkommando entdeckte. Von allen Seiten strömten mehr Männer herbei.

»Ich verstehe nicht, warum das hier so kurzfristig geschieht«, sagte der Direktor. »Mein Park ist voller Besucher. Mehr als hundert Leute arbeiten heute hier.«

»Ja, und die sollen genau das machen, was ich ihnen bereits gesagt habe, nämlich Besucher aus dem auf der Karte markierten Bereich entfernen. Die Karte haben Sie im Vorfeld von mir zugeschickt bekommen. Wie kommen die voran?«, fragte Trinity.

»Also ich verliere hier eine Menge Einnahmen, wissen Sie? Wenn Sie mir ein Briefing gegeben hätten, wäre das …«

Trinity blieb stehen und legte dem Mann die Hand auf die Schulter. »Ich gebe keine Briefings, Mr Eprice. Ich bin mehr auf … *Blitzkrieg* spezialisiert. Es ist mir leider nicht möglich, im Vorfeld meiner Aktionen Hunderte von Mitarbeitern mit ihren Handys in einem Konferenzsaal zu Kaffee und Gebäck einzuladen und ihnen meine Strategie anhand von PowerPoint-Folien zu offenbaren. Es gibt auch kein Probedinner. Die Hochzeit läuft, und es ist schon Zeit für die Ringe.«

Mr Eprice warf Celine einen verstörten Blick zu, die einzige Person, die wie er keine Kampfausrüstung trug. Aber sie konnte ihm wenig Trost spenden. »Was soll ich tun?«, fragte er.

»Holen Sie sich einen Kaffee und einen Keks, und legen Sie die Füße hoch. Wir machen hier schon wieder klar Schiff, wenn wir fertig sind.« Trinity nickte zwei ihrer Leute zu, die sich den Direktor schnappten und ihn zur Tür hinauskomplimentierten. Eine Person in einem riesigen, flauschigen Zebrakostüm kam aus der Personalkantine, warf einen Blick in die Runde und zog sich rasch wieder zurück.

Sie gingen in einen kleinen Raum voller Computer und Monitore. Alle waren beschriftet, manche Geräte trugen die Aufschrift »Gehege«, andere überwachten den »Transit« und »Verkauf«. Den nahm Trinity sich nun vor. Celine stellte sich neben sie.

»Das sind Zivilisten«, sagte Trinity und wies auf den Monitor, der Drehkreuze und Ticketschalter zeigte. Eine Familie bezahlte ihre Eintrittskarten und schob sich durchs Drehkreuz. Ein Mann im Tigerkostüm trat sofort auf sie zu und gestikulierte wild in eine Richtung, während er nervös auf den Zehenballen wippte.

»Wo bringt er sie hin?«

»Er bringt sie nirgendwohin, sondern lockt sie weg.« Trinity grinste. »Wir verschenken Stofftiere, T-Shirts und Kappen. Da kann niemand Nein sagen. Und aus der Zone, wo's die Geschenke gibt, führt nur ein Weg in den Park, er ist lang und führt zum Elefantenhaus, das am komplett anderen Ende liegt.«

»Es funktioniert«, sagte Celine. Ein Pärchen mit einem Baby bog gleich nach der Kasse ab. »Aber was, wenn Leute von *Camp* auch durch den Eingang kommen und von deinen Leuten weggelockt werden?«

»Ich hab so eine Ahnung, dass sie sich nicht mit Geschenken weglocken lassen. Komm jetzt, wir haben nicht viel Zeit«, sagte Trinity und trat in den Flur, zwei weibliche Mitglieder des Einsatzkommandos folgten ihnen. Sie kamen in eine große Halle mit abgedunkelten Fenstern und zugedeckten Schauvitrinen. Über eine Treppe gelangten sie in den zweiten Stock, wo sie einen kahlen Raum mit Balkon betraten, der ihnen einen freien Blick über einen sonnigen Platz bot. Celine sah hinab auf eine Kreuzung. Breite, saubere Straßen verbanden die einzelnen Gebäude miteinander.

»Wo sind wir?«, fragte sie.

»Das hier war mal das Reptilien- und Insektenhaus«, sagte Trinity, während sie hinuntersah auf die Besucher. »Ich glaube, sie machen ein Restaurant draus.«

»Wo ist Brassen?«

Trinity nickte. Celine trat neben sie. Linker Hand konnte sie gerade noch den Eingang mit den Drehkreuzen erkennen, wo ein weiteres Maskottchen einer Familie offenbar von der Geschenkaktion erzählte, während ein einzelner Mann an der Menge vorbei auf den Platz zulief. Als er näher kam, erkannte sie Brassen, der sich unsicher bewegte, den Kopf gebeugt, die Hände in den Taschen.

»Man hat uns wissen lassen, dass sich die Tasche in Schließfach Nummer dreiundzwanzig befindet«, sagte Trinity. Celine folgte ihrem Blick. Auf der gegenüberliegenden Seite des Platzes befanden sich unter einem mit künstlichen tropischen Pflanzen geschmückten Vordach die Schließfächer. Ein Pärchen in T-Shirts und Basecaps schlenderte daran vorbei und blieb vor einem mit Glaswand geschützten Gehege stehen, um die darin lebenden Zwergpinguine zu beobachten, die flatternd über den weißen Sand watschelten. Die Frau bezog neben dem Glas Stellung, und ihr Partner machte ein Foto mit seinem Handy.

»Sind das alles deine Leute?«, fragte Celine.

Trinity nickte.

Brassen stand nervös vor einem Souvenirladen und betrachtete mit übersteigertem Interesse einen Ständer mit Postkarten. Trinity zog ihr Funkgerät vom Gürtel, gab ihrem Team Anweisungen und checkte die Lage an den Innen- und Außenposten. Sogar aus der Entfernung sah Joe Brassen, der normalerweise wohlgenährt und sonnenverbrannt war, abgemagert und bleich aus. In den letzten Tagen konnte er unmöglich so viel Gewicht verloren haben, aber irgendwas war mit ihm geschehen, er war in sich zusammengesunken wie ein leerer Ballon. Er ging weiter zu einem Zuckerwattestand, wo ein Verkäufer mit bonbonrosa Hut an seiner Maschine herumfummelte.

»Teams Alpha, Bravo und Charlie, ihr seid eingecheckt«, sagte Trinity. »Kommando ist einsatzbereit. Brassen, du kannst jetzt ans Schließfach gehen.«

Celine sah, wie Brassen bei der Erwähnung seines Namens zusammenzuckte. Er wischte sich über Nase und Mund, ein auffälliges Tarnmanöver, hinter dem er zu verbergen versuchte, dass er in sein Mikro sprach.

»Ich ... ich ... kann das nicht. Mir ist schlecht.«

»Er sieht aus wie ausgekotzt«, sagte Celine. »Er weiß genau, dass er da unten die perfekte Zielscheibe abgibt. Du kannst ihn nicht dazu zwingen.«

»Da hast du recht«, sagte Trinity. »Aber ich dachte, er wollte vor Gericht geltend machen, dass er sein Leben aufs Spiel gesetzt hat, um Wiedergutmachung zu leisten. Das könnte den Unterschied zwischen lebenslänglich und fünfundzwanzig Jahren bedeuten.«

»Ich schaff das nicht«, jammerte Brassen.

»Er will einen Rückzieher machen«, sagte Celine. »Du musst ihn lassen.«

Trinity nickte einer der Frauen am Fenster zu, die ihr Funkgerät aus dem Gürtel zog und es Celine zuwarf. »Er braucht nur ein bisschen Ermunterung. Jetzt kannst du glänzen, Osbourne. Zieh deine Nummer ab!«

»Deswegen bin ich hier? Du willst, dass ich ihn dazu überrede?«

»Beim ersten Mal hast du es ja auch ganz passabel hingekriegt.«

Celine schnaubte. »Du verlangst von mir, dass ich ihn dazu bringe, sich in Gefahr zu begeben. Der Scharfschütze könnte bereits Position bezogen haben. Jeder da unten könnte bereit sein, ihn ...«

»Er trägt eine Schutzweste«, sagte Trinity. »Und ich habe fünf Leute da unten, alle nur einen Steinwurf von ihm entfernt. Siehst du das?« Sie streckte den Finger aus. »Im Schaufenster vom Souvenirgeschäft? Das ist einer von uns.

Ich habe zwei Typen da, hinter dem Schirm. Einer hier, einer da. Wenn jemand Brassen angreift, sind sie sofort zur Stelle, um ihm zu helfen.«

»Was, wenn der Scharfschütze …«

»Mach Männchen, mein Hundchen!«, knurrte Trinity. »Wenn ich dir einen Befehl gebe, hast du zu gehorchen. Erinnerst du dich noch ans letzte Mal, als du dich mir widersetzt hast? Wer nicht hören will und so weiter?«

»Ja«, stöhnte Celine.

»Also, nimm das Funkgerät und sieh zu, dass dein Freund seine Aufgabe erfüllt, bevor ich ihn eigenhändig abknalle.«

Celine schnappte sich das Ding, aber ihre Lippen zitterten, warum, wusste sie selbst nicht genau. Lachen oder weinen?

»Brassen, hier ist Celine.«

»Celine?«

Brassen fuhr herum und ließ den Blick hektisch über den Platz streifen.

»Dir passiert nichts, Joe«, sagte sie mit rauer Kehle. »Ich bin hier mit Trinitys Team zusammen. Die haben alles unter Kontrolle. Mach einfach, was sie dir sagen.«

Brassen wischte sich über die Stirn. »Ich will nicht sterben, Celine.« Er war garantiert schweißgebadet. »Ich hätte … hätte das nicht tun sollen. Aber ich … ich sitze einfach meine Zeit ab. Das mach ich. Ich will nicht hier verrecken wie ein Hund.«

»Kommandozentrale, wir haben eine mögliche Zielperson«, kam eine Nachricht über Funk.

Trinity stieß Celine zur Seite und sah hinüber zu den Ticketschaltern. Ein großer, dünner Mann mit schwerer grüner Jacke schüttelte den Kopf, als ein verkleideter Papagei versuchte, ihn in die andere Richtung zu lotsen.

»Das könnte einer von *Camp* sein«, sagte Trinity. »Wir müssen Brassen dazu bewegen, die Tasche abzuholen.« Sie hob das Funkgerät an die Lippen. »Alpha-Team, mögliche Zielperson verfolgen. Haltet ihn vom Platz fern.«

Celine sah zwei Frauen in Arbeitsuniform mit einem Tablett voller Fingerfood aus dem Restaurant und auf den Mann zueilen. Der blieb stehen und probierte ein paar Schnittchen.

»Celine?«, meldete sich Brassen. »Kannst du es ihnen sagen? Ich mache einen Rückzieher.«

»Für den Gefangenenchor ist es zu spät«, knurrte ihr Trinity ins Ohr. »Sag ihm, er soll ans Schließfach gehen. Außerdem soll er aufhören, sich wie ein Trottel die ganze Zeit umzusehen, sonst fliegen wir noch auf.«

»Geh einfach zum Schließfach, Brassen«, sagte Celine. »Dir kann nichts passieren. Los!«

»Was, wenn da drin eine Bombe liegt? Woher wollen wir wissen, dass die keine verdammte Handgranate an die Tür gebunden haben?«

»Er hat nicht ganz unrecht«, sagte Celine zu Trinity. »Kann durchaus sein, dass er die Tür aufschließt und damit das ganze Gebäude in die Luft jagt. Weißt du so genau, was in dem Schließfach steckt?«

Trinity lachte gehässig.

»Was wir wissen, meine Liebe, ist, dass jemand mit Kappe, Handschuhen und Jeans ein Ticket gekauft hat, und zwar in bar, nur um auf die Schließfächer zuzumarschieren und in Fach Nummer dreiundzwanzig eine Tasche zu deponieren. Er hat die Tür zugeknallt und für das Fach an der Zahlstation bezahlt. Nichts daran sah wie eine Falle oder Bombe aus. Das wissen wir von den Kameras und anhand der Zeit, die er vor dem Schließfach verbracht hat.«

»Das klingt aber nach verdammt guten Kamerabildern«, sagte Celine. »War es deutlich zu sehen, dass er …«

Celine bemerkte, dass sich Trinitys Finger zu einer Faust ballten.

Sie hob rasch die Hand. »Okay, okay!«, rief sie und betätigte das Funkgerät. »Joe, wir wissen, dass es in und an dem Schließfach keine Bombe gibt.«

»W… was, wenn die ferngesteuert ist? Oder die Tasche hochgeht, sobald ich sie aufmache?«

»Du machst sie nicht auf, du Schwachmat!«, brüllte Trinity in ihr Gerät. »Geh zum Schließfach, hol die Tasche, verlass den Park. Mehr musst du nicht tun. Los jetzt!«

Brassen stand da wie festgewachsen. Celine hob ihr Funkgerät.

»Dir passiert nichts, Joe. Du schaffst das.«

Celine sah Brassen vom Zuckerwattestand aus über den Platz laufen. Er bewegte sich, als würde er auf einem Seil über einen Feuerschlund balancieren. Es kam ihr vor, als würde es ewig dauern. Ein Fuß vor den anderen.

»Ich krieg gleich einen Herzinfarkt«, sagte er. Irgendwann hatte er den Tastenblock des Schließfachs erreicht. Sein Atem rasselte. »Ich krieg keine Luft«, keuchte er in sein Mikro.

Celine ließ den Blick über den Platz wandern. Drei Leute standen vor dem Souvenirladen, einer sah sich Postkarten an, einer war am Handy, der Dritte fummelte am Deckel seiner Wasserflasche herum. Der dünne Mann vom Eingang schien mit einer Kellnerin zu flirten. In der Zwischenzeit hatten sich noch zwei weitere Besucher gegen die Geschenkaktion entschieden. Sie spazierten auf den Platz zu, die Frau hatte ein Handy am Ohr und blieb am Souvenirgeschäft stehen, um ein bisschen zu stöbern, der Mann begab sich direkt zu den Toiletten am Eingang.

Brassen öffnete das Schließfach. Celine hielt den Atem an.

Er zog eine mittelgroße Tasche heraus, die offenbar ein ziemliches Gewicht hatte. Der Inhalt beulte den dünnen Stoff aus. Brassen umklammerte die Griffe, testete das Gewicht, wandte sich um und ging auf das Gebäude zu, von dem aus Celine ihn beobachtete.

Sein feuchter, rasselnder Atem war über Funk zu hören. »Okay, ich bin okay, okay«, stieß er hervor.

»Jetzt drehst du dich schön um und gehst aus dem Park raus«, sagte Trinity. »Alpha-Team, ausschwärmen. Delta, auf dem Parkplatz alles zum Einsatz bereit machen.«

Brassen drehte sich in Richtung Ticketschalter. Celine sah ihn aus dem Schatten der Schließfachüberdachung treten. Er zuckte zurück, als träfe ihn das Sonnenlicht wie ein Faustschlag. Er verzog den Mund, eine Hand krallte sich in sein Hemd. Brassen ließ die Tasche fallen, ging auf die Knie und stürzte vornüber in den Schmutz.

33

Ein Zerreißen. So fühlte es sich an. Als wenn etwas gewalt-
sam voneinander getrennt wird. Haut löst sich, Blut quillt
hervor, warm und köstlich. Sie spürte es am ganzen Körper.
Kerry Monahan, vor dem Souvenirgeschäft, drückte das
Handy zu fest ans Ohr, als sie den Mann mit der Tasche zusammenbrechen sah. Wirr starrte sie auf das, was da vor ihr
geschah, von Gefühlen geschüttelt. Sie wollte bleiben, um
den Mann sterben zu sehen und gleichzeitig wollte sie fliehen, sich auf das konzentrieren, was die Stimme am anderen Ende der Leitung ihr befahl. Die Stimme von Burke David Schmitz. Dem Boss. Die anderen hatten ihr gesagt, er
werde sie persönlich anrufen, um den Anschlag am Telefon
zu koordinieren, aber Kerry hatte ihnen nicht geglaubt, bis
das Handy in ihrer Tasche zu klingeln begann. Sie war ein
einfaches Mädchen aus Michigan mit großen Vorstellungen
darüber, wie die Welt funktionieren sollte. Über Identität,
Genetik und Frieden. Jetzt war sie eine Mörderin, und der
Meister aller Mörder sprach zu ihr, lobte sie höchstpersönlich für ihre tolle Arbeit.

Sie war Soldatin. Eine Kriegerin.

»Sie kommen, um ihm zu helfen«, sagte Kerry. Es war
seltsam eng in ihrer Brust, sie konnte kaum atmen. Adrena-
lin zischte ihr durch die Adern, ihre Haut prickelte. »Herrje,
die sind überall! Sie kommen aus allen Ecken gelaufen.«

Sie wich ein wenig zurück, als um sie herum plötzlich
Horden in Kampfanzügen auftauchten und auf den Mann
mit der Tasche vor den Schließfächern zurannten. Auch
Leute, die sie für Parkbesucher gehalten hatte, eilten jetzt
herbei. Zwei Kellnerinnen ließen ihre Tabletts fallen und
rannten los, ließen ihre Kunden einfach stehen.

»Lass dich nicht schnappen!«, mahnte Burke.

»Nein, keine Sorge.«

»Ist er tatsächlich eliminiert?«, fragte er.

»O ja, todsicher.«

»Gut«, sagte der Boss. »Gute Arbeit. Jetzt raus da. Ruf mich an, wenn die Luft rein ist.«

Der Anruf wurde beendet, Kerry landete schlagartig in der Gegenwart. Der Mann am Boden. Die Frau mit der schwarzen Kappe, die ihn schüttelte und anschrie, an ihm herumzerrte, während andere ihn auf den Boden drückten. Anscheinend wollten sie ihn wiederbeleben, als hätte er einen Herzinfarkt erlitten. Kerry wollte sich abwenden und gehen, aber dann sah sie, dass einer vom Einsatzkommando sich auf die Tasche zubewegte, die ungeschützten Finger legten sich um den Griff, und da musste sie einfach stehenbleiben und zusehen, wie ihr zweites Opfer sterben würde.

Bei diesem Mann wirkte das Gift sofort. Er griff sich an die Kehle, würgte, hustete weißen Schaum auf seine Brust. Kerry zitterte vor Erregung. Der erste hatte keinen Schaum vor dem Mund gehabt. Sie fragte sich, warum das Zeug so unterschiedlich wirkte, vermutlich reagierte jeder anders auf die Chemikalien. Der Mann brach zusammen. Erst jetzt kapierten die anderen, was los war. Stießen einander weg von der Tasche, fummelten herum, schrien. Kerry sollte jetzt wirklich abhauen. Es war höchste Zeit. Sie hangelte sich am Geländer entlang und schob sich in Richtung Ausgang. Erlaubte sich einen letzten Blick zurück auf das Chaos, das sie ausgelöst hatte.

Da sah sie die kleine blonde Frau.

Sie gehörte nicht zum Einsatzkommando, trug nur Jeans und T-Shirt. Als Kerry darauf gewartet hatte, dass der Mann die Tasche abholt, hatte sie diese Frau nirgends gesehen. Vielleicht war sie aus dem Laden gekommen oder von irgendwo anders hergerannt, als hier das Chaos ausbrach. Kerry versuchte, sich zu beruhigen. Sie hatte noch genug Zeit. Langsam ging sie zu den Ticketschaltern, legte die Hand aufs Drehkreuz.

Irgendwas zwang sie dazu, sich noch einmal umzudrehen. Und da sah sie, dass die blonde Frau auf sie zurannte.

Celine sah es in ihren Augen. Die Erregung. Dieser Blick war ihr vertraut, sie hatte ihn bei einigen Insassen gesehen, eine animalische Aggression, die vermutlich jeder von uns in sich trug. Jagdinstinkt. Der Teil des Menschen, der den Anblick von Blut, Fleisch und Tod genoss. Wenn im Gefängnis ein Kampf losging, gab es diejenigen, die geschockt reagierten, und andere, die vom Adrenalinschub glänzende Augen bekamen.

Sie kniete mitten auf dem Platz, wo es vor Leuten aus Trinitys Team nur so wimmelte, auch Trinity selbst war aus dem Gebäude gerannt und leitete ihr Personal jetzt an, das Umfeld zu sichern, sich die drei Zivilisten zu schnappen, die sich trotz aller Sperren auf den Platz zubewegten, und Brassen in Sicherheit zu bringen. In dem Moment blickte Celine auf und sah das Mädchen am Souvenirgeschäft.

Wirrer Blick. Die Lippen schmal, das Gesicht hart, offensichtlich jagten ihr tausend Gedanken durchs Hirn. Die Kleine verfolgte jedes Detail, genoss jede Sekunde im Todeskampf ihrer Opfer. Dann trafen sich ihre Blicke, und die Täterin wusste, dass sie aufgeflogen war.

Sie rannte los.

»Da ist sie! Da!«, brüllte Celine.

Sie rappelte sich auf und sprintete los.

Erst als etwas an ihren Fersen schabte, fiel ihr auf, dass

sie nicht allein die Verfolgung aufgenommen hatte. Celine sah über die Schulter und entdeckte Trinity, die so dicht hinter ihr herlief, dass sie ihre Körperwärme spürte. Celine warf sich ins Drehkreuz und flitzte hinter der mageren, hochaufgeschossenen Jugendlichen her, die sich dem Griff der als Ticketverkäuferinnen verkleideten Polizistinnen entwand, als wäre sie aus Rauch. Sie hatte schon fast das Ende des Parkplatzes erreicht. Trinity und Celine rannten nebeneinander her, ihre Schritte hämmerten laut auf dem heißen Asphalt, ihr Atem ging synchron.

Mühelos schlängelten sie sich zwischen den Autos hindurch, nur einmal blieb Celine fast an einem Seitenspiegel hängen, weil sie sich so sehr darauf konzentrierte, den wippenden Kopf des Mädchens nicht aus den Augen zu verlieren.

»Sie läuft auf die Bäume zu!«, rief sie. Trinity stieß sie zur Seite, sprintete an ihr vorbei. Als Celine die schwarze Pistole in Trinitys Hand sah, blieb sie abrupt stehen.

Zwei Schüsse. Das Mädchen geriet ins Straucheln, lief aber weiter.

»Nein! Stopp!« Celine erwischte Trinity kurz an der Jacke, bevor die sich losmachen und weiterlaufen konnte. »Sie ist doch nur ein Kind!«

»Eine Killerin«, zischte Trinity. Der Wald verschluckte sie. Trinity ging auf ein Knie und zielte erneut, Celine zischte an ihr vorbei, konnte nicht stehenbleiben. Dann fiel ein weiterer Schuss, das Mädchen taumelte und stürzte vor ihr zu Boden.

»O Gott! O Gott!«, rief Celine, die die Kleine jetzt eingeholt hatte und sich auf ihren warmen, zuckenden Körper warf. »Erschieß sie nicht, bitte, Trinity!«

»Geh von ihr runter, du dumme Nuss!« Trinity packte

Celine an der Schulter und stieß sie zur Seite. Auf dem Gesicht des Mädchens lag ein rosa Schimmer, sie schnappte nach Luft, ihre sommersprossige, blasse Haut war blutverschmiert. Trinity setzte sich breitbeinig auf sie drauf.

»Was ist das Ziel? Antworte, sonst jage ich dir noch eine Kugel rein.«

»Ich weiß es nicht. Weiß nicht. Weiß ...«

Trinity drückte das Handgelenk des Mädchens fester in den Boden und setzte die Waffe an.

»Trinity, bitte!«, bettelte Celine.

»Ich mach keine Gefangenen, Schätzchen.« Trinity packte das Mädchen an der Kehle, um ihre Schreie abzuwürgen. »Auf keinen Fall verbringe ich noch mal zwei Tage in diesem stinkenden Knast, nur um eine Kackbratze wie dich zum Reden zu bringen. Du sagst mir jetzt, was Schmitz vorhat, oder ich stanz dir ein Loch in die Hand.«

»Kann ich nicht!«, schrie das Mädchen. »Ich weiß es nicht ...«

Ein Schuss. Der laute Knall hallte durch den Wald. Überlief Celine wie eine Welle, krachte ihr gegen die Brust, pulsierte ihr in den Ohren. Trinity sackte zur Seite weg und blieb neben Celines Beinen liegen. Celine wischte sich das Blut aus den Augen, tastete sich bis zu dem Mädchen vor, als eine zweite Kugel an ihr vorbeisirrte und Erde und Gras explodieren ließ.

Sie nahm das zitternde Mädchen unter den Arm und schleppte es zu einem kleinen Baum, der fast umgehend von einer weiteren Kugel in Stücke gerissen wurde. Im Schutz der fallenden Äste rannte sie mit dem Mädchen im Schlepptau von Baum zu Baum, weg von dort, wo sie den Schützen vermutete. Am Waldrand sah sie durch die dünner werdende Laubdecke einen schwarzen Transporter, der scharf abbremste und im Schatten stehenblieb. Kaum war die Seitentür aufgeglitten, stieß Celine das Mädchen blind hinein.

Es kamen keine Schüsse mehr.

Sie sank auf den mit Teppich ausgelegten Boden, das Mädchen immer noch fest im Griff. Die beiden schrien noch, obwohl der Transporter längst losgebraust war.

2015

Als John Kradle sich in *Ballie's Diner* an einen Tisch in der hintersten Ecke setzte, war er schon etwas ruhiger. Dort hatten sie oft gegessen, als sie gerade nach Mesquite gezogen waren, weil sie das fahrende Leben satthatten, die Jagd nach Geistern und Dämonen, die engen, schimmeligen Duschkabinen in ständig wechselnden Motels. Kradle war vor Christine eingetroffen und stellte mit einem Blick auf die Speisekarte fest, dass sie immer noch die gleichen Blaubeerpfannkuchen anboten, die sie damals so gern gegessen hatte, bevor sie aus seinem Leben verschwunden war, um sich in Tibet selbst zu finden. Das war aber auch das Einzige, was hier unverändert geblieben war. Der neue Besitzer hatte die Wände gestrichen, die von Kradle selbst gebauten Regale über der Kasse rausgerissen und eine Eisvitrine installiert. Christine tauchte mit fast einer halben Stunde Verspätung auf und blieb erst mal in der Tür stehen. Sie sah ihn an, als wollte sie gleich auf dem Absatz kehrtmachen und wieder ein paar Jahre ohne Erklärung abtauchen.

Als sie endlich doch vor ihm auf die Bank gerutscht war, nickte Kradle der Kellnerin zu. Er erwartete, dass Christine Kaffee mit viel Platz für Milch bestellen würde, so wie immer, aber sie bestellte Chai Tee mit einer Kanne heißem Wasser dazu, vermutlich, um ihn notfalls zu verdünnen.

Während er seinen Kaffee trank, wartete er darauf, dass sie sich für ihr sang- und klangloses Abtauchen entschuldigen würde. In der Nacht hatte er ihre Unterhaltung vor der Haustür zigmal Revue passieren lassen und war mittlerweile ziemlich sicher, dass sie sich noch nicht entschuldigt hatte. Hi, hatte sie gesagt. Und dass sie nach Tibet gegangen war. Ihren Sohn wolle sie sehen. Aber »es tut mir leid« war nicht gekommen. Kam auch jetzt nicht. Kradle atmete tief durch, denn seine Ohren wurden schon wieder heiß, und er wusste, was das bedeutete.

»Er sah attraktiv aus«, sagte Christine. »Zumindest, soweit ich sehen konnte.«

»Mason ist attraktiv«, stimmte Kradle zu. »Und klug. Und witzig. Er ist so witzig, dass ich manchmal Tränen lache.«

»Kann ich mir vorstellen.«

»Er war schon als kleiner Junge witzig. Immer zu Scherzen aufgelegt.« Seine Worte klangen wütend, als müsste er ihr etwas beweisen. »Wenn er morgens zur Schule gegangen ist, hat er mir immer was in die Schuhe gelegt, Knöpfe, Büroklammern, Zettel, einmal sogar eine ganze Banane. Er singt die ganze Zeit. Auf der Baustelle. Zu Hause. Unter der Dusche. Ist nie still. Wir haben kein Radio auf der Arbeit. Brauchen wir nicht. Der Junge kennt den Text zu jedem Lied, das er je gehört hat, vom Schlager bis Heavy Metal. Letzte Woche hatten wir Etta James. Keine Ahnung warum. Ist nicht so mein Ding.«

Christine lachte.

»Das hast du alles verpasst«, sagte er mit starrer Miene.

Christines Lächeln erlosch.

»Seine ersten Schritte hast du nicht mitbekommen.« Als Kradle den Kaffeebecher hob, merkte er erst, wie sehr ihm die Hand zitterte, und er stellte ihn rasch wieder auf den Tisch. »Die ganzen schwierigen Sachen sind auch an dir vorbeigegangen. Als er klein war, hatte ich eine Heidenangst. Ich wusste nichts über Säuglinge, niemand hat mir geholfen. Einmal wollte er anderthalb Wochen nichts essen außer Käse. Nur Käse. Mehr nicht.«

»John ...«, setzte Christine an.

»Nein, lass mich ausreden. Als er neun war, hat er in einer Zeitschrift was über UFOs gelesen und sich total verrückt gemacht deswegen. Mitten in der Nacht ist er aufgewacht und hat geschrien, dass sie uns holen kommen und Experimente mit uns machen. Mit zwölf hat er sich in seine Mathelehrerin verliebt. Echte, wahre Liebe. Hab in seinem Zimmer einen Brief an sie gefunden, in dem er ihr einen Heiratsantrag gemacht hat.«

Christine trank ihren Chai.

»Im Moment hat er die Krise wegen diesen ganzen Terroranschlägen.« Kradle zeigte auf den Nachbartisch, wo neben einem leeren Teller eine Zeitung lag. Ein Foto von Abdul Hamsi, dem gescheiterten *Flamingo Casino Bomber* prangte auf der Titelseite. »Er schaut sich ständig Nachrichten an.«

»Was hast du wegen der Frau gemacht?«, fragte Christine.

»Welche Frau?«

»Die Mathelehrerin.«

»Oh.« Kradle legte die Arme auf den Tisch und betrachtete die Löcher an der Wand über der Kasse, wo seine Regale einst gehangen hatten. »Hm, na ja. Hab mich mit ihm hingesetzt und ihm erklärt, dass er da was falsch verstanden hat, er ist nur ein kleiner Junge, seine Lehrerin erwachsen. Sie würden nicht miteinander weglaufen und heiraten.«

Christine hörte zu.

»Und ab da hab ich öfter Frauen nach Hause mitgenommen.« Als er in Christines Augen eine kurze Regung aufblitzen sah, verspürte er eine gehässige Schadenfreude. »Hab mir gedacht, dass es in seinem Leben offenbar nicht genug Frauen gibt, wenn er sich einbildet, dass seine Mathelehrerin ihn liebt, nur weil sie sich auf dem Schulhof ein paarmal mit ihm unterhalten hat. Als ich dann eine Freundin hatte, hab ich sie ein paarmal zu uns eingeladen, die beiden einander vorgestellt und danach haben wir ein bisschen Zeit zu dritt verbracht. Damit er lernt, dass Frauen nicht automatisch in ihn verknallt sind, wenn sie mit ihm reden.«

»Hattest du viele Freundinnen?«, fragte Christine. »Nachdem ich weg war?«

»Fragst du mich jetzt ernsthaft nach meinem Liebesleben, nachdem du mich mit einem Neugeborenen hast sitzenlassen?«

»Ja, tue ich wohl.« Christine starrte in ihren Becher.

»Nach ungefähr … ja, nach drei Jahren war mir klar, dass du nicht zurückkommen würdest. Und ich war einsam.«

»Das verstehe ich«, sagte sie.

»Du hast mir nicht mal einen Abschiedsbrief hinterlassen«, fuhr Kradle fort. »Die Polizei dachte, ich hätte dich misshandelt. Andere Leute dachten das auch. Nachbarn, Bekannte. Ich … puh, ich weiß gar nicht, wo ich anfangen soll. Mir fehlen die Worte.«

»Na, dafür sagst du aber eine Menge.«

»Ich habe darüber nachgedacht, dich für tot erklären zu lassen.«

»Warum?«

»Damit ich mich scheiden lassen kann.« Er zuckte die Achseln. »Das Haus verkaufen. Ein Grab. Mit der Sache abschließen.«

»Das hätte ich zu gern gesehen. Mein eigenes Grab.«

»Das kann ich mir lebhaft vorstellen.«

»Ich war nicht tot«, sagte Christine. Ihr Lächeln drehte ihm den Magen um. Irgendwas in ihm zerbrach.

»Du scheinst nicht zu kapieren, dass ich das nicht wusste«, knurrte er. Die Kellnerin betrachtete sie mit besorgtem

Blick. »Weißt du eigentlich, wie das ist, sich zu fragen, ob die eigene Frau tot ist?«

»Nein, John, tue ich nicht. Wie auch?«

»Wo zum Teufel bist du gewesen?«

»In Tibet, hab ich dir doch schon gesagt.«

»Nein. Ich meinte damals, am Tag nach der Geburt.«

Sie erzählte ihm von der Panik, die sie ergriffen hatte, als er mit dem Neugeborenen aus dem Zimmer gegangen war. Sie sei blitzschnell aus dem Bett gestiegen, hätte ihre Geldbörse aus der Reisetasche gezogen. Während sie angeregt weitererzählte, musterte Kradle ihr Gesicht. Sie schilderte, wie sie mit einer Gruppe Hippies nach Las Vegas gefahren war, auf dem Weg nach Los Angeles in ihrem rostigen Camper geschlafen, in Santa Monica auf der Straße gelebt hatte, danach weitergetrampt war, zum Erdbeerpflücken nach Oregon, wo sie in einer Scheune geschlafen hatte und schließlich mit einer Gruppe junger Dichter nach Vietnam und China weitergereist war.

»Hat es an mir gelegen?«, fragte er schließlich.

»Nein. Am Baby.«

»An *Mason*? Was war mit ihm?«

»Da war etwas Böses«, sagte Christine. »Das habe ich schon gespürt, als er noch in meinem Bauch war. Vielleicht ist jetzt alles okay mit ihm, aber damals war er wie ein unguter Geist, der nichts als Schmerz und Kummer verbreitet.«

»Du kannst einfach ganz normal darüber sprechen, Christine«, sagte Kradle. »Es ist nicht nötig, alles in esoterisches Geschwurbel zu verpacken. Sag einfach, dass du Depressionen hattest oder Angst. Vielleicht hast du nie ein Kind gewollt, hast dich deswegen geschämt oder hattest Angst, es mir zu sagen. Oder meine große Freude über unser Kind hat dich eingeschüchtert oder …«

»Nichts davon«, sagte Christine.

»Was war es dann?«

»Es war sein Geist.«

Kradle legte erneut die Hände auf den Tisch, betrachtete sie und spürte, wie ihn eine Welle der Erleichterung überkam. Im tiefsten Inneren hatte er es gewusst, die ganzen Jahre über: Sie war abgehauen, weil etwas mit ihr nicht stimmte. Sie würde ihm keine rationale oder tröstende Erklärung liefern. Ob Audrey damals richtiggelegen hatte und Christine aus einem übertriebenen Hang zur Theatralik heraus verschwunden war oder weil sie ständig nach Aufmerksamkeit gierte, wusste er nicht. Möglichweise lag es auch an einem der Gründe, die er soeben genannt hatte, aber Kradle war klar, dass nur er den Bruch heilen konnte. Sie würde sich nicht entschuldigen und alles wiedergutmachen. Das musste er schon selbst tun. Für sich und seinen Sohn. Und er wusste, dass er es schaffen konnte. Wenn er einen Jungen wie Mason aufziehen konnte, würde er Christine auch irgendwann vergeben können.

Aber er musste es aussprechen. Für Mason.

»Unser Sohn ist völlig in Ordnung«, sagte Kradle und tippte bei jedem Wort auf den Tisch. »Er ist ein wunderbarer Mensch. War er damals. Ist er heute.«

Christine saß still da, die tätowierten Hände um den Becher geklammert. Kradle fiel auf, wie sehr sie gealtert war. Vom Wind der Fremde gezeichnet, der sie von Ort zu Ort geweht hatte, immer dorthin, wo er nicht war.

»Sie zeichnen die *Frances Faulkner Show* auf, hier in der Stadt«, sagte Christine plötzlich.

»Erzähl mir bloß nicht, dass du nur deswegen zurückgekommen bist.«

Christine sah ihn gekränkt an. »Nein. Die Zeit war gekommen. Die Zeit der Heimkehr. Aber als ich angekommen bin, habe ich gesehen, dass sie nächsten Monat hier auftritt.«

Kradle nickte. Er wusste, dass das Gespräch über ihr Verhalten vorerst beendet war, aber er hatte keine Lust, über was anderes mit ihr zu sprechen.

»Und?«, fragte sie.

»Und was?«

»Gehst du mit mir hin?«

»Willst du mich auf den Arm nehmen?« Kradle rang sich ein Lächeln ab. »Nein, Christine, ich werde nicht mit dir zur *Frances Faulkner Show* gehen. Das ist deine Sache.«

»Hab mir schon gedacht, dass du Nein sagst. Dann würde ich Audrey fragen.«

»Hast du in den letzten fünfzehn Jahren ein Wort mit Audrey gewechselt?«

»Nein.«

»Also machst du ... was? Rufst sie an und sagst: ›Hi, ich bin wieder da. Gehst du mit mir zur *Frances Faulkner Show*?‹« Kradles Lächeln war verschwunden.

»Ja, so was in der Art«, sagte sie und leerte ihren Chai.

Kradle wartete, dass mehr käme, aber Christine schwieg. Am liebsten wäre er in schallendes Gelächter ausgebrochen.

»Darf ich mithören, wenn du sie anrufst?«, fragte er stattdessen.

34

Der Hund schnüffelte mit der kalten, feuchten Nase an seinem Ohr herum und riss ihn aus dem Halbschlaf. In seinem Kopf blitzten wirre Bilder auf, Momentaufnahmen der vergangenen vierundzwanzig Stunden: das Haus der Frapports, das Auto, der junge Mann mit der Waffe im Handyladen, die verrückte Flucht. Er hatte sich ein Fahrrad geschnappt, das unabgeschlossen an einem Zaun lehnte, und war erst mal drauflosgesaust, bis er in einer völlig anderen Gegend gelandet war, Lagerhallen und Garagenblöcke, Drahtzäune und aufgeplatzter Asphalt. Der Hund war ihm zunächst treu gefolgt, konnte aber schon nach einiger Zeit nicht mehr mithalten, seine rosige schaumverschmierte Zunge flatterte wie eine Fahne vor der Schnauze. Im Schatten hinter einer Lagerhalle war er endlich stehengeblieben, war auf dem schmutzigen Boden zusammengeklappt, hatte das Handy gezückt und eine Liste mit Telefonnummern dazu.

Doch statt zu wählen war Kradle eingeschlafen. Irgendwann war er wohl seitlich weggesackt, was den Hund offenbar so alarmiert hatte, dass er ihn weckte.

»Mir geht's gut«, sagte Kradle und schlang dem Tier den Arm um den Hals. »Alles bestens. Bin nur müde.«

Nachdem der Hund seinen Job erledigt und sein Herrchen gerettet hatte, scharwenzelte er davon, um Wasser und Futter zu suchen, wie Kradle vermutete. Keine schlechte Idee, auch er hatte Hunger und Durst, aber das musste warten. Die Anrufe und die hoffentlich damit verbundenen Antworten gingen vor. Während die Strahlen der tief stehenden Nachmittagssonne näher an seine am Boden ausgestreckten Beine herankrochen und schon fast die Turnschuhe berührten, wählte er die erste Nummer.

»Hallo?«

»Hallo.« Kradle räusperte sich. »Hier spricht ... ähm ... John. John ... Sky.«

»Was?«

»Ich bin von der *New York Times*.«

»Kein Interesse, wir lesen die *Post*.«

Klick, aufgelegt. Kradle betrachtete das Handy, zwinkerte ein paarmal und beschloss, später noch mal darauf zurückzukommen. Er schüttelte den Kopf, um sich wachzurütteln, und nahm sich die nächste Nummer vor.

»Hallo?«

»Hier spricht James Mackley«, sagte Kradle. »Ich bin Journalist bei der *New York Times* und hätte ein paar wichtige Fragen an Sie.«

»Was?« Die Stimme klang weiblich, verraucht, irgendwie vertraut. Kradle stellten sich die Nackenhaare auf.

»Ich stelle im Rahmen des Gefängnisausbruchs von Pronghorn einige Recherchen an. Es geht vor allem um die berüchtigteren Kriminellen, die jetzt auf freiem Fuß sind. Wir ... wollen ein Profil von ihnen herausbringen. Wie ich gesehen habe, hat man Sie damals zu John Kradle befragt? Wegen der Familienmorde?«

»Ha, ja, das kann man wohl sagen.« Die Frau lachte böse. »Und ich hatte eine Menge zu erzählen.«

»Könnten Sie bitte vorher noch Ihre Identität bestätigen?«

»Klar. Ich heiße Jasmine O'Talley.«

Kradle dachte scharf nach. Als es ihm einfiel, verschluckte er sich erst mal und bekam einen Hustenanfall.

»Woher haben Sie meine Nummer?«, fragte Jasmine.

»Wir haben unsere ... Quellen«, keuchte Kradle. »Sie ... ähm ... der damals ermittelnde Detective hat Sie angerufen, korrekt? Damals, 2015? Sie haben ... ungefähr siebzehn Minuten mit ihm telefoniert?«

»Also, ich habe keine Ahnung, woher Sie das alles wissen, aber ja.« Jasmine zog die Nase hoch. »Ich weiß nicht mehr, wie lange wir gesprochen haben, aber er hat mich angerufen, das stimmt. Wollte wissen, ob John Kradle ein netter Kerl ist oder nicht.«

Kradles Gesicht brannte. »Und was haben Sie gesagt?«

»Dass er ein echter Scheißkerl ist.«

»Oho! Wow!«

»Und mit Sicherheit seine Frau umgebracht hat.« Jasmine schnaubte. »Er war ein eiskalter, berechnender Psycho. Der Typ schnarcht, dass sich die Balken biegen. Aber das nur nebenbei.«

»Aha.«

»Als würde man neben einer verdammten Kettensäge schlafen.«

»Ms O'Talley, das reicht fürs Erste. Danke, dass Sie meine Fragen beantwortet haben.«

»Ich hoffe, die Polizei kriegt das Schwein und sperrt es hinter Schloss und Riegel, wo's hingehört«, fügte Jasmine hinzu.

»Hat ...« Kradle fuhr sich mit der Zunge über die Zähne. »Hat Ihre schlechte Meinung über John Kradle vielleicht was damit zu tun, dass er Sie nie zurückgerufen hat?«

»Was?«

»Sie haben sich dreimal mit ihm getroffen, er hat sie in dieses nette Steakhouse eingeladen. Danach hat er sich nie wieder gemeldet. Kurz danach sind Sie ihm beim Einkaufen in die Arme gelaufen, und diese Begegnung war ziemlich unangenehm.«

»Woher wissen Sie ...?« Stille. »*John*?«

Kradle legte rasch auf. Der Hund war zurück, saß aufrecht an seiner Seite, die braunen Augen vorwurfsvoll auf ihn gerichtet.

»Manchmal muss man einfach ...«, setzte Kradle an. »Ach, egal. Du bist ein Hund.«

Kradle wählte die nächste Nummer. Er sprach mit zwei Nachbarn, dem Besitzer des Waffenladens und dem Geschäftsführer des Eisenwarenladens, wo er damals, zum Zeitpunkt der Morde, eingekauft hatte. Irgendwann fiel ihm auf, dass die meisten Gespräche auf der Liste ausgehende Anrufe gewesen waren. Er entdeckte einen eingehenden Anruf, er war kurz gewesen, nur fünfzehn Sekunden. Danach Rückruf, fünfundvierzig Sekunden. Ein weiterer Anruf, eingehend, kurz. Der Gesprächsteilnehmer und Frapport verpassten sich offenbar ein paarmal. Als einer den anderen endlich erreicht hatte, sprachen sie drei Minuten miteinander. Kradle wählte die Nummer.

»Focus Studios?«

Gerade als Kradle loslegen wollte, hatte er eine Eingebung.

»Hallo?«

»Ja, hallo. Entschuldigung, aber mit wem spreche ich?«

»Focus Studios. Wie kann ich Ihnen helfen?«

»Was ist Focus Studios?«

»Wir sind eine Produktionsfirma. Mit wem darf ich Sie verbinden?«

»Weiß nicht«, sagte Kradle. Er rappelte sich auf, ihm war plötzlich ganz anders. Mulmig. Vielleicht der leere Magen, die Erschöpfung, niedriger Blutzuckerspiegel, Burnout. Aber auch was anderes. Das Gefühl, gerade einen entscheidenden Schritt weitergekommen zu sein, ohne zu wissen, wie und warum. »Ähm ... ich rufe an ... bin von der *New York Times*.«

»Ja? Und?«, sagte die Frau gelangweilt. Im Hintergrund tappte etwas, schnell, ein Stift auf einem Tisch vielleicht. »Wie kann ich Ihnen weiterhelfen, Sir?«

»Hören Sie mir bitte kurz zu. Ich habe hier eine Liste mit Nummern, die ich abtelefoniere. Sie haben etwas mit einem Mord zu tun, den ich recherchiere. Es geht um eine Story, die ich schreibe.«

»Ein Mord?« Die Frau schnaubte. »Hey, jetzt wird's interessant. Und gruselig!«

»Ja, genau, gruselig. Die Geschichte ist echt unheimlich. Der Täter hat seine gesamte Familie ausgelöscht. Ich versuche herauszufinden, was da passiert ist.«

»Soll das ein Witz sein?«

»Nein.«

»Wie heißen Sie noch mal?«

»John ...« Er schüttelte hilflos den Kopf, sah sich um. »Ähm. *Dog*.«

»John Dog?«

»Mit zwei G.«

»Mr Dogg, ich weiß nicht, ob ...«

»Hören Sie, ich bin nur der, der hier die Recherche macht. Man hat mir Ihre Nummer gegeben. Jemand in Ihrer Firma hat mit dem damals ermittelnden Detective gesprochen, das war 2015, und ich versuche herauszufinden, wer dieser Jemand war.«

»Aus welcher Abteilung kam der Anruf denn? Welche Durchwahl?«

»Weiß ich nicht. Ich habe nur diese Nummer.«

»Das ist die Zentrale.«

»Na, dann müsste ich wissen, wer 2015 am Empfang gearbeitet hat.«

»*Dude*, das weiß ich doch nicht.«

»Könnten Sie es herausfinden?«

Frustriertes Seufzen. »Vielleicht.« Sie verlor langsam das Interesse an dem Abenteuer, vor allem, wenn es Arbeit verursachte. Kradle bekam langsam einen Hals. »Öhm, tja, da müsste ich mal nachsehen. Und ich weiß gar nicht, ob ich Ihnen das so einfach sagen darf, Datenschutz und so? Vertrauliche Information?«

»Was macht Ihr Studio denn so?«, fragte Kradle.

»Fernsehsendungen. Wir machen die *NDN Nachrichten. Die Stimme Nevadas*!«

»Und was sonst noch?«

»*Hausputz*«, sagte das Mädchen, »*Pauli, der Pokerkönig, Krieg im Trailer-Park*, die *Frances Faulkner Show* …«

»Die *Frances Faulkner Show*?«, fragte Kradle.

»Ja. Könnten Sie einen Moment warten, bitte?«

Kradles Gedanken rasten. Es war natürlich naheliegend, dass Frapport mit den Produzenten der Show sprechen wollte. Christine hatte zwei Monate vor dem Mord bei einer Aufzeichnung im Publikum gesessen. Dass er es dann aber tatsächlich getan hatte, war weniger logisch. Fast alle anderen Leute, die er an diesem Nachmittag abtelefoniert hatte, waren damals von Frapport befragt worden, weil sie Kradle kannten. Nachbarn, Geschäftsleute aus dem Ort, bei denen er eingekauft hatte, Kunden. Frapport hatte Tunnelblick, er war versessen darauf, Kradle den Mord anzuhängen, also hatte er kein Interesse daran, Ermittlungen zu betreiben und Zeugen zu finden, die ihn von diesem Vorhaben abbrachten. Die Produzenten der *Frances Faulkner Show* kannten Kradle nicht, hatten ihn noch nie persönlich getroffen. Christine war allein dort gewesen, denn Audrey hatte sich geweigert, sie zu begleiten.

Aber halt! Die *Produzenten* hatten bei *Frapport* angerufen. Das fiel ihm jetzt auf. Die erste Verbindung war ein Anruf an Frapport gewesen, erst danach war es zu dem Hin und Her gekommen und schließlich zum Gespräch. Drei Minuten. Was auch immer der unbekannte Anrufer von Focus Studios mit Frapport besprechen wollte, offenbar hatte der Detective die Sache schnell abgewürgt. Kradle fuhr mit dem Finger über die Nummern, auf der Suche nach einer Durchwahl von Focus Studios. Die Empfangsdame hatte ihn in die Warteschleife geschickt.

Irgendwann meldete sich ein Mann, nicht die gelangweilte junge Frau von vorher, sondern ein Kollege, der ihm ziemlich vorwurfsvoll begegnete. Kradle meinte, einen Südstaatenakzent herauszuhören, irgendwie vertraut, den er in der Nähe seiner früheren Heimat verortete. Vielleicht aus Carolina.

»Sind Sie noch dran?«, fragte der Mann.

»Ja.«

»Focus Studios nimmt keinerlei Stellung zu dem Ausbruch in Pronghorn. Wir müssen Sie dringend ersuchen, von weiteren Anrufen abzusehen.«

»Könnte ich vielleicht wenigstens …«, setzte Kradle an, aber die Leitung war bereits tot. Sein Magen knurrte. Das geschah vielleicht aus Hunger, war aber auch sein sprichwörtliches Bauchgefühl, denn er war sicher, auf der richtigen Fährte zu sein.

Er lehnte sich an die Mauer der Lagerhalle. Sein Herz pochte wie wild. Kurzerhand rief er auf dem Smartphone YouTube auf und suchte nach der *Frances Faulkner Show*. Die wurde einmal pro Woche ausgestrahlt, die erste hochgeladene Show war von 1996. Wann hatte Christine teilgenommen?

Mit geschlossenen Augen ließ er die Zeit vor dem Mord Revue passieren. Christine war in einem Motel am Fluss untergekommen, hatte ihren Rucksack achtlos in die Ecke des Badezimmers geworfen, das Zimmer selbst mit allerlei Reisesouvenirs dekoriert, bunte Stofffähnchen und Bänder. Er war gekommen, um sie zu einem ersten Treffen mit Mason im Park abzuholen. Er wusste noch genau, wie unangenehm ihm das alles gewesen war – ihr Geruch im Motelzimmer, seine irrationale Angespanntheit, als würde zwischen ihnen etwas Intimes passieren. Der arme Mason hatte am Picknicktisch gesessen, die Hände zwischen die Knie geklemmt, wie damals als kleiner Junge im Wartezimmer, wenn er zu Impfungen oder Untersuchungen zum Arzt musste. Drei Wochen später hatte Kradle die beiden bei ihren Treffen allein gelassen. Er hatte auch nicht mehr versucht, seinem Sohn zu erklären, warum seine Mutter zurückgekehrt war oder ihn überhaupt verlassen hatte. Vielleicht eine Woche danach hatte Kradle sie zu sich ins Haus eingeladen. Und noch eine Woche später war es zu einem ersten Treffen mit Audrey gekommen. An jenem Tag war Kradle zur Arbeit gefahren und hatte Mason, Audrey und Christine allein gelassen.

Er erinnerte sich noch an das hitzige Gespräch, das sich zwischen den beiden Schwestern entsponnen hatte, sie standen auf der Terrasse, er lag unter der Spüle am Boden und reparierte ein tropfendes Rohr, bevor er zu seinem nächsten Termin fuhr. Irgendwann war der Name Frances Faulkner gefallen.

»Erzähl mir bitte nicht, dass du nach all dieser Zeit nur wegen dieser verdammten Show zurückgekommen bist«, hatte Audrey gekreischt.

Kradle hatte unter der Spüle zwischen Scheuerpulver

und Feuchtigkeitsgeruch vor sich hin gegrinst, die schwere Rohrzange in der Hand ...

Plötzlich surrte sein Handy und brachte ihn schlagartig zurück in die Gegenwart. Eine Nachricht. Er öffnete sie. Die Nummer war ihm nicht bekannt, keine von denen, die er heute gewählt hatte, keine von der Liste.

Rede nur mit Ihnen persönlich über die Kradle-Morde.

Kradle war so aus dem Häuschen, dass er mehrere Anläufe brauchte, obwohl er nur ein Wort tippen musste.

Wo?

Wieder surrte das Handy. Eine Adresse in Las Vegas. Kradle seufzte enttäuscht.

Sorry, aber Sie müssen nach Mesquite kommen, tippte er.

Ich bin heute um Mitternacht an der angegebenen Adresse. Wenn Sie da sind, rede ich. Sonst nicht.

Wer sind Sie?, tippte Kradle und wartete. Es kam keine Antwort. Also rief er Celine an. Auch bei ihr keine Antwort. Viermal versuchte er es bei ihr. Der Hund ließ sich zu Boden sinken und legte den Kopf auf Kradles Oberschenkel. Ein schwacher Sonnenstrahl wärmte den verlassenen, desolaten Winkel, in dem sie jetzt saßen, und ließ sein schokobraunes Fell leuchten. Kradle streichelte ihm über den Kopf, während seine Anrufe ins Leere liefen.

Es war bereits dunkel, als Celine endlich vor ihrer Einfahrt stand, die sich anscheinend während ihrer Abwesenheit verlängert hatte. Sie hatte während der Fahrt immer wieder auf ihr Handy geschaut. Die Medien hatten zwar ausführlich über die dramatischen Szenen im Rancho Salvaje Wildlife Park berichtet, doch ihr Name war nirgends gefallen. Trotzdem hatten ihre Nachbarn offenbar Wind davon bekommen, dass sie irgendwie involviert gewesen war, denn als sie jetzt aus dem Taxi stieg, stand das Pärchen von gegenüber, mit dem sie noch nie gesprochen hatte, auf seiner Veranda und glotzte sie ungeniert an. Beim Aufschließen warf sie einen letzten Blick über die Schulter und sah einen weiteren Nachbarn an der Ecke stehen und ihr Haus beäugen, obwohl sein kleiner Kläffer ungeduldig an der Leine zerrte. Celine hatte sich nie um gute Nachbarschaft bemüht, wozu auch? Sie war zu selten zu Hause, um über den Zaun hinweg zu tratschen, sich Werkzeug zu leihen oder über den Fortschritt der Kinder zu unterhalten, die auf dem Gehweg Rad fahren übten. Celines Leben spielte sich in Pronghorn ab, aber jetzt kam es ihr vor, als wäre es schon Jahre her, seit sie das letzte Mal über die Gänge marschiert war. Als sie die Tür hinter sich schloss und den Riegel vorschob, sehnte sie sich nach dem Klappern der Zellentüren und dem Piepsen und Sirren der Alarmsignale.

Auf ihrem Handy waren zig verpasste Anrufe und ungelesene Nachrichten. Sie hatte sie alle ignoriert. Nach ihrer Rettung im Wald hatte Trinitys Team sie ins Mesa View Regional Hospital verfrachtet, wo man sie erst mal ins Isolationszimmer geschoben hatte. Dort lag sie, während draußen der Alltag weiterging. Niemand schien so recht zu wissen, was man mit ihr anstellen sollte, denn sie war unverletzt, stand aber noch unter Schock. Also hatte man sie in dieses kleine Zimmer gelegt und sich selbst überlassen. Celine wusste, dass sie auf der Prioritätenliste ganz unten stand. Zuerst musste das junge Mädchen verhört, Brassens Leiche und die des anderen Mannes aus dem Einsatzteam untersucht werden. Irgendwer müsste Trinity bei der Fahndungsleitung ersetzen. Das alles war Celine egal. Sie legte den Kopf aufs Kissen und ignorierte ihr Handy, das wie angestochen herumsirrte und vibrierte. Als endlich jemand kam, um nach ihr zu sehen, fragte sie, ob Trinity Parker überlebt habe. Der Unbekannte erklärte ihr, er sei nicht befugt, diese Frage zu beantworten. Danach war Celine aufgestanden und hatte sich ein Taxi gerufen.

Erst auf der Fahrt nach Hause erfuhr sie vom »Tod eines zweiten U.S. Marshals« im Rancho Salvaje Wildlife Park. Sie dachte zurück an Trinitys schlaffen Körper. Von einer Sekunde auf die andere war diese kraftvolle, energiegeladene Person, die dem Mädchen mit eiskalter Härte zugesetzt hatte, wie eine Schlenkerpuppe zur Seite weggekippt.

Celine ließ sich aufs Sofa fallen, Kater Jake kam herbei, wollte wie üblich an ihr vorbeiflitzen und sie dabei mit der Schwanzspitze streifen, als sie ihn an den Hinterbeinen packte und zu sich heranzog. Das Tier jaulte entsetzt auf und wehrte sich heftig.

»Ist mir scheißegal«, sagte sie und drückte den Kater fest an sich. »Ich brauche das jetzt.«

Sie vergrub das Gesicht in seinem Fell und hielt ihn fest umschlungen, bis das Jaulen in Knurren überging. Als sie ihren Griff löste, peste der Kater wie angestochen und mit ausgefahrenen Krallen davon.

Irgendwann sah sie sich die verpassten Anrufe an. Sechzehn stammten von einer ihr unbekannten Nummer. Dazu gab es eine Reihe von Nachrichten.

Brauche Hilfe. K.

Bitte, bitte, bitte geh ran.

Ich bin's, JK. Bitte geh ans Handy!

Hab wichtige Spur und muss bis Mitternacht in Vegas sein.

Ich schaffe das nicht. Bitte geh du!

CELINE! WO BIST DU???

Von Keeps war nur ein verpasster Anruf auf der Liste. Und eine Nachricht.

Melde dich.

Celines Finger schwebte über seiner Nummer. Dann schloss sie Keeps' Nachricht und wählte Kradles Nummer.

»O Gott sei Dank!«, sagte er. »Hör zu, ich ...«

»Nein, du hörst MIR zu!«, zischte Celine. »Ich habe heute jemanden umgebracht.«

Celine wartete. Kradle schwieg. Im Hintergrund hörte sie Verkehr, Wind im Mikro, einen bellenden Hund. Alltagsgeräusche eines Flüchtigen. Sie bemerkte ihre Tränen erst, als sie weitersprach.

»Ich hab einen Menschen dazu überredet, in den Tod zu gehen«, sagte sie. »Er hatte Angst ... wollte es nicht tun. Aber er hat mir vertraut. Und ich hab ihn direkt hineingetrieben. Ihm versprochen, es wäre sicher, obwohl ich wusste, dass das nicht stimmte. Und dann ... und ... und dann sind wir gerannt und jemand hat auf uns geschossen und Trinity ...«

»Celine?«

»Drei Menschen sind heute vor meinen Augen gestorben, Kradle.«

»Celine«, wiederholte Kradle. »Alles gut. Alles wird gut.«

Seine Stimme klang sanft. Warmherzig. So hatte sie ihn noch nie sprechen hören, und er schaffte es damit, sie vom Rand der Finsternis wegzuziehen. Die ganze Zeit hatte sie nur seine Gefängnisstimme gehört. Stark, ungerührt, voller Selbstvertrauen. Weil man im Gefängnis keine Schwäche zeigen durfte. Sie kannte seine spottende, stichelnde, wutverzerrte Stimme. Aber tröstend hatte er noch nie geklungen. Tatsächlich klang er so fremd, dass sie kurz prüfte, ob sie die richtige Nummer gewählt hatte.

»Aber jetzt mal im Ernst«, sagt er. »Wenn du fertig bist mit Selbstmitleid, könnte ich deine Hilfe gebrauchen.«

»Au Mann, du bist so ein Arschloch!«, stöhnte Celine.

»Ja, ich bin ein Arschloch, aber hör bitte zu.« Er erzählte von den Focus Studios, der Nachricht von der unbekannten Nummer, der Adresse in Vegas. Celine hielt sich den Kopf, spürte, wie ihr die unerträgliche Last des vergangenen Tages jeglichen Willen raubte und ihre sorgfältig kultivierte Persönlichkeit zerlegte, alles, was sie zu sein geglaubt hatte: die Frau mit dem Schlüsselbund, den Regeln, der felsenfesten Überzeugung von dem, was Gut und Böse war, die genau wusste, wo sie stand.

»Ich kann nicht glauben, dass ich das sage«, bemerkte sie, als er fertig war.

»Was?«, fragte Kradle leise.

Celine holte tief Luft und atmete langsam aus.

»Erklär mir, wo du bist. Ich hole dich ab.«

35

Vier Tage war Randy Derlick jetzt schon an der Straßensperre stationiert. Mitten in der Wüste irgendwo südlich von Las Vegas: eine kleine, nach dem Ausbruch hektisch zusammengezimmerte Barrikade. Er nahm an, dass die Leute, die die Häftlinge aus Pronghorn jagten, weder Zeit noch Budget für Straßensperren hatten. Der größte Teil der Polizeiarbeit konzentrierte sich auf Zahlen und Statistiken, so viel hatte er nach den ersten neun Monaten im Job kapiert. Fünf Straßensperren entsprachen vermutlich exakt der in irgendeinem Handbuch zum Umgang mit Gefängnisausbrüchen vorgeschriebenen Anzahl. Ob das auch die beste Methode war, die Häftlinge wieder einzufangen, interessierte niemanden. Nach der Flucht aus Pronghorn müsste ein Häftling erst vier andere Sperren überwinden, bevor er hier auftauchen könnte, wo Derlick jetzt stand, einundzwanzig Jahre alt, immer noch in der Ausbildung. Und das galt nur für diejenigen, die aus südlicher Richtung kamen, was absurd war, denn dafür müssten sie Las Vegas erst umrunden, statt direkt hineinzufahren. Und selbst wenn sie es an Derlick und seinen Kollegen vorbeigeschafft hätten, müssten sie noch ein paar Kilometer zurücklegen, bevor sie die ersten bunten Lichter, billigen Nutten und Palmen zu Gesicht bekämen.

Also hatte Derlick seit vier Tagen nichts anderes gemacht, als Autos, Transporter, Laster, Motorräder und sonstige Fahrzeuge an den Straßenrand zu winken, obwohl allen hier klar war, dass sie an ihrer Straßensperre vermutlich niemanden erwischten. Mit jedem Tag schwand seine Hoffnung, auch nur einen echten Häftling zu fangen, der sich im

Kofferraum versteckt oder im Laderaum zusammengerollt hatte. Sein Groll gegen die vielen Touristen von der Westküste wuchs hingegen. Er hatte die Schnauze gestrichen voll von den dämlichen Fragen. »Gibt's schon was Neues vom Ausbruch? Schon ein paar böse Jungs gefangen?« Am liebsten würde er dem nächsten Vollpfosten, der ihn damit nervte, eins auf die Fresse geben. Der einzige Lichtblick war der Camper voller Studentinnen gewesen, die in Vegas über Weihnachten die große Sause machen wollten. Eine Blondine mit Riesenmöpsen hatte seinen Innenschenkel gestreichelt, als er ihre überdimensionale Kühlbox inspiziert hatte. Diese billige Anmache hatte ihm für den Rest des Tages ein Zelt in der Hose und unstillbare Lust auf Wodka mit Eis beschert.

Nur die Plaudereien mit seinen Kollegen machten es einigermaßen erträglich, Stunde um Stunde in der Wüstensonne zu stehen, in die Unterhose zu schwitzen und auf den ewig gleichen, felsigen Horizont zu starren. Aus unerfindlichen Gründen hatte man diese letzte Straßensperre zwischen Pronghorn und Las Vegas ausschließlich mit Neulingen besetzt, alle befanden sich noch in der Ausbildung. Randy war keinem von ihnen zuvor begegnet. Vinnie kam vom Enterprise District, Tuko aus Paradise South und Randy von Silverado Ranch – sie alle verband der Wunsch, bei einer der vielen Personen, die auf dem Weg in die große Stadt der Spieler waren, irgendwas Interessantes zu finden. Randy hatte schnell begriffen, dass er mit Tuko, der sich schon am ersten Tag mit kurz zuvor konfisziertem Weed in seinem Streifenwagen eine Tüte gebaut hatte, und Vinnie, der am zweiten Tag vorgeschlagen hatte, sie könnten doch abwechselnd im Schatten ein Nachmittagsschläfchen halten, eindeutig die richtige Crew erwischt hatte.

Gerade als am fernen Horizont ein Transporter auf-
tauchte, fiepste Tukos Handy in seiner Tasche. Der junge
Latino lehnte an der Sperre, die Arme verschränkt, die Gläser der Pilotenbrille vom Sonnenuntergang rot gefärbt, was
seinen Augen etwas Teuflisches verlieh. Die Nachricht und
der Transporter, die größten Aufreger der vergangenen
vierzig Minuten, lösten bei Randy ein Prickeln der Erregung
aus. Er wartete, bis aus dem winzigen Fleck am Horizont
ein flirrender schwarzer Punkt wurde, dem langsam vier
schwarze Reifenbeine wuchsen.

»O Scheiße!«

»Was ist?« Randy spähte zu seinem Kollegen hinüber.

»Mein Kumpel.« Tuko stöhnte. »Er steht an der Straßensperre im Norden. Sie haben gerade einen erwischt.«

»Echt jetzt?« Vinnie saß in seinem Streifenwagen, den
Ellbogen aus dem offenen Fenster gelehnt. »Verdammte
Mistkacke!«

»Dicker Fisch?«, fragte Randy.

»Nee. Einer aus Medium. Kleiner Räuber. Lag unter einer
Decke auf dem Rücksitz.«

»Haha, ein kriminelles Genie!«

»Das ist doch alles Scheiße hier.« Vinnie schlug mit der
Faust aufs Lenkrad. »Ich will nur einen Häftling fangen. Ist
mir auch egal, was er verbrochen hat, Steuerhinterziehung,
betrunken am Steuer, irgendeinen Mistkerl will ich kriegen.«

»Ich nicht«, sagte Randy.

»Hä?«

»Ich will nicht nur irgendeinen kriegen, sondern einen
mit viel Kohle. Der mir ein nettes Sümmchen zusteckt, damit ich ihn durchlasse.«

»O *yeah*!« Tuko grinste. »So einen ... einen Bankräuber.

Am besten hat er gerade in irgendeinem mexikanischen Kaff eine kleine Klitsche klargemacht und jetzt die Taschen voll. Will zum Zocken nach Vegas und schiebt uns zehn Riesen hin, damit wir ihn nie gesehen haben.«

»Oder ein Reicher.« Randy zündete sich eine Zigarette an, den Blick auf den herannahenden Transporter gerichtet. »War zehn Jahre in Pronghorn eingebuchtet, weil er versucht hat, seine Frau umzubringen. Jetzt ist er draußen und will die Sache zu Ende bringen. Deshalb überweist er jedem von uns eine Million.« Er grinste. »Wir reiten davon in den Sonnenuntergang. Mit nem Arsch voll Kohle.«

Vinnie gähnte. »Ihr beiden solltet euch beim Film bewerben.«

»Wär ne Maßnahme«, sagte Tuko.

»Ja.« Randy nickte in Richtung Transporter. »In diesem netten Wagen hier könnten wir auf vier Asse stoßen. Hamsi am Steuer, Carrington daneben, Marco auf dem Rücksitz ...«

»Schmitz hängt unten dran wie Pacino in *Cape Fear*.« Tuko lachte, die Hände wie Krallen gekrümmt.

»Hamsi ist doch schon wieder im Bau«, sagte Vinnie. »Und Carrington ist tot. Marco hat Pronghorn nie verlassen. Der ist außerdem steinalt. Sie haben ihn in der Krankenstation gefunden, hat da ein Nickerchen gemacht. Guckt ihr Trottel keine Nachrichten?« Er schüttelte den Kopf. »Und das war de Niro in *Cape Fear*, verdammte Hacke.«

»Ich liebe diesen Film«, sagte Randy. Er ging auf den Transporter zu, der jetzt seine Fahrt verlangsamt hatte, und hob die Hand. Zwei junge Frauen saßen vorn, Tattoos, Brille, typisch Studentinnen. Garantiert Feministinnen. Randy trat an die Fahrerseite, Tuko bewegte sich auf die andere Seite zu.

»Ladys«, sagte Randy, als die junge Frau ihr Fenster heruntergefahren hatte. Er hörte Beyoncé im Radio, es roch nach Granatapfel. Er war enttäuscht.

»Was haben wir denn da hinten drin«, fragte er.

»Tampons«, sagte die junge Frau.

»*Tampons?*«, wiederholte Tuko, der neben dem Vorderreifen in die Hocke gegangen war und mit der Taschenlampe den Unterboden ableuchtete.

»Wir arbeiten für *Debbie's Dignity*, das ist eine Organisation in Los Angeles. Sie haben sicher schon von uns gehört. Wir versorgen obdachlose Frauen in L. A. mit Menstruationsprodukten.« Sie warf Randy ein rosa Täschchen zu. Der öffnete es und spähte hinein. Frauensachen. Lauter ominöse Päckchen und Tütchen.

»Und jetzt wollt ihr in Vegas auch ein bisschen Pennerliebe verbreiten?«, fragte Randy.

»Wir haben einen Überschuss an gespendeten Produkten. Wegen Weihnachten. Die Leute waren sehr großzügig.«

»Aha, verstehe.« Er schob die Hand durchs Fenster, um der Frau die Tasche zurückzugeben. »Alle Jahre wieder und so.«

Als die Beifahrerin sich nach der Tasche streckte, rutschte der Ärmel ihres Paisleymuster-Tops hoch und entblößte ihr Tattoo: ein Seil, das sich um ihren Unterarm wand.

Randys Nackenhaare stellten sich auf.

»Interessante Tätowierung, die Sie da haben«, bemerkte er, als sie sich zurücklehnte. Er wollte ihre Reaktion testen. Das Mädchen betrachtete ihren Ärmel, zog ihn wieder runter.

»Das. Ja, blöd.«

»Was bedeutet das Seil?« Randy legte die Ellbogen aufs Fenster.

»Zusammenhalt. Ähm … Treue. Mit jemandem fest verbunden sein.«

»Ach, tatsächlich?«

Tuko kam rüber auf Randys Seite. »Alles klar. Weiter geht's, Ladys.«

Randy trat einen Schritt zurück. Doch irgendwas schob ihn wieder zum Fenster. Eine Eingebung. Der Transporter fuhr an, aber er hielt sich an der halb hochgefahrenen Scheibe fest.

»Haben Sie jemals Probleme gekriegt deswegen?«, fragte er.

»Was?«, fragte die Beifahrerin.

»Ihr Kollege hat gesagt, wir können losfahren.« Die Frau am Steuer funkelte ihn böse an.

»Einen Moment noch. Ich will wissen, ob Sie deswegen schon mal Ärger bekommen haben«, sagte Randy. Er wandte sich zu Tuko um. »Sie hat ein Seiltattoo auf dem Arm.«

Tuko runzelte die Stirn. »Na und?«

Randy zuckte die Achseln. »Es gibt verschiedene Interpretationen für dieses Motiv. Mein Dad hatte ein Tattoostudio. In Texas. Da hab ich solche Muster gesehen. Das Seil, das sich um den Arm windet.«

»Ja, das kenn ich auch«, sagte Tuko. »Die Hipster lassen sich alles Mögliche stechen. Pfeile und Seile und Schwalben. Ist äh … Symbolismus oder so'n Scheiß.«

»Was ist los?« Vinnie tauchte aus dem Nichts auf, die Hände in den Hosentaschen. Tuko und Randy traten vom Transporter zurück. Stockfinstere Nacht war über sie hereingebrochen, als hätte jemand das Licht ausgeknipst. Der Horizont war verschwunden. Staub wirbelte durch den Lichtkegel des Scheinwerfers, goldfarben und dicht wie Rauch.

»Irgendwas stimmt hier nicht«, sagte Randy zu seinen Kollegen.

Tuko verdrehte die Augen. »Ist doch nur ein verdammtes Tattoo. Heilige Scheiße! Am Hals hat sie einen Delfin, haste den auch gesehen?«

»Nein.«

»So hat er sich gestern bei dem Typen mit dem Bart auch aufgeführt.«

»Der sah ja auch aus wie angeklebt!«, verteidigte sich Randy.

»Stimmt, der war echt buschig«, stimmte Vinnie zu.

»Leute …«, Randy atmete genervt aus, »… wir sollen nach Skinheads Ausschau halten, korrekt? Skins lieben Tattoos. Die waren ständig bei meinem Dad im Laden. Wollten Seiltattoos, schön verdreht oder eine Schlinge, wisst schon, wie so'n Galgenstrick, Seile in Buchstabenform. Das haben sie aus einem Buch, auf das sie alle stehen. *Day of the Rope* oder so ähnlich. *Rope* bedeutet Seil.«

»Du meinst *Day of the Jackal*«, sagte Vinnie.

»Nein, den meine ich nicht.«

»Das sind keine Skinheads. Das sind Feministinnen«, sagte Tuko.

»Als ich sie nach ihrem Tattoo gefragt hab, hat sie den Ärmel runtergezogen, statt es mir zu zeigen. Das ist kein Hipster-Tattoo.« Er wartete, aber seine Kollegen reagierten nicht. »Ich will nur …«

»Dir ist langweilig, Randy«, sagte Tuko. »Wenn du unbedingt ein Auto auseinandernehmen willst, warum warten wir nicht auf eins, bei dem wir ein bisschen Spaß haben. Willst du etwa in Päckchen mit Tampons und Vaginalcreme rumwühlen? Weil, da hab ich echt keinen Bock drauf.«

Vinnie hob die Hand. »Hört zu, Leute. Lasst uns kurz einen Blick reinwerfen, dann wissen wir …«

Lautes Wummern. So klang es. Zuerst dachte Randy, der

alte Generator hinter ihm sei angesprungen und der Motor irgendwie defekt. Er spürte es tief in seinen Eingeweiden, drei heftige Einschläge. Als er die Rückenmuskeln anspannte, kam auf einmal der pechschwarze Himmel über Nevada auf ihn zu. Er schlug auf dem Boden auf. Beim Wegrollen sah er die hellen Lichtblitze, die stakkatoartig aus dem Lauf der Waffe kamen, während der Schütze langsam hinter dem Transporter hervortrat und weiter auf sie feuerte. Tuko sackte zusammen, schlaff, bereits tot. Irgendwo zu seiner Rechten röchelte Vinnie, es klang wie ein feuchtes Husten. Randy griff nach seiner Waffe, aber die Fahrerin stand bereits über ihm und kickte seine Hand beiseite.

Und dann sah Randy das Gesicht des Mannes, das er sich stundenlang eingeprägt hatte. Burke David Schmitz blickte auf ihn herab, eine AK-15 in der Hand, den Finger am Abzug. Die Leute aus dem Transporter sprachen miteinander, aber Randy verstand nichts mehr, seine Sinne schwanden. Er war so gut wie tot.

Schmitz seufzte enttäuscht. »Noch eine Sperre«, sagte er. »Wir waren schon fast durch.«

»Tut mir leid, Burke«, sagte die Frau mit dem Tattoo. »Ich hol die Schaufel.«

»Beeil dich«, sagte er. »Ich hab Hunger.

Randy fuhr hoch, wollte diesen Leuten was sagen, erreichte damit aber nur, dass sich alle Augen auf ihn richteten und Schmitz ihm den Lauf der Waffe an die Stirn hielt.

36

Celine parkte in einer der Seitenstraßen am Greater Nevada Ballpark und sah sich um. Momentan fand kein Spiel statt, aber auf der Straße lagen noch die Überreste einer kürzlich stattgefundenen Feier, platt getretene Pommes und Imbisskartons. Sie saß mit dem Handy auf dem Schoß auf dem Fahrersitz und beobachtete eine Ratte, die den Inhalt einer braunen Papiertüte inspizierte. Irgendwo wummerten die Bässe eines Clubs. Celine kam sich vor wie im Inneren eines großen Wesens. Nach zehn Minuten stieg sie aus und blickte die Straße hinab bis zum Eingang des Stadions, dann zur Hauptstraße, woher sie gekommen war. Eine Joggerin flitzte vorbei, war aber schon verschwunden, bevor Celine sie richtig erkennen konnte. Sie war so nervös, dass ihre Kopfhaut kribbelte. Genervt warf sie ihren Schlüssel und das Handy auf den Fahrersitz und hob die Hände.

»Jetzt komm endlich raus! Ich hab nicht die ganze Nacht Zeit!«, brüllte sie.

Hinter einem nur einige Meter entfernten Müllcontainer kam ein großer schwarzer Hund hervor und trottete auf Celines Wagen zu. Er lief an Celine vorbei, sprang auf den Fahrersitz, kletterte auf die Beifahrerseite und machte es sich dort bequem.

Kurz danach wagte sich auch Kradle aus der Deckung, blickte aber ständig über die Schulter. Im schwachen Licht sah Celine die dichten grauen Bartstoppeln in seinem Gesicht. Sein Kapuzenpulli war blutverschmiert, die Knie seiner Jeans waren starr vor Schmutz. Er hob die ungewaschene Hand und kratzte sich mit den schwarzen Fingernägeln nervös im Gesicht.

»Das ist keine Falle«, sagte Celine.

»Wenn du das sagst.«

»Boah, siehst du scheiße aus«, sagte sie. »Kennst du *Auf der Flucht*? Harrison Ford, wie aus dem Ei gepellt, sogar nach seinem Sprung vom Damm. Aber du? Vier Tage in Mesquite und du siehst aus wie ein Wilder.«

Kradle wirkte abgelenkt, ging nicht auf ihre Bemerkungen ein. Celine biss sich auf die Lippe. Sie war so nervös, dass sie dummes Zeug quatschte. Der Anblick des Häftlings Nr. 1707, auf freiem Fuß, in Zivilkleidung, direkt neben ihrem Wagen, ließen bei ihr alle Alarmsirenen schrillen. Sie lief sehenden Auges ins Verderben. Und trotzdem stieg sie ein, während Kradle den Hund nach hinten scheuchte und sich schließlich auf dem Beifahrersitz niederließ.

»Hast du ihn dabei?«, fragte er.

Sie öffnete das Handschuhfach und fischte einen kleinen Schlüssel heraus. Kradle hielt ihr seinen Arm hin, von dem noch Homers blutverschmierte Handschelle baumelte.

»Ach«, sagte sie. »Deswegen hast du …«

»Der Daumen.«

Ihre Hand flog an die Kehle. »Nein, sag's nicht.«

»Deswegen hab ich Homer den Daumen abgeschnitten. Er hat sich an mich gefesselt.«

»Bist du taub? Ich will das nicht hören!«

»Ist schwieriger, als man denkt«, fuhr er ungerührt fort. »Mehrere Gewebeschichten, Sehnen, Adern.«

»Sei still!«

Kradle lachte, als er sich von der Fessel befreite und sie mit dem Schlüssel in die Taschen steckte. Dann schwiegen sie eine Weile.

»Das ist irgendwie schräg«, sagte er schließlich.

»Kann man wohl sagen.«

»Ich hab dich noch nie in Zivil gesehen.«

»Dito.«

Er ließ die Hand übers Armaturenbrett gleiten. »Das ist
dein Auto. Ich sitze in Captain Osbournes Auto.«

»Das ist das Auto von meinem Nachbarn. Meines steht
in einem Wildpark, aber lassen wir das. Neues Thema«, sagte Celine. Sie ließ den Motor an. »Je weniger wir das, was ich
hier tue, in Worte fassen, desto besser geht's mir damit.«

»Einem Häftling bei der Flucht helfen?«

»Genau. Das ist eine Straftat, aber das weißt du sicher.
Fünf Jahre Haft und eine hohe Geldstrafe. Als Gefängnis-
wärterin hinter Gittern zu landen ist so ungefähr das
Schlimmste, was mir passieren kann.«

»Dafür, dass du nicht darüber reden wolltest, sagst du
ziemlich viel.«

»Stimmt.«

»Hast du was zu essen mitgebracht?«

»Da, vor deinen Füßen«, sagte sie, den Finger ausgestreckt. Kradle zog die McDonald's-Tüte aus dem Fußraum
und wickelte mit zitternden Fingern einen Hamburger aus.

»O Gott!«, stöhnte er. Bei seinem verzückten Schmatzen
kringelten sich Celine die Fußnägel, aber sie fuhr trotzdem
weiter. »Ohhh! Yesss! Gottogott!«, stöhnte Kradle.

Celine räusperte sich. »Herrje! In meinem Auto sitzt ein
entflohener Häftling und kriegt einen Orgasmus. Und was
ist mit dem Hund?««

»Den hab ich auf meinen Reisen getroffen, er hat schnell
gemerkt, dass es schlau ist, auf den John-Kradle-Zug aufzu-
springen. Genau wie du«, murmelte er mit vollem Mund. Er
gab dem Hund ein Stück Burgerbrötchen.

»Igitt!«, rief Celine.

»Er hat auch Hunger.«

»Wer teilt seinen ersten Burger seit fünf Jahren mit einem Hund?«

»Ich.«

»Erzähl mir mehr über diese Nachricht.«

Kradle zog sein Handy hervor und tippte darauf herum. *»Rede nur mit Ihnen persönlich über die Kradle-Morde«*, las er vor.

»Kein Absender, keine bekannte Nummer?«

»Nein.«

»Aber du glaubst, es ist jemand von Focus Studios?«

»Ich bin nicht sicher«, sagte Kradle. »Es liegt nur ziemlich nahe, denn ich hab sie gekriegt, kurz nachdem die Empfangsdame mich in die Warteschleife geschickt hatte. Danach kam ein Typ ans Telefon und hat mich abgewürgt. Aber in Wahrheit könnte es jeder von der Liste sein, zumindest alle, die ich mit diesem Handy angerufen habe und die deswegen meine Nummer kennen.«

»Was ist das überhaupt, die *Frances Faulkner Show*?«

»Hast du die noch nie gesehen?«

»Nur davon gehört. Aber mich nie so richtig dafür interessiert, um was es geht.«

»Ist eine trashige Krawallshow.« Als sie an einer Ampel hielten, zog sich Kradle rasch die Kapuze hoch, aber die Leute überquerten die Kreuzung, ohne von ihnen Notiz zu nehmen.

»Ach so.«

»Christine hat keine Folge verpasst. Sogar die Wiederholungen hat sie sich reingezogen. Manchmal hat sie die Gäste im Internet recherchiert und versucht rauszukriegen, was nach der Show mit ihnen passiert ist und wie sie mit ihren Problemen klargekommen sind.«

»Klingt nach einem echten Fan.«

»Ja, das war sie. Stand auf das ganze Theater, fand es toll, wenn sich die Leute vor laufender Kamera anbrüllen. Erschütternde Geheimisse lüften, Betrug, Intrigen, Skandale.«

»Und du hast da nicht so drauf gestanden?«

Er lächelte. »Nein. Christine und ich waren sehr verschieden. Sie war … na ja, eine echte Drama-Queen. Und ich, na, du kennst mich, ich bin eher bodenständig.«

Celine rutschte auf ihrem Sitz herum. Seine Worte hallten in ihrem Kopf wider. *Du kennst mich.* Tatsächlich hatte sie die letzten fünf Jahre fast täglich mit John Kradle gesprochen. War an seiner Zelle vorbeigegangen und hatte ihn schlafen, essen, weinen, vor Langeweile schier durchdrehen sehen. Der Gedanke daran, wie gut und gleichzeitig schlecht sie ihn kannte, war ihr jetzt unangenehm. Er war so nah, dass sie ihn atmen hören konnte, und dieses Geräusch klang vertraut, aber sie war immer noch nicht sicher, ob er ein Mörder war oder nicht.

»Also lüften diese Leute vor der Kamera ihre intimsten Geheimnisse?«, fragte sie, um sich aus dem Grübeln zu reißen.

»Manchmal. Ich habe mir die Episode angesehen, bei der Christine im Studiopublikum gesessen hat. Das Thema hieß: *Mein verrückter Vater weiß nicht, dass ich schwul bin!*«

»Nee, oder? Heutzutage?«

»In letzter Zeit haben sie sich ein bisschen gebessert, aber nicht viel.« Kradle fischte die übrigen Pommes aus dem Karton, stopfte sich einige in den Mund und verfütterte den Rest über die Schulter hinweg an den Hund. »In besagter Episode outen sich ein paar Leute vor der Kamera vor ihren verrückten Vätern. Eine Frau enthüllt vor ihrem gestrengen alten Herrn, einem Schweißer, dass sie lesbisch ist.

Ziemlich zäher Bursche. Die ganze Zeit wird die Spannung hochgepusht, und alle erwarten, dass er total ausflippt, aber er bleibt ruhig. Irgendwie süß. Aber es gibt auch ein paar heftige Reaktionen. Leute, die mit Stühlen werfen und so.«

»Du hast dir die ganze Episode angesehen?«

»Ja.«

»Und Christine im Publikum sitzen sehen?«

»Genau.«

»Irgendwas Auffälliges bemerkt?«

»Nein.« Kradle seufzte, zuckte hilflos die Schultern. »Sie sitzt im Publikum, klatscht und jubelt an denselben Stellen wie alle anderen. Der Platz neben ihr ist leer, weil sie zwei Karten gekauft hat, aber niemand mitgehen wollte.«

»Wieso bist du nicht mitgegangen?«

»Die Show ist nicht mein Ding. Die bezahlen ein paar Leute dafür, sich vor der Kamera fertigmachen zu lassen. Außerdem war ich wütend auf sie«, sagte Kradle, als wäre es das Selbstverständlichste von der Welt. Das Schweigen wurde lauter, verbreitete sich im Wagen. Der Hund hatte alles aufgefressen und machte es sich mit einem lauten Seufzer und einem zufriedenen Schmatzen auf dem Rücksitz bequem.

»Ich habe nie abgestritten, dass ich nach Christines plötzlicher Rückkehr stinkwütend auf sie gewesen bin.«

»Was ist an jenem Tag passiert?«

Kradle strich sich über die Jeans, den Blick auf die draußen vorbeiziehende Stadt gerichtet. Vororte, die in die Wüste wucherten.

»Christine und Mason waren zusammen im Haus, ich bin allein zu einem Kunden gefahren. Um vier wollte ich zurück sein. Audrey war auch gekommen. Geplant war ein gemeinsames Abendessen. Ich hatte Christine ein paarmal zum Essen getroffen – im Diner. An dem Tag war sie das erste Mal bei mir zu Hause. Ich hatte die Hoffnung, dass es irgendwann leichter werden würde. Beim Essen muss man nicht reden und kann sich auf das konzentrieren, was vor einem steht.«

»Verstehe.«

»Die Atmosphäre war total angespannt.« Kradle kuschelte sich tiefer in den Sitz und unterdrückte ein Gähnen. »Audrey mochte mich noch nie. Wahrscheinlich hielt sie mich für einen Schwachkopf, und nichts, was ich tat, konnte ihre Meinung ändern. Nach Christines Verschwinden hat sie den Kontakt abgebrochen, hat mir keinerlei Hilfe angeboten. Das war also eine komische Situation. Christine wollte eine Verbindung zu Mason aufbauen, aber das hat nicht so richtig geklappt, das war, als würde man ein Pflaster auf eine tiefe Wunde kleben, obwohl sie erst nach langer Zeit oder auch nie verheilt. Um zwei kriegte ich einen Anruf von meinem Sohn. Er erzählte mir, Christine habe ihm eine Seifenblasenmaschine gekauft.«

»Eine *Seifenblasenmaschine*?«

Kradle seufzte. »Ja. Also, die Sache war so: Als Mason klein war, hatte ich ihm so ein Ding geschenkt, das war ein kleiner Behälter, in den man Geschirrspülmittel kippt, und dann spuckt das Teil lauter Seifenblasen aus. Er war ganz verrückt danach. Rannte kreischend und lachend durch den Garten, Seifenblasen fangen.«

»Aha.«

»Das hatte ich Christine bei einem unserer Treffen erzählt. Und sie rennt los und kauft ihm so ein Ding. Kippt Spülmittel rein und stellt es in den Garten. Es hat gemacht, was es sollte: Seifenblasen. Aber der Junge ist fünfzehn! Wer kauft einem Teenager eine Seifenblasenmaschine? Mason fand die ganze Angelegenheit furchtbar peinlich.«

»Sie hat versucht, einen schönen Moment seiner Kindheit nachzustellen.«

Kradle nickte. »Genau.«

»Und es hat nicht funktioniert.«

»Nein. Es hat seinen Zweck komplett verfehlt. Mason war völlig verkrampft, wusste nicht, was er sagen sollte. Dann war Christine sauer, weil Mason sich nicht gefreut hat, und Mason war sauer, weil Christine sich aufgeregt hat. Beide haben mich angerufen, wütend. Und ich habe für ihn Partei ergriffen.«

Celine schwieg.

»Stell dir das mal vor. Ich liege bei einer alten Dame unterm Haus und versuche, ein knarrendes Dielenbrett zu befestigen, habe Dreck in den Augen und schwitze wie ein Schwein, und die beiden gehen mir mit Anrufen und Nachrichten wegen einer dämlichen Seifenblasenmaschine auf den Keks.« Kradle seufzte schwer. »Da bin ich einfach ausgetickt. Hab Christine gesagt, dass sie eine verwöhnte kleine Prinzessin ist. Mason hatte einfach keinen Bock auf sie und ihr albernes Seifenblasentheater. Zu Recht. Er ist fünfzehn, nicht fünf. Und weißt du was? Es war höchste Zeit, dass sie mal jemand zurechtstutzt. Sie hat nur das gekriegt, was sie verdient hat.«

Celine schluckte und bog auf den Highway ab.

»Was?«, fragte Kradle nach einer Weile.

»Du weißt schon, wie das alles klingt, oder?«, sagte Celine. »*Ich war stinkwütend auf sie. Da bin ich einfach ausgetickt. Sie hat das gekriegt, was sie verdient hat.*«

»Ja, das weiß ich. Mir ist vollkommen klar, wie das klingt, weil ich während der ersten Vernehmungen genau dasselbe gesagt habe, und zwar vor meinem Anruf beim Anwalt. Diese Aufnahmen haben sie dann vor Gericht vorgespielt. Aber ich wiederhole es trotzdem, vor dir, weil es die Wahrheit ist. Und die wolltest du doch hören, oder?«

»Ja«, sagte Celine aufrichtig. Sie schwiegen wieder, der Highway lag vor ihnen wie ein endloses schwarzes Band, das die Wüste in zwei gleiche Hälften teilte. Celine dachte über die Wahrheit nach, ein wertvoller Schatz, den ihr niemand geschenkt hatte. Als Jugendliche hatte ihr der Großvater eingeredet, sie sei nur wegen eines Zauns verschont geblieben, später erklärten ihr die Psychologen, ihr Großvater habe ihre Familie umgebracht, weil er ein narzisstischer Psychopath war. Doch Celine wusste, dass sie der Wahrheit immer noch nicht auf die Spur gekommen war. Nie würde sie genau wissen, wie die letzten Momente ausgesehen hatten, bevor ihr Großvater ihre Familie auslöschte. Sie stellte sich vor, wie er in seinem Zimmer saß, ein Glas Wein in der Hand, während ihre kleinen Brüder Spielzeuglaster über den Teppich schoben. Wie er über seinen Plan nachdachte und schließlich beschloss, dass alle dran glauben müssten. Hatte er sich spontan dazu entschlossen oder die Tat über Monate, Jahre hinweg geplant? Hatte er seine finsteren Absichten an einem ganz normalen Abend gefasst? Oder war an jenem Morgen ein Ruck durch ihn gegangen? Hatte ein letzter Dominostein alles einstürzen lassen? War er eigentlich nur zur Scheune gegangen, um mit den Jungs auf Äpfel zu schießen, aber ein plötzlicher Impuls hatte ihn zum Mörder gemacht? Sie malte sich aus, wie er sein Gewehr aus dem Waffenschrank holte, es lud und damit den Hügel hinabging. Vorbei an Nanna in der Küche. An ihrem Vater im Fernsehzimmer. Sie wusste nicht, ob er noch irgendwas gesagt hatte, bevor er losging, um die Kinder zu erschießen. Irgendein verschlüsselter Abschiedsgruß, den niemand als Warnsignal verstanden, ihm aber die krankhafte Befriedigung verschafft hatte, das allerletzte Wort gehabt zu haben.

Während ihre Gedanken immer finsterer wurden, warf Celine einen Blick zur Seite und sah, dass Kradle eingeschlafen war, den Kopf an die Scheibe gelehnt, die Hände im Schoß.

Wenn er tatsächlich unschuldig war, bestand wenigstens für ihn noch immer die Hoffnung, die Wahrheit zu erfahren. Denjenigen zu finden, der ihm das Schlimmste zugefügt hatte, was ein Mensch einem anderen antun konnte, und ihn zu fragen, warum? Celine würde ihn vielleicht nie ganz begreifen, diesen Schmerz, der nun schon so lange zu ihrem Leben gehörte und sie zu dem Menschen gemacht hatte, der sie heute war. John Kradle hatte noch eine Chance, und sie half ihm, daran gab es nichts mehr zu deuteln. Er saß in ihrem Wagen, den sie nach Hause lenkte, wo sie einen Plan schmieden würden, der vielleicht sogar zu seiner Freiheit führte. Celine spürte einen Schmerz in der Brust, doch es lag etwas Frohes darin, Schillerndes. Der Gedanke, dass sie miterleben könnte, wie ein anderer durch seinen Kampf die Wahrheit ans Licht zerrte, erfüllte sie mit Erleichterung und Freude. Es würde sie ihrer Wahrheit nicht näherbringen, aber immerhin.

Sie wischte sich eine Träne aus dem Gesicht. Vorsichtig beugte sie sich vor und nahm Kradles Hand. Sie lag warm und fest in ihrer.

Und dann bewegte er sich.

»Moment mal!«, sagte er, »was machst du da?«

Celine zog ihre Hand zurück. »Nichts, gar nichts.«

»Hast du gerade versucht … Händchen zu halten?«

»Nein.«

»Doch, wohl!«

»Ich hatte meine drolligen fünf Minuten. Jetzt ... halt einfach die Klappe.«

»Das war echt schräg.«

»Schlaf weiter.«

»Würde ich gern, aber wer sagt mir, dass du mich nicht als Nächstes umarmst oder so was.«

Celine umklammerte das Lenkrad, schüttelte den Kopf. Ihre Wangen brannten.

»Meine Güte! Wie ich dich hasse!«, stieß sie hervor.

Als Celine auf ihre Garage zufuhr, reckte sich Kradle genüsslich und kratzte sich über Kopf und Bartstoppeln, wie sie es von ihm aus Pronghorn kannte. Doch die hinter ihnen ins Schloss fallende Garagentür ließ ihn sichtlich aufschrecken.

»Ich hab dir doch gesagt, dass das hier keine Falle ist«, versuchte Celine ihn zu beschwichtigen.

Auf dem Weg von Mesquite hierher waren sie zweimal angehalten worden. Beim Anblick ihres Dienstausweises hatten die Polizisten an den Straßensperren sie allerdings rasch durchgewinkt, während Kradle zusammengerollt im Kofferraum lag. Den Rest der Strecke hatte er tief und fest auf dem Beifahrersitz geschlafen.

Als sie das Haus betraten, trottete Kater Jake herbei, doch beim Anblick des Hundes sträubte sich sein Fell und er machte einen Buckel.

Celine streckte eine Hand nach ihm aus. »Alles gut. Keine Sorge, wir ...«

Jake funkelte sie mit seinen gelben Augen an, zutiefst gekränkt, und zischte davon.

Sie ließ die Hand fallen. »War ja klar. Natürlich ist es meine Schuld, dass du einen Hund mitgebracht hast.«

»Der kriegt sich schon wieder ein«, bemerkte Kradle.

Während er duschte, setzte sich Celine aufs Sofa und checkte ihr Handy. Sie hatte eine neue Nachricht von Keeps. *Ich bin kein schlechter Mensch, Celine. Und ich mag dich.*

Sie wischte die Nachricht zur Seite, schaltete den Fernseher ein, verband das Handy mit dem großen Monitor, öffnete YouTube und suchte nach der von Kradle erwähnten Folge der *Frances Faulkner Show*.

Das erste kleine Videobild zeigte Faulkner selbst, eine kleine Brünette im türkisfarbenen Anzug und Mikro in der Hand. Hinter ihr stand eine applaudierende Menschenmenge. Als sie es anklickte, ertönte die bekannte Eröffnungsmusik, und die Kamera schwenkte aufs applaudierende, pfeifende und johlende Publikum und zeigte dann Faulkner und die Bühne mit einigen Aufbauten von oben, Scheinwerfer und einige Sicherheitsleute, die zu beiden Seiten das Studio mit seinen Backsteinwänden bewachten.

»Wow! Wow!«, rief Frances, warf sich das Haar in den Nacken und sortierte ihre Kärtchen, die sie zusammen mit dem Mikro in den Fingern hielt. »Herzlichen Dank! Danke! Super Publikum. Wunderbarer Empfang. Ihr seid spitze, Leute! Aber setzt euch doch bitte wieder hin.«

Celine schämte sich fremd. Sie streifte ihre Schuhe ab und legte die Füße auf den Couchtisch.

»Meine Gäste werden heute vor den Menschen, die sie am meisten lieben, ihre intimsten sexuellen Geheimnisse preisgeben.« Faulkner grinste übers Mikro hinweg in die Kamera und hob neckisch eine Braue. »Sie behaupten, ihre Familien würden sie verstoßen wegen der Sachen, die sie im Schlafzimmer tun, und sie sind heute angetreten, um ihnen zu sagen, dass das nicht richtig ist.«

»Nicht richtig, nicht richtig!«, johlte die Menge.

»Wir werden heute sehen, was passiert, wenn Familien

mit tiefsitzenden Vorurteilen reagieren.« Faulkner lächelte. »Begrüßt meinen ersten Gast!«

Das Publikum klatschte und jubelte, als eine junge Asiatin in grauem Arbeitsoverall die Bühne betrat und sich auf einem der beiden rosafarbenen Sessel niederließ.

»Das hier ist Tammy«, sagte Faulkner, als die Kamera wieder auf sie wechselte, sie stand jetzt mitten im Publikum. »Tammy sagt, sie und ihr Vater hätten seit ihrer Kindheit in seinem Familienbetrieb zusammengearbeitet. Beide sind Schweißer. Aber Tammy will ihrem Vater heute gestehen, dass für sie bei Männern kein Funke überspringt. Tammy, erzähl uns deine Geschichte!«

Celine ließ sich auf die Couch zurückfallen. »Ach du liebe Scheiße«, murmelte sie.

Als Kradle endlich dazustieß, hatte Celine bereits das Coming-out der Schweißertochter und die wundersame Versöhnung mit ihrem Vater hinter sich. Der nächste Gast war ein Flugbegleiter, der seinem als Polizist arbeitenden Bruder gestand, dass er schwul war, woraufhin dieser ihn mit einem Stuhl bewarf. Kradles Haare waren nass, er trug neue Kleidung, die Celine auf dem Weg in einem Walmart gekauft hatte.

»So gut hab ich schon seit Jahren nicht mehr gerochen«, sagte er, während er seine Achsel beschnupperte.

Celine verzog das Gesicht. »Hast du etwa meine Zahnbürste genommen?«

»Was hätte ich sonst nehmen sollen? Die Klobürste?«

Celine schloss die Augen. »Nicht vergessen: Alle persönlichen Gegenstände verbrennen!«, sagte sie.

Er setzte sich aufs Sofa, und sie sahen beide zu, wie ein Jugendlicher seiner Mutter gestand, eine geheime Liebesbeziehung mit seiner Cousine zu haben.

»Diese Sendung ist eine Zumutung.«

»Jepp. Aber es gibt bestimmt noch Schlimmeres da draußen.«

»Hmm.«

Celine drückte Kradle die Fernbedienung in die Hand. »Wo ist Christine?«, fragte sie. Er sah eine Weile zu, bevor er die Stopptaste drückte, auf den Bildschirm zuging und auf eine nicht deutlich zu erkennende, plumpe Frau in der dritten Reihe von hinten zeigte. Neben ihr stand ein leerer grauer Stuhl.

»Da.«

»Okay.«

Sie sahen sich den Rest der Show an. Am Ende lief der Abspann über die untere Bildschirmhälfte, während das Publikum noch Fragen stellte oder Kommentare über die jetzt auf den rosafarbenen Sesseln aufgereihten Gäste abließ.

»Sagt Christine auch irgendwas?«, fragte Celine.

»Nein.«

Eine Frau in rotem Kleid übernahm das Mikro von Frances.

Die Frau ließ den ausgestreckten Finger über die Gäste wandern. »Ich wollte nur sagen, dass ihr alle in die Klapse gehört. Ihr verstoßt gegen Gottes Wort, denn ...«

Lautes Johlen aus dem Publikum.

»... denn es heißt Adam und Eva, nicht Adam und ...«

Die Kamera schwenkte zu den Gästen auf den rosafarbenen Sesseln. Einige nickten, andere schimpften. Der Schweißer packte seine Tochter und drückte sie an sich.

»Na, jetzt bin ich dümmer«, bemerkte Celine, als das Focus Studios Logo auf dem Bildschirm erschien. Sie blickte zur Seite. Kradle war schon wieder eingeschlafen, sein Kopf hing über der Rückenlehne, der Mund stand offen. Während sie ihn betrachtete, gab er einen lauten Schnarchlaut von sich. Wahrscheinlich brauchte er noch eine Weile, bis er sich von den Strapazen seiner Flucht erholt hatte. Sie zog den Stecker ihres Verbindungskabels und hielt den Finger über das kleine Bild des soeben abgespielten Videos.

Unten stand die Länge, 33 Minuten und 3 Sekunden. Ein Blick auf die anderen Bilder zeigte ihr die Länge der anderen Episoden.

44 Minuten, 19 Sekunden.

46 Minuten, 3 Sekunden.

41 Minuten, 20 Sekunden.

Celine scrollte weiter. Keine einzige der hier aufgelisteten Folgen der *Frances Faulkner Show*, Staffel 8, war kürzer als vierzig Minuten. Sie kehrte zurück zu ihrer ursprünglichen Suche, öffnete die Übersicht über Staffel 5 und prüfte die Zeiten. Aufgeregt klatschte sie Kradle auf die Brust.

»Da ist was rausgeschnitten worden«, sagte sie.

»Hmm?«

»Aus der Folge. Ein Teil fehlt.«

»Ja, klar«, murmelte er und drehte den Kopf zur Seite. »Kannste dir ausleihen.«

Celine stand auf und versetzte Kradle einen Stoß, sodass er mit dem Oberkörper seitlich aufs Sofa kippte. Dann hob sie beide Beine und bettete sie ebenfalls aufs Sofa.

»Mach's dir ja nicht zu gemütlich«, sagte sie. »In einer Stunde fahren wir los.«

»Hmm.«

Sie ging ins Schlafzimmer und schaltete das Licht im Kleiderschrank an. Im schwachen Schein erkannte sie zwei Umrisse auf ihrer Bettdecke: Jake, das kleinere Fellknäuel auf dem linken Kopfkissen, der schwarze Hund, das größere, auf dem rechten.

37

Burke David Schmitz nahm der Verkäuferin die Spitztüte mit dem blauen Slushie aus der Hand und bahnte sich einen Weg durch die am Rand der blau beleuchteten Eislaufbahn versammelten Zuschauer. Auf der Bahn gab es drei Arten von Schlittschuhläufern: die Sicheren, die herumsausten, Pirouetten drehten und elegant in der Mitte herumtanzten, die Unsicheren, die ungelenk im großen Bogen um die Mitte herumlavierten, gelegentlich wegrutschten und mit theatralischer Geste auf dem harten weißen Eis aufschlugen, und die Neulinge an der Bande, die sich kichernd mit ihren behandschuhten Fingern am Geländer entlanghangelten und sich so Stück für Stück über die mit Schneeflocken markierte Anfängerbahn schoben. Schmitz zog sich die Kapuze tiefer ins Gesicht, schob die Fensterglasbrille hoch und ließ den Blick über die Menge wandern. Überwiegend Weiße. Am folgenden Morgen war Weihnachten, da wäre das Publikum vermutlich erheblich gemischter, aber wichtiger war die Hautfarbe der Zielpersonen, die sich auf der großen Bühne am Ende der Eisfläche versammeln würden. Momentan war dort nur der Tontechniker zu sehen, der an dem Mikrofon hinterm Podium herumfummelte. Links neben der Bühne stand ein riesiger Weihnachtsbaum, an dem LED-Sterne pink, lila und blau glitzerten.

Schmitz beobachtete das dicht gedrängte Publikum direkt vor ihm und dachte über die vielen Menschen nach, die Schulter an Schulter auf dem Eis standen, einander zulächelten, gelegentlich miteinander kollidierten, sich aneinander festklammerten und gemeinsam hinfielen. Danach richteten sich seine Gedanken auf die Eisfläche selbst, eine riesige, runde Fläche, die wie ein Juwel mitten in der Wüste lag, wo sie überhaupt nicht hingehörte.

Hinter der Eislaufbahn war die Planet-Hollywood-Ferienanlage zu erkennen, zu der auch diese Einrichtung gehörte. Lauter künstliche Winterwelten. Das Hotel ragte wie ein mächtiges schwarzes Ungetüm aus den vielen anderen Gebäuden hervor, in denen Hunderte goldene Fenster leuchteten, an den Fassaden erzeugten Streulicht und gelb schimmernde, umgedrehte Lichtkegel magische Effekte. Vor dem Hotel verkündeten bemalte Holzschilder, wie lange die Renovierungsarbeiten noch andauern würden.

Burke nahm die Mauer vor dem Hoteleingang in Augenschein. Sie war ungefähr drei Meter hoch, verwehrte Unbefugten den Zutritt und schützte die Renovierungsarbeiten, die dahinter stattfanden, vor neugierigen Blicken. Am Weihnachtstag würde sich das ändern. Dann würde genau diese Mauer nämlich der panischen, schreienden Menge den Fluchtweg versperren.

Die verblassten Spuren der 2017 aufgemalten Hashtags waren nur noch schwach zu sehen: *#VegasStrong*. Wie die Erinnerung an den Anschlag von Stephen Paddock waren auch sie schon lange verblasst und hatten keine Aussagekraft mehr. Regen, die sengende Sonne Nevadas, Schmutz- und Farbspritzer, unzählige Schultern hatten die Buchstaben ausgelöscht und abgerieben, aber Burke wusste, dass sich die Farbe trotzdem tief in die darunterliegenden Schichten geätzt hatte und dort unauslöschlich bestehen blieb.

Die Tat, die er am Weihnachtstag begehen wollte, würde sich ebenso unauslöschlich in die Erinnerung der Männer, Frauen und Kinder Nevadas brennen und nie verblassen. Wie eine Bombe würde er in die Welt einschlagen, einen riesigen Krater hineinreißen, sie zertrümmern und dabei einige Menschen zu Staub zermahlen. Nein, er war kein Irrer, der ohne Tatmotiv mal eben das Leben vieler junger Konzertbesucher auslöschte, er war Soldat mit einem Ziel, einer Strategie, einem Masterplan.

Er wandte sich ab, legte den Ellbogen übers Geländer und sah eine Familie mit zwei blonden Mädchen vor ihm übers Eis glitschten, alle grinsten und hielten sich an den Händen. Sie bewegten sich in Richtung Bühne, wo der Weihnachtsbaum aufragte und im Hintergrund aus einer Reihe dicht an dicht hintereinander geparkten Trucks diverse logistische Güter ausgeladen wurden, alles für *Die Große Weihnachtsshow on Ice.* Auf der anderen Seite wurde die Eislaufbahn von dicht an dicht geparkten Imbisswagen eingerahmt, sie waren unterschiedlich groß und mit bunten Schildern behängt. Von allen ging ein köstlicher Duft aus, aber am verlockendsten roch der Mexikaner, denn dort hatte man gerade frisches Rinderhack auf den Grill gelegt.

Die Verkäuferin am Slushie-Wagen verzierte einen blauen Eisberg in einer Spitztüte mit roter Lebensmittelfarbe aus einer Ketchup-Flasche, die sie zum Gruß leicht anhob, als Schmitz ihr zunickte. Aus der Entfernung erhaschte er einen kurzen Blick auf ihr Seiltattoo, das unter dem hochgerutschten Ärmel hervorblitzte.

Danach richtete er seine Konzentration wieder auf die Eislaufbahn. Die Familie mit den kleinen Mädchen hatte an der Bande eine Pause eingelegt. In der Ferne erschollen Weihnachtslieder. Schmitz lächelte.

38

Nach einer Stunde Tiefschlaf auf dem Sofa und den kleinen Ruhepausen im Auto war Kradle bereit, Bäume auszureißen. Der Umstand, dass er geduscht war, frische Kleidung trug und zum ersten Mal seit dem Ausbruch eine ordentliche Mahlzeit verdrückt hatte, trug sicher auch dazu bei. Er wartete ungeduldig auf dem Beifahrersitz, während Celine sich noch fertig machte. Hin und wieder sah er sie an der Garagentür vorbeihuschen, Hund und Katze folgten ihr auf Schritt und Tritt. Er drückte ein paarmal auf die Hupe, was allerdings nur dazu führte, dass sie kurz im Türrahmen erschien, ihm den Finger zeigte und wieder im Haus verschwand.

Als sie endlich losfuhren, schlug sein Herz wie wild und er tappte auf seinen Knien herum.

»Würdest du dich bitte entspannen? Du machst mich ganz nervös«, sagte Celine.

»Gut so! Du kutschierst einen gesuchten Schwerverbrecher mitten in der Nacht zu einem geheimen Treffen mit einer unbekannten Person.«

»Klappe!«

»Du traust dich echt was.«

»Weißt ja: Böse Mädchen kommen überallhin.«

»Ich habe mich noch nicht bedankt.«

»Nur zu.«

»Danke«, sagte Kradle. »Obwohl, jetzt, wo ich es sage, ist das irgendwie nicht genug.«

»Das siehst du ganz richtig.«

»Ich weiß es echt zu schätzen. Nach allem, was du durchgemacht hast.«

»Kradle, darüber will ich mit dir nicht reden. Überhaupt nicht. Niemals.«

»Ich spreche nicht von deiner Familiengeschichte, sondern von dem, was ich dir in Pronghorn zugemutet habe.«

Celine schnitt eine Grimasse. »Glaubst du ernsthaft, du wärst der schlimmste Häftling gewesen, mit dem ich dort zu tun hatte?«

»Jepp.«

»Warst du aber nicht.«

»Und was war mit dem Countdown? Der Valentinskarte vom Teufel? Dem Fingernagel-Jesus?«

Celine stöhnte auf. »Wäh! Der Fingernagel-Jesus.« Sechs Monate lang hatte Kradle sich weder Haare, Bart noch Fingernägel geschnitten. Am Ende hatte er ausgesehen wie Jesus mit langen Krallen. Woraufhin er begonnen hatte, sämtlichen Wärtern sinnfreie Predigten zu halten – vor allem Celine.

Auf dem Weg nach Vegas zeigte Celine an allen fünf Straßensperren ihren Ausweis, lachte und scherzte mit den Polizisten. Die erkannten sie prompt als die wütende Wärterin aus Pronghorn, die der Welt die Bilder der vier schlimmsten geflohenen Verbrecher gezeigt hatte, und winkten sie fröhlich durch. An der dritten Sperre machte ein junger Polizist sogar ein Selfie mit ihr. Alle waren gut drauf. Nur an der fünften Sperre, auf einem Hügel mit Blick über das Tal und die glitzernde Stadt herrschte eine tief bedrückte Atmosphäre.

Als Celine sich mit den Polizisten unterhielt, erzählten die ihr, dass sie ihre drei Kollegen an dieser Sperre vertraten, nachdem die von einer Minute auf die andere spurlos verschwunden waren.

»Wir haben immer noch nichts von ihnen gehört«, sagte einer.

»Nada«, bestätigte der andere, ein junger Mann, der auf sein Handy blickte. »Der Streifenwagen ist verschwunden. Die Sperre hatten sie abgebaut. Es sieht aus, als wären sie einfach abgehauen. Ich ruf die ganze Zeit bei Tuko an, aber er meldet sich nicht.«

Hinter einem Costco am Stadtrand hielt Celine an und befreite Kradle aus dem Kofferraum. Sie folgten der Route 95, sausten an mehreren Einkaufszentren im Norden Summerlins vorbei. Das grellweiße Flutlicht von Target, Walmart und den vielen Restaurantketten erleuchtete den Highway taghell. Als die großen Verkaufshallen an Kradle vorbeizogen, kam er sich vor wie ein Kind im Aquarium. Eine Familie schob einen Einkaufswagen mit einem riesigen Flachbildschirmfernseher über den sechsspurigen Highway. Kradle sah auf die Uhr im Armaturenbrett.

»Wahrscheinlich ein Schnäppchen«, bemerkte Celine.

Kradle zuckte die Achseln. »Hey, können wir zum Walmart gehen?«, fragte er plötzlich. »Walmart um Mitternacht. Oder in eine Bar. Oder an den Strand. Verschiebe nicht auf morgen und so.«

»Au weia, das kommt davon, wenn man zu lange in der Todeszelle sitzt«, sagte Celine.

»Wenn ich mitten in der Nacht in meiner Zelle aufgewacht bin und nicht wieder einschlafen konnte, hab ich Fantasiereisen gemacht. Bin in meinem Kopf über den Highway gebrettert, hab an einer Tanke haltgemacht, bin ein bisschen durch die Gänge geschlendert, hab mir eine Coke gekauft, manchmal einen Burrito dazu.«

Celine fuhr wieder an.

»Bist du nervös?«, fragte sie.

»Bisschen. Aber eigentlich eher … aufgeregt. Ich suche schon so lange nach einer Antwort.«

»Was willst du machen? Wenn das hier vorbei ist?« Celine hatte den Blick auf die Straße gerichtet, wo sich Schatten und Licht abwechselten. Neid schnürte ihr die Kehle zu. Kradle hatte nicht nur die Gelegenheit, die Wahrheit über den Mord an seiner Familie herauszufinden, sondern konnte danach vielleicht sogar zu seinem alten Leben zurückkehren. Celine hatte keinen Ort, an dem sie wieder diejenige sein konnte, die sie vor dem Verbrechen gewesen war, eine Jugendliche, Tochter, Schwester, Nichte, Cousine, das naive Kind voller Hoffnung und Träume für die Zukunft. Erst da wurde ihr klar, dass die Vorstellung von Kradles Rückkehr zu seinem Hausboot in den Sümpfen nur in ihrer Fantasie existierte. Was er tatsächlich vorhatte, wusste sie nicht. Tatsächlich hatte er mit keinem Wort erwähnt, was er plante.

Celine rutschte auf dem Sitz herum.

»Weil … ich mein … wenn wir … weißt schon«, setzte sie an, »… also den erwischen, der deiner Familie das angetan hat, kriegt er das, was der Gesetzgeber für solche Leute vorsieht. Man wird dich für unschuldig erklären und freilassen.«

Kradle schwieg.

»Das ist der Plan«, sagte Celine langsam, bestimmt. »Ihn zu schnappen und der Polizei zu übergeben.«

Kradle zeigte aus dem Fenster. »Da! Das ist es«, rief er.

Sie fuhren am Parkplatz des *Everpalm Motel* vorbei, das sich direkt an einer Kreuzung befand. Celines Kiefermuskeln schmerzten.

»Wir fahren noch nicht rein. Lass uns erst die Lage sondieren«, sagte Kradle.

Also bog Celine nicht rechts, sondern links ab und parkte vor dem *Best Western* auf der gegenüberliegenden Straßenseite, wo ihnen ein paar Palmen Sichtschutz boten. Vor dem *Everpalm* standen nur drei Autos. Niemand lungerte auf dem Parkplatz rum, auch daneben, vor dem Waschsalon oder vor *Chili's Restaurant*, war keiner zu sehen.

»Schreib ihm eine Nachricht« sagte Celine. »Er soll rauskommen und winken.«

Kradle folgte ihrem Vorschlag. Kurze Zeit später trat ein Mann in Jeans und Nadelstreifenhemd aus einer der vielen Türen. Er sah sich um, winkte und schob die Tür mit dem Stiefel weiter auf. Kradle beugte sich vor und spähte konzentriert durch die Windschutzscheibe.

»Kennst du ihn?«, fragte Celine.

»Nein.«

»Vielleicht sollte ich zuerst hingehen.«

Kradle nickte.

Celine stieg aus, überquerte die Straße und ging auf die weit geöffnete Tür zu. Der Mann saß auf einem der mit ausgebleichten, geblümten Tagesdecken verhüllten Betten und kratzte sich nervös an der langen Nase. Als er Celine erblickte, zeigte er aufs Bad.

»Sie können gern nachsehen. Ich bin allein hier.«

Celine betrat den kleinen, nach Schimmel stinkenden Raum. Unter dem Waschbecken befand sich eine billige Kommode aus Sperrholz, leer, bis auf einen Wäschesack und Ersatzbügel. Auch unter den Betten lag nur Staub. Sie trat vor die Tür und winkte.

»Haben Sie einen Freund mitgebracht?«, fragte der Mann.

»Freund ist zu viel gesagt.«

John Kradle betrat das Zimmer, zog die Kapuze tiefer ins Gesicht und schloss die Tür hinter sich.

Der Mann sprang auf und drückte sich so heftig gegen

die Kommode, dass der darüberhängende, mit Fingerabdrücken verschmierte Spiegel klirrte. »Ach du ... *Scheiße*!«

»Ganz ruhig«, sagte Celine. »Der tut Ihnen nichts. Sie haben die ganze Zeit mit ihm kommuniziert.«

»*Der da* hat im Studio angerufen?«

»Jepp«, sagte Kradle. »Ich bin nicht von der *New York
Times*.«

»Ha! Was du nicht sagst«, rief der Mann. »Hey, ich habe
mich bereit erklärt, mich hier mit einem Journalisten zu
treffen, nicht mit einem entflohenen Häftling. Dafür könnten sie mich einbuchten!«

»Klar«, bemerkte Celine. »Dann sollten wir die Sache so
schnell wie möglich hinter uns bringen. Je länger wir hier
rumsitzen und jammern, desto wahrscheinlicher ist es, dass
man uns erwischt. Sie arbeiten also bei Focus Studios?«

»Ja.«

»Wie heißen Sie?«, fragte Kradle.

»Ist egal.« Der Mann schlug sich die Hand vors Gesicht,
als könnte er sich so verstecken, und setzte sich wieder auf
die Bettkante. Er hatte ungewöhnlich lange Finger. »Ich sag
Ihnen jetzt, was ich weiß, dann hau ich ab.«

Celine setzte sich neben Kradle aufs andere Bett.

»Ich habe 2015 schon bei Focus Studios gearbeitet«, setzte der Mann an, den Blick auf den fleckigen Teppich gerichtet. Es sah aus, als wollte er abwägen, wie viel er enthüllen
sollte. »Tagsüber habe ich am Empfang gesessen, das war
mein offizieller Job. Aber zwei Tage die Woche habe ich als
Volontär bei der *Frances Faulkner Show* mitgemacht. Das
hab ich allerdings schon bald wieder aufgegeben, denn es
wurde nicht bezahlt und mein Interesse am Fernsehen ...«

»Jaja, kommen Sie zum Punkt«, mahnte Celine.

»Okay, okay. Jedenfalls hab ich bei der Show gearbeitet

und am Empfang. Die Folge, bei der Ihre Frau im Publikum gesessen hat, Mr Kradle ... also ich war dabei.«

»*Mein verrückter Vater weiß nicht, dass ich schwul bin?*«, fragte Kradle.

»Genau. Ich war für die Betreuung der Gäste und deren Familien zuständig. Flüge buchen, Hotelzimmer reservieren, Catering und so weiter.«

Der Mann fummelte an seiner Hemdmanschette herum.

»Die Zuschauer sehen vier Gästepaare auf der Bühne. Aber in Wahrheit waren es fünf.«

»Wusste ich's doch!«, rief Celine.

»Wir haben die Sendung lange vorher aufgezeichnet. Drei oder vier Monate im Voraus. Das, was damals passiert ist, haben sie vor der offiziellen Ausstrahlung rausgeschnitten. Der Auftritt des fünften Gästepaars und die Kommentare Ihrer Frau hat niemand außer uns gesehen. Im Fernsehen lief die gekürzte Fassung. Danach ...«

»Moment, noch mal zurück!«, sagte Kradle. »Was ist während der Show passiert? Wer waren die Gäste?«

Der Mann rieb sich die Hände, als müsste er sich aufwärmen.

»Der Typ hieß Mullins, Gary Mullins. War beim Militär. Sein Sohn Brady hat bei uns angerufen, um sich zu bewerben. Er meinte, er wäre schwul, sein Vater hätte keine Ahnung, aber er würde garantiert komplett ausflippen, wenn er es rauskriegen würde. Genau so was hatten wir gesucht. Meistens lassen die in der Show ein paar Leute auftreten, die positiv auf die Enthüllung des jeweiligen Geheimnisses reagieren, aber auch immer ein Paar, bei dem nicht klar ist, wie's läuft und eines, bei denen garantiert die Fetzen fliegen. Einmal hatten wir eine Show, wo eine Frau gestanden hat, dass sie schwanger ist, und alle haben total nett reagiert. Die Einschaltquoten gingen den Bach runter. Danach wussten wir, dass wir in Zukunft immer einen Wutanfall pro Sendung einplanen mussten.«

»Und wie hat Gary auf das Coming-out reagiert?«, fragte Celine.

»Vor der Kamera kam er nicht gut rüber«, sagte der Mann. »Und damit meine ich nicht, dass er wie erwartet ausgeflippt ist, sondern ... er war eiskalt. Total schräg. Ich glaube, er stand unter Schock. Hab ich schon mal gesehen. Manche setzen dann so ein künstliches Lächeln auf. Echsengrinsen, nennen wir das.«

»Echsengrinsen?«

»Ja. Sie grinsen stumm vor sich hin.«

»Wie du«, sagte Kradle zu Celine. »Wenn du dich bedrängt fühlst.«

»Das ist wie ein Abwehrmechanismus«, stimmte sie zu.

»Jedenfalls waren wir total enttäuscht, aber so ist das im Reality-TV. Der Regisseur meinte, Frances solle sich kurzfassen und den nächsten Gast auf die Bühne holen.«

»Aber welche Frage hat Christine dem Mann am Ende der Sendung gestellt?«, wollte Kradle wissen. »Sie wissen schon, wenn Leute aus dem Publikum das Mikro kriegen.«

»Sie hat eine Bemerkung über Mullins gemacht.«

»Was hat sie gesagt?«, fragte Celine.

»Das weiß ich nicht mal mehr genau. Aber ich habe einen USB-Stick mit der ganzen Aufzeichnung dabei. Irgendwas über Väter und Söhne, dass Söhne Liebe brauchen oder so was.«

»Und wie zum Teufel kommen Sie darauf, dass dieser Mullins meine Familie getötet hat? Diese ganze Geschichte ist doch ziemlich dünn«, stieß Kradle hervor. Celine bemerkte, wie angespannt sein Kiefer, seine Nackenmuskeln waren. »Wenn Sie also sonst nichts ...«

»Moment, ich bin noch nicht fertig«, sagte der Mann. »Dazu komme ich noch. Eine Woche nach der Aufzeichnung ruft Gary Mullins am Empfang an. Meinte, er wolle wissen, wer die Frau mit den langen braun-grauen Haaren und den Tattoos aus dem Publikum war, die, die am Ende die Bemerkung gemacht hat. War völlig außer sich, der Typ. Hat nicht rumgepöbelt, aber ... ja, er war wieder eiskalt. Ich sag ihm, dass ich ihm keine Auskunft geben kann. Aber ich hatte so ein Gefühl.«

Celine beobachtete Kradle, der den Mann vor ihm auf dem Bett konzentriert anstarrte.

»Was für ein Gefühl?«, fragte er.

»Als wär die Sache damit nicht erledigt.«

Kradle nickte.

»Und richtig. Ein paar Tage später ruft er noch mal an. Diesmal gibt er sich für einen anderen aus. Tut, als wäre er von der Ticketagentur, meint, er brauche die Adresse einer Zuschauerin, weil sie eine Erstattung angefordert hätte. Ihren Namen hatte er schon rausgekriegt: Christine Kradle.«

»Aber Sie wussten, dass der Anrufer Gary Mullins war?«, fragte Celine.

Der Mann nickte. »Wusste ich. Und ich wusste auch, dass die ganze Story mit der Erstattung gelogen war, weil ich mich selbst um solche Sachen kümmere.«

»Und was haben Sie dann gemacht?«

»Die Sache war mir so unheimlich, dass ich den Sohn angerufen hab, Brady. Die Nummer hatte ich noch von der Organisation seiner Teilnahme an der Show. Er meinte, er hätte seinen Vater seit der Aufzeichnung nicht mehr gesehen. Nach seiner Rückkehr nach San Francisco hätte er keinen Kontakt mehr zu ihm gehabt. Ich hatte das Gefühl, Brady war nur an den zehntausend Dollar interessiert, die wir ihm für den Auftritt bezahlt haben.«

»Haben Sie die Produzenten der Show informiert?«, fragte Kradle. »Wegen der Anrufe?«

»Aber sicher. Sie haben es abgetan. Meinten, gegen die Sperenzchen, die sie mit der Show schon erlebt hätten, wäre das harmlos. Wir hatten mal eine Frau auf der Bühne, die hat ihrem Mann vor laufender Kamera gestanden, dass sie mit seinem Bruder ...«

»Bleiben Sie bei der Sache! Was ist nach den Morden passiert?«, zischte Kradle.

Der Mann rutschte unruhig auf dem Bett herum. »Ich hab mich sofort wieder an die Produzenten gewendet. Hab denen gesagt, wir müssten zur Polizei gehen. Schließlich könnte das eine ... Spur sein oder so was. Jemand ruft bei uns an, weil er unbedingt die Adresse einer Frau herausbekommen will, die kurz darauf umgebracht wird? Ich mein, das schreit doch nach heißer Spur!«

»Ja, tut es«, bemerkte Kradle trocken. Er klang jetzt erheblich boshafter. »Weiter.«

»Sie meinten, ich solle den Mund halten. Die Enthüllung und den Teil mit der Bemerkung Ihrer Frau wurden rausgeschnitten. Offenbar war ich in dem Studio der Einzige, der das für ein großes Ding gehalten hat. Die anderen haben behauptet, ich würde viel zu viel Theater um die Sache machen, schließlich wären wir nicht bei Jenny Jones.«

»*Jenny Jones*?«, fragte Celine.

»Die *Jenny Jones Show* war unser Vorläufer. Lief in den Neunzigern. Eine Folge hat traurige Berühmtheit erlangt, weil ein Gast seinem Freund nach Enthüllungen in der Show das Hirn weggepustet hat. Sie mussten die Show absetzen und die Familie des Opfers hat den Sender auf neunundzwanzig Millionen Dollar Schmerzensgeld verklagt.«

»Aha. Also wollten die Produzenten nicht, dass die *Frances Faulkner Show* dasselbe Schicksal ereilt«, sagte Kradle.

»Sie haben mich für überspannt erklärt, aber ja«, der Mann zuckte die Achseln, »ich wusste, dass sie es aus dem Grund verschwiegen haben. Eine Schadensersatzklage hätte das Ende der Show bedeutet und den Sender mindestens fünf Jahre in Gerichtsverfahren verstrickt.«

»Also haben Sie es einfach unter den Teppich gekehrt?«, fragte Celine.

»Nein. Ich hab trotzdem bei der Polizei angerufen. In der Mittagspause, alle anderen waren essen. Als der zuständige Detective mich endlich zurückgerufen hat, hieß es, die Polizei hätte bereits einen anderen wegen der Morde festgenommen.«

Um Kradles Mund zuckte es. Er sprang so schnell auf, dass der Mann im Nadelstreifenhemd sich schützend die Hände über den Kopf hielt.

Kradle streckte die Hand aus. »Geben Sie mir den USB-Stick.«

Der Mann griff nach seinem Rucksack und zog einen Stick hervor, den Kradle sich schnappte und damit schon quer über den Parkplatz gelaufen war, bevor Celine ihn einholen konnte.

Sie erwischte ihn an der Schulter. »Hey!«, rief sie. Unter einer hellen Straßenlaterne neben einem Fahrradständer blieben sie stehen. »Wir müssen jetzt die Ruhe bewahren. Hier ist endlich eine heiße Spur. Wir fahren mit dem USB-Stick zurück zu meinem Haus, rufen die Polizei und sagen ihnen, was wir rausgefunden haben. Dann sehen wir weiter.«

Kradle nickte. »Guter Plan.« Seine Wut schien langsam zu verebben, die Gesichtszüge entspannten sich. »Gib mir die Autoschlüssel. Ich muss jetzt was tun, kann nicht einfach rumsitzen. Dafür bin ich zu aufgeregt.«

Celine drückte ihm die Schlüssel in die Hand. Mit der einen Hand griff er danach, mit der anderen umklammerte er blitzschnell ihren Arm und legte ihr eine Handschelle an. Dann zerrte er sie zum Fahrradständer. Mit einem lauten Klick war sie festgesetzt.

»Was? Nein!« Celine versuchte, Kradle zu packen, aber der war schon außer Reichweite. »Du verdammter *Mistkerl*!«

»Kleiner Trick. Hab ich mir vor Kurzem von jemandem abgeguckt«, sagte er. »Tut mir leid, Celine. Wirklich.« Er wandte sich ab, warf den Schlüssel ins Gebüsch und rannte dann über die Straße zu ihrem Wagen. Celine brüllte ihm hinterher, aber er ignorierte sie.

39

Kater Jake und der große schwarze Hund begrüßten ihn bereits an der Tür. Kradle ignorierte beide, holte den Laptop und suchte nach dem USB-Anschluss. Fehlanzeige. Außerdem verlangte das Gerät ein Passwort.

Kradle stöhnte genervt auf. Nach einer Weile fiel sein Blick auf den Fernseher. Als er an der Rückwand herumfummelte, versammelten sich Hund und Katze auf dem Läufer davor und beobachteten ihn interessiert. Kradle entdeckte einen Anschluss, schob den USB-Stick hinein und stellte sich zwischen die Tiere, Fernbedienung in der Hand. Alle drei sahen auf den Bildschirm, wo jetzt die ungekürzte Aufzeichnung lief.

Alles war wie bei der gekürzten Fassung: Frances Faulkner trug einen türkisfarbenen Hosenanzug, auf der Bühne standen dieselben pinkfarbenen Sessel, tief darüber hingen die Scheinwerfer, laute Rockmusik ertönte. Im Zeitraffer sah Kradle Menschen, die sich umarmten, weinten und in ihren Sesseln herumzuckten. Erst als ein Gast die Bühne betrat, den Kradle nicht in der gekürzten Fassung gesehen hatte, ließ er das Video wieder im Normaltempo weiterlaufen: Der junge Mann mit gepflegtem Dreitagebart trug eine makellos frisierte rabenschwarze Haartolle. Er setzte sich in den pinkfarbenen Sessel und grinste ins Publikum, während er nervös an seinem dicken schwarzen Wollpulli herumzupfte.

Die Kamera schwenkte zu Frances, die lässig durch den Zuschauerraum schlenderte. »Liebes Publikum, begrüßt mit mir unseren nächsten Gast. Brady sagt, sein Dad Gary, ein Ex-Marine, stört sich daran, dass sein Sohn als Grafikdesigner arbeitet und einen Cavoodle namens Sparkles besitzt. Aber wenn der liebe Gary erfährt, was sein Sohn ihm seit seinem dreizehnten Lebensjahr verheimlicht, wird er erst so richtig ausflippen. Willkommen in unserer Show, Brady!«

Das Publikum johlte. Brady grinste und winkte in die Menge.

»Danke, Frances! Ich wollte schon immer mitmachen bei deiner Show! Bin ein Riesenfan.«

»Ach, nicht doch.« Frances fuchtelte verlegen herum. »Zuerst musst du uns erklären, was ein Cavoodle ist. Klingt nach einer Nudelsorte.«

Das Publikum kicherte. Auf dem Bildschirm über der Bühne erschien das Bild eines Hundes, und Brady erklärte, dass es sich dabei um eine Mischung aus Cavalier King Charles Spaniel und Zwergpudel handelte. Alle gaben entzückte Laute von sich.

»Sparkles ist mein Baby«, sagte Brady.

»Und dein Dad mag ihn nicht? Wie kann man so was Süßes nicht mögen?«, fragte Frances mit gerunzelter Stirn.

»Buh! Buh! Buh!«, kam aus dem Publikum.

Kradle drückte wieder auf die Vorlauftaste.

Als ein weiterer Mann, größer und dicklicher, die Bühne betrat, verlangsamte er das Tempo wieder. Gary Mullins war tief gebräunt, hatte ein kantiges Kinn, sehnige Arme und große Hände, was darauf hindeutete, dass er sämtliche Drecksarbeiten stets selbst erledigte. Er setzte sich neben Brady und schenkte dem jungen Mann ein vielsagendes, unheilschwangeres Lächeln.

Erst jetzt bemerkte Kradle, dass er den Atem angehalten hatte.

»Willkommen in unserer Show, Gary!«, sagte Frances.

»Danke.«

»Oder sollte ich besser Sergeant Major Mullins sagen?«

»Nein, Gary reicht.«

»Erzählen Sie uns doch ein bisschen von Ihrem Sohn, Brady.«

»Ähm … er ist ein guter Junge.« Gary nickte übertrieben und starrte auf seinen Sohn, der stur nach vorn schaute. »Ja. Habe nie Probleme gehabt mit ihm.«

Die Zuschauer kicherten.

»Warum schauen Sie nicht zu uns, Gary? Hier rüber, ja, so ist's gut«, sagte Frances.

»Gibt es irgendwas, was Sie Ihrem Sohn nie verzeihen würden …«

Kradle hatte genug. Er drückte auf die Schnelllauftaste. In Rekordzeit ließ Brady seine Bombe platzen, Gary setzte sein Echsengrinsen auf, so breit, dass seine Backenzähne zu sehen waren. Danach saß der große Mann vornübergebeugt in seinem Sessel, die Ellbogen auf die Knie gestützt, den Blick seitlich auf seinen Sohn gerichtet, sodass seine Grimasse weitgehend vor der Kamera verborgen blieb. Kradle wusste, dass die Produzenten genau das nicht wollten. Das Publikum sollte die Demütigung sehen, riechen, schmecken. Kurz danach war alles vorbei.

Irgendwann, am Ende der Show, sah er Christine. Sie war aufgestanden, und Frances Faulkner näherte sich ihr mit dem Mikro.

»Frances, oh!« Christine umklammerte die Hände der Showmasterin mitsamt Mikrofon, kaum dass sie in Reichweite gekommen war. »Ich bin ganz verliebt in Sie und Ihre Show. Schon seit Jahren bin ich ein treuer Fan.«

Frances war Christines Getue sichtlich peinlich. »Danke, danke«, sagte sie. »Haben Sie eine Frage für unsere Gäste?«

»Ja«, Christine wandte sich zur Bühne, »ich wollte nur sagen, ihr alle müsst zur Liebe zurückfinden. Es geht nur um die Liebe, Leute! Das sind eure Kinder. Ich bin Mutter eines wundervollen, entzückenden Sohnes, und ich hab immer versucht, ihn so zu erziehen, dass er ...«

Kradle verzog angewidert den Mund und umklammerte die Fernbedienung noch fester.

»... die Menschen so annimmt, wie sie sind. Ich bin so stolz auf ihn.«

Großer Applaus. Die Kamera schwenkte an den Zuschauern vorbei auf Brady und Gary Mullins am Rand der Bühne. Brady starrte konzentriert auf seine Fingernägel, Garys Miene war ausdruckslos, starr. Aber Christine war noch nicht fertig.

»Ich arbeite zufällig als Medium«, sagte sie.

»Medium?« Frances versuchte krampfhaft, sich aus Christines Griff zu lösen. »Tatsächlich?«

»Ja, und ich spüre hier eine starke Anziehungskraft. Sie kommt von da hinten. Von Ihnen, Mr Mullins.«

Die Kamera zeigte Mullins und seinen Sohn.

»Um Sie herum sammelt sich dunkle Energie.« Christine fuchtelte verschwörerisch herum. »Geister der Menschen, die uns bereits verlassen haben, aber keine Ruhe finden, weil Sie Ihren Sohn nicht akzeptieren.«

Kradle stöhnte. »Du liebe Zeit, Christine!«

»Ist Ihre Mutter noch bei uns, Mr Mullins?«, fragte sie.

»Wir sind leider am Ende der Show angekommen«, sagte Frances rasch. Aus dem Publikum kamen Pfiffe, offenbar war allen klar, dass Christine das Mikro nicht so leicht abgeben würde. Die Kamera folgte Frances, die sich rasch von ihr entfernte. Aber Christine gab nicht auf.

»Sie will, dass Sie ihn lieben!«, rief sie in Richtung Bühne.

Kradle war bedient. Er entfernte den USB-Stick und zog sein Handy aus der Tasche. Nach kurzer Suche fand er eine Nummer für Brady Mullins, San Francisco.

Mit klopfendem Herzen wählte er.

»Hi ... hallo?«

»Brady Mullins?«

»Meine Güte, wer ist da? Wissen Sie, wie spät es ist?«

»Spreche ich mit Brady Mullins?«

»Ja, ja, was ist ...«

»Mein Name ist ... Terry Sellers. Ich bin Sanitäter.«

Kradle hörte ein Rascheln, vermutlich eine Bettdecke. Eine gedämpfte Stimme im Hintergrund.

»Worum geht es?«, fragte Brady.

»Ihr Vater hatte gerade einen Autounfall.«

»Ho ... Halt, *was*? Ist ... ihm was passiert?«

»Nein, keine Sorge, es ist nicht schlimm. Aber er verliert immer wieder das Bewusstsein. Hat sich ziemlich den Kopf gestoßen. Er spricht von ... Tabletten, die er nehmen muss? Die bei ihm zu Hause liegen? Wissen Sie etwas darüber?«

Brady seufzte schwer. »Ähm ... wir hatten schon lange keinen Kontakt mehr.«

»Ah, verstehe.« Kradle schloss die Augen.

»Aber mir fällt gerade ein, dass er früher schon unter Bluthochdruck gelitten hat. Damals schon, als ich ... Er hatte schon immer einen zu hohen Blutdruck.«

»Wir müssen genau wissen, welche Tabletten er einnimmt«, sagte Kradle. »Könnten Sie uns seine Adresse mitteilen? Dann können wir jemanden in seine Wohnung schicken, der nachsieht, was er nimmt.«

»Ist die nicht in seiner Geldbörse?«, fragte Brady.

Kradle wurde eiskalt. Er nahm das Handy vom Ohr und

überlegte, ob er das Gespräch besser beenden sollte. Doch dann kam ihm eine Idee.

»Die Geldbörse ist nicht hier ... nein, ich sehe keine. Wahrscheinlich noch bei der Polizei am Unfallort.«

»Siebzehn Cloudrock Court, MacDonald Ranch«, sagte Brady.

Kradles Herz schlug wie wild.

»Kurz vor Las Vegas ...?«, fragte er.

»Genau«, sagte Brady. »Warten Sie bitte, ich hole mir einen Stift. In welchem Krankenhaus liegt ...«

Kradle drückte auf den roten Knopf. Ging zur Haustür und zog sie auf. Hund und Katze sahen ihn an.

Auf dem Absatz drehte er sich noch einmal um, betrachtete den Hund, sah ihm in die großen ernsten Augen. Als er sprach, klang seine Stimme völlig kalt, emotionslos wie die eines Roboters.

Es war die Stimme eines Mannes, der nur noch ein Ziel hatte.

»Ich komme nicht zurück«, sagte er zum Hund und schloss die Tür.

40

Celine sah den schwarzen Lexus auf den Parkplatz einbiegen und gemächlich quer über die leeren Parkbuchten auf sie zuzuckeln. Als er endlich vor ihr anhielt, schienen ihr die Scheinwerfer direkt ins Gesicht. Im Lichtkegel sah sie wahrscheinlich aus wie ein Wildschwein in der Falle. Keeps stieg aus, setzte sich auf die Motorhaube und verschränkte die Arme. Auf seinem Gesicht lag ein süffisantes Grinsen.

»Okay«, sagte Celine, »hast du dich jetzt sattgesehen?«

Keeps betrachtete das verlassene Motel mit dem roten Neonschild, das den Gehweg davor rosa färbte. Die Tür zu Nummer 3 war geschlossen. Celine hatte noch überlegt, den Unbekannten um Hilfe zu bitten, aber es war ihr einfach zu peinlich, in dieser Situation gesehen zu werden. Stattdessen hatte sie die gefesselte Hand hinter ihrem Rücken versteckt und ihm mit der freien Hand zugewinkt, während der Mann einen hektischen Abgang machte. Die Polizei zu rufen kam überhaupt nicht infrage. Das Letzte, was Celine jetzt noch fehlte, waren neugierige Fragen von den Ordnungshütern, denen sie erklären müsste, wie sie in diese kuriose Lage geraten war, um ein Uhr morgens vor einem schäbigen Motel an einen Fahrradständer gefesselt. Sie wusste nämlich genau, was ein solcher Anruf nach sich zog, eine offizielle Meldung, Vernehmungen, Wartezimmer, ein Blick in ihre Personalakte, gehobene Brauen, Flüstern.

Keeps zündete sich eine Zigarette an, blies den Rauch über seine Schulter und musterte sie von Kopf bis Fuß.

»Du warst schnell«, sagte Celine.

»War zufällig in der Nähe.«

Celine zeigte zum Motel. »Er hat den Schlüssel in die Richtung geworfen. Ich hab ihn fallen hören.«

Keeps grinste spöttisch. »Ich bin nicht gekommen, um dich zu befreien.«

»Was?«

»Nee, ich wollte dich nur gefesselt sehen. So ein Anblick wird einem ja nicht alle Tage beschert. Schließerin aus Pronghorn, mit Handschellen gefesselt, muss zusehen, wie die Welt sich ohne sie weiterdreht. Zum Schießen!«

Celine klappte glatt die Kinnlade runter. Nacheinander erschlafften sämtliche Glieder, sie wollte nur noch zu Boden sinken.

»Ich wollte dich von Anfang an abzocken, Celine.«

»*Wie bitte?*«

Keeps hob die Hände. »So einer bin ich eben. Hab ich dir auch gesagt, es dir sogar demonstriert.«

Celine krümmte sich und betrachtete den Boden.

»Ich bring dich um«, knurrte sie.

»Keine Ahnung, warum du so wütend bist. Du hast es so gewollt, du allein.« Keeps zeigte mit der Zigarette auf sie. »Du hast mich in dein Haus gelassen. In dein Bett. Hast mir Zugang zu deiner Welt verschafft. Wir wissen beide, dass du Grenzen testen wolltest, rausfinden, ob deine Instinkte funktionieren. Ob du Gut von Böse unterscheiden kannst. Tja, bei mir hast du dich getäuscht, Celine. Ich hatte es von Anfang an auf dich abgesehen. Und jetzt hast du, was du wolltest. Wenigstens ein paar deiner Instinkte sind im Eimer.«

»Du hast das Geld von meinem Konto überwiesen«, sagte Celine.

Keeps schüttelte den Kopf. »Ähm, nein. So blöd bin ich nicht. Das machen Leute, die auf kurzfristige Gewinne aus sind. Ich muss nicht in dein Haus, um dein Bankkonto zu knacken. Komm schon, wozu sollte ich Geld nach Kuala Lumpur schicken? Warst du schon mal in Kuala Lumpur?«

»Nein.«

»Hast nichts verpasst. Bleib lieber zu Hause. Lohnt sich nicht.«

»Für mich hattest du einen langfristigen Plan.«

»Langfristig, ja. Mit einem großen Zahltag am Ende. Du solltest dich in mich verlieben. Mal sehen, wie lange es gedauert hätte, bis du mir dein Haus, dein Auto, den Schmuck, das Konto überschrieben hättest. Deinen Körper hast du ja praktisch schon am ersten Tag verschenkt. Am Ende des Monats hätte ich dich bestimmt so weit ge...«

Celine schlug wild nach ihm, erwischte aber nur seinen Ärmel. Er sprang von der Motorhaube und trat ein paar Schritte nach hinten.

»Psst! Wir wollen doch hier keine Szene machen.«

Celine verzog die Lippen und lachte bitterböse.

»Was ist so witzig?«

»Ich hab mir nur gerade vorgestellt, wie es für dich sein wird, wenn du das nächste Mal in Pronghorn landest. An John Kradle habe ich nur geübt. Aber wenn du wieder bei uns bist, sorge ich dafür, dass sie mich in deinen Trakt versetzen und dann mache ich dir das Leben zur Hölle. Du wirst darum betteln, dass man dich ins Loch steckt, du schleimiger Wichser!«

»Ein nächstes Mal wird's nicht geben«, sagte Keeps. »Ich hab dir doch gesagt, dass mein großer Zahltag kommt. Wenn man abkassiert hat, verpisst man sich ins Ausland, weit weg, wo noch niemand deine Tricks kennt.«

Celine stöhnte auf. »Kradle.«

»Genau. Der Millionen-Dollar-Mann. Du hast mich auf

ihn aufmerksam gemacht. Ich werde ihn einfangen und die fette Belohnung kassieren. Dann bin ich reich und ein Held!«

»Ich verrate dir nicht, wo er ist. Nie und nimmer.«

»Ich hab dir doch gesagt, dass ich ein böser Mensch bin, Celine.«

Celine stieß ein bitteres Lachen aus. »Tja. Ich hätte wohl doch besser auf mein Bauchgefühl hören sollen.«

Er streckte die Hand nach ihr aus. Sie zögerte nicht lange, packte ihn am Arm und zerrte ihn zu sich heran. Doch gefesselt wie sie war, hatte sie keine Chance. Keeps lachte schallend, stieß sie weg und verschwand in die Nacht, bevor sie ihr Handy aus der Tasche gezogen hatte.

John Kradle sah Gary Mullins genau vor sich. Fünf Jahre lang hatte er in seiner Zelle in Pronghorn auf der Pritsche gelegen und die Kratzer in der Decke angestarrt und sich vorgestellt, wie eine gesichtslose Gestalt seine Familie ermordet. Jetzt hatte diese Gestalt ein Gesicht und einen Namen. Er umklammerte das Lenkrad und starrte auf den weißen Streifen in der Mitte des Highways. In seinem Hirn stand Gary Mullins gerade vor dem Haus in Mesquite.

Kradles Kopfkino lief. Mullins steigt über das Fahrrad, das Mason immer achtlos neben der Terrasse fallen ließ, öffnet die unverriegelte Schiebetür und betritt das Wohnzimmer. Als er Christine und Audrey in der Küche streiten hört, bleibt er kurz stehen und lauscht. Audrey schenkt Wein nach und schimpft mit Christine, weil die bereits zum vierten Mal bei Kradle angerufen hat, um sich wegen des Fiaskos mit der Seifenblasenmaschine zu beschweren. Sie rät ihr dringend, sich nicht wie ein verwöhntes Gör zu benehmen, sondern sich damit abzufinden, dass ihre Familie ihr jetzt nicht den roten Teppich ausrollt, schließlich ist sie damals einfach abgehauen. Mullins kommt aus dem Wohnzimmer, legt die Flinte an und knallt die beiden Frauen eiskalt ab, mitten im Gespräch. Mason ruft von oben, Wasserrauschen im Hintergrund, er will wissen, was denn da unten los ist. Mullins zögert kurz, überlegt, ob er den einzigen Zeugen leben lassen will oder nicht.

Kradles Verstand ratterte erbarmungslos weiter: Mason steht unter der Dusche, die Glastür wird aufgerissen, eine Explosion, zersprungene Fliesen. Kradle hatte nie erfahren, ob sein Sohn vor seinem Tod noch etwas sagen konnte, aber manchmal hörte er ihn in seiner Vorstellung aufschreien, andere Male ging alles so schnell, dass nur der Schuss zu hören war. Jetzt sieht er Mullins mit seinem eigenen Benzinkanister aus der Garage kommen, der Mörder legt von dort eine Spur bis zur Terrassentür. Die Flammen züngeln an den Wänden hoch. Ein jüngerer, gesünderer John Kradle schließt die Haustür auf, bleibt beim Anblick der Flammen an den Wohnzimmerwänden entsetzt stehen, auch in der Küche lodern sie bereits bis zur Decke. Schnell reißt er sich von dem Anblick los und rennt nach oben, wo er ein Stöhnen gehört hat. Er ignoriert die Flammen, die ihm sengend heiß an den Wangen brennen, und erkennt schon auf dem Absatz, dass Mason auf dem Boden vor der Duschkabine liegt. Er sieht sich dort zusammenbrechen, seinen sterbenden Sohn in den Armen.

In Pronghorn hatte er gelernt, seine Wut im Zaum zu halten. Wenn sie in ihm hochstieg, seinen Kopf fast zum Bersten brachte, redete er sich innerlich gut zu, nahm sich an die Kandare, unterdrückte diese zappelnde, knurrende, um sich schlagende Kraft, die nur darauf wartete, aus ihm herauszuplatzen. Auf einen Moment der Schwäche lauerte.

Die richtige Provokation. Irgendwann war die Wut erlahmt und eingeschlafen. Doch als er nach seiner Flucht durch die Wüste gewandert, durch den Wald gerannt, über die Straßen gegangen war, war auch seine Wut zu neuem Leben erwacht. In jenem Motelzimmer, als er zum ersten Mal den Namen des Mannes hörte, der sein Leben ruiniert hatte, hatte sie dann endgültig das Ruder übernommen.

Sie war entfesselt.

Wut machte Kradle zu einer Präzisionswaffe, jeder Muskel war bis aufs Äußerste angespannt, jede Bewegung kontrolliert, leise, blitzschnell.

Das Handy auf dem Beifahrersitz vibrierte. Celine. Er ignorierte es.

Er hatte vorgehabt, mit voller Geschwindigkeit durch jede Straßensperre zu brettern, aber er kam nur an verlassenen Holzbarrikaden vorbei, wie träge grasende Pferde standen sie am Straßenrand, und ihre orangefarben blinkenden Lichter malten geometrische Muster in den Wüstensand. Erst da fiel ihm auf, dass er auf dem Weg vom Motel zu Celines Haus keine einzige Sperre gesehen hatte. Sie waren alle verschwunden, als hätte es sie nie gegeben.

Es schien, als stünde seinem Schicksal nichts mehr im Weg. So hätte Christine es genannt, Schicksal, Vorsehung, Fügung. Er verließ den Highway, fuhr durch leere Straßen, an einer Tankstelle vorbei, auf dem Dach über den Zapfsäulen leuchtete eine große blaue Flasche, Bud Light. Hinter einer Reklametafel für Hausratversicherungen, entdeckte er einen Streifenwagen, doch der Polizist am Steuer nahm keinerlei Notiz von ihm. Es war fast, als würde die Zeit stillstehen. Irgendwann hatte Kradle ein weitverzweigtes Viertel voller gepflegter Häuser erreicht. Großzügige Rasenflächen ohne Zäune, weihnachtliche Rentiere aus Plastik in Steingärten zwischen stacheligen Kakteen. Weihnachtsmorgen, vor Sonnenaufgang, ein Moment, der ihn früher mit aufgeregter Vorfreude erfüllt hatte, damals, als er einen kleinen Sohn hatte, der noch an den Weihnachtsmann glaubte. Die Erinnerung kam ihm jetzt sehr fern vor und doch so nah. Er hörte Socken auf den Stufen rascheln, Flüstern, Kichern. Die tickende Uhr. Als er Cloudrock Court gefunden hatte, waren Kradles Kiefermuskeln schmerzhaft angespannt. Vor dem Haus mit der Nummer siebzehn blieb er stehen.

Das Haus war unauffällig. Eine moderne Villa im spanischen Stil, die genauso aussah wie die beiden anderen Häuser in dieser Straße. Hinter dem Grundstück lag ein schattiges Tal, das sich bis zu einer felsigen Gebirgskette erstreckte. Gary Mullins saß vermutlich oft mit einer Flasche Bier auf seiner Terrasse und sah zu, wie die Kojoten bei Sonnenuntergang aus dem Bau kamen und auf Hasenjagd gingen.

Er schlich über die Auffahrt zum Haus, vorbei an dem dort geparkten praktischen Buick mit dem gelb-schwarzen »Veteran«-Aufkleber und kam durch die nicht abgeschlossene Seitentür in den Garten. An der Hauswand standen Säcke mit Pflanzerde und allerlei Gartenwerkzeuge. Er war in Gary Mullins' Fußstapfen getreten, nun war er der vor finsterer Erregung zitternde Mörder, der die Terrassentür aufschob und das Haus betrat. Kradles Sinne waren hellwach, er roch sogar die Flüssigseife im hennenförmigen Spender auf der blitzsauberen Spüle. Die großzügigen Küchenfenster gingen zur Terrasse und boten einen freien Blick über die Wüste, rechts und links hingen Vorhänge mit grellgelbem Zitronenmuster. Durch die Tür sah Kradle eine gerahmte Stickarbeit an der Wohnzimmerwand: *Bless This Mess*. Er wandte sich ab, ging weiter, vorbei am Foto von Gary Mullins in Uniform, eine klassische Porträtaufnahme vor grauem Hintergrund.

Er schob die Schlafzimmertür auf. Eine Form im Bett, von ihm abgewandt, kurzgeschorenes graues Haar auf weißem Kissen. Ein volles Glas Wasser auf dem Nachttisch. Ein leeres auf dem anderen. Kradle trat ans Kopfende des Bettes und klopfte Gary Mullins mit dem Lauf seiner Waffe an den Hinterkopf.

Der Mann drehte sich abrupt um und starrte ihn an.

»Aufstehen!«, sagte Kradle.

41

»Jetzt schauen wir mal, ob ich meine Wette gewinne«, sagte der Polizist. Der Schlüssel war absurd winzig in seiner Riesenpranke. Er zeigte mit dem Kopf auf ein Rudel Kollegen, die mit Coffee to go von Dunkies neben einem Streifenwagen standen. »Sind Sie die Tante aus Pronghorn, die im Fernsehen war?«

»Nein«, sagte Celine.

»Sie sehen ihr aber verdammt …«

»Würden Sie mich jetzt bitte losmachen?«

Auf der Rückbank stank es wie in allen anderen Streifenwagen nach Furz und Imbissfraß. Celine lehnte sich ans verschmierte Seitenfenster und sah hinaus, wo sich die beiden Streifenpolizisten ausgiebig von ihren Kollegenkumpels verabschiedeten, bevor sie endlich einstiegen und sie den Parkplatz hinter sich ließen.

»Bringen Sie mich bitte sofort zum Captain«, sagte sie mit einem Frosch im Hals.

»Wieso?«, fragte der Polizist auf dem Beifahrersitz.

»Weil es dringend und wichtig ist. Wenn wir uns beeilen, können wir vielleicht einen Mord verhindern. Oder er ist bereits geschehen.«

Der Fahrer wischte sich die Nase am Handrücken ab. »Wie möglich ist *möglicherweise*? Wir haben nämlich schon genug an der Backe, gute Frau.«

Celine stöhnte. »Bringen Sie mich einfach zum Captain, bitte.«

»Tut mir leid, aber das geht nicht. Wir haben Anweisung, Sie an der Ecke Beatie und Ellett abzusetzen.«

»Hä?«

»Der Befehl kam von ganz oben«, sagte der Fahrer. »Mehr weiß ich nicht.«

Celine war zu erschöpft und wütend für irgendwelche Spielchen. Sie ergab sich in ihr Schicksal und wartete, bis der Streifenwagen vor einem Angelgeschäft anhielt, stieg wie angewiesen aus und ging auf den silberfarbenen Mercedes zu, der schon auf sie wartete.

»Hohooo!«, entfuhr es ihr, als sie auf den Beifahrersitz rutschte.

»Hohooo, was?«, fragte Trinity.

»Ich dachte, du wärst tot!« Celines Stimme klang ungewollt schrill und hysterisch.

Trinity verdrehte die Augen. »Ach, komm! Um mich kleinzukriegen muss schon mehr passieren als ein Nackenschuss. Leute wie ich sind unzerstörbar. Nach der nuklearen Apokalypse werden nur die Kakerlaken und Mitglieder der Familie Parker aus den Trümmern kriechen.«

Trinity fuhr los. Fassungslos starrte Celine sie an. Ihr Hals war bis zur linken Schulter mit einem dicken, blutbesudelten Verband bedeckt. Die Haut um ihre Augen war schwarz und geschwollen, aus ihrem Kinn ragten noch die Fäden einer frisch vernähten Wunde und im Haaransatz unter der schwarzen Kappe klebte getrocknetes Blut.

»Man hat dir im Wald eine Kugel in den Hals gejagt!«, rief Celine. »Was zum Teufel machst du hier?«

»Bitte nicht so laut«, sagte Trinity. »Du bist bei neun, fahr mal runter auf zwei. Und es war nur ein Splitter. Die Kugel ist in einen Baumstamm eingeschlagen, und ich hab ein Stück davon in den Nacken gekriegt. Viel schlimmer war der Stein, auf den ich mit dem Kopf gefallen bin. Kopfweh vom anderen Stern. Also, unterm Strich: Ich bin ziemlich angepisst, aber noch am Leben. Am besten findest du dich damit ab. Hab ich auch schon gemacht.«

Celine lehnte sich zurück.

»Aber obwohl ich wieder fit bin wie ein Turnschuh, hat man mir leider die Leitung des Kommandos entzogen. Ein Rezept für Vicodin reicht dafür schon aus, man muss sie gar nicht nehmen, um als arbeitsunfähig zu gelten. Das ist unbequem, lässt sich aber gerade nicht ändern. Am besten legen wir den Turbo ein, bevor die Untertanen mitkriegen, dass man mich schnöde vom Thron gestoßen hat. Ich hoffe doch sehr, dass sie uns noch zu Kerry Monahan vorlassen. Sie haben sie ins Mesa-View-Regionalkrankenhaus gebracht.«

»Von wem redest du?«

»Von der Kleinen, die du gerettet hast.« Trinity sah Celine spöttisch an. »Die rothaarige Inzestschwester, die deinen Kumpel Brassen gekillt hat.«

»Darum kann ich mich gerade nicht kümmern«, sagte Celine. »Ich muss Kradle stoppen.«

»Stoppen? Was will er denn tun?«

»Den Mann umbringen, der seine Familie erschossen hat. Wir haben jetzt den Namen des Täters ... zumindest besteht dringender Tatverdacht. Kradle ist auf dem Weg nach ...«

Trinity hob die Hand. »Jetzt halt mal schön die Luft an!«

»Nein, verdammt!«, brüllte Celine. »Es dauert nur fünf Minuten deiner kostbaren Zeit, jemanden vor dem Haus des Verdächtigen zu stationieren, um Kradle abzufangen. Wir reden hier von einem Menschenleben!«

»Nimm mein Handy«, sagte Trinity. Sie tippte auf den Deckel der Ablage zwischen ihnen. »Schreib eine Nachricht an GS, die Nummer findest du in meinen Kontakten.«

»Wer ist GS?«

»Schick einfach alle Infos an GS. Ich kann dir garantieren, dass Kradle sein blaues Wunder erleben wird.«

Celine gehorchte, tippte die Information über Gary Mullins und Kradles mutmaßlichen Rachefeldzug ins Handy und drückte auf Senden. Sie wusste weder, wo Mullins wohnte, noch wie Kradle ihn töten wollte. Vielleicht war es auch schon zu spät. Sie umklammerte ihren Gurt und richtete den Blick auf den Horizont, wo bereits die Morgendämmerung glühte.

»Wieso ich?«, fragte sie irgendwann.

»Wieso du?«

»Ja. Du wachst im Krankenhaus auf, entlässt dich auf eigene Verantwortung, erfährst, dass du keinen Job mehr hast und beschließt trotzdem, Schmitz auf eigene Faust zu jagen ...«

»So was *beschließt* man nicht, Osbourne. Entweder man hat es in sich oder nicht.«

Celine verdrehte die Augen. »Und inmitten deiner bewundernswerten Selbstaufopferung und Bescheidenheit kommt dir in den Sinn, ausgerechnet nach mir zu suchen?«

»Ich mag dich, Osbourne«, sagte Trinity. »Wolltest du so was von mir hören? Das wäre blöd, weil es nicht stimmt. Aber wenn es hilft, dass du die Klappe hältst, sage ich es trotzdem.«

»Woher wusstest du, dass ich hier war?«

»Ich war gerade dabei, den Sheriff hier für meine Jagd auf Schmitz zu gewinnen, als über Funk eine sehr interessante Meldung bei ihm einging. Eine dumme kleine Weiße hat sich vor einem beschissenen Motel am Rand von Las Vegas an einen Fahrradständer fesseln lassen. Zeugen wollen einen Afroamerikaner in einem schwarzen Lexus gesehen haben, der vor ihr angehalten, ihr aber wider Erwarten nicht geholfen, sondern sie verspottet hat und nach einiger Zeit einfach wieder abgehauen ist.«

Celine war auf einmal sehr müde.

»Das kam mir doch sehr bekannt vor. Könnte es sein …«

»Du wusstest, dass Keeps ein übler Verbrecher ist und hast mich gewarnt.«

»Du hast gedacht, der Mann ist ein schnuckeliger kleiner Betrüger«, sagte Trinity. »Aber um ihn herum sind lauter Menschen verschwunden. Frauen mit dicken Bankkonten, die auf Nimmerwiedersehen in den Sonnenuntergang gesegelt sind.«

»Er ist doch kein … Mörder?«, stammelte Celine.

»Wie gesagt, man kann ihm nichts nachweisen. Es gibt nur lauter ungeklärte Fragen. Leerstellen.« Trinity zuckte die Achseln. »So ist das bei Schwindlern. Man erfährt nur einen Teil, der Rest bleibt im Dunkeln.«

Celine senkte den Blick.

»Was wollen wir Kerry Monahan denn noch antun?«, fragte sie. »Du hast ihr doch schon gedroht, sie abzuknallen, Trinity, aber trotzdem kein Wort aus ihr herausgekriegt.«

»Sie wird schon singen, keine Sorge.«

»Wieso sollte sie?«

Trinity lächelte und entblößte dabei einen abgesprungenen Vorderzahn. »Weil wir sie austricksen, natürlich.«

42

Im Krieg passieren auch mal Fehler, bei vielen Schlachten sind Sachen schiefgelaufen, Fehleinschätzungen, dumme Zufälle. Silvia wusste, dass Menschen auch mal versagen, vor allem, wenn sie schon zu lange im Einsatz waren. Nervliche Anspannung führt zu Erschöpfung, der unbedingte Wille zum Sieg brachte selbst erfahrene Soldaten in die Bredouille. Sie lehnte am Tresen ihrer Slushie-Bude und beobachtete, wie an diesem entscheidenden Weihnachtsmorgen in den Fenstern des leeren *Hotel Planet Hollywood* hinter der Eislaufbahn die ersten Strahlen der aufgehenden Sonne aufblitzten.

Aus dem Radio neben den Siruppumpen kamen im Stundentakt die Nachrichten, es wurde von drei getöteten Polizisten an einer Straßensperre bei Las Vegas berichtet. Nach dem Mord an den drei Bullen hatten sie sich beeilen müssen, konnten die Opfer nicht vergraben, weil der Boden zu hart und trocken war. Sie und Clara und Willis und Burke waren mit den Leichen in zwei Streifenwagen in die Wüste gefahren und hatten die beiden Fahrzeuge über einen Abhang geschoben. Aber der zweite Streifenwagen war an einem Vorsprung abgeprallt und in einer Felsspalte steckengeblieben, mit dem Kofferraum nach oben, von allen Seiten sichtbar. Burke hatte das Missgeschick erstaunlich gelassen hingenommen und sich stattdessen auf den großen Plan konzentriert, auf die nächsten Schritte, die sie wieder auf Linie bringen würden. Silvia hatte allerdings immer noch ein schlechtes Gewissen. Das ganze Theater war nur passiert, weil sie ihr Seiltattoo nicht gut genug versteckt hatte. Beinahe hatte sie damit das größte und wichtigste Ereignis versaut, den glanzvollen Sieg, den sie fürs *Camp* und damit auch für die *Aryan Nation* erringen würden.

Es war reines Glück, dass sie überhaupt zum Team gehörte. Wie sie hinterher erfuhr, hatte der Scharfschütze, den Burke für Tag eins der Operation eingeteilt hatte – ein Ex-Militär aus Hawaii, zu dem Burke im Gefängnis Briefkontakt aufgenommen hatte –, in letzter Minute einen Rückzieher gemacht. Daraufhin hatte ihr Gruppenleiter bei *Camp* sie in einem streng vertraulichen Gespräch in die große Mission für die Brotherhood eingeweiht. Silvia arbeitete erst seit drei Monaten für *Camp*, sie bildete neue Rekruten zu Scharfschützen und Jägern aus. Ihr Gruppenleiter wollte wissen, ob sie ein bewegliches Ziel aus mehr als siebenhundert Metern Entfernung treffen konnte und bereit sei, für die Sache zu töten. Silvia wusste, dass es bessere Schützen gab als sie, sogar unter den Rekruten, die sie ausbildete. Aber Burke wollte jemanden, der Wort hielt, Stillschweigen bewahrte und Befehlen blind gehorchte. Vollen Einsatz zeigte. Ihr Gruppenleiter informierte Silvia, dass sie sich vorher einige ihrer sichtbaren, rassistischen Tattoos entfernen lassen müsste, woraufhin sie sofort den ersten Termin zur Laserentfernung des Blitz-Tattoos an ihrer Schulter gebucht hatte.

Ganze acht Tätowierungen hatte sie sich weglasern lassen, aber das Seil war geblieben, schließlich war es unter dem Ärmel verborgen. Wer würde das schon als Symbol erkennen?

»Dumme Nuss!«, schalt sie sich. Ihre Stimme weckte Reiter, der auf dem Boden des Lasters in einen dumpfen Schlaf gesunken war. Der Gefangene lag in einer Ecke, die durch die Servierluke nicht einsehbar war. Seine Hände waren hinter dem Rücken mit Kabelbindern fixiert, die Knie und Fußgelenke mit Klebeband gefesselt. Das Klebeband vor seinem Mund war in der Mitte geknickt, weil er es immer wieder eingesogen hatte, vermutlich, um es irgendwie zu lösen. Silvia hatte mal gelesen, dass Fentanyl den Speichelfluss anregte. Sie verzog das Gesicht. Der Mann stank zum Himmel. Sie und Willis waren während der Fahrt von Pronghorn zum Unterschlupf und nach Vegas für seine Toilettengänge zuständig gewesen, aber jetzt waren sie am Ziel und mussten sich nicht mehr darum kümmern. Reiter würde den Imbisswagen nie mehr verlassen. Er würde hier sterben, eingepfercht zwischen diesen Metallwänden, wenn der Wagen in einem spektakulären Feuerball explodierte. Die Gasflaschen um ihn herum warteten nur darauf, dass man sie in die Luft jagte.

Silvia ließ den Blick über die Eisbahn schweifen. Die ersten Läufer waren schon eingetroffen, manche trugen blitzsaubere Schlittschuhe, vermutlich Weihnachtsgeschenke, gerade erst aus dem Karton genommen. Rund ums Eis versammelten sich Zuschauer mit rosigen Wangen, lächelten einander zu. Bald würde auch der Mädchenchor der Katholischen Schule von St. Agnes auf der Bühne stehen. Wenn die süßen Engel ihre kleinen Münder aufrissen, um das erste Weihnachtslied zu singen, würde Burke aus dem Wagen springen und sie abknallen. So stellte sich Silvia die Szene zumindest vor. Zuerst waren die Mädchen in ihren flauschigen, mit Silberglöckchen geschmückten Kostümen dran, danach würde Burke wahllos in die panische Menge ballern und dann zum Laster zurückkehren, der kurz zuvor in die Luft geflogen wäre. Im allgemeinen Chaos, im Rauch der Explosion verborgen, würde er mit dem Wagen fliehen, den Clara und Willis zu Beginn des Angriffs an den Hinterausgang gefahren hatten. Auf dem Fahrersitz des Imbisswagens würde die Polizei später Reiters verkohlte Überreste finden. Wenn alles nach Plan lief, bekamen die Familien statt der üblichen Zeichentrickfilme am Weihnachtsmorgen Eilmeldungen mit Bildern von zwölf erschossenen kleinen Mädchen zu sehen. Und direkt daneben das Verbrecherbild eines Schwarzen.

Und dann, dachte Silvia, *würde Krieg herrschen. Der wunderbare Krieg.*

Burke David Schmitz, der Führer der Neuen Welt. Und sie gehörte zum Kreis der Erwählten.

Burke riss die Türen des Imbisswagens auf und kletterte hinein. Silvia trat vom Tresen zurück, straffte den Rücken und wartete auf Befehle.

»Es ist Zeit, ihn umzuziehen«, sagte er.

Silvia nickte. Sie schloss die Luke, holte den Rucksack hinter dem Fahrersitz hervor und zog die schwarze Skimaske und die schwarze Schutzbrille heraus. Während Burke sich die eigene schwarze Maske wie eine Mütze auf dem Kopf zusammenrollte, versah Silvia den wild zuckenden, stöhnenden Anthony Reiter mit seiner Amokläuferkluft.

»Wäh!«, rief sie, »der schwitzt wie ein Schwein.«

»Ein paar von den Mädchen sind schon da«, sagte er. »Weiße Satinkleidchen. Ich hatte eigentlich rot erwartet, wie im Kalender vom letzten Jahr.«

»Es wird so wunderbar werden«, sagte Silvia. »Vom Anfang bis zum Ende.«

»Solange du nicht wieder Scheiße baust«, sagte Burke warnend.

»Nein, bestimmt nicht.«

Sie quetschten sich in die kleine Lücke zwischen den Gasflaschen und den Stahlschränken, warfen einen letzten, prüfenden Blick auf Reiters Kostümierung: schwarzes T-Shirt, Jeans, Boots. Identisch zu Burkes Aufmachung.

Silvia zählte stumm bis drei.

»Burke«, sagte sie schließlich, »wenn die Geschichtsschreibung später auf diesen Moment zurückblickt und man nach dem Krieg entdeckt, dass ich und du hier waren, in diesem Wagen gesessen und alles vorbereitet haben ...«

Die Worte purzelten ihr aus dem Mund, sie hatte sich nicht überlegt, wie sie den Satz beenden wollte. Er sah sie an, sein Blick wurde hart, er kniff die Lippen zusammen.

»... ich hoffe nur, dass sie verstehen, welch eine Ehre das für mich war«, fügte sie rasch hinzu.

Burke richtete sich auf und klappte die Servierluke wieder auf. »Konzentriere dich auf den Plan. Lass dich nicht von irgendwelchen großen Träumen ablenken.«

»Klar. Logisch. Mach ich nicht.«

»Weißt du, was du zu tun hast?«

»Ja, sicher.«

»Lass hören.«

»Wenn du anfängst zu schießen, binde ich ihn los, setz ihn auf den Fahrersitz und warte, bis du zum Laster zurückkommst und mir das Signal gibst, um die Gasflaschen hochzujagen, damit du fliehen kannst.«

»Gut. Das sagst du so lange vor dich hin, bis du es im Schlaf kannst. Immer wieder. Wir können uns keine Schnitzer mehr leisten.«

Sie nickte.

»Ich drehe noch eine Runde.« Er zog sich die Kapuze hoch und knallte die Tür hinter sich zu.

Silvia hielt sich den Kopf.

»Du dumme Nuss!«, schalt sie sich erneut.

Der Aufprall kam, als sie die Klappe der Servierluke befestigen wollte. Burke war auf der gegenüberliegenden Seite der Eisbahn unterwegs, vor dem Hotel. Sie beobachtete ihn, als etwas mit solcher Wucht gegen den Wagen krachte, dass sie fast hinfiel. Sie stolperte über Reiter, eilte zur Hintertür und versuchte, sie zu öffnen, doch sie bewegte sich nicht. Verwirrt stemmte sie sich dagegen, als die Tür plötzlich aufflog und gegen die Stoßstange eines anderen Imbisswagens krachte.

Silvia zwängte sich durch die Lücke und sprang aus dem Wagen, knallte die Tür hinter sich zu und marschierte auf den Fahrer zu, ein großer Schwarzer in knallgelbem T-Shirt, passend zur Farbe seiner Fressbude. Auf seiner Brust prangte ein Smiley-Button mit der Aufschrift: *Hi, I'm Rick!*

Silvia klatschte mit der flachen Hand an seine Scheibe. »Hast du *den Arsch* offen?«

Der Fahrer kurbelte das Fenster herunter. »Tut mir leid, Schätzchen! Wir müssen alle ein Stück aufrücken, der Churro-Wagen da hinten will auch noch rein.«

»Du bist in meinen Wagen gefahren!«

»Ja, sorry, sorry!« Er hob beide Hände. »Ist aber nicht so schlimm. Nur das Nummernschild ist ein bisschen verbogen. Warte kurz, bis ich alles gesichert hab, dann komm ich rüber und mach dir die Delle wieder raus.«

»Das ist nicht nötig.«

»Kein Problem. Ich mach alles wieder glatt, Babe.«

»Ich hab gesagt, das ist nicht nötig!«, zischte Silvia. Rick wich erschrocken zurück. »Sperr deine Elefantenlauscher auf!«

»Meine ... *was*?«

»Du hast mich schon verstanden, *Boy*«, sagte Silvia. »Sperr die Lauscher auf. Ich werde meinen Wagen keinen Zentimeter bewegen. Diesen Platz habe ich schon vor drei Monaten gebucht. Und wenn du mein Nummernschild auch nur anfasst, hetz ich dir die verdammten Cops auf den Hals.«

Silvia drehte sich um und kehrte zurück zu ihrem Wagen. Rick sah ihr mit offen stehendem Mund hinterher. Sie riss die Tür mit solcher Wucht auf, dass sie seine Stoßstange verbeulte, stieg ein und knallte sie hinter sich zu.

43

Kradle packte Gary Mullins am Schlafittchen, zerrte ihn aus dem Bett und beförderte ihn mit einem kräftigen Tritt in die nächste Ecke. Er spürte den Aufprall bis in die Hüfte, was ihn wahnsinnig freute. Mit dem Fuß auf seinem Nacken drückte er ihm das Gesicht in den Teppich, dann bohrte er ihm den Lauf seiner Waffe hinters Ohr.

»Wo ist die Frau?«

»Ma-Marie, Marie, Marie ist …«, stammelte Mullins. »Marie ist in Denver mit ihrer Schwester.«

»Aufstehen«, wiederholte Kradle, gab dem Mann aber keine Möglichkeit, dem Befehl zu folgen. Er zog ihn auf die Beine, stieß ihn gegen den Türrahmen und kickte ihn wie einen Ball durch den Flur. Doch noch während er den Mann durchs halbdunkle Haus in Richtung Veranda manövrierte, machte sich ein neues Gefühl in ihm breit und mischte sich unter die süße, finstere Lust der Rache: Beunruhigung. Es war, als hätte sich eine Schraube gelöst und sein Konstrukt wäre aus den Fugen geraten. Während sich nämlich alles genau so abspielte, wie er es sich nach dem Tod seiner Familie zigmal ausgemalt hatte, verspürte er jetzt eine seltsame Leere. Seine Schläge trafen nicht auf den nötigen Widerstand. Mullins' panische Schmerzensschreie waren nicht laut genug. Mullins wehrte sich nicht. Kradle stieß ihn auf die Terrasse. Auf den Stufen glitt der ältere Mann aus und stürzte fast in den Garten.

»Weißt du, wer ich bin?«, zischte Kradle.

»Ja, ja doch. Sie sind John Kradle.«

»Du hast meine Familie umgebracht.« Seine Stimme schien ihm in diesem Moment völlig ungeeignet, um seinem geballten Schmerz Ausdruck zu verleihen. »Mein Sohn Mason war fünfzehn Jahre alt!«

»Hören Sie …« Mullins versuchte sich umzudrehen, aber Kradle schlug ihm den Lauf der Waffe so hart ins Gesicht, dass der Mann zu Boden ging. Er folgte dem verzweifelt über den Rasen robbenden Mullins bis ans Ende des Gartens. Dort zerrte Kradle ihn auf die Füße und stieß ihn durch das kleine Holztor im Zaun.

Vor ihnen lag die harte, gnadenlose Wüste. Formlose, Ödnis, eine wogende Landschaft aus aufgeplatzter Erde und Sand, die am Horizont an die rasiermesserscharfen, in der Dämmerung glühenden Gebirgsrücken stieß. *Hier soll es sein*, dachte Kradle. Es war nicht wie die kalten, harten Fliesen, wo Mason mutterseelenallein gestorben war, kam dem Bild, das Kradle im Kopf hatte, aber schon recht nahe. Mullins schob sich auf wackeligen Beinen vorwärts, bis Kradle ihm befahl, stehen zu bleiben.

»Hier wirst du sterben«, sagte er. »In Angst und Schrecken, unter Schmerzen, genau wie meine Familie.«

»Hören Sie«, wiederholte Mullins, die blutigen Hände erhoben, mit denen er sich zuvor die aufgeplatzte Lippe abgewischt hatte. »Hören Sie bitte. Was ich getan habe, war ein Akt des Bösen, das Schlimmste, was ein Mensch tun kann. Ihr Sohn hat gelitten.«

»Sprich nicht über meinen Sohn!«, fauchte Kradle.

»Ich war …« Mullins schüttelte den Kopf. Tränen liefen ihm über die Wangen. »Ich möchte es Ihnen erklären. Bitte, bitte. Ich bin … abgestürzt, okay. Nach dem Krieg war … alles finster. Mein eigener Sohn hat mir etwas gestanden, ich war verwirrt, traumatisiert. Im Tal der Trauer konnte ich Gottes Liebe nicht mehr spüren …«

»*Gottes Liebe*?«

»Ich konnte sein Wort nicht hören. Jetzt geht es mir wieder besser.« Mullins keuchte. Er rieb sich die Flanke, wo Kradle ihn getreten hat. »Dank seiner Weisheit kann ich … zurückblicken und erkennen, was mich zu dieser Tat getrieben hat. Meine vielen Sünden. Ich … bitte Sie um Gnade.«

»Gab es Gnade für meinen Sohn?«, brüllte Kradle. »Für meine Frau? Für ihre Schwester? Wo war …« Ihm blieb die Luft weg, er konnte nichts mehr sagen. »O Gott. Gott! So sollte das nicht laufen. Du sollst mich nicht anflehen. Wie kannst du es wagen, mich *anzuflehen*, verdammte Scheiße!«

»Ich … ich … ich«, Mullins' Hände krallte sich in den Boden, er suchte nach einer Erklärung, sein Blick war wirr, er mied Kradles Gesicht. »Ich brauchte einen Sündenbock. Da war Ihre Frau. Nach der Show, nach allem, was mir da passiert war, brauchte ich einen Blitzableiter für die ganze Wut. Mein Sohn hatte mir gerade gestanden, dass er nicht … der Mensch war, für den ich ihn gehalten hatte. Ein Fremder. Als wäre er …«

Kradle stellten sich die Nackenhaare auf. Er wartete nur darauf, dass der Mann seinen Satz mit »… gestorben« beendete. Mullins hatte die Wut in den Augen seines Widersachers offenbar richtig gedeutet, denn er stammelte schnell weiter.

»Was Ihre Frau an dem Tag zu mir gesagt hat … das hat mir wehgetan. Ich war krank und hab wie ein Kranker reagiert. Aber direkt danach, als ich aus Ihrem Haus gekommen bin, habe ich Gottes Stimme gehört …«

Kradle zwang sich zu atmen.

»Gott hat mir gesagt …«

»Was hat er gesagt, Mullins?«, fragte Kradle. »Offenbar nicht, dass du dich stellen sollst. Hat er gesagt, du sollst mich in einer Todeszelle verschimmeln lassen?«

442

»Hören Sie zu, bitte!«

Kradle verlor langsam die Kraft. Seine Hand mit der Waffe zitterte. Er konnte nur dastehen und zuhören, Mullins' sinnlose Worte über sich ergehen lassen, denn alles, was er gewollt hatte, löste sich vor seinen Augen auf. Er wollte den Mörder seines Sohnes bekämpfen. Wollte ihn niederringen und bestrafen, einen Blick auf das Böse erhaschen, das diesen Mann an jenem schicksalhaften Tag angetrieben hatte, und es mit seiner eigenen bösen Kraft vernichten. Aber vor ihm lag ein altes winselndes, weinendes, blutendes Wrack, ein gebrochener Mensch, der sich nicht wehren, sondern einfach sterben würde wie ein geprügelter Hund.

Kradle war ins Haus am Cloudrock Court eingebrochen, um seine Wut an Mullins abzureagieren, aber stattdessen empfand er nur Enttäuschung und Abscheu. Er ließ die Waffe sinken, die auf einmal unerträglich schwer geworden war.

»Ich kann dich nicht töten«, sagte Kradle. »Es geht nicht. Nicht so.«

Er atmete tief ein und versuchte sich damit zu trösten, dass Mullins für den Rest seines Lebens hinter Gittern verbringen würde, in dieser stinkenden, irren Vorhölle, in der er selbst die letzten fünf Jahre versauert war.

»Wenn Sie ...«

»Nein, halt die Fresse! Steh auf. Wir gehen. Ich bring dich jetzt zur Polizei.«

»Sie haben nichts mehr. Denken Sie doch mal nach. Es ist alles weg, ich hab's Ihnen genommen. Das tut mir auch echt leid, aber ich habe noch eine Frau. Und einen Sohn. Es gibt Menschen aus meiner Gemeinde, die mich schätzen und brauchen. Deswegen kann ich nicht machen, was Sie von mir verlangen. Ich kann nicht ins Gefängnis gehen.«

»Wie bitte?« Kradle schüttelte den Kopf. »Wieso glauben Sie ...«

»Bitte sagen Sie mir, dass Sie mir vergeben. Vergeben Sie mir jetzt, bevor man Sie wieder einsperrt.«

Kradle war verwirrt.

Als er einen Schritt zurücktrat, passierten zwei Dinge. Kradle erkannte seinen Fehler. Mullins trug Schuhe. Die er schon getragen, als Kradle ihn geweckt und aus dem Bett gezerrt hatte. Dann spürte er die Waffe an seinem Nacken.

»Fallen lassen!«, sagte eine männliche Stimme.

Der Mann ergriff seine Hand. Kradle ließ die Waffe los.

»Auf die Knie!«

Kradle gehorchte. Er sank in den warmen Wüstensand. Der Mann trat vor ihn, offenbar war er allein. Verwundert beobachtete Kradle, wie sich sein Widersacher erst die Brille hochschob, dann seine Waffe aufhob und sie ihm vor den Bauch hielt. Dabei sah er seine Tätowierung am Handgelenk: 4KEEPZ.

»Was soll das?«, jammerte Mullins, der am ganzen Leib zitterte. »Wieso hat das so lange gedauert? Wo sind Ihre Leute? Sie haben gesagt, es kommt eine ganze Mannschaft.«

Keeps zuckte die Achseln. »Tja. Das war gelogen«, sagte er. »Passiert mir öfter.«

»Was haben Sie vor?«

»Das wirst du gleich merken«, sagte Keeps. Dann schoss er Mullins in die Stirn.

44

Als Celine das Krankenzimmer betrat, lag Kerry Monahan auf der Seite. Sie war größer, als Celine es in Erinnerung hatte. Bruchstücke der letzten alptraumhaften Szenen blitzten vor ihr auf, sie und das kleine, zarte Mädchen auf der Flucht durch den Wald. Aber die Person, die sich jetzt zum Sitzen hochschob, war breitschultrig und hatte lange Beine, die am Fußgelenk mit einer Kette ans Bettende gefesselt waren. Celine setzte sich auf den einzigen Stuhl im Zimmer.

»Spar dir die Mühe«, sagte Kerry, bevor Celine noch den Mund geöffnet hatte. »Ich weiß genau, was du sagen willst.«

»Na, sieh mal an«, bemerkte Celine.

»Ja.« Monahan strich sich die Haare glatt, die Spitzen ihres Pferdeschwanzes waren immer noch schmutzverkrustet. »Verschiedene Ausgaben von dir haben sich hier schon die ganze Nacht die Klinke in die Hand gegeben. Besorgte Cops, die mich ach so gut verstehen, denen ich so leidtue, die mir nur helfen wollen. Das Problem ist, niemand kann das. Es ist zu spät.«

»Erstens: Ich bin kein Cop. Zweitens: Es ist es noch nicht zu spät. Was auch immer Schmitz geplant hat, dir bleibt noch genug Zeit, es uns zu sagen und Leben zu retten, Kerry.«

»Ich habe getötet«, sagte sie und zupfte an dem Verband um ihren Finger herum. »Der Typ aus dem Wildpark? Der mit der Tasche? Das war ich. Ich habe ihn umgebracht. Das war meine Aufgabe. Ich habe die Henkel der Tasche mit dem Zeug präpariert, das sie mir gegeben haben. Gift oder was auch immer das war. Alle guten Cops, die hier waren, und die Anwälte haben mir erzählt, ich könnte mildernde Umstände bekommen, wenn ich sage, ich hätte nur Schmiere gestanden, damit Burke die Zielperson sicher beseitigen konnte. Aber ich lege gern ein Geständnis ab: Ich war's, ich hab's getan.«

»Erzähl mir die ganze Geschichte«, sagte Celine. »Ich will wissen, wie sie ausgeht.«

»Vergiss es. In weniger als einer Stunde wirst du es erfahren.«

Celine schüttelte traurig den Kopf. Das Mädchen sah sie ungerührt an, sie begriff offenbar nicht, wie tief Celines Schmerz saß.

»Nimm's nicht persönlich«, sagte Kerry Monahan. »Du hast versucht, mich zu beschützen, damals im Wald. Ich erinnere mich an dich. Und ich bin dir dankbar. Es geht hier aber nicht um dich. Ich tue, was ich tue, damit wir alle in einer besseren Welt leben können.«

»*The Camp*«, sagte Celine. »Sie haben ihren Scharfschützen angewiesen, dich umzulegen. Verstehst du? Sie wussten, dass wir dich einholen, und wollten dich mundtot machen.«

Das Mädchen hob die Hand und schloss die Augen.

»Diese Leute sind nicht deine Freunde. Sie werden dir nicht helfen.«

»Wir alle haben der Sache die Treue geschworen. Alles andere ist unwichtig.«

Celines Handy vibrierte. Sie zog es aus der Tasche, sah aufs Display und schlug sich die zitternde Hand vor den Mund.

»Was?«, fragte Monahan.

»O Gott!«, rief Celine.

»Was? Was ist passiert?«

Celine sprang auf, den Blick immer noch aufs Display gerichtet.

»Er hat es getan«, sagte sie. »Er ... er hat es getan. Lieber Gott, nein.«

»Zeig her!«, Monahan grapschte nach dem Gerät. »Das muss ich sehen.«

»Zwei große Explosionen«, las Celine vor. »Eine in und eine vor der Kirche von Saint Joan of Arc. Einsatzkräfte berichten von mehreren Dutzend Toten.«

Kerry sah sie verwirrt an. Wieder griff sie nach dem Handy.

»Das ... war nicht geplant«, murmelte sie. Celine überließ es ihr. »Was ist mit den Mädchen und der Eisbahn?«, sagte Kerry.

Erst da sah sie den Timer auf dem beleuchteten Display, den Celine vorher eingestellt hatte, damit der im richtigen Moment vibrierte. Kerrys Mundwinkel verzogen sich zu einer niederträchtigen Grimasse, sie funkelte Celine mit ihren kleinen, fiesen Augen an.

»Welche Eisbahn?«, fragte Celine.

Kradle kroch durch den Wüstensand auf Mullins zu, nahm seinen Kopf in die Hände und versuchte zu verstehen, was hier gerade geschehen war. Im goldenen Licht der Morgensonne hatte das Blut im Sand eine violette Farbe angenommen. Der Schütze beobachtete ihn, den Finger immer noch am Abzug, den Kopf leicht schiefgelegt. Sein Blick wanderte genüsslich über die Szene, als wollte er sich sämtliche Einzelheiten einprägen.

»Ich gebe dir noch ein paar Sekunden, dann hauen wir hier ab«, sagte der Mann mit der Tätowierung.

»Wer ...« Seine Finger waren voller Blut. »Wer ...?«

»Ich bin Walter Keeper. Ein Freund von Celine. Oder besser, Ex-Freund.« Keeps zuckte die Achseln. »Ich bin der

Mann, der blitzschnell eine neue Identität annimmt. Wie ein Chamäleon. Im Moment bereite ich mich auf meine neue Rolle als Millionär vor.«

Kradle hörte nicht richtig zu. In ihm brodelte es. In seinen Händen starb die letzte Möglichkeit, seine Unschuld zu beweisen. Die Chance zur Rache hatte er bereits vertan.

»Vor einer Sekunde war ich noch ein Mörder«, fuhr Keeps fort, mehr im Selbstgespräch. »War nicht das erste Mal. Normalerweise habe ich kein Problem damit, aber das hier wollte ich eigentlich vermeiden. Aber ich konnte nicht riskieren, dass der Typ hier von meinem Anruf faselt, schließlich habe ich mich am Telefon als Polizist ausgegeben und ihm gesagt, du wärst schon auf dem Weg, er soll sich wieder ins Bett legen und mitspielen, damit wir dich in die Falle locken. Zu kompliziert. Außerdem sind die Jungs von der Polizei meiner Erfahrung nach nicht besonders begeistert, wenn man sich als Cop ausgibt.«

Kradle ballte die Fäuste.

»Hey, Mann, ich hab dir einen Gefallen getan«, sagte Keeps. »Was der Typ deiner Familie angetan hat, das war echt scheiße. Wir wissen doch beide, dass du ihn umgelegt hättest. Jetzt kannst du beruhigt in deine Zelle zurückkehren. Alles ist unter Dach und Fach. Auch, wenn du's nicht selbst gewesen bist.«

Kradle rappelte sich auf und drehte sich um. Keeps hob die Waffe und zielte auf seine Brust.

»Sei kein Dummkopf!«, warnte er.

Aber Kradle war nicht zu stoppen. Selbst, nachdem Keeps ihm in die Brust geschossen hatte, ging Kradle weiter auf ihn los.

»Nein, nein, nein!«, jammerte Keeps.

Kradle packte den Mann mit einer Hand am Kragen und

schlug ihm mit der anderen die Waffe aus den Fingern. Dann stieß er ihn mit solcher Wucht zu Boden, dass sein Kopf dort abprallte und wieder hochsprang, und drückte ihm die Kehle zu. Der kleinere Mann grapschte verzweifelt nach Kradles Händen und seinem Hals, seine Finger gruben sich in seine Haut, aber Kradle spürte keinen Schmerz, nur diese schwere Last, die auf ihm lag und es ihm unmöglich machte, von Keeps abzulassen. Der kleinere Mann schlug und trat um sich, fand irgendwann Halt im Sand und wand sich unter seinem Widersacher, rammte ihm den Ellbogen ins Gesicht und krabbelte davon. Kradle folgte ihm. Keeps war immer noch auf allen vieren, japste nach Luft, als Kradle ihm seinen Stiefel in den Rücken rammte und ihn flach auf den Boden drückte. Keeps hustete, keuchte.

Kradle kniete sich neben seinen Kopf. »Du hast dir den falschen Gegner ausgesucht«, zischte er ihm ins Ohr.

»Ja, ja, das hab ich jetzt auch verstanden«, krächzte Keeps und spuckte Blut in den Sand. »Bitte, bitte, Mann. Lass mich einfach …«

Kradle boxte ihm gegen den Schädel. Keeps erschlaffte. Sein Atem ging nur noch flach und rasselnd.

Er schlang sich den schlaffen Körper wie einen Sack über die Schulter und trug ihn durchs Tor zurück in Mullins' Garten, über die Terrasse ins Haus, obwohl er nicht wusste, was er mit ihm anfangen sollte. Dieser Mann war der einzige Zeuge, der bestätigen könnte, dass Kradle Mullins nicht erschossen hatte. Es war schlimm genug, dass er den Mörder seiner Familie nicht hatte bestrafen konnte. Die Vorstellung, für einen Racheakt ins Gefängnis zu wandern, den er nicht mal ausgeführt hatte, war unerträglich. Pronghorn mit seinen engen Zellenwänden, das Klirren der Tore, das Schrillen der Alarmsignale, nein, er könnte es nicht noch einmal aushalten. Schon jetzt hatte er ihn wieder in der Nase, den Geruch von Verzweiflung, den Gestank der anderen Männer in den Todeszellen. Seine Brüder, die auf die Hinrichtung warteten. Kradle hatte keinen Plan. Er ging einfach ins Wohnzimmer, Keeps noch immer über seiner Schulter.

»Heben Sie die Hände, Gefangener!«, sagte jemand.

Kradle fuhr herum.

Grace Slanter stand in der Küche mit den großen Fenstern und den fröhlichen Zitronenvorhängen, der Lauf ihres Sturmgewehrs war direkt auf Kradle gerichtet. Sie trug staubige Jeans, ein Flanellhemd, schmutzverkrustete Stiefel.

»John Kradle«, sagte sie. »Du siehst echt scheiße aus.«

»Ja, das haben mir schon viele gesagt. Woher wussten Sie, dass ich hier bin?«

»Hab eine Nachricht gekriegt.«

»Okay«, sagte Kradle, obwohl er nichts verstand. Das war ihm aber auch egal. Alles war egal. Sein Hemd hatte sich blutrot verfärbt, seine Schulter schmerzte. Er wusste, dass er ein Loch unter dem Schlüsselbein hatte, doch das würde ihm nur starke Schmerzen bringen, nicht den Tod.

»Ich habe gesehen, was passiert ist«, sagte Slanter und bewegte die Waffe kurz zum Fenster. »Alles. Dass du Mullins nicht umgebracht hast, sondern der da, den du auf der Schulter trägst.«

Kradle umklammerte Keeps' Bein und schob ihn höher auf seine unverletzte Schulter.

»Wenn Sie sich das merken und bei der Vernehmung wiederholen könnten, wäre das prima«, sagte er.

»Kein Problem«, sagte sie.

»Kann ich mich irgendwie revanchieren?«

»Ja«, sagte Slanter. Mit einer Hand an der Waffe zog sie Handschellen aus der Tasche und warf sie Kradle vor die

450

Füße. »Leg ihm die an und trag ihn rüber zu meinem Pick-up. Da gebe ich dir dann dein persönliches Exemplar.«

45

Burke stand vor der Bühne und beobachtete, wie die kleinen Mädchen das Podest bevölkerten und ihre zugeteilten Positionen einnahmen. Zwölf waren es, fast alle blond, jede trug ein mit Kunstpelz besetztes Kleidchen aus Satin im Stil eines Baby-Dolls, Rüschensöckchen, Heiligenscheine aus Draht und weiße Federn. Langsam trafen die ersten Zuschauer ein, einige von ihnen offensichtlich Eltern, die ihren Mädchen zuwinkten und sie mit Gesten ermunterten. Willis hatte sich genau mit diesem Auftritt beschäftigt. Das Weihnachtssingen hatte auch im vergangenen Jahr auf dieser Bühne stattgefunden, daher konnte er aus regionalen Nachrichtenbeiträgen und Online-Videos eine exakte Zeitleiste erstellen. Burke sah auf die Uhr: zweiundvierzig Minuten vor acht. Auf der Bühne wurde noch hektisch arrangiert und umgebaut. Damals, vor einem Jahr, war um kurz vor neun ein Mann ans Mikro getreten, hatte die Mädchen vorgestellt, und um drei Minuten nach neun war es losgegangen. Er wollte mit dem Schießen warten, bis die Eisbahn und der Zuschauerbereich komplett voll waren.

Zufrieden schlenderte er zurück zum Slushie-Wagen. Bevor er hineinkletterte, warf er einen raschen Blick auf den Parkplatz, wo Willis und Clara mit dem Fluchtfahrzeug auf ihn warten würden. Von hier aus sah er nur ein Stück vom linken Vorderscheinwerfer des alten weißen Transporters. Mit dem treuen Gefährt war er bereits von Pronghorn nach Vegas gefahren, nach dem Massaker würde es ihn und seine Leute zuverlässig von hier wegbringen. Vermutlich würde das Vehikel einst im Museum landen, zusammen mit seiner Waffe und den Überresten des Slushie-Wagens.

Ein Mädchen aus dem Ensemble sah zu ihm hinüber und winkte, verbarg dann das Gesicht mit den Händen und kicherte.

»Tut mir leid«, murmelte er. Das stimmte sogar. Es tat ihm leid, dass er dieses Massaker anrichten musste, ja, es schmerzte ihn tief. Aber es war nicht seine Schuld, dass es so weit gekommen war. Der weiße Mann war schwach geworden, hatte die Waffen niedergelegt, wenn er sich hätte wappnen sollen, hatte jahrelang zugehört und nachgegeben, statt stark und unbeugsam zu bleiben, und die Realität ignoriert, die jetzt jedem ins Gesicht starrte. Diese armen Kleinen mussten nun dran glauben, damit die Welt zu einer neuen Ordnung finden konnte, und das war tragisch, aber die Zukunft wird oft aus Blut geboren. Dem Blut Unschuldiger. Die Unschuldigsten der Unschuldigen, die Reinsten der Reinen. Es würde nicht leicht werden. Aber es musste geschehen.

Burke riss die Tür auf und kletterte hinein. Silvia wartete bereits auf ihn. Er öffnete die Tasche mit dem Gewehr und warf einen Blick auf die Uhr.

»Gleich geht's los«, sagte er.

Celine klammerte sich am Griff über dem Seitenfenster fest und stemmte die Füße mit aller Kraft in den Boden, als Trinity mit Affentempo über die Bodenschwelle vor der Ausfahrt des Patientenparkplatzes bretterte.

Der Wagen schlingerte scharf zur Seite, aber Trinity gab Gas und sauste dann ohne Wenn und Aber über die Kreuzung. Celine japste entsetzt. »Was, wenn es nicht die Eisbahn von Planet Hollywood ist?«, fragte sie, als sie ihre Stimme wiedergefunden hatte. »Was, wenn sie eine andere Bahn gemeint hat ...«

»Es muss einfach stimmen«, sagte Trinity. »Eine andere kommt nicht infrage.«

»Weil sie ›Mädchen‹ gesagt hat?«

»Genau. Aber wenn wir uns irren …«

»Wir irren uns nicht«, sagte Celine.

Kaum waren sie auf dem Highway, musste Trinity eine Vollbremsung einlegen. Vor ihnen war ein Riesenstau.

Burke legte den Sicherungshebel seiner Automatik um und warf einen letzten Blick auf Silvia, die sich am Tresen festklammerte, die Kiefermuskeln sichtlich angespannt.

Auf der Bühne wurde jetzt der Mädchenchor angekündigt. Als sie das erste Lied anstimmten, ging ein Lächeln über sein Gesicht. *White Christmas*. Perfekt!

»Auf geht's«, sagte er.

Silvia nickte nur.

Burke drückte die Klinke herunter und stemmte sich gegen die Tür.

Sie ging nicht auf.

Vor der Verkaufsseite ertönte ein lautes Motorengeräusch, kurz darauf ein markerschütterndes Knirschen. Metall auf Metall. Ein Imbisswagen hatte so dicht vor ihrem geparkt, dass sich die beiden Servierluken berührten. Burke spähte durch die Scheibe direkt ins Innere eines knallgelben Wagens, in dem ein Schwarzer in gelbem T-Shirt stand, die Arme verschränkt. Ein Blick nach vorn durch die Windschutzscheibe verriet ihm, dass ein weiterer Wagen rückwärts auf sie zurollte. Sie waren von allen vier Seiten eingekeilt.

»Bitch!« Der Mann im gelben T-Shirt lehnte sich über seinen Tresen und zeigte auf Silvia. »Ich und ein paar meiner Freunde haben uns zusammengetan, um dir zu erklären, warum du dich entschuldigen solltest …«

Burke trat neben Silvia an die Servierluke und feuerte. Der Mann im gelben T-Shirt hatte sich schneller wegge-duckt, als Schmitz nachlegen konnte. Kurzerhand kletterte er auf den Tresen und zog sich am Fensterrahmen hoch. Draußen herrschte bereits wildes Geschrei, die Leute waren wegen der Schüsse in Panik geraten. Schmitz hoffte instän-dig, dass man die Mädchen nicht schon von der Bühne ge-schoben hatte, bevor er endlich hier rauskam.

Er klemmte sich das Gewehr unter den Arm und schob sich durch die Luke. Nachdem er sich in den Spalt zwischen den beiden Fahrzeugen gequetscht hatte, konnte er aufs Dach des gelben Wagens klettern. Von dort aus sondierte er die Lage.

So hatte er es sich vorgestellt. Männer und Frauen liefen um ihr Leben und kamen als stetig anschwellende Menge zwischen den dicht an dicht nebeneinander geparkten Im-bisswagen und den Holzwänden vor dem Hotel zusammen – eine panische Menschenwelle. Manche suchten rund um die Bühne herum Schutz. Auf der Eisbahn drückten sich verängstigte Familien an die Bande, nur ein Pärchen stol-perte panisch im Kreis übers leere weiße Eis, perfekte Ziel-scheiben. Einige Mädchen wurden bereits von der Bühne gezerrt, aber die anderen standen wie vom Donner gerührt da, ihre kleinen Heiligenscheine zitterten.

Schmitz hob das Gewehr und zielte auf die Bühne.

Sein Finger hatte die Abzugssicherung noch nicht gelöst, als eine laute Stimme das Geschrei übertöne. Als er hinun-terblickte sah er eine Frau mit dickem Verband um den Hals vor der Eisbahn auf ein Knie gehen.

Trinity schoss. Schmitz spürte einen brennenden Schmerz in seinem Oberschenkel. Die zweite Kugel, die durch seinen Wangenknochen in seinen Schädel einschlug, war wie ein Schlag, so heftig, dass sein Kopf nach hinten schnellte. Das Dach des Imbisswagens wurde zu einem Boot in turbulenter See.

Er stürzte in die Tiefe und schlug auf dem Boden auf. Der Imbisswagen, der die Tür versperrt hatte, war schon zu Beginn des Dramas davongebraust. Schmitz sah Silvia aus dem Wagen klettern. Doch bevor sie fliehen konnte, stellte sich ihr jemand in den Weg.

»Nicht so schnell, Bitch!«

Schmitz drehte den Kopf zur Seite. Celine Osbourne versetzte Silvia einen so heftigen Schlag ins Gesicht, dass sie mit voller Wucht auf dem Boden aufschlug, abprallte und schließlich auf der Seite liegenblieb. Aber das konnte nicht stimmen. Die Schließerin aus Pronghorn war sicher nicht hier angetanzt, um seine Kameradin an der Flucht zu hindern. Reine Einbildung, garantiert.

Genau wie die verschwommenen Bilder vom weißen Transporter, der ein hektisches Wendemanöver ausführte, losbrauste und dabei fast eine Mutter mit einem kleinen Engelsmädchen im Arm umgefahren hätte. Schmitz wusste genau, dass seine treuen Kameraden ihn nicht im Stich lassen würden. Das gaukelte ihm sein langsam wegdämmernder Verstand nur vor, es waren die Wahnbilder eines Hirns, in dem eine Kugel steckte.

Während es vor seinen Augen langsam dunkel wurde, lag Schmitz auf dem warmen Asphalt und lauschte: panische Schritte, Schreien, Weinen.

Ein wunderbares Requiem.

46

Damals, als John Kradle das erste Mal im gesicherten Transporter ins Gefängnis von Pronghorn gebracht wurde, hatte er nichts vom Inneren der Haftanstalt mitbekommen. An einem Eisenring an der Bank festgekettet, hatte er die ganze Fahrt über stumm zu Boden gestarrt und nicht auf die Plauderversuche des Polizisten reagiert, der das Pech gehabt hatte, ihn dort hinten bewachen zu müssen.

Jetzt, in Grace Slanters Pick-up, konnte er genau beobachten, wie sie den kleinen Hügel hochfuhren und wie schließlich die breite Straße nach Pronghorn vor ihnen erschien. Es war dieselbe Straße, auf der vor nur ein paar Tagen der Bus mit den Familienmitgliedern gestrandet war. Kradle rutschte auf seinem Sitz herum, die Hände flach gegen die Rückenlehne gedrückt, die Kette zwischen den Schellen straff gespannt. Grace Slanter hatte ihm die Schulter notdürftig mit Geschirrtüchern aus Mullins' Küche verbunden, aber die Wunde fühlte sich warm an, und Kradle ahnte, dass sein Adrenalinspiegel schon bald nicht mehr hoch genug sein würde, um die Schmerzen zu übertünchen.

Der Gefängniskomplex wurde zunehmend größer, alle drei Einheiten, Minium, Medium, Maximum, die sich zunächst wie eine graue Masse gegen die riesigen Mauern abgezeichnet hatten, waren jetzt deutlich zu unterscheiden. Hinten auf der Rückbank schlenkerte Keeps' schlaffer Körper hin und her, er war immer noch bewusstlos und aus seiner Nase tropfte Blut auf das mit Wüstensand bedeckte Polster. Slanter, die auf der gesamten Fahrt so gut wie kein Wort gesprochen hatte, zog jetzt plötzlich auf den Seitenstreifen und blieb stehen.

»Ich mache jetzt einen Anruf«, sagte sie und zog ihr Handy hervor, wobei ein dünner Strahl Wüstensand aus ihrer Tasche auf die Sitzbank rieselte. Auf seinen fragenden Blick reagierte sie nur mit einem Achselzucken.

»Ich hab ein paar Tage in der Wildnis verbracht«, sagte sie.

Kradle nickte. »Verstehe.« Er schaute wieder zum Gefängnis, vor dem er jetzt mehrere Kleinwagen, Transporter und Helikopter erkennen konnte. Grace informierte die Presse darüber, dass sie einen geflohenen Häftling nach Pronghorn zurücktransportierte, es wäre gut, wenn die Teams schon mal ihre Kameras aufbauten. Als das Gespräch beendet war, trafen sich ihre Blicke, und die ältere Direktorin lächelte verlegen.

»Ich brauch ein bisschen gute Presse«, sagte sie.

»Kann ich mir vorstellen.«

»Ich parke vor dem Tor und bringe dich zu Fuß rein«, sagte sie. »Vielleicht kannst du ein bisschen ... mitgenommen aussehen?«

»Wenn's weiter nichts ist«, sagte Kradle.

Slanter lächelte. Kradle lächelte zurück. Sie startete den Motor und fuhr weiter.

Die Brille mit dem Goldrahmen und der Kette entsprach genau den Vorgaben des Gefängnisarztes. Axe setzte sie auf, um die Aufschrift auf der kleinen Tafel auf dem Sandsteinblock am Rand des Yachthafens besser lesen zu können. *Marina Del Rey ist der größte künstlich angelegte Freizeithafen Nordamerikas*, lautete die Information. Das fand Axe jetzt nicht besonders beeindruckend, aber als er sich aufrichtete und den Blick über die Anlage schweifen ließ, erkannte er, dass hier mehr als tausend Boote vertäut waren, was dann doch eine ziemlich reife Leistung darstellte. Er drückte den in der Meeresbrise flatternden Klettverschluss seiner Tasche wieder fest, schlenderte damit den Hafen entlang und las im Vorübergehen die Namen der einzelnen Boote. *The Adventurer. Explorer. Distant Sunsets. Flying Free.* Axe fand nicht, dass die Leute auf den Booten aussahen, als wären sie jemals unfrei gewesen. Er kam an einer zwölf Meter langen Yacht vorbei, auf deren Achterdeck Männer in weißen Shorts und Kniestrümpfen zusammenstanden, Orangensaft aus Weingläsern tranken und sich an Platten mit Aufschnitt bedienten. Auf einem anderen Boot baumelten ein paar Kinder kopfüber vom Geländer und ließen die Fingerspitzen durchs Wasser gleiten, bis eine tiefgebräunte Frau in sonnengelbem Kleid aus dem Unterdeck geschossen kam, sie ausschimpfte und wieder ins Boot zerrte. Axe hatte kein bestimmtes Ziel, vielleicht würde er sich ans Ende der Anlegestelle setzen und den Inhalt der Tasche inspizieren, doch dann kam er an einem Typen vorbei, der eine dieser wasserdichten Kisten mit Klappverschlüssen an den Seiten über eine kurze Gangway zu einer großen weißen Yacht schleppte. Am Ende der Gangway versuchte er, das schwere Teil auf seinem Knie abzustellen, damit er mit einer freien Hand die kleine Kette vor dem Zugang zur Yacht lösen könnte. Er flippte sich lässig den zu langen Pony aus dem Gesicht, als er Axe entdeckte.

»Hey, Kollege!«, rief er und schenkte ihm das erwartbare Grinsen eines Schwachkopfes, der sich nicht vorher überlegt, wie er seine Aufgabe am besten erledigt. »Kannst du mir kurz helfen?«

»Klar«, sagte Axe.

Er vergewisserte sich, dass sein deutscher Pass sicher im kleinen Umhängebeutel unter seinem Hemd verstaut und der Reißverschluss geschlossen war. Wenn Axe jetzt ins Wasser fiel, wäre das wenigstens keine Katastrophe mehr. Er wartete, bis der Typ die Kiste wieder zurück über die Gangway getragen hatte, dann lief er über den schmalen Steg bis zur Yacht vor und löste die Kette. Weil ihm nichts anderes übrigblieb, betrat er das Boot, um den Kistenidioten vorbeizulassen. Da stand er, die Reisetasche in der Hand, ein bisschen stolz, dass er sich so nützlich gemacht hatte. Der Schwachkopf seufzte erleichtert.

»Danke, Kollege«, sagte der Typ. »Bist ein echter Held.«

»Fahren Sie heute raus?«, fragte Axe.

»Ja.« Der Typ klopfte sich Salzspuren vom Polohemd, dann legte er wichtigtuerisch eine Hand auf die Kiste. »Koh Samui, Baby. In ein paar Wochen gehe ich dort vor Anker. Das waren die letzten Vorräte, jetzt bin ich bereit, in See zu stechen.«

Axe lächelte und stellte die Reisetasche ab.

47

Als Celine Osbourne um die Ecke bog, meinte sie, einen Toasterhebel knirschen zu hören. Der Rauchfaden, der aus Zelle Nummer elf über den Flur ihres Zellentrakts driftete, war zwar dünner als vorher, aber der Geruch nach verbranntem Holz genauso intensiv wie immer. John Kradle verfeinerte den letzten Buchstaben seines Schilds, das »n« von »abtreten«. Sie stützte sich aufs Geländer vor seiner Zelle, ihre Hände nah vor seinem Gesicht, das er tief über das Holzbrett auf seinem Schreibtisch gebeugt hatte.

Er blies sanft auf den eingebrannten Buchstaben, dann lehnte er sich zurück, um sein Werk zu betrachten.

»*Bitte Schuhe abtreten*«, las sie.

»Da ist noch Platz für ein Ausrufezeichen«, bemerkte Kradle und wies mit dem selbstgebastelten Lötkolben auf die kleine Lücke am Ende des Bretts. »Oder einen Punkt.«

»Das scheint mir ein bisschen final zu sein, findest du nicht?«

»Na und? Was gibt's da noch hinzuzufügen?«

»Bitte Schuhe abtreten vor dem Eintreten.«

»Dann haben wir zweimal ›treten‹. Außerdem: Wer tritt sich denn *nach* dem Eintreten die Füße ab?«

»Au Mann!« Celine stöhnte. »Warum tue ich mir das an? Wieso rede ich überhaupt mit dir?«

Doch die Antwort wusste sie ganz genau. In den sechs Wochen seit John Kradles Rückkehr von da draußen hatte sie viel mit ihm geredet. Teilweise, weil sie ihm helfen wollte, sich an die Zeit nach seiner Entlassung zu gewöhnen.

Die Polizei hatte eine geschlagene Woche gebraucht, um endlich jemanden nach Pronghorn zu schicken und Walter

Keepers Geständnis zu protokollieren. Er gab zu, Gary Mullins getötet zu haben, bevor Kradle ihn außer Gefecht setzen konnte. Und erst einen Tag später bemühte man sich endlich, auch Grace Slanter zu befragen, die bestätigte, dass Kradle hilflos danebengestanden hatte, als Walter Keeper in der Wüste einen Mann erschoss. Zwei weitere Wochen mahlten die Mühlen, bis die Behörden Zeit für Celine fanden und ihr Wissen in die Akte aufnahmen: ihre Erkenntnisse über die Morde, Gary Mullins und die Informationen, die ihr ein Unbekannter in einem Motel gegeben hatte. Kradles Anwalt rackerte sich ab, aber es verging trotzdem noch eine Woche, bis die Polizei Dr. Martin Stinway erneut zu seinen forensischen Befunden im Mordfall Kradle befragte und Shelley Frapport ihre Aussage über das Verhalten ihres Ex-Mannes zum Zeitpunkt der Ermittlungen gegen Kradle gemacht hatte.

Während der Amtsschimmel eifrig wieherte und Kradles Anwalt versuchte, die Wiederaufnahme des Verfahrens vor Gericht festzuzurren, machten Kradle und Celine da weiter, wo sie vor dem Ausbruch aufgehört hatten: Er saß in seiner Zelle, sie wandelte über die Flure und drohte ihm in regelmäßigen Abständen Strafen an, weil er sein Handtuch nicht richtig aufgehängt hatte oder seinen Kaffeebecher falsch herum zum Mund führte. Mit einem Unterschied. Die Atmosphäre zwischen den beiden war nicht mehr aufgeheizt, es herrschte keinerlei Animosität, nur freundschaftlicher Schlagabtausch. Celine holte sich einen Stuhl aus dem Pausenraum und stellte ihn vor Kradles Zelle. Jeden Abend quatschten sie bis tief in die Nacht hinein, Kradle mit dem Rücken zur Wand auf seiner Pritsche, Celine mit den Stiefeln auf dem Zellengitter. Der Todestrakt war nur halb voll, die drei Zellen neben Kradle standen leer, aber ihr Flüstern und Kichern führte trotzdem zu Beschwerden von anderen Häftlingen, die schlafen wollten. Besonders laut beklagte sich ein Gefangener namens Anthony Reiter, der sich noch immer von den Misshandlungen erholen musste, die er durch Schmitz und seine Mitstreiter erfahren hatte. Reiter, der im eigenen Garten seine Freundin umgebracht hatte, war zwar körperlich angeschlagen, doch sein wahres Leid speiste sich aus der Kränkung, die er verspürte, weil ihm seine Märtyrergeschichte keinen Freispruch eingehandelt hatte.

Viel Vergnügen bereitete es den beiden, wenn Celine mal wieder Neuigkeiten von U.S. Marshal Trinity Parker beisteuern konnte. Bilder von der knienden Frau, die mit erhobener Waffe auf Burke David Schmitz schoss, bevor dieser erneut ein Massaker anrichten konnte, waren um die Welt gegangen, genau wie die zusätzliche Information, dass sie sich vor ihrem Einsatz nicht mal vierundzwanzig Stunden Erholung gegönnt hatte, nachdem sie selbst von einem von Schmitz' Schützen in den Hals getroffen worden war. In Trinitys vielen Interviews hatte Celine allerdings kein Wort darüber gefunden, dass ihre Verletzung nicht durch eine Kugel, sondern nur durch einen Splitter verursacht worden war.

Jetzt sah sie Kradle bei der Arbeit zu, versucht, diesen letzten Moment vor dem Abschied so lange wie möglich hinauszuzögern, denn wenn er erst entlassen war, würde sich alles ändern, dann wäre er nicht mehr der Mann, den sie kannte, mit dem sie sich wohlfühlte. Ein Mann hinter Gittern.

Sie schloss die Augen, atmete tief ein und schob den Schlüssel ins Schloss.

Kradle sah von seiner Arbeit auf. Celine nickte lächelnd.

»Ist der Antrag durch?«, fragte er.

»Ja. Hab gerade den Anruf bekommen. Es gibt keinen Grund mehr, dich festzuhalten. Du bist frei.«

Kradle legte das Brett ab, den Lötkolben daneben und holte den bereits gepackten Karton aus der Nische hinter seinem Bett. Als er durch die offene Tür trat, änderte sich sein Gesichtsausdruck. Er wandte sich um und nahm einen Stapel mit Gummiband zusammengehaltener Briefe vom Regal.

»Die werde ich noch brauchen«, sagte er zu Celine. Oben auf dem Stapel lag ein Zettel mit der Aufschrift »Heiratsangebote«.

Celine schlug sie ihm aus der Hand. »Diese Frauen sind krank! Die wollen dich nicht mehr, jetzt, wo du unschuldig bist.«

Die Briefe landeten auf dem Boden vor der Zelle. Kradle ließ sie dort liegen. Celine ergriff seinen Arm und führte ihn ohne Fesseln über den Flur.

Im Verwaltungstrakt unterschrieb sie seine Entlassungspapiere. Vor den Toren hatte sich bereits die Presse versammelt, Kameras liefen, Fotoapparate klickten, Reporter riefen. Sie war nicht sicher, ob er ihre Abschiedsworte in dem ganzen Rummel gehört hatte, für Umarmungen blieb keine Zeit, wahrscheinlich hätte er das sowieso nicht mitgemacht. Doch kurz bevor sie sich zum Gehen wandte, ergriff er ihre Hand und drückte sie, und in dieser Geste, dem Gefühl der harten Finger, die sie auf dem Weg nach Vegas berührt hatten, lag alles, was sie wissen musste. Sie sah ihm nach, wie er auf die Menge und den großen schwarzen Hund zumarschierte, der geduldig mittendrin auf ihn wartete. Kradles Anwalt, der das Tier an der Leine hielt, grinste breit, als der frisch entlassene Gefangene dem Hund übers zottelige Fell an Kopf und Nacken strich, statt auf die Fragen der Reporter zu antworten.

Es war ein langer Rückweg zum Todestrakt, die Stille nur vom Piepsen der unzähligen Sicherheitstüren unterbrochen, bis Celine Osbourne endlich wieder dort ankam, wo sie hingehörte. Der Rauchgeruch lag noch in der Luft, noch lange nachdem der erste Mann verschwunden war, den sie aus der Todeszelle in die Freiheit entlassen hatte. Celine wusste, dass sie ihn wahrscheinlich nie wiedersehen würde.

Als sie jetzt an Kradles leerer Zelle vorbei über den Gang blickte, fiel ihr Blick auf eine Hand, die lässig durch die Gitter einer der hinteren Zellen hing. Celine fragte sich, ob hier noch mehr Männer saßen, die von Richtern und Geschworenen schuldig gesprochen wurden und deren sichere Verwahrung sie zu ihrem persönlichen Lebenswerk erklärt hatte, obwohl sie vielleicht die Freiheit verdienten.

Hier war ihre neue Aufgabe.

Sie würde es herausfinden.

Danksagung

Wenn dieser Roman erscheint, wird mit ihm auch das millionste von mir geschriebene Wort gedruckt sein. Ich habe keine Ahnung, welches Wort es war, hoffentlich ein bedeutungsvolles und kein vulgäres (oder profanes). So was wie »Durchhaltevermögen« oder »Entschlossenheit« wäre schön, oder besser noch »Hoffnung«.

Meine Karriere wurde von einer absurden Menge Hoffnung getragen, jede Minute meines Alltags war davon gezeichnet, so sehr hoffte ich, dass ich einen Verlag finden möge. Ganz besessen war ich davon, habe mich bis zur Erschöpfung daran abgearbeitet, eine Menge Federn gelassen. Kritiker in den Medien, andere Autoren und Autorinnen, meine innere Kritikerin, sie alle haben mich entmutigt. Aber ich habe trotzdem weitergemacht. Als sich meine Hoffnung endlich erfüllte, schwand sie allerdings nicht, sondern sie wuchs. Von einem Buch zum nächsten, von Veröffentlichung zu Veröffentlichung. Mit meiner Hoffnung steckte ich andere an. Als ich das erste Mal davon träumte, Autorin zu werden, hätte ich im Leben nicht geglaubt, dass einst über eine Million von mir geschriebener Wörter in gedruckten Büchern stehen würden. Aber jetzt ist es geschehen, und ich muss mir ein neues Ziel suchen.

Ich habe diesen Roman denjenigen gewidmet, die ebenfalls davon träumen, Bücher zu schreiben. Es ist kein leichter Weg. Warten. Immer wieder probieren. Träumen. Ablehnung wegstecken. Hoffnung in Scherben liegen sehen. Sich wieder aufbauen. Es ist einsam, frustrierend und mühsam. Aber mein Rat bleibt derselbe: Verliert nie die Hoffnung. Es liegt bei euch.

Für die Recherche zu diesem Buch möchte ich mich bei Michael Duffy und Governor Faith Slatcher dafür bedanken, dass sie mir eine Führung im Lithgow Correctional Centre ermöglichten, ein Hochsicherheitsgefängnis in New South Wales. Mein Dank geht auch an das Personal, das mir dort auf meine vielen Fragen geantwortet hat, und die Insassen, die sich weitestgehend gut benommen haben. Ich danke Detective B. Adam Richardson vom Writer's Detective Bureau dafür, dass er seine Zeit und sein Wissen mit mir geteilt hat.

In Australien werde ich von meiner Agentin Gaby Naher vertreten, in den USA von Lisa Gallagher. Meine Herausgeber sind Bev Cousins, Justin Radcliffe, Kristin Sevick, Thomas Wörtche und viele mehr. Meine Lektorin ist die wunderbare Kathryn Knight. All diesen Menschen kann ich gar nicht genug danken für ihre Güte, Geduld und Ermutigung.

Egal, wie viele Erfolge ich vielleicht noch verbuche, ich werde nie vergessen, dass meine Karriere an der University of the Sunshine Coast und der University of Queensland ihren Anfang nahm. Dort habe ich gelernt, wie man Bücher schreibt.

Danke dir, Tim, für deine Liebe, Unterstützung und Fürsorge. Danke dir, Violet, du bist das Schönste, was es in meinem Leben gibt. Danke dir, Noggy, fürs Kuscheln.

Platz 1 der KrimiBestenliste

Candice Fox
Dark
Thriller
Aus dem australischen Englisch von
Andrea O'Brien
Herausgegeben von Thomas Wörtche
st 5188. 395 Seiten
(978-3-518-47188-3)
Auch als eBook erhältlich

»Der nächste Streich der Großmeisterin des literarischen Thrillers.« *Focus*

Eine verurteilte Mörderin. Eine talentierte Diebin. Eine skrupellose Gangsterin. Eine desillusionierte Ermittlerin. Zusammen sind sie die einzige Hoffnung eines vermissten Mädchens.

»Jede Seite ein Genuss, Genreliteratur allererster Sahne.«
Ulrich Noller, WDR

»Ein Thriller, den man, einmal angefangen, nicht mehr weglegen kann.«
Peter Twiehaus, ZDF-Morgenmagazin

»Fox ist die kommende große Queen in der Kriminalliteratur. Und *Dark* ist eine prima Einstiegsdroge ... Man kommt aus dem Staunen nicht mehr raus.«
Elmar Krekeler, Welt am Sonntag

suhrkamp taschenbuch

Weitere Informationen erhalten Sie unter www.suhrkamp.de
oder in Ihrer Buchhandlung.

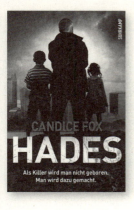

Candice Fox
Hades
Thriller
Aus dem australischen Englisch
von Anke Caroline Burger
Herausgegeben
von Thomas Wörtche
st 4838. 341 Seiten
(978-3-518-46838-8)
Auch als eBook erhältlich

»Gänsehautlektüre.«
Sydney Morning Herald

Vor zwanzig Jahren wurden zwei Kinder gekidnappt und dem Tod überantwortet. Doch das kriminelle Mastermind von Sydney, Hades Archer, nimmt sich ihrer an, und sie werden Cops bei der Mordkommission. Sehr ungewöhnliche Cops …

»Ein Krimi, der süchtig macht.«
Marten Hahn, Deutschlandradio Kultur

*»Candice Fox ist eine Entdeckung,
ihr Roman setzt Maßstäbe.«*
Ulrich Noller, WDR

»Ein gigantisches Epos … Wirklich umwerfend grandios.«
Ingrid Müller-Münch, WDR 5

suhrkamp taschenbuch

Weitere Informationen erhalten Sie unter www.suhrkamp.de
oder in Ihrer Buchhandlung.

Platz 1 der KrimiBestenliste

**Merle Kröger
Die Experten**
Thriller
Herausgegeben von Thomas Wörtche
st 4997. Gebunden. 688 Seiten
(978-3-518-46997-2)
Auch als eBook erhältlich

»Kolossal.«
Tobias Gohlis, Deutschlandfunk Kultur

Die 60er Jahre haben begonnen. Adolf Eichmann wird in Jerusalem zum Tode verurteilt. Konrad Adenauer sagt Militärhilfe für Israel zu. Ägypten wirbt um deutsche Flugzeugkonstrukteure und Raketentechniker. Eigentlich will Rita Hellberg nur ihre Eltern in Kairo besuchen, wo ihr Vater als Ingenieur arbeitet. Doch sie findet sich in einem Konflikt wieder, in dem mit allen Mitteln um historische und zukünftige, um weltpolitische und regionale Interessen gekämpft wird. Bomben explodieren, Menschen sterben. Rita muss sich entscheiden, wo sie steht …

»Ein großer, ein spektakulärer, ein bedeutender Roman.«
Ulrich Noller, WDR

»Ein Meilenstein des historischen Thrillers … Alles, was danach kommt, wird sich an ihm messen müssen.«
Elmar Krekeler, Die Welt

»Merle Kröger ist eine der besten Autorinnen dieses Landes!« *Lutz Göllner, tipBerlin*

suhrkamp taschenbuch

Weitere Informationen erhalten Sie unter www.suhrkamp.de
oder in Ihrer Buchhandlung.

Hammett Prize
Shamus Award

Lisa Sandlin
Ein Job für Delpha
Kriminalroman
Aus dem amerikanischen Englisch von
Andrea Stumpf
Herausgegeben von Thomas Wörtche
st 4779. Broschur. 350 Seiten
(978-3-518-46779-4)
Auch als eBook erhältlich

»**Nach ein paar Seiten weiß man schon, was für ein großartiges Buch das ist.**« *Peter Körte, FAS*

Beaumont, Texas, Golfküste, 1973. Delpha Wade kommt nach vierzehn Jahren Knast in die Kleinstadt und versucht, wieder Fuß im bürgerlichen Leben zu fassen. Mit viel Chuzpe ergattert sie sich die Stelle als Sekretärin bei dem jungen Privatdetektiv Tom Phelan.
Das Duo stolpert bald über ein Komplott in der Ölindustrie und bekommt es mit einem üblen Killer zu tun. Und wie es der Zufall will, begegnet Delpha ausgerechnet dem Mann wieder, der sie einst ins Gefängnis gebracht hatte …

»**Ein großartiges Stück Kriminalliteratur, welthaltig, witzig, stark im Milieu.**« *Tobias Gohlis, Deutschlandfunk Kultur*

»**Ein fabelhafter, geerdeter 70er-Jahre-Kriminalroman.**«
Sylvia Staude, Frankfurter Rundschau

suhrkamp taschenbuch

Weitere Informationen erhalten Sie unter www.suhrkamp.de
oder in Ihrer Buchhandlung.

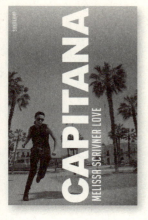

Melissa Scrivner Love
Capitana
Thriller
Aus dem amerikanischen Englisch
von Andrea Stumpf und Sven Koch
Herausgegeben von Thomas Wörtche
st 5050. Klappenbroschur
(978-3-518-47050-3)
Auch als eBook erhältlich

Lola Vasquez, brillante Gang-Leaderin mit einem hohen *body count*, hat es geschafft: Sie ist die unangefochtene Drogenlady in ihrem Revier. Bis eine schwangere Frau sie um einen Gefallen bittet und sie feststellen muss, dass die größte Gefahr nicht von der konkurrierenden Rivera-Gang ausgeht, sondern in ihrer unmittelbaren Nähe lauert …

»**Die Geschichte vom Aufstieg eines kleinen Ganoven zum Boss einer Gang wurde im Kino und in der Literatur schon häufig erzählt. Aber vielleicht noch nie so wie von Melissa Scrivner Love.**« *Der Spiegel*

»***Capitana* von Melissa Scrivner Love besticht durch eine Heldin, die blitzschnell von zart auf hart umschalten kann … eine genial gegen Klischees gedrehte Serie.**« *Kulturnews*

»**Der Krimi schafft eine Frauenfigur, die trotz Klischeegefahr ambivalent und damit interessant bleibt.**« *Süddeutsche Zeitung*

suhrkamp taschenbuch

Weitere Informationen erhalten Sie unter www.suhrkamp.de
oder in Ihrer Buchhandlung.